mtb

Alle handelnden Personen in dieser Ausgabe sind frei erfunden.
Ähnlichkeiten mit lebenden oder verstorbenen Personen wären rein zufällig.

Der Preis dieses Bandes versteht sich einschließlich
der gesetzlichen Mehrwertsteuer.

Umwelthinweis:
Dieses Buch wurde auf chlor- und säurefreiem Papier gedruckt.

Miranda Dickinson

Fünfzig Dinge, die du tun sollst, wenn ich tot bin

Roman

Aus dem Amerikanischen von
Jutta Zniva

mtb

MIRA® TASCHENBUCH
Band 25900
2. Auflage: April 2016

MIRA® TASCHENBÜCHER
erscheinen in der HarperCollins Germany GmbH,
Valentinskamp 24, 20354 Hamburg
Geschäftsführer: Thomas Beckmann

Deutsche Erstveröffentlichung

Titel der nordamerikanischen Originalausgabe:
When I Fall In Love

erschienen bei: Avon Books, New York

Published by arrangement with Avon,
an Imprint of HarperCollins Publishers, LLC

Konzeption/Reihengestaltung: fredebold&partner Gmbh, Köln
Umschlaggestaltung: Any.way Grafikpartner, Hamburg
Redaktion: Christiane Branscheid
Titelabbildung: iStock
Autorenfoto: © Miranda Dickinson
Satz: GGP Media GmbH, Pößneck
Druck und Bindearbeiten: CPI books GmbH, Leck – Germany
Printed in Germany
Dieses Buch wurde auf FSC®-zertifiziertem Papier gedruckt.
ISBN 978-3-95649-269-3

www.mira-taschenbuch.de

1. KAPITEL

So hätte es nicht kommen dürfen

„Entschuldigen Sie, Miss?"

Elsie Maynard schaute von ihrer zur Hälfte abgehakten Einkaufsliste auf. Vor ihr stand ein schwergewichtiger Mann vom Sicherheitsdienst und versperrte ihr den Weg. „Hallo. Tut mir leid, aber im Moment bin ich ein wenig in Eile. Wenn Sie also bitte ..."

„Ich muss Sie leider bitten, mitzukommen."

Gerade heute konnte sie so etwas gar nicht gebrauchen. Nicht nur, dass sie mit fünfundvierzig Minuten Verspätung in die Mittagspause gegangen war, weil ein ganz besonders penetranter Waffeltütenverkäufer sie aufgehalten hatte. Nein, obendrein war sie wegen ihrer endlos langen Einkaufsliste so in Eile gewesen, dass sie ohne Schirm losgelaufen war – gerade als der Himmel seine Schleusen öffnete. Und jetzt auch das noch ...

„Ich sagte doch schon, ich habe keine Zeit für so was!"

Der massige Wachmann seufzte entnervt und packte sie mit seiner gewaltigen Pranke deutlich zu fest an der Schulter. „Ich muss darauf bestehen, Miss. Ich glaube, Sie haben Waren bei sich, die Sie nicht bezahlt haben. Wenn Sie mich also bitte zurück in den Laden begleiten?"

Wovon zum Teufel redete der Kerl eigentlich? Natürlich hatte sie bezahlt! Wofür hielt er sie denn? Allein schon der Gedanke machte Elsie wütend. Sie öffnete gerade den Mund, um zu protestieren, da mischte sich eine neue Stimme ein.

„Hey. Kann ich behilflich sein?"

Der Sprecher war jung, hatte dunkelbraune Haare und grüne Augen und konnte durchaus als gut aussehend bezeichnet werden. Seine ganze Erscheinung vermittelte den Eindruck, dass man es mit jemandem zu tun hatte, der alles absolut im Griff hatte: von seinem gepflegten Haarschnitt bis hin zu dem perfekt sitzenden Anzug und Mantel. Hinzu kam, dass er frustrierenderweise anscheinend immun gegen den strömenden Regen war, während Elsies dünne Arbeitsuniform und die Strumpfhose mittlerweile völlig durchweicht waren. Über seine Schulter hinweg erhaschte Elsie einen Blick auf eine blonde junge Frau in dem türkis-schwarzen Outfit einer Diner-Kellnerin der Fünfzigerjahre. Sie sah aus, als hätte man ihr gerade einen Eimer Wasser über den Kopf geschüttet. Elsie rutschte das Herz in die Hose, als ihr klar wurde, dass sie ihr eigenes Spiegelbild im Schaufenster des Ladens sah.

Das Lächeln von Mr Wasserdicht wäre ihr vermutlich willkommen gewesen, hätte sich ihr nicht der Verdacht aufgedrängt, dass er es genoss, wie sie da auf den Eingangsstufen der Drogerie an der Hauptstraße stand: tropfnass, durcheinander und mittlerweile zutiefst verlegen.

„Alles in Ordnung, danke. Es handelt sich nur um ein Missverständnis …", setzte sie an, aber der menschgewordene Kilimandscharo, der sie aufgehalten hatte, beachtete sie schon gar nicht mehr, sondern versuchte sich der Solidarität des neu aufgetauchten männlichen Mitspielers in diesem Straßentheater zu versichern.

„Sie hat nicht bezahlt", erklärte er und deutete mit einem seiner Wurstfinger auf die Hämorrhoidensalbe und das Ohrenschmalzlösemittel in Elsies Hand. „Und zwar das da."

Um Himmels willen! In ihrem Zorn darüber, des Ladendiebstahls beschuldigt zu werden, hatte Elsie völlig vergessen, dass sie genau zwei der möglicherweise peinlichsten Dinge, die man sich nur vorstellen konnte, in der Hand hielt. Aber natürlich hatte sie dafür bezahlt! Oder etwa nicht?

Der junge Mann unterdrückte ein Lächeln, und Elsie spürte, wie sich ihr fast der Magen umdrehte, während ihr kalte Regentropfen in den Kragen liefen und über den Rücken rannen. „Ich bin sicher, das ist wirklich einfach nur ein kleines Missverständnis", meinte er leutselig lächelnd zu dem kein bisschen lächelnden Hünen, der immer noch Elsies Schulter gepackt hielt. „Schauen Sie, hier haben Sie zwanzig Pfund. Mehr kann das doch nicht kosten, oder?"

Ganz kurz huschte ein milderer Ausdruck über die eiskalte Miene des Wachmanns. „Nun …"

Das Lächeln des jungen Mannes wurde breiter, kaum dass er spürte, wie sein Gegenspieler langsam einknickte. „Ich kann mir vorstellen, dass Sie jeden Tag so etwas erleben, hmm? Leute, die in der Mittagspause schnell einkaufen, den Kopf aber im Büro gelassen haben. So viele verlockende Dinge in den Läden, und schon machen sie einen winzigen Fehler …" Damit wandte er sich mit all seiner Aufrichtigkeit Elsie zu. Möglicherweise wollte er sie damit beruhigen, bewirkte aber genau das Gegenteil. „Ich meine, dieses Mädchen scheint doch sehr nett zu sein und nicht wirklich eine typische Ladendiebin, nicht wahr?"

Die Eiseskälte kroch wieder in das Gesicht des Hünen, während er sie musterte. „Es gibt solche und solche."

„Oh, natürlich, Officer. Aber vertrauen Sie mir. In meinem Beruf habe ich täglich mit allen möglichen Verbrechern zu tun, und ich erkenne sie schon von Weitem. Die hier, Sir, gehört nicht dazu."

Die hier? Obwohl der gut gekleidete Fremde neben ihr ganz offensichtlich nur helfen wollte, ging er mit dieser unpersönlichen Titulierung für Elsies Geschmack einen gewaltigen Schritt zu weit. „Nun mal ganz langsam …"

Er fiel ihr ins Wort, indem er mit herrischer Geste eine behandschuhte Hand hob. Dabei warf er ihr einen Blick zu, der ihr schreckliche Konsequenzen androhte für den Fall, dass sie seine Geste missachtete. Kochend vor Wut schaltete sie auf stur und funkelte ihn zornig an.

„Nun kommen Sie schon, zwanzig Pfund. Viel mehr können die Sachen doch nicht wert sein, oder?", fuhr er völlig unbeeindruckt wieder an den Wachmann gewandt fort. „Ich komme auch mit in den Laden, um mir eine Quittung geben zu lassen. Das ist doch wirklich ein faires Angebot."

Zu Elsies Überraschung zuckte der Hüne nur mit den Schultern und ließ sie endlich los. „Soll mir recht sein", brummelte er, steckte die Zwanzig-Pfund-Note ein und wandte sich wieder dem Laden zu. „Aber sagen Sie Ihrer Freundin, dass sie beim nächsten Mal ein bisschen besser achtgeben soll."

„Wie bitte? Ich bin nicht seine Freun…"

„Aber natürlich. Warte bitte hier draußen, Liebling. Ich bin gleich zurück.“ Mit einem Lächeln, das jeder Zahnpastareklame zur Ehre gereicht hätte, zwinkerte er Elsie zu und folgte dem Wachmann in den Laden.

Fassungslos auf die fragwürdigen Artikel in ihrer Hand starrend, blieb Elsie wie angewurzelt stehen und versuchte zu verarbeiten, was gerade geschehen war. Im einen Moment war sie auf der Suche nach Baby-Feuchttüchern und Mascara zwischen den Regalen der weitläufigen Drogerie Ecke North Street und Queen's Road in Brighton umhergehuscht. Im nächsten Moment hatte ein Anruf ihres Vaters sie unterbrochen: Er hatte sie darum gebeten, ihm ein paar peinliche, aber für ihn notwendige Dinge mitzubringen … Vielleicht war sie in Gedanken wirklich woanders gewesen – zumal sie an diesem Morgen eine wichtige Entscheidung getroffen hatte –, aber dennoch war sie sicher, die Artikel bezahlt zu haben. Überhaupt, wer würde auch nur auf die Idee kommen, Hämorrhoidensalbe und Ohrenwachsentferner mitgehen zu lassen? Jedenfalls nicht Elsie Maynard, Assistentin der Geschäftsführerin im Sundae & Cher Eiscafé, aufrechte Bürgerin von Brighton und der letzte Mensch, der in Erwägung ziehen würde, einen Ladendiebstahl zu begehen. Selbst als Teenager hatte sie sich nie etwas zuschulden kommen lassen. Ihre Angst davor, in Schwierigkeiten zu geraten, wurde nur noch verstärkt dadurch, dass sie miterlebte, welche Folgen die kleineren Fehltritte ihrer zwei älteren Schwestern hatten. Dabei war meistens zu viel Alkohol im Spiel gewesen, und mehr als einmal waren die beiden von einem Streifenwagen zu Hause abgeliefert worden.

„So, alles geregelt.“ Der lächelnde Mann war zurück. Der Ausdruck auf seinem Gesicht zeugte von glühendem Triumph, den er vermutlich bezüglich seines ritterlichen Hilfsmanövers verspürte. Er reichte ihr eine Quittung. „Ein hektischer Tag, oder?“

„Ich habe dafür bezahlt“, beharrte Elsie. Die Ungerechtigkeit der Anschuldigung schmerzte immer noch.

„Haben Sie nicht. Aber jetzt ist alles in Ordnung. Ich habe das für Sie geregelt.“

Elsie drückte ihm die Quittung wieder in die Hand, fischte ihre Geldbörse aus ihrer durchfeuchteten Handtasche und blätterte ärgerlich die Quittungen darin durch. „Schauen Sie, ich weiß nicht, wer Sie sind, und ich will auch nicht undankbar sein, aber dieser Kerl war im Irrtum. Ich erinnere mich genau, dass ich diese Dinge mit einer Zwanzig-Pfund-Note bezahlt habe. Das weiß ich, weil ich nur einen Zwanziger dabei hatte, den ich gerade aus dem Geldautomaten geholt habe. Wie Sie sehen, ist er nicht mehr … Oh …" Das Herz sank ihr bis in die durchnässten Schuhe, als sie die zusammengefaltete Zwanzig-Pfund-Note in ihrer Börse entdeckte. Sie steckte genau da, wohin sie sie gesteckt hatte, nachdem sie am Geldautomaten gewesen und bevor sie die Drogerie betreten hatte.

Die Stimme des jungen Mannes wurde weicher. „Ganz ehrlich, es ist alles in Ordnung. So was kommt in den besten Familien vor." Er streckte ihr seine Hand entgegen. „Ich heiße übrigens Torin. Torin Stewart."

Immer noch unter Schock angesichts der Erkenntnis, unabsichtlich ein Bagatelldelikt begangen zu haben, ergriff Elsie die angebotene Hand. „Elsie Maynard."

„Freut mich, Sie kennenzulernen, Elsie Maynard", erwiderte Torin grinsend. „Andere Umstände wären mir natürlich lieber gewesen, aber ich bin froh, dass ich helfen konnte. Also, wie wäre es mit einem Kaffee? Sie sehen aus, als könnten Sie einen brauchen, und sie müssten nicht länger im Regen herumstehen."

Zutiefst beschämt und von dem dringenden Bedürfnis getrieben, sich aus der peinlichen Situation zu befreien, drückte Elsie ihm ihre Zwanzig-Pfund-Note in die Hand und wandte sich ab. „Es tut mir leid, aber ich muss jetzt wirklich gehen …"

„Hey, warum die Eile?"

„Ich habe Mittagspause. Genauer gesagt, ich *hatte* Mittagspause. Bis vor etwa zwanzig Minuten", gab Elsie zurück. Sie hoffte, dass das Tempo, das sie anschlug, ihn davon abhalten würde, ihr die Straße entlang zu folgen.

Zu ihrem Leidwesen ließ Torin sich nicht so einfach abwimmeln. „Ach, kommen Sie schon. Ich habe Ihnen gerade das Leben gerettet. Damit dürfte ich doch wenigstens Anspruch darauf erworben haben, einen Kaffee mit Ihnen zu trinken? Wenn Sie knapp bei Kasse sind, zahle ich natürlich …"

Das war der Tropfen, der das Fass zum Überlaufen brachte. Das Blut rauschte in Elsies Ohren, als sie sich abrupt zu ihm umwandte. „Wie bitte? Ich habe genug Geld. Welchen Teil von ‚ich muss jetzt wirklich gehen' haben Sie nicht verstanden? Ich komme zu spät zur Arbeit, ich bin völlig durchnässt von diesem saublöden Regen, und – das können Sie mir glauben – jetzt mit Ihnen irgendwohin zu gehen, dazu habe ich nun wirklich absolut keine Lust. Ich habe Ihnen Ihre Auslagen bezahlt. Ich schulde Ihnen also nichts."

„Ist das der Dank, den Sie für all Ihre Retter übrighaben?" Das belustigte Glitzern in seinen Augen ließ erneut die Wut in Elsie hochkochen.

„Wofür halten Sie sich eigentlich? Für Lancelot? Und wann hören Sie endlich auf, sich in anderer Leute Angelegenheiten einzumischen? Ich kann durchaus auf mich selbst aufpassen, wissen Sie. Ich bin keine Jungfrau in Nöten, die sich von einem großen starken Helden retten lassen muss. Auch ohne Ihre Hilfe hätte ich die Sache klären können. Ich wäre zurechtgekommen. Also vielen Dank, dass Sie mir zur Seite gesprungen sind, aber nötig war das ganz und gar nicht."

Torin blieb wie angewurzelt stehen, was Elsie einen kurzen Moment der Befriedigung verschaffte, während sie sich von ihm entfernte. Na schön, er hatte geholfen, sie aus dem stahlharten Griff des Wachmanns zu befreien, aber musste er so darauf herumreiten? Oder gar versuchen, sie deswegen quasi zu erpressen, mit ihm Kaffeetrinken zu gehen? Also ehrlich, das war mehr als dreist!

„Un-glaub-lich!", rief er ihr nach.

Elsie stöhnte auf, eilte aber weiter, wich dem mittäglichen Einkaufsverkehr aus und eilte durch den unablässig strömenden Märzregen. *Gibt dieser Kerl eigentlich nie auf?*

„Ich dachte, Sie könnten meine Hilfe brauchen", fuhr Torin fort, als er Elsie eingeholt hatte und sie nebeneinander die Straße entlanghasteten. „Und ich habe nichts weiter getan, als zu versuchen, Sie aus einer peinlichen Situation zu befreien und möglicherweise eine Anzeige zu verhindern. Ich muss ein Narr gewesen sein!"

„Sie sagen es", murmelte Elsie und wünschte sich nichts sehnlicher, als dass er endlich begriff und sie in Ruhe ließ.

„Wenn das keine Undankbarkeit ist! Manche Frauen würden erkennen, dass ich einfach nur ritterlich gehandelt habe."

„Und manche Frauen würden Sie für einen erbärmlichen Mann auf einem Egotrip halten, der unbedingt seine Überlegenheit beweisen muss. ‚Warte hier draußen, Liebling …' Als wäre ich ein dümmliches Flittchen! Chauvinismus hat nichts mit Ritterlichkeit zu tun."

„Oh, es war also Bevormundung, den Wachmann davon abzuhalten, Sie vor halb Brighton zurück in den Laden zu zerren, richtig?"

Natürlich nicht. Aber Elsie war müde, beschämt, bis auf die Knochen durchweicht und absolut nicht in der Stimmung, diesem lästigen Mann gegenüber, dem der Regen anscheinend immer noch nichts anzuhaben vermochte, klein beizugeben. „Es tut mir leid, aber ich habe wirklich keine Zeit dafür."

„Zeit wofür? Sich sagen zu lassen, wie unangemessen Sie sich verhalten?"

Elsie lachte völlig humorlos auf, während sie eine ungünstig aufgestellte Werbetafel für ein Café umkurvte. „Oh, natürlich, ich verhalte mich unangemessen …"

„Ja, natürlich. Darf ich Sie daran erinnern, dass der Wachmann Sie ganz bestimmt nicht einfach hätte gehen lassen?"

„Woher wollen Sie das wissen? Das können Sie gar nicht wissen!"

Er hielt mit ihr Schritt, sein Gesicht lief rot an, als er sich zu ihr hinüberbeugte. „Das war für jedermann offensichtlich! Man musste doch nur das Leuchten in seinen Augen sehen, um zu erkennen, dass er an Ihnen ein Exempel statuieren wollte. Er hätte möglicherweise die Polizei gerufen, Sie wären angeklagt worden, hätten Strafe zahlen müssen … vielleicht wären Sie anschließend sogar vorbestraft gewesen?"

Elsie blieb abrupt stehen und wandte sich ihm zu. „Okay, das reicht jetzt! Ob Sie es glauben oder nicht, ich habe heute wichtigere Dinge im Kopf, als darüber nachzudenken, ob ich ins Vorstrafenregister eingetragen worden wäre oder nicht, wenn Sie nicht eingegriffen hätten. Ich habe mich bei Ihnen bedankt, habe Ihnen Ihre Auslagen bezahlt. Was also können Sie jetzt noch von mir wollen?"

Schwer atmend hob Torin beide Hände. „Nichts. Ganz offensichtlich gar nichts." Dann trat er sehr zu Elsies Überraschung einen Schritt zurück, verzichtete auf weitere schlagfertige Erwiderungen, drehte sich um und verschwand in der Menge.

Wenn sie nicht die aufrichtige Enttäuschung in seinen Augen gesehen hätte, hätte Elsie die ganze Sache einfach verdrängt. Aber dieser unerwartete Einblick sorgte dafür, dass ihr Gewissen es endlich schaffte, ihre Scham zu übertönen. Sie blinzelte die Regentropfen fort, die ihr aus dem Pony tropften und blieb wie angewurzelt zwischen den hin und her hastenden Einkäufern stehen, während die Ereignisse der letzten zehn Minuten sich wieder und wieder vor ihrem inneren Auge abspielten.

Erst das hartnäckige Läuten ihres Handys holte sie mit einem Ruck in die Gegenwart zurück.

„Hallo? Oh, hallo, Dad. Ja, ich habe deine Sachen besorgt. Nach der Arbeit bringe ich sie dir vorbei."

Nach einem letzten Blick die Straße entlang schüttelte Elsie die nagenden Zweifel ab.

Ein Spinner, sagte sie sich. *Ganz eindeutig ein Spinner.*

2. KAPITEL

Das Leben geht weiter …

Als Elsie später an diesem Tag ihren Wagen vor dem dreigeschossigen Stadthaus ihres Vaters parkte, hingen dicke graue Wolken am Himmel über Brighton und ließen ihre Regenfracht auf die Straßen der Küstenstadt herniederprasseln. Auf dem Sprint vom Auto zum Haus hatte sie versucht, sich mit ihrer Handtasche über dem Kopf vor dem Wolkenbruch zu schützen. Trotzdem war sie erneut völlig durchnässt, als sie die rot gestrichene Haustür mit den Buntglasfenstern erreichte.

Über der Tür klimperte ein kleines Windspiel, und in der Luft hing der berauschende Duft von angewärmtem Patschuli-Öl und Nag-Champa-Räucherstäbchen. Schon beim Eintreten übten diese vertrauten Gerüche eine beruhigende Wirkung auf sie aus. Sie wandte sich dem indischen Perlenschnurvorhang zu, der im Zugang zur Küche hing. Schon vor vielen Jahren war sie aus diesem Haus ausgezogen, aber immer noch fühlte sie sich hier daheim.

Jim Maynard strahlte, als Elsie die Küche betrat. Er hatte bereits seinen seriösen Geschäftsanzug gegen sein geliebtes nepalesisch gestreiftes Patchworkhemd sowie eine unförmige Cargo-Hose und leuchtend orange Doc-Martens-Stiefel ausgetauscht. Elsie erwiderte sein Lächeln. So mochte sie ihren Vater am liebsten – in seiner legeren Alltagskleidung und mit seinem heißgeliebten goldenen Ohrring am Ohrläppchen. Diese Version seiner selbst entsprach sehr viel mehr seinem wahren Ich als der hochangesehene Geschäftsmann von Brighton, den er spielte, seitdem er das Möbelgeschäft seines Vaters übernommen hatte, der sich auf Stilmöbel spezialisiert hatte.

„Sieh an, meine allerliebste jüngste Tochter!“, rief er und zog sie in eine seiner berühmten väterlichen Umarmungen, die ihr heute noch willkommener war als sonst. „Hattest du einen angenehmen Tag, Elsie?“

Elsie öffnete eine bunt emaillierte Teedose und hängte zwei Ingwer-Zimt-Teebeutel in eine handbemalte eisvogelblaue Teekanne, die Jim von seiner mittleren Tochter Guin geschenkt bekommen hatte, als sie vor Jahren ihre Töpferei in Shoreham-by-Sea eröffnete. „Einen grässlichen Tag, um ehrlich zu sein." Sie lächelte ihren Vater an. „Aber jetzt, wo ich hier bin, fühle ich mich gleich viel besser."

„Das freut mich, mein Schatz. Ich wusste doch, dass wir heute das Patschuli-Öl brauchen. Setz dich, atme durch und vertrau dich deinem alten Vater an." Jim nahm den pfeifenden Kessel vom Gasherd und brühte den Tee auf. „Was ist passiert?"

„Oh, eigentlich gar nichts. Ich hatte heute Mittag nur eine kleine Tortur zu überstehen."

Ihr Vater war drauf und dran, weiter nachzubohren, als die Küchentür aufgerissen wurde und ein mehrstimmiges „Ladendiebin!" die Küche erfüllte, gefolgt von lautem Gelächter.

Elsie stöhnte, als sich ihre zwei Schwestern rufend und lachend auf sie stürzten und ihr die Haare zerzausten. Manchmal war es ziemlich ätzend, seinen Schwestern so nahe zu stehen (und ihnen immer alles gleich brühwarm per SMS zu erzählen, was im Laufe des Tages passierte) …

„Unsere kleine Schwester, die Ladendiebin!", lachte Daisy Maynard, warf die perfekt gestylten blonden Haare zurück, klatschte fröhlich in die schmalen Hände und freute sich diebisch, dass ihre Schwester sich vor Verlegenheit wand. „Ich bin so stolz auf dich!"

„Eigentlich wollten wir dir auf dem Weg hierher im Kostümladen eine coole Tasche und eine Maske besorgen, aber Junior hat beschlossen, Ärger zu machen", fügte Guin hinzu und klopfte sich leicht auf ihren mächtig runden Bauch. „Der scheint jetzt schon auf deiner Seite zu stehen, Els."

Trotz ihrer Verlegenheit musste Elsie grinsen und beugte sich vor, um den beachtlichen Babybauch ihrer Schwester zu streicheln. „Du hast Geschmack, Kleiner. Halt dich einfach nur an Tante Elsie, und du bleibst einigermaßen normal."

„Obwohl sie dich für ihr Verbrechersyndikat rekrutieren wird, ehe du merkst, wie dir geschieht", fügte Daisy hinzu, und erneut kugelten sie und Guin sich vor Lachen.

„Was redet ihr andauernd von Verbrechen?" Jim schaute fragend von einer Tochter zur anderen. Er konnte ihrem Gespräch nicht folgen. Nachdem ihre Mutter sich von der Familie getrennt hatte, hatte Jim die Rolle des alleinigen Schiedsrichters im Wirbelsturm der Maynard-Schwestern übernommen und wunderte sich immer noch oft über ihre scheinbar endlose Energie und das halsbrecherische Tempo ihrer Unterhaltungen.

„Unsere kleine Schwester wäre heute beinah wegen eines Ladendiebstahls verhaftet worden", erklärte Guin und ließ sich stöhnend auf einen Stuhl am Küchentisch sinken. In ihren blauen Augen blitzte der Schalk, während sie ein Haarband von ihrem Handgelenk abstreifte und ihre blonden Locken zu einem losen Knoten im Nacken zusammendrehte. „Wer hätte das gedacht, hmm? Ausgerechnet unsere kreuzbrave Elsie ist eine Meisterverbrecherin."

„Es handelte sich um ein Missverständnis", widersprach Elsie. „Ich bin mit der Situation fertiggeworden."

„Tatsächlich? *Du* bist damit fertiggeworden?", fragte Daisy, die Brauen hochgezogen.

„Ja", gab Elsie fest zurück und wünschte sich erneut, sie hätte die beiden am Nachmittag nicht so umfassend mit einer ganzen Reihe von SMS über das Geschehen informiert. „Mir ging unheimlich viel durch den Kopf, und ich hatte ehrlich geglaubt, ich hätte bezahlt. Schließlich kam dann aber heraus, dass ich das irgendwie versäumt hatte."

„Oh." Jim verteilte Becher mit Tee. Er wusste offensichtlich nicht, wie er auf diese Eröffnung reagieren sollte. „Tja, man lernt nie aus, nicht wahr?"

Von plötzlicher Dankbarkeit und Liebe zu ihrem Vater erfüllt, drückte Elsie ihm die Hand, als sie den Teebecher entgegennahm. „Richtig. Du siehst also, Dad, jetzt ist alles in Ordnung."

„Freut mich zu hören. Anderes Thema. Ich habe gestern

Abend gebacken. Besteht eine klitzekleine Chance, dass ich euch zu einem Stück Bananen-Walnuss-Brot überreden kann?“

Dieser Vorschlag löste allgemeine Begeisterung aus, und Jim öffnete hocherfreut eine alte Pralinendose von Cadbury Roses, um seine neueste kulinarische Kreation zu servieren. Während er und Guin miteinander plauderten, griff Daisy nach Elsies Hand und zog ihre Schwester in den kleinen Flur hinter der Küche.

„Also?“, fragte sie, verschränkte die schlanken Arme vor der Brust und musterte Elsie mit dem klassischen Verhörblick der älteren Schwester.

Aber damit brauchte sie Elsie nicht zu kommen. Im Laufe der Jahre war sie Daisys Einschüchterungsversuchen unzählige Male erfolgreich begegnet, und sie würde sich nicht ausgerechnet heute von ihr kleinkriegen lassen. „Also was?“

„Du weißt, *was*, Elsie Maynard. Warum hast du *den Typen* nicht erwähnt?“

Elsie zuckte die Achseln. „Das braucht Dad nicht zu wissen.“

„Wie kommst du denn darauf? Dieser gut aussehende Fremde hat dich davor bewahrt, verhaftet zu werden, verdammt noch mal!“

„Schhh! Red doch bitte leiser … Ich habe übrigens nie behauptet, dass er gut aussieht.“

In einen scharfen Flüsterton verfallend, musterte Daisy ihre Schwester kritisch. „Das sehe ich anders. Davon abgesehen, warum regst du dich überhaupt so auf? Weißt du, es ist doch nichts dabei zuzugeben, dass du Hilfe gebraucht hast. Hilfe zu brauchen ist kein Makel. Das bedeutet doch nicht, dass du nicht zurechtkommst oder so …“

Elsie hatte genug gehört. „Lass gut sein, Dais! Lass uns einfach … für eine Weile das Thema wechseln.“

Daisy gab nach und legte ihrer Schwester einen Arm um die Schulter. „Na gut, Süße. Es tut mir leid. Also, war er attraktiv?“

„Daisy!“

„Ach, komm schon, Elsie, lass mich nicht neugierig sterben!“

„Ich schätze ja. Auf nervige, wasserfeste Weise. So genau habe ich nun auch wieder nicht hingeschaut."

Ein undefinierbarer Ausdruck huschte über Daisys Gesicht. „Gut. Das ist gut."

Später, als die Maynards alle zusammen im großen Esszimmer im ersten Stock am Esstisch saßen und eine Gemüse-Tajine mit Tabouleh und Perlcouscous aßen (eins von Jims ganz besonderen Lieblingsgerichten), beschloss Elsie die Entscheidung zu verkünden, die sie in Gedanken so beschäftigt hatte, dass sie um die Mittagszeit versehentlich zur Ladendiebin geworden war. Schon seit einer Woche ging ihr diese Sache permanent durch den Kopf. Genau genommen, seitdem sie sich dazu durchgerungen hatte, nach achtzehnmonatiger Wartezeit endlich die kleine satinbespannte Pralinenschachtel neben ihrem Bett zu öffnen. Heute Morgen hatte sie die Entscheidung getroffen: Es wurde Zeit, die Vergangenheit hinter sich zu lassen, zu neuen Ufern aufzubrechen …

„Also, hört alle mal her. Ich bin froh, dass ihr alle hier seid – und schon sitzt –, denn ich habe euch etwas zu sagen." Sie lächelte, als sie die angespannten Gesichter ihrer Lieben sah. „Keine Angst, es handelt sich um gute Nachrichten. Glaube ich jedenfalls." Sie atmete tief durch, um sich selbst zu beruhigen. „Ich habe beschlossen, wieder mit Männern auszugehen."

„Oh, Els …" Guin lief rot an, und sie brach zur großen Belustigung ihrer Schwestern in Tränen aus. Seit sie erfahren hatte, dass sie schwanger war, hatte sich die normalerweise so pragmatische mittlere Maynard-Schwester in ein emotionales Wrack verwandelt, das über alles und nichts in unkontrollierbares Schluchzen verfiel, ob es nun um irgendwelche Lieder im Autoradio, Fernsehwerbung für Hunde- und Katzenfutter oder Sofas ging. Lachend über ihre eigene emotionale Labilität, nahm sie die Schachtel Papiertaschentücher entgegen, die ihr Vater immer für solche Gelegenheiten bereithielt, und wischte sich die Tränen aus den Augen. „Junge, ich bin ja so eine Heulsuse! Ich hoffe nur, dass diese ständige Flennerei mein Baby nicht traumatisiert. Dabei freue ich mich doch einfach nur so sehr für dich, Liebes."

Jim beugte sich über den Tisch und griff nach Elsies Hand. „Mein tapferes Mädchen. Und es geht dir auch wirklich gut dabei?“

Elsie spürte, dass sie zitterte, aber sie wusste dennoch: Ja, es ging ihr gut dabei. „Ich habe tierische Angst – ich meine, ich habe keine Ahnung, wie ich dabei vorgehen soll oder wie man das heute überhaupt anstellt –, aber es fühlt sich richtig an.“

„Wir helfen dir“, sagte Daisy und nickte heftig. Dieser Vorschlag machte Elsie allerdings eher noch mehr Angst. Daisy bildete sich nämlich ein, für jeden den richtigen Partner finden zu können, obwohl etliche ihrer Kuppelversuche im Freundeskreis zu grässlichen Verabredungen und bitteren Trennungen geführt hatten. Andererseits, so nahm Elsie ihre Schwester in Schutz, wie sollte eine Frau, die so mühelos wunderschön war wie Daisy Maynard, erfolgreich Karriere gemacht und seit Ewigkeiten einen wohlhabenden Projektentwickler zum Freund hatte, auch Ahnung davon haben, welche Gefahren das Ausgehen mit Männern mit sich bringen konnte?

„Versprich mir eins, Liebling: Halte dich von diesen grässlichen Internet-Partnersuchen fern“, warf Jim ein. Seine drei Töchter reagierten schockiert. „Nein, ich meine das ernst. Ich habe mich letztes Jahr auf zwei Online-Dating-Plattformen registriert, und meine Erfahrungen waren äußerst enttäuschend.“

Die unerwartete Eröffnung, dass Jim heimlich Online-Dating betrieben hatte, lenkte das Gespräch kurzfristig in eine andere Richtung. Das gab Elsie eine kurze Verschnaufpause, um ein wenig zu entspannen, während ihre Schwestern ungläubig nachhakten. Nachdem sie eine ganze Woche davor gebangt hatte, ihrer Familie zu erzählen, was sie vorhatte, empfand sie jetzt einen seltsamen inneren Frieden. Sie hatte die richtige Entscheidung getroffen, und diese Entscheidung war eine wichtige.

Ich liebe dich, weil du mutig und stark bist und immer weißt, was du tust.
Kuss.

Das war die erste Botschaft in dem Stapel Papierzettel, der fein säuberlich in der ehemaligen Pralinenschachtel verstaut war. Sie stand auf dem Zettel, der Punkt 50 auf ihrer Liste enthielt:

50. Die Botschaften in der Schachtel lesen – und zwar alle.

Achtzehn Monate hatte Elsie gebraucht, um sich dazu durchzuringen, die Schachtel zu öffnen. Irgendwie hatte der Gedanke an all die ungelesenen Mitteilungen etwas seltsam Tröstliches. Als sie am vergangenen Montag beschlossen hatte, auch die vorletzte Sache auf der Liste abzuhaken, fühlte sie sich, als wäre sie mit einem alten Freund wiedervereint worden. Und sobald sie die erste Nachricht gelesen hatte, wusste Elsie, dass der richtige Zeitpunkt dafür gekommen war. Die Nachricht machte hundertprozentig Sinn – und sie wusste sofort, was sie zu tun hatte.

„Wow", stieß Cher Pettinger aus, die Eignerin von Sundae & Cher, als Elsie ihr eine Woche nach dem Zwischenfall mit dem Ladendiebstahl erzählte, was sie beschlossen hatte. „Und du bist sicher, dass du bereit bist, dich wieder in diese haiverseuchten Gewässer zu stürzen?"

„Tja, wenn du es so ausdrückst, wie könnte ich da widerstehen?"

„Nein, nein, so habe ich das nicht gemeint." Cher schüttelte den Kopf und brachte damit ihre toupierte Bienenkorbfrisur im Stil der Sechziger heftig ins Schwanken. „Es ist nur so, weißt du, wenn du schon drei Scheidungen hinter dir hast so wie ich, dann wird der ganze Zirkus ums Ausgehen mit Männern eher zu einer Übung, wie man am besten Volltrotteln aus dem Weg geht, als alles andere."

Elsie lächelte ihre Chefin an, während ihr wieder einmal bewusst wurde, wie sehr der Mangel an Erfolg bei Verabredungen mit Männern im Gegensatz zu der selbstbewussten Persönlichkeit der Mittvierzigerin stand, die von Kopf bis Fuß in Vintage-Klamotten von Dior gekleidet war. „Ich behalte das im Hinterkopf. Wie läuft es mit deiner neuesten Flamme?"

Cher verzog das Gesicht zu einer Grimasse und stellte einen Behälter frisch zubereitete Eiscreme der Hausmarke Apfel-Zimt-Muskat in die gläserne Auslagevitrine. „Das sah alles so vielversprechend aus, bis mir klar wurde, dass er noch bei seiner Mutter wohnt. Zweiundvierzig Jahre alt – und schläft noch in einem Zimmer mit He-Man-Tapeten an der Wand."

„Ich werd' verrückt!"

„Glaub mir, Kleines, das ist der reinste Dschungel da draußen. Aber du kennst mich ja: stets optimistisch und abenteuerlustig."

Cher Pettingers Beziehungsgeschichte las sich wie ein abschreckender Roman über die Gefahren der Partnersuche. Dreimal verheiratet und geschieden, hatte sie es mit einer ganzen Reihe hoffnungsloser Fälle zu tun bekommen. Das begann beim Eigentümer des örtlichen Spielsalons, der eine seltsame Vorliebe für lebensgroße Puppen hegte. Dann ging es weiter mit dem jugendlichen Immobilienmakler, der davon überzeugt war, dass das MI5 ihn überwachte, bis hin zu dem alternden Schürzenjäger von Hotelier, der sich als notorischer Bigamist entpuppt hatte. Aber Cher war absolut engagiert bei ihrer Partnersuche und stürzte sich trotz allem immer wieder mutig in den Dschungel voller Trottel, um ihre wahre Liebe zu finden.

Elsie mochte ihre Chefin sehr, trotz Chers berüchtigten trockenen Humors, der ihr in North Laine einen furchterregenden Ruf eingetragen hatte. Sie war keck, selbstbewusst und ging unerschrocken durchs Leben. Und in Elsie hatte sie eine Gleichgesinnte gefunden. Cher hatte von ihrer schrulligen Tante Lucy „Skyflower" Pettinger ein veganes Hippie-Café in der farbenfrohen Gardner Street geerbt. Gemeinsam mit Elsie hatte sie es in den letzten drei Jahren in ein Eiscafé im Retro-Stil verwandelt. Inzwischen war es bei den Bewohnern von Brighton unheimlich beliebt und zu jeder Jahreszeit gut besucht.

Sundae & Cher war vollgestopft mit Erinnerungsstücken an die Fünfziger- und Sechzigerjahre. An der Wand hinter der grünen Glastheke hingen goldgerahmte Fotos von Elvis und Frankie Valli. Der Fußboden war schwarz-weiß im Schachbrettmuster gekachelt und die Tische mit Decken im gleichen Muster verziert. In einer Ecke stand eine nachgebaute Wurlitzer Jukebox und die mit rotem Leder bezogenen Stühle aus glänzendem Chrom vollendeten das Bild. So strahlte das Café altmodischen Chic aus und wirkte zugleich modern und cool. Elsie genoss immer wieder den Gesichtsausdruck der Leute, wenn sie zum ersten Mal das Café betraten. Das Entscheidende war aber natürlich, dass das Eis, das sie hier verkauften, ausschließlich hausgemacht war. Es wurde in der Kellerküche zubereitet, in der eine große Eismaschine und ein gewaltiger Gefrierschrank standen. Das bedeutete nämlich, dass Sundae & Cher Geschmackssorten anbieten konnten, die niemand sonst in Brighton im Angebot hatte. Außerdem änderten sie regelmäßig ihr Angebot und entwickelten neue Sorten, um ihre enthusiastischen Kunden bei der Stange zu halten. Von Popcorn über Ahornsirup-Banane bis hin zu so etwas Ausgefallenem wie Blauschimmelkäse mit Walnuss und Tomaten-Basilikum-Oliven-Eis, die einzigartigen Sorten, die Sundae & Cher anbot, waren ein beliebtes Gesprächsthema in der bekannten Küstenstadt. Wenn man dann noch die mühelos entspannte und fröhliche Atmosphäre im Eiscafé mit in Betracht zog, konnte man leicht verstehen, warum Sundae & Cher so perfekt in die farbenfrohe und unkonventionelle Gardner Street passte.

Cher war völlig besessen von der Mode der Fünfziger und Sechziger. Stolz trug sie Vintage-Stücke, die sie in einer der Nostalgie-Boutiquen in den Straßen des berühmten Einkaufsviertels von Brighton aufgestöbert hatte. Auch ihr Zuhause kam einer Kultstätte für Retro-Kitsch gleich. Wo sie ging und stand, ließ sich nicht übersehen, wie sehr sie diese Dinge liebte.

Von daher wirkte sie absolut glaubwürdig, wenn sie hinter dem Glastresen von Sundae & Cher stand – und Elsie genauso in ihrer kurzärmeligen schwarzen Bluse mit dem weißen Kragen und den weißen Manschetten, dem türkisfarbenen Tellerrock aus Satin und der weißen Rüschenschürze. Es machte Spaß, sich so für die Arbeit zurechtzumachen, und obwohl die Tage lang und anstrengend waren, stand Elsie mit Begeisterung hinter Chers nostalgischer Geschäftsidee. Es war, als hätte Chers herausragender Tatendrang Besitz von Inventar und Einrichtung des Eiscafés ergriffen: Alles strahlte Optimismus und Freude aus, und das war Elsie in den vergangenen achtzehn Monaten eine wertvolle Hilfe gewesen.

Heute war sie sich ihrer Entscheidung sicherer als je zuvor, während sie farbenfrohe Kugeln hausgemachter Eiscreme in tiefblaue Glaseisbecher drapierte.

„Also, soll ich mich für dich umsehen?“, fragte Cher und dekorierte nebenher die Eisbecher mit schokoladengefüllten Waffelröllchen. „Ich glaube nämlich, ein paar passende Herren zu kennen. Damit will ich natürlich nicht sagen, dass du nicht auch auf eigene Faust jemanden finden könntest, verstehst du? Aber ein bisschen Hilfe kann nie schaden.“

Die Tür wurde geöffnet, und ein Mann mittleren Alters hüpfte über die schwarz-weißen Bodenfliesen auf sie zu. „Guten Morgen, die Damen!“

„Und da ist auch schon der Erste“, meinte Cher augenzwinkernd. „Dennis, mein Schatz. Wie geht es unserem morgendlichen Lieblingskunden?“

Röte überzog die Wangen des Angesprochenen. „Sehr gut, wie immer, wenn ich dich sehe, meine Liebe.“

Cher gab sich schüchtern und klimperte mit ihren falschen Wimpern. „Was für ein Charmeur! Also, womit kann ich dich heute in Versuchung führen?“

Sein Blick huschte gierig über die vor ihm liegenden mächtigen Eisberge in allen Regenbogenfarben (und vielleicht auch ganz nebenbei etwas eingehender über Chers ebenso mächtigen Busen). „Ach, die Qual der Wahl. Ich glaube, ich nehme etwas von euren fantastischen Frühstücksbackwaren. Schließlich ist es noch sehr früh am Morgen.“

„Gute Wahl. Und was dazu, Dennis?“

Elsie kannte das Drehbuch für diese Unterhaltung in- und auswendig. Jeden Montag- und Donnerstagmorgen, immer genau um neun Uhr, kam Dennis Keith auf dem Weg in das kleine Buchhaltungsbüro, in dem er arbeitete, bei Sundae & Cher vorbei. Was er eigentlich wollte, waren drei Kugeln Eis zu seinem

Frühstücks-Schokocroissant, aber sein Sinn für britische Korrektheit und sein Gewissen ließen niemals zu, dass er diesen Wunsch direkt äußerte. Stattdessen begann jedes Mal ein gut einstudiertes Schachern, nur damit er sich hinterher damit beruhigen konnte, gar nicht gierig gewesen zu sein, sondern einfach nur Cher einen Gefallen getan zu haben, indem er auf ihren Vorschlag einging. Schließlich konnte er doch nicht einfach ihre Gefühle verletzen, indem er das angebotene Eis ausschlug.

„Ich überlege, ob ich eine Kugel von eurem exzellenten *gelato* zum Frühstück nehmen könnte?"

„Aber natürlich, mein Lieber. Welche Sorte soll es denn sein?"

Dennis gab sich schrecklich unentschlossen, hüpfte nach links und rechts, während er die Auswahl begutachtete. „Vanille – nein, halt – Mango-Ingwer sieht ganz besonders einladend aus … Aber dann ist da noch Schokoladen-Sternenstaub … oh, oh, diese Qual der Wahl!"

Cher lehnte sich gerade so weit über die Theke, dass sie kurz seinen Blick von der Eiscreme ablenkte. „Dennis, du weißt, dass ich beleidigt bin, wenn du nicht alle drei Sorten probierst …"

Mission erfüllt. Seine Augen funkelten, während er so tat, als sei er überrascht. „Ernstlich? Nun, in dem Fall kann ich natürlich schlecht Nein sagen."

Als er glücklich an einen der Tische entschwand, wirbelte Cher ihren Eisportionierer um ihre Finger wie ein Scharfschütze des Wilden Westens seinen Revolver. „Siehst du? Kenne ich mich mit Männern aus oder nicht?"

Elsie grinste und griff nach einer Speisekarte, die über und über mit rosa Haftnotizzetteln beklebt war. „Daran habe ich nie gezweifelt. Denkst du wieder darüber nach, die Speisekarten neu zu gestalten?"

Cher reichte ihr eine Tasse Tee. „Nicht die Karten. Die Karte."

„Wie bitte?"

„Ich habe mir überlegt, dass wir etwas Neues wagen könnten. Versuchen könnten, unser Angebot ein bisschen zu erweitern. Jetzt, wo es auf Ostern zugeht, scheint mir die Zeit gekommen, eine Art Frühjahrsputz zu veranstalten."

Elsie schaute sich die schriftlichen Anmerkungen auf den rosa Haftnotizen an. „Mir gefällt die Idee, Porridge und Pfannkuchen zum Frühstück anzubieten. Schließlich steht nicht jeder schon am frühen Morgen auf Eis so wie Dennis."

„Ich habe unsere Freunde bei Cupcake Genie um ein paar saisonale Spezialitäten für uns gebeten, und in einige ihrer Ideen kann ich unsere Eiscremesorten mit einbinden", fuhr Cher fort. Ihre Augen funkelten vor Begeisterung. „Und dann wäre da noch was ..." Sie eilte in die Küche hinter der Theke, kam kurz darauf mit einer weiß bereiften Tupperdose zurück, öffnete den Deckel, löffelte ein wenig zart-fliederfarbenes Eis heraus und reichte es Elsie. „Probier mal."

Der Geschmack war unglaublich – ein Aroma von zerdrückten Veilchen- und Rosenblüten. „Wow, das ist umwerfend."

„Biologisch und kuhmilchfrei", strahlte Cher. „Ich habe dafür Mandelmilch benutzt. Das funktioniert mit all unseren Geschmacksrichtungen, und wir haben damit etwas, was niemand sonst in Brighton anbietet. Außerdem habe ich eine Crêpe-Pfanne bestellt. Dann können wir frisch zubereitete Crêpes mit Eis, frischem Obst und nahezu jedem unserer Toppings anbieten. Das wird toll aussehen, und im Café wird es nach heißen Crêpes duften! Wenn das gut läuft, wer weiß? Hausgemachte Waffeln, Eis zum Mitnehmen, noch ein paar mehr Sorten von deinen fantastischen Cookies – alles ist möglich."

„Klingt ganz so, als hättest du dir das alles sehr gründlich überlegt. Und wann willst du all diese Änderungen an der Speisekarte vornehmen?", fragte Elsie.

„Vorläufig noch lange nicht. Ich arbeite zurzeit daran, alle meine Ideen zu bündeln. Außerdem möchte ich auch von dir Vorschläge hören. Dies muss ein gemeinsames Projekt werden, einverstanden?" Sie schaute hinüber in die Ecke des Cafés, in der Dennis selig in seinem Frühstück schwelgte, ohne von Schuldgefühlen geplagt zu werden. „Wenn doch nur alle unsere Gäste so leicht zufriedenzustellen wären wie Dennis, hmm?"

Elsie grinste. „Vielleicht sollten wir ihn zu unserem Chefberater für die Speisekarte machen."

„Du machst Witze! Dann würden wir ihn ja nie mehr loswerden!“

„Stimmt auch wieder.“ Elsie legte die Speisekarte zurück auf den Tresen. „Neues wagen ist also das Motto.“

Das Zwinkern, mit dem Cher sie bedachte, war ausgesprochen unflätig. „In jeder nur denkbaren Hinsicht, Mädchen.“

Am Samstagmorgen traf Elsie sich mit Daisy zum Frühstück im Driftwood Café am Strand nahe des Brighton Marine Palace and Pier. Wie immer wirkte Daisy, als wäre sie von einem Team aus Kosmetikern und Modeschöpfern eingekleidet und hergerichtet worden. Ihre schlichte weiße Bluse war makellos glatt und passte elegant zur dunklen eng anliegenden Jeans und den Halbschuhen. Ein breiter Paschminaschal aus Seide vervollständigte ihr Outfit. Elsie hatte ihre älteste Schwester schon immer bewundert und sich in ihrer frühen Teenagerzeit lange bemüht, Daisys Stil nachzuahmen. Mit sechzehn entdeckte sie dann die abgedrehten Modeboutiquen in North Laine und fand mit deren Hilfe ihren eigenen Stil. Heute trug sie ein niedliches, mit Kirschmuster bedrucktes Kleidchen über lose sitzenden Jeans, dazu ihre heiß geliebten roten Converse-Sportschuhe und einen hellgrünen Cardigan, um sich vor der kühlen Meeresbrise zu schützen. Ein scharlachrotes Band hielt ihre Haare in einem Pferdeschwanz zusammen. Gut zehn Zentimeter kleiner als ihre Schwester, sah Elsie ihr dennoch überraschend ähnlich. Sie beide kamen nach ihrer schon lange abwesenden Mutter mit ihren hohen Wangenknochen und den großen indigoblauen Augen. Ihre Schwester Guin hingegen war ein Abbild ihres Vaters: groß, athletischer Körperbau und dichtes, welliges blondes Haar, um das ihre Schwestern sie glühend beneideten, denn Locken kannten deren völlig glatte Strähnen nicht einmal vom Hörensagen.

Die Vormittagssonne wärmte die Terrasse des Cafés, während Daisy Tee aus einer skurrilen getupften Teekanne in zwei übergroße Tassen goss.

„Ich hoffe, dir ist aufgefallen, dass ich mir das erste Mal seit fünf Monaten an einem Samstag freigenommen habe“, erklärte

Daisy und schob eine der Tassen über die Mosaiktischplatte zu ihrer Schwester hinüber. „Du solltest dich sehr geehrt fühlen."

„Das tue ich."

„Gut." Daisy rührte ihren Tee um und behielt Elsie dabei genau im Auge. „Und? Wie geht es dir mit allem so? Das ist eine ernst gemeinte Frage, Els. Ich erwarte also, dass du mir nichts vorspielst, so wie du es Dad und Guin gegenüber getan hast."

„Mir geht es gut. Nun schau mich nicht so an. Mir geht es wirklich und ganz ehrlich gut."

Daisy war mit dieser Antwort keineswegs zufrieden. „Dann erklär mir doch – denn ich bin mir nicht sicher, dass ich es verstehe –, was dich dazu bewogen hat, wieder mit Männern ausgehen zu wollen?"

„Ich habe angefangen, die Nachrichten in der Schachtel zu lesen."

Klappernd fiel Daisys Teelöffel auf die Untertasse. „Oh. Wow!"

„Ja, ich weiß. Und es fühlt sich gut an. Als wäre der richtige Zeitpunkt gekommen, weißt du? Heute Morgen habe ich die zweite Botschaft gelesen, und sie passt genial. Schau …" Damit zog sie einen zusammengefalteten Zettel aus ihrer Geldbörse und schob ihn über den Tisch.

Ich liebe dich, weil du furchtlos bist und nie Angst davor hast, etwas Neues zu beginnen.
Kuss.

Für jemanden, der dafür berühmt war, seine Gefühle bestens unter Kontrolle zu haben, sah Daisy verflixt danach aus, als würde sie gleich in Tränen ausbrechen. Der Zettel zitterte leicht in ihren Fingern, während sie die Botschaft las, und sie schwieg eine ganze Weile. „Was für eine schöne Aussage …"

„Wenn auch nicht sonderlich überraschend."

„Nein, das wohl nicht." Daisy reichte Elsie den Zettel zurück. „Ich weiß, das klingt jetzt reichlich seltsam, wenn man alles bedenkt, aber du hast wirklich unglaubliches Glück. André hat in all der Zeit, die ich ihn kenne, noch nie so etwas zu mir gesagt."

„Würdest du dir denn wünschen, dass er es täte?"

„Oh, ich weiß nicht. Manchmal denke ich, es wäre ganz nett, mal zu hören, was er für mich empfindet, aber dann wieder sage ich mir einfach, dass wir zu den Paaren gehören, bei denen das nicht so läuft. Es ist ja auch nicht das, was wirklich wichtig ist." Damit wischte sie das Thema mit einer wegwerfenden Handbewegung beiseite, als wäre es eine lästige Fliege. „Und? Was wirst du mit dieser Botschaft anfangen?"

„Ich muss etwas Neues beginnen."

„Zum Beispiel?"

Elsie sog tief die salzige Luft ein, die von den in der Ferne auf den steinigen Strand brandenden Wellen aufstieg. Über ihnen kreiste ein kreischendes Pärchen Möwen. „Ich habe keine Ahnung. Aber ich glaube, wenn ich etwas Neues beginne, könnte mir das helfen, mich wieder als eigenständige Person zu betrachten. Verstehst du?"

„Du bist eine eigenständige Person …", setzte Daisy zum Protest an.

„Ja, das weiß ich doch. Aber vor mir liegt jetzt dieses ganze unerwartete Leben, und ich sollte mir darüber klar werden, was ich damit anfangen will. Ich muss einfach dahinterkommen, was als Nächstes geschieht."

Daisy schüttelte den Kopf. „Du bist wirklich erstaunlich. Wie du mit alledem fertiggeworden bist … also, ich halte das für fantastisch." Verlegen über ihren eigenen Gefühlsausbruch redete sie rasch weiter. „Hast du schon darüber nachgedacht, was du gern tun würdest?"

„Ein wenig. Bisher ist mir aber nur eine Sache eingefallen, die nicht wirklich etwas Neues ist."

„Schieß los."

Aufregung bemächtigte sich ihrer, und sie fuhr fort. „Schön. Erinnerst du dich noch, wie wir als Kinder immer diese grässlichen Musikshows für Dad aufgeführt haben?"

„Sonntagnachmittags! Das hatte ich ganz vergessen!" Daisy klatschte in die Hände und lachte so laut, dass ein vorbeieilender Kellner fast sein Tablett hätte fallen lassen.

Um Elsies achten Geburtstag herum wurden die Sonntagnachmittage im Haus der Maynards zu Musikspektakeln. Daisy, die damals zwölf war, hatte sich gerade einem Kindertheaterclub angeschlossen, der zur örtlichen Methodistenkirche gehörte. Sie war fest davon überzeugt, ihr sei es bestimmt, eines Tages im Rampenlicht des West End zu stehen. Wie bei fast allem, was in ihrer Kindheit geschah, waren die Produktionen der Maynard-Schwestern von Daisy angestiftet. Sie dienten ihr vor allem als Mittel, ihre eigenen Schauspielkünste vorzuführen, und ihre beiden Schwestern bekamen die Nebenrollen aufs Auge gedrückt. Nicht, dass es ihnen etwas ausgemacht hätte. Sie beide liebten und bewunderten ihre selbstbewusste, willensstarke Schwester. Woche um Woche wurde das Sonntagstheater noch enthusiastischer und kunstreicher. Elsie und Guin führten nach und nach Kostüme ein, wackeläugige Sockenpuppen und schließlich auch Musik. Als Elsie zwölf war, war sie auf den Posten des Musikdirektors aufgestiegen. Dann spielte sie auf dem permanent verstimmten Klavier im Esszimmer, während ihre Schwestern tanzten und sich maßlos theatralisch durch langatmige selbst geschriebene Produktionen schauspielerten.

„Armer Dad", lachte Daisy. „Kaum zu glauben, dass er das tatsächlich Woche für Woche über sich ergehen lassen hat."

„Als Publikum war er aber großartig. Jeden Sonntag stehende Ovationen, weißt du noch?", meinte Elsie grinsend.

„Wie könnte ich das je vergessen? Du denkst aber nicht daran, die Sonntagsspektakel wieder aufleben zu lassen?"

„Hmm, ich bin mir nicht sicher, ob Brighton für so experimentelles Theater bereit ist. Aber ich dachte, ich könnte mich vielleicht einer Theater- oder Musiktheatergruppe anschließen. An Musicals hätte ich wirklich großen Spaß – obwohl meine alten Stimmbänder schon seit Jahren nicht mehr gefordert wurden. Außerdem wäre es gut, neue Leute kennenzulernen, mal wieder rauszukommen. Mit irgendetwas muss ich anfangen, und wenn ich etwas tue, das mir Spaß macht, scheint mir das ein guter Anfang zu sein. Selbst wenn meine Stimme nach all den Jahren ziemlich zu wünschen übrig lässt."

Daisy starrte ihre Schwester an, als hätte diese gerade behauptet, das Meer sei rosa. „Du machst wohl Witze! Deine Stimme ist fantastisch. Viel besser als die jedes anderen Familienmitglieds, einschließlich Onkel Frank. Und der hat jahrelang seinen Lebensunterhalt damit verdient, in örtlichen Pubs das Great American Songbook zu vergewaltigen. Ich schätze, du könntest singen, wo immer du wolltest, und die Leute würden dir zuhören."

„Lieb, dass du das sagst, aber ich glaube, ich muss ein wenig üben, bevor ich mich damit an die Öffentlichkeit wage."

„Unsinn. Warte mal …" Daisys Augen wurden groß, als ihr eine Idee durch den Kopf schoss. „Du könntest *gleich hier* singen."

Damit deutete sie auf eine Ecke des Bohlenweges des Cafés, in der ein in allen Regenbogenfarben bemaltes Klavier stand. So wie es aussah, hätte es auch bei einem Coldplay-Konzert nicht fehl am Platze gewirkt. Zum Café gehörte es seit dem vorigen Sommer und war ein Überbleibsel eines sechswöchigen Kunstprojekts. Auf dem Deckel stand eine Einladung: „Spiel auf mir – ich gehöre ganz dir!", und gelegentlich nahm jemand die Herausforderung an. Das wiederum bedeutete, dass man jederzeit damit rechnen konnte, zum biologisch angebauten Fairtrade-Kaffee ein Rock'n'Roll-Medley, ein Stück von Chopin oder eine grässliche Interpretation der Chopsticks Brothers geboten zu bekommen.

„Pssst, red keinen Unfug!" Elsie lachte nervös und schaute sich um. Hoffentlich hatte niemand der Cafégäste gehört, was Daisy gerade vorgeschlagen hatte. Glücklicherweise schienen die anderen Gäste auf der Terrasse nichts mitbekommen zu haben und genossen einfach nur ihr Frühstück in der Frühlingssonne.

Aber Daisy Maynard war eine unglaublich schöne Frau auf heiliger Mission. „Ich meine das ernst, Els! Mach schon – jetzt. Geh, sing etwas!"

„Ich kann nicht …“

„Doch, du kannst. Du bist furchtlos, weißt du noch?“ In ihren dunkelblauen Augen blitzte es schelmisch auf, und sie lehnte sich in ihrem Stuhl zurück, ein siegesbewusstes Lächeln auf den Lippen. „Wetten, dass du dich nicht traust?“

Elsie starrte ihre Schwester an. Wenn es eine unumstößliche Wahrheit gab, die die Maynard-Schwestern kannten, dann diese: Ein „Wetten, dass du dich nicht traust“ war die ultimative Provokation. Es zu ignorieren kam einem Verrat an der Familienehre der Maynards gleich, und wer das tat, zog den endlosen Spott des gesamten Clans auf sich: von Dad, Daisy, Guin und sogar von ihrer bereits verstorbenen Großmutter Flo, die zu Lebzeiten geradezu fanatisch an dieser Regel festhielt. Ganz gleich, welche möglichen Konsequenzen das Eingehen auf eine solche Provokation auch haben mochte, sie zu ignorieren und mit dem Widerhall zu leben, war einfach viel schlimmer.

Elsie schnitt ihrer Schwester eine Grimasse, aber die Würfel waren gefallen. Während sie sich langsam erhob, jagte ein Adrenalinstoß durch ihre Adern. Was sie im Begriff war zu tun, kam ihr so kühn vor, dass sie beinah in lautes Jammern ausgebrochen wäre. Daisy nickte eifrig, als Elsie zum Klavier hinüberging. Sie lockerte ihre Finger über den bunten Tasten, atmete einmal tief durch und legte los.

Die ersten paar Töne von „I Will Survive“ kamen noch ein wenig zittrig heraus – verständlicherweise, immerhin starrten sie die anderen Cafégäste inzwischen völlig überrascht an. Aber als Daisy den Edelstahltisch zum Schlagzeug umfunktionierte und darauf den Takt zu schlagen begann, wuchs Elsies Selbstvertrauen. Beim Refrain angekommen, wummerte ihr Herz wie eine Dampflokomotive, und sie sang aus vollem Hals.

Und dann geschah etwas Bemerkenswertes.

Ein Mann mit Brille in einem figurbetonten karierten Hemd ganz am anderen Ende der Terrasse erhob sich plötzlich von seinem Platz und stimmte in den Refrain ein. Als Nächstes folgte eine Dame am Nebentisch. Und während immer mehr Leute einstimmten, infizierte der gemeinsam empfundene Nervenkitzel ihrer spontanen Aufführung das ganze Café. Die Gäste im Inneren drängten sich an den Fenstern und in der offenen Tür, um sich das Schauspiel anzusehen, und einige Leute, die gerade ihre Hunde ausführten, blieben stehen, um das außergewöhnliche Geschehen zu verfolgen. Läufer auf der Promenade hielten an und schauten über die seegrünen Geländer herüber; ein kleiner Trupp Teenager hörte für eine Weile auf, SMS zu versenden, und richtete die Smartphone-Kameras auf das Café; ältere Pärchen, die ihre Eisbecher genossen, machten sich gegenseitig auf das Spektakel aufmerksam und lachten. Überall sah man lächelnde Gesichter, und während Elsie ihre improvisierte Gesangstruppe in den letzten Refrain geleitete, fühlte sie sich so lebendig wie schon lange nicht mehr.

Als das Lied endete, gab es enormen Jubel von Sängern und Zuschauern gleichermaßen. Das miteinander geteilte Empfinden ließ Elsie Tränen in die Augen schießen, als auch die Bedienung im Café bewundernd zu pfeifen begann und wie wild applaudierte. Dann – schließlich waren sie hier in Brighton – kehrten die unabsichtlichen Flashmob-Teilnehmer verlegen an ihre Tische zurück, als wäre nichts geschehen.

In Hochstimmung klatschte Elsie ihre grinsende Schwester ab. „Na, wie war das?“

Daisy verneigte sich tief. „Du bist ganz offiziell meine Heldin, Elsie Maynard! Was für eine verdammt gute Art, etwas Neues zu beginnen.“

„Vielen Dank.“

„Das schreit nach Kuchen. Nein, tut mir leid, du kannst nicht ablehnen, Schwesterherz. Du bist gerade zur Legende geworden. Kuchen ist das einzig Passende, womit ich deinem Genie huldigen kann.“ Damit enteilte Daisy ins Innere des Cafés.

Elsie lächelte in sich hinein. Sie empfand eine starke innere Befriedigung. Was sie da gerade abgezogen hatte, war hochgradig albern gewesen, aber es hatte etwas tief in ihrem Inneren wachgerüttelt. Sie hatte Ausschau nach etwas Neuem gehalten. Und obwohl sie sich ganz und gar nicht sicher war, dass diese Entdeckung tatsächlich eine Bedeutung hatte, konnte sie sich des Gefühls nicht erwehren, dass gerade etwas Wichtiges geschehen war. Sie irrte sich tatsächlich nicht. Denn ohne dass sie sich dessen bewusst war, hatte jemand ihren spontanen Auftritt von der Brüstung der Promenade her aufmerksam verfolgt. Jemand, der ihr Leben vollständig umkrempeln sollte …

3. KAPITEL

Sehr erfreut, Sie kennenzulernen …

Er war ganz in Schwarz gekleidet: von seinen zu eng sitzenden Jeans (wirklich nicht unbedingt ratsam für einen Mann seines Alters) über seine abgewetzten mit silbernen Sternen beschlagenen Lederstiefel und das zerrissene T-Shirt mit dem weißen Totenschädel, der einem zuzublinzeln schien, bis hin zu seiner abgetragenen Lederjacke und dem zerbeulten Stetson. Die einzige Ausnahme in diesem ganzen Schwarz war ein purpurrotes Halstuch, das er sich umgebunden hatte. Über seinen Rücken hing ein langer, ergrauender Pferdeschwanz, und an seinen Handgelenken klimperten Silberketten. Während er die bemerkenswerte Szene beobachtete, die sich in dem Terrassencafé unterhalb seines Standortes abspielte, lehnte er an der Promenadenbrüstung, kaute nachdenklich auf seinem Zimtkaugummi herum und nickte langsam, als ein unbestreitbar genialer Plan in seinem Kopf Form annahm.

Als die Schaulustigen auf der Promenade um ihn herum sich langsam zerstreuten, zog er eine blaugetönte Sonnenbrille mit runden Gläsern aus seiner Gesäßtasche, setzte sie sich feierlich auf die Nase, zog seine Hutkrempe ein Stückchen tiefer und schlenderte die Steinstufen zur Terrasse hinunter.

Daisy kam mit einem Tablett zurück, das Gesicht gerötet vor Lachen. „Da drin sind sie hin und weg von dir“, sprudelte sie hervor. „Der Kuchen geht aufs Haus!“

„Im Ernst? Du liebe Güte, vielleicht sollte ich so etwas öfter tun.“

„Der Manager hat gefragt, ob du nächsten Samstag wiederkommen kannst. Ich glaube, er meinte das ernst …“

„Ich bin mir nicht sicher, ob ich wirklich als Sängerin in einem Café auftreten möchte, aber es ist nett, dass er gefragt hat“, meinte Elsie und stieß mit ihrer Tasse Tee mit Daisy an.

„Eeeeengel!“, mischte sich plötzlich eine fremde Stimme über ihren Köpfen ein.

Elsie und Daisy schauten auf und entdeckten einen ganz in Schwarz gekleideten Mann mittleren Alters, der neben ihrem Tisch stehen geblieben war.

Daisy runzelte fragend die Stirn. „Wie bitte?“

„Du bist eine Vision, ein Wunder, ein *mystisches Zeichen*, Baby.“

Elsie unterdrückte ein Kichern, aber Daisy empfand sofort eine Abneigung gegen den unwillkommenen Fremden, der ihr Gespräch unterbrochen hatte. „Nein, danke!“, erklärte sie fest.

Einen Moment schien er aus dem Konzept gebracht. „Wie bitte?“

„Was immer Sie verkaufen wollen, wir haben kein Interesse.“

„Lady, sehe ich etwa so aus, als wäre ich ein gemeiner Strandhändler?“

„Ich habe keine Ahnung, wer oder was Sie sind. Aber meine Schwester und ich genießen einen entspannten gemeinsamen Morgen. Wenn es Ihnen also nichts ausmacht, würden wir gern …“

„Deine Schwester? Deine Schwester ist ein Geschenk der Götter, Mädchen.“

„Sie sind sehr nett“, gab Elsie zurück. Sie fand den Schwarzgekleideten wesentlich lustiger als Daisy. „Aber ich glaube, Sie verwechseln mich mit jemandem.“

„Aber ganz und gar nicht“, erwiderte er, schnappte sich einen Stuhl von einem Nebentisch und setzte sich uneingeladen zu ihnen. „Du bist genau diejenige, nach der ich gesucht habe!“

„Ahem, hören Sie mal …“, begann Daisy, aber der schwarzgekleidete Mann hörte gar nicht zu.

„Woody“, stellte er sich vor und streckte Elsie seine Hand entgegen, wobei die Ketten an seinem Arm leise klimperten. „Woody Jensen. Vielleicht kennst du mich noch aus den Achtzigern: Die Rockband Hellfinger.“

Der verständnislose Gesichtsausdruck beider Maynard-Schwestern zeigte klar und deutlich, dass dieser Name beiden nichts sagte. Woody fuhr dennoch unbeeindruckt fort. „Ich war an dem Welthit ‚Hard Rockin' Summer' beteiligt – 1987? Auf der Kerrang! Radio Playlist steht er immer noch ganz oben …"

Elsie zuckte die Achseln. „1987, da war ich zwei und meine Schwester sechs – tut mir leid."

Sichtlich ernüchtert, nahm Woody den Hut ab und legte ihn auf den Tisch. „Es war ein bahnbrechender Hit, Mann … Welttournee, Groupies, alles, was dazugehört. Bist du sicher, dass du dich nicht daran erinnerst?" Er begann, mit kehliger Falsetto-Stimme zu singen und trommelte dazu mit seinen beringten Fingern auf die Tischplatte: „*Heart beatin' faster than a-Olympic runn-uhh, we're livin' the dream for a hard rockin' summ-uhh … Oh-oohh, hard rockin' summ-uhh …*" Hoffnungsvoll schaute er Elsie und Daisy an. „Na klingelt's?"

„Ja, Alarmglocken", murmelte Daisy.

„Wie bitte?"

„Schauen Sie, es war nett, Sie kennenzulernen, wie Sie sehen, aber ich würde es trotzdem sehr begrüßen, wenn Sie uns jetzt allein lassen könnten?"

Woody verschränkte die Arme vor der Brust. „Nicht, bevor deine Schwester meinen äußerst attraktiven Vorschlag gehört hat." Damit grinste er Elsie lasziv an.

Sofort bereit, ihre Schwester vor etwas zu schützen, was sie als verdächtigen Annäherungsversuch eines räudigen Rockers betrachtete, sprang Daisy auf und beugte sich drohend über Woody. „Jetzt hören Sie mal zu. Ich habe Sie auf nette Weise gebeten zu gehen. Wenn Sie trotzdem unbedingt bleiben wollen, werde ich den Besitzer darum bitten, Sie aus dem Café zu werfen …"

„Hey, nun beruhig dich doch, Baby. Ich will deiner Schwester doch nur eine Frage stellen, und dann gehe ich. Ist das akzeptabel?"

Plötzlich empfand Elsie Mitleid mit dem ehemaligen Rockstar an ihrem Tisch. Sie legte eine Hand auf den Arm ihrer Schwester. „Ich glaube, wir sollten uns anhören, was Mr Jensen zu sagen hat, Liebes."

Daisy ließ sich wieder auf ihren Stuhl sinken. „Aber er ist …"

Ohne auf den Protest ihrer Schwester zu achten, wandte Elsie sich an Woody. „Also fragen Sie."

Ein Ausdruck reinster Ehrfurcht huschte über Woodys stoppelbärtiges Gesicht. „Eeeeengel", hauchte er, bevor er seine Fassung wiedergewann. „Ich brauche deine Hilfe. Schau, ich bin ein Mann, der stärker von Wunschträumen und künstlerischen Fähigkeiten beherrscht wird, als für einen Normalsterblichen gut ist. Aber ich trage diese Bürde dank meiner Kreativität. Jedenfalls stehe ich unmittelbar vor einer Wiedergeburt. Man könnte es auch eine spirituelle Nachjustierung nennen. Und ich werde das Gefühl nicht los, diese neue Phase meines Lebens könnte die wichtigste werden. Jedenfalls dann, wenn ich mein Projekt zum Laufen bekomme."

Daisy starrte ihn an, als wäre er ein dreiköpfiges Alien. Elsie hingegen schenkte ihm ein geduldiges Lächeln. „Und was genau wollten Sie mich fragen?"

„Nun ja, ich schlenderte da oben über die Promenade, dachte über meine nächsten Schachzüge nach – und dann hatte ich eine Vision. Genau wie 1984, als ich von einer Rockband träumte, die die Welt erobern sollte, und Hellfinger aus der Taufe gehoben wurde. Und diese Vision, das warst du, die du hier, auf dieser bescheidenen Terrasse, wie eine musikalische Schamanin die Gläubigen von Brighton bezaubert hast, sich deinem mystischen Willen zu unterwerfen."

Elsie musste lachen. „Das war doch nur ‚I Will Survive', kein religiöser Gesang."

„Genau, Mädchen! Du hast einen schlichten Song gewählt und ihn in pure Magie verwandelt. Genau das strebe ich an."

„Es tut mir leid, ich verstehe wirklich nicht, worum Sie mich eigentlich bitten wollen …"

Völlig überraschend für sie, griff Woody nach ihrer Hand. „Ich rede von einem Chor, Babe! Aber nicht von einer scheinheiligen sacharinsüßen Sängergruppe in einer Kirche. Ich spreche von einer Band stimmgewaltiger Gläubiger, die einem Massenpublikum treu klassische Stücke präsentiert. Stücke von Hendrix, Lennon, McCartney oder Gaga. Aber ich schaffe das nicht allein. Ich brauche einen Musikdirektor. Einen Mitarbeiter, der mir hilft, meinen Traum Wirklichkeit werden zu lassen. Ich habe das Universum um ein Zeichen gebeten – und im selben Moment hast du begonnen zu singen. Das ist ein Wink des Schicksals, Babe! Also, was sagst du dazu? Wagst du den Sprung in den Abgrund des Zufalls und spielst auf dem Klavier des Schicksals?“

„Bei einem solchen Angebot, wie könntest du da ablehnen?“, spottete Daisy.

„Ja, wie könnte ich …?“, gab Elsie zurück, während ihr durch den Kopf schoss, welche Möglichkeiten sich ihr so plötzlich und unerwartet eröffneten.

Daisy packte sie am Arm. „Moment mal. Du denkst doch nicht ernstlich darüber nach, oder?“

Elsie konnte nicht lügen. Obwohl es jede Menge guter Gründe gab, das Angebot nicht anzunehmen, fand sie diesen alternden Rocker mit seiner verrückten Idee äußerst sympathisch. Dies hier schien das Potenzial zu etwas ganz Besonderem zu haben und das faszinierte sie ungemein. In Lucas' Botschaft dieser Woche hatte gestanden, dass sie furchtlos war. Wenn sie sich also diesem Projekt verschrieb, würde sie dann nicht beweisen, dass es stimmte?

„Ich wollte doch etwas Neues beginnen. Vielleicht ist das genau das Richtige.“

„Unter keinen Umständen! Tut mir leid, Elsie, ich kann dir das nicht erlauben.“

Woody runzelte die Stirn. „Ich schätze, du wirst feststellen, dass Elsie durchaus kann …“

„Daisy, ich glaube, das könnte funktionieren. Ich wollte irgendetwas mit Musik tun, und diese Sache – das könnte Spaß machen. Stell dir vor, was für Leute sich auf einen unkonventionellen Chor einlassen würden. Leute, mit denen ich etwas gemeinsam habe und mit denen ich etwas aufbauen könnte … Komm schon, Dais, du hast gesagt, du würdest mich in allem unterstützen, wofür ich mich entscheide. Wenn ich etwas Neues beginnen und mich vielleicht wieder verabreden möchte, dann könnte das die perfekte Gelegenheit sein.“

„Ja, Daisy, entspann dich und ergreife die Vision", fügte Woody hinzu. Besonders klug war das vermutlich nicht, wenn man die Mordlust in Daisys Augen aufblitzen sah.

„Niemand hat uns einander vorgestellt. Was fällt Ihnen also ein, mich beim Vornamen zu nennen!", stieß sie hervor. Ihr Argument war so durch und durch britisch, dass Elsie kichern musste.

„Daisy Maynard, darf ich dir Woody Jensen vorstellen? Woody, das ist Daisy. Und ich bin Elsie. Damit haben wir die formelle Vorstellung hinter uns gebracht. Zufrieden?"

„Nicht wirklich." Wütend schlang Daisy ihren langen Paschminaschal um ihre Schultern und funkelte sie beide an. „Wenn du das tun willst, meinetwegen. Aber ich bin dabei. Ich lasse dich auf keinen Fall mit diesem – diesem – mit dieser Person allein irgendwohin gehen."

Woody griff nach seinem Stetson und setzte ihn sich auf den Kopf. „Geht klar, Babe. Je mehr, desto besser."

Sie vereinbarten, dass sie sich am kommenden Dienstagabend im Sundae & Cher treffen würden. Woody war sichtlich von der Aussicht auf die Erfüllung von Wunschträumen und traumhaften Eiscremesorten in Kombination angetan. Daisy wartete, bis Woody gegangen war, bevor sie Elsie sagte, was sie wirklich von der Sache hielt.

„Ich kann einfach nicht glauben, dass du auch nur in Erwägung ziehst, mit diesem Typen irgendetwas gemeinsam in Angriff zu nehmen", sagte sie, während sie langsam über den Kieselstrand wanderten. „Das ist doch ein Spinner!"

Elsie bückte sich nach einem glatten grauen Stein. „Ich weiß, er ist ein bisschen … exzentrisch, aber ist das nicht jeder in dieser Stadt? Und du musst doch zugeben, das Ganze klingt, als könnte es wirklich Spaß machen."

„Für mich klingt es nach einem Albtraum", schoss Daisy zurück. „Els, bist du sicher, dass du das willst? Es gibt nämlich alle möglichen seriösen und anständigen Chöre in Brighton, denen du dich stattdessen anschließen könntest. Das DreamTeam soll einfach wunderbar sein – und sie treten jedes Jahr im Theatre

Royal auf. Stell dir vor, du singst auf dieser Bühne! Es würde dir gefallen, da bin ich sicher ..."

Elsie warf ihrer Schwester einen schiefen Blick zu. „Ich in einer Singgruppe, die von Jeannette Burton geleitet wird? Der vermutlich einzigen Chorleiterin, die sich stärker ins Rampenlicht drängt als ihre Truppe? Nein danke. Ich will nicht unter der Leitung einer Mittfünfzigerin in hautengen roten Lederhosen Medleys singen. Die Vorstellung finde ich zutiefst abschreckend ..." Ihr fiel wieder ein, wie Chers vernichtendes Urteil über die Frau ausgefallen war – „Wie Simon Cowell in rotem Leder" –, und sie musste lächeln. „Außerdem", fuhr sie fort und spielte dabei mit dem glatten Stein in ihren Händen, „wäre der Chor, den Woody und ich ins Leben rufen könnten, eine spaßige Angelegenheit und definitiv alles andere als konventionell."

Wandel war eine gute Sache, entschied Elsie, während sie über die Ereignisse der letzten Woche nachdachte. Die Entscheidung, wieder mit Männern auszugehen – auch wenn sie bisher nur in der Theorie gefallen war und sie noch keinen Schlachtplan hatte –, und die Möglichkeit, an einem wie auch immer gearteten musikalischen Projekt teilzuhaben, wie Woody es sich vorstellte, erfüllte sie mit freudiger Erregung. Oberflächlich betrachtet war keine der beiden Entscheidungen sonderlich weltbewegend, aber für sie waren es wichtige Schritte nach vorn.

Später an diesem Nachmittag – Daisy war inzwischen fort, um sich mit Freunden zum Essen zu treffen – rief Jim an und bat Elsie, in seinem Laden vorbeizuschauen. Da sie sonst nichts vorhatte, freute sie sich über die Einladung. Außerdem besuchte sie ihren Vater gern an seinem Arbeitsplatz.

Jim Maynard war der Eigentümer des Brighton Home Store. Der Laden lag mitten im Stadtzentrum und war damit das erste Haus am Platz, wenn es um hochwertige Möbel ging. Er hatte das Geschäft von seinem Vater und der wiederum von seinem Großvater geerbt und war deshalb in Brighton bestens bekannt. Ihn mit Anzug und Krawatte zu sehen amüsierte Elsie jedes Mal aufs Neue. Schließlich wusste sie nur zu gut, wie er wirklich war. Außerhalb seiner Arbeit scheute Jim alles Konventionelle noch mehr als seine Kinder, ja sogar mehr als die New-Age-Anhängerin, Veganerin und selbst ernannte Erdmutter Guin. In seinem Zuhause war er die Verkörperung des alternativen Lebens schlechthin. In seiner Teenagerzeit hatte er vier Jahre in einer Hippie-Kommune gelebt und nie ganz seine Begeisterung für Frieden, Liebe und Batikstoffe verloren. Folgerichtig war ihr Elternhaus eine regelrechte Farbexplosion: Jedes Zimmer war dekoriert mit knallbunten indischen Stoffen, und die Wände waren hell gestrichen und mit leuchtenden Mustern bemalt. Er aß seine selbst zubereiteten vegetarischen Mahlzeiten von handgetöpferten Tellern (von Guin gefertigt), ließ in Wohnzimmer und Küche Räucherstäbchen glimmen und hegte eine Vorliebe für hypnotisierende Sitar-Musik, die fast permanent auf einem seiner vielen CD-Player lief und im ganzen Haus zu hören war.

In seinem Geschäft hingegen war Jim Maynard ein mustergültiger Geschäftsmann. Der einzige Hinweis auf sein verborgenes Hippie-Dasein war der kleine Goldring, den er in einem Ohr trug, ein Detail, das seinen gut betuchten und ganz entschieden konventionellen Kunden kaum auffiel. Er hatte diese Entscheidung, im Geschäft seriös und konventionell aufzutreten, bewusst getroffen, als er den Laden übernahm. Sie war ein Zeichen seines Respekts für seinen Vater, der so durch und durch konservativ war, wie man nur irgend sein konnte. Und obwohl Jim das nie in Worte gefasst hätte, definierte seine Geschäftspersönlichkeit die andere Seite seines Wesens: sein Pflichtbewusstsein und sein Engagement, die auch seine allumfassende Liebe und Hingabe zu seinen Töchtern prägten.

Elsie liebte das Familiengeschäft – den Duft nach Möbelpolitur und neuen Stoffen, der sich mit dem Aroma frisch gebrühten Kaffees mischte, den Jim den ganzen Tag für seine Kunden bereithielt. Als kleines Kind hatte sie viele glückliche Stunden damit verbracht, ihrem Vater bei der Arbeit zuzusehen und so zu tun, als wäre der ganze Laden mit seinen eleganten Möbelarrangements ihr eigenes Zuhause. Nachdem ihre Mutter die Familie im Stich gelassen hatte, verbrachten Elsie und ihre Schwestern sogar noch mehr Zeit im Geschäft. Nach der Schule gingen sie dorthin und blieben bis Ladenschluss, um gemeinsam mit Jim nach Hause zu gehen. Als sie größer wurden, arbeiteten sie alle samstags aushilfsweise im Laden mit. Die Folge war, dass jede von ihnen ihre Liebe für dekorative Inneneinrichtung entdeckt hatte, und das sah man ihren eigenen Wohnungen auch an.

Elsie fragte sich oft, wer von ihnen – wenn überhaupt eine – eines Tages den Laden von ihrem Vater übernehmen würde. Guin baute an ihrem eigenen Haus, leitete ihre Töpferei und bereitete sich auf eine Familie vor, zu der nach ihren Plänen mindestens drei Kinder gehören sollten; Daisy war Teilhaberin bei einem Innenarchitekten und würde das wohl kaum gegen die Leitung eines Provinz-Möbelgeschäfts eintauschen wollen. Damit blieb nur Elsie übrig, die im Augenblick mehr als zufrieden mit ihrem Job als Assistenzmanagerin des Eiscafés war. Jim schienen diese Aussichten jedoch nicht sonderlich zu beunruhigen. Er wirkte zufrieden, dass seine drei Mädchen ihren eigenen Weg gingen und ihr Glück machten.

Als Elsie das Geschäft betrat, füllte er gerade ein Auftragsformular für eine ältere Kundin aus. Er hob grüßend seine Hand und zwinkerte ihr zu. Elsie winkte zurück und nahm die neue Kissenauslage neben dem Verkaufstresen in Augenschein. Nur zu gern sah sie ihrem Vater zu, wenn er mit Kunden verhandelte. Jim war ein geborener Entertainer und entlockte noch dem griesgrämigsten Ladenbesucher ein Lächeln. Diese Fähigkeit hatte ihm auch einen Platz im Stadtrat eingetragen, wo er sich als Friedensstifter zwischen streitenden Parteien einen Namen gemacht hatte.

Er geleitete die alte Dame zur Tür und kam dann zurück, um Elsie in die Arme zu schließen. „Ach, wie schön, dich zu sehen! Wie war dein Tag, mein Schatz?"

„Großartig. Sieht ganz so aus, als würde ich einen Chor ins Leben rufen."

Jims Gesichtsausdruck umwölkte sich. Aber als Elsie von ihrem Auftritt im Strandcafé und ihrer Begegnung mit Woody erzählte, reagierte er mit breitem Grinsen.

„Woody Jensen von Hellfinger? Wow, Kind, der Mann ist eine Legende! Und du wirst mit ihm zusammenarbeiten?"

Elsie musterte ihren Vater verdutzt. „Ich wusste gar nicht, dass du insgeheim etwas für Rockmusik übrighast, Dad?"

„Ach, es gibt eine Menge, was du nicht über mich weißt, Süße", erwiderte er und tippte sich mit einem Finger an die Nase. „Ich habe Hellfinger '88 in Knebworth erlebt, in dem Jahr, nachdem ‚Hard Rockin' Summer' an die Spitze der Charts gestürmt war. Sie waren einfach umwerfend. Eine Schande, wie das geendet ist. Ihr Drummer hat sich während einer Tournee in Japan umgebracht, und es stellte sich heraus, dass er derjenige war, der die Band zusammengehalten hatte. Ohne ihn fiel sie einfach auseinander. Im Jahr darauf hatten sie einen Auftritt in Köln und ich glaube, danach haben sie versucht, Woody als Leadsänger zu ersetzen. Das war der letzte Sargnagel für Hellfinger."

„Wer hätte gedacht, dass mein Vater sich ausgerechnet mit Hellfinger so gut auskennt?", staunte Elsie und ignorierte die gespielte Empörung ihres Vaters. „Also, wolltest du was Bestimmtes oder einfach nur deine Lieblingstochter sehen?"

„Ich freue mich immer, dich zu sehen", gab er zurück und ging hinüber zur Kaffeemaschine, die in der kleinen Küche hinter dem Verkaufstresen vor sich hin dampfte. „Kaffee?"

„Sehr gern, danke."

„Bitte sehr." Damit reichte Jim ihr einen Becher, und gemeinsam gingen sie zu einem Arrangement von zwei mit türkisgrünem Samt bezogenen Chaiselongues hinüber, um sich zu setzen. „Also, ich hoffe, du bist mir nicht böse, Liebling, aber ich habe über das nachgedacht, was du gesagt hast. Und etwas getan, was ich vermutlich besser nicht hätte tun sollen."

„Oh?" Amüsiert nahm sie den verlegenen Gesichtsausdruck ihres Vaters zur Kenntnis. „Keine Bange, Dad, ich werde dich nicht enterben. Also, was hast du ausgefressen?"

„Nun, ich habe Marty gegenüber zufällig heute Morgen deine große Entscheidung erwähnt, und wir – nun ja – haben einen Plan ausgeheckt."

Elsie wusste, dass ihr Gesichtsausdruck bei der Erwähnung von Jims Geschäftspartner nichts über ihre wahren Empfindungen zeigte. Marty Hogarth arbeitete seit Mitte der Neunziger mit Jim zusammen, und er war im Verhalten, in der Einstellung zu den Kunden und in seiner Weltsicht das exakte Gegenteil ihres Vaters. Wo Jim immer das Beste von jedem annahm, so unangebracht sein Glaube an das Gute auch manchmal sein mochte, betrachtete Marty die Welt mit zynischem Blick und in der festen Überzeugung, dass jeder seine eigenen heimlichen Ziele verfolgte. Dennoch ließ Jim sich in seiner Sympathie für Marty nicht erschüttern, also benahmen Elsie und ihre Schwestern sich um seinetwillen höflich, solange er im Raum war. Was sie sagten, wenn er nicht dabei war, stand auf einem anderen Blatt …

„Und was hatte Captain Zynisch dazu zu sagen?"

Jim musterte sie vorwurfsvoll. „Hör mal, das ist wirklich nicht angebracht. Marty ist ein guter Mann, Elsie – nein, das ist er wirklich. Jedenfalls steht er voll hinter deiner Entscheidung."

„Tatsächlich?"

„Ja. Wie du siehst, ist er nicht so übel, wie du ihn gern darstellst. Ich habe ihm erzählt, dass du daran denkst, wieder mit Männern auszugehen, und er hat jemanden vorgeschlagen, der dich gern kennenlernen würde."

„Ah …"

„Moment, bevor du Nein sagst, hör mich erst mal zu Ende an. Martys Neffe Oliver ist ein wirklich netter Kerl. Ich arbeite seit einem Monat mit ihm an der neuen Webseite des Geschäfts, und wir verstehen uns blendend. Ich glaube ehrlich, dass ihr beide eine Menge gemeinsam habt."

Elsie liebte ihren Vater für seinen Enthusiasmus, aber in ihr machte sich dennoch leises Grauen breit. „Wie lieb von dir, Dad, und ich weiß deine Bemühungen wirklich zu schätzen, aber ich weiß doch überhaupt nichts von ihm, also …"

Jim faltete seine Hände in seinem Schoß. „Das ist mir doch klar. Deshalb kommt er ja auch zum Kaffee."

„Wann?"

„Er kann jeden Augenblick hier sein."

„Dad …"

„Ich weiß, ich hätte dich vermutlich vorher fragen sollen. Aber Olly sagte, er wolle heute vorbeischauen, und ich wusste, dass du heute Nachmittag nicht arbeitest. Deshalb dachte ich … Nun schau mich doch bitte nicht so an, Els. Ich habe nur versucht, dir behilflich zu sein."

Wenn man Elsie gefragt hätte, wer aus ihrer Familie und ihrem Freundeskreis wohl am ehesten versuchen würde, sie zu verkuppeln, hätte ihr Vater es vermutlich nicht auf ihre Liste geschafft. Und doch hatte er sie jetzt tatsächlich in einen Hinterhalt gelockt! Sie wollte gerade reagieren, als die Tür geöffnet wurde und Jim aufsprang.

„Da ist er schon. Versprichst mir bitte, nett zu ihm zu sein?"

Elsie ergab sich ins Unvermeidliche und nickte. „Natürlich." Langsam erhob sie sich und machte sich bereit. Das hatte sie für heute nicht erwartet. Mit einem Blick zur Tür sah sie Jim, der fröhlich mit einem großen blonden Mann plauderte. Dieser wirkte so entspannt wie jemand, der gerade vom Strand kam, und trug ein dunkelgraues Kapuzenshirt, verwaschene Jeans und blaue Converse-Sportschuhe. Als er näher kam, bemerkte Elsie sein Lächeln – breit und freundlich. Es erinnerte sie sofort an jemanden, den sie mal gekannt hatte. In ihrer Kehle bildete sich ein unerwarteter Kloß, und sie musste einen Moment den Blick auf ihre Füße senken, um den Gefühlsansturm vorüberziehen zu lassen.

„Elsie, das ist Oliver Hogarth, Martys Neffe. Olly, ich möchte dir gern meine Tochter Elsie vorstellen." Stolze Freude klang aus Jims Stimme. „Sie ist Assistenzmanagerin in einem Eiscafé in North Laine."

„Nett, Sie kennenzulernen, Elsie", gab Olly zurück und streckte ihr eine sonnengebräunte Hand entgegen. Als Elsie seinen Händedruck erwiderte, fiel ihr auf, wie warm seine Hand war.

„Ebenso. Dad hat mir erzählt, dass Sie an seiner Webseite arbeiten?"

Olly lächelte. „Ja, das stimmt. Und es macht Spaß, nicht wahr, Jim?"

„Oh ja, das tut es. Olly ist Teilhaber in einer sehr erfolgreichen Webdesign-Agentur, Els, habe ich dir das schon erzählt? Er ist wirklich *sehr* begabt."

Oh, Dad, das hast du ja toll hingekriegt – so richtig schön subtil ...

Olly lächelte verlegen. „Ihr Dad ist zu freundlich. Ich mache das schon seit meinem Studium und habe das große Glück, mir damit heute meinen Lebensunterhalt verdienen zu können."

„Und das macht er einfach fantastisch. Hör mal, Olly, kann ich dich für fünf Minuten mit meiner Tochter allein lassen? Ich muss nur ... ähm ... etwas im Lager überprüfen. Bin gleich zurück!" Jim war so begeistert von seinen Verkupplungskünsten, dass er regelrecht davonhüpfte.

Elsie schüttelte den Kopf. „Seien Sie nachsichtig mit meinem Vater. Er kommt zurzeit nicht allzu oft raus. Ähmm, möchten Sie sich setzen?"

„Danke, gern."

Sie setzten sich auf die samtbezogenen Chaiselongues, und plötzlich herrschte Totenstille im Möbelhaus. Elsie lächelte höflich und zermarterte sich das Hirn auf der Suche nach einem Anknüpfungspunkt für ein Gespräch. Ollys leicht angespanntes Lächeln verriet, dass es ihm ganz genauso erging. Nach ein paar grässlich peinlichen Minuten aber lachte er und entspannte sich ein wenig.

„Hören Sie, wollen wir einfach noch mal von vorn anfangen? Ich fühle mich in einen Hinterhalt gelockt, und ich möchte wirklich nicht, dass Sie glauben, ich wäre in Jims Plan eingeweiht gewesen."

Elsie spürte, wie sich die Spannung in ihren Schultern löste. „Gute Idee. Es tut mir leid. Ich habe erst fünf Minuten, bevor Sie hier angekommen sind, davon erfahren."

„Ist schon in Ordnung, ganz ehrlich. Mein Onkel hat mich während der Mittagspause angerufen und mir gesagt, Jim wolle, dass ich vorbeikomme, weil er mir etwas Wichtiges zeigen wolle.

Mir war nicht klar, dass er damit Sie meinte." Sein Lachen war genauso warm und einladend wie sein Händedruck und machte ihn Elsie sofort sympathisch.

„Also vergessen wir einfach, wie wir in diese Situation geraten sind. Möchten Sie einen Kaffee? In der Teeküche für die Mitarbeiter steht eine Maschine. Der Kaffee ist nicht unbedingt Weltklasse, aber ich kann ihn zumindest als Gesprächsthema bei peinlichen Begegnungen empfehlen."

Er lachte erneut und klopfte sich mit den Handflächen auf die Knie. „Ich habe eine bessere Idee", sagte er, stand auf und ging hinüber zur Lagerraumtür im hinteren Teil des Ladens. Er öffnete sie leicht und rief: „Jim! Wir gehen mal kurz die Straße hinunter, Kaffee trinken. Sollen wir dir was mitbringen?"

„Nein, nein, ich brauche nichts", rief Jim zurück. „Viel Spaß euch beiden!"

Olly kam zurück zu Elsie und streckte ihr seine Hand entgegen. „Geht das in Ordnung? Ich dachte nur, dass es vielleicht ein bisschen … ähm … weniger anstrengend ist, wenn wir uns woanders unterhalten?" Obwohl noch ein wenig verstört davon, wie ihr Vater sie überrumpelt hatte, war Elsie unwillkürlich fasziniert von diesem jungen Mann mit dem hübschen Gesicht und dem freundlichen Lächeln, der sich jetzt so unbefangen verhielt. Sie ergriff seine Hand, um sich aufhelfen zu lassen, rief Jim ein Auf Wiedersehen zu, und gemeinsam verließen sie das Möbelhaus.

Fünf Minuten später saßen sie in gemütlichen Armlehnstühlen in einem kleinen Café, umgeben von Regalen voller antiquarischer Bücher. Schon oft war Elsie am BiblioCaff vorbeigegangen, hatte es aber nie betreten. Während sie an ihrem Mochaccino nippte, fiel ihr auf, wie sehr sich Olly hier zu Hause zu fühlen schien. Die entspannte Atmosphäre im Café, in dem die Gäste sich Bücher aus den Regalen holten und darin schmökerten, während sie Kaffee und Kuchen genossen, schien wie geschaffen für seine unbekümmerte Art.

„Ich liebe diesen Laden", sagte er, während er den feinen Kakaostaub auf dem Milchschaum seines Cappuccino unterrührte.

„Ich habe ihn vor etwa einem Jahr entdeckt, als unsere Agentur sich in der Nähe niedergelassen hat. Es geht doch nichts über einen guten Kaffee und Bücher – die beste Kombination der Welt. Und Sie arbeiten also in einem Eiscafé?“

Elsie nickte. „Sundae & Cher in der Gardner Street. Das Café gehört meiner Freundin Cher, und ich bin die Stellvertretende Geschäftsführerin. Es ist ein Retro-Café, und es macht unglaublich viel Spaß, dort zu arbeiten.“

„Ich kenne es. Ein Freund steht vor allem auf die Sahne-Tee-Eiscreme – die mit den echten Scone-Stückchen und der Erdbeerkonfitüre drin?“

„Ah, eine unserer beliebtesten Sorten.“

„Wundert mich nicht. So wie Cam davon schwärmt, könnte man sie für ein göttliches Elixier halten. Wir gehen an den Wochenenden gern Kitesurfen, und er besteht jedes Mal darauf, Eis essen zu gehen, wenn wir in die Stadt zurückkommen. Genau das haben wir übrigens heute Morgen getan. Deshalb dieser …“ Er zupfte an seinem Kapuzenshirt, um auf seine Kleidung hinzuweisen. „Normalerweise ziehe ich mich für die Arbeit natürlich etwas seriöser an.“

Elsie lachte. „Ach, wer weiß. Ich glaube der Cooler-Surfer-Look fürs Büro wird hoffnungslos unterschätzt.“

„Oh danke.“ Ollys dunkle Augen funkelten, und zu Elsies Überraschung spürte sie, wie ihr langsam Röte in die Wangen stieg.

„Gern geschehen.“

„Kann ich Ihnen eine Kostprobe von unserem Kaffee-Walnuss-Kuchen anbieten?“, fragte eine Kellnerin neben ihnen. Ihr plötzliches Auftauchen ließ sie beide ein wenig zusammenzucken.

Olly nahm das Angebot an, Elsie lehnte ab. Ihr Magen hatte sich plötzlich verkrampft. Als die Kellnerin zum Nebentisch weitergegangen war, nippte Olly an seinem Kaffee. Seine nächsten Worte schien er sehr sorgfältig abzuwägen.

„Es ist wirklich angenehm, Sie kennenzulernen. Das meine ich ehrlich. Schauen Sie, es mag vielleicht voreilig sein, also sagen

Sie ruhig, ich solle mich verziehen, wenn Ihnen danach ist, aber … ich frage mich gerade, ob Sie vielleicht irgendwann mal wieder mit mir Kaffee trinken möchten? Normalerweise habe ich die Samstagnachmittage frei. Also, wenn Sie zufällig in der Stadt sein sollten und nichts Besseres zu tun haben."

Elsie dachte einen Moment über den Vorschlag nach. Der Gedanke, sich wieder mit einem Mann zu verabreden – jetzt nicht mehr nur eine theoretische Entscheidung, sondern eine tatsächliche Möglichkeit – jagte ihr eine Heidenangst ein. Andererseits hatte Olly nicht wirklich eine Verabredung vorgeschlagen, oder? Er war interessant, geistreich und intelligent, schien ihren Sinn für Humor zu teilen und war zweifellos ein gut aussehender Mann. Was konnte es schaden, ihn gelegentlich auf einen Kaffee zu treffen? Elsie musste sich eingestehen, dass sie seine Gesellschaft genoss und die Aussicht auf mehr davon durchaus ihren Reiz hatte. Die Botschaft der Woche hatte gesagt, dass sie furchtlos war. Vielleicht war es ja an der Zeit, ein Risiko einzugehen …

„Ja, das würde ich sehr gern."

4. KAPITEL

Und jetzt alle zusammen …

Du hast eine Verabredung!"

„Habe ich nicht. Ich habe lediglich gesagt, dass ich ihn vielleicht mal auf einen Kaffee treffe. Ich habe nicht versprochen ihn zu heiraten!"

Aber Daisys Begeisterung war nicht zu bremsen, und so tanzte sie in der schicken Küche ihres teuren Apartments in Hove herum. „Ich bin so stolz auf dich, Els! Und natürlich auch auf Dad. Wer hätte gedacht, dass er sich als so geschickter Kuppler erweist."

Seufzend ließ Elsie einen Beutel Jasmintee in ihrem Becher kreisen. „Ich hätte dir nichts davon erzählen sollen. Hab ich doch gewusst, dass du so reagieren würdest."

Atemlos blieb Daisy stehen und ließ sich auf einen Barhocker an der gläsernen Frühstückstheke fallen. „Aber er sieht umwerfend aus, nicht wahr?"

Elsie zuckte die Achseln. „Ganz nett, würde ich sagen."

„Gut. Das ist doch gut, oder etwa nicht?"

„Ja, das ist gut. Können wir jetzt bitte über den Chor reden?"

Daisy stöhnte. „Können wir. Aber vorher tust du mir einen Gefallen."

„Schieß schon los, aber du musst schon vor mir im Staub kriechen."

„Du bist eine bösartige kleine Schwester, Elsie Maynard. Na schön, ganz wie du willst." Sie legte eine flehende Miene auf und faltete ihre perfekt manikürten Hände in Betstellung vor ihrer Brust. „Oh, du meine großartige und edle Schwester, ich bringe dir eine Bitte vor. Gewähre mir in der Stunde der Not eine Audienz und stoße mich nicht in die Dunkelheit, wo Heulen und Zähneklappern herrschen."

Elsie lachte. „Bist du sicher, dass du nicht lieber Schauspielerin werden möchtest statt Innenarchitektin? Noch kannst du eine neue Karriere einschlagen."

„Benimm dich." Daisy schlug spielerisch nach ihrer Schwester. „Ganz im Ernst. Ich brauche morgen Abend nach dem Treffen deine Hilfe."

„Alles, was du willst – wie könnte ich bei diesem theatralischen Auftritt Nein sagen", kicherte Elsie.

„Also Folgendes: Ich frage mich, ob du mich nach Croydon fahren könntest."

„Croydon? Das sind zwei Stunden Fahrzeit hin und zurück!"

Daisy lächelte entschuldigend. „Ich weiß, und normalerweise würde ich mich auch nicht darum reißen. Aber am Freitag geht es darum, einen potenziell sehr großen Kunden zu gewinnen, und wir müssen dafür einen Musterraum einrichten. Die Zeit ist ziemlich knapp, und wir haben uns auf einen ganz bestimmten Look festgelegt. Deshalb muss ich …" – sie senkte die Stimme, als müsste sie eine möglicherweise gefährliche Information weitergeben – „… ein ganz bestimmtes skandinavisches Einrichtungshaus aufsuchen."

Zutiefst belustigt von diesem Eingeständnis ihrer Schwester gab Elsie sich schockiert. „Daisy! Nein!"

„Ich weiß."

„Was Dad wohl dazu sagen würde, wenn er wüsste, dass du dich zu so etwas herablassen willst?"

Daisy erbleichte sichtlich. „Versprich mir, dass du ihm das nie erzählst! Ich kann ja selbst kaum glauben, dass ich dorthin will. Die Sache ist die: Mein Wagen steht die ganze Woche in der Werkstatt. Die Neulackierung, die dort vorgenommen wurde, als ich letzten Monat diesen Poller gerammt habe, war nicht so, wie sie sein sollte. Also habe ich ihnen gesagt, ich erwarte, dass das in Ordnung gebracht wird, und ich glaube, ich habe ihnen genug Angst eingejagt, damit sie diesmal ordentliche Arbeit abliefern. Du weißt doch, ich würde dich nicht bitten, wenn es nicht sein müsste. Bitte?"

„Kein Problem", gab Elsie zurück. Erleichterung machte sich auf dem Gesicht ihrer Schwester breit. „Aber ich hoffe, dass dir eines klar ist: Du stehst damit in meiner Schuld, und zwar für sehr laaange Zeit …"

Daisy schloss sie in die Arme. „Ich finde schon einen Weg, das wiedergutzumachen. Keine Bange."

Am Montagabend, als auch der letzte Gast sich zögernd von den leckeren Versuchungen, die Sundae & Cher ihm bot, losgerissen hatte, drehte Elsie das Schild an der Tür von „Geöffnet" auf „Geschlossen" und eilte in die Küche, wo Cher ihre Bestelllisten für den nächsten Tag durchging.

„Ist der Letzte gegangen?", fragte Cher, während sie nebenbei an einer Waffel in Teddyform knabberte.

„Endlich. Ich glaube, Mrs Annick hat es diese Woche fast im Alleingang geschafft, unseren Vorrat an Sticky-Toffee-Pudding-Eis zu vernichten. Sie liebt einfach diesen Geschmack von Karamell und Stückchen von Schokoladenkuchen im Eis. Und sie sieht immer so schrecklich enttäuscht aus, wenn ich ihr sage, dass wir gleich schließen möchten. Ich glaube, wenn sie könnte, würde sie am liebsten hier einziehen."

Chers kehliges Lachen hallte durch die zitronengelb gekachelte Küche. „Offensichtlich ist mir da eine Einnahmequelle entgangen. Ich sollte ein Eiscreme-Bed & Breakfast aus dem Laden machen." Sie warf einen kritischen Blick zu Elsie hinüber. „Alles in Ordnung mit dir, mein Mädchen?"

Elsie rieb sich die Stirn und zog sich einen Stuhl an den Arbeitstisch. „Ein bisschen müde, aber sonst geht es mir gut."

Das war nur eine Teilwahrheit, aber der Rest war schwer in Worte zu fassen. Pragmatisch, wie sie von Natur aus war, hatte Elsie ihre Probleme auf all das Neue geschoben, das in ihrem Leben geschah, und auf die wichtigen Entscheidungen, die sie traf. Natürlich war das emotional belastend. Dass sie überhaupt zu einem objektiven Blick in der Lage war, war schon ein gewaltiger Schritt nach vorn. Vor achtzehn Monaten hatte sie die Zukunft noch mit ganz anderen Augen gesehen. Unter diesem Blickwinkel betrachtet, war es eine gute Sache, dass sie zugeben konnte, sich mehr als nur ein wenig davor zu fürchten, sich an diesem Abend mit Daisy und Woody zusammenzusetzen, um ihr Singgruppenprojekt ins Rollen zu bringen. „Ein bisschen

Angst kann dafür sorgen, dass du dich in Bewegung setzt", hatte ihr Vater immer gesagt, der selbst auch nicht gegen unerwartete Wendungen des Lebens gefeit war und mit ihnen zu kämpfen hatte.

„Wann kommen die anderen?"

Elsie warf einen Blick auf ihre Armbanduhr. „In etwa zehn Minuten. Okay, was soll ich erledigen, bevor sie hier auftauchen?"

Cher fegte die Frage mit einem wegwerfenden Schlenker ihrer rotlackierten Fingernägel beiseite. „Mach dir darüber keinen Kopf. Stell den Wasserkocher an. Gönnen wir uns einen Tee. Für mich Rooibos, bitte."

Elsie lächelte. „Ja, Boss." Sie füllte den Wasserkocher, schaltete ihn ein und nahm zwei Aufgussbeutel aus der Teedose: Rooibos für Cher und Pfefferminze für sich selbst. „Danke, dass wir uns heute Abend hier treffen können. In einem Pub hätte ich Daisy nicht trauen können. Ein Glas Rotwein, und sie würde Woody wahrscheinlich ganz genau erklären, was sie von ihm hält. Damit wäre der Chor gestorben, bevor wir ihn aus der Taufe hätten heben können."

„Sie ist nicht gerade ein großer Fan von ihm, hmm?"

„Kann man wohl sagen."

Cher streckte sich und legte ihre Auftragslisten beiseite. „Vielleicht sollte ich bleiben und mir diesen berühmten Woody mal selbst anschauen. Wenn er deine perfekte Schwester so auf die Palme bringen kann, weckt das meine Neugier."

Elsie reichte Cher einen Teebecher. „Nur zu. Ich kann dich auch gleich als erstes offizielles Mitglied in die Truppe aufnehmen. Was meinst du?"

„Keine Bange", schnaubte Cher spöttisch. „Meine durchgeknallte Mutter hat mich zwar nach einer Sängerin benannt, aber das ist auch schon alles, was mich mit Gesang verbindet. Meine Stimme würde unsere gesamte Ware sauer werden lassen."

Daisy war natürlich pünktlich. Obwohl sie einen langen Arbeitstag hinter sich hatte, wirkte sie frischer als Elsie schon am frühen Morgen: Sie trug einen exzellent geschnittenen grauen Hosenanzug, hatte ihre langen blonden Haare in einen seitlichen Pferdeschwanz gebunden und sich einen ihrer zahlreichen Paschminaschals kunstvoll um die Schultern gelegt. Zum x-ten Male stieg Bewunderung für ihre ältere Schwester in Elsie auf. Kein Wunder, dass man von ihr sagte, sie habe in den achtundzwanzig Jahren, die sie schon auf diesem Planeten weilte, in Brighton und Umgebung eine ganze Reihe von Herzen gebrochen. Daisy Maynard war schlicht eine schöne Frau. Nicht, dass ihr das bewusst gewesen wäre, aber genau das gehörte zu den Qualitäten, die sie so ungeheuer liebenswert machten. Selbst Daisys Partner André, der nicht gerade zu den Männern gehörte, die ihr Herz auf der Zunge trugen, hatte Elsie gegenüber so etwas gesagt, als sie sich das letzte Mal vor einigen Monaten auf Jims Geburtstagsfeier begegnet waren: „Sie ist umwerfend schön. An jedem Tag, an dem ich neben ihr aufwache, staune ich darüber, dass sie selbst das offenbar nicht sieht."

Daisys Partnerwahl hatte bei ihrem Vater für große Bestürzung gesorgt, zumal er wusste, wie oft die beiden voneinander getrennt waren. Aber Andrés erfolgreiches Geschäftsleben schien gut zu Daisys ausgeprägtem Unabhängigkeitsdrang zu passen, und irgendwie schafften die beiden es, dass ihre Beziehung funktionierte. In letzter Zeit hatte Elsie jedoch bemerkt, dass sich in Daisys Bemerkungen über ihren Freund eine ganz leichte unterschwellige Unzufriedenheit eingeschlichen hatte. Vielleicht begann sie ja allmählich, sich mehr zu wünschen, aber – wie bei den meisten Dingen in ihrem Leben – sie sprach nicht darüber.

Elsie stand Daisy näher als Guin, vor allem weil sie ihre älteste Schwester angebetet hatte, solange sie nur denken konnte. Aber auch, weil sie die meiste Zeit ihrer Kindheit ohne Mutter aufgewachsen war und Daisy im Haus der Maynards beinah die Mutterrolle übernommen hatte. Inzwischen waren sie einfach beste Freundinnen, die ganz zufällig obendrein Schwestern waren, und Elsie war ausgesprochen stolz auf ihr Verhältnis zueinander.

„Ich gehe davon aus, dass unser ehemaliger Rockstar noch nicht da ist?“, fragte Daisy. Offenbar war sie bereits in Kampfeslaune.

„Er wird schon kommen.“

„Hmm.“ Sie setzte sich an einen der Tische und holte ein teures Moleskin-Notizbuch aus ihrer Handtasche. „Vielleicht wäre es besser für uns alle, wenn er es nicht täte.“

Verärgert ließ Elsie sich auf dem Stuhl gegenüber ihrer Schwester nieder. „Ich habe dir doch gesagt, dass du heute Abend nicht hier sein musst. Ich erwarte nicht von dir, dass du mir Händchen hältst, weißt du. Außerdem ist Cher in der Küche. Wenn Captain Hellfinger irgendwie Ärger macht, schmeißt sie ihn achtkantig raus.“

Daisy musste unwillkürlich lächeln bei der Vorstellung, dass die gute Cher den Rocker aus ihrem Eiscafé warf. Im selben Moment schlug die Messingglocke über der Tür an und verkündete Woodys Ankunft. Er blieb auf der Schwelle stehen, schaute nach oben und nickte weise angesichts der Glocke.

„Cool. Wem die Stunde schlägt, hmm?“ Er ging zu Elsie hinüber, griff nach ihrer Hand und drückte einen stachligen Kuss darauf. „Engel.“

„Hi, Woody. Schön, dass du es einrichten konntest.“

Er nickte noch einmal und ließ seinen Blick hinter seiner Sonnenbrille bedächtig über die Inneneinrichtung des Cafés schweifen, während er seine fransenbesetzte schwarze Lederjacke abstreifte. Darunter kam ein verwaschenes graues Mötley-Crüe-T-Shirt zum Vorschein. „Positive Schwingungen hier drin. Ich spüre die zufriedenen Seelen von Generationen, Leute. Eiscreme ist ein großartiges Heilmittel für Herzen und Wunden.“

„Das ist wohl wahr.“ Cher war aus der Küche aufgetaucht und musterte Woody mit ironischem Lächeln. „Ich bin Cher Pettinger. Mir gehört der Laden.“

In einer einzigen Bewegung nahm Woody die Sonnenbrille ab, schob einen Bügel in die Gesäßtasche seiner Jeans und glitt über das Schachbrettmuster der Kacheln hinüber zu Cher, wobei er seinen Blick genießerisch über sie gleiten ließ. Sie machte eine beneidenswerte Figur in der tief ausgeschnittenen weißen Bluse, dem türkisfarbenen Tellerrock und den farblich passenden Pumps. „Dann musst du eine himmlische Erscheinung sein, die das Leben dieses armseligen Rockers erhellt. Wenn deine Ware so inspirierend ist wie dein Laden, dann hätte ich nichts gegen eine Kostprobe einzuwenden."

Cher senkte ihre falschen Wimpern und schnurrte: „Ganz ruhig, Tiger."

Daisy verdrehte die Augen und griff nach ihrem Stift. „So ungern ich eure Party unterbreche – darf ich trotzdem vorschlagen, dass wir anfangen? Els und ich müssen gleich nach dieser Besprechung noch nach Croydon."

„Croydon? Wer fährt denn schon für irgendwas nach Croydon?" Woody runzelte die Stirn. Dennoch hatte Daisy erreicht, was sie wollte, denn er kehrte an den Tisch zurück.

„Danke. Und jetzt sollten wir meines Erachtens darüber reden, was wir mit diesem Chor zu erreichen versuchen. Welche Stücke wollen wir vortragen? Rufen wir die Gruppe für eine bestimmte Gelegenheit ins Leben, oder geht es in erster Linie um geselliges Beisammensein?" Daisy blickte von ihren Notizen auf. Elsie und Woody schauten sie verwirrt an. „Was?"

Elsie legte sanft eine Hand auf Daisys Unterarm. „Der Chor ist Woodys Vision. Und ich helfe ihm, sie zu verwirklichen. Du bist hier, um moralischen Beistand zu leisten. Schon vergessen?"

„Nun, ich versuche nur zu helfen …"

„Ich weiß, und glaub mir, du bist eine große Hilfe. Es gibt so viel Wichtiges zu bedenken, und das werden wir auch tun. Nachdem wir angehört haben, was Woody dazu zu sagen hat."

Mit offenem Mund, aber doch geistesgegenwärtig genug, um sich daran zu erinnern, dass Elsie zwischen ihr und der fragwürdigen schwedischen Inneneinrichtung stand, die sie für ihre Arbeit brauchte, verschränkte Daisy ihre Arme vor der Brust und nickte Woody zu.

„Gutes Mädchen", sagte er grinsend, ohne den mörderischen Blick wahrzunehmen, den Daisy auf ihn abschoss. „Dieser Chor – den ich eigentlich gar nicht Chor nennen möchte, weil er eher einem Zusammenschluss musikalischer Gemüter gleichkommt – muss bedeutsam werden, klar? Kein Ave-Maria-Geträller. Nimm's mir nicht übel, Daisy, wenn du so etwas magst. Aber ich folge einer höheren Berufung. Wir werden die ganz Großen vertreten. Ihre Musik der jetzigen Generation schenken, damit diese Legenden in den Herzen und Hirnen der Leute von heute weiterleben. Wir werden als Geheimagenten für die Mächte der Musik fungieren: Sanges-Ninjas, könnte man es nennen. Wir schlagen schnell und hart zu, und lassen die Zuhörer unter unserem musikalischen Raketenbeschuss taumeln. Das wird eine spirituelle Erweckung für die Massen, und das Mittel zum Zweck wird ein musikalischer Mix sein. Was haltet ihr davon?"

Elsie wusste wirklich nicht, wie sie reagieren sollte. Woodys Vision klang überhaupt nicht wie ein Chor, wie sie ihn kannte. Sie ähnelte eher einer Untergrund-Widerstandsbewegung als einer Gruppe von Leuten, die sich versammelten, um gemeinsam Spaß am Singen zu haben. Damit war ihr auch sofort klar, was sie in diese Partnerschaft einbringen konnte: vor allem Vernunft.

„Das klingt alles sehr beeindruckend. Aber um an dein Wunschziel zu gelangen, brauchen wir meiner Meinung nach eine etwas – ähm – praktischere Strategie. Nach welcher Art von Leuten suchen wir für unser Unternehmen? Und, vielleicht am wichtigsten: Wo können wir üben? Ich habe heute ein paar Kirchengemeinden und Stadtteilzentren abtelefoniert, und was dabei herausgekommen ist, klingt nicht gerade ermutigend. Die Räumlichkeiten, die unter der Woche nicht komplett ausgebucht sind, liegen entweder zu weit außerhalb der Stadt oder sind lächerlich teuer."

Woody sah aus, als hätte er gerade die Auszeichnung für die Beste Band von 1984 an Black Lace verloren. „Aber diese Sache muss einfach Wirklichkeit werden, Elsie! Ich habe es in meinem Traum gesehen …"

„Was meint ihr, wie viele Leute werdet ihr brauchen?“, fragte Cher.

„Das hängt davon ab, wer sich meldet, wenn wir bekanntgeben, dass wir nach Sängern suchen“, gab Elsie zurück. „Wir können versuchen, einen Artikel für die Lokalblätter zu schreiben, und ich dachte, ich entwerfe ein paar Poster und frage in den Läden und Pubs in North Laine, ob ich sie dort aushängen darf. Ich schätze, wir werden wohl mit etwa fünf oder sechs Leuten anfangen können.“

„Dann trefft euch doch hier“, meinte Cher. „Ich gehe davon aus, dass ihr ein Keyboard oder so was Ähnliches habt, das ihr mitbringen könnt?“

Elsie nickte, begeistert von Chers freundlichem Vorschlag. Aber nicht annähernd so begeistert wie Woody Jensen. Der sprang im selben Moment von seinem Stuhl auf und riss Elsies Chefin in eine begeisterte Umarmung, während Daisy bleich vor Entsetzen zuschaute. Atemlos und lachend befreite Cher sich aus Woodys Umklammerung und zupfte ihre Bluse wieder zurecht.

„Du lieber Himmel, wenn das die Reaktion ist, die mir zuteilwird, nur weil ich euch einen Treffpunkt für euren Chor biete, dann würde ich nur zu gern wissen, was passiert, wenn ich euch etwas anbiete, was ihr *wirklich* braucht.“

Woody grinste unverschämt lüstern. „Wenn du lange genug bleibst, findest du es vermutlich heraus, Schätzchen.“

Cher zwinkerte Elsie zu. „Ooh, der gefällt mir. Den darfst du wieder mitbringen!“

Eine Stunde später, als Elsie und Daisy unterwegs nach Croydon waren, mühte Daisy sich immer noch ab, die unerhörte Flirterei zu verkraften, die sie hatte mitansehen müssen.

„So was von unverhohlen. Ich dachte schon, sie vergessen uns komplett und kommen gleich mitten im Café zur Sache“, sagte sie schaudernd.

Elsie lächelte, den Blick auf die im frühen Feierabendverkehr zunehmend dichter befahrene Straße gerichtet. „Ich fand es ganz süß.“

„Süß? Das war obszön. Es hat mich ja nicht überrascht, dass er sich so benommen hat, aber Cher hatte ich mehr Vernunft zugetraut."

„Es war schön, mal zu sehen, dass sie sich amüsiert", gab Elsie zurück. „Mit ihrer derzeitigen Flamme läuft es in letzter Zeit ziemlich unrund."

„Pfft!" Damit wandte Daisy sich ab und schaute aus dem Beifahrerfenster. „Und sie glaubt, dass dieser Mann auch nur ansatzweise besser sein könnte? Nun, ich bin jedenfalls froh, dass ich dabei war. Wer weiß, was er sich sonst dir gegenüber herausgenommen hätte. Du weißt doch, was man über Rockstars und ihr freizügiges Verhalten sagt …"

Die Ampeln vor ihnen schalteten auf Rot, und der Wagen kam in einer langen Schlange zum Stehen. Elsie stieß einen Seufzer aus und wandte sich ihrer Schwester zu.

„Dais, du wirst irgendetwas an Woody finden müssen, das dir gefällt, wenn du an diesem Chorprojekt teilhaben willst. Sonst wäre es für dich vermutlich am besten, jetzt auszusteigen."

Ihre Schwester starrte sie an. „Willst du das?"

Die Autoschlange kroch langsam weiter. Gleich würde die Ampel umspringen.

„Natürlich nicht. Ich will aber auch nicht, dass zwischen euch beiden Krieg herrscht. Der Chor soll uns allen Spaß machen, weißt du noch? Entweder du findest eine Lösung, oder du hältst dich raus."

Grünes Ampellicht illuminierte Elsies versteinertes Gesicht, während sie über die Kreuzung fuhr. Eine ganze Weile sagte keine der Schwestern ein Wort. Der einzige Laut im Wagen kam von der weiblichen Roboterstimme des Navi.

„In. Null Komma fünf Meilen. Links. Abbiegen. Auf. Beddington Farm Road. Dann. Rechts. Abbiegen."

Vor ihnen tauchte das vertraute Gelb-Blau des Einrichtungshauses auf, und Daisy nahm die Gelegenheit wahr, das Schweigen zu brechen. „Sieht so aus, als wären wir da."

„Sie. Haben. Ihr. Ziel. Erreicht."

„Ja, das sieht es wohl."

„Hör mal, Els, es tut mir leid. Er schafft es anscheinend einfach, dass meine übelsten Seiten zum Vorschein kommen. Aber ich werde versuchen, mit ihm zurechtzukommen. Ich möchte wirklich an diesem Projekt beteiligt sein."

Elsie legte ihrer Schwester eine Hand aufs Knie. „Schön zu hören." Dann ließ sie ihren Blick über den nahezu voll belegten Parkplatz vor ihnen schweifen. „Ach du liebes bisschen. Ich hätte nicht gedacht, dass hier so viel los ist."

Auf dem riesigen Parkplatz, der das Einrichtungshaus von allen Seiten umschloss, krochen Unmengen von Autos im Schneckentempo durch die Parkkorridore. Einige Fahrer hatten offensichtlich die Suche nach einem richtigen Parkplatz aufgegeben und ihre Wagen kreuz und quer auf den gepflasterten Gehwegen abgestellt, während wieder andere in zweiter Reihe hinter geparkten Autos standen und mit finsterster Miene ihre Einkäufe im Kofferraum verstauten. Heute dachte hier offenbar jeder nur an sich selbst, was so gar nicht zu den entspannten Plakatbildern aus Skandinavien passte, die die Einrichtungskette auf riesigen Werbetafeln überall zur Schau stellte.

„Vielleicht hätten wir früher losfahren sollen", murmelte Daisy, einen leisen Anflug von Panik in ihrer Stimme.

„Wir finden schon einen Parkplatz, keine Bange", beruhigte Elsie sie und hielt entlang der Reihen abgestellter Autos Ausschau nach einem Wagen, der gerade wegfahren wollte, oder einem freien Platz.

„Das glaube ich nicht. Hier ist es ja schlimmer als kurz vor Weihnachten!"

„Wir finden einen", wiederholte Elsie. Und dann entdeckte sie ihn: am Ende einer Reihe, kaum sichtbar hinter dem Kofferraum eines mächtigen Allradfahrzeugs. Egal, es war ein Parkplatz … Elsie gab Gas, schoss auf die Lücke zu und rutschte hinein. Knallrot vor Stolz über ihre wagemutigen Einparkkünste stieß sie einen Triumphschrei aus und wandte sich der totenbleichen Daisy zu. Im selben Moment hupte es hinter ihnen.

„Hast du das gesehen? Ich bin die Königin im Entdecken eines Parkplatzes! Daisy? Was ist los?"

„Ich glaube, der Wagen hat gewartet." Daisy nickte zu einem schnittigen schwarzen Jaguar hinüber, der mit quietschenden Reifen davonschoss.

Elsie zeigte sich unbeeindruckt. „Selbst schuld, wenn sie nicht schnell genug sind."

„Aber er hatte den Blinker gesetzt …"

„Daisy. Du wolltest unbedingt zu diesem höchst fragwürdigen Einrichtungshaus – trotz allem, was Dad dazu sagen würde, wenn er jemals dahinterkäme –, und wenn ich mir nicht diesen Parkplatz geschnappt hätte, hätten wir womöglich gar keinen bekommen. Das war ein Versehen meinerseits. Ich habe nicht gesehen, dass schon ein anderes Auto wartet. Aber so was passiert doch ständig, also hör auf, dir darüber den Kopf zu zerbrechen, und lass uns reingehen. Einverstanden?"

Da ihre Einwände damit zerstreut waren, nickte Daisy, und sie stiegen aus dem Wagen aus.

„Das war schon ein geschicktes Einparkmanöver, das muss ich dir lassen."

Elsie schloss den Wagen ab und grinste zu ihrer Schwester hinüber. „Hochgeschwindigkeits-Stunt-Parken ist eine meiner vielen Spezialitäten."

„Hey, Sie sollten mit offenen Augen durch die Gegend fahren, Lady", rief eine wütende Stimme hinter ihnen. Elsie und Daisy drehten sich um und entdeckten einen Mann, der auf sie zustürmte. Da sie grundsätzlich Streitigkeiten gern aus dem Weg ging, stöhnte Daisy nur auf und eilte schnell zum Haupteingang des Einrichtungshauses. Elsie wollte ihr folgen, erstarrte aber, als sie erkannte, wer da wütend auf sie zukam. *Oh nein, das darf doch nicht wahr sein …*

Genau im selben Moment erkannte der Mann Elsie und blieb direkt vor ihr stehen, als wäre er gegen eine Wand gerannt. „Sie!"

„Das glaube ich einfach nicht."

„Un-glaub-lich!"

Elsie seufzte und starrte ihn an. „Ich habe nicht erkannt, dass Sie warten, okay? Es tut mir leid."

„Es tut Ihnen leid."
„Ja, das tut es."
„Trotzdem haben Sie mir *meinen* Parkplatz weggenommen."
„*Ihren* Parkplatz? Oh, ich bitte um Verzeihung, aber ich habe auf dem öffentlichen Stück Asphalt, auf dem ich gerade mein Auto abgestellt habe, nirgendwo die Aufschrift ‚Torins Parkplatz' gesehen."
Torin zog eine Braue hoch. „Sie erinnern sich also an meinen Namen?"
Verärgert verschränkte Elsie ihre Arme vor der Brust. „Zufällig habe ich ein ausgezeichnetes Gedächtnis."
„Das habe ich auch, Elsie Maynard. Mann, es sieht ganz so aus, als könnten Sie mir einfach nicht fernbleiben, richtig? Erst dieser peinliche Zwischenfall mit Ihrer Salbe und jetzt das ..."
„Wie auch immer." Elsie hatte genug gehört. Kochend vor Wut warf sie sich ihre Handtasche über die Schulter und eilte schnellstens zum Eingang des Kaufhauses.
„Das war noch lange nicht alles!", rief Torin ihr nach. In seiner Stimme lag ein entnervender Unterton von Belustigung, der sie erschauern ließ. „Lassen Sie sich das gesagt sein!"
Am Haupteingang angekommen, wo Daisy bereits auf sie wartete, zerrte Elsie ihre Schwester förmlich mit Gewalt die Rolltreppe ins Kaufhaus hinauf. „Hast du deine Liste? Gut. Dann lass uns nach den Dingen suchen, die du brauchst, und so schnell wie möglich wieder verschwinden."
Während sie durch die Ausstellungsräume hasteten, war Elsie nur zu bewusst, dass Daisy sie anstarrte. Als sie sicher war, genug Abstand zwischen sich und Torin gelegt zu haben (der ihr ohne jeden Zweifel folgte), blieb Elsie vor einer hellroten Ausstellungsküche stehen.
„Du wirst es nicht glauben", sagte sie, außer Atem wegen des bisher vorgelegten Tempos, „aber das war *er*."
„Das war wer?"
„Der Typ – der Kerl, der da war, als diese Sache mit dem Ladendiebstahl passiert ist. Dieser nervige Typ, von dem ich dir erzählt habe."

Daisys Augen wurden größer als die glänzenden weißen Essteller, die kunstvoll auf der schwarzen Granitarbeitsplatte neben ihnen arrangiert waren. „Nein!"

„Doch. Und er war nicht sonderlich beeindruckt von meinen Einparkkünsten."

„Nein, so etwas! Was für ein lustiger Zufall! Man muss einfach darüber lachen, Els. Ich meine, wie unwahrscheinlich ist das denn, dass wir dreiundvierzig Meilen weit fahren und du ausgerechnet hier wieder auf diesen Typen triffst?"

Elsie ließ sich auf einen schwarzen Kunststoffbarhocker an der ausgestellten Frühstücksecke sinken. „Das ist unfassbar", gab sie zurück und entspannte sich willentlich, um ihren Herzschlag zu beruhigen. „Er war nicht erfreut, so viel kann ich dir sagen."

„Das konnte ich sehen – oh, Achtung, Els, da kommt er!"

Entsetzt schaute Elsie quer durch den Ausstellungsbereich und entdeckte, dass Torin gerade raschen Schrittes die Wohnzimmerausstellung durchquerte. Sie griff hastig nach Daisy, duckte sich hinter die Frühstückstheke und linste vorsichtig um die Ecke, während er näher kam.

„Was soll denn das?", protestierte Daisy und jaulte auf, als Elsie ihr den Ellenbogen in die Rippen rammte.

„Schhh!"

„Elsie, wir verstecken uns in einer Ausstellungsküche …"

„Ich weiß!", zischte Elsie zurück. „Wir warten einfach ab, bis er vorbei ist. Dann folgt er den Pfeilen wie alle anderen Kunden, und wir können hinter ihm Abstand halten."

Daisy warf ihr einen ungläubigen Blick zu. „Du bist verrückt, weißt du das?"

Elsie ignorierte die Belustigung ihrer Schwester und wartete, bis Torin außer Sichtweite war. Als sie sich sicher wähnte, dass er fort war, stand sie langsam wieder auf und sah sich einem ziemlich verwirrten Verkäufer gegenüber.

„Ähm … kann ich Ihnen irgendwie helfen?", fragte er und legte die aknepickelige Stirn in Falten.

Elsie setzte ihr strahlendstes, unschuldigstes Lächeln

auf und tätschelte die Platte der Frühstückstheke in Birkenoptik. „Ausgezeichnete Arbeit. Ehrlich. Sogar auf Bodenhöhe kann man die Qualität sehen." Mit Daisy im Schlepptau behielt sie das Grinsen im Gesicht, bis sie die Küchenausstellung weit hinter sich gelassen hatten und wieder in den Gängen unterwegs waren.

Daisy lachte. „Mit dir shoppen zu gehen ist nie langweilig." Damit zog sie eine ausgedruckte Liste aus ihrer Handtasche. „Wir sollten uns besser daran machen, diese Dinge zu suchen, bevor uns noch mehr Aufregendes in die Quere kommt."

Also streiften sie weiter durch das Kaufhaus. Daisy ließ sich Zeit, Kissen, Vasen, Tischleuchten und kleine Teppiche auszuwählen, während Elsie die Augen nach Torin offen hielt. In den nächsten zwanzig Minuten ließ er sich nirgendwo blicken, und sie wurde allmählich ruhiger.

Obwohl sie ihre Schwester gnadenlos gehänselt hatte, weil sie ausgerechnet dieses fragwürdige Kaufhaus aufsuchte, genoss sie doch die Gelegenheit, Zeit mit Daisy zu verbringen. Sie bei der Arbeit zu beobachten war faszinierend. Die Dinge, die sie auswählte – an den meisten wäre Elsie achtlos vorübergegangen –, bildeten in der gelben Web-Kunststoff-Einkaufstasche des Ladens einen auffälligen Mix. Es machte so viel Spaß zuzusehen, dass Elsie komplett vergaß, wie sehr sie sich über die erneute Begegnung mit Torin ärgerte.

Aber dann, als hätte jemand einen Schalter umgelegt, war er auf einmal überall. Zweimal mussten sie sich in Muster-Zimmereinrichtungen verstecken, mehrmals hinter billigen Sofas und einmal sogar in einer Duschkabine, als sie ihn unvermittelt in der Nähe entdeckten. Zunehmend in Rage traf Elsie spontan eine folgenschwere Entscheidung, die ihre Schwester noch mehr erschütterte als ihre Verkündung kürzlich, sie wolle wieder ausgehen: „Na schön. Ab jetzt bewegen wir uns entgegen der Pfeilrichtung!"

„Aber man soll doch den Pfeilen folgen, Els! So macht man das, wenn man hierherkommt. So gehört sich das."

Panische Entschlossenheit im Blick, drehte Elsie sich zu ihr um. „Ich stoße nicht noch einmal mit diesem Mann zusammen, hörst du? Ich bin müde, uns steht noch eine Stunde Autofahrt nach Hause bevor, und ich habe heute wirklich keine Lust mehr auf noch eine peinliche Begegnung."

Sehr zur Verärgerung der Kunden hinter ihnen, machten die beiden Schwestern sich daran, gegen den Strom zu schwimmen. Die Unbekümmertheit dieses Tuns hatte etwas überraschend Befreiendes. Sie hatten schon fast die Treppen zum Erdgeschoss erreicht, als jemand hinter einer deckenhohen Werbetafel hervor genau in ihren Weg trat – und Elsie rutschte das Herz in die Hose.

„Witzig. Ich hätte nie gedacht, dass Sie zu den Leuten gehören, die sich entgegen der Pfeilrichtung bewegen." Torins grüne Augen funkelten wie der Kristalllüster über seinem Kopf, und um seine Lippen spielte immer noch oder schon wieder dieses leicht belustigte Lächeln.

Daisy ließ den Blick zwischen Torin und Elsie hin und her wandern wie ein aufgeregter Zuschauer in Wimbledon.

Elsie schloss die Augen. „Bitte, verschwinden Sie."

Er lachte. Dieser Laut brachte Elsie sofort auf die Palme. „Ach, kommen Sie, Sie haben mir den Parkplatz weggeschnappt. Da sollte ich mir doch wenigstens ein bisschen Schadenfreude erlauben dürfen."

Daisy stupste sie in die Seite. „Für mich klingt das fair, Els."

Elsie starrte ihre Schwester entgeistert an. „Vielen Dank auch."

Überrascht streckte Torin Daisy seine Hand hin. „Danke schön. Ich bin Torin Stewart."

„Daisy Maynard. Ich bin Elsies Schwester."

Sie schüttelten die Hände, wobei Torin Daisys Hand ein wenig länger festhielt, als sie erwartet hatte.

„Ah, es ist mir ein Vergnügen, noch ein Mitglied des Maynard-Clans kennenzulernen", sagte er mit einem Seitenblick auf Elsie. „Vor allem zur Abwechslung ein höfliches."

Daisy ignorierte, was Elsie in sich hineinmurmelte, und erwiderte Torins Lächeln. „Ach, normalerweise ist Elsie die Höflichkeit in Person. Vermutlich haben Sie etwas an sich, das ihre schlechte Seite zum Vorschein bringt."

„Ich schätze, die kennen Sie ganz besonders gut, so als Schwester?"

„Hach, ich könnten Ihnen Geschichten erzählen ..."

Das macht denen Spaß, stöhnte Elsie in sich hinein, das macht den beiden tierischen Spaß! „So vergnüglich dieser Angriff auf meinen Charakter für euch beide auch sein mag, wir sollten jetzt wirklich gehen."

Daisy schüttelte den Kopf. „Das hat keine Eile, Schwesterherz." Sie lächelte Torin mit ihrem berühmten Daisy-Maynard-Lächeln® an – das im Laufe der Jahre schon so manchem Mann letztlich das Herz gebrochen hatte –, und Elsie erkannte, dass die Sache noch lange nicht ausgestanden war. „Tatsächlich wollten wir uns noch einen Kaffee gönnen, bevor wir nach Hause fahren. Vermutlich können wir Sie nicht überreden, sich uns hinzuzugesellen? Sozusagen als Entschuldigung für den Zwischenfall auf dem Parkplatz?"

Torin sah Elsie an. Sie wandte den Blick ab. Im Augenblick wünschte sie sich nur eins: so schnell wie möglich wegzukommen. Ihr Gesichtsausdruck musste verraten haben, was sie dachte, denn völlig unerwartet lehnte Torin ab.

„Das würde ich sehr gern, aber ich bin ziemlich in Eile. Es war nett, Sie kennenzulernen, Daisy. Und schön, Sie wiederzusehen, Elsie. Ich hoffe, Sie finden alles, was Sie suchen. Einen schönen Abend noch!"

Elsie sah ihm nach, und zum zweiten Mal innerhalb von zwei Wochen meldete sich ganz zaghaft ihr Gewissen. Sie schüttelte das Gefühl ab und wandte sich Daisy zu.

„Danke für deine Hilfe, Schwester."

„Tut mir leid, aber er machte auf mich wirklich einen netten Eindruck. Ich wollte doch nur höflich sein ... Komm schon, schau mich nicht so an. Das war eine peinliche Situation, und ich dachte, wenn wir uns alle auf einen Kaffee zusammensetzen, lässt sie sich ein wenig entschärfen."

„Glaub mir, es wäre nur noch hundert Mal schlimmer geworden. Der Typ ist der arroganteste, eingebildetste Kerl, dem zu begegnen ich je das Pech hatte. Und das auch noch gleich zwei Mal!"

Daisy stupste sie entschuldigend an. „Mein Fehler, Liebes. Jetzt wo du es sagst – er kam mir auch ein bisschen zu selbstzufrieden vor. Komm, lass uns unsere Beute bezahlen und machen wir, dass wir hier rauskommen. Einverstanden?"

Zwei Tage später rief Jim im Café an und bat Elsie, zum Abendessen zu ihm nach Hause zu kommen. Da sie ein ausgesprochenes Faible für die Kochkünste ihres Dads hatte, freute sie sich über die Einladung und beeilte sich nach Feierabend sofort zu ihm zu kommen.

In der Küche duftete es köstlich nach Zimt, Zwiebeln, Rosmarin und Granatapfel, als Elsie eintraf. In eine dichte Dampfwolke gehüllt, kam Jim mit einer riesigen Ton-Tajine aus der Küche.

„Heute Abend essen wir Marokkanisch!", eröffnete er und hielt den Topf hoch, als wäre er ein Siegerpokal. „Auf der Küchentheke stehen eine Schüssel Couscous und eine Flasche chilenischer Rotwein. Sei doch so lieb und hol sie bitte."

„Das riecht fantastisch, Dad. Ein neues Rezept?"

Jim deckte den Esstisch für zwei und nahm ein Glas Wein von ihr entgegen. „Ja. Ich habe ein ganz tolles marokkanisches Kochbuch in dem antiquarischen Bücher-Café gekauft, das Olly so sehr liebt. Um genau zu sein, habe ich dort Kaffee mit ihm getrunken, als er es entdeckt hat." Sein missratener Versuch, ihre Unterhaltung in die gewünschte Richtung zu lenken, entlockte Elsie ein Kichern.

„Dad, das war grässlich."

Jim machte ein langes Gesicht. „Ich dachte eigentlich, ich hätte es sehr subtil hinbekommen."

„Nimm's mir nicht übel, aber vielleicht solltest du dich lieber aufs Kochen beschränken?"

„Verstehe. Komm, setz dich, setz dich! Wir sollten essen, solange es heiß ist. Möchtest du eingelegte Zitrone dazu? Ich habe sie in einem tollen Delikatessenladen entdeckt, der in der Nähe des Theatre Royal eröffnet hat."

„Du bist ja so ein Feinschmecker."

Geschmeichelt zwinkerte Jim ihr zu. „Beim nächsten Mal nennst du mich Meisterkoch, hmm?" Er gab von dem aromatischen Gemüseeintopf etwas auf einen bunten Teller und reichte ihn ihr. „Sag mir, was du davon hältst."

Es schmeckte fantastisch. Die warmen Gewürzaromen und Geschmacksnoten kitzelten Elsies Gaumen und erinnerten sie lebhaft an einen Urlaub in Marrakesch. Damals war sie vierzehn gewesen, und Jim war der festen Überzeugung, dass seine Töchter so oft wie möglich Gelegenheit bekommen sollten, fremde und aufregende Kulturen kennenzulernen. Sie konnte sich noch gut daran erinnern, wie er tapfer, aber letztlich erfolglos versucht hatte, im Suq um einen Teppich zu feilschen, während die Anblicke, Geräusche und Gerüche des geschäftigen Marktes ihre Sinne gefangen genommen hatten.

Eines musste sie Jim wirklich lassen: Er war ein sagenhaft guter Koch. Aber mehr noch als die Chance, in seinen Kochkünsten zu schwelgen, genoss Elsie die Gelegenheit, Zeit mit ihrem Vater zu verbringen. In den letzten zwei Jahren hatte das Leben oft so sehr ihre Aufmerksamkeit verlangt, dass sie ihre Familie ein wenig vernachlässigt hatte. Erst jetzt hatte sie das Gefühl, das Versäumte allmählich wieder nachzuholen. Als eines von drei Geschwistern und ohne Mutter aufzuwachsen hatte dafür gesorgt, dass ihr die Zeit, die sie allein mit ihrem Vater verbringen konnte, schon immer unendlich wertvoll war. Und auch jetzt noch, wo alle drei Schwestern ihr eigenes Leben lebten, musste Jim seine Zeit aufteilen. Da er immer versuchte, in allem fair zu sein, gab er sich Mühe, jeder von ihnen die gleiche Aufmerksamkeit zuteilwerden zu lassen. Allerdings würde Guins baldige Mutterschaft das vermutlich ändern.

„Also, was wolltest du mir sagen?", fragte Elsie nach dem Essen, als sie im gemütlichen Wohnzimmer saßen und das weiche Kerzenlicht genossen, in das eine Sammlung von brennenden Öllampen und Kerzen auf dem Kaffeetisch die Wände tauchte.

Patschuli- und Lavendel-Räucherstäbchen erfüllten die Luft mit ihrem Duft, und im Hintergrund lief passend dazu Jims Lieblingsalbum mit exotischer Bollywood-Entspannungsmusik.

„Ach ja. Etwas sehr Aufregendes. Du weißt, dass ich zum diesjährigen Komitee des Handelsverbandes für den Brighton Carnival gehöre?“

Das hatte Elsie nicht gewusst, aber überrascht war sie nicht. Jim war seiner Heimatstadt aufs Engste verbunden.

„Nun ja, ich gehöre also zum Komitee. Ich werde es nie lernen, nicht wahr? Jedenfalls, wir haben darüber gesprochen, welche Musikveranstaltungen für die Straßenbühne infrage kommen, die wir sponsern, und ich habe deine Singgruppe vorgeschlagen. Ich habe erzählt, was für ein großartiges Gemeinschaftsprojekt das werden soll, und alle halten es für eine fantastische Idee! Wie findest du das?“

„Ich bin begeistert, Dad, aber meinst du nicht, es wäre besser abzuwarten und sich den Chor, den wir gründen wollen, erst mal anzuhören, bevor ihr uns engagiert?“

„Der Jahrmarkt findet doch erst im Juli statt. Ihr habt also jede Menge Zeit, euch darauf vorzubereiten.“ Jim schloss sie in die Arme. „Ich glaube ganz fest an dich.“

Ganz gleich, ob ihre Singgruppe Jims Angebot, beim Carnival aufzutreten, würde annehmen können oder nicht, dieser Vertrauensbeweis ihres Vaters machte Elsie Mut. Sie klapperte die Straßen in Brighton ab, um Anwerbeposter für Mitglieder in lokalen Geschäften aushängen zu lassen, verteilte Handzettel an die Gäste von Sundae & Cher, überredete eine Journalistin des lokalen Anzeigenblattes, einen Artikel zu schreiben, und sparte so die Kosten für eine Anzeige. Sie und Woody entwickelten ausführliche Pläne, weil sie fest entschlossen waren, etwas zu erschaffen, das sich beträchtlich von den anderen Chören in der Gegend unterschied.

„Vor allem soll es Spaß machen und für jeden offen sein.“

„Babe, wir können nicht verlieren. Wir werden der einzige Chor, der die Vorsehung auf seiner Seite hat.“

„Und wir werden unsere Stücke interessant und anders gestalten. Werden versuchen, die üblichen Klischees zu umgehen und uns ein Repertoire erarbeiten, das alle singen wollen." Elsie stockte, als ihr ein Gedanke kam. „Es werden doch Leute kommen, oder?"

Woody war felsenfest davon überzeugt. „Wenn wir sie einladen, werden sie kommen."

Der Tag der groß beworbenen ersten Vereinsversammlung kam, und Elsie hatte die meiste Zeit mit Nervosität zu kämpfen. Sie bemühte sich, so gut es ging, nicht ständig darüber nachzugrübeln, was der Abend möglicherweise bringen würde. Ihr war, als stünde sie am Rand einer gewaltigen Schlucht, mit den Zehen über einem Abgrund, an dem es sechshundert Meter senkrecht in die Tiefe ging, und versuchte genug Vertrauen zu finden, um den Schritt zu wagen: Das war aufregend und angsteinflößend gleichermaßen.

Daisy kam kurz nach sieben, Woody völlig ungerührt etwa zwanzig Minuten später.

„Ich musste die richtige Inspiration finden", meinte er achselzuckend. „Das lässt sich nicht übers Knie brechen."

Gegen acht musste Elsie dagegen ankämpfen, andauernd auf die Uhr zu sehen, Daisy lief nervös auf und ab, und selbst bei Woody machten sich erste Anzeichen von Anspannung bemerkbar.

„Welche Zeit stand auf den Postern?", fragte Cher.

„Halb acht", gaben Daisy und Woody im Chor zurück.

„Ah." Sie wirkte besorgt. „Vielleicht sind sie im Verkehr stecken geblieben. Es ist Mittwochabend, das kennt man ja …" Selbst nicht überzeugt von ihrem Argument, verstummte sie wieder.

„Die Leute sind nervös, das ist alles. Tief innen drin weiß die ganze Stadt, dass diese Singgruppe unsere Gesellschaft in ihren Grundfesten erschüttern wird."

„Es ist ein Chor, Woody, keine politische Bewegung."

Woody musterte Daisy verächtlich. „Das sagst du."

Daisy ignorierte ihn. „Das ist einfach lächerlich. Es kommt niemand, Els. Lass uns einfach Schluss machen."

Elsie musterte die entmutigte Truppe. Einerseits wollte sie zusammenpacken und nach Hause fahren. Aber sie war sich so sicher gewesen, dass Leute reagieren würden. Diese Gewissheit musste doch etwas zu bedeuten haben? „Ihr könnt gehen, wenn ihr wollt. Ich warte ab, ob nicht vielleicht doch noch jemand aufkreuzt."

„Ganz wie du willst. Aber wenn es dir nichts ausmacht, verschwinde ich jetzt." Daisy griff nach ihrem Mantel.

„Ja, geh du nur, Mädchen", warf Woody ein. „Lass die Gläubigen allein, die ihren Traum am Leben erhalten."

Verärgert ließ Daisy ihren Mantel über die Rückenlehne eines Stuhles fallen und setzte sich wieder. „Dann bleibe ich auch."

Elsie stöhnte auf, ging vor die Tür und ließ die Pattsituation im Eiscafé hinter sich zurück. Es war Anfang April, die Luft war klar, und in der leichten Brise überlief eine Gänsehaut ihre Arme, während sie die leere Straße entlangschaute. Der Gruppe drinnen mochte sie es nicht eingestehen, aber ihr Optimismus schwand dahin wie das Licht am Abendhimmel über ihr. Vielleicht war der Treffpunkt ungeeignet? Oder der Wochentag. Sie erschauerte, als eine Böe durch die Gardner Street jagte. Wenn man eines über sie behaupten konnte, so rief sie sich in Erinnerung, dann, dass Elsie Maynard nicht einfach so aufgab. Das, sagte sie sich selbst, war keine große Sache. Der Chor mochte vielleicht nicht die Grundfesten der Gesellschaft erschüttern oder die fast schon revolutionäre Idee sein, für die Woody ihn offenbar hielt, aber dennoch wollte sie unbedingt diese Singgruppe gründen. Also musste sie einen Weg finden, ihr Ziel zu erreichen …

„Komme ich zu spät?"

Elsie wandte den Kopf um und entdeckte eine hochgewachsene Gestalt, die sich näherte. Als das Licht aus dem Caféfenster auf ihr Gesicht fiel, machte ihr Herz einen kleinen Sprung.

„Olly! Ich freue mich so, dich zu sehen."

Ollys Lächeln wirkte locker und war hochwillkommen. „Das ist die beste Begrüßung, die ich heute gehört habe. Und? Wie läuft es so?“

Elsie ließ die Schultern hängen. „Gar nicht. Hier sind nur meine Schwester, meine Chefin und Woody.“

„Ah.“

„Genau. Aber jetzt, wo du da bist, ist der erste Schritt in die richtige Richtung getan.“

„Hmmm, es gibt da nur ein klitzekleines Problem. Ich kann nämlich nicht bleiben. Ich bin auf dem Weg zu einem Familienabend und wollte nur mal vorbeischauen.“

Der helle Hoffnungsfunken in Elsies Herz erlosch. „Oh, verstehe. Trotzdem danke – dass du an mich gedacht hast.“

Er runzelte die Stirn und hob eine Hand. „Warte mal kurz.“

Elsie sah ihm nach, wie er davonrannte und knapp fünfzig Meter weiter in einem Hauseingang verschwand. Verdutzt wartete Elsie gehorsam vor dem Eiscafé und zog sich ihre dünne Strickjacke um die Schultern, um sich gegen die abendliche Kühle zu schützen. Ganze fünf Minuten wartete sie und spähte immer wieder in die Richtung, in die Olly verschwunden war, in der Hoffnung, ihn zurückkommen zu sehen. Endlich, sie hatte allmählich schon eiskalte Finger, fiel ein Lichtschein aus der Einfahrt auf die Straße, und Olly kam heraus, begleitet von fünf Personen. Elsie konnte hören, wie sie sich aufgeregt unterhielten, während sie näher kamen.

„Hier, bitte sehr: Freiwillige für deinen Chor!“, verkündete er fröhlich.

„Aber wie hast du …? Wo …?“

Olly fegte ihre Fragen beiseite. „Ist doch egal. Du kannst mir einen Kaffee ausgeben, wenn wir uns am Samstag treffen.“

„An welchem Samstag?“, fragte Elsie zurück, die Brauen hochgezogen.

„Wann immer es dir passt. Solange es *bald* ist. Ich will damit nicht sagen, dass du mir irgendwas schuldest, aber …“ Damit deutete er auf die kleine Gruppe von Menschen um ihn herum. „Abgemacht?“

Sie konnte gar nicht anders. Sie musste lächeln über seine Frechheit. „In Ordnung, abgemacht."

„Wunderbar. Ich ruf dich an. Musst du jetzt nicht eine Chorprobe leiten?" Mit so breitem Grinsen, dass die Grinsekatze neidisch geworden wäre, ließ er Elsie inmitten ihrer Freiwilligen auf der Straße stehen. Sie sah ihm nach. Die überraschende neue Entwicklung erfüllte sie mit einem Kribbeln. Dann aber rief sie sich mit Gewalt zurück in die Realität und geleitete das Grüppchen ins Café.

Daisys und Woodys Gesichtsausdruck bei ihrem Eintreten mit den neuen Mitgliedern war ein Anblick für die Götter. Sofort kam Bewegung in die beiden, sie schüttelten Hände, ließen sich Namen und Kontaktdaten nennen und stellten die Stühle mitten im Raum in einem Kreis auf. Die ersten Mitglieder ihrer Singgruppe bildeten wahrlich einen bunt gemischten Haufen: Danny Alden, neunzehn Jahre alt, und seine Freundin Aoife McVey; Sasha Mitchell, eine sehr selbstsichere Neunundzwanzigjährige; der Mittfünfziger Stan Goodson, von Beruf Taxifahrer, und Irene Quinn, eine stille, zurückhaltende Rentnerin. Es stellte sich heraus, dass sie alle im Pub am Ende der Straße gesessen hatten, als Olly hereinplatzte und die Gäste mit einem leidenschaftlichen Appell, sich als Chormitglieder zu melden, zum Schweigen brachte. Ob er ihnen irgendwas als Belohnung angeboten hatte, blieb unklar. Elsie vermutete zwar, dass ein bisschen Geld über die Theke gewandert war, um den Durst potenzieller Freiwilliger zu stillen. Aber das spielte keine Rolle. Wie er das auch immer geschafft haben mochte, Elsie war Olly äußerst dankbar für seine Hilfe und – zugegebenermaßen – nicht nur ein bisschen begeistert deswegen.

Nachdem die Gruppe sich gesetzt hatte und von Cher mit Kaffee versorgt worden war, gab Elsie zu verstehen, dass sie das Treffen eröffnen wollte.

„Ich danke euch allen sehr, dass ihr heute Abend hier seid. Ich weiß, dass keiner von euch auch nur damit gerechnet hat, sich heute einem Chor anzuschließen."

Gelächter schallte durch den Raum.

„Aber lasst mich erklären, warum ich glaube, dass unser Projekt funktionieren wird. Erstens, es gibt kein Vorsingen, keine Vorbedingungen für den Beitritt und keinen Mitgliedsbeitrag. Wir alle entscheiden gemeinsam, welche Stücke wir singen wollen, und versuchen dafür zu sorgen, dass für jeden etwas Passendes dabei ist. Mir ist es am wichtigsten, etwas ins Leben zu rufen, an dem wir alle teilhaben und unseren Spaß haben können. Von euch brauche ich nur eines, wenn ihr Interesse habt: Enthusiasmus. Alles andere kommt von allein."

Woody hüstelte laut, und aller Augen wandten sich ihm zu.

Elsie verstand diesen Wink sofort. „Ich tue das übrigens nicht allein. Ladies und Gentlemen, darf ich euch Woody Jensen vorstellen …"

Hallo-Gemurmel lief durch die Gruppe, als Woody sich erhob. Sein Ledermantel im Stil von Matrix und das T-Shirt mit dem aufgedruckten Totenschädel ließen ihn – so hoffte er jedenfalls – angemessen eindrucksvoll wirken. Silberketten klimperten an seinen Handgelenken, als er beide Hände zu einem huldvollen Gruß erhob. „Seid gegrüßt. Ihr kennt mich vielleicht noch von der Rockband Hellfinger, die in den Achtzigern auf der Hitliste ganz oben stand?"

Daisy unterdrückte mühsam ein Kichern angesichts der einheitlich verständnislosen Mienen der so Befragten.

„Macht nichts. Ihr könnt später nach mir googlen. Ich bin stolz zu sagen, dass diese Gesangsgruppe meine Idee war und das Universum selbst mir diese wunderbare Frau geschickt hat, um mir als Bardin in meiner musikalischen Zauberkunst zur Seite zu stehen. Zusammen, liebe Freunde, können wir die Grundfesten dieser Stadt erschüttern, die vereinten Seelen ihrer Bewohner mit mystischen Klängen füllen und dem Proletariat mit Hilfe der Musik die Macht zurückgeben …"

„… oder einfach eine Menge Spaß dabei haben, Musik zu machen", fügte Elsie rasch hinzu. Auf vielen Gesichtern zeigte sich Erleichterung.

Woody nickte. „Ja, das natürlich auch."

„Klingt das gut?"

Danny hob die Hand. „Können wir auch ein paar moderne Sachen machen? Ich war sechs Monate lang Mitglied im Dream-Team, und das modernste Stück, das wir gesungen haben, war ‚Mr Postman' von den Carpenters."

Sasha kicherte. „Schwaches Bild. Ich schlage vor, wir singen Lady Gaga."

„Gaga ist großartig, Mann! Wir können sie mit Led Zep mischen oder mit Hendrix ..." Woodys graue Augen funkelten vor Leben, als eine Million musikalischer Möglichkeiten vor seinem geistigen Blick vorbeizogen.

„Wir können singen, was immer ihr wollt", warf Elsie ein, bemüht Woody ein bisschen zu bremsen. „Wichtig ist vor allem, dass wir Musik auswählen, die wir alle mögen und an der wir unseren Spaß haben."

Stan hob die Hand. „Schön, ich bin dabei, Mädchen. Ich trällere unheimlich gern." Damit wandte er sich Irene neben ihm zu und stupste sie an. „Was meinst du, Reenie? Hast du Lust, diesen Jungspunden zu zeigen, wo's langgeht?"

Irene lächelte, sagte aber nichts, und ihre Wangen überzog ein ganz feiner Hauch von Röte.

„Lasst euch von ihr nicht zum Narren halten", meinte Stan. „Irene hat schon oft auf der Bühne gestanden. In den alten Zeiten. Sie war eine von Brightons Besten. Sang schon gegen Ende des Krieges mit Vera Lynn auf einer Konzerttournee durch Kanada für die Truppen. Sie war damals gerade mal siebzehn." Er tätschelte ihr das Knie. „Und Tänzerin warst du damals auch, nicht wahr, mein Mädchen."

„Nun hör schon auf, Stanley", wehrte sie ab, und Elsie bemerkte, wie ihre Augen strahlten, als sie lächelte. „Ich habe seit Jahren nicht mehr gesungen."

„Das macht überhaupt nichts. Es ist auf jeden Fall eine feine Sache, wenn wir *noch* eine Berühmtheit aus Brighton in unseren Reihen haben", warf Daisy ein und nickte demonstrativ zu Woody hinüber.

„Und was geschieht jetzt?", fragte Aoife und überraschte jeden im Raum damit, dass sie ihre Stimme hören ließ.

Elsie zuckte die Achseln. „Das hängt tatsächlich ganz von euch ab. Ich schlage vor, wir legen als allererstes einen Abend für unsere Treffen fest, der allen passt. Und dann beginnen wir nächste Woche mit der eigentlichen Arbeit."

Nach langer Diskussion – und zahlreichen zufälligen Abschweifungen zum Thema Hellfinger, die auf Woodys Konto gingen – wurde beschlossen, dass der Mittwochabend allen am besten passte, um zu proben, und so ging die Gründungsversammlung des Chors zu Ende.

Elsie dankte allen, als sie nach und nach gingen, und fragte sich insgeheim, wie viele von ihnen wohl in der folgenden Woche tatsächlich wiederkommen würden.

„Ein bisschen klingt das Ganze wie ein Witz", meinte Sasha in der Tür und klimperte mit den langen falschen Wimpern unter ihrem akkurat geschnittenen, wasserstoffblonden Pony. „Werden wir auch Solos und so singen können? Die Leute sagen nämlich, meine Stimme sei für Solos gemacht."

Elsie zuckte die Achseln. „Warum nicht. In dieser Gruppe können wir tun, was immer wir wollen."

„Cool. Wir sehen uns nächsten Mittwoch."

Stan und Irene schüttelten Elsie die Hand. „Ein schöner Abend", meinte Irene lächelnd. „Völlig unerwartet, aber sehr schön."

„Ich hoffe, du bist bereit für unser stimmgewaltiges Entzücken, Mädchen", lachte Stan in sich hinein.

„Ich freue mich schon darauf."

Daisy gesellte sich zu Elsie an die Tür, als die letzten Mitglieder des Vereins in die kühle Nacht hinausgingen. „Glaubst du, das ist gut gelaufen?", fragte sie, ganz offensichtlich alles andere als überzeugt.

„Ich denke schon. Aber das finden wir spätestens nächste Woche heraus."

Auf dem Fußweg nach Hause atmete Elsie tief durch und schaute hoch zum Sternenhimmel. Der Abend war vielleicht nicht so verlaufen, wie sie es erwartet hatte, aber sie war dennoch sehr zufrieden. Optimismus schien um sie herum Funken zu sprühen, während sie ging: Das Licht, das aus den Häusern fiel, kam ihr heller vor, der Nachthimmel zeigte sich in einem wunderschönen Mitternachtsblau, und ihr war leichter ums Herz als seit Jahren.

„Diese Singgruppe könnte dich durchaus neu erschaffen, Elsie Maynard“, sagte sie zu sich selbst.

5. KAPITEL

Wie schön, dass wir uns wiedersehen …

Als Elsie am nächsten Morgen aufwachte, war es noch dunkel. Das Licht der Straßenlaternen vor ihren Fenstern drang durch die halb geschlossenen Vorhänge in das Schlafzimmer ihres viktorianischen Reihenhauses. Sie war aus einem Traum erwacht, demselben Traum, der sie schon oft frühmorgens aus dem Schlaf geholt hatte. Kein Albtraum im eigentlichen Sinne, eher ein gefangener Augenblick, der in ihrem Unterbewusstsein in Endlosschleife abgespielt wurde. Sie hatte diesen Traum schon so oft geträumt, dass er ihr seltsam tröstlich erschien, beinah beruhigend in seiner Verlässlichkeit. Nie wurde darin gesprochen, sie erlebte nur Empfindungen. Seltsamerweise änderte sich immer wieder der Schauplatz, aber der eigentliche Inhalt blieb stets derselbe: Eine Hand, die die ihre berührte, sie dann ganz leicht drückte. Mit den Augen war dieser Druck kaum wahrnehmbar, aber sie spürte ihn wie einen Hunderttausend-Volt-Stromschlag. Und dann – nichts mehr, nur noch das Gefühl, in einem pechschwarzen Nichts zu schweben, als hinge sie über der Erde, bevor das Morgenlicht anbrach. Zuerst hatte der Traum Elsie stark verunsichert, aber inzwischen hatte sie ihn als Teil ihres neuen Lebens akzeptiert: als ein letztes Überbleibsel der Vergangenheit, das sie daran erinnerte, wie weit sie inzwischen gekommen war.

Langsam befreite sie sich aus ihren zerwühlten Laken, tappte auf nackten Füßen die weiß gestrichene Holztreppe in ihre Küche hinunter und lehnte sich an die Birkenarbeitsplatte, während der Teekessel zum Leben erwachte. Sie rieb sich die Augen, und dabei fiel ihr Blick auf die Liste infrage kommender Lieder für die Singgruppe, die sie erst vor ein paar Stunden auf die Rückseite einer Stromrechnung geschrieben hatte. Jetzt lag sie neben dem Telefon. Sofort spürte sie, wie neuer Mut sie durchströmte, während die Möglichkeiten, die sich vor ihr auftaten, sie erschauern ließen – genau wie am Abend zuvor auf dem Heimweg vom Gründungstreffen des Chors.

Die Liste enthielt eine bunte Mischung – von beliebten Musicalmelodien über eine Handvoll aktueller Songs aus den Charts bis hin zu einigen Klassikern, die sie schon in der Schule gesungen hatte. Natürlich hatte Woody auch ein paar Stücke vorgeschlagen, die sie bis jetzt erfolgreich umgangen war, darunter auch ein faszinierendes Medley aus „Don't Fear the Reaper" von Blue Öyster Cult und „I Kissed a Girl" von Katy Perry, arrangiert als Glam-Rock in stampfendem Rhythmus. Irgendetwas sagte Elsie, dass Brighton, so unkonventionell die Stadt sich auch gern gab, noch nicht ganz bereit war, eine solche musikalische Beglückung zu ertragen …

Sie brühte sich einen Tee in einer Tasse, die Guin für sie gefertigt hatte, und lächelte, als sie zum x-ten Male den von blauen und orangen Blüten eingerahmten in lebhaften Rosatönen hingepinselten Text darauf las:

Do it, or Elsie!

Ein kleines Wortspiel mit ihrem Namen und der Redewendung „Do it, or else!" – „Tu es, sonst setzt's was!"

Im Grunde war es ein schlechter Scherz, typisch für den Humor ihrer Schwester, aber an diesem Morgen gewann er tiefere Bedeutung. Elsie nahm ihren Tee mit nach oben ins Schlafzimmer, setzte sich auf die Kante ihres hohen schmiedeeisernen Bettes und beugte sich vor, um die satinbespannte Schachtel von ihrem Nachttisch zu nehmen. Ganz oben auf dem Stapel Papier darin lag die nächste Botschaft:

Ich liebe dich, weil du Überraschungen liebst.
Kuss.

Nicht alle Überraschungen, dachte Elsie. *Auf manche Überraschungen könnte ich gut verzichten.* Langsam trank sie ihren Tee und sah zu, wie der Morgen über den Hausdächern in ihrer

Straße heraufzog. Sie hatte keine Ahnung, als wie treffend ihre Überlegungen sich noch erweisen sollten.

Als sie im Sundae & Cher ankam, wusste sie sofort, dass irgendwas im Gang war. Erster Hinweis: Cher war bereits da. Das war sie um diese Zeit sonst nie. Und sie hatte völlig untypischerweise bereits die Eistheke aufgefüllt. Dieser Job blieb sonst an Elsie hängen, weil Cher nur äußerst ungern die großen Bottiche aus dem Gefrierschrank wuchtete. Jetzt, wo sie diese Arbeit bereits erledigt hatte, wanderte sie in der Küche auf und ab.

Lächelnd betrat Elsie die Küche. „Morgen! Alles in Ordnung? Bisher war ich nämlich der Meinung, dass halb acht in der Frühe in deinem Wortschatz gar nicht existiert."

„Tut es normalerweise auch nicht. Aber ich wollte heute einfach mal mit der Tradition brechen", gab Cher zurück, hantierte dabei mit einer Schachtel Zuckertütchen herum und gab sich vergeblich locker und unbeschwert. „Ich musste unten eine neue Partie Kiwi-Stachelbeer-Eis mischen. Außerdem wartet eine ganze Tonne Cookie-Teig darauf, von dir magisch verwandelt zu werden. Natürlich nicht sofort. Erst – ähm –, wenn du so weit bist."

„In Ordnung." Die Stirn leicht gerunzelt, ging Elsie an Cher vorbei und hängte ihren Mantel und die Tasche in den Garderobenschrank an der Hintertür. „Ich schau mal, wie es um unsere Vorräte im Gefrierschrank steht."

Chers schuldbewusstes Lächeln konnte Elsies wachsendes Misstrauen ganz und gar nicht beschwichtigen. „Oh ja, tu das. Gute Idee." Sie stockte, sah einen Moment so aus, als wollte sie noch etwas sagen. Dann klatschte sie in die Hände. „Ich komme mit nach unten."

„Schön." Elsie ging voran, die Treppe im hinteren Teil der Küche hinunter, die zum Eislabor von Sundae & Cher im kleinen Keller des Cafés führte. Hier erfüllte Vanilleduft die Luft, und Elsie vergaß für einen Augenblick Chers seltsames Verhalten, als sie den kühlen Raum betrat und sich seiner magischen Wirkung auf sie überließ. Sie war äußerst gern hier, nicht nur wegen des süßen Duftes oder des riesigen Industriemixers. Sein

Anblick weckte immer das Kind in ihr und erinnerte sie daran, wie sie an vielen Backsamstagen neben Jim auf einem Stuhl gestanden und von ihm gelernt hatte, wie man mit der Küchenmaschine umging. Nein, vor allem weil dieser Raum das schlagende Herz von Sundae & Cher war. Hier wurde der Zauber versprüht. Hier wurden aus einer Grund-Eiscrememischung unter Zugabe ausgefallener und wunderbarer Zutaten ganz neue Geschmackserlebnisse geschaffen.

Sie öffnete die Tür des gewaltigen Tiefkühlschrankes und begann die darin gestapelten Eisbottiche zu zählen. „Sieht so aus, als würde Vanille langsam knapp. Vielleicht sollten wir heute eine neue Partie anmischen."

„Einverstanden. Unsere am besten laufende Eissorte darf uns schließlich nicht ausgehen."

Elsie hob zwei schwere Bottiche mit blassgrüner Eiscreme aus dem Gefrierschrank. „Ist das die neue Sorte?"

„Ja. Ich habe sie vorhin gemixt. Gut, oder?"

„Ich glaube, sie wird sehr beliebt werden", gab Elsie zurück und wandte sich Cher zu. „Vielleicht wäre es keine schlechte Idee, eine Partie sofort anzubieten? Soll ich sie heute gegen eine der gängigen Sorten austauschen, um mal zu sehen, wie gut sie läuft?"

„Ja. Gut. Ähm … nun ja, bevor du das tust, solltest du vielleicht etwas wissen …"

Elsie versuchte zu ignorieren, wie sich ihr der Magen zusammenzog. „Ja?"

„Jetzt sei bitte nicht wütend auf mich, aber es könnte *eventuell* sein, dass ich eine Verabredung für dich getroffen habe …"

„Cher …"

Cher zuckte entschuldigend die Achseln. „Ich weiß, tut mir leid. Ich habe mich nur mit einer alten Freundin unterhalten, und sie hat zufällig erwähnt, dass ihr Bruder ein netter Kerl sei und für eine Verabredung zur Verfügung stünde – natürlich nur, wenn du Interesse hast."

„Nun, das ist äußerst lieb von dir, aber im Augenblick sehe ich mich nicht in der Lage …"

„Natürlich. Ich meine, ich will dich ganz gewiss nicht bedrängen. Allerdings … Ich habe ihr erzählt, dass wir heute nach Feierabend auf einen Drink ins Feathers gehen wollen.“

Elsie spürte, wie sich alles in ihr sträubte. „Kann sein, dass ich das nicht schaffe.“ Damit schnappte sie sich einen der Bottiche und trug ihn die Treppe hinauf.

Cher folgte ihr mit dem zweiten Bottich, eilte an ihr vorbei in die Küche und verstellte ihr im Eingang zum Café den Weg. „Um offen zu sein, ich denke, du solltest es tun.“ Die so rundheraus ausgesprochene Empfehlung stand in direktem Widerspruch zu der Unsicherheit in ihrer Miene.

„Tatsächlich?“

„Ja.“

„Na schön. Warum?“

Cher seufzte. „Weil es dir guttun würde. Und weil meine Freundin möglicherweise dafür gesorgt hat, dass der Boss ihres Bruders auch da ist, und der sieht zufälligerweise einfach umwerfend aus.“

Elsie konnte kaum glauben, was sie da hörte. „Du hast ein Doppeldate organisiert?“

„Sag das doch nicht so, Els. Das klingt ja, als hätte ich etwas Hinterhältiges getan.“

„Vielleicht klingt es ja so, weil es so ist …“

„Ich mag ihn wirklich. Ich meine, ich halte ihn für einen Mann mit echtem Potenzial. Und ich arbeite schon seit über einem Jahr auf eine Verabredung mit ihm hin.“ Sie senkte die Stimme und faltete die Hände wie eine Heiligenfigur. „Er hat ein eigenes Haus, Elsie! Nicht so wie der Letzte. Und noch seine eigenen Zähne! Er ist normal, hat keine merkwürdigen Hobbys, keine fragwürdigen Angewohnheiten. Hast du eigentlich eine Vorstellung davon, wie schwierig es ist, in dieser Stadt einen vernünftigen Mann zu finden? Es ist praktisch unmöglich! Ganz abgesehen davon ist er erfolgreich und interessant, und ich weiß, dass er mich für attraktiv hält. Du weißt doch, wie grässlich meine Bekanntschaften bis dato waren. Dieser Typ ist normal! Deshalb fange ich gar nicht erst an, dich zu bitten. Ich verlege mich lieber gleich auf mitleidheischendes Betteln. Ich flehe dich an: *Bitte!*"

Elsie wusste, dass ihr gar keine Wahl blieb. Wenn Cher wenigstens einmal die Chance auf eine normale Verabredung haben konnte, dann war das vielleicht einen unbehaglichen Abend in Gegenwart von „irgendjemandes Bruder" wert.

„Ich habe nichts anzuziehen", sagte sie langsam.

„Ich gebe dir Bargeld, um dir in deiner Mittagspause ein Outfit zu kaufen", gab Cher zurück. „Auch passende Schuhe, wenn du magst."

„Ich habe kein Make-up dabei."

„Kannst du von mir haben. Oder dir neues kaufen. *Bitte!*"

Elsie wog ihre Möglichkeiten ab. „Na schön. Aber ich bleibe nur eine Stunde."

Cher strahlte wie ein Kind bei der Weihnachtsbescherung. „Eine Stunde – mehr brauche ich nicht."

Der Tag verging quälend langsam. Jede Minute zog sich endlos in die Länge. Je intensiver Elsie darüber nachdachte, desto mehr graute ihr vor dem, was ihr möglicherweise bevorstand. Gegen halb fünf am Nachmittag wurde ihre Nervosität unerträglich, und sie kannte nur einen Menschen, der ihr helfen konnte, keinen Rückzieher zu machen. Also ließ sie Cher allein hinterm Tresen, schnappte sich ihr Handy und trat vor die Tür. In der Gardner Street herrschte reger Betrieb, Menschen unterhielten sich und eilten geschäftig die Straße entlang. Elsie lächelte Emma vom Vegetarischen Schuhladen an, als sie einander begegneten, und sah zu, wie eine Gruppe von Gruftis sich mit überraschender Begeisterung im Eingang zum Cybercandy drängte. In sich hineinlächelnd, wählte sie die Nummer ihrer Schwester.

„Hallo. Daisy Maynard am Apparat."

„Daisy, ich bin's. Hast du einen Moment Zeit, mit mir zu plaudern?"

„Kein Problem. Warte mal kurz …" Elsie konnte das Klacken ihrer Absätze hören, während ihre Schwester aus ihrem Büro ging und sich einen Platz suchte, der geeigneter für ein Privatgespräch war. „Okay, was ist los, Liebes?“

Elsie trat zur Seite, um einen Spaziergänger mit Hund vorbeizulassen, der offenbar in Eile war. „Cher hat für mich heute Abend eine total bekloppte Verabredung zu viert arrangiert. Zuerst habe ich eingewilligt, aber inzwischen möchte ich am liebsten kneifen. Ich finde es einfach zu früh. Ich hatte keine Zeit, mich vorzubereiten oder geistig darauf einzustellen. Was habe ich mir nur dabei gedacht? Das Ganze ist eine saublöde Idee. Ich kann das doch nicht durchziehen, oder?“

Daisy lachte. Es klang mitfühlend. „Nun mal immer mit der Ruhe, Speedy Gonzalez! Atme tief durch. Schauen wir uns das Ganze mal von der praktischen Seite an. Wo triffst du den Typen?“

„Im Feathers. Heute Abend.“

„Ah ja, ein öffentlicher Ort. Das ist gut. Und was weißt du über ihn?“

„Nur, dass Cher von seinem Boss schwärmt. Er selbst ist der Bruder von jemandem, den sie kennt, und er soll nett sein.“

„Sonst noch was? Womit verdient er seinen Lebensunterhalt? Wie sieht er aus?“

Elsie trat mit dem Fuß gegen eine zerknüllte Chipstüte. „Nichts. Genau da liegt das Problem, Dais. Wie in aller Welt soll ich wissen, ob ich irgendetwas mit ihm gemein habe oder nicht?“

„Gar nicht. Aber das ist ja irgendwo auch der Sinn einer Verabredung, nicht wahr? Du triffst dich mit jemandem, der sich für dich vielleicht oder vielleicht auch nicht als interessant genug erweist, um ihn näher kennenlernen zu wollen. Man muss an so etwas schließlich nicht mit wissenschaftlichen Methoden herangehen.“

Was Daisy sagte, war natürlich vernünftig und es bezweckte genau das, was sie sich erhofft hatte. Wenn Elsie irgendetwas mit ihrer Schwester besprach, verlor es meist seinen Schrecken und ragte schon viel weniger hoch und unbezwinglich vor ihr auf. „Danke, Liebes. Ich weiß nicht, was mit mir los ist.“

„Du hast Angst. Völlig verständlicherweise. Blind Dates sind dafür berüchtigt, komische Situationen heraufzubeschwören. Aber ich weiß, du wirst zurechtkommen. Es ist lange her, dass du dich zum letzten Mal mit jemandem verabredet hast. Die Dinge haben sich verändert. Und auch du hast dich verändert, vergiss das nicht. Ich glaube, du solltest nicht zu viel darüber grübeln und die Sache einfach als das betrachten, was es ist: Du tust einer Freundin einen Gefallen, und dabei lernst du möglicherweise einen netten Typen kennen. Es ist nur ein Schritt, keine ganze Reise."

Daisys Worte gingen Elsie immer noch im Kopf herum, während sie sich eine Stunde später in dem kleinen Waschraum im hinteren Teil des Cafés umzog. In einer kleinen Boutique nur wenige Häuser vom Sundae & Cher entfernt hatte sie sich während ihrer Pause in aller Eile ein verrücktes Kleid mit einem Vogelmuster gekauft. Es war süß, aber dennoch leger, passte zu ihren roten Lieblingsballerinas, die sie heute trug, und sie fühlte sich darin wohl. Das Geld dafür hatte ihr eine sehr aufgeregte Cher in die Hand gedrückt, bevor sie sie zum Shoppen losschickte. Jetzt steckte Elsie ihre blonden schulterlangen Haare mit ein paar schwarzen Kämmchen zu einer lässigen Hochfrisur auf. Die aufregendste Aufmachung für ein Date war das nicht, aber es passte einfach zu ihr.

Cher übertrieb ein wenig mit ihrer begeisterten Reaktion, als Elsie in die Küche zurückkam, aber sie akzeptierte ihre Komplimente trotzdem. Jetzt brauchte sie Selbstsicherheit. Nach Daisys aufmunterndem Zuspruch war sie wild entschlossen, den Abend zu genießen. Auf dem Weg zu dem grüngekachelten Pub in der Nähe des Theatre Royal, in dem sich nach Feierabend viele der Ladeninhaber aus der Umgebung einen Drink gönnten, rief sie sich ins Gedächtnis, was die heutige Botschaft aus der satinbespannten Schachtel gesagt hatte: Du liebst Überraschungen. Ihre Finger schlossen sich um den Zettel, den sie in ihre Manteltasche gesteckt hatte.

Der Pub war bereits brechend voll mit Ladenbesitzern und Verkäufern, die hier ihren Feierabend ausklingen ließen. In das laute Stimmengewirr mischte sich hin und wieder raues Gelächter. Elsie hatte diese Kneipe schon immer gemocht. Und ihr gefiel, wie sie sich dem allgemeinen Trend zu gehobenerer Gastronomie widersetzte, obwohl so viele andere Kneipen in der Gegend diesen Weg gegangen waren. Das Feathers war die Lieblingskneipe ihres Vaters, und sie hatte ihn in ihren Teenagerjahren oft hierher begleitet, wenn er sich im Pub mit Ratsmitgliedern oder Möbellieferanten traf.

Sie drängten sich durch die Menge, um an die Bar zu gelangen, und mussten ganze fünf Minuten warten, bis Nick, der immer fröhliche und rotgesichtige Wirt, auf sie aufmerksam wurde.

„N'Abend, Mädels!“, rief er. „Was kann ich euch bringen?“

„Einen Orangensaft für mich und Rotwein für Cher, bitte.“

„Kommt sofort.“

„Ist Jake Long schon da, Nick?“, fragte Cher.

„Noch nicht.“ Er stellte ihr ein Glas Wein hin, öffnete eine Flasche Orangensaft und füllte den Inhalt in ein Glas mit Eis für Elsie. „Ist noch ein bisschen früh. Normalerweise kommt er gegen sechs. Warum fragst du? Suchst du ihn?“

„Vielleicht“, zwinkerte Cher ihm zu und verschwand in der Menge, um einen Sitzplatz zu suchen, während Elsie ihre Getränke bezahlte.

„Heißes Rendezvous“, verriet Elsie.

„Allen Ernstes? Ist er nicht ein bisschen zu normal für Cher?“

Elsie lachte. „Sie hat eine neue Richtung eingeschlagen.“

Nick seufzte hyperdramatisch. „Ich hab's ihr doch schon längst gesagt: Wenn sie einen richtigen Mann sucht, weiß sie, wo sie mich findet.“

„Ich werde es ihr ausrichten“, gab Elsie zurück, nahm die Gläser und schlängelte sich zwischen den Gästen hindurch, bis sie Cher fand, die stolz einen Tisch mit vier Stühlen am Fenster besetzt hielt. „Nick hat wieder einmal angeboten, der richtige Mann für dich zu werden.“

Cher verdrehte die Augen und nahm einen großen Schluck Wein. „Er darf gern weiterträumen. Ich habe zu viele Gerüchte über Nick Plass gehört, um mich darauf einzulassen.“ Sie warf einen weiteren Blick auf die Uhr. „Jake müsste gleich kommen. Trinkst du nichts?"

„Später vielleicht." Elsie hätte es schon brauchen können, sich ein bisschen Mut anzutrinken, aber sie war wild entschlossen, diese Sache durchzuziehen, ohne sich dabei auf Alkohol zu stützen.

Die beiden machten es sich bequem und unterhielten sich etwa zwanzig Minuten ziellos über die Arbeit. Sie waren beide nicht richtig bei der Sache, weil das, was sie an diesem Abend erwartete, sie bereits voll und ganz beschäftigte. Als Chers Glas leer war, stand sie auf, um an die Bar zu gehen, blieb aber wie angewurzelt stehen, als sie die beiden Männer entdeckte, die sich zwischen den stehenden Trinkern hindurchdrängten. Jake Long ging voran. Sein makelloser Anzug hob ihn deutlich von den lässig gekleideten übrigen Gästen ab. Er trug einen teuren Mantel über dem Arm. Für sein Alter sah er gut aus. Seine freundlichen dunklen Augen und die leicht sonnengebräunte Haut bildeten einen attraktiven Kontrast zu den Anflügen von Silber an seinen Schläfen und in seinem dichten braunen Haar. Cher schien plötzlich nur noch aus kokettem Wimpernschlag und schüchternem Lächeln zu bestehen, während er sich ihrem Tisch näherte.

Elsie war so beeindruckt von Jakes Auftreten, dass sie ganz vergaß, sich ihre eigene Verabredung für den Abend anzuschauen. Er wartete hinter seinem Boss und war im Gedränge der Kneipengäste kaum zu erkennen.

„Ich freue mich, dass ihr es geschafft habt." Jake lächelte Cher an, ein offensichtliches Glitzern in den Augen. „Entschuldigt bitte, dass wir so spät dran sind. Wir hatten in letzter Minute noch eine Besprechung im Büro." Er streckte Elsie die Hand entgegen. „Nett, Sie kennenzulernen."

„Danke, gleichfalls."

„Ich habe das Gefühl, dies wird ein ganz besonders schöner Abend", erwiderte Jake und trat einen Schritt zur Seite. „Darf ich Ihnen den brillantesten Juniorpartner unserer Kanzlei vorstellen …"

Während er noch redete, trat der junge Mann neben ihm einen Schritt vor, und Elsie stockte der Atem. Das konnte doch einfach nicht wahr sein …

„… Torin Stewart."

Jake und Cher grinsten wie zwei ausgehungerte Hyänen, aber als Elsie und Torin einander ansahen, lächelten sie beide nicht.

Weil es sich nun mal gehörte, höflich zu sein, streckte Elsie ihm eine Hand entgegen. „Elsie Maynard. Nett, Sie kennenzulernen."

„Tatsächlich?" Torin schüttelte kurz ihre Hand. Das Gefühl, als seine warme Haut ihre streifte, war wie ein Schock. Hastig befreite sie sich gleich wieder aus seinem Griff. Ganz kurz huschte ein Lächeln über seine Lippen, bevor er sich an Jake wandte. „Ich kümmere mich um die erste Runde Getränke, einverstanden?"

Jake rieb sich seine Hände. „Ausgezeichnete Idee. Ich nehme einen Single Malt mit Wasser, ohne Eis. Die Damen?"

„Rotwein für mich. Elsie?"

Der ganze Raum schien sich um Elsie zu drehen und es fiel ihr schwer, sich auf die Situation zu konzentrieren. Trotzdem gelang es ihr, in die Realität zurückzukehren. „Für mich das Gleiche. Ein großes Glas."

Cher zog fragend eine Augenbraue hoch, und Elsie brachte als Antwort ein schwaches Lächeln zustande. Als Jake sich Cher gegenübersetzte, richtete sie schnell ihre ganze Aufmerksamkeit auf ihn, und Elsie ließ sich auf ihren Stuhl zurücksinken. Wie war es möglich, dass ausgerechnet Torin der Unbekannte war, mit dem sie eine Verabredung hatte? Nach ihrem ersten Zusammenstoß und der überaus peinlichen zweiten Runde in Croydon war Elsie so sicher gewesen, dass sie und Torin Stewart einander nie wieder über den Weg laufen würden. Und doch war er jetzt hier – zum dritten Mal in drei Wochen. Worüber sollte sie sich nur mit ihm unterhalten?

Viel zu schnell kam Torin mit einem Tablett voller Getränke zurück. Vermutlich hatte er all seinen Charme spielen lassen, um möglichst schnell bedient zu werden. Denn immerhin war dies der einzige Pub in Brighton, der die langen Wartezeiten an der Bar zur Tugend erhob. Über der Bar hing ein großes Schild, das das noch bekräftigte:

Schnell läuft bei uns gar nichts. Unser Bier ist es wert, darauf zu warten.

„Ich werd' verrückt – dich schicken wir wieder an die Bar", erklärte Cher und hob Torin ihr Glas entgegen. Grinsend stieß er mit seinem Bierglas mit ihr an und hob es dann Elsie entgegen.

„Auf einen netten Abend?"

Zögernd akzeptierte sie den Trinkspruch. „Auf einen netten Abend." Wobei nett gleichbedeutend ist mit kurz, fügte sie in Gedanken hinzu.

Jake und Cher vertieften sich sofort in eine angeregte Unterhaltung. Ihre Körpersprache verriet dabei nur zu offensichtlich, wie sehr sie sich zueinander hingezogen fühlten. Torin trank langsam sein Bier und ließ Elsie dabei nicht aus den Augen. Sie gab sich allergrößte Mühe, ungerührt zu wirken, erwiderte seinen Blick und lächelte freundlich, während sie verzweifelt nach passenden Gesprächsthemen suchte, damit der Abend schnell vorüberging.

„Also sind Sie Jurist?"

„Rechtsanwalt wäre die genaue Bezeichnung, aber ja, das ist mein Beruf. Und was machen Sie?"

„Zweite Geschäftsführerin in einem Retro-Eiscafé."

Das schien ihn zu überraschen. „Oh? Wo liegt das denn?"

Den Bruchteil einer Sekunde war Elsie in Versuchung, ihm eine falsche Adresse zu geben, damit er sie nicht finden konnte, aber dann siegte doch ihre Vernunft. Natürlich würden Jake oder Cher ihm auf jeden Fall die richtige Auskunft geben. „In North Laine – Gardner Street. Ich arbeite für Cher."

„Verstehe. Also, wer hätte gedacht, dass wir zwei uns auf diese Weise wiedersehen, hmm?"

Sofort spürte Elsie, wie sie sich innerlich verkrampfte, und starrte in ihr bereits halb geleertes Weinglas.

Torin stieß einen tiefen Seufzer aus und murmelte etwas in sein Bier.

Plötzlich verärgert darüber sah Elsie ihn jetzt doch direkt an. „Entschuldigung? Ich habe Sie nicht ganz verstanden."

„Ich sagte, es ist eine Schande, dass Sie sich unter den gegebenen Umständen nicht zivilisiert benehmen können."

„Wie bitte? Ich benehme mich zivilisiert, vielen Dank aber auch. Ich trinke mit Ihnen, führe höfliche Konversation. Was bitte soll ich denn sonst noch tun, um besseres Benehmen an den Tag zu legen?"

Torin hob abwehrend die Hände. „Nun, das zum Beispiel sollten Sie nicht tun."

„Was sollte ich nicht tun?"

„Immer gleich aus der Haut fahren. Bei allem, was ich sage, völlig überreagieren. Das haben Sie jetzt jedes Mal getan, wenn wir uns begegnet sind, und es gab nie einen Anlass dafür."

„Alles klar bei euch beiden?", fragte Jake, sichtlich angetan von seiner erfolgreichen Verabredung.

Elsie und Torin lächelten und nickten höflich, und Jake wandte sich zufrieden ab und seine Aufmerksamkeit wieder Cher zu.

Elsie senkte die Stimme und beugte sich zu Torin hinüber. „Das sehe ich völlig anders. Sie waren ungeheuer von sich selbst eingenommen, als Sie mich vor dem Wachmann ‚gerettet' haben, und als Nächstes haben Sie mich und meine Schwester in dem Einrichtungshaus verfolgt und uns nachgeschnüffelt."

„Ich habe mich gefreut, Ihnen helfen zu können", zischte Torin zurück. „Und ich habe niemanden verfolgt oder ihm nachgeschnüffelt. Sie sind entgegen der Pfeilrichtung unterwegs gewesen, und Ihre Schwester war ausgesprochen charmant, wenn ich mich recht entsinne."

Elsie ignorierte ihn, trank ihren Wein und schaute zur Uhr über der Bar. Zwanzig Minuten? Sie hatte das erst zwanzig Minuten ertragen? Eine ganze Stunde hatte sie Cher versprochen, aber wenn ihre Unterhaltung mit Torin weiter in so gefährlichen Fahrwassern kreuzte, dann würde sie unmöglich ihr

Versprechen halten können. Sie unterdrückte ihren Zorn, so gut es ging, atmete tief durch und begegnete erneut seinem Blick.

„Das bringt uns nicht weiter. Vielleicht sollten wir einfach das Thema wechseln. Ich habe keine Lust auf einen neuen Streit, und ich vermute mal, dass es Ihnen genauso geht."

Der Zorn in seinen Augen verglomm ein wenig. „Stimmt, das tut es. Worüber können wir sonst reden?"

Da ihr nichts Kreativeres einfiel, meinte Elsie: „Erzählen Sie mir von Ihrer Arbeit." Nur um sich gleich darauf selbst innerlich dafür vors Schienbein zu treten, weil sie klang, als hätte sie sich an einen Tipp aus einem Fünfzigerjahre-Ratgeber gehalten, wie eine Verabredung zu einem vollen Erfolg wird: *Zeigen Sie Interesse an seiner Karriere …*

Also erzählte Torin, auf welches Gebiet er sich spezialisiert hatte, was es bedeutete, Juniorpartner in einer Kanzlei zu sein, was er für die Zukunft anstrebte und dass er schon in der Grundschule beschlossen hatte, eines Tages Jura zu studieren.

„Ein klassischer Fall von jemandem, der ins Familienunternehmen eintritt", erläuterte er. „Jedenfalls, was die Familie meiner Mutter angeht, nicht die meines Vaters. Meinem Dad gehört ein Musikladen in Hove. Das ist so ziemlich das Gegenteil von Jura."

„Und Sie wussten schon mit acht oder neun, dass Sie Rechtsanwalt werden wollen?" Für einen Augenblick vergaß Elsie, wie unangenehm ihr die Situation eigentlich war, weil sie seine frühe Gewissheit überraschend fand.

„Ja. Warum? Finden Sie das so seltsam?"

„Nein, vermutlich ist es das nicht. Aber ich hatte in dem Alter nicht die leiseste Vorstellung, was ich mit meinem Leben anfangen wollte – abgesehen davon, dass ich Spaß haben wollte und vielleicht eines Tages in der Serie ‚Nachbarn' auftreten. In so mancher Hinsicht weiß ich heute noch nicht wirklich, ob es einen Beruf gibt, der hundertprozentig zu mir passt. Aber was ich tue, tue ich gern, und deshalb bin ich im Moment damit zufrieden."

Sie konnte sehen, wie er sich entspannte, und stellte überrascht fest, wie sehr sie das erleichterte.

„Im Job zufrieden zu sein ist sehr wichtig. Ich sehe, dass viele sich in meinem Beruf abstrampeln, weil sie versuchen, die beruflichen Erwartungen anderer an sie zu erfüllen, anstatt sich einer Sache zu widmen, für die sie selbst sich begeistern können. Kinder, die den Ehrgeiz ihrer Eltern ausleben, statt ihre eigenen Ziele zu verfolgen."

„Und Sie?" Die Frage war ihr über die Lippen gekommen, bevor sie ihr bewusst war, und sie war viel persönlicher, als sie gewollt hatte.

„Danke der Nachfrage. Ich zähle mich selbst zu den Glücklichen, denn ich tue gern, was ich tue."

„Ich werde versuchen, Torins Schnelligkeit an der Bar zu unterbieten", mischte Jake sich grinsend ein. „Noch mal dasselbe für alle?"

Alle stimmten zu bis auf Elsie, sie hatte beschlossen, dass es sicherer war, wenn sie sich für den Rest des Abends auf Orangensaft beschränkte. Als Jake verschwunden war, grinste Cher Torin an.

„Ich hoffe, Elsie hat Ihnen erzählt, auf was für ein neues aufregendes Unterfangen Sie sich eingelassen hat?"

„Nein, bisher nicht. Erzählen Sie's mir."

„Ein Chor!", antwortete Cher, bevor Elsie auch nur den Mund öffnen konnte. „Und sie treffen sich in meinem Café."

„Ich bin beeindruckt", erwiderte Torin. Elsie hätte schwören können, einen Hauch echter Emotion in seiner Miene zu entdecken. „Haben Sie damit denn Erfahrung?"

„Nein. Aber es geht ja auch in erster Linie darum, etwas völlig Neues zu erschaffen, nicht eine alte Sache umzumodeln, die es so oder ähnlich schon etliche Male gab. Wir werden eine ganze Reihe verschiedener Stücke singen, und der Schwerpunkt liegt auf dem gemeinsamen Spaß an der Sache."

In dem Gefühl, für die beiden ein gutes Gesprächsthema gefunden zu haben, entschuldigte Cher sich und eilte in Richtung Damentoilette davon. Torin verschränkte die Arme vor der

Brust und lehnte sich in seinem Stuhl zurück. „Sie wissen also doch, wie man Spaß haben kann?“

So viel zu seiner Ernsthaftigkeit, dachte Elsie, und spürte, wie sich ihr die Stacheln aufstellten. So sehr sie auch gehofft hatte, sich zivilisiert mit ihm unterhalten zu können – es war offensichtlich, dass das nicht klappen würde. Und zwar nie. „Ja, in der Tat, das weiß ich. Und das beweist, dass Sie nichts, aber auch gar nichts über mich wissen.“

„Das war nur eine Feststellung. Ich schätze, dass jeder eine andere Seite von Ihnen zu sehen bekommt als ich bisher.“

Stell dir das mal vor, Torin. „Muss wohl so sein.“ Sie schaute erneut auf die Uhr. Fünf Minuten waren widerwillig vorbeigeschlichen, seit sie das letzte Mal nachgesehen hatte. Diese Stunde drohte die längste ihres Lebens zu werden.

„Nun seien Sie bitte nicht beleidigt. Ich kann Menschen einfach sehr schnell einschätzen, und ich weiß, dass das anstrengend sein kann. Das ist bei mir Berufsrisiko, fürchte ich. Ich kann oft innerhalb weniger Minuten nach der ersten Begegnung jemandes Charakter absolut richtig beurteilen.“

Elsie konnte kaum glauben, welche Selbstgefälligkeit dieser Mann an den Tag legte. „Sie meinen, Sie fällen Ihr Urteil über andere Leute schnell? Das betrachte ich nicht als Talent. Eher als Charakterfehler.“

„Ach, tatsächlich. Nun, was Sie angeht, Elsie Maynard, ich habe Sie längst durchschaut.“

„Machen Sie sich nicht lächerlich. Sie können unmöglich so viel über mich wissen.“

„Sie werden sehen: Ich kann.“ Er nahm einen Schluck von seinem Bier und musterte sie einen unangenehmen Augenblick lang. „Soll ich es Ihnen beweisen?“

Was für eine Frechheit! Nun denn, dachte Elsie, es gibt nur einen Weg, ihn von seinem hohen Ross zu holen. „Ja. Nur zu.“

Er rieb sich die Hände und legte los. „Na schön. Der Umstand, dass Sie mich völlig missverstanden und meine Motive fehlinterpretiert haben, lässt mich darauf schließen, dass Sie wenig Erfahrung mit Männern haben. Sie hatten einen, allerhöchstens zwei feste Freunde. Der leichte Abdruck am dritten Finger Ihrer linken Hand sagt mir, dass eine dieser Beziehungen zu einer Ehe geführt hat; daraus, dass Sie jetzt keinen Ring mehr tragen und auf Männer allgemein spürbar kratzbürstig reagieren, schließe ich, dass diese Ehe ihr Ende gefunden hat, vielleicht schon vor einiger Zeit. Habe ich recht?"

„Ich ..."

Elsie schluckte hart, während eine mächtige Woge aus unkontrollierbarer Emotion drohte, sie umzuwerfen. Torin hatte ahnungslos all ihre sorgsam errichteten Verteidigungsmauern niedergerissen, und seine Beobachtungen schmerzten zutiefst. Für einen Moment gänzlich unvorbereitet getroffen, kämpfte sie um ihre Selbstbeherrschung. Und er sah es ihr an. In seinen Augen lag wieder einmal das triumphierende Glitzern.

„Was denn? Sprachlos? Das kann doch unmöglich die große Elsie Maynard sein, die Königin der blitzschnellen Retourkutsche? Ich muss schon sagen, ich hätte erwartet, dass Sie inzwischen gekontert hätten."

Er reizte sie absichtlich. Das war ihr klar. Aber ihr Schock wandelte sich schnell in Wut, und sie brauchte einen Augenblick, um eine Antwort zu formulieren.

„Geben Sie mir – geben Sie mir nur eine Minute ..."

Um seinen Triumph zu feiern, nahm Torin einen Schluck Bier und schlug mit der flachen Hand auf den Tisch. „Aha. Geben Sie es schon zu – ich habe Sie vollkommen durchschaut. In dieser Sache bin ich einfach zu gut."

„Schön. Sie wollen es also wirklich wissen?" Den gesamten Rest ihrer Entschlusskraft zusammenkratzend, erhob Elsie sich von ihrem Stuhl. „Sie hatten recht, als Sie sagten, ich hätte nur eine ernsthafte Beziehung gehabt. Sie hat zur Ehe geführt, und diese Ehe ist vor achtzehn Monaten zu Ende gegangen."

Er spreizte selbstgefällig die Hände. „Tja, so läuft das nun mal bei mir. Nehmen Sie's mir nicht übel. Setzen Sie sich bitte wieder, ja? Es fing gerade an, Spaß zu machen."

„Nein danke. Ich glaube, ich bin lange genug geblieben."

„Ach, kommen Sie schon, Elsie. Das muss Ihnen doch nicht peinlich sein. Viele Frauen Ihres Alters sind geschieden."

Elsie fixierte ihn mit einem eisigen Blick, der selbst Sonnenstrahlen hätte gefrieren lassen. „Wohl wahr. Aber nicht viele Frauen meines Alters sind verwitwet."

Mit diesen Worten wandte sie dem sichtlich geschockten Torin den Rücken zu und marschierte entschlossen aus dem Pub hinaus auf die Straße. Das Versprechen, das sie Cher gegeben hatte, war vergessen. Alles, was sie jetzt noch wollte, war fliehen.

6. KAPITEL

Genau so, wie du bist …

Lucas hätte das gefallen. Er hätte den Kopf in den Nacken geworfen und so schallend gelacht, dass selbst die schwerhörige Mrs Rafferty nebenan ihn gehört hätte. Und Elsie hätte in sein Lachen eingestimmt. Sie konnte gar nicht anders, wenn sie mit einem so ansteckenden Lachen wie seinem konfrontiert wurde. Selbst als sein Kampf gegen die Krankheit langsam zu Ende ging, als jede Bewegung zu einem Kraftakt wurde, war sein Lachen das Einzige, was der Krebs, der seinen Körper zerfraß, nicht zerstören konnte. Jim sagte oft, er habe Lucas im letzten Jahr seines Lebens öfter lachen hören als in all den Jahren davor. Allerdings hatte Lucas auch beschlossen, dieses letzte Jahr zu genießen. Er hatte etwas zu beweisen – und eine Liste abzuarbeiten. Er hatte diese Liste für ihr letztes gemeinsames Jahr selbst entworfen und jeder Punkt darauf sollte Spaß machen. Sie wollten in der Zeit, die ihnen blieb, so glücklich sein, wie nur irgend möglich.

Lucas Webb hatte ein ungeheures Faible für das Absurde. Sein Sinn für Humor gehörte zu den Dingen, die Elsie am meisten an ihm liebte. Jeder Situation konnte er eine lächerliche, urkomische Seite abgewinnen, ganz gleich wie trostlos sie zunächst erschien. Die niederschmetternde Krebsdiagnose war da keine Ausnahme gewesen, und seine Bewältigungsstrategie war der Auslöser dafür, dass sie die Liste erstellten.

Als Dr. Hayes ihnen beiden in jenem viel zu kleinen, viel zu warmen Sprechzimmer im Royal Sussex County Hospital die vernichtende Diagnose mitteilte, waren sie zunächst schockiert gewesen. Wie betäubt und ungläubig hatten sie erst kaum reagiert und waren dann beide heftig schluchzend zusammengebrochen. Zwölf Monate blieben ihm noch allerhöchstens, das war wirklich nicht viel für jemanden, der das Leben so liebte wie Lucas. All ihre Pläne – Reisen, ein eigenes Unternehmen, Kinder – lagen zerstört und weggeworfen vor ihnen wie die

Papierknäuel in dem trist-grauen Papierkorb unter Dr. Hayes' Schreibtisch. Es kam ihnen vor wie eine gewaltige Ungerechtigkeit. Das erdrückende Gewicht der Hoffnungslosigkeit, die Elsie tiefer empfand als jemals in ihrem Leben, nahm ihnen die Luft zum Atmen.

Aber eine Stunde später, als sie Hand in Hand über den Brighton Pier schlenderten, setzte in Lucas eine bemerkenswerte Wandlung ein. Elsie erinnerte sich noch daran, wie er stehen blieb, ganz in der Nähe des Eingangs zum Vergnügungspark, und wie Hoffnung in seinen dunkelbraunen Augen aufleuchtete.

„Elsie, ich glaube, dass mir gerade eine grandiose Idee gekommen ist!"

Sein plötzlicher Stimmungsumschwung überraschte Elsie so sehr, dass sie ungewollt auflachte. „Und die wäre?"

„Okay. Hör zu. Als ich heute Morgen die Diagnose hörte, dachte ich: *nur* zwölf Monate? Aber inzwischen habe ich darüber nachgedacht und begriffen: Wir *haben* zwölf Monate. Zwölf Monate, in denen wir tun können, was wir wollen, und niemand kann darüber mit uns streiten! Und jetzt kommt es: Wir stellen eine Liste mit Dingen auf, die wir tun müssen. Ich spreche dabei nicht von so albernen Dingen wie Schwimmen mit Delfinen – wenn ich ehrlich bin, halte ich das für überbewertet. Wir sollten folgende Kriterien festlegen, nach denen wir die Liste erstellen: Nichts übermäßig Sentimentales, nichts Teures, nichts Vorhersehbares. Wir suchen uns, sagen wir mal, fünfzig Dinge aus, die wir erledigen müssen, bevor ich … du weißt schon …"

Er zitterte, als er diesen Vorschlag machte, aber sein Lächeln reichte – mehr Überredung brauchte Elsie nicht, um zuzustimmen. Und so war die Idee zur Liste geboren: Fünfzig für sie ganz besondere Aufgaben, ein persönlicher Auftrag, in ihrem letzten gemeinsamen Jahr glücklich zu sein. Dinge wie sich in die Bibliothek von Brighton zu schleichen und Haftnotizen mit Smileys zwischen den Seiten der Klassiker zu verstecken. Lucas war der Meinung, dass die Leser bei solch deprimierendem Lesestoff ein bisschen Aufmunterung gebrauchen konnten (so weit Elsie wusste, warteten zwischen den Seiten von Herzen in Aufruhr,

Die Mühle am Fluss und Krieg und Frieden möglicherweise immer noch einige dieser Smileys darauf, gefunden zu werden). Oder die Abfallbehälter entlang der Promenade von Brighton mitten in einer warmen Julinacht mit Lametta zu schmücken; in Gummistiefeln im kunstvoll verschnörkelten Victoriabrunnen in den Victoria Gardens mitten in der Stadt herumzuwaten; die Nacht im Baumhaus eines Nachbarjungen zu verbringen, mit einer großen Flasche Jack Daniel's, aneinandergekuschelt und dick in Decken gemummelt, betrunken und kichernd wie Schulkinder.

Jeder einzelne Punkt auf der Liste entsprach den drei Kriterien. Jeder bis auf einen.

„Oh – und Paris", hatte Lucas gesagt, als sie fünfzig Punkte beisammen hatten.

Sie musterte ihn amüsiert. „Moment mal, du hast gesagt: nichts übermäßig Sentimentales, nichts Teures und nichts Vorhersehbares, richtig?"

„Richtig."

„Und was ist dann Paris? Darauf treffen doch alle drei Ausschlusskriterien zu."

Sein schalkhaftes Grinsen war durch und durch typisch für Lucas Webb. „Paris ist geografisch."

„Lucas …"

„Tu mir den Gefallen, Els! Ich sterbe, schon vergessen? Du musst dich schon nach meinen Wünschen richten."

Und so enthielt die Liste, die eigentlich nur fünfzig Punkte hätte umfassen sollen, schließlich einundfünfzig, von denen sie ausgerechnet diesen letzten Punkt als Einzigen nicht mehr rechtzeitig abhaken konnten …

Jetzt wo sie hier am dunklen Strand stand, während die Wellen des tintenschwarzen Ozeans vor ihr auf den Sand schwappten, musste Elsie trotz ihrer Tränen lachen. Lucas hätte ihr für ihre letzte spitze Bemerkung im Pub Beifall geklatscht: Das war der ultimative Weg, einen Streit für sich zu entscheiden.

„Wenn alles andere fehlschlägt, spiel die Todeskarte aus, Kleine. Damit kriegst du sie immer."

Was ihm aber am besten gefallen hätte, war der Umstand, dass Elsie den Pub an diesem Abend überhaupt betreten hatte. Während der ganzen zwölf Monate, die sie bis zum Ende verplanten, hatte Lucas immer wieder darauf gedrängt, dass sie hinterher ihr Leben weiterleben musste.

„Dein ganzes Leben liegt noch vor dir, Liebling. Und ich erwarte von dir, dass du es lebst. Trübsal blasen, bis auch du stirbst, kommt nicht infrage. Versprich es mir. Versprich mir, dass du dein Leben für uns beide leben wirst."

Natürlich vermisste sie ihn, sehnte sich nach ihm. Er erfüllte jeden Gedanken, alles, was sie tat, an jedem Tag. Er hatte Brighton so sehr geliebt, dass selbst die Steine und Straßen der Stadt von seinem Geist durchdrungen schienen. Aber als er schließlich nach ihrem unvergleichlichen letzten Jahr starb, war etwas sehr Seltsames geschehen: Das Gefühl, das alles überlagerte, was Elsie empfand, war Dankbarkeit gewesen. Dankbarkeit für die Jahre, die sie mit Lucas gemeinsam erleben durfte. Einige entferntere Verwandte waren der Meinung gewesen, es handle sich dabei um eine Traueranomalie: Sie waren sicher, dass Elsie vorerst die Augen vor den Tatsachen verschloss, und Schmerz und Kummer ganz sicher irgendwann über sie hereinbrechen würden. Aber das war nicht passiert. Jedenfalls nicht in Form von jener lähmenden Trauer, die Elsie erwartet hatte. Natürlich überfiel sie oft tiefe Traurigkeit, Sehnsucht danach, ihm wieder nahe zu sein, das schon. Manchmal ganz ohne Vorwarnung. Es geschah immer wieder, dass kleine unbedeutende Dinge sie unerwartet in Tränen ausbrechen ließen. Schon während ihrer letzten zwölf gemeinsamen Monate hatte Elsie immer wieder eine tiefe, heftige Trauer überkommen, während sie die verrückten Aufgaben von ihrer Liste erfüllten. Es schien ihr beinahe, als sei diese Zeit bereits die intensivste Trauerarbeit gewesen. Vielleicht lag es auch daran, dass Lucas so viel mit ihr darüber gesprochen hatte, wie das Leben sein würde, wenn er nicht mehr war:

„Wenn ich fort bin, warte sechs Monate, und dann leg deinen Ehering ab. Nicht länger, hörst du? Ich meine das ernst, Els. Betrachte es als ein Geschenk an mich, in Ordnung? Und im Gegenzug werde ich irgendeinem anderen Glückspilz die Chance geben, dich in sein Leben aufzunehmen." ... „Du wirst zurechtkommen, mein Schatz. Ich glaube an dich, vergiss das nicht. Du bist schön und so stark. Genau das liebe ich an dir. Deshalb erwarte ich, dass du dich nicht verkriechst, sondern dich hinaus ins Leben wagst, wenn du so weit bist." ... „Und lass den Quatsch mit der Trauerkleidung, okay? Schwarz steht dir sowieso nicht. Kleide dich wie Königin Victoria, und ich werde dich so lange heimsuchen, bis du den Quatsch lässt!"

In den Monaten seit seinem Tod hatte Elsie seine Wünsche buchstabengetreu erfüllt, und wie so vieles andere, was Lucas vorgeschlagen hatte, hatte auch dies dafür gesorgt, dass es ihr besser ging. Es war beinah so, als wäre jede Handlung ein Geschenk an ihn, als wäre ihre Kraft seine Belohnung für sein Vertrauen darauf, dass sie sich nicht aufgab.

Trotzdem hatte sie nicht die Absicht gehabt, Torin an diesem Abend ihre Vergangenheit zu offenbaren, und sie war wütend auf sich selbst, sie für so einen trivialen Triumph benutzt zu haben. Torins Schlussfolgerung, sie sei nur eine verbitterte betrogene Geschiedene hatte sie wütend gemacht – zumal die Wahrheit so unglaublich weit davon entfernt lag. Aber Lucas war mehr wert als das. Und so sehr er sich auch über ihre bissige Bemerkung amüsiert hätte, er verdiente es, dass sie ihre Erinnerung an ihn respektvoller behandelte.

Tief in Gedanken versunken, wandte sie dem Meer den Rücken zu und wanderte über den knirschenden Kieselstrand zurück zu den Stufen, die hinauf zur Promenade führten.

„Babe, das Led-Zep-Mashup rockt. Glaub's mir einfach."

„Lass gut sein, Woody, darüber haben wir schon oft genug geredet. Fang nicht schon wieder damit an. Wir haben jetzt eine Liste mit sechs Stücken, und das ist für den Anfang schon eine ganze Menge. Wir haben nur sechs Mitglieder. Schon vergessen? Ich will keinen davon verlieren, noch bevor wir richtig angefangen haben."

Woody verzog spöttisch das Gesicht und schob sich die Sonnenbrille höher auf die Nase, obwohl an diesem Samstagmorgen ein grauer Himmel über dem Strandcafé lag. „Ich habe mehr von dir erwartet, Mädchen. Wollten wir uns nicht ganz und gar von den anderen abheben?“

„Das tun wir! Dein Lady-Gaga-Medley steht immer noch ganz oben auf der Liste. Das wird unser erstes Stück sein.“

„Gaga ist doch nur ein interessanter Aperitif. Ein Appetithappen für das eigentliche große Ereignis, wenn du so willst“, schnaubte er abfällig und drehte seine Espressotasse auf der Untertasse hin und her.

„Na schön. Also sorgen wir dafür, dass es so gut wie nur irgend möglich wird, bevor wir die Gruppe damit konfrontieren, sich an etwas wirklich Großes zu wagen …“

Woody stimmte schließlich etwas widerwillig zu, und Elsie beglückwünschte sich innerlich dazu, die richtigen Worte gefunden zu haben, um den Exrocker zu beruhigen. Es tat gut, an etwas anderes zu denken als an ihre gestrige Begegnung mit Torin. Genug damit, dass die Erinnerung daran sie die ganze Nacht gequält hatte. Sie schaute auf die Liste, die sie vor sich liegen hatte, und tippte mit ihrem Stift auf das Notizbuch.

„So, Daddy sagt, dass wir so gut wie sicher damit rechnen können, dass wir das Angebot, auf dem Stadtfest im Juli aufzutreten, bekommen. Damit bleiben uns drei Monate, plus minus eine Woche, um etwas auf die Beine zu stellen, mit dem wir uns vor Publikum blicken lassen können. Glaubst du, wir schaffen das?“

Woody hielt eine Hand hoch. Seine silbernen Armreifen schlugen dabei klirrend aufeinander. „Warte. Lass mich das Orakel befragen.“ Damit legte er seine Fingerspitzen an seine Schläfen und schloss die Augen.

Elsie schaute sich hastig und verstohlen um, ob jemand der anderen Gäste im Driftwood Café zu ihnen herüberschaute. Glücklicherweise schienen der Guardian und die Times für die meisten interessanter zu sein, und wer nicht Zeitung las, war entweder in ein Gespräch vertieft oder hielt den Blick starr auf das Display seines Smartphones gerichtet. Erleichtert wandte sie ihre Aufmerksamkeit wieder Woody zu, der inzwischen leise vor sich hinmurmelte und lachte. Nach ein paar Minuten öffnete er seine Augen wieder und faltete seine Hände auf der Tischplatte vor sich.

„Ich habe es gebührend befragt. Die Antwort lautet: Ja."

„Ah ja. Dann ist ja gut." Elsie widerstand der Versuchung, ihn zu fragen, welches himmlische Wesen ihm diese Information übermittelt hatte, denn vermutlich war es besser für sie, das nicht zu wissen.

Woody griff wieder nach seiner Tasse und blickte darüber hinweg in Richtung des wolkenverhangenen Horizonts über dem Meer. „Aber wir müssen hart daran arbeiten, aus ihnen die musikalischen Krieger zu machen, zu denen die Vorsehung sie bestimmt hat."

„Wie bitte?"

Ohne sein Mitleid über den offensichtlichen Erkenntnismangel seiner Gesprächspartnerin zu verbergen, starrte Woody sie an. „Sie werden nicht weit kommen, wenn sie nicht irgendwann anfangen zu singen, Babe."

Selbst wenn man seine Beziehungen zu mystischen Ratgebern zweifelhaft fand, war es doch erstaunlich, wie viel Weisheit Woodys Aussage enthielt.

Am darauffolgenden Mittwoch saß Elsie vor ihrem Keyboard und versuchte Ruhe in die kleine Singgruppe zu bringen und ihre Aufmerksamkeit zu erlangen.

„So! Es wird Zeit, dass wir anfangen. Woody hat ein großartiges Medley aus drei Lady-Gaga-Stücken vorbereitet, von dem ich glaube, dass es uns eine Menge Spaß machen wird. Daisy verteilt gleich ein paar Notenblätter, sodass hoffentlich jeder der Melodie folgen kann. Weiß einer von euch, was er singt?"

Danny hob die Hand. „Ähm, Lieder?"

„Ja, wir werden auf jeden Fall Lieder singen", gab Elsie so aufmunternd wie möglich zurück, was ihre Stimme stark wie die von Joyce Grenfell klingen ließ. „Aber ich wollte auf etwas anderes hinaus. Wisst ihr alle, welche Stimme ihr singt? Alt? Tenor? Sopran?"

„Ich schau mir immer The Sopranos an“, meinte Stan grinsend und fuhr mit einem fürchterlichen italoamerikanischen Akzent fort. „Man muss Tony und die *Familie* doch einfach lieben, oder?“

„Oh, ich liebe diese Serie“, stimmte Sasha zu, und schon waren sie und Stan in eine angeregte Diskussion über ihre Lieblingsfolgen der Fernsehserie vertieft.

Daisy lächelte ihrer Schwester aufmunternd zu, während sie gemeinsam die Notenblätter austeilten. Elsie atmete tief durch und hoffte, dass ihr Lächeln sie nicht ebenso im Stich ließ wie ihr Mut. Jetzt war es schon fast neun Uhr abends, und sie hatten noch nichts geschafft – abgesehen von der ausufernden Diskussion darüber, wo man T-Shirts für die Singgruppe auftreiben konnte, und den leichten Tumult wegen Sashas kurz angebundener Reaktion auf Woodys Vorschlag, ein Medley aus Hellfinger-Hits könnte ein besserer Einstieg für die Gruppe sein:

„Bisschen schwierig, aus einem Lied ein Medley zu machen, oder?“, hatte Sasha eingeworfen.

„Nur damit du es weißt: Unser Debütalbum wurde über achtzigtausend Mal verkauft!“

„Tatsächlich? Und wie viele davon sind längst auf der Müllkippe gelandet?“

„Wie kannst du es wagen, Englands bahnbrechende Rockgötter der Achtziger so in den Schmutz zu ziehen!“

„Bahnbrechende Rockgötter? Das ist ja lächerlich. Die meisten von euch sind tot, auf Entzug oder ständig so besoffen, dass sie permanent zittern. So sagt es jedenfalls Wikipedia. Von eurer bahnbrechenden Band hat einzig der Typ, der genug Verstand hatte, die Gruppe zu verlassen und Schallplattenproduzent zu werden, etwas erreicht!“

„Wage es ja nicht, an diesem Ort seinen Namen auszusprechen, hörst du, Mädchen?“

Der Streit eskalierte nur deshalb nicht, weil Cher genau im richtigen Moment mit frisch gebackenen Zartbitterschokolade-Espresso-Cookies, serviert mit Schokoladeneis aus weißer Schokolade, aus der Küche kam. Aber zwischen Sasha und Woody hing der Haussegen schief, und sie setzten sich beide so weit wie möglich auseinander.

Elsie atmete tief durch und lächelte die Versammelten strahlend an. „Na schön, ich schlage ein paar Noten an und bitte euch nacheinander, sie nachzusingen. So sollte ich feststellen können, wer welche Stimme übernimmt."

Zunächst war das, was die Sänger gemeinsam von sich gaben, alles andere als ermutigend. Danny lag viel zu hoch und blieb minutenlang bei seiner gepressten Fistelstimme, bis Elsie ihm die richtige Note für seine Stimmlage vorsang. Sashas Stimme erwies sich als kräftig und geschult, aber offenbar hielt sie es für unter ihrer Würde, eine einzelne Note anzustimmen. Stattdessen entschied sie sich für eine Stimmakrobatik, die selbst Beyoncé wohl für ein wenig übertrieben gehalten hätte. Aoife wirkte einfach nur zutiefst verschreckt, und Elsie musste alle bitten, einen Moment still zu sein, damit sie die Flüsterstimme des Mädchens überhaupt hören konnte. Stan brach in Gekicher aus und konnte vor lauter Lachen nicht mehr singen. Irene traf schließlich einen Ton, verstummte allerdings sofort wieder, als Elsie ihr dazu gratulierte. Woody saß die ganze Zeit neben Elsie, die Augen entsetzt aufgerissen ob der ohrenzerfetzend grässlichen Töne, und sogar Daisy wirkte, als würde sie am liebsten das Handtuch werfen.

Elsie klatschte in die Hände und musterte die betretene Singgruppe vor sich. „Okay, macht erst einmal eine kurze Pause. Anschließend gehe ich reihum und singe mit jedem einzeln, um für jeden die richtige Stimmlage zu ermitteln. Wenn dann alle zufrieden sind, versuchen wir es noch einmal gemeinsam."

Zwanzig Minuten später hatte Elsie die Gruppe in verschiedene Stimmen eingeteilt: Aoife und Sasha übernahmen den Sopran, Irene die Altstimme, Danny gab den einzigen Tenor, und Stan lag zwischen Bariton und Bass. Elsie sang den Part jeder einzelnen Stimme nacheinander vor, während die Gruppenmitglieder leise vor sich hin summten. Dann hob sie eine Hand, um sie alle wieder zum Schweigen zu bringen.

„Okay, das ist gut. Noch nicht sehr laut, aber ich schätze, dass wir alle erst noch unsere Stimme finden müssen …“

„Einige von uns mehr als andere“, warf Sasha spöttisch ein.

Danny funkelte sie zornig an. „Und was soll das jetzt wieder heißen?“

„Irene spricht nicht mal, geschweige denn, dass sie singt. Und deine Freundin würde nicht mal einen Ton herausbringen, wenn man ihr ein Feuer unterm Hintern anzündete.“

„Sasha, das muss doch nicht sein“, mischte Elsie sich hastig ein. „Ich glaube, du solltest dich entschuldigen …“

„Ich denke gar nicht daran. Den ganzen Abend halte ich mich schon zurück, damit dieser Haufen singen kann, und keiner hat es auch nur richtig versucht.“

Stan lief rot an. „Nun mal langsam, ja. Wir singen zum ersten Mal gemeinsam, schon vergessen?“

„Ja, dann *singt* doch endlich!“

Woody rannte zu Elsie hinüber. „Ich glaube, wir haben mit diesen Leuten einen Fehler gemacht. Keiner von ihnen versteht seine Bestimmung …“

„Was weißt du schon von Bestimmung, du erfolgloser Rockerfreak?“, schoss Sasha zurück, und schlagartig herrschte ein wüstes Durcheinander aus aufgebrachtem Geschrei, wütenden Bemerkungen und heftigem Gestikulieren.

Elsie stand auf und wollte gerade etwas sagen, als jemand lautstark das Getöse übertönte.

„Schlusssssss jetzt!“

Es wurde still, und jeder wandte den Kopf. Daisy stand neben dem Tresen, völlig untypisch für sie hochgradig aufgebracht und schwer atmend.

„Ich glaube einfach nicht, was ich hier sehe. Erwachsene Männer und Frauen, die sich wie verwöhnte Kinder aufführen. Ach was, schlimmer als das, denn ich bin mir ziemlich sicher, dass selbst Kinder sich nicht wegen solcher Kleinlichkeiten dermaßen in die Haare kriegen würden. Jetzt hört mir mal gut zu. Meine Schwester hat sich solche Mühe gegeben, diese Singgruppe zu etwas zu machen, das allen Spaß macht. Zu etwas

Besonderem. Etwas, zu dem ihr gern gehören wollt. Aber ihr haltet es nicht mal für nötig, ihr den entsprechenden Respekt zu erweisen und die nötige Aufmerksamkeit zu schenken, auch nur ein einziges Lied zu singen. Wenn ihr wüsstet, was sie in den letzten paar Jahren durchgemacht hat …“ Sie wischte eine Träne weg, die ihr aus dem linken Augenwinkel zu kullern drohte. „Wenn ihr auch nur die leiseste Ahnung hättet …“

Elsie schüttelte den Kopf. „Daisy, bitte nicht …“

„… Das Entscheidende ist, dass diese Singgruppe Elsies Baby ist. Ihr neues Abenteuer. Und sie hat es einfach nicht verdient, dass ein paar Leute, denen ihr eigenes Ego wichtiger ist als der Traum eines anderen Menschen, darauf herumtrampeln. Deshalb schlage ich vor, wenn ihr nicht bereit seid, kooperativ und mit Freude in diesem Chor mitzuwirken, dann geht jetzt. Denn, ganz ehrlich, wir brauchen euch nicht.“

Elsie schloss die Augen. Sie war sicher, dass gleich sechs Stühle zurückgeschoben werden würden, weil alle aufstanden, um zu gehen. Aber zu ihrer Überraschung wurde es sehr still im Café. Als sie einen Blick riskierte, sah sie, dass die Mitglieder der Gruppe sie bedrückt beobachteten. Selbst Sasha Mitchell schien für den Augenblick ein wenig kleinlaut.

Irene räusperte sich. „Das haben Sie gut gesagt, Miss Maynard. Vielleicht sollten wir jetzt einfach anfangen?“

Später am Abend hakte Elsie sich bei ihrer Schwester unter, während sie die Gardner Street entlanggingen. „Danke.“

„Wofür?“

„Dafür, dass du uns alle zur Ordnung gerufen hast.“

Daisy lächelte. „Das war doch das Mindeste, was ich tun konnte.“

„Trotzdem, wenn du nichts gesagt hättest, wäre womöglich ein Krieg ausgebrochen. Hör mal, wie fändest du es, wenn ich dich zu unserer Assistentin machen würde?“

Daisys Augen leuchteten auf. „Ehrlich?“

Elsie drückte ihren Arm. „Ja. Du hast uns alle heute Abend wieder auf den Boden geholt. Ich werde das Gefühl nicht los, dass dafür regelmäßiger Bedarf bestehen wird.“

„Nun, dann fühle ich mich geehrt. Ich hoffe nur, dass alle heute Abend einen Denkanstoß bekommen haben. Allerdings glaube ich dennoch, dass Sasha uns noch Probleme machen wird."

„Vielleicht. Aber hast du ihre Stimme gehört?"

„Welche Stimme? Soweit ich das beurteilen kann, schafft die Frau es nur, laut zu werden, wenn sie jemanden beleidigen will."

Elsie lachte. „Sie hat tatsächlich ein Talent dafür, andere herunterzuputzen. Aber nein, ich meine ihre Gesangsstimme. Sie hat sich heute sehr zurückgehalten, aber als wir daran gearbeitet haben, die Stimmlagen zuzuordnen, habe ich gemerkt, wie klar ihre Töne sind. Hinter all der heißen Luft verbirgt sich ein eindrucksvolles Klanginstrument. Ich muss nur noch dahinterkommen, wie ich es zum Tönen bringen kann."

„Und was ist mit der Schweigsamen Irene? Und Flüster-Aoife? Ich glaube offen gesagt nicht, dass eine von beiden heute Abend auch nur einen Ton hervorgebracht hat, der nicht nur für Hunde hörbar war." Daisy hielt inne, als sie ihren mintgrünen Figaro erreichten und öffnete den Wagen. „Ich sage nicht, dass du es nicht schaffen kannst, Els. Ich beneide dich nur nicht um diese Aufgabe."

Wenn sie ehrlich war, gefielen Elsie diese Aussichten auch nicht sonderlich. Aber während sie ihrer Schwester zum Abschied nachwinkte, spürte sie, wie der Ärger darüber, wie wenig sie an diesem Abend vorangekommen waren, etwas anderem Platz machte, nämlich Ehrgeiz. Die Ereignisse des Abends hatten zunächst ihre Zuversicht erschüttert, aber jetzt keimte ihre Entschlossenheit wieder auf und setzte sich erneut in ihr fest. Sie hatte, genau wie von ihr und Woody geplant, einen Chor gegründet, und sie würde dafür sorgen, dass sie irgendwann auch als solcher auftraten, und wenn es das Letzte war, was sie tat.

„Menschen sind wie Türen. Du musst nur den richtigen Schlüssel finden."

Lucas hatte sich vor Lachen gekrümmt, als er die Worte auf dem billigen, schreiend bunten Kühlschrankmagneten las, den sie in einem Geschenkartikelladen in Whitstable gefunden hatten. Zu dem Zeitpunkt hatten er und Elsie den dritten Punkt auf ihrer Liste in Angriff genommen:

3. In Küstenorten peinliche Kühlschrankmagnete kaufen und sie zu Hause an den Kühlschrank hängen.

„Der ist perfekt! Kitschig, kunterbunt und schwülstig bis zum Äußersten!"

Angesichts des empörten Gesichtsausdrucks des Ladeninhabers hatte Elsie ihn gebeten, leiser zu sprechen, aber Lucas hatte das ignoriert und kaufte den kleinen Gipsgegenstand, während er sich gleichzeitig lauthals über seine Absurdität ausließ.

Als sie sich am Morgen nach diesem Treffen Kaffee aufbrühte, fiel er Elsie ins Auge, und das Gefühl, das er in ihr auslöste, traf sie mehr, als sie wollte. Vielleicht lag ja doch ein Körnchen Wahrheit in seiner Aussage, egal, was Lucas davon gehalten hatte. Vielleicht gab es tatsächlich zu jedem einen Schlüssel.

Für Lucas jedenfalls hatte es einen gegeben. Sein Schlüssel war Elsies Kenntnis der weniger bekannten Songs von Morrissey gewesen, die sie in den angespannten letzten Minuten des Oberstufen-Jahresend-Quiz unter Beweis gestellt hatte. Irgendein früherer Schuldirektor hatte dieses Quiz eingeführt und es war mittlerweile zur Tradition geworden. Jeder neue Oberstufenjahrgang betrachtete es als beinah heilige Veranstaltung und hielt die Tradition aufrecht. Die Lehrerschaft war stolz darauf, wie komplex, umfassend und schwierig die Fragen waren, die Jahr für Jahr vorbereitet wurden. Sie deckten sämtliche Wissensgebiete von kulturellen Themen über klassische Kunst, Philosophie, Geschichte und Literatur bis hin zu aktuellen Ereignissen ab. In ihrem ersten Collegejahr, nur wenige Monate nach ihrem siebzehnten Geburtstag, war Elsie unerwartet der Mannschaft der unteren Oberstufe zugeteilt worden, weil ihre beste Freundin nur wenige Tage vor Schuljahresende an Röteln erkrankt war. Clara hatte sie am Abend vor dem Termin für das Quiz angerufen und in einem leidenschaftlichen Appell dazu gedrängt teilzunehmen.

„Ich weiß, du glaubst es nicht, aber du weißt mehr über den ganzen Kram als wir alle zusammen. Das Team der oberen Oberstufe ist furchterregend – wir brauchen jede Hilfe, die wir kriegen können, und ich weiß niemanden mehr außer dir, den ich fragen könnte. Sag bitte ja!"

Zögernd hatte Elsie eingewilligt. Als sie ihren Platz am Tisch neben ihren Mannschaftskollegen einnahm, hatte sie ihre Augen hinter dem langen Schleier ihrer damals henna-rotgefärbten Haare versteckt und darum gebetet, dass niemand ihre geröteten Wangen unter der blassen Foundation bemerkte. Das Herz rutschte ihr in die Kniekehlen, als sie den Kapitän ihrer Mannschaft entdeckte: ausgerechnet den Jungen mit den langen dunklen Haaren, den sie schon das ganze Jahr in jeder Geschichtsstunde angeschmachtet hatte. Lucas Webb sah großartig aus: hohe Wangenknochen, dunkle Augen mit durchdringendem Blick, die die Welt auf eine Weise zu betrachten schienen, wie sie Elsie noch nie begegnet war. Er zeigte eine einzigartige Stilsicherheit, die ihn sofort von allen anderen abhob, ihm aber zugleich auch den Respekt seiner Klassenkameraden eintrug, und sein Lächeln, mit dem er jeden anstrahlte, nur sie nicht. Denn für Lucas war Elsie unsichtbar. Ihre sehnsüchtigen Blicke prallten an ihm ab, während er seine Freunde mit witzigen Bemerkungen beeindruckte und sich bei den Lehrern mit seiner aufsehenerregenden Intelligenz beliebt machte. Sie beobachtete das alles, als stünde sie hinter einer Panzerglasbarriere, unfähig, mit ihm Kontakt aufzunehmen, und doch fasziniert von seinem Charakter. Und jetzt gehörte der leere Stuhl neben ihm ihr, als die beiden Mannschaften sich für das Jahresend-Quiz einfanden und nicht weniger als die Ehre ihres jeweiligen Jahrganges auf dem Spiel stand. Was sollte sie zu ihm sagen? Würde er sie überhaupt wahrnehmen?

Wie sich herausstellte, hätte sie sich keine Sorgen zu machen brauchen. Jahre später gestand Lucas ihr, dass dieser Tag sein Leben für immer verändert hatte. Und zwar, als in den letzten Zügen des heißesten Kopf-an-Kopf-Rennens seit Jahren – die obere Oberstufe stand mit 78 Punkten kurz vor dem Sieg, die untere Oberstufe hatte 77 Punkte – eine Frage zu Morrisseys zweitem Studioalbum an sein Team gestellt wurde.

„Wie heißt der fünfte Titel auf Morrisseys zweitem Album, Kill Uncle."

Ausdruckslose Blicke waren die Reaktion, als Lucas sich hilfesuchend an sein Team wandte.

„Kommt schon, wir müssen das beantworten, sonst verlieren wir. Weiß jemand irgendwas über Morrissey?" Noch ausdruckslosere Mienen, Kopfschütteln.

Mr Henley, der Direktor des Colleges, klopfte ungeduldig mit der Fragekarte auf den Tisch. „Ich fürchte, ich muss um ein wenig Beeilung bitten, untere Oberstufe."

Elsie war es ein wenig schwummrig, als sie die Hand hob, um sich zu melden – eine Handlung, die ihr jedes bisschen Selbstvertrauen abzuverlangen schien, über das sie verfügte. Dabei war sie sich der richtigen Antwort nahezu hundertprozentig sicher. Schließlich hatte sie genau dieses Album erst neulich in Guins Zimmer auf dem Fußboden liegen sehen. Ihre Schwester hatte nach einer besonders hässlichen Trennung von ihrem Freund gerade eine Periode von Selbstverachtung durchlebt. Trotzdem hatte Elsie Angst, sie könnte sich irren. Was, wenn ihre Antwort wirklich falsch war? Dann würde Lucas sie ganz sicher ignorieren und nur als „das Mädchen, das uns den Sieg im Jahresend-Quiz vermasselt hat" in Erinnerung behalten. Aber es war zu spät. Scharfäugig, wie er war, hatte Henley ihre Hand bereits bemerkt.

„Elsie Maynard?"

„‚King Leer'", hatte sie gesagt und dabei kaum mehr als ein heiseres Flüstern hervorgebracht. Ein Seitenblick auf die wunderschönen dunklen Augen, die sie unverwandt ansahen, und sie räusperte sich. „‚King Leer'", wiederholte sie lauter. „Der Titel heißt ‚King Leer'."

Einen Moment schwieg Mr Henley um der Dramatik willen, dann löste er die Anspannung mit dem Ruf: „Richtig! Die untere Oberstufe gewinnt mit zwei Punkten Vorsprung!"

Und damit war die Sache gelaufen: Seit diesem Tag nahm Lucas keine andere mehr wahr als das stille Mädchen aus dem

Geschichtsunterricht mit den gefärbten Haaren und dem sagenhaften Wissen über unbedeutende Kleinigkeiten im Bereich Musik. In jenem Sommer folgte er ihr kreuz und quer durch Brighton: tauchte mit der höchst fragwürdigen Ausrede, er suche eine ganz bestimmte Bienenwachspolitur, im Möbelhaus ihres Vaters auf, wenn sie dort arbeitete; überredete einen Kumpel, mit Clara auszugehen, damit er um eine Verabredung zu viert bitten konnte (was Elsie ihm abschlug, weil ihr die Sache zutiefst peinlich war). Und er legte seine Strandspaziergänge so, dass er ihr dabei „rein zufällig" begegnete. Schließlich zahlte sich seine Ausdauer aus, und Elsie verabredete sich mit ihm – ohne Clara und ohne Lucas' pickelgesichtigen Freund. Lucas führte sie in ein Burger-Restaurant zum Essen aus, und anschließend machten sie einen ausgiebigen Spaziergang durch die Stadt. Sie unterhielten sich stundenlang, entdeckten dabei nach und nach, dass sie beide Kunstfilme liebten, Romane von Douglas Adams und U2. So verging dieser Samstag im August, bis er sie schließlich um halb neun am Abend auf der Veranda des Maynardschen Hauses küsste. In diesem Moment wurde Elsie unumstößlich klar, dass sie den Einen gefunden hatte, von dem so viele Romanautoren und Songschreiber erzählten.

„Ein Penny für deine Gedanken!" Plötzlich stand Cher neben Elsie.

„Wie bitte?"

„Nun, ich weiß ja, dass es faszinierend sein kann, den Teig für deine im Mund explodierenden Zauberzucker-Cookies anzusetzen, aber ich bin mir ziemlich sicher, dass das kaum der Grund für deine Gedankenversunkenheit sein kann." Elsie hatte eine neue Backkreation geschaffen, für die sie einen besonderen Zucker verwendete, der auf der Zunge zerplatzte und kribbelte.

Elsie lächelte. „Ah. Ich habe gerade daran gedacht, wie Lucas und ich uns kennengelernt haben."

„Ach, Süße." Cher legte ihr kurz die Hand auf den Arm und drückte ihn sanft.

„Nein, ist schon in Ordnung. Das weißt du doch. Ich weiß nicht, warum ich gerade heute Morgen daran denken muss. Vielleicht, weil mein Blick auf einen seiner blöden Kühlschrankmagnete gefallen ist und damit einfach die Erinnerung wieder hochgekommen ist."

„Und das nach der grässlichen Verabredung, zu der ich dich überredet habe … Es tut mir so leid, Els. Ich hatte ja keine Ahnung, dass Jakes Kollege dich beleidigen würde."

„Cher, ich habe doch schon gesagt, es ist in Ordnung. Woher hättest du denn wissen sollen, was passieren würde."

„Spielt keine Rolle. Er hatte nicht das Recht, dich so aus der Fassung zu bringen." Sie seufzte. „Weißt du, es ist merkwürdig. Selbst jetzt noch denke ich manchmal, gleich müsste Lucas das Café betreten. Er fehlt mir."

„Ich weiß. Ihr beide wart immer ein Herz und eine Seele. Vor allem, wenn du ihn mit der Eismaschine hast spielen lassen."

Cher lachte. „Er war wie ein großes Kind. Dieser Laden hat ihm viel zu verdanken. Das Heidelbeer-Schoko-Eis, das er erfunden hat, ist eins unserer Bestseller. Verdammt, und ich kaufe immer noch unsere Cupcakes in Crawley, weil Lucas die so gern mochte."

Elsie lächelte. Lucas hatte sich in das kleine Cupcake-Café im Zentrum von Crawley verliebt, als er für eine große Technologiefirma am Stadtrand gearbeitet hatte. Und er hatte darauf bestanden, dass Elsie und Cher ihn in das in lebhaftem Pink gehaltene Café begleiteten, um sich einmal quer durch das Angebot zu probieren. Das Ende vom Lied war: Cher erteilte der Inhaberin einen Dauerauftrag für die Belieferung des Eiscafés mit den wunderbaren selbst gemachten Cupcakes von Cupcake Genie, trotz der großen Entfernung zwischen Crawley und Brighton. Diese Geschäftsbeziehung hatte immer noch Bestand. Aber genau das war typisch für Lucas gewesen: Er hatte es geschafft, alles möglich erscheinen zu lassen.

„Ich frage mich, wie er wohl mit deinem Chor umgegangen wäre", meinte Cher, angelte sich mit einem Teelöffel etwas Cookie-Teig aus dem Mixbottich und schob ihn in den Mund.

„Ich schätze, er hätte kurzen Prozess mit dieser Sasha gemacht. Ich entsinne mich gut, dass dein Lucas Dummköpfe gar nicht ertragen konnte."

Darüber musste Elsie lachen. Den Gedanken an Lucas, wie er seinen gnadenlosen Sarkasmus an Sasha Mitchell ausließ, musste sie sich unbedingt aufheben für das nächste Mal, wenn die unverschämte junge Frau sich bei einer Probe daneben benahm. „Dennoch, es muss einen Weg geben, sie dazu zu ermuntern, sich auf die anderen einzulassen. Sie ist vermutlich die begabteste Sängerin, die wir haben, aber wenn sie weiter so viel Ärger macht wie gestern Abend, wird sie die Gruppe am Erfolg hindern."

Die kleine Messingglocke am Eingang läutete, als ein Gast das Café betrat. Cher zog die Brauen hoch. „Du liebe Güte, da ist aber einer früh dran. Ich habe gerade erst das Geöffnet-Schild aufgehängt."

„Ist doch toll für eine Frau, wenn sie so gefragt ist, oder?"

„Oh ja, fantastisch." Cher zog eine Grimasse und ging ins Café. Nur wenige Augenblicke später war sie wieder da, ein seltsamer Ausdruck lag auf ihrem Gesicht. „Für dich, Liebes."

Von Chers Gesichtsausdruck neugierig gemacht, schnappte Elsie sich ein Küchentuch, um sich die Hände abzuwischen, und folgte ihrer Chefin nach vorn. Dort am Tresen, in einem schicken Anzug und mit breitem Grinsen im Gesicht, stand Olly.

„Morgen, Elsie." Er schaute sich im leeren Café um. „Ich bin doch hoffentlich nicht zu früh dran?"

„Hi. Nein, aber du bist unser erster Gast heute."

Ein betontes Hüsteln erklang hinter ihr. Elsie drehte sich um, Cher lächelte sie verschwörerisch an.

„Oh, tut mir leid. Darf ich dir Cher vorstellen? Sie ist meine Chefin."

„Angenehm", lächelte Cher und streckte ihm ihre Hand entgegen. Vielleicht lehnte sie sich dabei ein bisschen übertrieben weit nach vorn, um dem Gast einen Blick auf ihren üppigen Vorbau zu ermöglichen. Obwohl das angesichts der frühen Morgenstunde nicht wirklich angemessen war. „Elsie hat mir gar nichts von Ihnen erzählt."

Elsie seufzte. Cher war so entzückt, dass sie das Thema den ganzen Tag nicht würde ruhen lassen. „Olly entwirft die Webseite für das Geschäft meines Vaters."

„Ooh, nicht nur gut aussehend, sondern auch noch intelligent", stieß Cher hervor. „Und vermutlich auch *hungrig*?"

Für den Bruchteil einer Sekunde machte Olly einen sehr verwirrten Eindruck, bis Cher verführerisch mit der Speisekarte vor ihrer viel zu tief ausgeschnittenen Bluse herumwedelte. „Oh, ja, richtig. Ein Frühstück wäre wunderbar."

„Fein, dann suchen Sie sich ein nettes Plätzchen für Ihren entzückenden Hintern, und Elsie nimmt Ihre Bestellung entgegen", schnurrte Cher, drehte sich auf ihren hohen Absätzen um und klackerte zurück in die Küche. Dabei ließ sie dramatisch die Hüften schwingen.

Elsie lächelte den sichtlich irritierten jungen Mann am Tresen an. „Der Tisch am Fenster ist sehr gemütlich."

Olly lachte, als er sich setzte. „Deine Chefin ist ja heftig. Verhält sie sich jedem gegenüber so?"

„Nur gut aussehenden Männern gegenüber." Olly lächelte, und Elsie spürte, wie sie sofort rot anlief.

„Oh, danke."

„Gern geschehen. Also, was hättest du gern?"

Einen Moment lang schaute er ihr noch in die Augen, bevor er sich der Speisekarte zuwandte. „Die Muffins mit Ahornsirup und Speck klingen sehr gut. Und einen Kaffee, bitte – Cappuccino wäre toll."

Als Elsie die Bestellung auf ihrem Block notierte, spürte sie, wie ihre Hände zitterten. Reiß dich zusammen, Elsie, mahnte sie sich selbst, verärgert über ihre eigene Reaktion. „In Ordnung. Ich gehe kurz in die Küche und …"

„Eigentlich bin ich aus einem anderen Grund hier", meinte Olly plötzlich und sah zu ihr hoch.

„Oh?"

„Ja. Die Sache ist die – nun ja – seit dem Abend, an dem ihr euer erstes Chortreffen hattet, habe ich dich nicht mehr gesehen. Und du hast mir vor ein paar Wochen versprochen, dass wir uns auf einen Kaffee treffen würden … Tut mir leid, entschuldige mein Gefasel. Ich frage dich lieber direkt, denn offen gesagt, auf dem Weg hierher habe ich mir wieder und wieder zurechtgelegt, was ich sagen soll, und mir fällt einfach nichts Besseres ein, also …" Er atmete tief durch, den Blick fest auf sie gerichtet. „Wie wäre es mit einem Essen? Mit mir, meine ich? Nicht irgendwann in absehbarer Zukunft, daraus wird sowieso nichts. Diese Woche? Vielleicht morgen Abend?"

„Oh." Die Plötzlichkeit seiner Frage, gepaart mit dem Gedankennebel, der an diesem Morgen in ihrem Kopf waberte, verschlug Elsie für einen Moment die Sprache.

Auf Ollys Gesicht machte sich Enttäuschung breit. Offenbar interpretierte er ihre Reaktion als Vorboten für ein Nein. Er senkte den Blick und gab sich Mühe, möglichst nicht zu zeigen, wie sehr ihn das traf. „Ist schon okay. Ich dachte nur, ich frag einfach."

Elsie spürte, wie ihr Puls einen Gang höher schaltete. „Nein", erwiderte sie rasch – und ein bisschen zu laut, sodass es in dem noch leeren Café ein wenig widerhallte. Sie senkte die Stimme und legte ihre Hand leicht auf seine warme Schulter. „Nein, ich würde wirklich gern mit dir essen gehen. Und morgen Abend passt mir großartig."

Olly konnte beim besten Willen nicht verbergen, wie sehr er sich freute. „Wirklich? Toll!"

Elsie schlug die Seite mit seiner Frühstücksbestellung auf ihrem Notizblock um, schrieb etwas auf das nächste Blatt, riss es ab und gab es ihm.

„Das ist meine Adresse. Holst du mich so gegen halb acht ab?"

Seine Finger streiften die ihren, als er den Zettel entgegennahm. „Sehr gerne."

„Ja?"

„Ja."

„Du hast ja gesagt?"

Elsie runzelte die Stirn. „Ja, das habe ich. Also, was meinst du?"

Guin lächelte. „Ich glaube, Dad wird völlig aus dem Häuschen sein. Er redet seit Wochen von nichts anderem als diesem Typen. Was aber viel wichtiger ist: Wie geht es dir damit?"

Als Antwort konnte sie nur mit den Schultern zucken. „Gut. Ich meine, ein bisschen habe ich mich selbst überrascht, als ich die Einladung angenommen habe. Aber nach diesem grässlichen Blind Date mit Torin dachte ich, schlimmer kann es gar nicht kommen. Und ich mag Olly. Er ist charmant, witzig, interessant ..."

„Und nach dem, was du Daisy erzählt hast ...", warf Guin ein – und zuckte zusammen, als das Baby in ihrem Bauch sie trat. „Na toll, jetzt zensiert schon mein eigenes ungeborenes Kind meine Worte. Genau das, was ich brauche."

„Also, ich finde es einfach großartig", meinte Daisy und setzte eine Bodum-Teekanne auf dem eleganten Glastisch in ihrer luxuriös eingerichteten Wohnung ab, in dem die Maynard-Schwestern sich nach Feierabend versammelt hatten. „Du hast gesagt, du fängst wieder an, dich zu verabreden. Und genau das hast du getan. Niemand könnte behaupten, Elsie Maynard bringe nicht zu Ende, was sie einmal angefangen hat."

„Wo wir gerade dabei sind", fügte Guin mit einem Zwinkern hinzu. „Ich kann einfach nicht glauben, dass du bei deinem Blind Date ausgerechnet auf deinen Ritter in schimmernder Rüstung gestoßen bist. Das kann doch kein Zufall gewesen sein, hmm?"

Elsie wandte sich Daisy zu. „Herzlichen Dank, Schwesterherz."

„Was denn? Das konnte ich Guin doch nicht verheimlichen, oder?"

Einerseits konnte Elsie nicht wirklich etwas dagegen sagen, dass ihre Schwestern einander alles erzählten, aber was ihre Auseinandersetzung mit Torin anging – das Thema war ihr einfach unangenehm. Seit dem Ereignis hatte sie nichts mehr von ihm gehört, und Cher – von der Elsie mit Sicherheit wusste, dass sie sich immer noch mit Jake traf – hatte sich kein Wort darüber entlocken lassen, was nach ihrer Flucht aus dem Pub geschehen war. „Vermutlich nicht. Lasst uns bitte trotzdem über was anderes reden."

„Ich möchte wetten, dass ihm grässlich zumute war", meinte Guin, ohne auf ihre Bitte einzugehen. „Überleg doch mal, er hat in dir das männerhassende Weib gesehen, und dann haust du ihm das um die Ohren."

Elsie schaute aus dem Fenster über den Hafen hinweg. Ein kleines Schnellboot zog einen silbrigen Streifen durch die beinah glatte Wasseroberfläche. Sie wollte nicht darüber nachdenken, wie Torin auf ihre Offenbarung reagiert hatte. Die Ereignisse der letzten Woche hatten ihr deutlich gemacht, dass sie die Person, zu der sie wurde, wenn Torin in ihrer Nähe war, einfach nicht mochte. Sie war nicht niederträchtig und gemein, stand nicht auf verbale Auseinandersetzungen und war es überhaupt nicht gewöhnt, Leuten aus dem Weg gehen zu müssen. Warum all diese Charakterzüge sich plötzlich zeigten, wenn sie mit Torin zusammentraf, verstand sie einfach nicht. Aber eines verstand sie sehr wohl: Um sicher zu verhindern, dass so etwas wieder geschah, wich sie ihm am besten weiträumig aus.

„Ich kann mir nicht vorstellen, dass er geplant hatte zu sagen, was er gesagt hat", wandte Daisy sich an Guin. „Obwohl er ein bisschen zu selbstzufrieden wirkte, als wir ihm begegnet sind."

„Du meinst, als du und Elsie auf die dunkle Seite gewechselt seid", korrigierte Guin. Offensichtlich fand sie es noch verlockender, ihre ältere Schwester zu necken, als Elsie weiter in Verlegenheit zu bringen. „Wenn Dad das wüsste …"

Zu ihrer großen Erleichterung sah Elsie, wie das Gespräch sich von Torin ab- und weniger gefährlichen Themen zuwandte. Sie wollte nicht mehr an ihn denken, verscheuchte ihn aus ihren Gedanken, lehnte sich gemütlich zurück und genoss die kleinen geschwisterlichen Kabbeleien.

7. KAPITEL

Kennenlernen …

Ich liebe dich, weil du jedermanns Freund bist.
Kuss.

Elsie starrte auf das Stück Papier in ihrer Hand. Wie war Lucas auf die Idee gekommen, das zu schreiben? Obwohl sie praktisch keine Feinde hatte, hätte Elsie sich während ihrer Ehe niemals als *jedermanns* Freund bezeichnet. Und jetzt schon gar nicht angesichts ihres letzten Zusammenstoßes mit einem ganz bestimmten selbstgefälligen Rechtsanwalt. Andererseits, verglichen mit ihrem verstorbenen Mann, konnte es einem schon so vorkommen, als würde es Elsie leichterfallen Freundschaften zu schließen als Schneeweißchen und Rosenrot in einem Wald voller Waldkreaturen …

Lucas war dafür bekannt, dass er sich blitzschnell eine Meinung über andere bildete – und an dieser Meinung festhielt, auch wenn sie sich allergrößte Mühe gaben, ihm zu beweisen, dass er sich in ihnen irrte. Auch wenn er selten unwirsch war, hatte er, wie Cher gut beobachtet hatte, keine Lust, sich mit jemandes Eitelkeiten oder Gedankenlosigkeiten zu arrangieren. Nachdem er seine Diagnose erhalten hatte, schien sich dieser Charakterzug noch viel mehr zu verstärken. Vielleicht lag es an der Erkenntnis, dass es sowieso keine Rolle mehr spielte – oder an seiner neuen Theorie, man würde ihm aufgrund seiner Situation ohnehin jeden Fehltritt verzeihen.

„Ich bin ein sterbender Mann. Wer wird sich jetzt noch mit mir anlegen wollen?“

Sein Starrsinn hatte zwischen ihm und Elsie immer wieder zu Spannungen geführt. Einerseits machte er ihn zwar in vieler Hinsicht zu dem, was er war, andererseits ärgerte es sie permanent, dass er die Ausdauer hatte, bis zum bitteren Ende auf seinem Standpunkt zu beharren.

„Warum kannst du nicht nachgeben, nicht ein einziges Mal?“

„Und ihre Ignoranz damit unterstützen? Warum sollte ich!“

So gesehen, was hatte seine Botschaft in der Schachtel der Liebe zu bedeuten? Hatte er insgeheim in all den Jahren Elsies Talent bewundert, den Frieden zu wahren? War dies ein Beweis dafür, dass er kurz vor seinem Tod einige Dinge bereute, oder einfach nur ein Zeichen dafür, dass er akzeptiert hatte, wie verschieden sie in dieser Hinsicht waren?

Nachdem Lucas gestorben war, hatte Elsie sich bewusst darum bemüht, sich immer auch an die Dinge an ihm zu erinnern, über die sie sich geärgert hatte, und nicht nur an seine liebenswerten Seiten. Schließlich hatte sie miterlebt, wie ihre Großmutter mütterlicherseits, die ein paar Jahre zuvor gestorben war, regelrecht heiliggesprochen wurde, obwohl das keineswegs gerechtfertigt war. Freunde, Angehörige und Nachbarn hatten sich zum Leichenschmaus versammelt und in höchsten Tönen von einer gütigen, heilig anmutenden Frau gesprochen, die keinerlei Ähnlichkeit mit der engherzigen, zänkischen alten Frau aufwies, die jahrelang Elsies Vater das Leben zur Hölle gemacht hatte. Granny O'Shaughnessy hatte Elsies Mutter dazu gedrängt, ihre Familie für eine – gescheiterte – Karriere als Schauspielerin in London im Stich zu lassen. Als Jim versuchte, um seiner Töchter willen die Beziehung zur Großmutter aufrechtzuerhalten, hatte sie mit größtem Vergnügen jeden Besuch als willkommene Gelegenheit genutzt, ihn daran zu erinnern, dass ihre geliebte Tochter viel zu gut für ihn war.

„Moira ist froh, dass sie dich verlassen hat, James“, höhnte sie in Hörweite der drei Mädchen, wenn diese in ihrem Haus spielten. „Ihr Leben ist jetzt so viel besser, wo sie nicht mehr an dich und diese Gören gekettet ist.“

Bei ihrem Leichenschmaus hörte Elsie, wie Menschen, die ihre Großmutter im Leben ohne jeden Zweifel gehasst hatten, sie nach ihrem Tod priesen. Als sie einen Nachbarn darauf ansprach, wies er sie in gedämpftem Tonfall zurecht: „Man redet nicht schlecht über Verstorbene.“ Lucas hatte gelacht, als Elsie ihm von den Ereignissen jenes Tages berichtete. „Also, wenn du vor mir gehen solltest, werde ich schon dafür sorgen, dass jeder von all deinen Schwächen erfährt.“

Jetzt schöpfte Elsie eine Menge Trost daraus, ihre Reibereien mit Lucas nicht verdrängt zu haben. Dadurch wurde die Erinnerung an ihn wirklicher, greifbarer. Ihn in ihrem Kopf zu einer Art Heiligen zu erheben, hätte ihn ihr nur noch weiter in unberührbare Ferne entrückt.

Seine neueste und ein wenig beunruhigende Botschaft in der Jackentasche, ging sie die Gardner Street entlang zu Sundae & Cher. Heute Abend war sie mit Olly verabredet, sie freute sich darauf, aber sie hatte auch ein wenig Angst. Als die pfefferminzgrüne Fassade des Eiscafés in Sichtweite kam, beschloss sie, sich für den Rest des Tages auf positive Dinge zu konzentrieren. In letzter Zeit hatte sie viel zu viel gezweifelt.

Cher war offenbar noch nicht da. Also machte Elsie sich daran alles für den Tag im Laden vorzubereiten. In der Kellerküche warf sie einen prüfenden Blick auf die neuen Eissorten und entschied sich dann für die Behälter mit Apfel-Minze, Clotted Cream mit Honig und Ingwereis mit Waffelstückchen. Sie stellte die Auswahl in die Glasvitrine und schaltete anschließend den Kaffeeautomaten ein. Um neun drehte sie das Türschild auf Geöffnet, holte die bunt bemalte Reklametafel aus der Küche und stellte sie nach draußen.

Elsie mochte die Geschäftigkeit des frühen Morgens, vor allem, wenn sie wie jetzt allein arbeiten konnte. In diesem Moment wirkte der Tag immer am vielversprechendsten, voller noch nicht ersichtlicher Freuden, die auf sie warteten. An diesem Morgen lag ein Gefühl von Erwartung über der Gardner Street. An den bunten Fassaden der Häuser schimmerten Tautropfen, die sich unter einem noch kalten blauen Himmel gebildet hatten. Schon oft hatte Elsie hier gestanden, aber jeden Tag entdeckte sie etwas Neues in der Straße. Heute war es ein Grüppchen tropfnasser Tauben, die auf der riesigen Gitarre hin und her balancierten, die die gelb-rote Fassade des Gitarren-, Verstärker- und Keyboard-Centers an der Kreuzung zur North Road zierte. So wie sie den Gitarrenhals rauf- und runtertippelten, sah es aus, als versuchten sie gemeinsam einen Rockklassiker zu spielen. Elsie lächelte in sich hinein. Woody hätte das ganz sicher gefallen.

Jetzt, nachdem ihre positive Grundstimmung wiederhergestellt war, blieb sie noch einen Moment auf der ruhigen Straße stehen und winkte Sandra zu, der Eigentümerin des Stoffladens auf der gegenüberliegenden Straßenseite. Plötzlich sprach sie jemand von hinten an, und sie zuckte zusammen.

„Elsie."

Sie drehte sich um. Torin. Er stand in der Eingangstür zum Café, trug einen Anzug, hatte eine zusammengefaltete Times unter den Arm geklemmt und einen schwer wirkenden Rucksack über die andere Schulter geworfen. Sein Gesicht war leicht gerötet, als wäre er eben noch gerannt, und Elsie fiel auf, wie stark sich seine Brust unter dem Jackett hob und senkte. Sein plötzliches Auftauchen brachte sie aus dem gerade erst gefundenen Gleichgewicht, und sie spürte, wie heftig sie wütend wurde. Den Blick abgewandt und ohne ein Wort ging sie an ihm vorbei ins Café.

Er folgte ihr mit raschen Schritten nach drinnen. „Elsie, bitte …"

„Ich habe zu tun."

„Ja, das sehe ich – keine Kundschaft."

„Verschwinden Sie."

„Erst, wenn Sie mit mir geredet haben."

Sie trat hinter den Tresen. Die solide Barriere zwischen sich und ihm gab ihr Sicherheit. „Ich habe dem, was ich zuletzt gesagt habe, nichts hinzuzufügen."

Er ließ seine Zeitung und den Rucksack auf den nächsten Tisch fallen. „Aber ich habe Ihnen etwas zu sagen."

Plötzlich verwundbar, verschränkte Elsie die Arme vor der Brust. „Dann sagen Sie's und verschwinden wieder." Sie verfluchte sich selbst, weil sie die innere Überzeugung in seinen Augen sah, als er sie anblickte. Es wäre ihr so viel leichter gefallen, das, was immer er sagen wollte, als nichtig abzutun, wenn sie die Aufrichtigkeit in seinem Blick nicht bemerkt hätte.

„Ich bin gekommen, weil ich mich entschuldigen will. Für letzte Woche. Ich hatte keine Ahnung von Ihrem Verlust und, das müssen Sie mir glauben, wenn ich es gewusst hätte, hätte ich niemals …"

„Das konnten Sie nicht wissen. Das zu erwähnen gehört normalerweise nicht zu meiner üblichen Begrüßung. Ich bin überzeugt, dass man damit eine höfliche Unterhaltung von vornherein unmöglich macht."

„Elsie, ich …"

„Torin, ich habe wirklich keine Zeit dafür."

„Trotzdem müssen Sie mich anhören."

Elsie funkelte ihn wütend an. Sie wünschte sich aus tiefstem Herzen, er würde endlich verschwinden und sie an ihre Arbeit gehen lassen, die ihr Sicherheit schenkte.

Ihr Schweigen nahm er als Einladung weiterzusprechen. „Ich verüble Ihnen nicht, dass Sie mich hassen. Ich habe die Situation ausgenutzt und mich, ehrlich gesagt, völlig zum Trottel gemacht. Normalerweise hätte ich die ganze Sache einfach ignoriert und nicht versucht, noch tiefer in die Kerbe zu schlagen, aber … Sehen Sie, seit unserem Date fühle ich mich schrecklich deswegen, und …"

„Das war kein Date." Die Worte rutschten ihr so heraus, bevor ihr Verstand es verhindern konnte. Frustriert über ihren Ausbruch nahm sie einen blauen Glaseisbecher von der Abtropfschale auf dem Tresen und begann ihn mit ihrer Schürze abzutrocknen.

Torin starrte sie an. „Dann eben unsere Begegnung."

„Okay." Sie stellte den Eisbecher auf den Tresen, griff nach einer Tupperdose und begann Pfirsich-Stachelbeer-Cupcakes auf eine gläserne Kuchenplatte zu schichten. Die Gebäckzange in ihrer Hand zitterte, als sie das tat. Warum konnte er nicht einfach verschwinden? Sah er denn nicht, wie sehr er sie verunsicherte?

„Ich wollte sagen: Es tut mir leid. Was immer ich sonst noch in den letzten Wochen gesagt oder angedeutet habe, ich wollte mich nie über Ihren Verlust lustig machen." Er hob beide Hände. „Das war's, was ich sagen wollte." Damit nickte er, griff nach seiner Zeitung und dem Rucksack und wandte sich der Tür zu.

„Warten Sie."

Obwohl sie sich so über diesen Mann ärgerte, konnte Elsie ihn nicht einfach gehen lassen, ohne ihm zu zeigen, dass sie anerkannte, wie schwer ihm diese Entschuldigung gefallen war. Sie musste ihn ja nicht mögen, aber ihr war klar, dass er kein schlechter Mensch war, und sie konnte es nicht ertragen, dass ein anderer sie für genau das halten könnte, nicht einmal, wenn dieser andere Torin Stewart hieß.

Überrascht kam er zurück. „Wie bitte?"

„Danke. Es war bestimmt nicht leicht für Sie, hierherzukommen, und ich weiß diese Geste zu schätzen."

„Ähm – danke."

„Und nur zur Klarstellung: Ich hasse Sie nicht. Ich habe noch nie jemanden gehasst. Nicht wirklich. Wir werden sicher nie Freunde werden – so viel ist offensichtlich –, aber ich bin nicht der Mensch, für den Sie mich anscheinend halten. Ich bin besser."

„Ich halte Sie nicht …"

Elsie griff unter den Tresen und holte einen großen Kaffeebecher hervor. „Der Kaffeeautomat ist jetzt dienstbereit, und ich schätze, Sie hatten heute Morgen keine Zeit für einen Kaffee. Darf ich Ihnen einen anbieten?"

Für jemanden, der dank seines Jobs so sehr daran gewöhnt war, seine Gefühle zu verstecken, scheiterte Torin mehr als kläglich. Sie konnte ihm problemlos ansehen, dass sie ihn völlig überrumpelt hatte. „Ja. Ja, das wäre prima." Er legte seine Zeitung auf den Tresen, setzte sich auf einen der Barhocker aus rotem Leder und Chrom und ließ seinen Rucksack zu Boden gleiten. Elsie ließ er dabei nicht aus den Augen.

Sie legte den letzten Pfirsich-Stachelbeer-Cupcake aus der Schachtel auf einen Teller und schob ihn über den Tresen zu ihm hinüber, wich jedoch seinem Blick aus. Am Kaffeeautomaten nutzte Elsie die Gelegenheit, sich vom vertrauten Zischen des Milchaufschäumers und dem Brummen des unter Druck durchlaufenden Espresso beruhigen zu lassen und die unerwartete Situation zu verarbeiten. Torin Stewart einen Kaffee zuzubereiten hatte definitiv nicht auf ihrer Aufgabenliste für heute gestanden, aber es zu tun, fühlte sich richtig an. Er konnte einen Kaffee und einen Cupcake haben, sozusagen als Gnadenakt ihrerseits. Und dann konnte er aus ihrem Leben verschwinden. Während sie Milchschaum und tiefdunkel schimmernden Espresso nacheinander in den Becher goss, tauchte kurz Lucas vor ihrem inneren Auge auf: Er saß neben dem Kaffeeautomaten wie immer, wenn er darauf wartete, dass sie Feierabend machen konnte, lehnte sich auf einem der hohen Barhocker zurück, den er sich von der Theke am Fenster geholt hatte, und sah sie grinsend an.

„Was tust du, Elsie?“, fragte er. „Sag mir, was du da tust?“

„Ich habe keine Ahnung“, sagte Elsie.

„Was haben Sie gesagt?“

Sie musste laut gesprochen haben. Abrupt wieder in die Gegenwart gerissen, trat sie zurück an den Tresen und stellte den Kaffee vor Torin ab. „Nichts. Ihnen ist klar, dass wir, wenn Sie das hier von mir annehmen, quitt sind, was Ihre Hilfe mit dem Wachmann angeht?“

Er hob den Becher an seine Lippen. „Aber natürlich. Hiermit wird ein mündlicher Vertrag geschlossen. Wow, der Kaffee ist gut. Ich werde wiederkommen.“ Er hielt inne, als er ihre Reaktion sah. „Oder – vielleicht auch nicht.“

Elsie goss sich einen Becher heiße Milch ein und gab einen Schuss Mandelsirup dazu. „Schön, dass wir uns einig sind.“

„Ich bin mir da nicht sicher. Trotzdem, jetzt wo ich hier bin – zu meinem ersten und einzigen Besuch in Ihrem hervorragenden Café –, darf ich Sie etwas fragen?“

Na gut, Torin. Das wird sowieso das letzte Mal sein, dass wir uns unterhalten. „Nur zu.“

„Wie lange ist es her, dass …? Tut mir leid, sagen Sie einfach, dass ich mich verziehen soll.“

Elsie atmete tief durch. Sie war sich immer noch nicht sicher, ob sie ihn wirklich über diese Details ihres Lebens aufklären wollte. „Lucas – mein Mann – starb vor achtzehn Monaten. Zwölf Monate hatte er gegen den Bauchspeicheldrüsenkrebs gekämpft und leider verloren. Er war erst fünfundzwanzig.“

Torin verzog gequält das Gesicht. „So jung. Es tut mir leid. Maynard ist also Ihr Ehename?“

Elsie schüttelte den Kopf. „Mein Mädchenname. Lucas wollte nicht, dass ich ihn ablege, als wir heirateten."

„Verstehe. Wie lange waren Sie verheiratet?"

„Vier Jahre. Aber wir waren ein Paar, seit wir siebzehn waren."

„Wow. Wie schrecklich, eine solche Liebe zu verlieren."

Elsie zog sich einen Stuhl heran und setzte sich. „Ich sehe das nicht so. Acht wunderbare Jahre lang wurde ich von dem erstaunlichsten Mann auf der ganzen Welt geliebt. Den meisten Menschen wird eine solche Liebe in ihrem ganzen Leben nicht zuteil. Ich betrachte mich als eine der ganz wenigen Glücklichen."

Torin sah sie eine ganze Weile an, das Klicken des abkühlenden Kaffeeautomaten war das einzige Geräusch im ganzen Raum. Dann senkte er seinen Blick auf den Inhalt seines Kaffeebechers. „Das ist ... Ich habe noch nie jemanden so über einen solchen Verlust reden hören."

„Ich schätze, viele Leute empfinden das nicht so. Ich schon."

Er nahm einen kleinen Holzspatel aus der Box auf dem Tresen und rührte damit in seinem Becher herum. „Verstehe. Dann verzeihen Sie meine Frage, aber ... wenn Sie glauben, die Liebe Ihres Lebens schon gefunden zu haben, warum haben Sie sich dann letztens auf dieses Doppeldate mit Ihrer Chefin eingelassen?"

Elsie nahm einen Schluck von ihrer süßen warmen Milch und schaute aus dem Panoramafenster des Cafés hinaus auf die Straße, die sich allmählich mit Pendlern und Einkaufenden füllte. „Es wird Zeit für einen Neuanfang", erwiderte sie. Allein schon der Gedanke machte ihr Angst. „Außerdem wollte Cher so unbedingt diese Verabredung mit Jake, dass ich kaum Nein sagen konnte."

Ihre Blicke trafen sich. „Und wenn Sie gewusst hätten, dass Sie mich dort treffen würden?"

Elsie lächelte. „Dann hätte ich natürlich Nein gesagt."

Für einen Augenblick waren sie miteinander im Einvernehmen. Und dann – so schnell, wie dieser Moment gekommen war,

war er auch wieder vorbei –, leerte Torin seinen Becher in einem einzigen langen Zug und stand von seinem Barhocker auf.

„Nun denn, ich habe Klienten zu treffen, das Recht zu verteidigen und, und, und …“ Er warf sich seinen Rucksack über die Schulter und nickte Elsie zu. „Danke für meinen ersten und einzigen ganz hervorragenden Kaffee bei Sundae & Cher.“

„Gern geschehen.“

„Ich würde gern sagen: Bis demnächst, aber …“ Er hob resigniert seine Hand. „Daraus wird ja nichts.“

„Richtig.“

Die Messingglocke läutete, als er in der offenen Tür stand, ein breites Lächeln auf dem Gesicht. „Danke.“

Elsie schaute auf die zusammengefaltete Zeitung, die noch immer dort auf dem Tresen lag, wo er sie abgelegt hatte. „Vergessen Sie Ihre Zeitung nicht.“

Er winkte ab. „Behalten Sie sie. Sozusagen als Friedensangebot.“ Und damit war er fort, und die Tür schloss sich rasch hinter ihm.

Erleichterung durchflutete Elsie, während sie noch die Tür anstarrte. Lucas wäre stolz auf sie gewesen. Mit diesem Gedanken wandte sie sich wieder ihren morgendlichen Aufgaben zu, nahm sich eine Handvoll Servietten und begann die Tische einzudecken.

Der Tag verlief ereignislos, und das war auch gut so, wenn man bedachte, wie unerwartet und beunruhigend er begonnen hatte. Wieder und wieder gingen Elsie die Ereignisse durch den Kopf, während aus dem Morgen Mittagszeit wurde und schließlich Nachmittag. Sie beschloss, weder Cher noch ihren Schwestern von ihrer Unterhaltung mit Torin zu erzählen. Bestimmt war es besser, wenn sie nichts davon wussten. Für den Augenblick war sie zufrieden damit, dass sie sich in dem Einvernehmen getrennt hatten, nie Freunde werden zu können.

Als sie schließlich um sieben Uhr in ihrem Schlafzimmer stand, konzentrierte sie sich voll und ganz auf die Verabredung an diesem Abend. Sie hatte ein schlichtes blaues Kleid mit ausgestelltem Rock, passende Schuhe und einen wunderschönen Schal gewählt, den Daisy ihr von einer ihrer vielen Reisen nach Paris mitgebracht hatte: blassrosa Rosenknospen auf himmelblauem Grund. Ein Blick in den großen Spiegel auf der Rückseite ihrer Schlafzimmertür zeigte ihr, dass sie gut gewählt hatte. So sah sie nicht übertrieben aufgedonnert aus, fühlte sich aber weiblich genug, um sich selbst ins Gedächtnis zu rufen, dass sie eine Frau war, die sich für eine Verabredung zurechtgemacht hatte. Ein Umstand, von dem sie wusste, dass er ihr Selbstvertrauen stärken und ihr helfen würde, sich weit genug zu entspannen, um den Abend zu genießen.

Kurz vor halb acht leuchtete auf ihrem Handydisplay eine Nachricht von Daisy auf:

Ich wünsche dir einen wunderschönen Abend, Liebes!
Lass mich wissen, wie es läuft. :) D.

Die Türglocke läutete um Punkt eine Minute nach halb acht, und Elsie musste grinsen bei dem Gedanken, dass Olly vermutlich eine Minute draußen gewartet hatte, um nicht übereifrig zu erscheinen. Er trug ein weißes Hemd, eine Kakihose und ein schlichtes Lederarmband am Handgelenk. Als er über die Türschwelle in ihr Haus trat, holte er einen Strauß oranger und gelber Anemonen hinter seinem Rücken hervor und hielt ihn ihr hin.

„Ich weiß, dass Blumen eine etwas langweilige Geste sind, aber ich dachte mir, sie gefallen dir vielleicht trotzdem."

„Sie sind wunderschön. Danke."

Er warf einen Blick auf seine Uhr. „Der Tisch ist für Viertel vor acht reserviert. Wir sollten uns also auf den Weg machen, wenn dir das recht ist?"

Sie gingen den Pfad von Elsies Eingangstür hinunter bis zu Ollys Mazda, den er am Straßenrand abgestellt hatte. Er hielt ihr die Beifahrertür auf und eilte dann ums Auto herum auf die Fahrerseite. Zu ihrer Erleichterung genoss Elsie seine Ritterlichkeit und ließ sich in den cremefarbenen Ledersitz zurücksinken. Er war so charmant und aufmerksam. Ihr erstes Date mit Lucas war damals ganz anders verlaufen: Sie hatten sich gekünstelt verhalten, unbeholfen und wahnsinnig nervös. Sie erinnerte sich noch daran, wie er ihr steif die Hand geschüttelt hatte. Wie jemand, der sich bei ihr um einen Job bewarb, nicht wie jemand, der sie ausführen wollte. Er hatte ganze dreißig Minuten gebraucht, bevor er ihr zum ersten Mal in die Augen geschaut hatte. Aber ihr jetziger Verehrer wirkte entspannt, plauderte fröhlich drauflos und nahm ihr so jede Befangenheit.

Olly fuhr die Küstenstraße entlang bis zu einem kleinen Restaurant, das oberhalb einer versteckten Bucht lag. Das Abendlicht begann zu schwinden, als eine Serviererin sie an ihren Tisch führte. Sie hatten einen Platz vor den bodentiefen Fenstern, sodass sie den Blick über den Bootssteg draußen genießen konnten.

„Ich hoffe, du bist einverstanden“, sagte Olly, während er die Speisekarte studierte. „Das Restaurant gehört einem Freund eines Freundes, und die Meeresfrüchte hier sind so frisch, dass sie praktisch noch schwimmen. Du magst doch Fisch und Meeresfrüchte, oder?“

Elsie lächelte. „Und wie!“

Olly stieß einen erleichterten Pfiff aus. „Da bin ich aber froh! Übrigens siehst du heute Abend bezaubernd aus …“ Er stockte, verzog das Gesicht und schlug sich mit der flachen Hand an die Stirn. „Entschuldige, das war der dämlichste Satz meines Lebens.“

Elsie beugte sich vor und legte ihre Hand auf seine. „Olly, hör auf, dich zu entschuldigen. Es ist großartig hier, und ich freue mich darauf, den Abend mit dir verbringen zu können. In Ordnung?“

Er hakte seinen Daumen über ihren, um ihre Hand festzuhalten. „Danke. Ich will ehrlich sein: Dein Dad hat mir heute Mittag erzählt, dass dies deine erste echte Verabredung seit … Ich wollte sichergehen, dass es für dich eine vollkommene Verabredung wird.“ Damit ließ er ihre Hand los. „Ich verspreche, mich jetzt zu entspannen. Wollen wir bestellen?“

Von da an lief ihre Unterhaltung wie geschmiert. Elsie genoss die Gelegenheit, mehr über den gut aussehenden Mann ihr gegenüber zu erfahren. Sie fand heraus, dass er genau wie sie das jüngste von drei Geschwistern war, der Vater Tierarzt und die Mutter Sekretärin in einer Anwaltskanzlei. Vor seinem Studium hatte er ein Jahr in Australien verbracht, dort seine Liebe zum Kitesurfen entdeckt und vor Kurzem einen alten zum Wohnmobil umgebauten VW-Bus gekauft, den er restaurieren und für Kurzreisen nach Cornwall und North Devon nutzen wollte. Er las leidenschaftlich gern Agentenromane, war begeisterter Fan von den Verfilmungen der John-Grisham-Romane, konnte aber mit stupiden Actionfilmen ohne eigentliche Handlung gar nichts anfangen. Sein Wunschtraum war es, ein eigenes Designstudio zu eröffnen, und er hoffte, eines Tages einen Marathon laufen zu können.

Im Gegenzug fragte Olly nach dem Chor, nach Elsies Arbeit und nach Lucas. Anders als bei dem Gespräch mit Torin am Morgen hatte Elsie keine Hemmungen, ihm etwas über ihre Vergangenheit zu erzählen. Tatsächlich sorgte alles an Oliver Hogarth dafür, dass sie sich in seiner Gegenwart wohlfühlte. Als er beim Dessert nach ihrer Hand griff, hatte sie nichts dagegen. Die Nähe, die ihre ineinander verschränkten Finger ihr vermittelten, war ihr absolut willkommen und nicht so fremd, wie sie es erwartet hätte. Später, als er ihr draußen seine Jacke um die Schultern legte, schmiegte sie sich einfach wie selbstverständlich an seinen warmen Körper, während sie gemeinsam am Kiesstrand entlangspazierten, bevor sie zu seinem Auto zurückkehrten.

Behagliches Schweigen machte sich auf der Heimfahrt zwischen ihnen breit. Der Abend war schön gewesen, und Elsie empfand überraschenderweise so etwas wie inneren Frieden. An ihrer Haustür angekommen, schaute sie auf in Ollys Augen, die im Licht der Verandabeleuchtung glänzten, und spürte, wie ihr Puls sich beschleunigte.

„Und, wie habe ich mich geschlagen?“, fragte er, neckend in Anspielung auf seinen Übereifer zu Beginn des Abends.

„Nicht schlecht“, gab sie grinsend zurück. „Aber ich glaube, ich sollte dir Gelegenheit geben, es noch mal zu versuchen. Nur um zu sehen, ob du das noch besser hinkriegst.“

Er zog eine Braue hoch und kam näher. „Tatsächlich?“

„Mm-hmm.“

„Du meinst also, ich hätte Potenzial?“

„Ja, ich glaube, das hast du vielleicht.“

Lächelnd legte er ihr den Arm um die Hüfte und zog sie an sich. Seine Lippen waren weich und tröstlich wie eine Decke in einer Winternacht. Und so ganz anders als die fordernden Küsse von Lucas. Von Anfang an bis zu ihrem letzten Lebewohl hatten sich seine Küsse nie verändert, waren stets gleich intensiv und gierig gewesen. Ollys Kuss hingegen war sanft und neu, voller Respekt für die Situation, aber er kam von Herzen. Ganz langsam erwiderte Elsie ihn, ließ sich vom gemütlichen Luxus dieses Kusses einfangen, während sie einander fester in die Arme schlossen. Als es vorbei war, lachten sie nervös. Plötzlich waren sie beide wieder zaghaft und vorsichtig.

„Ich rufe dich bald an?“, fragte er und strich ihr sanft übers Gesicht.

„Tu das. Danke für einen wundervollen Abend, Olly.“

Er hielt inne und schaute sie einfach nur an, das Gesicht gerötet, die Augen funkelnd. „Danke. Gute Nacht.“

Als Elsie den Schlüssel im Schloss umdrehte und langsam ihr Haus betrat, lag immer noch ein Lächeln auf ihren Lippen. Für eine erste Verabredung, dachte sie, war es wirklich ein sehr guter Abend gewesen.

„Ich begreife nicht, warum sie Sopran singen soll, wenn sie den Mund nicht aufmacht“, knurrte Sasha Mitchell und warf Aoife einen anklagenden Blick zu. Diese wurde puterrot und senkte beschämt den Blick.

Elsie musterte die im Café versammelten Mitglieder ihrer Singgruppe und erkannte in ihren Mienen, dass sie alle genauso frustriert waren wie sie selbst im Moment. Inzwischen, so hatte sie es sich jedenfalls vorgestellt, hätte ihr frisch geschlüpfter

Chor auf dem besten Wege zu einer engen Teamarbeit sein sollen. Die Tatsache, dass sie alle keine Erfahrung hatten, wäre dadurch ausgeglichen worden, dass ihr Selbstbewusstsein stieg, wenn sie entdeckten, wie viel Freude es machte, gemeinsam zu singen. Nun ja, schöne Theorie …

„Sasha, vergiss Aoife mal eine Minute lang, ja? Ich möchte von dir nur, dass du deinen Part so singst, dass sie es hören kann. Wir fangen am Anfang des Refrains von ‚Bad Romance' an. Los geht's …"

Sasha Mitchell muss eine der frustrierendsten Frauen sein, die jemals auf den Straßen von Brighton unterwegs war, grummelte Elsie in sich hinein und begann zu spielen. Wer so blitzschnell so sarkastische Konter geben konnte wie Sasha, musste hochintelligent sein. Aber zu oft versteckte sie ihre Intelligenz hinter der lauten unerträglichen Fassade einer Frau, die sich viel mehr für wasserstoffblonde Extensions, solariumgebräunte Haut und so kurze Röcke interessierte, dass selbst der mutigste Teenager sich zwei Mal überlegen würde, ob er so etwas in der Öffentlichkeit trug. Ihre Schuhe hatten so hohe und spitze Absätze, dass sie vermutlich ohne Weiteres von der Polizei als gefährliche Waffen beschlagnahmt werden konnten, und Leopardenmuster gehörte offenbar unabdingbar zu jedem ihrer Outfits. Sie sagte immer, ohne zu zögern, was sie dachte, lächelte nur selten (es sei denn, sie machte sich skrupellos über jemanden lustig) und schien jede Gelegenheit auszukosten, unverblümt und streitlustig aufzutreten.

Aber sie hatte eine Stimme, die – mochte sie auch noch so gut hinter Gift und Galle versteckt sein – darauf hinwies, dass sie für weit Besseres geeignet war als für ihren derzeitigen Einsatz als Massenvernichtungswaffe. Und nur diese eine Tatsache – dieser verlockende kurze Einblick, der so viel mehr versprach – hielt Elsie im Moment als Einziges davon ab, diese anstrengende Person eigenhändig aus dem Eiscafé zu werfen.

Sasha verzog spöttisch die Lippen und begann leise zu singen. So leise, dass ihre Stimme gepresst klang, weil sie sich angestrengt zurückhielt.

„Lauter, Sasha!“, drängte Elsie und spielte lauter in dem vergeblichen Versuch, die Sängerin zum Wettstreit herauszufordern.

Aber Sasha blieb störrisch bei ihrer Lautstärke und verdrehte die Augen, als wäre es unter ihrer Würde, überhaupt zu singen.

Gerade wollte Elsie aufgeben, als eine laute Falsettstimme den Sopran übernahm. Sie schaute auf, sah, wie Woody in die Mitte des Raumes sprang, die Beine spreizte, sich wie ein Rockstar in Positur warf, den Kopf in den Nacken schleuderte und eine großartige Interpretation hinlegte, die Lady Gaga selbst zu Standing Ovations veranlasst hätte. Als der Refrain verklang, klatschten und pfiffen Stan, Danny und Aoife Beifall, auf der Stelle vereint durch den Anblick des alternden Rockers, der vor ihren Augen seinen Auftritt zelebrierte. Sogar Irene, die still am Tresen saß und strickte, ließ ihre Nadeln auf ihren Schoß sinken und applaudierte höflich. Sasha zog eine finstere Miene, als Woody sich verbeugte.

„Nun, danke, liebe Mitabenteurer der Musik“, sagte er und zog seinen Stetson. „*So* singt man eine Sopranstimme, Mädchen.“

„Wahrscheinlich sitzt deine Hose zu eng, Kollege“, schoss Sasha zurück. „Ich glaube, deine Eier brauchen dringend Luft.“

„Woody hat nicht ganz unrecht, Sasha“, warf Elsie ein.

„Mit *der* Vorführung?“

„Ja, tatsächlich. Er hat gezeigt, wie man ein Lied vorträgt.“

Sasha schnitt eine Grimasse. „Ich weiß, wie man ein Lied vorträgt.“

„Ach ja? Weißt du das wirklich?“ Elsie löste sich von ihrem Keyboard, und ihr Zorn über Sashas Tonfall trat mit jedem Wort deutlicher zutage. „Denn nachdem ich deinen glanzlosen Versuch gehört habe, beginne ich mich zu fragen, ob du überhaupt singen kannst oder ob du nur so tust. Ob das alles nur ein erbärmlicher Versuch ist, Aufmerksamkeit zu bekommen.“

Es wurde totenstill im Café. Selbst Woody war sprachlos angesichts des plötzlichen Umschwungs in Elsies Haltung. Sasha deutete auf das Keyboard. „Spiel."

„Wozu? Damit du das Lied vorflüstern kannst und noch mehr von unserer Zeit verschwendest?"

Sashas zu stark gezupfte und nachgezeichnete Brauen zogen sich bedrohlich zusammen. Sie senkte die Stimme und knurrte drohend: „Spiel das Lied, und ich beweise es dir."

Elsie ging zum Keyboard zurück und begann zu spielen. Mit geschlossenen Augen holte Sasha tief Luft und begann zu singen. Ihre Stimmgewalt und die Reinheit des Klangs sorgten dafür, dass alle sie mit offenem Mund anstarrten. Begeistert, weil ihr Verdacht sich bewahrheitet hatte, spielte Elsie weiter, über den Refrain hinaus. Sasha nahm die Herausforderung an. Sie sang das Lied bis zum Ende durch. Überwältigt standen alle Chormitglieder auf und applaudierten begeistert.

„Das", sagte Elsie und sah zu, wie sich auf den Applaus hin auf Sashas gerötetem Gesicht ein Lächeln ausbreitete, „das nenne ich mal eine Darbietung!" Die Gelegenheit war günstig, und Elsie nutzte den Augenblick: Rasch teilte sie jedem seinen Part zu und begann die Einleitung des Lady-Gaga-Medleys zu spielen. „Jetzt, wo Woody und Sasha uns gezeigt haben, wie es geht, spielen wir das Medley einmal komplett durch. Kümmert euch nicht darum, was die anderen tun. Singt einfach nur eure Stimme, wie wir das geübt haben, und wir schauen mal, was passiert. Los geht's: Zwei, drei, vier …"

Was als Nächstes geschah, war wie ein Wunder. Die Töne kamen etwas zittrig, die einzelnen Stimmen umso mehr, aber insgesamt konnte man erahnen, was einmal daraus werden sollte. Jeder spürte es. Die Gruppe sang immer lauter und nach und nach stahl sich ein Lächeln auf jedes Gesicht. Stan begann sich ein wenig ungeschickt hin und her zu wiegen, während das Medley voranschritt, und sogar Aoifes und Irenes Stimmen mischten sich hörbar in den Chor. Vor allem aber begann die einzigartige Erregung eines gemeinsamen Auftritts den Raum zu erobern, steigerte sich zu einem natürlichen Crescendo und brach wie eine Welle über der Gruppe, als das Medley sich seinem Schluss näherte. Woody schlang seinen Arm um Elsies Schultern, während sie beide zufrieden beobachteten, wie ihre Sänger begeistert klatschten und einander gratulierten.

„Der Zauber beginnt, Babe. Gaga hat sich unserer auf mystische Weise bemächtigt."

Elsie hatte Mühe, das Bild, das sich vor ihr inneres Auge drängte, beiseitezuschieben und gönnte sich einen kleinen Augenblick des Triumphes. Ihre Strategie, Sasha Mitchell zu erreichen, hatte nicht ganz so gewirkt, wie sie das geplant hatte, aber zumindest hatte sie bewiesen, dass diese wichtigtuerische Frau auch lautstark singen konnte. Jetzt musste sie nur noch für alle anderen den jeweils passenden Schlüssel finden. Aoife brauchte ganz sicher nur etwas mehr Selbstvertrauen, um aus sich herauszukommen, und Elsie hoffte, das würde mit der Zeit von allein kommen. Was Danny an der Gesangstechnik fehlte, machte er durch seine Begeisterung mehr als wett. Mit ein bisschen Übung konnte er zu einem guten Mitglied der Gruppe werden. Während ihr Blick durch den Raum wanderte, sah Elsie, wie Irene sich still wieder ihrer Strickerei zuwandte. Offensichtlich hatte ihre gerade noch gezeigte Beteiligung keine nachhaltige Wirkung. Was konnte Irene so weit aufschließen, dass sie sich einbrachte, fragte Elsie sich. Die Rentnerin hatte eindeutig Freude daran, Zeit mit der Gruppe zu verbringen, und man konnte sie in den Pausen während der Probe oft dabei beobachten, wie sie sich intensiv und lange mit jedem Einzelnen unterhielt. Bevor die anderen angekommen waren, hatte auch Elsie bereits eine kurze Unterhaltung mit ihr geführt und wusste, dass Irene die Musik liebte. Gelegentlich stimmte sie mit ein – so wie an diesem Abend – und schien das zu genießen. Aber wie konnte Elsie sie dazu ermuntern, sich mit vollem Einsatz am Repertoire der Gruppe zu beteiligen?

Daisy brachte Elsie einen Becher Tee. „Ich glaube, wir haben heute Fortschritte gemacht."

„Das glaube ich auch."

„Dank Woody." Daisy grinste. „Die Art, wie er Sasha aufgezogen hat, war ausgesprochen genial. Und dann hast du den Sack zugemacht. Erzähl ihm nicht, dass ich das gesagt habe, aber ich glaube, ihr beide habt das Zeug dazu, ein tolles Leitungsteam zu werden. Ich bin stolz auf dich, Schwesterchen."

Die beiden Schwestern schlossen sich in die Arme. „Ich bin so froh, dass du hier bist. Ich weiß, dass wir noch einen weiten Weg vor uns haben, aber ich glaube wirklich, dass das hier etwas ganz Besonderes werden kann."

„Wenn du es leitest, dann wird es das." Daisy musterte sie. „Du siehst glücklich aus."

„Ich bin es."

Kurz fielen ihr Ollys Lächeln und sein zärtlicher Kuss ein. Ein guter Start in jeder Hinsicht, gratulierte sie sich selbst. *Immer nach vorn schauen, Elsie, immer nach vorn …*

8. KAPITEL

Kleine Schritte …

Der April startete mit sehr viel Sonnenschein, und die Wettervorhersage im Fernsehen wiederholte das Versprechen, über die Osterfeiertage werde es eine kleine Hitzewelle geben. Ganz plötzlich wurde Brighton mit Kurz- und Spontanurlaubern aus London und den angrenzenden Grafschaften überschwemmt: Studenten genossen ihre verlängerten Frühjahrssemesterferien, und die Ortsansässigen waren entschlossen, das für die Jahreszeit überdurchschnittlich milde Wetter bestmöglich zu nutzen.

Bei Sundae & Cher verdoppelte sich praktisch über Nacht der Umsatz, weil das Angebot an erfrischendem Eis für die meisten, die zufällig vorbeischlenderten, einfach zu verführerisch war. Der Eismixer in der Kellerküche war beinah permanent in Betrieb, und das Café hatte Mühe, den Ansturm zu bewältigen. Das von Lucas kreierte Heidelbeer-Schokoladeneis war immer schon nach einer Stunde ausverkauft, und Cher arbeitete bis spät in die Nacht, um die Eisbottiche dem Bedarf entsprechend neu zu füllen. Vier Tage nacheinander öffneten Cher und Elsie das Eiscafé eine Stunde früher als sonst. Wenn sie morgens eintrafen, standen die Kunden trotzdem bereits Schlange vor den Fenstern und hatten sämtliche Tische und Stühle auf dem Gehweg besetzt.

„Ich weiß ja, dass es ein bisschen wärmer ist als sonst, aber welcher Mensch mit klarem Verstand möchte frühmorgens um acht schon Eis essen – von Dennis mal abgesehen“, grummelte Cher, während sie große Kugeln rosa Kaugummieis in die handgearbeiteten Schokoladenwaffeltüten des Cafés schichtete.

„Hey, beklag dich nicht. Genieß lieber den Ansturm“, grinste Elsie und gab der nächsten zufriedenen Kundin ihr Wechselgeld.

„Sie sollten ins Fernsehen kommen“, sprudelte die Dame hervor. „Ich habe noch nie so leckeres Eis gegessen.“

„Wenn das keine Idee ist, Cher“, meinte Elsie, füllte für den nächsten Kunden Melonen- und Traubensorbetkugeln in eine

Schale und legte zwei Mango-Cupcakes dazu. „Du könntest der Fernsehköchin Nigella Lawson Konkurrenz machen!"

Der Andrang war zweifellos gut fürs Geschäft, aber gegen halb vier an diesem Nachmittag waren Cher und Elsie fix und fertig. Als der Ansturm kurz nachließ, nutzte Cher die Gelegenheit, füllte für sie beide Gläser mit Eis, goss selbst angesetzten Zitronen-Pfefferminzlikör darüber, und sie ließen sich auf die Stühle an dem Tisch direkt neben dem Tresen fallen.

Cher schleuderte ihre Schuhe von sich, zog sich noch einen Stuhl heran und legte die schmerzenden Beine hoch. „Nicht mal im Hochsommer letztes Jahr hatten wir solchen Andrang, wenn ich mich recht entsinne."

„So ist das nun mal, wenn man beliebt ist. Ich finde es schön, wenn der Laden voll ist." Elsie reckte ihre Arme über den Kopf, um die verspannten Schultermuskeln zu lockern. „Ich wünschte nur, es könnte heute Abend zur Chorprobe genauso voll sein. Vielleicht sollten wir die Leute mit gratis Eisbechern bestechen?"

„Immer noch keine neuen Mitglieder?", fragte Cher und schlug das örtliche Anzeigenblatt auf.

Elsie schüttelte den Kopf. „Ich verstehe das nicht. Wir hatten drei Anzeigen in der Zeitung, haben diversen Lokalsendern Interviews gegeben, und Stan hat am Tor der Schule seiner Enkelin sogar Flugblätter an die Mütter verteilt. In letzter Zeit hat es so viele Fernsehsendungen mit Singgruppen gegeben, dass man meinen sollte, es gäbe mehr Interesse als sonst."

„Oh, wenn doch Sankt Gareth Malone eingreifen würde!" Cher hob den Blick gen Himmel und faltete die Hände. Elsie musste kichern. „Vielleicht sollten wir ihn auf Twitter stalken, bis er sich bereit erklärt, uns zu helfen."

„Keine schlechte Idee."

„Oder vielleicht sollten wir die geballte Kraft von Woody Jensens Kreativität auf den Chor loslassen. Eines seiner The-Doors-Beyoncé-Medleys zeigt vielleicht die gewünschte Wirkung."

Elsie verzog gequält das Gesicht. „Bitte ermutige ihn ja nicht. Es ist schon schwierig genug, ihn im Zaum zu halten und ihn nicht ganz allein über das Repertoire bestimmen zu lassen. Heute Abend frage ich noch mal alle, ob sie Ideen haben, und ich hoffe, dass etwas wirklich Gutes dabei sein wird."

„Oh." Chers Lächeln schwand, und sie deutete auf die aufgeschlagene Zeitung. „Ich glaube nicht, dass das hilfreich ist."

Elsie rückte ihren Stuhl neben Cher, um die Meldung zu lesen, die diese soeben entdeckt hatte.

Preisgekrönte Singgruppe startet Talentwettbewerb

Angehende Sänger sind zum Vorsingen für Brightons führende Show-Gesangsgruppe eingeladen.

Das DreamTeam, das im letzten Jahr den begehrten Southeast Choral Cup gewonnen hat, hat ChoirStar ins Leben gerufen: eine Talentshow, bei der neue Mitglieder zwischen 18 und 35 gesucht werden. Das Vorsingen findet an den nächsten drei Samstagen im Gemeindesaal von St. Mary in Hove statt. Der aufwendige Finalwettbewerb wird im Juni in Brightons Theatre Royal unter Mitwirkung eines prominenten Jurors abgehalten.

Chorleiterin Jeannette Burton im Interview: „ChoirStar ist eine einzigartige Gelegenheit für Brightons Amateursänger, sich dem besten Chor im Südosten des Landes anzuschließen. Wir bereiten uns schon jetzt auf eine beispiellos hohe Nachfrage vor.

Ms Burton wollte die Gerüchte, dass der beliebte Fernseh-Dirigent Gareth Malone beim großen Finale auftreten werde, weder bestätigen noch dementieren …

„Verräter", spöttelte Cher. „Gut, dass wir nicht um seinen Beistand gebeten haben."

„Das sollte keinen Einfluss auf unsere potenziellen Mitglieder haben", meinte Elsie. „Das DreamTeam hat so wenig mit dem Geist eines echten Chores zu tun, wie man sich nur vorstellen kann. In unserer Gruppe geht es nur um Spaß an der Sache und Gemeinschaft – nicht um Äußerlichkeiten und Disziplin. Wir sind vielleicht nur wenige, aber zumindest macht es inzwischen allen Spaß."

„Trotzdem. Es könnte schwierig werden, Leute zu gewinnen."

„Dann müssen wir uns eben was einfallen lassen."

Den Rest des Tages dachte Elsie immer wieder über dieses Problem nach, kam aber zu keinem Ergebnis. Als Woody im Sundae & Cher ankam, hielt er ihr eine zerknitterte Seite aus der Zeitung hin.

„Hast du das gesehen?"

„Ja, habe ich."

„Das gefällt mir überhaupt nicht, Elsie. Ich spüre außerdem, dass die Großen über diese Entwicklung auch nicht gerade glücklich sind. Es muss etwas Entscheidendes geschehen. Wir müssen die Gläubigen der Musik dieser großartigen Stadt zu den Waffen rufen …"

Elsie rieb sich die schmerzenden Schläfen. „Oder vielleicht müssen sich einfach noch ein paar mehr Leute unserer Gruppe anschließen?"

„Das auch. Also, ich habe den ganzen Tag darüber nachgedacht und bin zu dem Schluss gekommen, dass wir Widerstand leisten müssen gegen diesen nichtssagenden Plastik-Musik-Müll, den diese Frau präsentiert. Wir müssen der Banksy der Showchöre werden, Mann! Den Massen echte Musikkunst servieren und sie in Ehrfurcht erstarren lassen, während wir uns davonschleichen …"

„Woody, wovon in aller Welt redest du eigentlich?"

„Du musst deinen Geist erweitern, Elsie! Es gibt kein Gesetz, das einer Gesangsgruppe verbietet, so richtig groß abzurocken." Woody grinste und zeigte dabei seine Goldkronen, klopfte mit seinen Ringen auf die Tischplatte, als wollte er damit unterstreichen, was immer er eigentlich sagen wollte. Er zog einen Stuhl vom Nebentisch heran, setzte sich rittlings darauf und stützte seine Unterarme auf die Rückenlehne. „Also legen wir noch mal nach. Bieten etwas an, das dem rot behosten Weib und ihren Stepford-Klonen nicht im Traum einfiele." Er wedelte auf mystische Weise mit seinen Händen und schloss die Augen. „Gaga ist nur der Anfang. Jetzt wird es Zeit größere Geschütze aufzufahren: Floyd, Lennon, die Carpenters. Ich arbeite an einer musikalischen Begegnung zwischen ABBAs ‚Summer Night City' und Deep Purples ‚Smoke on the Water', die diese Kleingeister umhauen wird. Ich habe sogar in meinem privaten Schlafzimmer-Studio eine heiße Begleitmusik aufgenommen …"

„In Ordnung. Gut."

„Häh?"

Woodys Vorschlag hatte am ehesten Chancen, sie weiterzubringen, soweit Elsie das sehen konnte. „Mach. Aber du musst dich auch um die Werbung kümmern. Jemand von deinem musikalischen Format sollte doch in der Lage sein, unseren Bekanntheitsgrad zu steigern?"

Woodys graue Augen leuchteten auf wie ein Spielautomat. „Überlass das getrost mir, Baby. Ich werde schweben wie ein Schmetterling und singen wie eine Biene!"

„Singen Bienen?"

Er verzog spöttisch die Lippen und stand auf, da im selben Moment Irene, Stan und Danny eintrafen. „Du hast überhaupt nicht verstanden, was ich damit sagen wollte, Baby."

Die Chancen für den Erfolg von Woodys ungewöhnlicher musikalischer Verschmelzung standen äußerst schlecht, aber als Elsie ihn dabei beobachtete, wie er der halben Singgruppe seine Vision erläuterte, musste sie lächeln. Zumindest würde es eine spaßige Angelegenheit werden, dem Grüppchen aus Möchtegern-Sängern dabei zuzuschauen, wie sie die verschiedenen Nuancen von skandinavischem Pop und ganz großem Bühnenrock angehen würden. Zwangsläufig schweiften ihre Gedanken zu Lucas ab. Wenn er das nur miterleben könnte …"

„Ein schöner Ort, oder?"

Elsie öffnete die Augen und sah Irene Quinn vor sich stehen. „Wie bitte?"

„Wo du gerade in Gedanken warst. Das muss ein schöner Ort gewesen sein. Du wirktest sehr friedvoll."

Ein bisschen verdutzt nickte Elsie. „Ja, vermutlich schon."

Irene lächelte. „Ich habe auch so einen Ort. Wenn ich stricke, lande ich sehr oft dort." Sie hob das wollweiß-blau-orange gestreifte Strickstück hoch, an dem sie arbeitete. „Das wird ein Pullover. Für den Kleinen meiner Großnichte. Auch wenn ich nicht gerade schnell vorankomme."

„Sieht hübsch aus." Elsie beschloss, die Gelegenheit zu ergreifen und die Frage zu stellen, die ihr schon seit dem ersten Treffen der Singgruppe durch den Kopf ging. „Entschuldige die Frage, aber nimmst du eigentlich gern an den Proben teil?"

Irene zögerte keine Sekunde. „Und wie!"

„Oh, ähm, gut. Es ist nur so: Ich habe dich noch nicht gerade oft singen hören, und ich frage mich, ob du vielleicht einen besonderen Song im Auge hast, den du gern mit uns einüben möchtest?"

„Mach dir um mich keine Gedanken, meine Liebe. Du und Woody, ihr beide leistet großartige Arbeit mit uns. Und es werden noch mehr Leute zu uns stoßen. Da bin ich mir sicher." Da sie sah, wie verwirrt Elsie war, beugte sie sich zu ihr herüber und fügte hinzu: „Schau, mir geht es nicht um das Singen. Mir geht es um die Gemeinschaft. Es ist lange her, dass ich mich so zugehörig zu etwas gefühlt habe." Sie legte ihre von blauen Venen durchzogene, wie Pergament zerknitterte Hand auf Elsies Arm. „Für uns, die wir einen Verlust erlitten haben, ist Gemeinschaft sehr wichtig."

Elsie stockte der Atem. Hatte irgendwer Irene von Lucas erzählt? „Woher weißt du …?"

„Ich habe es dir angesehen." Sie schaute lächelnd zu den anderen Mitgliedern der Gruppe hinüber, die sich um den kleinen CD-Player versammelt hatten und Woody mit einer Mischung aus Belustigung und Faszination dabei zusahen, wie er seine Vision von den neuen Stücken vorführte. Die Bommeln an dem Schal, den er sich um den Hals geschlungen hatte, versetzte er dabei in wildes Geschaukel. „Dieses Projekt wird euch mehr geben, als ihr erwartet. Es ist eine gute Sache, Elsie. Ein Trost, für dich genauso wie für sie – vielleicht sogar mehr." In sich hineinlächelnd ließ sie Elsie stehen, nahm ihren Lieblingsplatz am Tresen ein und konzentrierte sich wieder auf den halbfertigen Kinderpullover in ihren Händen.

Elsie sah zu, wie die alte Dame es sich bequem machte. Ihr blassrosa Cardigan passte zum Rouge auf ihren flaumigen Wangen, und ihre wasserblauen Augen funkelten. Ganz sicher war Elsie sich nicht, ob sie Irenes Auffassungsgabe tröstlich oder anstrengend finden sollte. Ein lauter Juchzer von Woody riss sie aus ihrer Grübelei.

„Magie! Der Zauber ist da, Leute! Jetzt kommen wir endlich voran …“

Einige Tage später in dieser Woche trafen sich Elsie und ihre Schwestern zu einem Familienessen bei Jim. Wie immer hatte er seine umfangreiche Kochbuchsammlung nach einem passenden exotischen Rezept durchforstet, und an diesem Abend genossen sie ein Festmahl aus gegrilltem Halloumi mit Aprikosen, Mandelblättchen und Piment auf einem Bett aus lockerem Basmatireis. Dazu gab es selbst gebackene Chapatis und Mango-Chutney.

„Dad, deine Chapatis sind immer so lecker“, meinte Guin, riss eins in zwei Hälften und tunkte die Stücke in das süße Chutney. „Ich hatte während dieser gesamten Schwangerschaft keine merkwürdigen Gelüste, aber ich glaube, ich sollte eines nach diesen Dingern erfinden.“

Jim lachte. „Es wäre mir ein Vergnügen, dich damit zu versorgen, Guinie. Ich habe gelernt, wie man sie richtig zubereitet, als ich eine Zeitlang in Goa gelebt habe. Das war, bevor ich eure Mutter kennenlernte. Vielleicht bringe ich deinem Kleinen ja eines Tages bei, wie es funktioniert.“ Er lächelte seinen Töchtern zu, die in dem kleinen, mit leuchtend bunten Seidenstoffen geschmückten und von winzigen Windlichtern erhellten Esszimmer um den geschnitzten Esstisch versammelt waren. „Das ist so schön. Alle meine Mädchen zusammen.“ Seine Augen glitzerten im Licht der Kerzen.

Daisy beugte sich vor und tätschelte ihm die Hand. „Wir würden nie darauf verzichten wollen, Dad.“

„Um Himmels willen, Dad, fang nicht so an. Gleich brechen wir alle in Tränen aus“, lachte Guin.

„Aber ich meine es ernst. Auf euch drei bin ich ganz besonders stolz. Ich schaue euch an und kann nur staunen, zu was für tollen jungen Frauen ihr herangewachsen seid. Meine Daisy, erfolgreich und schön; meine Guin, auf dem besten Wege Mutter zu werden; meine starke kleine Elsie, geht ihren Weg. Das tut meinem alten Herzen so gut."

„Wo wir gerade davon reden", meinte Daisy und wandte sich an Elsie. „Wie steht es denn um dich und deinen gut aussehenden Designer?"

„Er ist nicht mein Designer", gab Elsie zurück und spürte prompt, wie sie sofort alle Aufmerksamkeit hatte. Im selben Moment klingelte ihr Handy, und ihr stockte der Atem, als Ollys Name auf dem Display erschien. *Fantastisches Timing, Mr Hogarth.* „Ähmm, ich glaube – ich gehe besser ran. Entschuldige, Dad."

Jim grinste sie an. „Ich mache mal eine Ausnahme von der Regel: Keine Handys am Esstisch. Jedenfalls, wenn der Anrufer der ist, von dem ich glaube, dass er es ist."

Ohne auf das aufgeregte Geschnatter von Jim und ihren Schwestern zu achten, ging Elsie hinaus in die Küche, um das Gespräch anzunehmen.

„In Ordnung, jetzt können wir reden."

„Oh, tut mir leid. Hast du Gäste?"

„Nein, ich bin mit Daisy und Guin bei Dad. Du kannst dir also ihre Gesichter in diesem Moment vorstellen."

„Oh nein. Ich hoffe, ich bereite dir keine allzu großen Peinlichkeiten?"

Elsie lachte. „Ach Quatsch, keineswegs. Du hast ihnen eine Riesenfreude gemacht. Also, wie geht es dir?"

„Gut, danke der Nachfrage. Tut mir leid, dass ich nicht früher angerufen habe, aber ich ersticke fast in Arbeit und – du weißt schon – angesichts meines peinlichen Übereifers am letzten Freitag wollte ich dich nicht verschrecken, indem ich mich zu früh wieder melde."

„Ich bin froh, dass du anrufst." Sie zögerte, unsicher, ob sie noch mehr sagen sollte. Es war schön, seine Stimme zu hören, und ihr wurde bewusst, dass sie fröhlich grinste, während sie mit ihm redete.

„Ich bin auch froh, dass ich angerufen habe. Hör mal: Wollen wir uns am Samstag treffen? In der Stadt? Wir könnten gemeinsam zu Mittag essen oder Kaffee trinken oder so."

„Klingt gut."

„Schön. Also, wie wäre es mit einem Brunch am Samstag im BiblioCaff. Sagen wir, so gegen elf?"

„Das passt perfekt.

„Toll. Hey, es war sehr schön am Freitag."

Freude durchzuckte Elsie. „Fand ich auch."

Daisy sprach sie sofort an, als sie zurück ins Esszimmer kam. „Uuund? War es der, von dem wir glauben, dass er es war?"

„Vermutlich. Das war Oliver Hogarth, und wir treffen uns am Samstag zum Brunch. Zufrieden?"

Jim klatschte in die Hände, zog Elsie schwungvoll in seine Arme und drückte sie an sich. „Tolle Neuigkeiten! Ich freue mich so für dich, Liebling!"

„Dad, es geht nur um einen Brunch", protestierte Elsie.

„Aber es ist ein Anfang", gab er strahlend zurück.

Während das Gespräch am Esstisch sich anderen Themen zuwandte, lehnte Elsie sich zurück und analysierte das seltsame Gefühl, das sie plötzlich beschlich. Irgendetwas baute sich in ihr auf – eine Warnung, eine unerwartete Frage, die sie noch nicht verstand. Vielleicht lag es an dem einstimmigen Vertrauensvorschuss, den ihre Familie Olly gewährte, oder an der Schnelligkeit, mit der ihre Freundschaft sich zu entwickeln schien. Vielleicht war es aber auch nur ihre eigene Furcht vor dem, was vor ihr liegen mochte. Andererseits hatte sie sich doch nur zu einer weiteren Verabredung bereit erklärt, sagte sie sich. Und Olly war ein wunderbarer Mann. Die Sicherheit, die sie bei ihm empfunden hatte, der Friede, den seine Nähe und sein Kuss ihr gegeben hatten – das waren unerwartete Geschenke. Sie war aufgeregt angesichts der Aussicht, ihn wiederzusehen. Das war doch ein gutes Zeichen, oder etwa nicht?

Während sie die vertraute Familiendynamik rund um den

Esstisch verfolgte, wurde ihr bewusst, dass ihr Vater sie anlächelte. Ob das daran lag, dass er seine Mädchen um sich versammelt hatte, oder an dem, was er sich von Oliver Hogarth versprach, war Elsie nicht ganz klar. Aber sie beschloss, nicht länger darüber nachzudenken.

„Entschuldigen Sie, bin ich hier richtig, um mich für den Chor anzumelden?“ Der schlaksige Teenager hatte seine Hände in den Taschen seines Kapuzenshirts vergraben, während er sprach. In sich zusammengesunken wie ein lang gezogenes S stand er vor dem Tresen von Sundae & Cher.

„Ja, du bist hier richtig“, gab Elsie zurück und reichte ihm ein Klemmbrett, das eine Liste mit bereits drei Neuzugängen enthielt. „Ich bin übrigens Elsie. Ich leite die Gruppe, zusammen mit Woody Jensen. Er war Leadsänger von Hellfinger in den Achtzigern.“ Innerlich wand sie sich, während die Worte über ihre Lippen kamen. *Großer Gott, jetzt klinge ich schon fast so wie Woody.*

Der Junge nickte weise. „Mein Dad kennt ihn. Deshalb bin ich hier. Er hat mir gesagt, ich sollte kommen.“

„Gut, ähm, ich meine *großartig*. Trag einfach deine Daten auf der Liste ein, damit wir dich erreichen können. Wir sehen uns dann bei der Probe am nächsten Mittwoch um halb acht.“

„Schon wieder einer?“, fragte Cher, die auf dem Weg zum Geschirrspüler mit einem vollen Tablett vorbeikam.

„Ja. Bis jetzt scheint jeder von ihnen auf die eine oder andere Weise Woody zu kennen.“

„Siehst du. Ich sagte doch, dass er nützlich ist.“

„Nein, das sagtest du nicht. Du sagtest, er sei *sexy*. In meinem Wörterbuch haben die beiden Begriffe nicht dieselbe Bedeutung.“

„Egal. Auf jeden Fall bewährt er sich.“

Am Abend hatte sich die Mitgliederzahl des Chors mehr als verdoppelt, und Elsie betrachtete in fröhlicher Stimmung die Liste mit den Neuzugängen. Woher Woody all diese Leute kannte, blieb allerdings ein Geheimnis. Die Spannweite reichte von Dee, einer Vierzehnjährigen, die bereits zwei örtlichen Singgruppen angehörte und nach neuen Herausforderungen suchte, bis hin zu Juliet, einer pensionierten Schuldirektorin, die noch nie auch nur einen Ton in der Öffentlichkeit gesungen hatte. Kathy, eine Immobilienmaklerin Mitte zwanzig, war rot geworden und hatte hastig das Thema gewechselt, als Elsie fragte, woher sie Woody kannte. Und dann waren da neben dem schlaksigen Teenager Lewis noch Graeme, ein Metzger mit heimlichen chirurgischen Ambitionen, und Sheila, eine mütterlich wirkende Zahnarzthelferin, die etwa Mitte vierzig war.

„Glaubst du, du kannst mit denen etwas anfangen?", fragte Cher mit einem Blick auf die Liste.

„Ich schätze, wir haben alles, was wir für einen schön abgerundeten Sound brauchen."

Cher rümpfte die Nase. „Darf ich etwas dazu sagen? Ihr braucht einen Namen. Der Burton-Drache hat sein Dream-Team – ein beschissener Name, aber immerhin einprägsam. Euer Chor braucht ein Markenzeichen, hinter dem alle stehen. Wie wäre es mit The Sundaes?", schlug sie vor, während sie ein dampfendes Tablett voller frisch gespülter Eisgläser aus der Spülmaschine holte. „Das erinnert einerseits an entspannte Sonntage und enthält andererseits eine Anspielung auf euren Versammlungsort. Ich meine: Welcher andere Chor trifft sich schon zum Üben in einem Eiscafé?"

„Cher, du bist ein Genie!"

The Sundaes. Elsie war begeistert von diesem Namen. Als sie ihn am Samstagmorgen Woody präsentierte, bestätigte seine Reaktion sie in ihrer Zuversicht:

„Wir werden die sämige Soße musikalischen Glanzes sein, mit Lagen dekadenter Leuchtkraft, aufbauend auf der unwiderstehlichen Süße der Großen …"

Daisy und Elsie gaben sich die größte Mühe, ihre Belustigung nicht zu zeigen, als Woody bei jeder Silbe beängstigend mit den Hüften wackelte, während eine ältere Dame, die ihnen auf der Promenade entgegenkam, sich missbilligend über sein Verhalten mokierte.

Eine frische Brise vom Meer bot willkommene Abkühlung von der schon am frühen Morgen beachtlichen Hitze, während sie in Richtung Stadt schlenderten. Elsie versuchte nicht daran zu denken, wie die Minuten vergingen, bis sie sich zu ihrer Verabredung mit Olly loseisen musste.

„Wir sollten uns T-Shirts besorgen", fuhr Woody fort, „jetzt wo unser Baby einen Namen hat. Möglicherweise kann ich an Geld kommen …"

„Doch hoffentlich auf legale Weise?", hakte Daisy ein bisschen zu schnell nach.

Woody betrachtete sie mit offenem Abscheu. „Selbstverständlich, immer. Das Gesetz und ich sind gute Freunde, Mädchen. Mittlerweile solltest du das eigentlich wissen."

„Aus welcher Quelle?", fragte Elsie, um einen unbeschwerten Tonfall bemüht, damit er ja nicht auf die Idee kam, auch sie mache sich Sorgen.

„Von einem Wohltäter. Einem Sponsor, könnte man sagen. Ich kenne zufällig jemanden, der uns gern unterstützen möchte – als gemeinnütziges Projekt." Er funkelte Daisy ärgerlich an. „Sofern niemand dagegen Einwände hat."

Daisy tat so, als hätte sie nichts bemerkt. „Von meiner Seite nicht."

„Außerdem bin ich gut befreundet mit einem alten Roadie unserer Band, der heute einen eigenen T-Shirt-Druckbetrieb leitet. Praktisch, oder?"

„Das ist großartig, Woody", stimmte Elsie ihm zu. „Es wäre toll, wenn wir die T-Shirts schon für unseren Auftritt beim Stadtfest hätten." Ihr Smartphone meldete sich mit einem Alarm, und sie spürte, wie ihr Herz einen Sprung machte. „Das ist mein Signal zum Aufbruch. Woody, wir sehen uns Mittwochabend. Danke für all deine Mühe."

„Es war mir ein Vergnügen wie immer, mein Engel."

„Viel Spaß", wünschte ihr Daisy und umarmte sie heftig. „Ruf mich nachher an. Ich will *alles* wissen, klar?"

9. KAPITEL

Entschuldigung, sind wir uns schon mal begegnet?

In dem kleinen Café war es proppenvoll. Unter anderem war das wohl darauf zurückzuführen, dass es über eine Klimaanlage verfügte. Von draußen warfen schweißüberströmte Fußgänger den künstlich gekühlten Gästen im Inneren bereits kaum verhohlen neidische Blicke zu. Olly hob grüßend eine Hand, als Elsie das Café betrat.

„Komm, genieß die Klimaanlage“, meinte er lächelnd, als sie sich zu ihm an den Tisch setzte. „Ich möchte wetten, dass dieser Laden noch nie so viele Leute zu sehen bekommen hat, die unbedingt reinwollen.“

Elsie spürte, wie ein Schauer von Aufregung sie überlief, während sie sein Lächeln genoss. „Bei der Arbeit war auch die ganze Woche schon der Teufel los. So einen April haben wir noch nie erlebt.“

Sie bestellten Kaffee und Eier Benedikt und machten es sich bei einem geruhsamen Brunch gemütlich. Während sie sich darüber unterhielten, wie ihre jeweilige Woche gewesen war, bemerkte Elsie, dass Olly sie beinahe ständig ansah. Selbst wenn er kurz auf das Essen auf seinem Teller blicken musste, schaute er doch so schnell wie möglich wieder zu ihr auf. Es war lange her, dass sie jemandes Aufmerksamkeit dermaßen gefesselt hatte, und es fühlte sich gut an, wenn auch ein wenig fremd, so prüfenden Blicken ausgesetzt zu sein.

„Wie läuft es mit dem Chor?“, fragte er.

„Gut. Woody hat ein paar Neue angeworben. Die nächste Probe wird also bestimmt Spaß machen.“

„Das geht ja auch gar nicht anders – angesichts der vereinten Magie von dir und Woody“, meinte Olly grinsend.

Elsie spürte, wie es sie im Nacken kribbelte, senkte ihren Blick auf ihren Latte und rührte den Milchschaum unter.

„Ich habe mit deinem Dad gesprochen“, fügte Olly hinzu, dem Elsies Reaktion anscheinend nicht aufgefallen war. „Er ist unglaublich stolz auf dich, weißt du. Ich glaube, er würde der Gruppe sofort beitreten, wenn er nicht der Meinung wäre, dass dich das behindern und einengen würde."

Elsie blickte auf. „Hat er das gesagt?"

„Nicht wörtlich, nein. Aber ich weiß, dass er es so empfindet."

„Tatsächlich?"

Sein Blick wurde wieder unglaublich intensiv, und diesmal konnte Elsie nicht wegschauen. „Wie du über den Chor redest – das ist ansteckend." Diesmal sah er auf seine Kaffeetasse hinunter und lachte unsicher. „Verflixt, ich klinge wie ein richtiges Groupie. Tut mir leid."

Allmählich spürte sie, wie sich ihr Rücken immer mehr verspannte. „Nein, tust du nicht."

Sein Lächeln war wieder da, ebenso der forschende Blick. „Danke. Hör mal, wegen neulich Abend …"

Warum nur empfand sie so? Als sie vor ein paar Tagen mit ihm gesprochen hatte, hatte sie es kaum erwarten können, ihn wiederzusehen. Was war plötzlich anders? „Olly …"

„Ich wollte nur sagen: Es hat mir Spaß gemacht. Und ich konnte nicht aufhören, an deinen Kuss zu denken. Es war – unglaublich …"

Elsie lächelte weiter. Allerdings angespannt, denn mittlerweile schlug ihr ganzer Körper Alarm, wollte nur noch weg. „Ich habe auch oft daran gedacht."

„Tatsächlich?"

„Interessant, wie oft man in dieser Stadt auf Bekannte trifft, nicht wahr?", meinte jemand neben ihnen.

Die Stimme kenne ich, dachte Elsie und wandte sich dem Sprecher zu. Torin Stewart stand eben ihrem Tisch. Er war salopp gekleidet, trug Jeans, ein rotes T-Shirt und blaue Sportschuhe, und schien sich köstlich darüber zu amüsieren, wie überrascht sie auf seine Unterbrechung reagierte.

So viel zu deinem Versprechen, dich von mir fernzuhalten, dachte Elsie. „Ich wusste nicht, dass Sie diesen Laden kennen."

„Kennen? Ich liebe ihn! Heute zugegebenermaßen in erster Linie wegen der Klimaanlage. Wenn Sie mich fragen, der Kaffee ist ein bisschen Glückssache …“

Olly räusperte sich ein bisschen zu laut, und Elsie beeilte sich zu reagieren.

„Nun, heute ist er erstklassig. Olly und ich sind sehr beeindruckt.“

„Tatsächlich? Dann nehme ich alles zurück.“ Torin streckte Olly seine Hand entgegen. „Entschuldigen Sie, ich habe mich nicht vorgestellt: Torin Stewart.“

„Oliver Hogarth. Nett, Sie kennenzulernen.“

Sie schüttelten einander die Hände, und Elsie spürte nur zu deutlich, dass hinter ihrer höflichen Fassade etwas anderes lauerte.

„Ich hoffe, die Geschäftsinhaber hier wissen, welches Glück sie haben, dass Sie ihnen Beifall spenden“, meinte Torin grinsend zu Elsie, der dadurch nur noch unbehaglicher wurde. „Vor allem, wenn man bedenkt, was für einen ausgezeichneten Kaffee Sie selbst machen.“

„Woher kennt ihr beide euch?“, fragte Olly. Sein Lächeln verbarg eine Menge Unausgesprochenes.

„Ich habe Elsie kürzlich in einer Rechtsangelegenheit beraten.“ Die Lüge kam aalglatt über Torins Lippen.

„Oh.“

Torin lächelte. „Und woher kennt sie Sie?“

Er versuchte Olly zu provozieren, da war Elsie sich sicher. Und das konnte sie nicht zulassen. Sie ließ ihre Zurückhaltung fahren. „Wir haben ein Date“, erklärte sie. Während ihr Gegenüber sichtlich seinen Sieg genoss, gab sich der Mann neben ihr ebenso sichtlich geschlagen. „Wenn es Ihnen also nichts ausmacht …“, fuhr sie fort.

Torin akzeptierte den Wink mit dem Zaunpfahl und trat einen Schritt zurück. „Verstehe. Schön zu sehen, dass Sie sich wieder unter Leute trauen. Ich wünsche Ihnen einen schönen Tag.“

Lächelnd wandte Elsie sich wieder Olly zu. „Tut mir leid wegen der Störung“, sagte sie und meinte es absolut ernst. „Er ist ein bisschen anstrengend. Rechtsanwälte – du weißt ja, wie die sind."

„Du brauchst dich nicht zu entschuldigen. Es ist schon in Ordnung. Es tut mir leid, wenn ich dich in Verlegenheit gebracht habe. Bevor dein Freund an unseren Tisch gekommen ist, meine ich."

„Hast du nicht. Und nur um das klarzustellen: Er ist nicht mein Freund. Olly, was du gesagt hast, ist so lieb. Ich bin nur … Das ist alles so neu für mich. Ich brauche vielleicht ein bisschen Zeit, um …"

„Schon in Ordnung. Wir sind beide dabei, diese Sache auszutesten. Das muss sich merkwürdig anfühlen, wenn man bedenkt, was du durchgemacht hast."

Ohne es zu ahnen, hatte er den Nagel auf den Kopf getroffen. Obwohl Elsie wusste, dass Lucas von ihr genau das gewollt hatte, hatte sie dennoch das Gefühl, ihn irgendwie zu betrügen. In all der Zeit, die sie zusammen gewesen waren, war ihr nie auch nur der Gedanke gekommen, einen anderen Mann anzusehen. Und obwohl sie seinen Beteuerungen, sie würde wieder eine Liebe finden, glaubte, erwies es sich als unerwartet harte emotionale Herausforderung, diesen Glauben in die Tat umzusetzen.

Olly spürte ihren inneren Kampf und senkte die Stimme. „Ich versuche nicht, deinen Mann zu ersetzen. Ich möchte einfach nur gern Zeit mit dir verbringen. Ohne Druck, ohne Erwartungshaltung. Nur du und ich und ein bisschen Spaß miteinander. Abgemacht?"

Seine Worte bedeuteten ihr mehr, als er auch nur erahnen konnte. „Abgemacht."

Den Rest des Nachmittags unterhielten sie sich und lachten miteinander. Die Anspannung, die vorher in der Luft gelegen hatte, war vergessen. Elsie musste sich eingestehen, dass sie Olly mit der Zeit immer mehr mochte. Seine Weltsicht ähnelte ihrer, und er brachte sie überraschend leicht zum Lachen. Während sie durch North Laine bummelten, ertappte sie sich dabei, dass sie den gut aussehenden jungen Mann an ihrer Seite immer wieder anschaute und, als seine gebräunte Hand gegen ihre stieß, ließ sie ihre Finger kurz zwischen seine gleiten, bevor sie sie wieder zurückzog. Es entwickelte sich zu einem stillschweigenden Spiel zwischen ihnen: verstohlene Blicke, Entschuldigungen für Berührungen und so tun, als ließe einen das alles gänzlich kalt. Wie er sie anschaute – mit einer Mischung aus Schüchternheit und Hingerissensein – erregte sie, und jede seiner Handlungen schien nur ein Ziel zu haben: ihr die Befangenheit zu nehmen. Sie mochte seine lockere Art, seine entspannte Sicht auf die Welt – so anders als Lucas, und doch so vertraut. Wenn sie über seine Witze lachte, strahlte er, und es fühlte sich gut an, im Mittelpunkt seiner Aufmerksamkeit zu stehen. Oliver Hogarth riss in aller Ruhe Elsies sorgsam errichtete Schutzmauern ein, und sie wusste das.

Um halb fünf gingen sie zum Eingang der Seebrücke, wo sie auseinandergehen würden. Olly nahm Elsies Hand und führte sie an seine Lippen.

„Danke für einen wunderbaren Nachmittag."

„Ich danke dir."

„Ich habe ernst gemeint, was ich gesagt habe: Ich habe absolut nicht vor, irgendwas zu überstürzen. Also schlage ich vor, wir treffen uns in ein paar Wochen wieder. Diesmal warte ich auf deinen Anruf. Aber du hast meine Nummer: Wenn du mich früher wiedersehen möchtest, musst du es nur sagen."

„Ich werde dich anrufen", versicherte sie.

„Ich weiß."

Sie umarmten sich, und das Gefühl inneren Friedens, das Elsie bei ihrer ersten Verabredung erlebt hatte, kam erneut über sie wie eine Flutwelle. Als Olly sich von ihr löste, zögerte Elsie einen Moment, dann vergaß sie alle Vorsicht und legte ihm leicht eine Hand an die Wange. Er nahm die Einladung an und beugte sich vor, um sie zu küssen.

„Unglaublich", flüsterte er, und sein Atem streifte ihre Lippen, bevor er sich wieder aufrichtete.

Ihr schlug das Herz bis zum Hals, obwohl sie sich wirklich Mühe gab ihren Puls zu beruhigen. Elsie wartete, bis er außer Sichtweite war, bevor sie ihr Handy aus ihrer Handtasche kramte. Sie wollte gerade Daisy anrufen, um den versprochenen Lagebericht zu liefern, als sie eine neue SMS entdeckte:

Babe. T-Shirts gehen klar.
Sponsor sagt: Alles, was wir wollen.
Magisch! Woody.

Elsie lächelte über die Nachricht. Woodys Einfluss war wirklich beeindruckend, um es vorsichtig auszudrücken. Er war jedenfalls ein überraschender Charakter – überhaupt hatten eine Menge Leute in Elsies Leben in letzter Zeit für Überraschungen gesorgt.

Unter dem weiß gestrichenen hölzernen Dach, das den Brighton Pier überspannte, fand Elsie eine freie Bank und setzte sich. Sie hatte plötzlich den vertrauten Drang, sich über alles, was geschehen war, klar zu werden. Wenn Leute vorübergingen, gerieten die Holzplanken der Seebrücke leicht ins Schwingen, ein vertrautes Gefühl, das sie dennoch immer wieder überraschte. Schon seltsam, dass man nie bemerkte, wie sehr die Planken zitterten, wenn man selbst darüber ging. Sie schaute auf ihre Füße hinunter und durch die Spalten zwischen den Bohlen auf die schaukelnden graugrünen Wellen tief unterm Pier, und war in Gedanken plötzlich wieder in der Vergangenheit …

In Lucas' letztem Jahr war Elsie oft allein auf die Seebrücke hinausgewandert, um nachzudenken. Dadurch war sie für sie zu einem bedeutsamen Ort geworden. Zu den wenigen äußerlichen Zeichen für die Veränderungen, die seit Lucas' Tod in ihrem Leben eingetreten waren, gehörte ihre eigene Selbstbeobachtung und Nachdenklichkeit. Vorher hatte sie nie auch nur ansatzweise ihre Handlungen infrage gestellt und sich immer auf ihr Bauchgefühl verlassen. Aber als es zur Herausforderung wurde, Lucas zu unterstützen, fand Elsie immer häufiger Trost in den wenigen Momenten, in denen sie allein sein und sich einfach ihren Gedanken überlassen konnte. Lucas bemerkte es als Allererster, und die Veränderung, die er an seiner jungen Frau entdeckte, beunruhigte ihn.

„Du wirst zur Grüblerin“, hatte er eines Tages gesagt. Von seinem Bett aus konnte er ihr dabei zusehen, wie sie frisch gewaschene Kleidung für ihn zusammenlegte. „Ich hasse es, dass ich der Grund dafür bin.“

„Willst du etwa sagen, du möchtest nicht, dass ich an dich denke?“, gab sie scherzhaft zurück. Dabei wünschte sie sich aus tiefstem Herzen, das Bedauern nicht sehen zu können, das sich tief in seine Züge gegraben hatte.

„Natürlich nicht. Du solltest besessen von meiner Schönheit sein, ist doch klar.“

„Was ich offensichtlich auch bin.“

Danach hatte er sie lange Zeit im Arm gehalten, ohne ein Wort zu sagen, aber an seinem klopfenden Herzen merkte sie, wie aufgewühlt er war. Von diesem Augenblick an gab Elsie sich Mühe, diese neue Seite ihres Wesens vor ihm zu verbergen. Sie wartete, bis Lucas eingeschlafen war oder Zeit mit seiner Familie verbrachte, und schlich sich dann fort, um nachzudenken.

„Elsie? Hi!“

Sie legte die Hand über die Augen, um sie zu beschatten, und sah einen hochgewachsenen schlanken Teenager auf sich zukommen.

„Hi, Danny. Schön, dich zu sehen.“

„Ich habe Pause. Darf ich mich zu dir setzen?“

„Na klar.“

„Danke.“ Er öffnete eine Flasche Mineralwasser und trank durstig daraus. „Heiß ist es heute. Und die Kunden sind alle gereizt. Ich hasse solche Samstage.“

„Wo arbeitest du denn?“

„Beim Liegestuhlverleih meines Onkels, da unten am Strand. Ich könnte schwören, dass einige der Besucher vergessen haben, dass sie nicht in London sind. Ich meine, wir haben Wochenende! Wissen sie nicht, dass sie sich entspannen dürfen?“

Elsie lächelte. „Die Hitze macht es sicherlich auch nicht leichter.“

„Vermutlich nicht. Aber so ist es immer an Ostern. Da beginnt die Saison, weißt du.“ Er schraubte seine Wasserflasche wieder zu und wischte sich mit der Hand über die Stirn. „Viel lieber wäre ich natürlich mit Aoife zusammen. Aber ich muss jede Gelegenheit ergreifen, ein bisschen Geld für uns zu verdienen."

„Wie lange seid ihr schon zusammen?"

Danny wurde rot. „Nächsten Samstag werden es drei Jahre. Ich habe mich am letzten Schultag mit ihr verabredet. Wir waren beide sechzehn. Sie ist unglaublich – so ganz anders, wenn wir allein miteinander sind. Ich liebe sie sehr."

Was er sagte, löste ein vertrautes Flattern in Elsies Herzen aus. „Die Eine, hmm?"

„Absolut die Eine. Ich werde sie heiraten, weißt du. Im Moment spare ich noch auf den Ring. Deshalb arbeite ich am Wochenende im Liegestuhlverleih und an der Bar eines Clubs in der Stadt."

Es war unmöglich, keine Parallelen zwischen diesem jungen Paar und dem Paar junger Liebender zu ziehen, das sie und Lucas in diesem Alter gewesen waren. Elsie erinnerte sich noch gut daran, wie Lucas schon bei ihrer zweiten Verabredung über ihre gemeinsame Zukunft gesprochen hatte. Sie waren so verliebt gewesen, hatten ihr ganzes Leben noch vor sich, waren voller Positivität und unerschütterlicher Hoffnung. Vielleicht konnte sie das noch einmal erleben. Vielleicht mit Olly … Elsie lächelte Danny an. „Das ist großartig."

Ein Mann tauchte am Eingang zur Seebrücke auf und rief über die Köpfe der Besucher hinweg: „Hey, Danny-Boy! Kundschaft!"

„Ich gehe besser", meinte Danny grinsend. „Onkel Eric ist heute wie Dschingis Khan mit einem Brummschädel. Bis Mittwoch!"

Elsie stand langsam auf, griff wieder nach ihrem Handy, wählte eine Nummer und machte sich auf den Weg nach Hause.

„Hi, Dais, ich bin es. Mit einem Lagebericht, wie versprochen …"

Die Hitzewelle war nach einer Woche vorüber – zur großen Erleichterung all derer in Brighton, die arbeiten mussten – und als auch die Osterferien zu Ende waren, kehrte die Stadt wieder in einen entspannten Alltag zurück. Woodys Sponsor, ein ortsansässiger Geschäftsmann, der zu den wenigen verbliebenen Fans von Hellfinger gehörte, hielt sein Versprechen und besorgte T-Shirts für den Chor. Abgesehen von einem kleinen Designfehler (genauer gesagt zwei unglücklich platzierten Eiswaffeln mit Kirschen auf den T-Shirts der Frauen) schaffte es diese Uniform, die Gruppe enger zusammenzuschweißen. Das wiederum führte dazu, dass ihre Gesangsleistung sich deutlich verbesserte.

Zu Elsies Überraschung erwies sich Woodys ABBA/Deep-Purple-Medley als ausgesprochen beliebt. Während Stans und Graemes schockierend dynamische Darbietung des „Smoke on the Water"-Riffs eine eher zweifelhafte Besonderheit war, die natürlich ebenfalls Woody zu verantworten hatte, freute Elsie sich dennoch, dass die Gruppe mit so viel Freude dabei war. Kathys und Dees Stimmen brachten den Alt so richtig zur Geltung und ließen die ganze Gruppe lauter werden, während Juliets zunächst zittrige Singversuche sich allmählich zu einem ansehnlichen Sound entwickelten.

Damit das wachsende musikalische Repertoire der Sundaes für jeden etwas zu bieten hatte, führte Elsie ein paar ältere Stücke ein: „I'll Walk Beside You" (nachdem sie erfahren hatte, dass dies Irenes Lieblingslied war) und „What a Wonderful World" sowie Alicia Keys' „Empire State of Mind Part II" und Coldplays „Paradise". Sie fand es herrlich, zu Hause an Arrangements zu arbeiten und dabei das Bentley-Piano zu benutzen, das Lucas ihr zum einundzwanzigsten Geburtstag geschenkt hatte. Bei dieser Arbeit fiel ihr auf, wie sehr sie es vermisst hatte zu spielen. Nach seinem Tod hatte sie viel zu tun gehabt, und immer schienen ihr hundert andere Dinge dringlicher, aber dass das Klavier unbenutzt im Wohnzimmer ihres Hauses stand, war ihr immer bewusst gewesen.

„Tolles Instrument", stellte Woody fest, als er sich an das Piano gelehnt von Elsie ihr neuestes Gesangsarrangement von Cee Lo Greens „Forget You" vorspielen ließ.

„Danke. Das war ein Geschenk zu meinem einundzwanzigsten Geburtstag."

„Süß. Du spielst wie eine vielfingrige Zauberin", grinste er. „Ich wollte schon immer die Magie der Tasten erlernen."

Elsie hörte auf zu spielen und änderte mit Bleistift ein paar Dinge auf ihrem Notenmanuskript. „Es ist nie zu spät, etwas Neues zu lernen, Woody."

„Nah." Er ließ sich in einen in der Nähe stehenden Ohrensessel fallen. „Schon vor langer Zeit ist mir klar geworden, dass die Vorsehung für mich nur ein Instrument zugelassen hat." Er klopfte sich leicht gegen die Kehle. „Erschaffen von einer Gottheit, um die Gläubigen zur Anbetung der Melodien der Großen zu rufen. Versteh mich nicht falsch: Ich will damit auf keinen Fall prahlen."

Elsie unterdrückte ein Kichern. „Natürlich nicht."

„Und was ist mit dir? Macht es dir nichts aus, nur vom Klavier aus zu singen?"

Eine seltsame Frage. „Wie meinst du das?"

„Nun, Mädchen, wenn ich daran denke, wie du gesungen hast, als ich dir zum ersten Mal begegnet bin – du hast da eine ganz großartige Gabe."

„Nun ja, ich habe Spaß daran, den Klang der Gruppe zu erschaffen", gab sie zu. „Was meinen Gesang angeht, hatte ich nie Superstar-Ambitionen, weißt du. Ich habe es immer vorgezogen, Teil eines größeren Ganzen zu sein. So wie es jetzt ist, ist es ganz in meinem Sinne."

Woody nickte langsam. „Super."

Sie ließ ihren Bleistift auf den Notenständer fallen und streckte sich, um ihre Arme zu lockern. „Und was sagst du zu den Fortschritten der Sundaes?"

„Nicht schlecht. Aber wir müssen sie aus ihrer Kuschelecke rausholen. Sie haben keine Ahnung von Lampenfieber. Was glaubst du, wie sie zurechtkommen, wenn sie vor der ganzen Stadt singen müssen?"

Die Frage war berechtigt. In nur etwas über sechs Wochen würden sie auf dem Stadtfest stehen, vor einem Publikum, das ohne Weiteres mehrere Hundert Leute umfassen konnte und das einen glänzenden Auftritt erwartete. So etwas konnte selbst den abgebrühtesten Profis Angst einjagen.

„Woran denkst du dabei?“

Woody schaute sie entschlossen an. „Wir gehen an die Öffentlichkeit, Babe.“

10. KAPITEL

Spüre die Angst …

„Wohin gehen wir?“

„Das werdet ihr schon sehen.“ Woody ging der kleinen Gruppe von Sängern auf der Promenade zum Brighton Pier voran.

„Mir ist nicht klar, warum wir dir irgendwohin folgen sollten, du Freak.“

„Und genau das, Sasha, ist der Grund, warum ich in diesem Szenario der musikalische Visionär bin und du nur ein hirnloser Lakai.“

„Das wird Spaß machen“, versicherte Elsie den besorgten Gruppenmitgliedern, die sich abmühten, mit Woody Schritt zu halten, während dieser mit seinen langen Beinen und seinen Cowboystiefeln ein beachtliches Tempo vorlegte.

„Oh ja, Sasha, lebe wenigstens einmal gefährlich“, meinte Danny grinsend, als er seine wütende Mitsängerin überholte.

Es war Samstagvormittag, fünf nach halb zehn, und der im Gespräch zwischen Elsie und Woody geborene Plan nahm Gestalt an. Woody bog scharf nach links auf die Seebrücke ab, und die anderen folgten ihm. Er trug eine kleine batteriebetriebene Karaokemaschine unter einem Arm, und Elsie hatte in ihrer Tasche einen Camcorder versteckt. Genau auf der anderen Seite der Vergnügungskuppel hob Woody seine freie Hand – wie Moses –, um die Gruppe anzuhalten.

„Hier sind wir richtig.“

Stan und Graeme, die inzwischen so enge Freunde waren, dass die anderen sie schon als Tweedledum und Tweedledee bezeichneten, sahen einander verständnislos an.

„Warum? Und wofür?“, fragte Graeme und betrachtete misstrauisch den Donut-Stand neben sich.

„Nichts“, gab Woody zurück. „Noch nichts“, vervollständigte er und zwinkerte ihnen zu.

Da Elsie nicht entging, wie sich allmählich Angst unter den

Gruppenmitgliedern breitmachte, ergriff sie die Initiative. „Wir sind hier, weil wir etwas ausprobieren wollen. Keine Sorge, es wird euch Spaß machen, aber ihr müsst uns vertrauen. In Ordnung?"

Sasha schnaubte abfällig. „Vertrauen? Dem da? Du machst ja wohl Witze ..."

„Spießer!"

Elsie funkelte die beiden Kampfhähne zornig an. „Woody, Sasha, wenn ihr nichts dagegen habt ...? Danke. Jetzt geschieht Folgendes: Ich fordere euch heraus zu singen. Jetzt. Hier an Ort und Stelle. Und ich wage zu behaupten: Das traut ihr euch nie." Damit schaute sie hinüber zu Daisy, und sie begannen beide zu lächeln. „In meiner Familie heißt das so viel wie: Jetzt gibt es kein Zurück."

„Wie bitte?", fragte Lewis, der schlaksige Siebzehnjährige, verdattert.

„Das heißt, dir bleibt gar keine andere Wahl, als die Herausforderung anzunehmen, du Loser."

„Sasha ..."

Sasha hob ihre Hände. „Was denn? Ich sage doch nur ..."

Aoife wandte sich an Dennis. „Das tue ich nicht."

„Es wird schon klappen, Liebste." Er legte ihr seinen Arm um die Schultern, während Kathy und Dee in dem vergeblichen Versuch, sich zu beruhigen, nervös lächelten.

„Was sollen wir denn singen?", fragte Juliet. „Wir haben uns weder eingesungen noch irgendwas vorbereitet."

„Ich dachte, wir tragen ‚What a Wonderful World' vor", erklärte Elsie. „Das kennt ihr alle, und ihr habt es am Mittwochabend ganz toll gesungen. Ich weiß, dass wir euch mit dieser Sache überrumpelt haben. Aber wenn wir auf dem Stadtfest singen, werden uns noch sehr viel mehr Leute als jetzt zuschauen. Also, ich glaube, wir schaffen das – wer sieht das genauso?"

Entschieden unsicheres Gemurmel signalisierte Zustimmung, und Woody arrangierte die Sundaes in einer Sängerformation, bevor er den Abspielknopf der barbiepinken Karaokemaschine drückte. Die leicht instabile Aufnahme, die

Woody von Elsies Klavierbegleitung gemacht hatte, begann zu spielen, und ein Mann, der seinen reizbaren Springer Spaniel ausführte, blieb stehen, um ihnen zuzuschauen. Elsie stellte sich vor den Sundaes auf und hob beide Hände, um den Takt vorzugeben.

Obwohl sie sich vorher beschwert hatte, schien Sasha jetzt so weit beschwichtigt, dass sie die erste Strophe als Solo vortrug und dabei von Zeile zu Zeile sicherer wurde. Hinter ihr tauschten die versammelten Sänger der Gruppe besorgte Blicke und stimmten mitten in der ersten Strophe mit vorsichtigen „Ooohs" ein. Mehr Zuschauer fanden sich ein, um amüsiert lächelnd das seltsame Schauspiel zu betrachten, das auf halber Länge des Brighton Pier stattfand.

Elsies Gesichtsmuskeln begannen zu schmerzen, denn das aufmunternde Lächeln, das sie aufgesetzt hatte, wurde anstrengend, aber sie machte trotzdem weiter. Kommt schon, drängte sie ihre Gruppe wortlos, singt einfach! Woody stand an einer Seite, Schulter an Schulter mit Danny und Lewis. Seine „Ooohs" klangen deutlich lauter als ihre, und er schloss um der Wirkung willen die Augen. Irene verfolgte mit Adleraugen jede Handbewegung von Elsie. Ihre winzigen Lippenbewegungen ließen allerdings nicht erkennen, ob sie auch nur einen Ton von sich gab. Die zweite Strophe begann, und jetzt begleiteten die Sundaes Sasha. Damit wurde der Gesang auch endlich lauter – und Elsie schöpfte neuen Mut, als sie das hörte. Vollkommen war das noch lange nicht: Sheila, die Zahnarzthelferin Mitte vierzig, Juliet, die pensionierte Schuldirektorin, und Graeme, der Metzger, sangen alle ziemlich schrill; Danny vergaß oft seinen Text, weil seine Gedanken abschweiften; Sashas Gesang wurde so laut, dass die Melodie darunter litt; und alle Sänger ließen jede Zeile zu einem verlegenen Murmeln verklingen. Aber es war ein öffentlicher Auftritt, und das allein war schon ein gewaltiger Schritt nach vorn für die Sundaes.

Als sie ihr Lied beendet hatten, gab es kurzen höflichen Applaus vom Zufallspublikum, bevor es sich wieder zerstreute und die freudig erregten Sundaes, die sich eifrig gegenseitig beglückwünschten, sich selbst überließ.

Elsie war hochrot im Gesicht vor Stolz über ihren Chor. Sie alle lachten und schwelgten in der Erfahrung, die sie gerade gemacht hatten. Ein bittersüßer Schmerz durchzuckte Elsie, als Danny seine Aoife fest in die Arme schloss. Sie wandte den Blick ab, und er fiel auf das strahlende Gesicht ihrer Schwester.

„Das hier passiert wirklich, Elsie. *Du* hast das bewirkt!"

Elsie schloss die Augen, als Daisy sie umarmte. „Es ist wundervoll."

„Ich schätze, dafür haben wir uns eine Belohnung verdient", meinte Stan. „Wer ist dafür, dass wir ins Sundae & Cher gehen und uns ein Eis gönnen?"

„Belohnung", spöttelte Woody. „Eure Belohnung liegt in der Gelegenheit, eurer Bestimmung gerecht zu werden. Van Gogh hat kein Eis gefordert, Jim Morrison in Woodstock nie um ein Schokoladeneis gebettelt."

Alle lachten über Woody, und gemeinsam machten sie sich auf den Weg zu ihrer Belohnung, während Daisy und Elsie sich ein Stückchen zurückfallen ließen. „Lucas wäre so stolz auf dich, Schwesterchen."

„Glaubst du?"

„Ich weiß es. Und er hätte Woody toll gefunden."

Elsie lächelte. „Ich weiß. Ich glaube, es ist ein Segen für uns alle, dass die beiden sich nie kennengelernt haben. Ich tue doch das Richtige, oder?"

Daisy verstand die tiefere Bedeutung der Frage. „Ja, das tust du. Sowohl was die Singgruppe angeht als auch Olly."

Eine Stunde später, als jeder der immer noch total aufgekratzten Chormitglieder schließlich seiner eigenen Wege gegangen war, schob Elsie die Eingangstür zum Brighton Home Store auf und lächelte, als Jim zur Begrüßung herbeieilte.

„Hi, Dad."

„Ist das schön, dich zu sehen! Welchem Umstand verdanke ich diese Ehre?"

Elsie erklärte, vor welche Herausforderung sie die Singgruppe an diesem Tag gestellt hatte, und Jim hörte aufmerksam und freudig zu, wie sie die Details ausmalte.

„Ich hätte ja zu gern ihre Gesichter gesehen, als du sie damit überrumpelt hast!"

„Bei einigen musste ich ein wenig meiner Überzeugungskraft spielen lassen, ja."

Jim schüttelte den Kopf. „Meine kleine Elsie, die gestrenge Gesangsdirigentin. Ich glaube nicht, dass ich so etwas hätte vorhersagen können."

„In Wahrheit bin ich in dieser Band der gute Cop. Wenn jemand anfängt, Ärger zu machen, lasse ich die geballte Kraft von Woody Jensen auf ihn los."

Sie ließen sich beide auf einem roten Ledersecksofa nieder, und Elsie fiel auf, wie müde ihr Vater an diesem Tag wirkte. Ein paar Monate, bevor Lucas seine Krebsdiagnose bekommen hatte, hatte Jim selbst einen heftigen Schuss vor den Bug bekommen. Er war in seinem Laden zusammengebrochen, klagte über Schmerzen in der Brust und war schnellstmöglich in die Notaufnahme des Krankenhauses gebracht worden. Seine Töchter befürchteten das Schlimmste. Vierundzwanzig schreckliche Stunden lang warteten Elsie und ihre Schwestern auf Neuigkeiten, während er unzählige Untersuchungen über sich ergehen lassen musste. Schließlich stellte sich heraus, es war nicht der Herzinfarkt, auf den seine Symptome hatten schließen lassen. Jim litt an einer Herzbeutelentzündung. Eine Woche später konnte er das Krankenhaus schon wieder verlassen. Seine Familie versammelte sich zu Hause und feierte, dass Jim eine schwere Krankheit überstanden hatte. Sie hatten ja keine Ahnung, dass sie nur Wochen später mit der schlimmstmöglichen Diagnose eines weiteren Familienmitgliedes konfrontiert werden würden.

Jim hatte sich zwar gut erholt, aber das Virus hatte Spuren in seinem Körper hinterlassen, und jetzt verrieten immer dunkle Ringe unter seinen Augen, wenn er übermüdet war, unpässlich oder überarbeitet.

„Hast du wieder mal bis in die Nacht hinein gearbeitet?“, fragte Elsie ihn. „Du siehst erschöpft aus.“

„Ich hatte gestern Abend eine Besprechung, die länger gedauert hat als geplant. Olly und ich mussten die Webseite ganz fein durchkämmen, um ein paar technische Probleme zu beseitigen.“ Er hielt inne, Besorgnis in den Augen. „Hast du in letzter Zeit mal mit ihm gesprochen?“

Olly. Vor mehr als zwei Wochen hatte sie ihn das letzte Mal gesehen, und diese Tatsache war ihr unangenehm bewusst. Zwar war es dadurch leichter gewesen, sich voll auf den Chor zu konzentrieren, aber sie hatte seine Gesellschaft vermisst und sich in den letzten Tagen mehrfach dabei ertappt, dass sie sich fragte, wie es ihm wohl ging. Aber immer wenn sie ihn anrufen wollte, wurde sie unerklärlich nervös, und sie ließ es bleiben. Sie wollte schließlich nicht zu eifrig wirken und wusste auch nicht, wie lange man üblicherweise warten sollte, bevor man anrief.

„Ich hatte so viel zu tun“, sagte sie und fand es sofort schrecklich, wie diese Worte klangen: wie eine blasierte Ausrede, mit der sie sich selbst schützen wollte.

„Er hat nach dir gefragt.“ Jims persönliche Meinung war genauso offensichtlich wie das rote Ledersofa, auf dem sie saßen. „Ich glaube, er würde sich über einen Anruf freuen.“

„Dad …“

Er hob abwehrend beide Hände. „Ich sage ja nur, es könnte gut für euch beide sein. Ich dachte, ihr hättet euch gut verstanden?“

„Das hatten wir – nein, das tun wir, Dad. Aber es fühlt sich immer noch sehr seltsam an, an einen anderen Mann als Lucas zu denken. Ich weiß, dass er genau das wollte, und ich bemühe mich, aber irgendetwas hält mich ständig zurück.“

Jim strich ihr sanft über die Wange. „Mein liebes, liebes Mädchen. Natürlich kommst du dir seltsam vor, aber du bist dabei, ein völlig neues Kapitel in deinem Leben aufzuschlagen. Jeder Wandel bringt nun mal seine eigenen Ängste und Beklemmungen mit sich.“ Einen Augenblick schwieg er, in Gedanken in einer ganz anderen Zeit. „Als deine Mutter uns verließ …“ Er stockte, und instinktiv drückte Elsie seine Hand. Er nickte, räusperte sich und sprach weiter. „Als sie uns verließ, war mir, als hätte man mir den Boden unter den Füßen weggezogen. Obwohl ich es kommen sah, obwohl ich schon lange den Verdacht gehegt und begriffen hatte, dass unsere Streitigkeiten unausweichlich dazu führen mussten, fühlte ich mich dennoch der Entscheidung beraubt. Und obwohl mir klar war, dass es sinnlos war, auf ihre Rückkehr zu hoffen, hatte ich Probleme, in meinem eigenen Leben wieder nach vorn zu schauen. Es hat all diese Jahre gedauert, bis ich endlich das Gefühl hatte, wieder bereit für eine neue Beziehung zu sein.“ Er lächelte. „Und ich weiß, dass meine Ausflüge ins Internet-Dating euch Mädchen sowohl erschrecken als auch amüsieren, aber für mich ist das ein erster Schritt. Genauso, wie du deinen ersten Schritt tust. Oliver ist ein wundervoller junger Mann, und ich glaube, es könnte gut für dich sein, wenn sich mal eine Weile jemand um dich kümmert. Du hast dich so lange damit abgemüht, allein zurechtzukommen und alle Verantwortung selbst zu tragen. Das ist bewundernswert, aber, Liebling, es ist völlig in Ordnung, wenn man jemanden braucht. Du magst Olly, nicht wahr?“

Elsie nickte.

„Dann sag es dem Jungen, Elsie. Er hat es verdient, das zu erfahren.“

Er hatte recht. Natürlich hatte er recht. Sie wusste, dass sie viel zu viel grübelte, was diese Sache anging – auch Daisy hatte das gesagt. Aber trotzdem wurde sie von einer inneren Unruhe beherrscht, die sie nicht in Worte fassen konnte. Nach Lucas würde es jeder Mann sehr schwer haben. Und er hatte so hartnäckig darauf bestanden, dass sie einen anderen finden würde, dass sie das Gefühl hatte, sich dabei besonders viel Zeit lassen zu müssen. Schließlich wollte sie sichergehen, dass es dann auch wirklich der Richtige war. Natürlich hatte Lucas gewusst, dass sie so vorgehen würde …

„Du wirst jemand anderen finden“, hatte er ihr gesagt, einen Monat vor seinem Tod. „Nein, widersprich mir nicht. Ich weiß, dass du das wirst. Aber ich weiß auch, dass es schon jemand ganz Besonderes braucht, dich zu gewinnen."

„Lucas, lass uns nicht jetzt darüber reden", flehte sie ihn an. Das Thema anzuschneiden, während die kostbaren Tage, die ihr mit ihrem Mann noch blieben, einfach verrannen, kam ihr unpassend vor und war ihr ausgesprochen zuwider.

Aber er blieb stur, beharrte auf seinem Standpunkt – wie immer. Starrsinniger, unbeirrbarer, schöner Mann … „Ich kenne dich. Du gibst dich nur mit dem Besten zufrieden. Wenn du dich wieder verliebst …"

Erst als sie ihre Finger auf seine Lippen gelegt hatte, brachte sie ihn zum Schweigen. „Ich bin verliebt. In dich. Und nur das zählt."

Daraufhin ließ er das Thema ruhen, jedenfalls für den Augenblick. Wochen später schnitt er es doch wieder an.

„Es wird jemanden nach mir geben. Ich weiß, du willst das nicht hören, aber ich muss es trotzdem sagen. Und weil ich im Sterben liege, ist meine Stimme die entscheidende. Du bist viel zu wundervoll, um all dein Potenzial wegzuschließen in einem irregeleiteten Versuch, die Erinnerung an mich wachzuhalten. Ich will ein solches Denkmal nicht, Elsie. Und du weißt nur zu gut, dass, wäre es andersherum, du dasselbe zu mir sagen würdest. Der nächste Mann wird es sehr, sehr schwer haben, weil ich weiß: Er muss dir das Wasser reichen können, und das können nun mal nicht viele. Versprich mir nur eines: Wenn die Gelegenheit kommt und die Zeit reif ist, dann zögere nicht. Ja?"

„Ich rufe ihn an", versicherte Elsie ihrem Vater. „Versprochen."

Ich liebe dich, weil du nie aufgibst, was auch immer geschieht.
Kuss.

Die neueste Botschaft aus der satinbespannten Schachtel entlockte Elsie ein Lächeln, während sie das Innere von Sundae & Cher für die nächste Probenstunde herrichtete. Im Augenblick war es leicht, nicht aufzugeben, jedenfalls was die Singgruppe anging: Trotz der gelegentlichen Zusammenstöße zwischen Woody und Sasha (und zwischen Sasha und allen anderen), konnte Elsie sehen, wie die Gruppe sich zu etwas entwickelte, dem anzugehören sich lohnte. Es fühlte sich gut an, von Anfang an dabei gewesen zu sein. Während Elsie die Stühle aufstellte und dabei jeden Einzelnen der Sundaes vor Augen hatte, erkannte sie, wie dringend sie dieses Zugehörigkeitsgefühl brauchte. Als Lucas noch lebte, war es die Beziehung zu ihm, die ihr ein Zugehörigkeitsgefühl vermittelt hatte – eine gemeinsame Erfahrung, bei der beide denselben Ausgangspunkt hatten. Nach seinem Tod fühlte sich ein Großteil von Elsies Leben an, als wäre sie in eine laufende Unterhaltung hineingeplatzt, während alle anderen von Anfang an dabei gewesen und ihr gegenüber damit im Vorteil waren. Natürlich gehörte sie zu ihrer Familie – die Maynards hielten zusammen wie Pech und Schwefel –, und das gab ihr so viel Rückhalt wie nur irgend möglich. Aber während sie und Lucas sich ein gemeinsames Leben aufgebaut hatten, war das Leben ihrer Familie in mancher Hinsicht ohne sie weitergegangen. So manches Mal hatte sie das Gefühl, irgendwie wichtige Dinge verpasst zu haben, die Jim, Daisy und Guin miteinander teilten: besondere Gespräche, einschneidende Ereignisse wie beispielsweise ein neuer Job, Hochzeitspläne, Haussuche.

Ihr Impuls, etwas Neues zu beginnen – angefeuert von der ersten Botschaft, die Lucas ihr hinterlassen hatte –, war richtig gewesen. Das wurde ihr jetzt klar. Der Chor war mehr als einfach nur ein neuer Weg, Leute zu treffen. Nein, er wurde für Elsie zu einem wichtigen Werkzeug, wieder Gemeinschaftsgefühl zu entwickeln. Sie fragte sich, ob das womöglich auch für Woody, Sasha, Danny und die anderen galt. Füllte die Gruppe auch in ihrem Leben eine entscheidende Lücke?

Als die Sundaes nach und nach eintrafen, konnte man immer noch spüren, dass der Auftritt auf der Seebrücke sie beschäftigte. Woody übernahm das Einüben des ersten Stückes an diesem Abend und gab vor den versammelten Sängern eine ausführliche Kostprobe seiner Rock'n'Roll-Weisheiten zum Besten, bevor es ans eigentliche Singen ging. Als Daisy nach ungefähr zehn Minuten höflich zu bedenken gab, dass er seinen „musikalischen Treuen" sein Wissen vielleicht besser durch Üben als durch Worte vermitteln könnte, gab er widerwillig nach. Der Seufzer der Erleichterung, der den Versammelten entwich, war selbst am anderen Ende des Raumes zu hören, wo Elsie saß und eins ihrer Gesangsarrangements in letzter Minute abänderte.

„Mir ist etwas an Irene aufgefallen", sagte Daisy und setzte sich zu ihr, als Woody und die Gruppe endlich sangen.

„Was denn?"

„Ich habe sie in den letzten drei Wochen während der Proben genau beobachtet. Ist dir aufgefallen, dass sie in dieser Zeit mit jedem Einzelnen gesprochen hat? Jedes Mal, wenn man zu ihr hinschaut, ist sie mit jemand anderem ins Gespräch vertieft. Ich finde das toll – besonders, dass sie sich bei uns offenbar so wohlfühlt, dass sie das tun mag."

„Sie verfügt über enorme Menschenkenntnis", stimmte Elsie ihr zu. „Neulich hat sie mir in einem Gespräch gesagt, wir hätten beide jemanden verloren, den wir liebten. Niemand hat ihr von Lucas erzählt. Ich schätze, sie hat es mir einfach angesehen. Und Danny hat erwähnt, er habe ihr erzählt, dass er Aoife einen Antrag machen wolle. Sogar Sasha hat sich nach dem Auftritt auf dem Pier am Samstag mit ihr unterhalten."

Daisy lächelte. „Mir gefällt der Gemeinschaftsgeist, der hier entsteht. Im Grunde glaube ich, das ist das Wichtigste an den Sundaes – trotz Woodys Ambitionen, insgeheim die Weltherrschaft zu übernehmen."

Genau das war es, was Elsie schon seit Wochen empfand, und sie freute sich zu hören, dass ihre Schwester das genauso sah. „Ich weiß, was du meinst. In vieler Hinsicht würde es mir nichts ausmachen, wenn das Stadtfest unser einziger öffentlicher Auftritt bliebe. Obwohl …" Sie deutete zur anderen Seite des Raumes hinüber, wo Woody gerade vor Lewis und Danny ein paar Hüftschwünge demonstrierte; so eng wie seine Hose saß war das allerdings nicht allzu ratsam. „… wollen wir wirklich die Welt um *diesen* Anblick bringen?"

Nach der Probe schloss Elsie das Café für die Nacht ab und ging mit Daisy hinunter Richtung Wasser.

„Es ist noch früh", meinte Daisy, als sie an ihrem Auto ankamen. „Hast du Lust auf einen Spätimbiss oder einen Drink?"

Elsie schüttelte den Kopf. „Können wir das ein andermal tun? Ich habe heute Abend noch einiges zu erledigen."

„Selbst schuld, Schwesterchen." Daisy umarmte sie. „Ich ruf dich morgen an."

Auf der Promenade war nicht viel los. Nur ein paar Leute, die ihre Hunde ausführten, und ein später Jogger begegneten Elsie, als sie unter den Straßenlaternen entlangging, eine Hand auf der kühlen Eisenbrüstung. In ihrer anderen Hand hielt sie ihr Handy, auf dem Display leuchtete ihr hartnäckig ein Kontakt mit Name und Telefonnummer entgegen. Keine Chance, dem auszuweichen, ermahnte sie sich. Sie hatte das schon viel zu lange vor sich hergeschoben.

„Hi, dies ist Olly Hogarth. Tut mir leid, aber im Moment bin ich nicht zu erreichen. Hinterlasse eine Nachricht, ich rufe zurück."

Als die Mailbox sich so meldete, löste sich ihre Anspannung schlagartig, und Elsie musste laut lachen. Sie hielt sich entschuldigend die Hand vor den Mund, als ein Mann mit Hund sie verdutzt anstarrte. Wenigstens hatte sie es versucht. Wenn Olly demnächst sein Handy in die Hand nahm, würde er den verpassten Anruf bemerken und zurückrufen. Damit war es jetzt an ihm, Kontakt aufzunehmen, und Elsie konnte sich wenigstens darauf vorbereiten, seinen Anruf entgegenzunehmen. Inzwischen …

Brrrrrrrrinngggg!

Sie zuckte zusammen, als der altmodische Klingelton sie aus ihren Gedanken riss. „Hallo?"

„Hallo, Fremde." Seine Stimme war warm wie Ahornsirup auf Pfannkuchen, und ein Kribbeln überlief ihren Körper. „Tut mir leid, dass ich deinen Anruf verpasst habe."

„Macht doch nichts. Wie geht es dir?"

„Danke, gut. Und jetzt, wo ich weiß, dass du nicht beleidigt bist, noch besser."

Elsie biss sich auf die Lippen. „Tut mir leid. Ich hätte früher anrufen sollen …"

„Hey, ist schon in Ordnung. Im Augenblick bin ich noch im Büro. Habe noch zu tun. Ich schätze, du hast keine Lust, irgendwo Fisch und Chips aufzutreiben und damit zu mir zu kommen? Ich würde mich wahnsinnig freuen, dich zu sehen. Außerdem habe ich den ganzen Tag noch nichts gegessen."

Überrascht, wie leicht sie wieder ins Gespräch miteinander kamen – und wie sie darauf reagierte, Ollys Stimme zu hören –, stimmte Elsie zu.

Zwanzig Minuten später stand sie vor einer dunklen Eingangstür nicht weit vom Möbelhaus ihres Vaters und drückte auf den Klingelknopf neben dem Schild „Freebird Design".

Olly meldete sich über die Gegensprechanlage: „Hey. Die Tür ist offen. Komm rauf."

Sein Studio lag im ersten Stock und war durch ein enges Treppenhaus zu erreichen. An der Glastür hing ein leuchtend oranges Vogel-Logo. Die weißen Wände bildeten einen starken Kontrast zu den limonengrünen Sofas im kleinen Empfangsbereich und den leuchtend orangen Bilderrahmen, die an den Wänden hingen und aktuelle Arbeiten von Freebird zeigten: Webseiten, Zeitschriftenanzeigen und Fotoarbeiten.

„Bisschen grell, hmm?" Olly lächelte, als er sich von seinem Stuhl erhob, um sie zu begrüßen. „Ich sage Kieran, meinem Geschäftspartner, immer wieder, dass wir unsere Besucher mit Sonnenbrillen ausstatten sollten. Eines Tages wird uns noch jemand verklagen, weil seine Augen Schaden davongetragen haben." Er ging in einen limonengrünen Küchenbereich am anderen Ende des Studios und kam mit Tellern und Besteck zurück.

Elsie setzte sich an den Tisch neben seinem und übergab ihm ein dampfendes Päckchen Fisch und Chips sowie eine Flasche Wasser. „Wie kommt's, dass du so spät noch arbeitest? Es ist schon beinahe zehn."

„Schwieriger Kunde", meinte er mit vollem Mund. „Sie haben so viele Änderungswünsche für eine Kampagne, dass wir die

Deadline kaum noch halten können. Das gehört zum Geschäft, fürchte ich."

„Ich hoffe, du berechnest ihnen das extra."

Er nahm einen Schluck Wasser. „So funktioniert das leider nicht. Ich wünschte, es wäre anders. Aber es ist ein fetter Auftrag, obwohl dieser Kunde so schwierig ist. Und, wie läuft es mit dem Chor?"

„Du meinst die Sundaes?" Elsie lächelte und öffnete ihren Mantel, sodass er ihr Vereins-T-Shirt sehen konnte.

„Guter Name." Amüsiert schaute er etwas genauer hin. „Interessantes Design."

Als ihr die unglücklich platzierten Kirschen wieder einfielen, errötete sie leicht und lachte. „Ah, ja. Das ist wohl auf Woody Jensens Mist gewachsen."

„Nett. Und wie geht es unserem ortsansässigen Rock'n'Roll-Guru?"

„Bestens, voller mystischer Rockweisheit wie immer. Eigentlich ist er ein liebenswerter Kerl." Sie legte ihre Gabel aus der Hand und wischte sich die Finger mit einer Serviette ab. „So merkwürdig er auch ist, er ist ein guter Mensch, und der Chor ist ihm wirklich wichtig. Wir haben alle ein bisschen Zeit gebraucht, uns an seine Art zu gewöhnen, aber ich glaube, dass alle ihn inzwischen schätzen gelernt haben."

„Das freut mich."

Einen Moment herrschte Schweigen, und Elsie nutzte die Gelegenheit zu sagen, was sie sich seit drei Tagen immer wieder im Kopf zurechtgelegt hatte. „Hör mal, Olly, es tut mir wirklich leid, dass ich dich erst heute Abend angerufen habe."

„Hey, du hast angerufen. Nur das zählt."

„Nein, ich glaube, ich muss das erklären." Sie atmete tief ein und hoffte inständig, dass die Worte, die sie brauchte, ihr einfallen würden, wenn sie erst einmal begonnen hatte. „Ich möchte nicht, dass du ein falsches Bild von mir hast. Ich mache niemandem etwas vor, und ich hatte nie die Absicht, dir irgendwie wehzutun. Die Zeit, die wir miteinander verbracht haben, habe ich wirklich genossen, und ich finde dich großartig …"

Ollys Lächeln erlosch, und er ließ den Blick sinken, als akzeptiere er schon im Voraus, was er unvermeidlich auf sich zukommen sah. „Elsie, bitte nicht …“

„Warte. Ich bin noch nicht fertig. Ich mag dich, Olly. Sehr. Du bist großartige Gesellschaft, und ich mag die Person, die ich bin, wenn ich mit dir zusammen bin. Einerseits möchte ich wissen, was geschehen könnte, wenn wir weiter gingen, aber andererseits habe ich zu viel Angst, um es auszuprobieren. Ich weiß, dass du über Lucas Bescheid weißt. Und ich glaube, meine Gefühle haben ein wenig mit ihm zu tun. Aber mehr als alles andere möchte ich, dass du weißt: Dies ist kein Nein.“

Er hob den Kopf. „Nicht?“

„Ich gebe zu, dass ich den Anruf bei dir vor mir hergeschoben habe, weil ich mir ehrlich nicht über meine Gefühle klarwerden konnte. In meinem Leben verändert sich zurzeit sehr, sehr viel, und ich knabbere immer noch daran, das alles zu verarbeiten.“

„Das hättest du mir sagen sollen. So hatten wir es doch beim letzten Mal vereinbart, weißt du noch? Ich erwarte nicht wer weiß was von dir, und ich erwarte auch nicht, dass du mir um den Hals fällst. Auch für mich ist es schon eine Weile her. Meine letzte Beziehung endete vor drei Jahren – wir waren fünf Jahre zusammen –, und seither hatte ich nur ab und zu mal eine Verabredung. Als ich das erste Mal mit dir verabredet war, kam mir alles so vertraut vor – als würde man in eine alte Routine zurückfallen – und ich habe darüber vergessen, dass wir uns in Wirklichkeit kaum kannten. Ergibt das, was ich sage, eigentlich einen Sinn?“

Das tat es, und Elsie spürte es auch: das Bedürfnis, jemandem nahe zu sein. Die Zweisamkeit zu erleben, die aus ihrem Leben verschwunden war, als Lucas starb. Es war ein Impuls, ein beinah unbewusster Akt, der die Führung ihrem Herzen überließ statt ihrem Verstand. Und als Olly sie küsste, war das, als wäre ein fehlender Puzzlestein plötzlich wieder eingefügt worden. „Also, was tun wir jetzt?“

Er versetzte seinem Schreibtischstuhl einen Stoß, ließ sich zu ihr hinüberrollen und ergriff ihre Hände. „Lass uns einfach Zeit miteinander verbringen. So lernen wir uns kennen und haben Spaß miteinander, ohne den Druck einer Beziehungskiste. Und wenn es sich schließlich irgendwann richtig anfühlt, mehr daraus zu machen, dann tun wir das. Wenn nicht, bleiben wir Freunde. So oder so können wir nur gewinnen. Was meinst du?“

Sein Vorschlag machte Elsie glücklicher, als sie seit Wochen gewesen war. „Ich glaube, das ist genau das, was wir brauchen.“

11. KAPITEL

Der Schritt nach draußen

Die folgenden Wochen waren den Vorbereitungen für den Auftritt der Sundaes auf dem Brighton Carnival gewidmet. Elsie und Woody arrangierten zusätzliche Probestunden an den Montagabenden, um mit der Singgruppe zu üben. Sie hatten sich für das Stadtfest auf drei Stücke geeinigt: „What a Wonderful World", „Forget You" und Woodys ABBA/Deep-Purple-Medley, das vor allem bei den männlichen Mitgliedern sagenhaft gut ankam. Während die Gruppe damit beschäftigt war, sich auf den Auftritt vorzubereiten, ernannte Cher sich zur offiziellen Pressesprecherin der Sundaes, bombardierte die Lokalzeitungen mit Artikeln und arrangierte mehrere Fototermine (wobei sie natürlich sorgsam darauf achtete, dass das Café Sundae & Cher auf jedem Foto gut zu erkennen war). Vielleicht lag es an ihrem natürlichen Talent für Werbung, vielleicht auch an einem speziell für die Journalisten entwickelten und auch nur ihnen kredenzten Eisbecher namens „Sundaes Sundae" – einer Kreation aus Karamell-, Schokoladen- und Salzkonfekteis – jedenfalls trugen ihre Bemühungen anscheinend Früchte.

„Seht euch das an!" Cher breitete die neueste Ausgabe des kostenlosen Anzeigenblattes auf dem Tisch zwischen Elsie und Woody aus. „Die Leute reden über uns!" Sie deutete aufs Editorial mit der Überschrift „Brighton: Die neue Chorhauptstadt des Königreichs?"

Elsie las den Artikel laut vor. „‚Die aktuelle Schwemme neu gegründeter Gesangsgruppen in Brighton kann meiner Meinung nach nur etwas Gutes sein. Musik bringt die Menschen auf eine Weise zusammen wie nichts sonst, und in der heutigen Gesellschaft, in der so wenige auch nur die Namen der nächsten Nachbarn kennen, sind Unternehmen wie dieses, die zum Miteinander ermutigen, ein Grund zum Feiern. Von preisgekrönten Showgruppen wie dem DreamTeam bis hin zu faszinierenden gemeinnützigen Projekten wie den Sundaes von Rockstar

Woody Jensen – Brighton wandelt sich immer schneller zu einem Leuchtfeuer für die einigende Kraft der Musik …‘ Du liebe Güte, mir war gar nicht klar, dass wir Teil einer sozialen Bewegung sind.“

„Das habe ich dir doch von Anfang an gesagt, Babe. Es lebe die Revolution.“ Woody lachte in sich hinein. „Das wird einer ganz bestimmten roten Hose ziemlich missfallen.“

„Kann nicht behaupten, dass mich das stört“, meinte Cher grinsend. „Und nun stellt euch vor, wie sie erst nach dem Stadtfest über uns reden werden!“

Die Erwähnung des bevorstehenden Auftritts bereitete Elsie allerdings Bauchschmerzen. Die Gruppe machte zwar Fortschritte, aber ihr war nur zu bewusst, dass noch viel Arbeit vor ihnen lag. Aoife hatte nach wie vor Mühe, hörbar zu singen, obwohl Woody, Daisy und Irene ihr Mut zu machen versuchten. Sashas wachsende Fassungslosigkeit über den zweiten Sopran war natürlich keine Hilfe.

„Vielleicht sollte sie lieber Alt singen“, knurrte sie eines Abends, während ihr viel zu straff gebundener Pferdeschwanz wie ein wasserstoffblondes Pendel an ihrem Hinterkopf hin und her schwang. „Im Augenblick ist sie jedenfalls etwa so nützlich wie ein Furz im Sturm.“

„Das ist unfair“, gab Aoife zurück, wobei ihr schmaler Körper vor Anstrengung beinah zitterte. „Ich versuche ja, lauter zu singen.“

„Es nützt uns nichts, wenn du es *versuchst*, meine Liebe, du musst es *tun*!“

Elsie stöhnte auf und drängte sich zwischen die beiden jungen Frauen, die sich mörderische Blicke zuwarfen. „In Ordnung, hört zu. Sasha, du konzentrierst dich bitte auf deinen eigenen Gesang. Kümmere dich nicht darum, was Aoife tut oder nicht tut. Du bist alles andere als textsicher. Deshalb würde ich es begrüßen, wenn du deine Energie dort investierst. Bitte. Aoife, du wirst jedes Mal, wenn wir üben, besser. Denk einfach daran, was Woody und ich dir gesagt haben: Du musst nur an dich glauben.“

„Ich will euch doch nur nicht enttäuschen“, erwiderte Aoife.

„Das wirst du nicht. Ich will, dass du diese Sache genießt und Freude daran hast, klar? Und jetzt werde ich mit dir und Sasha zusammen den Sopran singen, während ich zugleich dirigiere. Schau also auf mich, und schon fühlst du dich nicht mehr ganz so allein."

„Sie fühlt sich allein? Willkommen in meiner Welt!" Sasha drängte sich an Elsie vorbei und verschwand in Richtung Gästetoiletten. Nebenbei tippte sie eine SMS in ihr Handy.

Elsie stöhnte noch einmal auf. „Na schön, wir machen alle zwanzig Minuten Pause."

Die Sundaes schlurften müde auseinander, um ihre Becher mit starkem Tee und die mit Clotted Cream gefüllten Schokoladenküchlein von Cher entgegenzunehmen. Während Elsie ihre Noten einsammelte und sich ans Keyboard setzte, tippte ihr eine Hand sachte auf die Schulter. Sie blickte auf, direkt in das so tröstliche Lächeln Irenes.

„Du hältst dich so gut, meine Liebe", sagte sie und setzte sich auf einen Stuhl neben Elsie. „Ich finde, wir klingen gut."

„Danke, Irene. Dafür hat jeder hart gearbeitet."

Irene faltete die Hände in ihrem Schoß. „Sasha ist ein gutes Mädchen. Tief in ihrem Inneren, meine ich. Ich weiß, dass sie schwierig sein kann, aber ich bin sicher, sie hat einen guten Kern."

Elsie starrte Irene an. Wie konnte sie nur so über jemanden denken, der so verbissen darauf aus war, immer im Mittelpunkt zu stehen wie Sasha? „Ich möchte, dass sie ihre Sache ordentlich macht, ganz ehrlich, aber sie ist so schwer zu erreichen. Sie scheint zu glauben, sie sei die Einzige in der Gruppe, und wenn etwas nicht so läuft, wie sie es will, dann stört sie alle anderen."

„Mag sein, aber das Mädchen braucht die Singgruppe. Und die Gruppe braucht sie. Soll ich dir jetzt deinen Tee bringen und eines dieser köstlichen Küchlein, meine Liebe?"

Woody kam herüber, als Irene ging. „Ich habe gesehen, dass du dich mit dem Orakel beraten hast."

Noch etwas durcheinander wegen dem, was Irene gesagt hatte, schaute Elsie ihn verständnislos an. „Was?"

„Irene. Sie ist wie eine Rutengängerin, die verborgene Wahrheiten aufspürt. Eine heimliche Kennerin von … *Dingen.*“

„Aha. Sie glaubt, dass wir Sasha nicht verstehen.“

Woodys Miene verfinsterte sich. „Nun, jeder hat mal seinen schlechten Tag.“

„Dachte ich mir, dass du das sagen würdest. Das Medley klang gut.“

„Wir machen auf jeden Fall Fortschritte – wir haben hier schon viel Gutes erreicht.“ Er beugte sich leicht zu ihr hinunter und tätschelte ihr zögernd den Rücken. „Du machst mich stolz, Engel.“

Zutiefst berührt, stupste Elsie ihn mit der Schulter an. „Oh danke, Alter. Das beruht auf Gegenseitigkeit.“

Seit ihrem Gespräch in Ollys Büro herrschte zwischen ihm und Elsie eine wunderbare Ungezwungenheit, und sie hatten immer öfter Zeit miteinander verbracht. Dadurch ermutigt, beschloss Elsie, es sei an der Zeit, Olly formell der Maynard-Familie vorzustellen. Und so überraschte Elsie alle damit, ihre Familie und Olly am ersten Sonntag im Juni zu sich nach Hause zum Grillen einzuladen.

„Bist du dir wirklich sicher?“, fragte Olly, der sich mit einer Flasche Wein in den Händen verunsichert in der kleinen Küche ihres Hauses in der Islingword Street herumdrückte, während Elsie gewürzte Quorn-Burger für Guin und Jim und Saté-Spieße für alle anderen vorbereitete. „Ich meine, zwischen uns beiden läuft es gut, aber ist es wirklich schon so weit, die ganze Familie kennenzulernen?“

Elsie kicherte. „Sie sind total harmlos. Dad drängelt schon seit Wochen, dass wir uns mal wieder alle treffen, und meine Schwestern wollen dich kennenlernen. Auf diese Weise schaffen wir das alles in einem Abwasch.“

„Vielleicht hast du recht. Wer kommt noch mal alles?“

Sie fand seine Nervosität ausgesprochen liebenswert und konnte ihr Lächeln nicht verbergen, als sie ihn bat, sich auf einen Küchenstuhl zu setzen, und die Weinflasche öffnete. „Dad – den kennst du schon gut; meine älteste Schwester Daisy, die umwerfend schön und eine ganz Nette ist, sowie ihr Partner André. Glaub mir, dir wird eine große Ehre zuteil, ihn zu Gesicht zu bekommen, da er offiziell der geschäftigste Mann auf der ganzen Welt ist. Dann sind da meine mittlere Schwester Guin, hochschwanger und zurzeit so nah am Wasser gebaut, dass sie über wirklich alles in Tränen ausbricht, und ihr Mann Joe, der netteste Typ, den du dir vorstellen kannst." Sie reichte ihm ein großes Glas Wein. „Hier. Trink das. Ich glaube, dann fühlst du dich besser."

Es klingelte an der Haustür, und Olly sprang wieder auf, während Elsie durch den Flur zur Tür ging, um ihre Familie hineinzulassen. Daisy und Guin waren als Erste im Haus, drängten sich aufgeregt an Jim vorbei und blieben abrupt stehen, als Olly vor ihnen auftauchte.

„Daisy, Guin, das ist Olly." Elsie trat zur Seite, als ihre Schwestern ihn begrüßten.

„Liebling, das ist eine tolle Überraschung", sagte Jim und küsste sie auf die Wange, als er hereinkam. „Und das erste Mal, dass wir alle zum Essen hier sind seit … Nun, ich bin jedenfalls sehr froh, hier zu sein."

André und Joe drängten sich ebenfalls in den inzwischen bereits sehr vollen Flur und lachten angesichts der vielen Menschen auf so engem Raum. Elsie hob ihre Hand wie ein Stadtführer am Brighton Pavilion und hob ihre Stimme, um das angeregte Geplauder zu übertönen.

„Kommt raus in den Garten. Da haben wir wenigstens Luft zum Atmen!"

„Oh ja, sehr gute Idee!", rief Guin und drückte sich eine Hand auf den unteren Rücken. „Ich wäre so dankbar, wenn ich mich ein wenig setzen könnte."

Elsie sah zu, wie ihre Familie hinauswanderte in den Garten und es sich auf den bunt zusammengewürfelten Gartenstühlen bequem machte, die sie auf der kleinen hölzernen Veranda aufgestellt hatte. Ringsum standen Kletterrosen, Bambusstauden und Tomatenpflanzen mit reifenden Früchten. Sie fand es überraschend schön, dass sich das Haus endlich mal wieder mit Menschen füllte: Lang war es her, dass ihr Zuhause eine so fröhliche Menge gesehen hatte. Seit Lucas nicht mehr war, hatte sie sich immer dafür ausgesprochen, Familientreffen in Jims Haus, Daisys und Andrés Wohnung oder Guins und Joes Fischerhütte abzuhalten. Überall, nur nicht in ihrem eigenen Zuhause, in dem immer noch die Leere widerhallte, die entstanden war, weil Lucas fehlte.

Daisy tauchte an ihrer Seite auf und stieß mit ihr an. „Prost, meine Liebe. Das war eine tolle Idee."

„Danke. Ich bin so froh, dass André auch kommen konnte", sagte Elsie mit einem Blick hinüber zu Daisys Partner, der in ein Gespräch mit Olly vertieft war. „Ich dachte, er hätte zu viel zu tun."

Daisys Beziehung mit dem Projektentwickler André Durand war den anderen Familienmitgliedern ein Rätsel. Er war immer sehr nett und höflich, aber obwohl Elsie ihn durchaus mochte, hatte sie oft das Gefühl, dass irgendetwas fehlte. Guin war da weniger zurückhaltend und verglich ihn mit einem Gebäude in einer Westernstadt: „Nur Fassade und keine Substanz dahinter. Daisy geht mit einer Fassade."

„Weißt du, was wirklich seltsam ist? Als ich die Einladung für heute erwähnte, dachte ich, er hätte anderes zu tun, aber er hat sofort zugesagt", erzählte Daisy mit großen Augen. „Er mag dich sehr, weißt du. Ich glaube, er hat sofort verstanden, wie wichtig es für dich ist, uns alle heute hier zu haben."

„Ganz zu schweigen davon, wie schön es für dich ist."

Daisy errötete leicht. „Ich gebe zu, das ist es wirklich. Ich habe ihn in letzter Zeit so wenig zu Gesicht bekommen."

„Du sprichst wieder mal von mir." André lächelte, während er näherkam, und reichte Daisy ein frisches Glas Wein. „Ich hoffe doch sehr, dass deine Schwester dir sagt, was für ein toller Mann ich bin."

Elsie hakte sich bei ihm unter. „Natürlich. Ich freue mich so, dich zu sehen, André."

„Und ich freue mich, dich zu sehen, Chérie." Er beugte sich vor und küsste sie auf die Wange. „Ich bin froh, heute hier zu sein zu diesem … du weißt schon."

„Danke.“ Obwohl Elsie sich inzwischen an nicht zu Ende gebrachte Bezüge zu ihrem verstorbenen Mann gewöhnt hatte, überraschte es sie doch immer wieder, wie wenige Leute den Mut fanden, seinen Namen zu erwähnen. In den frühen Tagen ihrer Trauer hatte sie sich sogar beträchtlich darüber geärgert. Das vermittelte ihr nämlich das Gefühl, als wäre der Mann, den sie über alles liebte, plötzlich zu einem peinlichen Thema geworden. Aber ganz allmählich begriff sie, dass die gespreizten Bemerkungen nur ein Hinweis darauf waren, wie sehr die Leute Lucas gemocht hatten. Sie deuteten nicht etwa darauf hin, dass sie ihn ad acta gelegt hatten, sondern im Gegenteil auf ihren großen Respekt ihm gegenüber. „Hat jeder genug zu trinken?“

„Ich wünschte, ich könnte Wein trinken“, jammerte Guin von dem bunt gestreiften Gartenstuhl neben ihrer Schwester. „Eins sage ich euch: Wenn dieses Baby erst mal draußen ist, bestelle ich mir ein großes Glas. Und lass es mir nach Möglichkeit intravenös verabreichen.“

„Süße, du weißt, was die Hebamme gesagt hat“, widersprach Joe. „Kein Alkohol, solange du stillst.“

Guin funkelte ihren Mann böse an. „Nun denn, vielleicht habe ich ja beschlossen, dir diese Aufgabe zu übertragen.“

Joe lachte nervös. „Wie du siehst, Elsie, hat sie ihren Sinn für Humor nicht verloren.“

„Mmh, ja. Viel Glück damit, wenn Junior da ist!“

„Darf ich einen Trinkspruch vorschlagen?“, fragte André. Sein samtiger französischer Akzent sorgte dafür, dass alle sich umdrehten und zuhörten, als er sein Glas hob. „Auf die Freunde, die alten wie die neuen.“

Elsie spürte, wie sie von Liebe durchflutet wurde, als alle in den Trinkspruch einstimmten.

„Auf die Freunde, die alten wie die neuen.“

„Und auf dich, Olly“, fügte Jim hinzu und grinste stolz, als Olly seinen Arm um Elsies Taille legte. „Willkommen in unserer Familie. Und danke, dass du mein kleines Mädchen zum Lächeln bringst …“ Tränen schossen ihm in die Augen, was allen drei seiner Töchter ein halb empörtes „Dad!“ entlockte. „Ihr müsst dem sentimentalen Alten vergeben. Es ist einfach so schön, meine Mädchen alle glücklich und umsorgt zu sehen.“ Er wedelte mit einer Hand. „Und jetzt: Weitermachen. Alle.“

Olly lächelte auf Elsie hinab. „Danke für das hier.“

Sie lehnte sich an ihn. „Gern geschehen.“

Die folgenden Wochen bestärkten Elsie in ihrer positiven Einstellung: Sie hatte den Chor, ihre Freundschaft mit Olly und die freudige Erwartung der ganzen Maynard-Familie, weil Guin schon fast im achten Monat war und ihr Baby bald das Licht der Welt erblicken würde.

Auch die Botschaften, die Lucas ihr in der Schachtel hinterlassen hatte, stellten für sie eine geheime Kraftquelle dar, weil sie die Ereignisse ihres Tages immer wieder unterstrichen und bestätigten. Viele davon betrafen Beobachtungen, die nur für sie von Bedeutung waren:

Ich liebe dich, weil du dir mit mir zusammen Quizshows ansiehst, obwohl du sie nicht ausstehen kannst.
Kuss.

Ich liebe dich, weil du um Mitternacht Kekse backst.
Kuss.

Ich liebe es, wie deine Brüste schaukeln, wenn du lachst.
Kuss.

Andere Botschaften weckten in ihr den Verdacht, dass ihm vielleicht die Ideen ausgegangen waren. Es war ja auch wirklich eine Herkulesaufgabe, mehr als dreißig Gründe zu finden, warum er sie liebte:

Ich liebe dich, weil dein Dad uns sonntags zum Essen einlädt.
Kuss.

Gelegentlich erwies sich eine der Nachrichten als beinah prophetisch, traf genau den Punkt, an dem Elsie sich gerade befand, und nahm ihr mit ihrer Aktualität und Relevanz den Atem. Als es Sommer wurde, sorgte eine solche Botschaft dafür, dass sie förmlich erstarrte …

Bei Sundae & Cher hatten sie in dieser Woche besonders viel zu tun gehabt. Die Aufgabe, unglaublich viele Kunden schnell zu bedienen, wurde noch dadurch erschwert, dass Cher sich in letzter Minute entschloss, mit Jake einen Ausflug nach Cannes zu machen. So blieb Elsie allein zurück, musste sich um alles kümmern und das bei viel zu wenig Personal. Sie musste jeden Morgen schon sehr früh ins Café, um Cookies zu backen, Eiscreme zu mixen, Crêpe-Teig anzusetzen und dafür zu sorgen, dass alles fix und fertig vorbereitet war, wenn die kurzfristig eingestellten Aushilfskräfte kamen. Abends kam sie erst spät nach Hause, weil sie nach Feierabend noch zusätzliche Probestunden mit den Sundaes abhielt. Und so kam es, dass sie erst am Donnerstagabend dazu kam, die neueste Botschaft aus der Schachtel zu nehmen und zu lesen. Sie nutzte den so seltenen freien Abend und genoss erst ein langes Bad. Anschließend machte sie es sich mit einer großen Portion Gemüselasagne – Jim befürchtete, seine Tochter habe zu viel zu tun, um zu kochen, und hatte sie deswegen für sie zubereitet und ihr am Vortag in den Kühlschrank geschmuggelt – auf dem Sofa gemütlich, um sich ihren Lieblingsfilm Die Nacht vor der Hochzeit anzusehen.

Erst auf dem Weg nach oben ins Schlafzimmer fiel ihr die satinbespannte Schachtel ein. Sie öffnete sie und nahm das oberste Blatt Papier heraus.

Ich liebe es, dass du bis hierher alle meine Botschaften gelesen hast. Ich liebe es, dass du dein Leben lebst und nach vorn schaust. Mach weiter so, schönes Mädchen. Ich liebe dich. Kuss.

Sie schlug die Hand vor den Mund, um den Schrei zu ersticken, der ihr entschlüpfte, und brach in Tränen aus. Lucas hatte unmöglich wissen können, dass sie achtzehn Monate warten würde, bevor sie begann seine Nachrichten zu lesen. Und doch hatte er seinem Glauben an ihre Fähigkeit, ohne ihn zu leben, so Ausdruck verliehen, dass sie im richtigen Augenblick ihres Lebens damit konfrontiert wurde, nämlich jetzt. Und genau jetzt vermisste sie ihn stärker, als sie ertragen konnte. Das überraschende Geschenk seiner Worte war so wunderbar wie niederschmetternd zugleich.

Lucas hatte recht. Sie lebte ihr Leben und schaute nach vorn. Zum ersten Mal seit vielen Jahren spürte Elsie, wie sich die Welt vor ihr öffnete. Keine Gewissheiten, keine Selbstverständlichkeiten, nur Möglichkeiten und Chancen. Vorher hatte ihr Leben mit Lucas immer auf einem sicheren Fundament von Annahmen geruht: Mochten die Umstände sich auch ändern, neue berufliche Laufbahnen eingeschlagen werden, Umzüge stattfinden – sie würden immer zusammen sein. So war es geplant. Nach seinem Tod – zumindest im ersten Jahr danach – hatte sie das Gefühl gehabt, so weitermachen zu müssen wie vorher. Seine Aufforderung, ihr Leben zu leben, hatte sie so verstanden, dass sie es mit Geschäftigkeit und Routine füllen sollte. Aber inzwischen hatte sich etwas geändert. Es war, als hätte sie ihren Blick von ihrer unmittelbaren Umgebung losgerissen und es gewagt, ihn bis zum Horizont schweifen zu lassen, wo der Boden weitaus weniger fest war als der unter ihren Füßen.

Und Lucas hatte das gewusst, denn er hatte sie besser gekannt als jeder andere. Aber der Gedanke an ihn, daran, wie er die Nachrichten für die Schachtel geschrieben hatte, als er in seinen letzten Wochen nur noch im Bett liegen konnte, von Schmerzen geplagt und doch bereit, sich für seine Frau eine Zukunft ohne ihn auszumalen, tat Elsie dermaßen heftig weh. Sie verstand nicht, wie er das gekonnt hatte. Wenn sie einen Beweis gebraucht hätte, was für ein außergewöhnlicher Mensch Lucas gewesen war, dann war es diese Nachricht.

Lucas glaubte an sie. Und das war alles, was sie brauchte, um weiter nach vorn zu schauen und ihren Weg zu gehen.

„Salbeigrün."

„Zu trist."

„Mandarinengelb."

„Uff, zu grell."

„Enteneierblau?"

„Zu altbacken."

Daisy warf die Hände frustriert hoch. „Möchtest du diesen Raum nun neu gestrichen haben oder nicht?"

Cher musterte die Farbkarte in ihrer Hand zum wohl millionsten Mal. „Ich möchte."

„Dann musst du doch irgendeine Vorstellung davon haben, welche Farbe du haben möchtest?"

Cher zog eine Braue hoch. „Ich dachte, du bist die Innenarchitektin."

„Hört mal, warum versuchen wir die Sache nicht ein wenig einzuengen?", schlug Elsie vor und nahm Cher sanft die Farbkarte ab. „Daisy, stell bitte den Wasserkocher an. Und du, Cher, setz dich bitte hierhin, und dann lass uns logisch darüber nachdenken. Es ist dein Schlafzimmer. Was hast du darin, das Hinweise auf den geeigneten Farbton geben könnte?"

Ein schmutziges Lächeln umspielte Chers scharlachrote Lippen. „Jake Long."

„Um Himmels willen!" Daisy verschwand sichtlich entsetzt in die Küche.

„Du bist schrecklich", kicherte Elsie. „Aber ich freue mich, dich so glücklich zu sehen."

„Das bin ich. Das bin ich wirklich. Er ist einfach umwerfend, Els! Du hättest ihn in Cannes sehen sollen – so aufmerksam, so galant. Allein schon, wie diese französischen Wörter ihm über die Lippen gehen, das ist so sexy! Ich kann nichts dafür, ich glaube, ich liebe diesen Kerl. Und du weißt, wie selten ich so etwas zugebe."

„Ich bin froh. Das wurde aber auch Zeit. Also, diese Renovierung – tust du das für ihn?"

Cher ging zum Fenster ihres kleinen Schlafzimmers hinüber und hob eine Ecke des Vorhangs an, um sie kritisch zu beäugen.

„Vielleicht. Aber in erster Linie für mich. Ich liebe mein Retro-Zeugs, und ich will auch nicht alles ändern, aber ich schätze, ich muss neu darüber nachdenken, mich daran orientieren, wie ich jetzt empfinde." Sie schnitt eine Grimasse. „Ich habe Daisy doch hoffentlich nicht beleidigt?"

„Nein. Sie sieht vielleicht aus wie eine zerbrechliche Prinzessin, aber sie ist aus härterem Holz geschnitzt. An deiner Stelle würde ich es ihr überlassen, etwas für dich zu entwerfen. Vertrau mir: Es wird perfekt werden."

Eine halbe Stunde später winkten die beiden Schwestern Cher zum Abschied zu und verließen das Grundstück auf dem Weg durch ihren Vorgarten.

„Ich sollte dich in unser Studio aufnehmen", meinte Daisy, als sie sicher war, außer Hörweite zu sein. „Wir haben ein paar schwierige Kunden, bei denen dein Zauber eine große Hilfe wäre."

„Ich behalte das im Hinterkopf."

Ein kleines Kind auf einem blauen Tretroller sauste ihnen auf dem Gehweg entgegen, und die beiden Schwestern wichen nach links und rechts aus, um es durchzulassen. „Verkehrsrowdy!", rief Daisy ihm nach. „Typisch Mann am Steuer."

„Das könnte unser Neffe in ein paar Jahren sein", erinnerte Elsie sie. „Oder unsere Nichte. Ich kann immer noch nicht ganz glauben, dass Guin bald Mutter sein wird."

Am Ende der Straße angekommen, blieben sie vor einer kleinen Bäckerei an der Ecke stehen. Ein paar Stühle und Tische waren einladend draußen verteilt. Daisy warf einen Blick auf ihre Armbanduhr. „Ich habe noch eine Stunde Zeit, bis André kommt. Es klingt verrückt, aber wenn ich weiß, dass er nach Hause kommt, fangen immer meine Nerven an zu flattern. Die Minuten wollen dann einfach nicht schnell genug vergehen. Was hältst du von einem Kaffee, um mich davon abzulenken, dass ich noch eine Weile warten muss, bis ich ihn wiedersehe?"

Es war ein schöner Sonntagnachmittag. Die Sonne schien, und ihre Strahlen wurden von den Dächern der Autos reflektiert, die dicht an dicht am Straßenrand parkten. Kinder spielten im

Vorgarten eines Bed & Breakfast gegenüber der Bäckerei, und ihr ausgelassenes Lachen erinnerte Elsie sofort an ihre eigenen Kinderspiele mit Daisy und Guin.

„Weißt du noch, wie wir in den Sommerferien immer alle Nachbarskinder zu uns eingeladen haben? Fünfzehn Gören, die durchs Haus in den Garten stürmten.

„Eher zwanzig, den einen Sommer", meinte Daisy. „Ich glaube, das war zu der Zeit, als dieser Vertreter bei uns war und die Fenster für die Doppelverglasung ausgemessen hat. Er dachte, alle Kinder, die im Garten spielten, gehörten zu Dad. Ich schätze, angesichts von Dads Hippie-Kleidung hat er geglaubt, wir gehörten zu irgendeiner zwielichtigen Kommune. Es kommt mir seltsam vor, wenn ich daran denke, dass wieder ein Kind im Garten herumtoben wird." Sie stockte. „Glaubst du, dass du und Lucas …?"

Elsie nickte, atmete tief den Duft ihres Espresso ein und fühlte sich seltsam in Frieden mit sich selbst. „Lucas wollte mit dreißig Vater werden. Er sagte, er könne sich vorstellen, dass er bis dahin erwachsen wäre."

„Neulich hat André was von Kindern gesagt."

So ganz nebenbei hatte Daisy diese Bombe platzen lassen, und Elsie hätte fast ihre Tasse fallen lassen. „Ist das ein Scherz?"

„Fast genauso habe ich auch reagiert. Ich meine, im Moment sehen wir uns an etwa zehn Tagen im Monat, eher seltener. Wie er auf die Idee kommt, dass das für eine Beziehung reicht, die stabil genug für ein Kind ist, begreife ich nicht."

„Glaubst du, dass er eventuell durchblicken lassen wollte, häuslicher zu werden?"

Daisy verdrehte die Augen. „Wer weiß? Nächstes Jahr wird er fünfzig. Vielleicht hat er einfach den Lebensabschnitt erreicht, wo Kinder fällig werden. Wir sind nicht wie Guin und Joe. Oder wie du und Lucas. Wir reden kaum mal über die Zukunft. Ich schätze, heute werde ich mehr erfahren."

„Wie lange bleibt er?"

„Eine ganze Woche. Für uns ist das schon fast wie ein ganzes Leben. Also, muntere mich auf, bitte. Wie geht es Olly?"

„Gut, glaube ich. Er hilft Dad dabei, die Bühne des Handelsvereins für das Stadtfest nächste Woche aufzubauen."

„Keine Versuche, dich zu bespringen?"

Elsie lachte. „Du bist einfach unmöglich. Nein, vorerst bleiben wir Freunde."

„Ah, verstehe." Daisy grinste in ihr Kaffeeglas. „Vorerst."

Die Generalprobe der Sundaes war für den Tag vor ihrem Debutauftritt beim Stadtfest angesetzt. Ein ausgeprägtes Gefühl von Dringlichkeit lag in der Luft, als der Chor sich im Sundae & Cher versammelte, bereit, an die Arbeit zu gehen. Selbst Woody verzichtete diesmal auf seinen üblichen in die Länge gezogenen Zuspruch vor der eigentlichen Probe und ließ die Sundaes sofort mit ihrem ersten Stück loslegen. Elsie hörte sehr genau zu, während sie die Begleitmelodie spielte, merkte sich, an welchen Stellen noch gearbeitet werden musste, und machte sich Notizen auf einem Schreibblock, den sie immer neben ihrem Keyboard liegen hatte. Allen stand dieselbe grimmige Entschlossenheit ins Gesicht geschrieben, während die Sänger zwei Mal ihr kurzes Programm durchsangen. Und Elsie liebte sie dafür.

Zur Teepause – heute gab es doppelte Portionen von Chers neuestem Geschmacksexperiment: Pfirsich-Schinkenspeck-Eiscreme, für alle eine freudige Überraschung – versammelte sich die sichtlich erschöpfte Gruppe für eine Halbzeit-Manöverkritik.

„Ich glaube, wir setzen beim zweiten Stück ein bisschen zu früh ein", sagte Stan. Graeme stimmte zu. „Ich bin nach dem Refrain aus dem Takt gekommen, tut mir leid."

„Ich habe Schwierigkeiten, mir den Text von ‚Forget You' zu merken", gestand Juliet.

Sheila seufzte. „Ich muss mir für das Stück zwar keinen Text merken, aber ich komme ständig mit meinen Ooohs und Aaahs durcheinander."

„Leute, entspannt euch einfach", meldete sich Woody zu Wort und trat in die Mitte. „Morgen werden die Sundaes einen triumphalen Einzug ins Bewusstsein dieser guten Stadt halten.

Ihr seid die lyrische Armee, die ich in meinen Träumen gesehen habe. Das wird ein episches Ereignis!“

„Woody hat recht“, stimmte Elsie zu.

„Tatsächlich?“, fragte Daisy ungläubig zurück.

„Ja, hat er. Ihr habt alle so hart gearbeitet, um diese Stücke einzuüben, und das kann man sehen. Sicher, es gibt vielleicht noch ein paar kleine Details, die wir verbessern könnten, aber ihr klingt schon so gut! Ich will einfach nur, dass wir auf diese Bühne gehen und unseren Spaß dabei haben. Glaubt ihr, dass wir das hinkriegen?“

Überall im Raum sah man plötzlich lächelnde Gesichter, und Elsie spürte, dass allen ein gewaltiger Stein vom Herzen gefallen war.

„Großartig. Jetzt lasst uns das Programm noch einmal durchgehen, und dann ist Feierabend für heute. Ich glaube, wir sind bereit!“

12. KAPITEL

Willkommen in der Welt

Früh am nächsten Morgen herrschte am Strand von Brighton hektische Geschäftigkeit: Tribünen, Buden und Bühnen wurden errichtet. Es war schon recht warm, noch höhere Temperaturen waren vorhergesagt und – viel wichtiger – es sollte nicht regnen. Der Tag war wie bestellt fürs Stadtfest.

In Elsies Magen herrschte Aufruhr. Das war schon beim Aufwachen losgegangen, und jetzt, kurz nach acht, wurde es immer schlimmer, an je mehr Wimpeln, farbenfrohen Lichterketten und bunt bemalten Ständen sie vorbeikam. Das halbjährliche Stadtfest war schon immer ein Höhepunkt ihrer Kindheit gewesen, und jetzt wollte sie gar ihre eigene Singgruppe als Teil davon vorführen. Was immer heute geschah, sie würde es als großartige Leistung empfinden.

Über der ganzen Stadt hing eine aufgeregte und erwartungsvolle Atmosphäre. Auf ihrem Weg konnte Elsie beinah die Geister vergangener Stadtfeste sehen: sich selbst und Lucas mit kunstvoll bemalten Gesichtern tanzend, angetrunken, Flaschen voll warmem Bier schwenkend, während die Prozession in all ihrer Farbenpracht, ihrem Lärm und ihrem Glanz vorbeizog. Lucas behauptete, das Ereignis lasse ihn kalt, aber auf jedem Foto, das Elsie von verschiedenen Stadtfesten besaß, verriet ihn seine ausgelassene Miene.

„Bereit für den großen Auftritt?" Olly grinste von einer Trittleiter herab, als Elsie die kleine Bühne erreichte. Er hatte sich eine lange Wimpelschnur über eine Schulter gehängt und war dabei, sie am Metallgestänge zu befestigen.

„Ich glaube schon. Wie lange bist du schon hier?"

„Eine Stunde oder so. Jim ist in Panik geraten. Er hatte Angst, wir könnten es nicht rechtzeitig schaffen, aber wie du siehst, sind wir fast fertig."

„Typisch Dad", lachte Elsie. „Brauchst du noch Hilfe?"

Olly deutete über die Bühne hinweg auf zwei prall gefüllte Müllsäcke. „Du könntest die Ballons aufhängen. Klebeband und Scheren sollten da irgendwo liegen. Wirst du nicht am Stand des Cafés gebraucht? Ich dachte, Cher würde es allein nicht schaffen."

Elsie lachte. „Ich war gerade bei ihr. Sie hat mir versichert, alles unter Kontrolle zu haben. So wie es aussieht, hat sie genug Vorräte mit, um fast die ganze Stadt zu versorgen."

„Tja, wenn das Wetter so bleibt, schätze ich eher, dass sie um die Mittagszeit ausverkauft sein wird. Sogar bei den ganz ausgefallenen Sorten."

Die nächsten dreißig Minuten arbeiteten sie gemeinsam und unterhielten sich dabei gut gelaunt und locker. Elsie fiel auf, wie viel entspannter Olly jetzt wirkte. Sein Auftreten wirkte viel weniger angestrengt, seit sie sich in seinem Büro ausgesprochen hatten. Als die Wimpel und die Ballons alle hingen, traten sie ein paar Schritte zurück, um das Ergebnis ihrer Arbeit zu bewundern.

„Oh, wie schön!", rief Jim, der mit Kaffee und Donuts von einem nahe gelegenen Café zurückkam, gerade rechtzeitig, um das fertige Werk zu sehen. „Bin ich froh, dass ich euch beide habe und ihr mir heute Morgen helft. Was für ein tolles Team ihr doch abgebt!"

Danke, Dad, lächelte Elsie in sich hinein, subtil wie ein Vorschlaghammer. „Gefällt es dir?"

Jim legte ihr seinen Arm um die Schultern. „Und wie, Liebling. Olly, dein Geschick im Umgang mit den Wimpeln ist bemerkenswert."

„Danke, ich – ähm – werde das in meinen Lebenslauf aufnehmen."

„Gut, gut. Ich freue mich schon darauf, Woody Jensen persönlich kennenzulernen, das sage ich euch. Seine Show war damals eine der besten der Achtziger. Hellfinger im Basement, in dem Sommer, bevor sie die Charts stürmten. Ich war übrigens mit eurer Mutter dort. Unmittelbar bevor sie … na ja, du weißt schon." Er zog eine zusammengefaltete Liste aus der Gesäßtasche seiner Jeans und wechselte das Thema, bevor es zu brisant wurde. „Gut. Ihr entschuldigt mich bitte. Ich muss mich um den Typen vom Lokalsender kümmern und abklären, wo er seine Mikrofone aufstellen will.“ Er schüttelte Olly die Hand. „Vielen Dank für deine Hilfe, Kumpel. Und Elsinore – es wird fantastisch laufen, also mach dir keine Sorgen.“

Olly wandte sich verdutzt Elsie zu, sobald Jim gegangen war. „Elsinore? Ist das ein Spitzname?“

Elsie seufzte. Auf diese Frage hatte sie sich nicht gerade gefreut. „Nein. Das ist mein Name. Elsinore Galadriel Maynard.“

„Nein!“ Er brach in schallendes Gelächter aus, und Elsie wartete gelassen, dass er sich wieder einkriegte.

Dies war nicht das erste Mal, dass sie mit einer solchen Reaktion konfrontiert wurde, wenn sie ihren vollen Namen preisgab. In der Grundschule, nachdem sie ein Jahr gehänselt worden war, hatte Jim alle Lehrer instruiert, sie sollten sie ab sofort nur noch Elsie nennen. Solche Angst hatte er, dass seine Tochter von der Schule traumatisiert würde, wenn sie weiterhin mit ihrem vollen Namen angesprochen würde.

Angesichts ihrer Miene hörte Olly schnell auf zu lachen. „Es tut mir leid. Das war nicht nett von mir. Ich kann einfach nicht fassen, dass ich das erst jetzt erfahren habe. Wie bist du an diesen Namen geraten?“

Elsie setzte sich auf die Kante der Bühne und nahm den Deckel von ihrem Kaffeebecher, um den Kaffee darin durch Pusten abzukühlen. „Meine Mum hat eine obsessive Ader, was angesichts der Tatsache, dass sie Schauspielerin ist, eine üble Sache ist. Sie spielte in Hamlet, unmittelbar bevor sie feststellte, dass sie mit mir schwanger war, erhielt für ihre Interpretation der Ophelia schwärmerische Kritiken und war seitdem von diesem Drama völlig fasziniert. Daher stammt Elsinore. Dann, unmittelbar vor meiner Geburt schenkte ihr jemand den Herrn der Ringe. Darin las sie bis zu meiner Geburt. Daher stammt Galadriel.“

„Du machst Witze.“

„Nein. Als sie mit Daisy schwanger war, begeisterte sie sich für die viktorianische Sprache der Blumen. Deshalb trägt Daisy den Mittelnamen Heartsease, also Ackerstiefmütterchen. Und

Guin – genauer Guinevere Isolde – ist benannt nach Figuren aus Arthurs Tod. Das Buch trug sie während ihrer Schwangerschaft ständig mit sich herum."

„Wow. Mein mittlerer Name ist Henry. Verglichen damit komme ich mir richtig langweilig vor."

„Sei froh", meinte Elsie grinsend. „Ich habe früher davon geträumt, meinen Namen zu ändern. Zu etwas Normalem, zum Beispiel Jane, Lucy oder Kate. Erwachsene finden es cool, anders zu sein, aber in der Schule bedeutet ein ungewöhnlicher Name nur, dass alle Lehrer ihn sich mühelos merken können, und man sich nichts, aber auch gar nichts erlauben kann. Wenn man dann vierzehn ist, sich einfach nur in die Gemeinschaft integrieren und nicht auffallen möchte, ganz ehrlich: Dann geht einem so ein Name nur noch auf den Geist."

„Ich gehe davon aus, dass es nicht noch mehr Elsinores in deiner Klasse gab?"

„Merkwürdigerweise nicht."

„Elsie passt zu dir", meinte Olly. Gleich darauf huschte ein unsicheres Lächeln über seine Lippen. „Ich meine, das ist auch gut so, schließlich ist es dein Name."

Als Daisy und Woody ankamen, herrschte bereits bunter Trubel an der Küstenpromenade. Wer eine besonders gute Sicht auf den Stadtfestumzug haben wollte, war schon früh gekommen, um die besten Plätze zu besetzen. Andere kamen aus den Pubs auf die Straße, schon angetrunkene und provokative Typen mit freiem Oberkörper, die T-Shirts umgebunden wie Superhelden-Capes, halb geleerte Bierflaschen in den Händen wie Zepter aus braunem Glas. Kinder warteten ungeduldig und mit leeren Händen, während sich bereits erschöpfte Eltern mit Taschen und an den Ständen entlang der Strandpromenade gekauften niedlichen Kuscheltieren und riesigen heliumgefüllten Folienballons abmühten. Erwartung lag in der Luft, während Brighton sich darauf vorbereitete, seine kreative, verrückte und bunte Seite zu zeigen.

Daisy hatte ihre lächerlich teure Kamera dabei – ein Geschenk, das André von einer seiner vielen Reisen nach Dubai mitgebracht hatte. Sie verschwand immer wieder, um Fotos von den bemerkenswerten Szenen zu schießen, die sich um sie herum abspielten.

„Ist das nicht ein wundervoller Tag?“, meinte sie strahlend zu Elsie. „So viele Fotos, die nur darauf warten, geschossen zu werden. Ich liebe Brighton, wenn es feiert. Nirgends auf der Welt ist es so wie hier.“

„Und wie war deine Woche?“, fragte Elsie, die unbedingt erfahren wollte, wie Andrés Besuch verlaufen war.

„Überraschend schön“, gab Daisy zurück. „Wir haben sehr viel Zeit miteinander verbracht, uns nicht ein einziges Mal gestritten, und – um ehrlich zu sein – ich musste mich immer wieder vergewissern, dass das auch wirklich mein André war, der da nach Hause gekommen war, und nicht irgendein ausgesprochen netter Schwindler.“

„Wow. Dann gibt er sich also wirklich Mühe.“

„Allerdings. Ich weiß nur nicht, ob ich mir deswegen Sorgen machen sollte oder es einfach genießen, solange es vorhält.“

Elsie stupste ihre Schwester aufmunternd an. „Vielleicht ist es wirklich ein Zeichen dafür, dass er allmählich häuslicher werden möchte.“

„Hmm, vielleicht.“ Daisy war alles andere als überzeugt. „Ich schätze, die Zeit wird es zeigen.“

Derweil stand Woody in der Nähe und betrachtete den kompliziert bemalten Körper einer Straßenkünstlerin ein wenig zu eingehend. „Und Sie müssen komplett nackt sein, wenn der Künstler sein Wunderwerk vollbringt?“

„So ziemlich“, kicherte die Frau und wand ihren Oberkörper, um zu beweisen – wenn denn ein Beweis nötig gewesen wäre –, wie dünn die Farbschicht war, die den Anstand wahrte. „Es ist irgendwie unglaublich sinnlich, zur lebenden Leinwand zu werden. Wenn die Farbe aufgetragen wird, ist das beinah ein ehrfürchtiger Akt, verstehen Sie?“

„Oh ja, die Schönheit dieses Augenblicks kann ich mir vorstellen.“ Woodys lüsternes Zwinkern war alles andere als ehrfürchtig. „Irgendwann würde ich dieses Wunder gern einmal mit eigenen Augen sehen.“

Ein Paar Stelzengänger, die als langbeinige Matrosen verkleidet waren, staksten vorbei, gefolgt von einer Horde johlender und kreischender Kinder. Elsie stieg auf die Bühne, um noch einmal ihr Keyboard zu checken. Ihre Nervosität stieg, während sie an den Auftritt dachte, den die Sundaes in knapp einer Stunde hinlegen würden.

Einer nach dem anderen trudelte die restliche Singgruppe ein. Sie versammelten sich rechts von der Bühne und plauderten nervös miteinander. Woody ließ widerwillig die Straßenkünstlerin ziehen und gesellte sich zu seinen Sängern.

„Okay, Leute. Mit diesem Carnival kommt unsere große Stunde."

„Freak."

Woody musterte Sasha hochmütig. „Ich lasse mich nicht von deiner Unwissenheit provozieren. Heute stehe ich über solchen Dingen."

„Meinetwegen."

Stan lächelte Elsie an, als sie sich der Gruppe anschloss. „Glaubst du, wir schaffen das?"

Elsie drückte ihm den Arm. „Ich *weiß* es."

Sie mussten zwanzig Minuten hinter der Bühne warten, bis der Moderator des Lokalsenders sie ankündigte. Das waren die längsten zwanzig Minuten, an die Elsie sich erinnern konnte, und wenn sie sich die Gesichter der Sundaes so ansah, hatten sie alle mit der gleichen Beklemmung zu kämpfen. Aoife, Danny, Kathy und Dee hatten sich neben Stan, Graeme und Juliet zusammengedrängt, die auch nicht zuversichtlicher wirkten. Selbst Sasha war ungewöhnlich still. Für den Bruchteil einer Sekunde fragte Elsie sich, ob sie die Sundaes vielleicht doch zu voreilig in diese Lage gebracht hatte. Waren sie wirklich bereit, sich dem beachtlich großen Publikum zu stellen? Sie schaute zu Woody hinüber, in der Hoffnung, er könne sie beruhigen, aber er steckte gerade mitten in einem ausgeklügelten Ritual, mit dem er sich auf den Auftritt vorbereitete: die Augen geschlossen, den Kopf in den Nacken gelegt, mit den Händen schlackernd, als wären auf dem Herrenklo die Papierhandtücher ausgegangen …

„Ihr seid als Nächste dran", flüsterte ihr ein bärbeißig wirkender Radiomitarbeiter zu, ein Klemmbrett fest an die Brust gedrückt.

Elsie holte tief Luft. Jetzt war es so weit: Ihr neues Projekt trat zum ersten Mal ins Licht der Öffentlichkeit. Lucas hätte sich ausgeschüttet vor Lachen, wenn er sie jetzt hätte sehen können. Nicht dass es wahrscheinlich gewesen wäre, dass er mit ihr auf dieser Bühne gestanden hätte. Sein tiefsitzendes Lampenfieber galt unter seinen Freunden als geradezu legendär. Es war auf seine Grundschulzeit zurückzuführen. Damals musste er den Engel Gabriel spielen, sein weißes, aus einem Laken gefertigtes Gewand blieb an einem Nagel der Schulbühne hängen, riss entzwei und enthüllte dem ganzen Publikum seine weiße, sorgfältig gebügelte Unterhose … Sie lächelte, als sie sich daran erinnerte, wie er diese Geschichte unzählige Male vor seinen Freunden zum Besten gab und sie dabei immer mehr ausschmückte und grotesker erscheinen ließ.

„… und in diesem Moment flammte jeder Kamerablitz in der Aula auf. Ich bin fest davon überzeugt, dass in ganz Shoreham-by-Sea eine Menge allmählich verblassender Fotos Zeugnis ablegen von meiner nicht allzu eng sitzenden Unterhose …"

„Sundaes, auf die Bühne, *jetzt*", knurrte der Mitarbeiter des Senders.

Schweigend gehorchte die Singgruppe und begab sich auf die Bühne, Woody vorneweg, Elsie bildete das Schlusslicht. Unmittelbar bevor sie in den strahlenden Sonnenschein hinaustrat, hörte Elsie ein wenig Jubel und „Woo-dy, Woo-dy"-Rufe von den wenigen treuen Hellfinger-Fans, die hierher gepilgert waren, um ihr Idol zu sehen.

Sie stellte sich Lucas vor, wie er neben ihr zwischen den Kulissen stand. *Geh schon, Mädchen. Zeig ihnen, was du kannst …* Die Erinnerung ließ sie lächeln, sie trat selbstbewusst auf die Bühne und griff nach dem Mikrofon neben ihrem Keyboard.

„Guten Tag, Brighton! Wir sind die Sundaes – Brightons jüngster Chor." Sie schlug die ersten Töne von „What a Wonderful World“ an, nickte den sichtlich eingeschüchterten Sängern ihrer Gruppe zu, gab den Takt vor …

Vierzehn Augenpaare blickten sie an – wie Kaninchen erstarrt im Scheinwerferlicht eines auf sie zu brausenden Lkw. Elsies aufmunterndes Lächeln drohte zu gefrieren. Woody funkelte Sasha wütend an, die wie gebannt auf die Menge vor ihnen schaute und deren übliche Aufmüpfigkeit wie weggeblasen schien.

Elsie hob ihre Stimme, begann zu singen: „I see …“

„… fields of blue …“, stimmte Sasha ein und korrigierte sich hastig: „… *green* … “, ohne mit der Wimper zu zucken. Elsie dankte dem Himmel, dass Sasha überhaupt ihre Stimme gefunden hatte. Nach ihrer spontanen Abwandlung des Louis-Armstrong-Klassikers gewann sie jedoch an Selbstsicherheit und sang mit wachsender Lautstärke und Überzeugung weiter. Man konnte deutlich sehen, wie die Sundaes hinter ihr erleichtert aufatmeten. Als die anderen schließlich einfielen, wirkte die Konzentration in ihren Mienen schon beinahe komisch. Elsie notierte sich in Gedanken, dass sie bei der nächsten Probe ein paar Worte zum Thema Lächeln verlieren sollte, aber im Augenblick war das alles nebensächlich: Sie sangen – immer kräftiger und dichter, als der Refrain in den zweiten Vers mündete und sich Stans Solo näherte. Er winkte seiner Frau und seinem Sohn im Publikum zu und legte einen starken Auftritt hin. Angesichts der Reaktion des Publikums stieg ihm die Röte in die Wangen und den kahl werdenden Schädel. Die Gruppe stimmte wieder ein und brachte das erste Stück voller Zuversicht zu Ende.

Woody ließ seinen Blick über seine Mitsänger schweifen und hob beide Daumen zum Zeichen seiner Anerkennung. Elsie spürte, wie Stolz sie erfüllte, als sie die Eingangsnoten von „Forget You“ anstimmte und die Zuhörer vor der Bühne in Begeisterungsrufe ausbrechen hörte, als sie das Stück erkannten. Danny tauschte den Platz mit Sasha – das erste bisschen Choreografie im Programm – und setzte mit dem Refrain ein. Die anderen Sundaes ließen ihre Ooohs genau im richtigen Moment erklingen (bis auf Sheila, die ihr Aaah schnell in ein Ooh umwandelte, als ihr Fehler ihr bewusst wurde). Jim, der zwischen den Zuschauern stand, begann im Takt mitzuklatschen, und ein paar der Leute um ihn herum taten es ihm gleich. Als die Sundaes das sahen, wurden sie deutlich lauter. Das Stück endete in einem grandiosen Schlussakkord. Jetzt lag zwischen ihnen und dem Ende ihres Programms nur noch eine höchst fragwürdige Kollision aus Siebziger-Jahre-Pop und -Rock. Für die Einführung des Medleys trommelte Elsie mit den Fingern auf die Tasten und nickte Woody zu. Dieser griff sich das Mikrofon und schwang es zwischen seine gespreizten Beine wie Roger Daltrey. Dann riss er es wieder an seine Lippen und deutete mit der freien Hand auf die Menge vor sich: „Brighton, seid ihr bereit zu rocken?"

Die wenigen Hellfinger-Fans schrien: „Ja!"

Woody setzte ein diabolisches Grinsen auf, und seine Hüften begannen sich im Takt der Musik zu bewegen. „Ich fragte, seid ihr bereit zu ROCKEN?"

„Jaaaa!", brüllten ein paar mehr Zuhörer zurück, belustigt von dem alternden Rocker mit seinen alarmierenden Hüftbewegungen.

„Ich brauche meine Mannschaft hier", winkte Woody Stan, Graeme, Lewis und Danny an seine Seite. „Seid ihr bereit, Freunde? Auf geht's!"

Die Menge reagierte überrascht und begeistert, als die Männer mit vollem Einsatz ihre Gesangsinterpretation von Ritchie Blackmores legendärem Gitarrenriff ablieferten. Bewundernde Pfiffe und Jubel brandeten auf. Dann stimmten die weiblichen Mitglieder der Singgruppe ABBAs „Summer Night City" an, während die Männer ihren Gesang mit ihrem „Smoke on the Water"-Riff untermalten. Und dann kam Irenes Auftritt. Der Anblick einer vierundachtzigjähren Dame, die mitten auf der Bühne Luftgitarre spielte, sorgte dafür, dass das Publikum die Hände hoch über die Köpfe hob und begeistert mitklatschte, als Elsie die letzten Noten anschlug und die Sundaes das Stück zu einem furiosen Ende brachten.

„Applaus für die Sundaes!“, rief der Radio-DJ, und Elsie gesellte sich zu ihrer Gruppe, um sich ein letztes Mal zu verneigen, bevor sie alle die Bühne verließen.

„Habt ihr das gesehen?“, fragte Lewis, die Augen weit aufgerissen. „Wir waren unglaublich!“

„Besser noch!“, gab Kathy mit leuchtenden Augen zurück.

Aoife lächelte strahlender, als Elsie das jemals gesehen hatte. „Ich glaube einfach nicht, dass wir es geschafft haben“, quiekte sie.

Sasha legte ihr einen sonnengebräunten Arm um die Schultern. „Diesmal habe ich dich sogar singen hören, Eef! Wer hätte gedacht, dass du das kannst?“

„Ihr wart *umwerfend*!“ Woody trat mitten in die Gruppe, die ausgelassen juchzte und ihm den Pferdeschwanz zerzauste. „Hier fängt es an, Leute! Sänger-Ninjas, an die Waffen!“

„Ähm, könntet ihr jetzt die Bühne freimachen?“, raunzte der Radiomitarbeiter sie an.

Kichernd wie gemaßregelte Kinder, führten Elsie und Daisy die Sundaes auf die Straße hinunter und schauten zu, wie sich die Sänger zu ihren wartenden Familien und Freunden zerstreuten. Eine kleine blonde Frau mittleren Alters, die Irene umwerfend ähnlich sah, löste sich aus der Menge und eilte auf Elsie zu.

„Danke“, sprudelte sie hervor und schüttelte Elsie kräftig die Hand. „Seit Wochen redet Mum von dieser Singgruppe. Es war so schön zu sehen, wie sehr sie sich auf die Proben gefreut hat. Aber auch in einer Million Jahren hätte ich nie gedacht, dass ich sie einmal Luftgitarre spielen und vor großem Publikum abrocken sehen würde!“

„Ich kann es immer noch, Liebes.“ Irene schloss ihre Tochter in die Arme und zwinkerte Elsie zu. „Danke, Madame Dirigentin!“

Elsie hatte das Gefühl, etliche Zentimeter über dem Bürgersteig zu schweben. „Es war mir ein Vergnügen, Irene. Ich danke *dir*.“

„Ist es gestattet, die Dirigentin zu umarmen, Ma’am?“, ließ sich Ollys Stimme hinter Elsie vernehmen. Sie drehte sich um und lächelte ihn an.

„Es ist gestattet."

Olly schloss sie in seine Arme und schwang sie herum, sodass sie in die Menge schaute, wo dunkelhäutige Sambatänzer die Leute überredeten, sich ihnen anzuschließen, während eine Steelband die Bühne betrat. Elsie ließ ihre Wange an der warmen Haut seiner Halsbeuge ruhen und lächelte angesichts der feiernden Menge, während Olly begann, sie sanft im Rhythmus der Musik zu wiegen. Sie genoss das Gefühl, seinen Körper an ihrem zu spüren, drängte sich enger an ihn und ließ dabei den Blick weiter träge über die Menge auf der Straße schweifen. Sie hatte es geschafft: Der Chor hatte seinen ersten Auftritt hinter sich gebracht, und hier stand sie nun, tanzte am Strand von Brighton mit einem gut aussehenden Mann im Sonnenschein des Stadtfests ...

Ohne jede Vorwarnung fiel ihr Blick auf ein Gesicht inmitten der fröhlichen Stadtfestbesucher.

Dunkle Haare umrahmten dieses Gesicht, und die grünen Augen darin schauten nur sie an. Langsam hob Torin Stewart seine Bierflasche, um ihr zuzuprosten, und Elsies Magen verkrampfte. Instinktiv schlang sie ihre Arme noch fester um Ollys Hals, und dann wandte Torin sich ab und verschwand in der Menge.

„He, was ist los?", fragte Olly, rückte ein Stück ab und musterte sie prüfend.

„Nichts." Elsie spürte, wie ihre innere Anspannung wieder nachließ, während sie ihm tief in die dunklen Augen schaute. „Alles ist gut."

„Ja." Er beugte sich vor und küsste sie unglaublich zärtlich auf die Stirn. „Ja, das ist es."

Der Nervenkitzel ihres Auftritts beim Brighton Carnival war genau das gewesen, was Elsie und die Sundaes gebraucht hatten. Dieses Erlebnis hatte sie auf eine Weise zusammengeschweißt, wie das vorher nicht der Fall gewesen war. Etliche Gruppenmitglieder begannen auch während der Woche das Sundae & Cher zu besuchen, und so wurde das Eiscafé zu einer Art inoffiziellem Treffpunkt für die Sänger und ihre Freunde. Zwei Wochen nach dem Stadtfest winkte Cher Aoife, Lewis und Danny zu sich, als sie es sich wieder einmal an einem der Tische gemütlich machen wollten, und die drei versammelten sich am Tresen. Cher kam mit einem Tablett voller kleiner Plastikdosen, die jeweils eine Kugel Eis in verschiedensten Farben enthielten.

„So, Leute. Da ihr alle offiziell Stammgäste hier seid, möchte ich euch um eure Mithilfe bitten. Ich gehe davon aus, dass keiner von euch abgeneigt ist, kostenlos Eis zu essen? Nein? Dachte ich mir."

„Wo liegt der Haken?", fragte Lewis. Das ließ Danny aufstöhnen, der nur zu gut wusste, wie gern Lewis Verschwörungsthriller las.

Cher bot ein Bild purer Aufrichtigkeit. „Kein Haken. Ich habe nur ein paar neue Geschmacksrichtungen entworfen, und ich möchte sehen, wie ihr darauf reagiert."

Lewis zuckte die Achseln. „Das reicht mir als Information. Womit soll ich anfangen?"

Chers schwarzbraune Augen glitzerten, und sie hielt den drei Verkostern Plastik-Eislöffel hin. „Womit ihr wollt."

Elsie unterbrach ihre Arbeit, die Tische abzuwischen, um Chers nicht allzu wissenschaftliches Experiment zu beobachten. „Was geschieht, wenn sie sie alle mögen?", fragte sie flüsternd.

„Dann biete ich im Wechsel eine Sorte des Monats an und verwende alle Rezepte. Siehst du? Ich habe an alles gedacht."

„Ist das Rosenblütengeschmack?", fragte Aoife angenehm überrascht von ihrer ersten Kostprobe.

„Ja, das ist Rosenwasser-Zitronen-Sorbet. Findest du es gut?"

„Es ist toll. Würde ich kaufen."

Cher lächelte stolz. „Großartig."

„Das hier sieht aus wie Vanille. Da kann nichts schiefgehen", meinte Danny und entschied sich für eine schneeweiße Eiskugel. Er nahm einen großen Löffel davon und bekam praktisch sofort so einen heftigen Hustenanfall, dass er beinah seine Freunde und Cher damit vollgesprüht hätte.

Elsie holte ihm rasch ein Glas Wasser, Lewis klopfte ihm auf den Rücken, und Aoife schaute besorgt zu. Nachdem er ein paar Schluck Wasser getrunken hatte, gelang es dem puterrot angelaufenen Danny, sich wieder zu fangen. Seine Augen tränten.

„Was war das?"

„Meerrettich", erwiderte Cher kleinlaut.

„Wer zum Teufel verarbeitet Meerrettich zu Eiscreme?"

Elsie kicherte in sich hinein. „Heston Blumenthal."

Danny stöhnte. „Der Typ muss verrückt sein."

„Er ist süß", widersprach Cher.

Aoife konnte ihren Ekel nicht verbergen. „Ist er nicht."

„Ich an deiner Stelle würde Chers Traummann nicht beleidigen", gab Elsie lachend zu bedenken. „Sie betet seinen Bunsenbrenner an, nicht wahr, Liebes?"

„Heston ist zufällig ein schöner Mann mit einem brillanten Verstand. Was er mit flüssigem Stickstoff anstellt, macht jedes Mädchen schwach."

Lewis musterte misstrauisch die dritte Geschmacksprobe. „Ich bin mir nicht sicher, ob ich das probieren möchte."

„Nun stell dich nicht so an", spöttelte Cher. „Wie willst du denn Mädchen beeindrucken, wenn du Angst vor Eiscreme hast?"

„Netter Werbespruch", grinste Elsie. „An deiner Stelle würde ich ihn nicht benutzen."

Zögernd hob Lewis den Löffel an seine Lippen. Ein breites Grinsen zog sich über sein Gesicht, einerseits vor Erleichterung, andererseits vor Begeisterung über den neuen Geschmack. „Krapfen!", rief er. „Das schmeckt nach Krapfen."

„Richtig!", sagte Cher. „Nun, zwei von drei – das macht doch schon mal Mut." Das Läuten eines altmodischen Telefons erklang in der Küche, und Cher sah zu Elsie hinüber, die sich wieder daran gemacht hatte, die Tische abzuwischen. „Das ist dein Handy, oder? Du bist heute sehr gefragt, Els."

Elsie stöhnte auf und ging in die Küche, um das Gespräch anzunehmen. „Wahrscheinlich wieder jemand, der mir was verkaufen will." Aber zu ihrer Überraschung leuchtete Guins Name auf dem Display. Rasch meldete sie sich.

„Elsie – ich glaube, das Baby kommt. Ich kann Joe nicht erreichen, und er hat das Auto. Ich habe solche Angst … Kannst du kommen?"

Erschrocken wandte Elsie sich zu Cher um, die sofort begriff, wie dringlich die Sache sein musste. „Es ist Guin …" Elsie schnappte sich ihre Tasche und die Schlüssel.

„Das Baby?"

„Ja."

„Dann nichts wie los. Sieh zu, dass du wegkommst!" Cher schubste sie förmlich aus dem Café.

Elsie rannte die Straße entlang bis zu ihrem Auto. „Ich komme. Bist du sicher, dass es so weit ist?"

„Ich weiß es nicht … Ich hatte alles berechnet und geplant. Es sollte eigentlich erst in zwei Wochen passieren. Ich habe nichts vorbereitet …"

„Das ist unwichtig, Guin. Ich bin jetzt am Auto. Du musst eine Tasche fürs Krankenhaus packen, in Ordnung?" Ein lautes Jammern war die Antwort. „Guin? Bist du noch dran?"

„Ja … Ich bin noch dran. Beeil dich bitte!"

Eine Viertelstunde später hielt Elsie vor Guins Töpferwerkstatt in Shoreham-by-Sea und rannte darum herum nach hinten zu der kleinen Fischerhütte, die Guin mit ihrem Mann Joe bewohnte. Guin stand am Küchentisch, stützte sich darauf ab und atmete schwer. In einer Hand hielt sie eine Tasche. Ihr tränenverschmiertes Gesicht verzog sich zu einem erleichterten Lächeln, als sie ihre Schwester sah.

„Bin ich froh, dass du da bist. Es geschieht, Els. Es geschieht wirklich."

Tränen schossen Elsie in die Augen. „Ich weiß. Hast du Joe inzwischen erreicht?"

„Nein, sein Handy ist abgeschaltet. Ich glaube einfach nicht, dass er es abschaltet, und dann noch ausgerechnet heute …" Sie zog scharf die Luft ein und presste die Hände auf ihren Leib.

Angesichts der Angst in den Augen ihrer Schwester wurde Elsie aktiv. „Na schön, lass uns fahren." Sie nahm Guin die Tasche ab, stützte sie, während sie das Haus verließen, und half ihr sanft auf den Beifahrersitz ihres Autos. Dann rannte sie um den Wagen herum und ließ den Motor an.

Guin schaute sie aus riesig geweiteten Augen an. „Elsie, ich habe solche Angst."

„Es wird alles gut gehen. Konzentrier dich aufs Atmen, und überlass das Autorennen mir, okay?"

Adrenalin schoss Elsie durch die Adern. Sie trat das Gaspedal durch, und der Wagen schoss davon. Sie nahm die Kurven so eng wie möglich und wich auf Seitenstraßen aus, wenn vor ihnen der Verkehr dichter zu werden drohte. Guin klammerte sich an den Türgriff, den Blick starr auf die Straße gerichtet, um sich von der Situation, in der sie sich befand, abzulenken.

„Wenn ich Joe in die Finger kriege, erwürge ich ihn", stieß sie zwischen zusammengebissenen Zähnen hervor. „Ich kann es nicht fassen, dass er nicht hier ist. Wir hatten alles geplant, Elsie! Monate der Vorbereitung, der Planung, der Sicherstellung, dass auch noch das letzte Detail perfekt ist …" Sie stockte, als erneut eine Wehe sie überfiel. „Also, wenn er nach dieser Sache glaubt, dass er mich je wieder anrühren darf, dann hat er sich geschnitten."

Elsie lächelte ihrer Schwester zu. „Das meinst du nicht so. Ein Blick auf dein schönes Baby in den Armen deines gut aussehenden Mannes, und du …"

PENG!

Der Wagen schleuderte plötzlich nach links, und Elsie hatte alle Hände voll zu tun, das Lenkrad zurückzureißen. Was als Nächstes geschah, lief wie in Zeitlupe ab … Mit der Hand schlug Elsie auf den Knopf für die Warnblinkanlage, während sie das Auto von der Überholspur an den Fahrbahnrand der vierspurigen Straße lenkte. Glücklicherweise stieß sie dabei mit keinem anderen Auto zusammen, die anderen Fahrer waren umsichtig genug, die Situation zu erfassen, und waren ausgewichen. Das Fahrzeug ruckelte und polterte wie wild, Guin schrie, und Elsie betete darum, dass sie es schaffte, den Wagen zum Stehen zu bringen, ohne dass ihrer Schwester dabei etwas passierte. Bremsen brachte nicht viel, denn das Auto zog so massiv nach links, dass Elsie nicht gegenlenken konnte. Schließlich packte sie voller Verzweiflung die Handbremse und zog sie so fest an, wie sie nur irgend konnte. Sie hielt sie mit ganzer Kraft fest und steuerte gleichzeitig mit der anderen Hand, bis sie endlich auf dem Seitenstreifen zum Stehen kamen.

Stille. Dann brach Guin in hysterisches Weinen aus, und Elsie ließ sich erschöpft in ihren Sitz zurücksinken.

„Wir könnten tot sein! Wie ist es möglich, dass wir mit niemandem zusammengestoßen sind? Was tun wir jetzt nur? Wir schaffen es niemals rechtzeitig. Ich werde mein Baby auf der A27 zur Welt bringen!"

Zitternd griff Elsie nach Guins Hand. „Nein, das wirst du nicht."

„Doch, werde ich. Und Joe ist schuld! Denn wenn er bei mir gewesen wäre, wie er versprochen hat, säße ich jetzt nicht in einem explodierenden Auto weit weg vom Krankenhaus!"

Elsie betrachtete ihre Schwester, und Panik begann sich in ihr breitzumachen. „Guin, schau mich an – *schau mich an* – du musst dich beruhigen, um deinet- und des Babys willen. Nun komm schon, atme mit mir ..." Sie begann mit langen, langsamen, bewussten Atemzügen und nickte Guin zu, es ihr gleichzutun. Ganz allmählich beruhigte sich Guins Atem, und ihre Tränen tropften auf Elsies Hand, als sie sie packte.

Ein Schwerlaster donnerte vorbei, und Elsie wurde schlagartig bewusst, wie gefährlich es war, hier sitzen zu bleiben.

„Guin, wir müssen aus dem Wagen raus."

„Nein! Ich gehe nirgendwohin!"

„Guin, wir können hier nicht bleiben. Wir stehen zu dicht an der Straße. Ich helfe dir beim Aussteigen und bringe dich auf die Grasböschung, in Ordnung? Atme weiter ..." Sie blies die Wangen auf und zog sie ein wie eine halb verrückte Kindergärtnerin, die Dreijährigen vormachte, wie man atmete, und so machte sie weiter, während sie aus dem Auto ausstieg und zur Beifahrertür eilte.

„Was sollen wir nur tun?", klagte Guin, als Elsie sie halb stützte, halb trug, bis sie das saftige grüne Gras in sicherer Entfernung vom Wagen erreichte. Ein Blick zurück zeigte ihr Gummifetzen und blankes Metall, wo ihr linker Vorderreifen gewesen war. Sie ließ Guin allein, holte hastig ihre Tasche aus dem Auto, suchte Joes Nummer auf dem Handy heraus und rief ihn an.

„Klingele bitte. Bitte", flehte sie schweigend, weil es eine Ewigkeit zu dauern schien, bis sie eine Verbindung hatte. Dann erklang zu ihrer größten Erleichterung ein Klingelton, der blitzschnell von der panischen Stimme ihres Schwagers verdrängt wurde.

„Elsie, was ist los? Ich kann Guin nicht erreichen, und zu Hause ist sie auch nicht."

„Sie ist bei mir. Wir sind auf dem Weg ins Krankenhaus, aber mir ist gerade ein Reifen geplatzt."

„Was? Alles in Ordnung mit euch? Und das Baby …?"

„Es geht uns allen gut. Ich rufe jetzt einen Krankenwagen …"

„Elsie! Da hält jemand an!", rief Guin, und Elsie drehte sich um. Ein schwarzer Jaguar hatte nur wenige Meter von ihnen entfernt angehalten.

„Hör zu, Joe. Gerade hat jemand angehalten. Vielleicht kann er uns helfen. Ich gebe dir jetzt Guin, in Ordnung? Rede einfach mit ihr, und lass sie um Himmels willen nicht spüren, dass du in Panik bist!"

Sie eilte zu Guin zurück, gab ihr das Handy, rannte dann mit beiden Händen winkend zu dem schwarzen Auto. „Können Sie uns bitte helfen? Meine Schwester liegt in den Wehen, und wir müssen sie ins Krankenha…" Es verschlug ihr die Sprache.

„In Ordnung, steigen Sie ein."

Elsie schüttelte den Kopf und wich zurück. „Nein, nein, es geht uns gut. Ich rufe einfach einen Krankenwagen, damit …"

„Elsie, Ihre Schwester liegt in den Wehen. Jetzt ist nicht der richtige Augenblick, um mir auszuweichen." Torin ging auf sie zu, die Stirn gerunzelt und Entschlossenheit im Blick.

Wie kann das nur sein? Ist Torin Stewart ein allgegenwärtiges Wesen, das mir geschickt wurde, um mich zu quälen? „Ich rufe einen Krankenwagen."

„Nein. Sie werden mir jetzt helfen, Ihre Schwester in mein Auto zu schaffen, und dann fahre ich Sie beide ins Krankenhaus."

Elsie öffnete den Mund, um zu protestieren, aber Torin wollte nichts davon hören.

„Schauen Sie sie doch an!" Damit deutete er auf Guin, die halb liegend auf der Böschung saß und ins Handy schluchzte. „Und jetzt fragen Sie sich: Ist Ihr dummes Problem mit mir wichtiger als die Gesundheit Ihrer Schwester und die sichere Geburt ihres Kindes?"

Er hatte recht, und sie hasste ihn dafür mit jeder Faser ihres Herzens. Guin schrie erneut auf, und das reichte, um Elsie zu überreden. „Liebes, es ist alles in Ordnung. Dieser Gentleman wird uns ins Krankenhaus fahren."

Guin packte Torins und Elsies Arme und kämpfte sich auf die Beine. „Danke, vielen, vielen Dank! Ich weiß nicht, was passiert ist. Es gab eine Explosion oder so was, und dann hat Elsie es geschafft, den Wagen an den Straßenrand zu lenken."

„Ich war auf der Gegenfahrbahn unterwegs und habe alles gesehen. Ihre Schwester hat sehr schnell reagiert. Sie haben großes Glück gehabt, dass Sie mit niemandem zusammengestoßen sind." Er begegnete Elsies Blick, und sie wandte sich rasch ab.

„Sie ist eine erstaunliche Frau", erwiderte Guin keuchend, während ein neuer Wehenschmerz sie überfiel und Torin sie auf den Rücksitz verfrachtete. „Ich säße immer noch zu Hause, voller Angst, wenn sie nicht alles stehen und liegen gelassen hätte und vorbeigekommen wäre."

Elsie sah ihre Schwester an. „Ich konnte dich doch nicht alleine sitzen lassen. Nicht zu kommen, kam gar nicht infrage."

Als Guin sicher angeschnallt war und Elsie sich resigniert auf den weichen lederbezogenen Beifahrersitz gesetzt hatte, startete Torin den Motor.

„Ich meine, was ich gesagt habe. Ihre Fahrkünste waren beeindruckend. Ich habe gesehen, wie der Wagen die Fahrspuren gequert hat, und dachte, gleich sehe ich einen schweren Unfall. Deshalb bin ich an der nächsten Ausfahrt abgefahren und sofort zurückgekommen."

„Ich habe nur getan, was ich tun musste."

„Nun, das haben Sie sehr gut getan. Sie sollten stolz auf sich sein."

„Dafür brauche ich Ihre Erlaubnis nicht!" Sie spürte, wie sich ihre Fingernägel in ihre Handfläche gruben. Konnte er sich eigentlich noch herablassender, noch idiotischer äußern?

Torin senkte die Stimme, den Blick seiner grünen Augen starr geradeaus gerichtet. „Ich versuche, Ihnen ein Kompliment zu machen."

Elsie spürte, wie ihre Nackenmuskulatur sich verspannte. „Ich weiß." *Versuchen ist das entscheidende Wort, Torin.*

Er seufzte. „Geht es Ihnen gut? Kein Schleudertrauma oder so?"

„Mir geht es gut." Natürlich geht es mir nicht gut! schrie sie wortlos. *An meinem Auto ist gerade ein Reifen geplatzt, als ich mit neunzig Sachen unterwegs war. Ich habe Angst, dass wir es nicht rechtzeitig bis zum Krankenhaus schaffen. Und zu allem Überfluss muss ich jetzt auch noch mit dir in einem Auto sitzen. Wenn du doch bloß nicht Torin Stewart wärst, sondern sonst irgendwer …*

„Trotzdem sollte Sie jemand untersuchen, wenn wir da sind." Er hob das Kinn, um im Rückspiegel einen Blick auf Guin zu werfen. „Wie geht es Ihnen da hinten?"

„Nicht schlecht angesichts der Umstände. Kennen Sie beide sich?"

Elsie ergab sich in ihr Schicksal. „Das ist Torin Stewart – mein Retter bei der Ladendiebstahlgeschichte."

„Ha! Das gibt's doch gar nicht! Und dein Blind Date, den du so zur Schnecke gemacht hast? Das lässt sich kaum noch toppen – auuu …"

„Genau der." Elsie spürte die Intensität, mit der seine grünen Augen sie betrachteten, aber sie weigerte sich, den Fahrer anzusehen.

Guins Belustigung erwies sich als nützliche Ablenkung von ihren Wehen. „Ich möchte wetten, dass es Sie umgehauen hat, als sie Ihnen mit der Witwengeschichte kam."

Torin hüstelte verlegen. „Ähm, ja, das hat es. Absolut."

„Ich habe so gelacht, als sie mir davon erzählt hat. Um ehrlich zu sein, hatte ich den Eindruck, Sie hätten es redlich verdient. Nach dem, was sie gesagt hat, klang es so, als hätten Sie sich verhalten wie ein völliger Schwachkopf …"

„Guin!"

„Vermutlich habe ich das." Er senkte seine Stimme zu einem kaum hörbaren Flüstern. „Das haben Sie ihr erzählt?"

„Ich war stinksauer", zischte Elsie zurück.

„Und Sie haben mich damit zum Gespött Ihrer ganzen Familie gemacht?"

„Seien Sie nicht so selbstgefällig."

„Sie sind unglaublich …"

„Können Sie nicht etwas schneller fahren?", fragte Guin von hinten. „Ich fürchte nämlich, mein Passagier hat es eilig und möchte in Ihrem Wagen auschecken."

Der Gedanke, was eine Geburt mit den wunderschönen Lederpolstern seines Jaguars anstellen würde, reichte Torin, um ihn zum Anwärter des Red Bull Racing Teams zu machen: Er trat das Gaspedal durch, und der Jaguar brauste seinem Ziel entgegen.

Beim Anblick des Krankenhauses brach Guin erneut in Tränen aus, und diesmal hätte es Elsie ihr am liebsten gleichgetan. Ohne auf die „Einfahrt verboten!"-Schilder zu achten, fuhr Torin mit quietschenden Reifen an geparkten Rettungswagen vorbei zum Eingang der Notaufnahme und blieb unmittelbar vor den Türen stehen. Zwei stämmige Sanitäter, die an den offenen Hecktüren eines Rettungswagens standen und sich unterhielten, näherten sich streitlustig dem Auto.

„Hey, du kannst hier nicht parken, Kumpel …"

Torin sprang aus seinem Wagen. „Ich habe hier eine Lady in den Wehen – können Sie helfen?"

Sofort war die Wut der Sanitäter verraucht, und sie wurden aktiv: holten einen zusammenklappbaren Rollstuhl, halfen Guin hinein und hüllten sie in eine Decke. Elsie ging neben dem Rollstuhl her und machte ihrer Schwester Mut. An den automatischen Türen angelangt, wandte sich der Größere der beiden Sanitäter grinsend an Torin.

„Gut gemacht, Mr Ritter in strahlender Rüstung. Und jetzt schaffen Sie sofort das Ding da weg."

„Wird gemacht. Wohin bringen Sie sie?"

„Auf die Entbindungsstation natürlich. Kein Sorge, Sonnenschein, Ihre süßen Freundinnen werden noch da sein, wenn Sie einen legalen Parkplatz gefunden haben."

„Wir sind nicht …", setzte Elsie an, aber Guin brach in schallendes Gelächter aus.

„Freundinnen! Ha! Oh ja, genauso ist es, wir sind beide seine Freundinnen. Und es ist seine Schuld, dass ich in dieser Lage bin!"

Elsie konnte nicht glauben, was sie hörte. „Guinevere!"

„Doch, ist es. Es ist alles seine Schuld", fuhr Guin fort, dank ihrer Wehen halb unter Tränen, halb lachend. „Das war das letzte Mal, dass du Sex mit mir hattest, Mister!", rief sie ihm über die Schulter nach.

Zutiefst verlegen, hielt Elsie den Kopf gesenkt und schaute nicht zurück, während die Türen sich hinter ihnen schlossen.

Die Luft in der Entbindungsstation war feucht und roch nach zu Tode gekochtem Gemüse und Desinfektionsmittel. Die grelle Deckenbeleuchtung schmerzte Elsie in den Augen. Sie schauderte. Sie hatte vergessen, wie sehr sie diesen Geruch hasste, der sich in der Kehle festsetzte und in den Kleidern hängen blieb, sodass man ihn als ständige Erinnerung mit nach Hause trug …

Die Sanitäter und Krankenschwestern schoben Guin in ein Zimmer, und Elsie blieb allein beim Schwesternzimmer zurück. Ganz allmählich setzte so etwas wie Begreifen ein: Ihre Schwester brachte ein neues Leben zur Welt, ein lang erwartetes Mitglied der Maynard-Familie. Das war viel zu fantastisch, um es in Worte zu fassen. Aber der Wagen – die Möglichkeit, was hätte passieren können, wenn sie nicht die Gewalt über den Wagen wiedererlangt hätte. Was hätte für immer verloren sein können … Schlagartig wurde ihr übel. Sie stolperte schwer atmend zu der Reihe von Plastikstühlen, die ihr gegenüber an der Wand standen, beugte sich vor, stützte sich mit den Händen auf die Knie und wartete, dass die Übelkeit nachließ.

„Wie geht es Ihnen?“, fragte eine freundliche weibliche Stimme.

Ganz langsam wagte Elsie, den Kopf zu heben, und blickte in das Gesicht einer jungen Krankenschwester, die sie anlächelte. „Mir ist ein bisschen schlecht.“

„Das wundert mich nicht. Ich sage den Leuten oft, dass die Angehörigen bei einer Geburt das Schlimmste durchmachen. Die Mütter wissen wenigstens die meiste Zeit, was geschieht. Ist es das erste Mal?“

Elsie nickte. „Wie geht es ihr?“

„Die Hebamme ist jetzt bei ihr und checkt die Lage. Alles Routineuntersuchungen. Es wird sicher nicht lang dauern, und dann können Sie reingehen, wenn Sie wollen.“

Die Tür zur Entbindungsstation flog auf, und ein rothaariger Mann mit wildem Blick kam hereingerannt. „Wo ist sie?“, rief er.

Elsie packte die Hand ihres Schwagers. „Joe, beruhig dich. Sie wird gerade von einer Hebamme untersucht.“

Trotz Joes Panik lächelte die Krankenschwester unbeirrt weiter, und in Gedanken fühlte Elsie sich zurückversetzt auf eine andere Station vor beinah zwei Jahren. *Achte nicht auf ihr Lächeln. Es hat nichts zu bedeuten, Els. Sie sind darin geschult, ihre Gefühle hinter diesem Lächeln zu verbergen …* In seinen letzten Stunden hatte Lucas' Misstrauen gegenüber dem stetigen Lächeln des Krankenpflegepersonals noch zugenommen. Darauf konnte man sich verlassen: Lucas Webb blieb immer misstrauisch, auch gegenüber den Leuten, die versuchten ihm zu helfen. Allerdings hatte er gewusst, dass seine Zeit gekommen war. Und sein Frust darüber wurde noch angeheizt von der Tatsache, dass Krankenschwestern und Ärzte sich weigerten, diese Tatsache zu bestätigen. Er hatte Schmerzen, er hatte Angst. Das versuchte Elsie einer der Schwestern zu erklären, weil sie befürchtete, er könnte sie beleidigt haben. Stattdessen legte die Schwester ihr eine Hand auf die Schulter und versicherte ihr, diese Reaktion sei viel häufiger, als sie sich vorstellen könne. *Verglichen mit dem, was ich bei meiner Arbeit von anderen zu hören bekomme, ist ihr Mann ein ganz Lieber, Kindchen …*

„Ich schau mal nach, wie es vorangeht. Versuchen Sie sich keine Sorgen zu machen."

Joe ließ sich auf den orangen Plastikstuhl neben Elsie sinken, als die Schwester ging. „Wie stellt sie sich das eigentlich vor? Meine Frau ist da drin und bringt unser Baby zur Welt!"

Elsie tätschelte ihm die Hand. „Kopf hoch, Daddy. Wenn es dir eine Hilfe ist: Sie hat wie eine Irre gelacht, als sie sie in das Zimmer gebracht haben."

„Gelacht? Nach eurem Unfall mit dem Auto? Ist das nicht ein Hinweis auf ein Trauma oder so was?"

„Ach was, Dummchen. Sie hatte gerade einen x-beliebigen Fremden beschuldigt, sie geschwängert zu haben, und den ganzen Weg hierher nach oben gelacht."

Joe strich sich mit der Hand durch die bereits zerwühlten Haare. „Das klingt ganz nach Guin. War sie wirklich sauer auf mich? Wir hatten das alles ganz genau geplant, Fahrtroute, Zeiten, einfach alles, und du weißt ja, wie besessen sie von Organisation ist."

Elsie lächelte. „Ich glaube, sie wird einfach nur froh sein, dich zu sehen."

„Mr Thomas?" Ein hochgewachsener Asiate im blauen Arztkittel kam zu ihnen herüber. „Ich habe gerade Ihre Frau untersucht, und es sieht alles sehr gut aus. Dem Baby scheint es gut zu gehen, der Herzschlag ist kräftig."

„Wie lange, glauben Sie, wird es dauern, bis …?"

„Das ist zum jetzigen Zeitpunkt schwer zu sagen. Vielleicht ein paar Stunden, vielleicht länger. Sie dürfen jetzt aber gern zu ihr gehen, wenn Sie mögen."

Joe sah Elsie an. „Möchtest du mitkommen?"

„Ich bleibe noch ein bisschen hier draußen. Guin und du, ihr solltet jetzt etwas Zeit für euch beide haben, finde ich. Ruf mich, wenn ihr etwas braucht."

„Gut, danke!" Und schon war Joe verschwunden.

Die lächelnde Krankenschwester tauchte wieder auf und schaute zu Elsie hinüber. „Wie geht es Ihnen jetzt?“

„Viel besser, danke. Kann ich hier irgendwo einen Kaffee kriegen?“

„Es gibt einen Münzautomaten draußen im Gang, aber an Ihrer Stelle würde ich den nicht benutzen. Das Café ist unten im ersten Stock. Nehmen Sie einfach den Fahrstuhl vorm Eingang zu dieser Station. Dann können Sie es gar nicht verfehlen.“

Natürlich war da das Café. Elsie kannte es gut. Darin hatten sie sich alle versammelt, nachdem Lucas gestorben war. Nicht in der Lage, länger bei ihrem Mann zu bleiben, aber auch nicht bereit, nach Hause zu gehen, hatte Elsie in dem unpersönlichen Restaurant auf einem grauen Plastikstuhl gesessen und auf ihren unberührten grauen Kaffee gestarrt, während ihre Familie um sie herum versuchte, sich selbst und ihr Trost zu spenden. Ihr war gewesen, als wäre die Welt aller Farben beraubt worden. An ihrer Stelle gab es nur noch eine unscharfe Palette kalter Grautöne unter viel zu grellen Deckenleuchten ... Einerseits wollte sie jetzt nicht dorthin gehen. Die Erinnerung war noch zu frisch. Aber ihre neu gefundene Stimme der Vernunft mischte sich ein: *Es ist nur ein Raum. Er hat keine Bedeutung mehr.* Immer noch ein wenig zittrig verließ sie die Station, ging zum Fahrstuhl und drückte auf den Knopf. Das leuchtend grüne Display zählte von E bis 3, und als die Türen sich öffneten, stand Torin vor ihr. Er wirkte ein wenig gestresst und hatte zwei Becher Coffee to Go bei sich.

„Für Sie“, sagte er, reichte ihr einen der Becher und trat an ihr vorbei hinaus auf den Gang.

„Danke. Ich wollte gerade ins Café.“

„Dann habe ich Ihnen den Weg erspart.“ Torin setzte sich auf einen der grünen Plastikstühle an der Wand gegenüber dem Eingang zur Entbindungsstation und machte sich daran, zwei Päckchen Zucker in seinen Kaffee zu leeren.

Elsie blieb vor dem Fahrstuhl stehen. Sie wusste nicht recht, ob sie sich zu ihm setzen oder auf die Station zurückgehen sollte. Für einen Streit war sie zu müde, aber sie bemerkte natürlich seine Abwehrhaltung, und seine Gegenwart erinnerte sie daran, wie undankbar sie sich in seinem Auto aufgeführt hatte. Ihren Stolz beiseiteschiebend, so gut es ging, durchquerte sie den Gang und setzte sich auf einen Stuhl neben ihm. „Danke."

„Das sagten Sie bereits."

„Nein, ich meine dafür, dass Sie mich gerettet haben. Schon wieder. Und es tut mir leid, dass ich so … nun, Sie wissen schon. Ich hatte einfach Angst, war wütend auf mich selbst, aber ich hätte das nicht an Ihnen auslassen sollen."

Ihre Offenheit schien ihn zu überraschen. Er drehte sich auf seinem Stuhl und schaute sie direkt an. „Danke dafür." Als er den Becher an seine Lippen hob, fügte er rasch hinzu: „Ich fürchte, für die Qualität des Kaffees kann ich nicht bürgen."

Elsie nippte an der zu heißen Flüssigkeit. „Er ist ein bisschen besser, als ich ihn in Erinnerung habe. Allerdings etwas zu heiß."

„Vermutlich ein Versuch, das Geschäft anzuheizen", meinte er lächelnd. „Ob sie wohl eine Station für verbrühte Gaumen haben, um die kaffeebedingten Unfälle zu versorgen?"

Ein merkwürdiger Scherz, aber Elsie war so erschöpft, dass sie trotzdem lächelte. „Vielleicht, wer weiß."

Einen Moment wurde es still zwischen ihnen. Elsie nahm vorsichtig einen weiteren Schluck und schaute auf ihre Arbeitsschuhe hinab. In ihrer Eile, zu Guin zu gelangen, hatte sie komplett vergessen, dass sie noch ihre Kellnerinnenuniform im Retro-Look trug. Kein Wunder, dass die vorbeifahrenden Autofahrer sie alle so merkwürdig angeschaut hatten, als sie den Wagen an den Straßenrand lenkte.

Torin räusperte sich. „Also, auch wenn die Frage vielleicht geschmacklos klingt, kommen Sie oft hierher?" Fast im selben Moment erschrak er sichtlich zutiefst. „Oh Mann, es tut mir so leid. Ich habe nicht daran gedacht … Das war wirklich unglaublich dämlich von mir."

„Ich bin zum ersten Mal in diesem Stockwerk", gab Elsie nüchtern zurück. Überraschenderweise berührte sie Torins echtes Entsetzen über seinen geschmacklosen Scherz. „Und wie steht es mit Ihnen?"

„Üblicherweise hänge ich nicht in der Nähe von Entbindungsstationen herum. Wie geht es Ihrer Schwester?“

„Sie haben gesagt, es könne noch ein paar Stunden dauern. Wenigstens ist mein Schwager Joe inzwischen eingetroffen, und ich habe Dad und Daisy angerufen, während wir auf dem Weg nach oben waren. Guin hält sich gut. Das ist schon mal sehr erleichternd.“ Ein Gedanke schoss ihr durch den Kopf. „Ach so, es tut mir übrigens leid, was sie draußen gesagt hat.“

„Oh, machen Sie sich darüber keine Gedanken.“ Ein leicht fieses Lächeln huschte um seine Mundwinkel. „Das war der beste Spruch, den ich seit Langem gehört habe. Ich bin beeindruckt, dass die Sanitäter offenbar glaubten, ich könne mit zwei Maynard-Schwestern zugleich fertigwerden. Obwohl, wenn man bedenkt, was Sie tragen …“

„Okay, das reicht jetzt, danke. Ich glaube, ich mochte Sie lieber, als Sie sich entschuldigt haben.“

„Elsie, ich …“

Die Fahrstuhltüren glitten auf, und heraus trat Jim. Seine ängstliche Miene hellte sich sofort auf, als er seine Tochter erblickte.

„Dad!“ Elsie stand auf und eilte über den grünen Vinylboden, um ihn zu begrüßen.

„Oh, komm her, Liebling! Geht es dir gut nach dem Schock mit dem Auto? Daisy hat es mir schon erzählt.“ Er nahm sie fest in die Arme. „Das muss ein fürchterliches Erlebnis gewesen sein!“

„Bist du hierhergefahren?“

„Nein, ich wurde chauffiert. Olly stellt nur noch den Wagen ab.“

„Olly ist hier? Warum bist du nicht mit deinem Wagen gekommen?“

„Weil ich in seinem Büro war, als du angerufen hast, und er darauf bestanden hat.“ Jetzt nahm Jim auch Torin wahr und streckte ihm die Hand entgegen. „Hallo, ich bin Elsies Vater. Jim.“

Torin stand auf und schüttelte ihm die Hand. „Torin Stewart.“

Jims Augenbrauen schnellten in die Höhe. „Ah, der berühmte Torin! Nun, es ist mir ein Vergnügen, Sie endlich kennenzulernen.“

Hastig mischte Elsie sich ein. „Dad – Torin ist derjenige, der uns hierhergefahren hat.“

„Oh, verzeihen Sie. Vielen Dank, dass Sie meinen Mädchen geholfen haben. Ich mag gar nicht daran denken, was hätte passieren können …“

„Kein Problem. Ich habe von der Gegenfahrbahn aus gesehen, wie Elsie der Reifen geplatzt ist. Ihr Fahrstil war tadellos“, erwiderte Torin.

„Das ist mein kleines Mädchen.“ Jim umarmte Elsie noch einmal. „Geht es Guinevere gut?“

„Alles bestens, und dem Baby geht es auch gut. Joe ist bei ihr.“

„Gut, gut.“ Jim rieb sich die Hände. „Das ist alles ein bisschen verrückt. Ich kann kaum glauben, dass Guin Mutter wird.“

„Und du wirst Großvater.“ Elsie zwinkerte ihm zu, als ihr Vater sich sichtlich wand.

„Ich sollte wohl eure Mutter anrufen.“

Die Erwähnung ihrer Mutter sorgte dafür, dass sich Elsie sofort verspannte. „Sie kommt nicht, Dad. Du weißt, dass sie nicht kommt.“ Schon über ein Jahr war es her, dass sie zum letzten Mal von ihrer Mutter gehört hatte: Während eines schmerzlich gekünstelten Telefonats, das sich hauptsächlich um Anschuldigungen gegen die Unterhaltungsindustrie drehte, die sie seit Jahren missachtete. Keine Fragen nach Elsie und ihren Schwestern, kein Anflug von mütterlichem Instinkt. Das kam für Elsie nicht überraschend, hatte sie doch längst die Hoffnung aufgegeben, eine sinnvolle Beziehung zu ihrer Mutter aufbauen zu können.

Natürlich konnte Jim das nicht sehen. Trotz allem, was zwischen ihnen vorgefallen war, bewahrte er seiner Exfrau gegenüber selbstlos Anstand. Elsie hegte den Verdacht, dass er immer noch ein wenig in die Frau verliebt war, die ihn und seine Familie vor so vielen Jahren im Stich gelassen hatte.

„Trotzdem sollte sie es erfahren. Ich rufe sie an, wenn das Baby geboren ist. Glaubst du, ich störe, wenn ich jetzt reingehe, um Guinie zu sehen?"

Elsie lächelte. „Ich bin sicher, Joe und Guin würden sich darüber freuen."

„Sehr schön." Noch einmal schüttelte er Torin die Hand. „Danke noch mal für Ihre Hilfe. Ich hoffe, Sie wissen, wie sehr meine Familie das zu schätzen weiß."

„Gern geschehen, Sir." Torin war der Unterhaltung mit unbeteiligtem Interesse gefolgt und wandte sich an Elsie, als Jim fort war. „Ich folgere daraus, dass Sie nicht der größte Fan Ihrer Mutter sind?"

Die Frage war unglaublich persönlich, und trotzdem kam es Elsie nicht komisch vor, sie zu beantworten. „Nicht wirklich. Sie hat uns verlassen, als ich zwei war, und hatte seitdem nicht allzu viel mit uns zu tun. Wir telefonieren gelegentlich miteinander – hauptsächlich zu Weihnachten –, aber das letzte Mal, dass ich sie gesehen habe, liegt schon fast zwei Jahre zurück. Das war, als Lucas beerdigt wurde."

„Wow. Das muss schwer sein, so ganz ohne Mutter?"

„Ich vermisse nicht wirklich etwas. Als Mutter habe ich sie nie kennengelernt. Aber Dad ist fantastisch, und in vieler Hinsicht hat er uns beide Elternteile ersetzt."

Torin nippte an seinem Kaffee. „Und warum sind Sie jetzt nicht bei Ihrer Schwester?"

„Wie bitte?"

„Nun, Sie waren hier draußen, als ich ankam, und Sie haben gerade Ihren Vater allein in das Zimmer gehen lassen."

Verwirrt ob seiner Beharrlichkeit, starrte Elsie ihn an. „Ihr Mann ist bei ihr, und Dad wird nicht glücklich, bevor er sie gesehen hat. Ich kann mir nicht vorstellen, dass die Hebammen wer weiß wie viele Angehörige im Kreißsaal sehen möchten. Mir reicht es zu wissen, dass sie da ist und man sich um sie kümmert."

Er schüttelte den Kopf. „Verzeihen Sie, aber das halte ich nicht für den Grund."

Wofür hielt er sich eigentlich, dass er sich das Recht herausnahm, ihre Motive infrage zu stellen? „Entschuldigen Sie mal, ich glaube nicht, dass Sie das etwas angeht."

„In Ordnung."

„Gut."

„Aber ich glaube, dass Sie Angst davor haben, hineinzugehen."

„Wie bitte?"

„Ich glaube, dieser Ort macht Sie nervös."

Nicht schon wieder. Verärgert stand Elsie auf. „Das höre ich mir nicht an."

Seine Stimme war weich wie Samt, aber darin lag auch eine diamantene Schärfe. „Ich möchte Ihnen nicht zu nahe treten, Elsie. Aber ich kann mir nicht vorstellen, dass es Ihnen leichtfällt, hier zu sein. Ich habe Ihr Gesicht gesehen, als wir ankamen. Einen Augenblick dachte ich, dass Sie das Krankenhaus nicht betreten würden. Sie wirkten so verängstigt."

„Wie können Sie es wagen …"

„Elsie!" Die Fahrstuhltüren schlossen sich hinter Olly. „Geht es dir gut?"

Ihr Herz raste wegen der Auseinandersetzung mit Torin, und Elsie flüchtete sich in Ollys Arme, die ihr Schutz und Sicherheit boten, während ihr der Kopf schwirrte. „Ich bin so froh, dich zu sehen."

Überrascht lachte Olly, und sein warmer Atem streifte ihr Haar, während sie sich an ihn drückte. „Na, das ist ja mal ein Willkommen." Er schaute hinüber zu Torin. „Hey, vielen Dank, dass Sie den Mädchen geholfen haben. Ich bin froh, dass Sie da waren, als sie Hilfe brauchten."

Torin stand auf und schüttelte Olly die Hand, nachdem Elsie sich von ihm gelöst hatte. „Nicht der Rede wert. Ich war zur richtigen Zeit am richtigen Ort." Er wandte sich erneut Elsie zu. „Grüßen Sie Ihre Schwester von mir." Dann fischte er eine Visitenkarte aus seiner Tasche und hielt sie ihr hin. „Vielleicht schicken Sie mir eine SMS, wenn das Baby da ist? Ich wüsste gern Näheres über meinen geheimnisvollen Passagier."

Sie zögerte eine Sekunde. Wie war das nur möglich, im einen Moment stellte er ihre Motive infrage, im nächsten bat er sie, ihn zu kontaktieren. Aber während sie seinen Blick erwiderte, wurde ihr bewusst, wie ernst er sie anschaute – als wäre die Visitenkarte ein Ölzweig, eine Geste der Entschuldigung. Sie nahm sie entgegen, spürte, wie seine Finger die ihren kurz streiften, bevor er das Kärtchen losließ. „Das werde ich tun."

„Ich hoffe, es geht alles gut." Er schenkte ihr ein seltsames Halblächeln und ging zum Fahrstuhl.

Olly lächelte sie an. „Ich kann leider nicht lange bleiben, aber wir sollten vielleicht nachschauen, ob dein Dad nicht alle verrückt macht, bevor ich wieder fahre. Auf dem Weg hierher war er das reinste Nervenbündel."

Elsie stimmte zu und ging mit ihm zum Eingang der Entbindungsstation. Olly betrat sie als Erster, und sie folgte ihm, aber an der Tür drehte sie sich noch einmal um und schaute zurück zum Fahrstuhl. Dessen Stahltüren schoben sich gerade auf, Torin warf ihr noch einen letzten Blick zu, und auf seinem Gesicht lag derselbe Ernst wie zuvor. Er nickte ihr langsam zu, betrat den Fahrstuhl, und dann war er fort.

In den sieben Stunden, die folgten – zwischen unzähligen Bechern Kaffee, langen ziellosen Unterhaltungen und immer wieder falschem Alarm –, dachte Elsie über ihr Gespräch mit Torin nach. Wie hatte er nur erkannt, welchen inneren Kampf sie ausfocht, obwohl sie doch selbst Mühe hatte, ihre eigenen Empfindungen richtig einzuordnen?

Irgendetwas an seinem zugegebenermaßen plumpen Versuch, das Thema anzuschneiden, verunsicherte und störte sie mehr als alles, was um sie herum geschah. Der Tonfall, die reulose Einsicht …

„Du verschließt die Augen vor der Wahrheit."

„Tue ich nicht."

„Doch, tust du."

„Lucas, hör bitte auf damit. Ich will mich heute wirklich nicht mit dir streiten."

„Du musst dir das anhören, Els. Wir müssen darüber reden, wie das Ende wahrscheinlich sein wird. Du musst darauf vorbereitet sein."

„Ich weiß das. Aber du hast erst letzte Woche deine Diagnose erhalten. Können wir nicht noch ein wenig einfach wir selbst sein, bevor dies alles überschattet?"

„Natürlich. Es tut mir leid, Süße." Er hatte sie in die Arme genommen und sie festgehalten. So fest, dass es ihr Kraft und Zuversicht gab. Aber Elsie hatte dennoch das Todesurteil gehasst, das selbst darüber gesprochen worden war, denn jede Umarmung von diesem Augenblick an brachte sie dem Tag näher, an dem er aufhören würde, für sie da zu sein …

Es war schon fast Mitternacht, als Joe in einem Krankenhauskittel aus dem Zimmer gestürzt kam und zu Jim und Elsie eilte. Er sah aus, als hätte er eine ganze Woche nicht mehr geschlafen.

„Das Herz des Babys schlägt langsamer. Sie machen sich Sorgen deswegen, deshalb holen sie es jetzt per Kaiserschnitt. Ich muss wieder rein. Betet bitte darum, dass beide das gut überstehen, ja?"

Eine Stunde und vierzig Minuten vergingen. Die Maynards saßen wie auf glühenden Kohlen und zuckten jedes Mal zusammen, wenn die Türen sich öffneten. Elsie konzentrierte sich darauf, die Angst in sich zu bekämpfen, und gab sich größte Mühe, die Gespenster der Vergangenheit in Schach zu halten, wenn jemand vom Pflegepersonal an ihnen vorbeieilte. Daisy hielt ihr die Hand, als wüsste sie, was in ihr vorging, und Jim wanderte ruhelos auf und ab und schaute zwischendurch immer wieder auf seine Uhr.

Dann endlich trat die lächelnde Krankenschwester zu ihnen. „Die Operation ist gut verlaufen, Mutter und Kind sind wohlauf. Sie können jetzt zu ihnen."

Sie drängten sich alle in das Entbindungszimmer, wo Guin im Bett saß, erschöpft und zerschlagen, und ein winziges Deckenbündel in den Armen wiegte.

„Es ist ein Mädchen", verkündete sie strahlend. „Ich möchte euch Ottie Rose vorstellen."

Hi Torin. Ottie Rose Thomas, geboren um 01:43 Uhr, 2.918 g. Mum, Dad und Baby geht es gut. Danke für Ihre Hilfe. Elsie.

Elsie drückte auf Senden und schloss ihre brennenden Augen. Es war schon fast hell, und die Vögel sangen bereits ihre Lieder. Nach der langen Nacht im Krankenhaus und der Taxifahrt mit Jim, um den Reifen an ihrem stehen gelassenen Auto zu wechseln, war sie erschöpft. In nur etwas mehr als anderthalb Stunden musste sie schon wieder aufstehen. Aber erst einmal kuschelte sie sich in die selige Behaglichkeit ihrer Bettdecke und war gerade dabei, einzuschlafen, als ihr Handy summte. Sie tastete blind danach auf dem Nachttisch und spähte aufs Display:

Das sind ja gute Neuigkeiten. Danke für die Information. Tut mir leid, Sie bedrängt zu haben. Sie hassen mich doch hoffentlich nicht? Torin.

Elsie blinzelte überrascht. Mit der Entschuldigung hatte sie schon mal nicht gerechnet, aber was sollte der letzte Satz? Seit wann kümmerte es ihn, ob sie ihn hasste oder nicht? Und sollte sie etwa auf seine Nachricht antworten? Elsie stöhnte auf und rollte sich herum. Es war zu spät, und sie war viel zu müde, um sich jetzt damit zu befassen. Torin würde warten müssen.

13. KAPITEL

Verneige dich …

Der Morgen kam viel zu früh, und Elsie machte sich erschöpft auf den Weg zur Arbeit. Wie üblich war sie die Erste, aber allein zu sein erwies sich als Erleichterung, weil die Müdigkeit bleischwer in ihren Knochen steckte. Das bisschen Schlaf, das sie hatte ergattern können, war unruhig gewesen. Erinnerungsfetzen vom Tag und von der Nacht davor huschten durch ihr Unterbewusstsein wie verschwommene hektische Tänzer.

Um halb zehn traf auch Cher ein. Zwischen dem üblichen Geplänkel mit Dennis über die Anzahl Eiskugeln, die er zum Frühstück nehmen konnte, einer langen Unterhaltung mit Gennaro vom Body-Piercing- und Tattoo-Studio gegenüber bezüglich eines möglichen Rabatts auf Eis für seine gerade erst gepiercten und tätowierten Kunden („Stellt euch nur vor, wie gut euer fantastisch gewürzter Apfelkuchen mit einer großen Kugel Toffee-Crunch-Eis sie über ihren Schmerz hinwegtrösten kann, Ladies!“) und der lautstarken Invasion etlicher Stammkunden vom Vegetarischen Schuhladen, die sich ihr Mandelmilch-Erdbeereis, ihre Crêpes und ihren Chai Latte zum Mitnehmen holten, wurde Elsie von Cher mit unzähligen Tassen schwarzem, rauchigem Espresso und klebrig-süßen Zimt-Zitronen-Törtchen versorgt, während Elsie ihr von den Ereignissen der letzten vierundzwanzig Stunden berichtete.

„Was für ein Glück, dass Torin in der Nähe war, als dein Reifen platzte“, sagte Cher. Ihre Augen funkelten ob der Neuigkeiten, die Elsie ihr gerade mitgeteilt hatte. „Stell dir mal vor, was hätte passieren können, wenn er nicht da gewesen wäre.“

„Ich wollte gerade einen Rettungswagen rufen“, gab Elsie zurück, bemüht Torins Heldenstatus ein wenig abzuschwächen. „Ich bin sicher, es wäre alles gut gegangen.“

„Und Olly ist auch aufgekreuzt? Du liebe Güte, ich wette, du hast dich noch nie so gefragt gefühlt!“

„Hmmm." Wenn sie von Cher ausgefragt wurde, so hatte Elsie schon vor langer Zeit gelernt, war es am besten, störrisch unverbindlich zu bleiben. „Aber du solltest Ottie Rose sehen. Ich weiß natürlich, dass ich als Tante nicht objektiv bin, aber sie ist mit Sicherheit das niedlichste Ding, das du je zu sehen bekommen hast." Sie griff nach ihrer Handtasche unterm Tresen und scrollte durch die Fotos von ihrer Nichte auf ihrem Smartphone. Wieder wurde sie von heftiger Liebe zu Ottie Rose erfasst.

„Oh, sieh doch diesen roten Lockenschopf!", stieß Cher begeistert hervor. „Da braucht man nicht zu raten, von wem sie die hat."

Elsie lächelte. „Oh ja, Joe ist sehr froh, einen Rotschopf in der Familie zu haben. Guin ist der Meinung, sie werde noch blond werden so wie sie selbst, aber da würde ich nicht drauf wetten."

„War Torin da, als Ottie geboren wurde?"

„Nein, da war er längst weg. Ich habe ihm aber eine SMS geschickt. Du weißt schon, als Dankeschön für alles."

Chers Augen wurden schmal. „Du hast also seine Nummer?" Die Frage hatte mehr Haken als eine Langleine.

„Ja, ich habe seine Nummer." Elsie schaute zur Tür hinüber, wo ein neuer Kunde den Regen von seinem Mantel klopfte. „Und du hast Kundschaft."

„Elsie Maynard, das macht keinen Spaß mit dir", knurrte Cher, als Elsie von ihrem Stuhl hüpfte und in die Küche entschwand.

Später am Nachmittag schaute Woody vorbei. Er trug einen langen schwarzen Ledermantel, der ihn wie eine Kreuzung aus Jack Sparrow aus Fluch der Karibik und Neo aus Matrix aussehen ließ. Seine Haare fielen strähnig von seiner regennassen roten Bandana mit dem Totenschädel darauf auf seine Schultern.

„Was für ein Anblick für meine müden Augen", meinte er, als Cher ihm am Tresen entgegentrat. „Ein Engel in türkisem Satin und Spitze. Verrate mir, was kann ich tun, um dich von diesem Ort fortzulocken?"

„Nichts. Das schaffst du nicht, du schlimmer Junge“, kicherte Cher und beugte sich ein wenig vor, damit Woody auch ja vollen Einblick in die Vorzüge ihrer Arbeitskleidung bekam. „Also, was hättest du denn gern?“

Woody zwinkerte ihr lüstern zu. „Was würdest du mir denn geben wollen?“

„Belästigst du schon wieder meine Chefin, Woody?“, fragte Elsie grinsend, während sie die großen Kaffeebecher des Cafés mit einem Küchentuch abtrocknete.

„Nee, sie lässt mich doch nicht, Engel. Ist allerdings schade.“

„Setz dich, und ich bringe dir etwas zu trinken“, meinte Elsie. „Cher, geht es in Ordnung, wenn ich jetzt Mittagspause mache?“

„Mach nur, Schätzchen.“

Elsie bereitete zwei Tassen Pfefferminztee zu, füllte sich eine Schale mit Butternut-Kürbissuppe (Chers neuester Ergänzung der Speisekarte) und holte ein großes Stück Zartbitterschokoladen-Chili-Käsetorte unter der Glaskuppel hervor, die auf dem Tresen stand. Sie setzte sich zu Woody an den Tisch und schob ihm den Käsekuchen zu.

„Hier, für dich, deine Belohnung für unseren kürzlichen Sangestriumph.“

„Das, Engel, ist der Grund, warum das Universum mich zu dir geführt hat.“ Woody strahlte und stürzte sich voller Enthusiasmus auf die süße Leckerei. „Wurde dies von den zarten Händen der holden Lady Cher zubereitet?“

„Allerdings. Also, welchem Umstand haben wir deinen Besuch an diesem Nachmittag zu verdanken?“

Woody ließ seine Kuchengabel auf den leeren Teller fallen und wischte sich die von Stoppeln umrahmten Lippen mit einer Papierserviette ab. „Phase zwei.“

„Von was?“

„Von unserem Plan, diese Stadt aufzurütteln. Schau, alles, was wir bisher getan haben, war auf das Stadtfest ausgerichtet. Sie hatten ein Ziel. Jetzt brauchen sie eine neue Herausforderung – ein gerechtes Anliegen, wenn du so willst –, um sie so zu vereinen, wie es das Stadtfest getan hat.“

Elsie wusste, dass er recht hatte, aber es gab zurzeit keine anderen Angebote für einen Auftritt, und ihr fiel kein brauchbarer Vorschlag ein. „Ich schätze, wir könnten uns umhören, ob es noch andere Amateurkonzerte gibt, bei denen wir auftreten könnten."

„Konzerte?", meinte Woody spöttisch. „Die Sundaes geben keine Konzerte. Wir veranstalten Happenings."

„Na schön, vielleicht sollten wir am nächsten Probenabend alle bitten, sich Gedanken zu machen. Ich bin sicher, dass uns irgendwas einfallen wird." Sie rieb sich die Stirn. „Tut mir leid, Kumpel. Dann bin ich bestimmt auch besser drauf."

„Harte Nacht, Engel?"

„Meine Schwester hat am frühen Morgen ihr erstes Kind zur Welt gebracht. Es war also insgesamt ein sehr langer Tag."

Woody stieß einen Pfiff aus. „Teufel noch mal. Ich wäre nie darauf gekommen, dass sie schwanger war, als ich sie auf dem Stadtfest gesehen habe."

„Nicht Daisy, du Knallkopf. Meine mittlere Schwester, Guin. Sie würde dir gefallen. Sie ist sehr – ähm – alternativ."

„So wie dein Dad? Der ist ein Teufelskerl, Mann."

Elsie hegte den Verdacht, ein wichtiger Grund für Woodys anerkennende Äußerung über ihren Vater könnte in Jims uneingeschränkter Bewunderung von Hellfinger liegen. Als sie sich auf dem Stadtfest kennengelernt hatten, hatte Jim sich in einen Fan mit glänzenden Augen verwandelt, der ganze dreißig Minuten über Hellfingers einziges Album und dessen Wirkung auf ihn schwadronieren konnte. Sogar letzte Nacht, während Jim, Elsie und Daisy auf Neuigkeiten von Guin und dem Baby warteten, hatte Jim sie mit noch mehr Einzelheiten der Unterhaltung mit seinem Rockhelden beglückt.

„Der Mann ist eine übersehene lyrische Legende", beharrte er. „Ich meine es ernst. So viele sogenannte Experten mokierten sich seinerzeit über ‚*Hard Rockin' Summer*' als ein zuckersüßes Liedchen, aber sie haben einfach nur den tieferen Sinn des Textes nicht begriffen. Jeder, der wirklich Ahnung hat, könnte euch sagen, was dieser Song wirklich bedeutet. Die dämlichen Schreiberlinge wussten gar nicht, wovon sie reden."

Elsie amüsierte sich köstlich, wenn sie daran dachte, wie ihr Vater zu Woodys unverschämten Rockklängen in seinem Haus herumhüpfte, wenn niemand zusah. „Wir sollten Dad fragen, ob irgendwelche offiziellen Veranstaltungen geplant sind, bei denen wir singen könnten."

„Das wäre vermutlich ein Anfang", meinte Woody, „aber hör gut zu, Engel: Wir sind für Größeres bestimmt. Ich spüre, dass die Vorsehung etwas für uns in petto hat!"

„Das wird nicht funktionieren."

„Öffne deinen Geist, Mädchen!"

Sasha fixierte Woody mit einem Blick, der Stahl dazu gebracht hätte, sich zu krümmen. „Mein Geist ist immer offen, herzlichen Dank. Wir sollten coole Stücke singen, nicht irgendwelche alten Songs, die zufällig zusammengewürfelt werden."

„Das ABBA/Deep-Purple-Medley ist auf dem Stadtfest sagenhaft gut angekommen", meinte Graeme. Seine Wangen liefen dabei rot an.

„Das stimmt. Die Leute waren begeistert", pflichtete Danny ihm bei.

„Das war ein Glückstreffer. Eine einmalige Sache", schmollte Sasha.

„Vielleicht der erste von vielen", meinte Daisy.

„Oder ein neues One-Hit-Wunder." Damit deutete Sasha auf Woody.

Der verschränkte die Arme vor der Brust. „Auf so etwas gehe ich nicht ein. Ich empfinde das als Beleidigung. Hellfinger schrieb die Rock-Hymne schlechthin. Was konnte man danach noch auf die Bühne bringen? Wir waren wie die Sixtinische Kapelle, Mann: Niemand hat je zu Michelangelo gesagt: Wir nennen dich erst erfolgreich, wenn du noch zwölf davon zustande bringst."

Elsie atmete einmal tief durch und mischte sich dann ein. „Hört zu. Warum suchen wir uns nicht etwas aus den aktuellen Charts und arbeiten zugleich an ein paar von Woodys Ideen? Wir haben doch schon immer gesagt, bei den Sundaes geht es darum, alle mit einzuschließen."

Sasha prustete abfällig. „Na schön."

Das war immerhin ein Fortschritt! Bisher war die Probenstunde an diesem Abend Welten von der fröhlichen Feierstimmung nach dem Auftritt entfernt gewesen, die sie in der Vorwoche genossen hatten. Sundae & Cher war von einer seltsamen Atmosphäre beherrscht, die Elsie nicht ganz definieren konnte: keine Langeweile, auch kein böses Blut, aber eine merkwürdige Rastlosigkeit, als wäre ihr Enthusiasmus erloschen. Vielleicht lag es daran, dass nicht alle Gruppenmitglieder anwesend waren: Aoife machte Überstunden am College, Juliet, Sheila und Stan nahmen an einer Benefizveranstaltung für einen örtlichen Kinderfußballverein teil, Kathy war in Urlaub, und Irene war nicht gekommen.

Sie beendeten die Probe ein wenig gedrückt um neun, und nachdem sie das Café abgeschlossen hatten, machten Elsie und Daisy sich auf den Weg nach Hause.

„Irgendwie war es seltsam heute Abend", meinte Daisy.

„Ja, das habe ich auch so empfunden. Ich vermute, wir können den Enthusiasmus vom Stadtfest nicht auf ewig konservieren. Trotzdem glaube ich, dass alle immer noch froh sind. Selbst Sasha wirkte am Ende beschwichtigt."

Daisy lachte. „Und das ist an sich schon ein kleines Wunder. Ich glaube, du und Woody, ihr beide habt recht: wir brauchen ein Ziel, das wir anstreben können. Ich werde mich umhören, ob irgendwer was Passendes weiß."

„Danke. Und wie stehen die Dinge zwischen dir und André?"

„Wir waren in letzter Zeit beide so eingespannt, dass ich nicht viel von ihm gesehen habe. Aber wenn wir uns sehen, dann läuft es gut."

Elsie warf ihrer Schwester einen Blick zu. „Bist du glücklich, Liebes?"

„Natürlich." Daisy erwiderte ihren Blick. „Es gibt ein paar Dinge, die ich gern ändern würde, aber die Arbeit macht Spaß und ich bin gern Teil des Chores. Du solltest endlich aufhören, dir über mich Gedanken zu machen, und über dein eigenes Glück nachdenken."

Inzwischen hatten sie Daisys Auto erreicht, und Elsie blieb stehen, um ihrer Schwester ins Gesicht zu sehen. „Was willst du damit sagen?“

Daisy musterte sie wissend. „Mach dir Gedanken darüber, wie es mit einem ganz bestimmten attraktiven Grafiker und Designer weitergehen soll, den wir beide kennen.“

„Wir sind gerade erst dabei, uns kennenzulernen.“

„Das sagtest du bereits. Aber mir ist aufgefallen, dass er nicht lange im Krankenhaus geblieben ist.“

„Er hat gesagt, er könne nicht bleiben. Er hatte einen Termin mit einem Kunden.“

Daisy schüttelte den Kopf. „Oder vielleicht lag es auch daran, dass du dich ihm gegenüber sehr kühl verhalten hast.“

Elsie erwiderte trotzig den Blick ihrer Schwester. „Nein, so war es nicht. Wir haben uns alle Sorgen um Guin gemacht ...“

„Ich habe gesehen, wie du von ihm abgerückt bist. Dad hat mir erzählt, wie du Olly umarmt hast, als er ankam. Aber als ich kam, hast du so weit von ihm entfernt gestanden, wie nur möglich. Mag sein, dass er sagt, es genüge ihm fürs Erste, dass ihr Freunde seid, aber ich kenne nicht viele Männer, die sich damit abfinden, so im Ungewissen gelassen zu werden nur um einer Freundschaft willen.“

Sie fühlte sich wie in die Ecke getrieben und bäumte sich jetzt noch mehr auf. „Dann hast du offenbar nicht viele Freunde wie Olly.“

Daisy öffnete die Tür ihres Autos und setzte sich hinein. „Offenbar nicht. Sei einfach vorsichtig, Els. Ich möchte nicht, dass du verletzt wirst.“

„Wie sollte ich verletzt werden, wenn wir doch nur Freunde sind?“

Ohne ein weiteres Wort schloss Daisy die Autotür und fuhr davon.

Was sie gesagt hatte, beschäftigte Elsie auf dem ganzen Weg nach Hause. Was hatte sie nur damit gemeint? Wenn Olly damit, dass er ihr Freiraum gab, überhaupt irgendetwas bewiesen hatte, dann doch nur, was für ein netter Mann er war. All seine Handlungen so zu interpretieren, als stecke ein heimliches selbstsüchtiges Verlangen dahinter, Elsie nachzusteigen, wertete nur die Hilfe ab, die er geleistet hatte, und das war unfair. Alles, was er seit ihrer Übereinkunft, einander besser kennenzulernen, getan hatte, hatte ihn ihr nur näher gebracht. Immer häufiger musste sie an ihn denken, und sie hatte festgestellt, dass sie seine Gesellschaft vermisste, wenn sie nicht zusammen waren. Er benutzte das, was er tat, nie, um Dankbarkeit von ihr zu ernten – ganz anders als Torin, der anscheinend jede Tat, die man als gut bezeichnen konnte, als Anlass betrachtete, ihr das Gefühl zu geben, sie schulde ihm dafür etwas.

An der Einmündung ihrer Straße blieb sie stehen und überlegte. Warum dachte sie eigentlich überhaupt an Torin? Ja, sie würde ihm auf ewig dankbar sein, dass er geholfen hatte, Guin rechtzeitig ins Krankenhaus zu schaffen, aber sein aggressives Hinterfragen ihrer Motive und die seltsame SMS hinterher bewiesen doch nur – falls sie denn noch einen Beweis brauchte –, dass er ein Mensch war, mit dem sie keine Freundschaft schließen wollte.

Aber hatte sie Olly im Krankenhaus wirklich kühl behandelt? Der Gedanke daran machte ihr zu schaffen, während sie ins Haus ging. Sie betrat die Küche, kochte sich einen Becher Tee, blieb kurz vor Lucas' Foto auf dem Kühlschrank stehen und strich liebevoll darüber. Lucas hätte sie verstanden. Er hätte alles verstanden. Den Teebecher an sich gedrückt, schluckte sie den vertrauten Ansturm von Gefühlen herunter, griff nach dem Foto, zog es aus seinem magnetischen Rahmen und drückte es an ihre Brust, als sie die Küche verließ …

Am nächsten Morgen erwachte Elsie vom schrillen Klingeln ihres Smartphones neben ihrem Bett. Nachdem sie sich mühsam aus ihrer Decke befreit hatte, nahm sie es auf – und das Klingeln verstummte. Es begann allerdings beinahe sofort von Neuem.

„Elsie, ich bin es, Danny." Seine Stimme klang gepresst, als hätte er Mühe zu sprechen. „Es ist etwas ganz Schlimmes passiert. Meine Mum hat es mir gerade erzählt und …" Sie hörte unterdrücktes Schluchzen und die besorgte Stimme seiner Mutter im Hintergrund.

„Danny, was ist los? Nun, sag schon!"

„Es geht um Irene … sie ist … oh, Elsie, ich kann es einfach nicht fassen …"

Panik erfasste Elsie, während sie darauf wartete, dass Danny aussprach, was sie jetzt bereits vermutete. Schließlich war es seine Mutter, die ihr die Nachricht überbrachte. Ihr Sohn war zu sehr außer sich, um es auszusprechen.

„Ich bin mit Irenes Tochter Lyn befreundet. Sie hat mich heute Morgen angerufen, um mir mitzuteilen, dass Irene letzte Nacht verstorben ist. Anscheinend hatte sie Krebs, aber sie hatte es niemandem aus ihrer Familie gesagt. Erst nach ihrem Tod hat ihr Arzt es bestätigt. Sie hat schon sehr lange ganz allein auf sich gestellt mit der Krankheit gekämpft."

Elsie spürte, wie ihr das Blut aus dem Gesicht wich, während unvermeidliche Erinnerungen aus der Vergangenheit sich in ihre Reaktion auf die Mitteilung drängten und ihre Gedanken zum Schwimmen brachten. Krebs. Das Wort, vor dem sich jeder fürchtete, ob er es nun zugab oder nicht. Wie war es möglich, dass sie den Kampf der alten Dame nicht bemerkt hatte, wo sie doch so lange hatte zusehen müssen, wie die Krankheit Lucas verwüstete? Sie schluckte schwer, als eine nur zu vertraute Mischung aus Gefühlen sie überfiel: Schuld, gerechter Zorn, Verlust … Als ihr wieder einfiel, wo sie war, zwang sie sich zu sprechen. „Wie nimmt Danny es auf?"

Sie hörte seine Mutter durch den Hörer seufzen. „Schlecht. Irene ist ihm in letzter Zeit eine wirklich gute Freundin geworden. Er hat sich viel mit ihr unterhalten. Von seinen Großeltern lebt niemand mehr, wissen Sie. Deshalb glaube ich, er hat sie als eine Art Ersatzgroßmutter betrachtet."

„Es ist einfach furchtbar, wenn man daran denkt, dass sie in ihrem Leiden ganz allein war."

„Ich weiß. Glücklicherweise kam das Ende schnell, hat Lyn vorhin gesagt. Der Arzt hat ihr versichert, dass Irene nicht viel davon gespürt hat."

Nun, das war immerhin ein Segen. Lucas hatte bis zum letzten Atemzug gegen das Unvermeidliche gekämpft. Elsie blinzelte die Tränen weg, während die Erinnerungen sie überfielen, frisch, als wäre alles gerade erst geschehen. „Ich bin froh für ihre Familie, dass sie am Ende nicht gelitten hat. Umarme Danny von mir, bitte."

„Natürlich. Danke, Elsie."

„Gibt es irgendetwas, das ich für Irenes Familie tun kann?"

„Ich weiß nicht, aber ich werde Lyn fragen. Das ist so eine schreckliche Neuigkeit, nicht wahr? Man fühlt sich so hilflos."

Elsie wischte sich die Tränen aus dem Gesicht. „Ich weiß. Danke, dass ihr es mir gesagt habt. Ich werde die anderen aus der Gruppe informieren." Damit beendete sie das Gespräch, ließ sich auf ihr Bett zurücksinken und schluchzte in ihr Kissen.

Warum hatte Irene niemandem erzählt, dass sie krank war? Es erklärte, warum sie bei den Proben oft nur zugeschaut hatte, und in den letzten Wochen hatten sowohl Daisy als auch Woody bemerkt, dass sie dünner aussah, und es ihr im Vertrauen gesagt. Aber sie hatten das auf ihr Alter geschoben und nie auch nur eine Sekunde gedacht, es könne mehr dahinterstecken. Dennoch zerriss es ihr das Herz bei dem Gedanken, dass die nette alte Dame, die so viel Zeit darauf verwandte, anderen etwas zu geben, ein so schreckliches Geheimnis gehütet hatte. Vielleicht hatte sie es ja so gewollt. Vielleicht hatte sie noch den letzten Tropfen aus ihrem Leben pressen wollen, ohne das Gefühl zu haben, jedem zur Last zu fallen. Ohne zusätzlich zu dem Kampf, den sie ausfocht, auch noch mit dem Mitleid anderer fertigwerden zu müssen.

Lucas hatte auch so empfunden, aber er war ganz anders an die Sache herangegangen. Für ihn war es unvermeidlich gewesen, dass andere auf seinen Zustand aufmerksam wurden, zumal er sich dramatisch von einem hochgewachsenen athletischen Mann in jenen schmerzlich dünnen, kahlköpfigen Schatten verwandelte, als der Krebs seinen Körper Schritt für Schritt in Besitz nahm. Er ging dem Mitleid anderer aus dem Weg, indem er sich ihm stellte. Sein gnadenloser Humor war die Waffe seiner Wahl gewesen, und er hatte sie mit einer beachtlichen Kraft geschwungen, die im selben Maß wuchs, wie seine körperliche Kraft schwand.

„Wie ich das sehe, werde ich vor den Fallstricken des Alters bewahrt", erklärte er, und der Schalk blitzte ihm dabei aus den Augen. „Ich meine, jetzt mal realistisch betrachtet, was entgeht mir schon? Ich spare mir das Vermögen für den lächerlichen Sportwagen, den ich in meiner Midlife-Crisis nicht brauche, die Lesebrille, die mir um die fünfzig verschrieben worden wäre, die grässlichen Kreuzfahrten, die ich im Rentenalter gemacht hätte. Ich werde nie gezwungen sein, Golf zu spielen, eine Busreise zu machen oder störende Haare aus den Ohrmuscheln und den Nasenlöchern zu zupfen. Ich werde nie hochtaillierte Hosen tragen müssen oder burgunderrote Steppwesten, die ich auf der Rückseite eines Wochenendjournals entdeckt und bestellt habe. Ich werde nie einen Treppenlift brauchen oder solche Sonnengläser, die man auf seine normale Brille aufsteckt und hochklappen kann, damit man permanent überrascht aussieht. Wenn man das alles bedenkt, tue ich euch dann wirklich noch leid?"

Einzig Elsie gewährte er Zutritt zu seiner Trauer um die Freuden des Lebens, die ihm verwehrt bleiben würden: Vaterschaft, Enkelkinder und die Aussicht auf fünfzig wunderschöne Ehejahre mit einer Frau, die er mehr liebte als sein Leben. Aber auch dann hielt seine Trauer immer nur kurz an, und sein Bedürfnis, die Situation unter Kontrolle zu haben, holte wieder seinen Humor in den Vordergrund. „Unsere Kinder wären vielleicht ganz furchtbar hässlich geworden", pflegte er zu witzeln, während ihm noch die Tränen übers Gesicht liefen. „Stell dir vor, du müsstest mit Kindern durchs Leben gehen, die aussehen wie Trolle."

„Sie würden wunderschön werden, so wie ihr Dad."

„Das sagst du. Ich habe ein paar der etwas seltsam aussehenden Mitglieder meiner Familie gesehen. Wenn sie die riesigen Ohren meines Großvaters erben würden, wären sie wahre Monster …"

Elsie wappnete sich innerlich und begann dann die Sundaes einzeln anzurufen. Die praktische Seite dieser Aufgabe schaffte es, ihre Gefühle eine Weile zu verdrängen.

Cher schniefte bereits in ihr Taschentuch, als Elsie zur Arbeit erschien. Sie hatte den Schock der Nachricht noch nicht verarbeitet. Und während der Tag voranschritt, versammelten sich immer mehr Mitglieder der Singgruppe zu einem ungeplanten Treffen, um ihre Trauer miteinander zu teilen. Als Zeichen ihres Respekts schloss Cher das Café um zwei, sodass die Sundaes still für sich sein konnten, und brühte unzählige Kannen Tee für alle. Sie machte viel Wirbel, bot allen Schokoladenkuchen an, aber niemand hatte Hunger. Was zählte, war, dass sie zusammen waren, um sich gemeinsam zu erinnern, zu weinen, zu lachen. Während sie so redeten, entstand ein überraschendes Bild von Irene. Keineswegs die schüchterne, unparteiische Beobachterin, als die sie erschienen war, war Irene ein wichtiges Mitglied der Gruppe gewesen: Ratgeberin, Vertraute und Geheimniswahrerin auch für andere, nicht nur für sich selbst.

„Sie hat mir zugehört", sagte Lewis und starrte leeren Blickes in die Teetasse in seinen Händen. „Das ist mehr, als man von meiner Familie sagen kann. Meine Mum weiß die Hälfte der Zeit nicht mal, dass es mich gibt."

Aoife nickte. „Ich habe ihr meine Gedichte gezeigt. Darunter sogar welche, die ich nicht einmal Danny gezeigt habe." Sie lächelte ihren Freund an, dessen gerötete Augen schon wieder in Tränen schwammen.

„Irene kannte jeden Hellfinger-Song auswendig", meinte Woody, was einige unfreiwillige Lacher im Raum auslöste. „Nein, wirklich. Sie hat mir jede Woche daraus zitiert. Diese Frau war ein Wunder."

Elsie drängte ihre Tränen zurück. „Sie wusste über mich Bescheid. Ich …" Sie hielt inne, weil ihr plötzlich klar wurde, dass die meisten Leute im Raum nichts über ihr Leben wussten. „Ich habe vor fast zwei Jahren meinen Mann verloren. Er starb an Krebs. Irene wusste das. Ich weiß nicht woher. Es hat mir unendlich viel bedeutet zu wissen, dass sie verstand, wie das ist, jemanden auf diese Weise zu verlieren …"

Die Sundaes starrten sie einfach nur an, unsicher, wie sie auf diese Eröffnung reagieren sollten. Dann stand Lewis nervös auf, kam zu ihr und nahm sie ein wenig steif und peinlich berührt in die Arme. Aber die Geste war eine schöne, und Elsie schätzte sie mehr, als sie hätte sagen können.

Sasha, die ungewöhnlich still gewesen war, hob ihre Hand, und aller Augen richteten sich auf sie. „Sie kannte auch die Wahrheit über mich." Im Raum wurde es still. Plötzlich war Sasha so verwundbar wie ein kleines Kind; es war seltsam, sie, die normalerweise die Unverschämtheit in Person war, als schüchternes Mädchen vor sich zu sehen. „Ich weiß, was ihr alle über mich denkt. Ihr glaubt, ich hätte nur Müll im Kopf und ein lautes Mundwerk. Das stimmt alles, aber es hat andere Gründe, als ihr glaubt. Zu Hause …" Sie stockte, und Furcht trat in ihre Augen.

„Red weiter", sagte Dee. „Es ist schon in Ordnung."

Sasha holte Luft und starrte die Sundaes an. „Zu Hause bin ich eine Sklavin. Ich spreche nur, wenn ich muss. Meine Mutter ist ans Haus gefesselt, schon seit ich dreizehn war. Und nur ich kümmere mich um sie. Jeder, dem wir je vertraut haben, hat uns im Stich gelassen oder hat uns reingelegt. Alle ihre Freunde, mein Dad … sogar mein Bruder, der vor fünf Jahren abgehauen ist. Also greife ich an, bevor man mich angreift. Denn wenn ich nicht die Kontrolle habe, bedeutet das, dass die Leute mich verletzen können. Ich bin es nicht gewöhnt, dass Menschen nett zu mir sind. Kann mit solchen Leuten nicht umgehen. Nicht, dass das viel Bedeutung hätte. Die meisten Menschen verurteilen mich. Aber Irene war die Erste, die mir zugehört hat."

Es blieb still, während alle den Schock über Sashas Geständnis allmählich verarbeiteten. Daisy, Juliet und Cher tauschten Blicke, Danny und Aoife starrten sie nur an, und Sheila begann zu schniefen. Zu aller Überraschung war es Woody, der als Erster etwas sagte.

„Mädchen, ich war ein Idiot. Ich habe dich verurteilt, und das hätte ich nicht tun dürfen." Er breitete seine Arme aus. „Kannst du einem vorurteilsbehafteten alten Rocker vergeben?" Er stand auf und trat auf sie zu.

Unsicher erhob sich auch Sasha und akzeptierte seine steife, aber aufrichtige Umarmung. „Aber glaub nicht, dass ich dich deshalb weniger für einen Loser halte. Nur dass das klar ist."

„Gott bewahre."

„Es tut auch mir leid", sagte Elsie. „Ich glaube, das gilt für uns alle." Überall im Raum wurde zustimmend gemurmelt.

„Wir sollten etwas zur Erinnerung an Irene tun", schlug Stan vor. „Ein Lied oder so was."

Sheila hob zögernd die Hand. „Vielleicht könnten wir noch einmal ein Konzert auf der Seebrücke geben?"

„Oder anbieten, auf ihrer Beerdigung zu singen", meinte Danny. „Meine Mum könnte Lyn fragen, was sie davon hält."

Daisy lächelte ihm zu. „Ich glaube, das ist eine tolle Idee, Danny. Sie hat uns allen viel bedeutet, also sollten wir etwas zu ihrem Gedenken tun."

Und so versammelten die Sundaes sich an einem sonnigen Augustnachmittag vor der kleinen Methodistenkirche, der Irene von Kind auf angehört hatte, und trugen eine zurückhaltende A-cappella-Version von „I'll Walk Beside You" vor der kleinen Trauergemeinde aus Familienangehörigen und Freunden vor. Die Melodie klang ein wenig zittrig, und etliche Sänger gerieten beim Text ins Stocken, aber die von Herzen kommende Aufführung wurde von den Trauernden gut aufgenommen. Anschließend kehrten die Sundaes auf ihre Plätze zurück in dem Gefühl, ihre so schmerzlich vermisste Freundin auf passende Weise verabschiedet zu haben.

Nach dem Gottesdienst trat Irenes Tochter Lyn zu Elsie und nahm ihre Hände.

„Ich glaube nicht, dass Ihnen klar ist, wie viel die Sundaes meiner Mum bedeutet haben", sagte sie. Elsie spürte, wie Lyns Hände bei diesen Worten zitterten. „Vielleicht wissen Sie ja, dass sie schon mit siebzehn Profisängerin war und bis Mitte dreißig auch blieb. Als ich noch klein war, sang sie immer überall im Haus. Aber seit wir Dad vor über zehn Jahren verloren haben, hatte sie nie mehr gesungen. Hörte einfach auf an dem Tag, an dem er starb. Und dann trat sie Ihrer Singgruppe bei und war glücklicher, als wir alle sie seit Langem erlebt hatten. Als ich sie beim Stadtfest auf der Bühne gesehen habe …" Sie zog ein Taschentuch aus ihrem Ärmel und tupfte sich damit die Augen ab. „Das hat meinem Herzen unendlich gutgetan. Ich danke Ihnen so sehr dafür."

Elsie wurde von Lyns Worten förmlich umgehauen. Sie hatte sich immer gewünscht, dass es bei den Sundaes in allererster Linie um Spaß und Gemeinschaft ging. Dennoch hatte sie nie damit gerechnet, etwas zu schaffen, das das Leben Einzelner so sehr verändern konnte. Zu wissen, dass der von ihr gegründete Chor Irene den Mut gegeben hatte, nach zehn Jahren wieder zu singen, war eine phänomenale Bestätigung für alles, was sie bisher unternommen hatte. Woody hingegen war weniger überrascht. Als Elsie ihm anvertraute, wie verwundert sie war, schüttelte er nur den Kopf.

„Ich habe es dir doch gesagt: Wir stellen eine vokale Revolution für diese Stadt dar. Wir inspirieren Soldaten der Sangeskunst, nach Größerem zu streben als nach Selbstverwirklichung, Engel. Das musste einfach passieren."

Der Verlust von Irene hatte alle wie ein Blitz aus heiterem Himmel getroffen. Etliche Wochen lang schien der Chor nicht so recht zu wissen, was er wollte. Selbst von Woodys üblicher Energie war nichts zu spüren. In der Folge fielen die Proben eher wie Gemeinschaftstreffen aus, bei denen gelegentlich auch gesungen wurde. Elsie erkannte, dass jeder erst einmal mit Irenes Tod fertigwerden musste. Also ermunterte sie die Mitglieder, sich auszusprechen, und stellte das Einüben von neuen Gesangsstücken in den Hintergrund. Diese Zeit brachte sie alle einander sehr viel näher.

Elsie merkte auch, dass sie sich mehr und mehr Olly zuwandte. Es begann an dem Tag, an dem sie von Irenes Tod erfuhr. Nachdem die Sundaes einer nach dem anderen gegangen waren, blieb sie allein mit ihren Grübeleien im Café zurück. Ohne nachzudenken, hatte sie ihn angerufen. Er hatte sich beeilt, zu kommen, und sie dann fast eine Stunde in den Armen gehalten, während sie sich ausweinte. In den darauf folgenden Wochen verbrachten sie mehr Zeit miteinander, und Ollys freundlicher Humor und seine echte Sorge um sie tröstete sie mehr, als sie sich hätte vorstellen können.

Am ersten Freitag im September lud Olly sie in seine Wohnung in Kempton zum Essen nach Feierabend ein.

„Nichts Besonderes, nur ein Thomasina-Miers-Stew, das ich schon lange mal ausprobieren wollte."

„Ich bin mir nicht sicher, ob ich auf ein Kochexperiment erpicht bin, Olly."

„Vertrau mir, Els, es wird sich lohnen. Und wenn es doch schiefgehen sollte, mache ich uns einfach ein Omelette."

Ollys Wohnung lag in einer wunderschönen Reihe weißer stuckverzierter georgianischer Häuser mit schwarz-weiß-gekachelten Eingangsstufen, elegant geschwungenen Geländern aus schwarzem Schmiedeeisen und Laternen über den Eingängen, die in jedem BBC-Kostümfilm absolut passend gewirkt hätten. Elsie liebte diesen Stadtteil von Brighton. Sie hatte einen ganzen Sommer lang davon geträumt, in diesem Viertel zu leben, nachdem sie mit neun Jahren zur Geburtstagsfeier einer Schulfreundin in eines der prächtigen Gebäude eingeladen worden war.

Olly stand schon am Herd, als Elsie ankam, und in der Küche roch es köstlich nach gebratenem Fleisch und Kräutern.

„Ich hoffe, es geht in Ordnung, dass ich Wein besorgt habe", sagte er und hielt eine Flasche hoch.

„Ich habe nie etwas dagegen, wenn es Wein gibt", gab Elsie grinsend zurück, ließ sich ein großes Glas einschenken und war froh, dass sie sich entschieden hatte, heute Abend zu Fuß gekommen zu sein.

„Und, wie geht es allen?"

Sie lehnte sich gegen den großen Smeg-Kühlschrank und genoss es, ihrem Gastgeber dabei zuzusehen, wie er gefährlich mit Tellern und Besteck jonglierte und zugleich versuchte, ruhig zu wirken und den Eindruck zu erwecken, er habe alles im Griff.

„Es hat eine Weile gedauert, bis alle den Schock verarbeitet hatten. Logisch. Aber alle scheinen entschlossen weiterzumachen – um Irenes willen. Woody und ich müssen uns nur etwas einfallen lassen, worauf wir hinarbeiten können. Ich überlege, ob wir ein Konzert zugunsten der Krebsforschung oder etwas Ähnlichem veranstalten sollten. Zu Ehren Irenes?"

Olly gab ihr ein Zeichen, dass sie sich an den Esstisch am anderen Ende des Wohnzimmers setzen solle. „Ich finde, das klingt nach einer tollen Idee. Vielleicht kann ich meine Firma dazu bewegen, ein bisschen Geld für die Saalmiete zu spenden, wenn du möchtest? Und wenn du irgendwelches Werbematerial brauchst – du weißt schon, Plakate, Handzettel –, musst du es nur sagen."

„Das wäre großartig. Danke."

„Mach ich gern." Er deckte den Tisch für zwei ein und grinste breit, als er ihrem Blick begegnete. „Weißt du, wir sollten vorsichtig sein. Diese Treffen zwischen uns beiden finden mittlerweile erschreckend regelmäßig statt."

„Ich weiß", gab sie spöttelnd zurück. „Schockierend, nicht wahr?"

„Richtig. Das Essen dürfte jetzt fertig sein. Traust du dich?" In seinen Augen blitzte es.

Elsie spürte, wie ein Schauder des Glücks sie überlief. „Ich glaube schon."

14. KAPITEL

Ein denkwürdiger Abend …

Der September begann mit regnerischem Wetter, wodurch die Zahl der Touristen noch stärker zurückging als sonst bei Schulanfang. Cher nutzte die Gelegenheit, um die Küche von Sundae & Cher renovieren zu lassen. Sie richtete eine provisorische Küche im Café ein, während ihr Onkel und ihr Cousin Arbeitsplatten austauschten sowie Wände und Decken neu strichen. Eine Woche lang herrschte das reinste Chaos, aber das Ausbleiben der Kundschaft und die ungewöhnlichen Arbeitsbedingungen sorgten dafür, dass Cher und Elsie in Ruhe über die Ereignisse des Vormonats sprechen konnten.

Cher hatte zuletzt so viel Zeit mit Jake verbracht, dass Elsie sie außerhalb der Arbeitsstunden kaum zu Gesicht bekommen hatte. Nicht, dass sie das schlimm fand; sie war im Gegenteil froh, dass Cher nach so vielen gescheiterten Beziehungen endlich einen anständigen Mann gefunden hatte.

„Und? Wie ist es mit Mr Wonderful?", fragte Elsie. Ihr gefiel, wie ihre Chefin bei der Erwähnung ihres Liebhabers zu strahlen begann.

Cher stieß einen leisen Begeisterungsschrei aus. „Wunderbar! Er ist alles, was ich mir von ihm erhofft habe – gut aussehend, liebevoll, sexy wie …"

„Du hast also nichts an ihm auszusetzen?"

„Absolut nichts. Abgesehen davon, dass er manchmal viel zu tun hat. Aber schließlich ist er Seniorpartner seiner Kanzlei. Das gehört also dazu, weißt du. Offen gesagt, ich sehe ihn heute Abend zum ersten Mal seit zwei Wochen, und ich kann es kaum erwarten."

„Er war fort?"

„Nein, nur viel Arbeit in der Kanzlei. Sie haben wohl eine Menge Fälle von einer Konkurrenzfirma geerbt, die dichtgemacht hat. Jake ist ein gefragter Mann, was soll ich sagen?"

Elsie kicherte. „Du Glückspilz."

„Wenn wir schon von Glück reden ..." Damit zwinkerte Cher ihr zu. „Wie läuft es denn mit dem netten Oliver Hogarth?"

„Gut."

„Nun tu nicht so unbeteiligt, Els. Das kaufe ich dir nicht ab. Seid ihr immer noch nur Freunde, oder hast du das endlich in den Wind geschossen und ihn besprungen?"

Elsie nahm sich ein Putztuch und begann den Tresen abzuwischen. „Was für eine einfühlsame Frage."

„Versuch nicht, mir auszuweichen. Das ist zwecklos. Also?"

„Wir sind immer noch nur Freunde. Aber ..."

Cher juchzte und klatschte in die Hände. „Es gibt ein Aber. Hab ich's doch gewusst!"

„Beruhig dich. Ich wollte nur sagen, dass ich ihn mag. Sehr. Je mehr Zeit ich mit ihm verbringe, desto mehr genieße ich seine Gesellschaft."

„Nicht ganz die Antwort, auf die ich gehofft hatte, aber immerhin ein Anfang."

„Danke für dein Vertrauensbekenntnis."

„Nein, ehrlich, ich freue mich, dass es gut läuft. Es gibt keinen Grund zur Eile, also genieße es einfach, ihn kennenzulernen. Auf mich macht er den Eindruck, als wolle er etwas Dauerhaftes, falls du verstehst, was ich meine."

Das waren gute Aussichten, auch wenn die Erwähnung von etwas Dauerhaftem in Elsie leichte Beklemmungen auslöste. „Ach ja, mir geht da etwas durch den Kopf, worüber ich mit dir reden wollte."

„Ach?"

„Ich habe nach etwas gesucht, worauf die Sundaes hinarbeiten können. Eine Veranstaltung zu Irenes Ehren. Und gestern Abend kam mir eine Idee."

Neugierig geworden, setzte Cher sich und bedeutete Elsie, es ihr gleichzutun. „Red weiter."

„Ich dachte, wir könnten einen Benefizabend in einem Pub veranstalten, bei dem wir auftreten, und vielleicht ein paar der anderen Chöre der Gegend bitten, auch zu kommen und ein paar

Stücke vorzutragen. Wir könnten dafür Eintritt nehmen, nur eine kleine Summe, und das Geld, das dabei zusammenkommt, für die Krebsforschung spenden."

Was Elsie ihrer Chefin nicht sagte, war, dass die Idee ihr am Abend zuvor in Ollys Wohnung gekommen war, während er nach einem guten Essen Kaffee kochte. Das Thomasina-Miers-Rezept hatte sich als Volltreffer erwiesen. Sie redeten über diverse Möglichkeiten für den Chor, als Elsie einfiel, dass im Feathers einmal monatlich Talentabende stattfanden – und schon war die Idee geboren.

„Klingt, als hättest du dir schon alles genau überlegt. Welche Rolle soll ich dabei spielen?"

Elsie lächelte verlegen. „Du weißt doch: Nick vom Feathers würde alles für dich tun."

Sofort misstrauisch geworden, verschränkte Cher die Arme vor der Brust. „Mm-hmmm?"

„Nun ja, ich müsste dich eventuell darum bitten, deinen umwerfenden Charme spielen zu lassen ..."

Da um drei Uhr am Nachmittag keine Kunden mehr im Café waren, beschloss Cher, früher zu schließen als sonst. Zehn Minuten später standen sie vor der schwarz-weißen Fassade des Feathers und schauten hoch zu dem gemalten Pubschild, das im kräftiger werdenden Wind hin und her schwang. Cher überprüfte noch einmal den Sitz ihrer Bluse, um maximalen Einfluss auf ihr Opfer ausüben zu können, wechselte einen Blick mit Elsie, und dann betraten beide den Pub.

Drinnen war es still bis auf die gedämpfte Musik, und das Einzige, was sich in der plüschigen roten Inneneinrichtung bewegte, waren die flackernden Lichter der Spielautomaten. Elsie spähte über die Bar und entdeckte Nick, der auf der anderen Seite vor den Kühlschränken hockte, die an der Rückwand aufgereiht waren, und die Flaschenvorräte auffüllte. Cher nutzte ihren Vorteil und beugte sich provozierend über die Bar.

„Sag mal, Nick. Was muss ein Mädchen anstellen, um dich auf sich aufmerksam zu machen?", schnurrte sie leise und ausgesprochen vielsagend.

Nick hätte sich fast den Kopf an der Kühlschranktür gestoßen, so eilig hatte er es, auf die Beine zu kommen. „Cher, Elsie! Wenn das keine nette Überraschung ist. Ich dachte, ihr beide hättet noch alle Hände voll zu tun mit Eishungrigen."

„Schön wär's", sagte Cher und senkte die Wimpern, während sie sprach. „Diese Woche lasse ich wichtige Renovierungsarbeiten durchführen. Unser Angebot ist also ziemlich begrenzt."

„Ich hätte nicht gedacht, dass man an Perfektion noch irgendwas verbessern könnte", meinte Nick grinsend, stützte sich auf die Bar und genoss ungeniert den Ausblick auf Chers Vorzüge.

Elsie musste den Blick abwenden, als Cher ein Marilyn-Kichern auf ihr mehr als williges Opfer losließ. „Ich rede von der Küche, nicht von mir, du Dummkopf."

„Oh, verstehe. Mein Fehler. Also, was kann ich für euch holde Damen tun? Es ist noch ein bisschen früh für einen Drink für euch, oder?"

Cher beugte sich noch weiter zu Nick hinüber, und die tief ausgeschnittene Bluse nahm seine ganze Aufmerksamkeit in Anspruch. „Du könntest uns einen Gefallen tun. Einen großen."

Ein durch und durch schmutziges Lächeln kroch über Nicks Lippen. „Verstehe. Für einen *großen* seid ihr genau an der richtigen Adresse ..."

„Eeeengel!", rief Woody erstaunt, als Elsie ihn über die Einzelheiten der Benefizveranstaltung informierte, die sie im Feathers arrangiert hatte. „Für mich ist eindeutig klar, dass du die Erwählte bist, von der ich geträumt habe."

„Nun, eigentlich hat Cher die Überzeugungsarbeit geleistet", gab Elsie zurück. „Nick war nur zu bereit zu helfen, als sie ihn darum bat."

Der alternde Rocker lächelte schief. „Ich schätze, *diese Bluse* hat bei diesem Hexenwerk eine entscheidende Rolle gespielt."

„Woher weißt du davon? Ich dachte, Chers Überredungstaktik wäre ein gut gehütetes Geheimnis."

„Glaub mir, Engel, der mystische Einfluss dieser Bluse auf hilflose Männer ist in dieser Stadt geradezu legendär. Komm, erzähl mir, was du dir für das Event vorstellst."

Der Plan war simpel: Es sollte ein kleines Programm mit ein paar Stücken für die Sundaes ausgearbeitet und andere Chöre von Brighton dazu einladen werden, das Gleiche zu tun. Cher war dagegen gewesen, als Elsie erwähnte, auch das DreamTeam ansprechen und um Beteiligung bitten zu wollen, aber nachdem Elsie erklärt hatte, dass diese Gruppe am ehesten viele Anhänger mobilisieren konnte und sie dadurch an mehr Geld kommen würden, erklärte sie sich zögernd einverstanden.

„Aber halt mir diese grässliche Jeannette Burton vom Leib. Wenn sie mir irgendeinen Anlass gibt, kann ich für nichts garantieren."

Ein paar Tage später rief Elsie Jeannette an und wurde zu einer Probe des DreamTeam eingeladen. Dort könne man über eine mögliche Beteiligung reden, hatte Jeannette gesagt. Die Proben fanden im Brighton Electric statt, einem beeindruckenden viktorianischen Gebäude, das ein Tonstudio und diverse Probenräume beherbergte. Sie galten allgemein als die besten Probenräume der Stadt. Der Raum, in dem die Showgruppe sich versammelte, war ein eleganter Raum mit hoher Decke und einem riesigen Orientteppich, der fast den ganzen Boden bedeckte. Eine schüchtern wirkende Frau spielte an einem alten Klavier am anderen Ende des Raums und machte sich dabei eilig Bleistiftnotizen auf ihrer Partitur, während die anderen Gruppenmitglieder um sie herumstanden und sich unterhielten.

Plötzlich wurde es still, und aller Augen schauten zur Tür. Einen Augenblick dachte Elsie, alle sähen sie an, aber als sie das Klicken hoher Absätze auf dem polierten Boden hinter sich hörte, drehte sie sich um: Eine ganz in Rot gekleidete Frau betrat den Raum. Jeannette Burton wusste ganz sicher, wie man effektvoll eine Bühne betrat. Sie blieb neben dem Klavier stehen, während ihre Gruppe ihr respektvoll Beifall klatschte, schüttelte ihre schulterlange platinblonde Mähne in einem wenig überzeugenden Versuch, verlegen zu wirken, und hob beide Hände, um dem

Applaus Einhalt zu gebieten. „Auf die Plätze, ihr Lieben", donnerte sie, und die Gruppe stellte sich gehorsam in Formation auf. Dann wandte sie sich um, begrüße Elsie mit etwas, das wohl ein aufrichtiges Lächeln sein sollte. „Wir haben heute Abend einen Gast. Chor, heißt Elsie Maynard willkommen."

Höflicher Applaus hallte durch den Raum.

„Elsie leitet die Sundaes-Gruppe", fuhr Jeannette fort, und Elsie war sich sicher, ein spöttisches Grinsen in dem einstudierten Lächeln zu entdecken. „Sie ist gekommen, um uns singen zu hören, also zeigen wir ihr, was wir können. June – einen Stuhl für unseren Gast."

Die unscheinbare Pianistin eilte durch den Raum und stellte einen Holzstuhl neben Elsie.

„Setzen Sie sich", drängte sie und schenkte Elsie ein ganz kurzes Lächeln, bevor sie wieder an ihren Klavierhocker eilte.

Die Gruppe begann zu singen, kräftige Stimmen, die harmonierten und den Raum füllten. Eines musste Elsie Jeannette lassen: Sie hatte ein Händchen für ein großartiges Arrangement. Alle bewegten sich im Gleichklang, sangen im Gleichklang, lächelten im Gleichklang. Jeder Einsatz kam absolut präzise, und nie wandte auch nur einer der Sänger den Blick von der Dirigentin.

Und dennoch fühlte sich irgendetwas an dieser Singgruppe falsch an. Hinter dem einhelligen Lächeln und der perfekten Choreografie konnte Elsie nichts fühlen. Kein Herz, keine Leidenschaft. Die Sundaes mochten ihre Noten nicht immer treffen, aber ihr Enthusiasmus und ihre schiere Freude am gemeinsamen Singen waren klar zu erkennen. Während sie dem DreamTeam zuhörte, beglückwünschte Elsie sich innerlich dazu, dass die Sundaes so ganz anders waren.

Die Vorführung endete, und die Sänger brachen in übertrieben theatralischen Applaus aus, jubelten gekünstelt und beglückwünschten einander. Jeannette lächelte Elsie an.

„Und so machen wir das, Miss Maynard."

Nach der Probenstunde standen Elsie und Jeannette neben dem Klavier, während die schüchterne June sich daran machte, ihnen mit Hilfe eines kleinen Wasserkochers auf einem Klapptisch Tee aufzubrühen. „Wir stellen uns vor, einen Musikabend zu Ehren einer Dame unserer Gruppe zu veranstalten, die kürzlich verstorben ist. Irene hat unglaublich gern gesungen, und deshalb scheint uns das passend zu sein. Meine Leute freuen sich riesig darauf, das zu tun, ich dachte mir, das wäre vielleicht eine tolle Gelegenheit, Brightons Gesangstalente zu präsentieren und zugleich Geld für die britische Krebsforschung zu sammeln."

Jeannette trommelte mit ihren langen scharlachrot lackierten Fingernägeln auf ihrem Notizbuch herum. „Ausgezeichnet. Und Sie haben an ein Soundsystem gedacht, Toningenieur, Beleuchtung?"

Das hatte Elsie nicht. „Ähm, nun, ich …"

Jeannette schob das einfach beiseite. „Kein Problem, ich kümmere mich darum. Ich kann schließlich nicht zulassen, dass meine Gruppe anders als perfekt klingt, nicht wahr? Ich gehe davon aus, dass Sie noch keine Werbekampagne gestartet haben?"

Werbekampagne? Es ging hier um ein Benefizkonzert in einem städtischen Pub, nicht einem Zig-Millionen-Pfund-Auftritt in der O2-Arena! „Nein, ich wollte erst das Programm erstellen, bevor …"

„Elsie. Dieses Event findet in drei Wochen statt. Sie haben sowieso schon extrem wenig Zeit für angemessene Werbemaßnahmen eingeplant. Wir brauchen das volle Programm: Zeitungen, Radio, lokale Fernsehsender." Sie wandte sich um. „June!", blaffte sie die schüchterne Lady an, die mit der Teebereitung beschäftigt war. Diese zuckte zusammen und ließ den Teelöffel klappernd fallen. „Kümmere dich darum. Ich will, dass gleich morgen früh eine Pressemitteilung rausgeht."

Elsie, die Mitleid mit der armen ausgenutzten Assistentin hatte, mischte sich ein: „Mein Freund ist Designer. Er hat schon Plakate und Handzettel für die Veranstaltung angeboten. Jetzt, wo ich weiß, dass Sie mitmachen, können sie in zwei Tagen fertig sein. Dann schicke ich Ihnen welche mit der Post."

„Das dauert zu lang“, betonte Jeannette. „Der Post ist nicht zu trauen, und wir können es uns nicht leisten, noch einen Tag zu verlieren. Sie arbeiten bei Cher Pettinger, nicht wahr?“

„Ja.“

„Gut. June wird Freitagmorgen vorbeikommen, um unser Kontingent abzuholen.“

„Es ist nicht nötig, dass sie extra zu uns kommt“, meinte Elsie und schenkte June ein Lächeln. „Wenn Sie mir sagen, wo Sie wohnen, bringe ich sie Ihnen Freitagabend vorbei.“

June wollte gerade nicken, da fiel Jeannette ihr ins Wort. „Unsinn! June macht das ausgesprochen gern, nicht wahr?“

„J-ja, wirklich, d-das macht mir nichts aus“, stotterte June und ließ den Kopf noch tiefer sinken.

„So. Alles geklärt. Noch Fragen?“

Elsie unterdrückte ein Lächeln. „Nein, ich schätze, Sie haben an alles gedacht.“

Jeannette zog eine Grimasse. „Wie immer, Schätzchen, wie immer.“

Bei der nächsten Probe eröffneten Elsie und Woody den Sundaes, was sie geplant hatten.

„Ich bin dafür, bei dem zu bleiben, was wir schon können“, schlug Daisy vor. „Wir haben nur drei Proben. Das reicht nicht, um etwas Neues in Angriff zu nehmen.“

Graeme und Sheila waren ihrer Meinung. Die Vorstellung, neue Stücke einzuüben, reizte sie gar nicht.

„Aber wäre es nicht nett, auch etwas Neues vortragen zu können, das die Leute noch nicht kennen?“, warf Lewis ein. „Zumal wir das Ganze für Irene tun. Sie hat immer gern neue Stücke geprobt.“

Elsie hob die Hand. „Wofür auch immer wir uns entscheiden, wir müssen ungefähr fünfundzwanzig bis dreißig Minuten füllen. Es sollten also Stücke sein, an denen wir alle unsere Freude haben.“

„Ge-nau“, stimmte Daisy zu. „Deswegen ist unser jetziges Repertoire eigentlich genau das Richtige.“

„Unsinn, Mädchen. Die Sundaes müssen richtig abrocken."

„Damit habe ich kein Problem, solange wir mit Stücken richtig abrocken, die wir bereits beherrschen."

„Aber wir könnten den Leuten so viel mehr geben ..."

Danny deutete lachend auf die Liste mit Vorschlägen, die Woody ausgeteilt hatte. „Und was genau gibt ein Carpenters-Aerosmith-Medley irgendwem?"

Woody musterte ihn mit feierlichem Ernst. „Reinheit und Stärke, Mann. Reinheit und Stärke."

Nach einigem Hin und Her und langer Diskussion entschied Elsie kurzerhand, ein neues Stück ins Repertoire aufzunehmen und den Rest des Programms mit Stücken zu bestreiten, die bereits bekannt waren. Damit waren alle zufrieden und bereit sich der beachtlichen Herausforderung zu stellen, die vor ihnen lag, fest entschlossen, den Auftritt so gut zu meistern, wie ihnen das nur irgend möglich war – für Irene.

„Zumindest wird das ein denkwürdiger Abend", meinte Elsie zu Daisy, als sie gemeinsam nach Hause gingen. Sie hatte ja keine Ahnung, wie sehr sich ihre Vorhersage bewahrheiten würde ...

Als Olly am nächsten Tag ins Sundae & Cher kam, hatte er etliche in braunes Packpapier gehüllte Pakete bei sich.

„Werbematerial!", verkündete er und kämpfte sich durch die Tür, während Elsie schon herbeieilte, um ihm zu helfen. „Und ja, ein großer Moccha Latte und ein Eisbecher sind als Bezahlung hochwillkommen."

Elsie küsste ihn auf die Wange. „Kommt sofort."

Seine Augen leuchteten. „Genau dafür komme ich in diesen ausgezeichneten Laden. Wie war die Probe gestern Abend?"

„Gut." Elsie gab große Kugeln Zartbitterschokoladen-, Karamell- und Butterkaramell-Pekannuss-Eis in einen großen Eisbecher. „Es wird eine Menge Arbeit, aber so wie es aussieht, sind alle bereit dazu."

Olly grinste, als Elsie ihm den Eisbecher reichte. „Wow. Womit fange ich an?"

„Womit du möchtest. Es ist dein Eisbecher."

„Was bin ich doch für ein Glückspilz! Warte – bevor ich mich darauf stürze, wirf einen Blick auf die Plakate und Handzettel." Damit begann er, Pakete zu öffnen, und Elsie quietschte vor Begeisterung, als sie seine Kunstwerke sah.

„Olly, die sind perfekt! Ich liebe das Design."

Die Veranstaltung hatte den Namen „Songs for Irene" bekommen, und Olly hatte – natürlich mit Genehmigung – ein erst kürzlich gemachtes Foto von Irene in der Mitte platziert und es mit wogenden Notenlinien umrahmt, die sich wie schwebende Bänder um ihr lächelndes Gesicht rankten.

„Wir haben fünfzig Plakate und ungefähr zweihundert Handzettel. Wird das für euch und den anderen Chor reichen?"

„Mehr als das. Vielen, vielen Dank."

„Gern geschehen." Er schob einen großen Löffel voll Eis in den Mund und schloss die Augen. „Fantastisch. Weißt du, das könntest du verkaufen."

„Meinst du?" Elsies Herz hüpfte ein wenig, als sie auf den Scherz einging.

„Ganz bestimmt. Allerdings würde ich schon dafür bezahlen, dich in dieser Aufmachung zu sehen." Seine Augen weiteten sich erschrocken. „Oh Gott, so habe ich das nicht gemeint. Es tut mir leid!"

„Oliver Hogarth. Ich bin schockiert. Zutiefst empört!"

Er tat so, als würde er ihr Urteil ernst nehmen. „Was kann ich sagen? Ich bin von mir selbst enttäuscht. Aber zu meiner Verteidigung muss ich sagen: Du siehst darin großartig aus."

Elsie zwinkerte ihm zu. „Oh, das weiß ich. Was glaubst du denn, warum ich das bereitwillig trage?"

Obwohl es sich seltsam anfühlte, mit jemandem so frech zu schäkern, stellte Elsie fest, dass es ihr Spaß machte. Während die Unterhaltung, die gerade so eben an einem Flirten vorbeischrammte, weiterging, fielen ihr Chers Worte wieder ein: „Es gibt keinen Grund zur Eile, also genieße es einfach, ihn kennenzulernen."

Cher hatte recht. Die Vorstellung, Zeit damit zu verbringen, Olly kennenzulernen, wurde von Tag zu Tag unwiderstehlicher.

Gleich nach dem Mittagessen huschte die schüchterne Pianistin des DreamTeam herein.

„Ich bin June Nunnington vom DreamTeam. Ich bin gekommen, die Plakate und Handzettel abzuholen", stellte sie sich vor, wobei sie offensichtlich davon ausging, dass Elsie sich nicht an sie erinnern würde.

„Natürlich. Nett, Sie wiederzusehen, June. Möchten Sie etwas trinken?"

June zögerte, ihr Blick huschte hektisch nach links und rechts, als fürchtete sie, Jeannette könnte zur Tür hereinstürzen und sie nach draußen zerren, weil sie das Angebot auch nur in Betracht zog. „Ich bin nicht wirklich … Ich weiß nicht, ob … Nun, vielleicht auf die Schnelle. Eine Tasse Tee wäre nett."

„Ausgezeichnet. Setzen Sie sich. Hatten Sie einen weiten Weg?"

June setzte sich an den Tisch, der dem Tresen am nächsten stand. „Nein. Ich arbeite vormittags in einem Maklerbüro, nur etwa fünf Minuten zu Fuß von hier. Es gehört meinem Sohn, deshalb helfe ich bei den Büroarbeiten aus."

Elsie brachte den Tee an Junes Tisch. „Ich dachte, vielleicht mögen Sie ja auch davon etwas", meinte sie lächelnd und stellte eine Muschelschale aus Zartbitterschokolade, gefüllt mit Stachelbeereis vor ihr ab. „Es ist eine Schande, den ganzen Weg hierher zu machen und dann nur Tee zu trinken."

June betrachtete den Eisbecher vor ihr mit kindlicher Verwunderung. „Sie sind wirklich sehr nett." Dann nahm sie ihren Löffel und verputzte das Eis in Rekordzeit, als hätte sie Angst, man würde es ihr wieder wegnehmen, wenn sie zu langsam aß.

Elsie wartete geduldig, bis sie fertig war, und reichte ihr dann einen der Handzettel. „So sieht das Design für die Veranstaltung aus."

„Oh, wie schön. Es tut mir sehr leid, von Ihrem Verlust zu hören."

„Danke. Ich glaube, Irene würde die Veranstaltung gefallen. Jedenfalls hoffe ich das."

„Jeannette hat letztes Jahr ihre Mutter verloren, wissen Sie", vertraute June ihr an. „Unter uns gesagt, ich glaube, sie hat immer noch daran zu knabbern. Wissen Sie, dass sie uns bei der Beerdigung nicht hat singen lassen, obwohl ihre Mutter sich genau das gewünscht hatte?" Sie errötete und starrte in ihre Teetasse. „Entschuldigen Sie."

Das kam zwar alles völlig unerwartet für Elsie, aber sie lächelte. „Trauer stellt merkwürdige Dinge mit den Leuten an. Vielleicht wollte sie für sich allein um ihre Mutter trauern."

„Vielleicht. Der Tee ist wirklich ausgezeichnet."

„Danke."

„Ich halte Sie auf dem Laufenden, was Presseanfragen und Fototermine angeht, wenn sich was ergibt. Haben Sie eine Visitenkarte für mich?"

Elsie schrieb ihre Telefonnummer auf ihren Bestellblock, riss das Blatt ab und reichte es June. „Wann immer Sie etwas brauchen, rufen Sie einfach an."

Während die Sundaes in den folgenden zwei Wochen am Programm für „Songs for Irene" arbeiteten, beobachtete Elsie eine bemerkenswerte Veränderung. Seit sie sich nach Irenes Tod gegenseitig das Herz ausgeschüttet hatten, standen sie einander sehr viel näher, und Gemeinschaftsgeist beherrschte alle Proben. Selbst Meinungsverschiedenheiten und das ständige Geplänkel zwischen Woody und Sasha hatten einen gutartigen Ton angenommen. Es war, als hätte ihr neues Verständnis dafür, wie wichtig die Singgruppe für jeden von ihnen war, sie fester zusammengeschweißt.

Elsie und Woody verbrachten etliche Abende damit, die Partitur für Woodys neues Medley – eine Mischung aus „Top of the World" von den Carpenters und „Walk This Way" von Aerosmith – zu arrangieren. Eines musste Elsie ihm lassen: Seiner verrückten musikalischen Vision entsprangen meist überraschend gute Kombinationen.

„Wie kommst du nur immer auf solche Ideen?", fragte sie eines Abends, als sie am Klavier saß.

„Ich habe viel Zeit zum Nachdenken, Babe. Das kommt daher, dass ich ein alleinstehender Mann bin", erwiderte er, streckte sich auf dem kleinen Sofa in der Zimmerecke aus und streifte seine Cowboystiefel ab.

Dabei fiel Elsie etwas ein. „Ich habe dich noch nie nach deinem Leben gefragt, oder?"

„Viel zu viel Stoff", grinste er. „Wenn es je eine Rock-Biografie von Woody Jensen geben sollte, dann wird daraus eine Trilogie."

„Es muss doch aber aufregend gewesen sein. All die tollen Veranstaltungsorte, das Erfolgsalbum – alles Dinge, von denen andere nur träumen."

„Ah, der Stoff, aus dem die Träume sind, um den guten Barden zu zitieren." Er gähnte. „Stimmt schon, ich habe Dinge erlebt, die die meisten sich höchstens vorstellen können. Und vielleicht oder vielleicht auch nicht habe ich den einen oder anderen Fernseher aus Hotelfenstern geworfen. Ich erinnere mich an Barcelona, im Frühjahr '88. Wir sind auf die Bühne raus, vor uns achtzehntausend Menschen, und sie skandierten unseren Namen. Das waren tolle Zeiten, Babe, tolle Zeiten."

„Wow."

„In der Tat."

„Fehlt dir das? All dieses Rock'n'Roll-Zeug, meine ich?"

Woody kaute nachdenklich auf seinem Kaugummi herum. „Mir fehlt die Musik. Manchmal. Ich würde sagen, mir fehlt das Geld, aber wir haben nie groß Kohle gemacht. Die Boni waren natürlich wirklich spitze – der Alkohol, die Mädchen, der etwas heiklere Stoff … Nicht dass ich heute noch so was täte, verstehst du. Vor dir sitzt ein Mann, der sich gewandelt hat. Nun, für die Mädchen gilt das natürlich nicht, logisch, aber ein Gentleman spricht niemals über seine Eroberungen."

„Gibt es denn im Moment eine ganz Bestimmte?" Die Frage war ihr über die Lippen, bevor Elsie sie zurückhalten konnte.

„Warum? Hast du Interesse, Babe?" Er lachte kehlig. „Du solltest dein Gesicht sehen! Keine Angst, Engel, Onkel Woody macht nur Spaß. Natürlich gibt es immer Ladies. Ein Mann, der so viel Charme hat wie ich, bleibt vom schöneren Geschlecht natürlich nicht unbeachtet. Ich habe so meine Begleiterinnen, ich bin zufrieden. Einmal habe ich geheiratet. '89 in Vegas. Ich und Janie Lee. Sie war Backgroundsängerin unserer Vorband bei unserer letzten US-Tournee. Ich wusste damals schon, dass Hellfinger am Ende war, weißt du. Hab mir die Streitereien mit angehört, die Prügeleien beendet. Johnny und Sid sind sich bei jeder Gelegenheit gegenseitig an die Gurgel gegangen ... Janie verstand mich. Sie war meine Oase der Ruhe in der Wüste Hellfinger. Sie war mein Fels ..." Er bremste sich ein. „Es hat zehn Monate gehalten. Nach Sids Tod brach alles auseinander. Ich und Janie Lee gehörten zum Kollateralschaden. Trotzdem ist es besser, einmal geliebt zu haben, hmm?"

Elsie nickte, bemüht die Überraschung über Woodys plötzliche Offenheit zu verarbeiten. „Da hast du vollkommen recht."

„So wie du und dein Mann. Der, den du verloren hast."

Sie starrte ihn an. „Ja."

Er beugte sich vor, die Ketten an seinen Handgelenken klimperten. „Muss schwer für dich gewesen sein, Babe, all das Zeug mit Irene nach dem, was du durchgemacht hast."

„Ein bisschen. Ich finde es schwer zu verstehen, dass Irene den Kampf ganz allein ausgefochten hat. Lucas hat dafür gesorgt, dass jeder genau wusste, was mit ihm geschah."

„Ich schätze, Lucas und ich hätten uns verstanden."

Elsie lachte. „Er hätte dich gemocht. Und den Chor auch."

„Er weiß es, weißt du. Ich glaube daran. Was wir hier sehen – das ist nicht das Ende, Mädchen. Ich schätze, dein Mann lächelt uns zu."

„Das hoffe ich, Woody."

Er lächelte verlegen. „Jetzt aber genug von diesem schmalzigen Mist. Sentimentalität ist nicht gut für mein Image, und wir haben Musik zu arrangieren, die die Welt verändert!"

Eine Woche vor der Veranstaltung zu Ehren Irenes lud Jim seine drei Töchter zum Grillen zu sich nach Hause ein. Sie genossen die Spätsommersonne in dem kleinen Garten hinter seinem Haus, wo die Familie sich versammelt hatte. Guin strahlte vor Stolz, während Ottie von einem zum anderen weitergereicht wurde. Das Baby gluckste zufrieden vor sich hin.

Elsie stupste Guin an und setzte sich neben sie. „Sie ist wunderschön, Liebes."

Guin lächelte. „Ich weiß. Ich kann immer noch nicht ganz glauben, dass sie mir gehört. Abgesehen vom Stillen nachts um drei – dann gibt es nicht den geringsten Zweifel daran."

„Wie kommt Joe mit seiner Vaterschaft zurecht?", fragte Daisy und ließ Ottie auf ihrem Knie reiten.

„Er gibt sein Bestes. Zwar steht er noch unter Schock, aber er liebt die Kleine so sehr. Ich bin wirklich stolz auf ihn."

„Das Muttersein steht dir", meinte Elsie lächelnd.

„Oh bitte. Und jetzt unterhaltet euch bitte über irgendetwas anderes mit mir. Irgendetwas, bei dem es nicht ums Stillen oder Windeln oder sonst was geht, was mit Babys zu tun hat. Ich bin gern Mutter, aber mir kommt es vor, als wäre mein Leben auf ein einziges Thema reduziert worden. Lach nicht, Els. Ich wünsche mir so sehnlichst eine richtige Unterhaltung, dass ich sogar schon Trost beim Clown vom Kinderkanal gesucht habe. Ich schätze, Joe verdächtigt mich inzwischen einer Affäre mit ihm. So, jetzt erzähl mir was über dieses Konzert. Wie läuft es denn so?"

„Ich glaube, wir sind gut vorbereitet. Die Proben sind gut verlaufen, und gestern habe ich erfahren, dass ein paar unserer jüngeren Mitglieder sich zum Üben zu Hause getroffen haben. Es war wirklich eine Hilfe, dieses Ziel vor Augen zu haben, und ich finde es großartig, dass sie das alle für Irene tun wollen. Ich finde es nur furchtbar, dass wir jetzt erst bemerken, was für ein besonderer Mensch Irene war."

Guin nickte. „Es ist schon traurig, wie oft das so läuft. Aber ich schätze, das Konzert gibt allen die Chance, ihr zu danken. Meinst du nicht auch?"

Schmetterlinge begannen in Elsies Bauch zu tanzen, als sie an den bevorstehenden Auftritt dachte. „Das hoffe ich."

„Etwas mehr in die Mitte … Nein, nicht *dahin*! Muss ich denn alles selbst machen?“

Als Elsie am Tag des Konzerts im Feathers ankam, war Jeannette Burton schon voll in Fahrt. Im Kommandoton scheuchte sie die Techniker der Soundfirma mit ihren Lautsprecherboxen und Mikrofonen kreuz und quer über die kleine Bühnenfläche, die Nick an einem Ende seines Pubs freigeräumt hatte. Nick kam mit finsterer Miene auf Elsie zu.

„Wo um alles in der Welt hast du diese Frau aufgetrieben?“, fragte er und duckte sich, als Jeannette den nächsten anblaffte. „Sie ist erst seit zwanzig Minuten da und hat mir die Tontechniker schon völlig verschreckt. Wenn wir nicht sofort etwas unternehmen, hauen sie uns ab, und dann gibt es kein Konzert.“

Elsie klopfte ihm beruhigend auf die Schulter. „Tut mir leid, Nick. Überlass sie mir.“ Damit wappnete sie sich für den bevorstehenden Kampf und ging hinüber zu Jeannette. „Wie geht es voran?“

„Viel zu langsam! Diese Leute sind Schwachköpfe! Wo hat der Wirt die nur aufgetrieben?“

„Was hältst du von einem kleinen Spaziergang?“ Sanft führte Elsie die aufgebrachte Dirigentin beiseite, während sie sprach. „Sie gehören zu einer Soundfirma, die Nick schon seit Jahren beschäftigt. Und sie arbeiten heute Abend umsonst hier, weil es sich um ein Benefizkonzert handelt. Wir sollten daher vermutlich ein bisschen Nachsicht walten lassen. Immerhin helfen sie uns heute Abend freiwillig.“

Jeannette starrte sie an. „Nun, das wusste ich nicht. Tatsache bleibt aber, dass sie keine Ahnung haben, wie man eine Bühne für eine Gesangsgruppe herrichtet. Die Soundtechniker, die ich normalerweise beschäftige, wären inzwischen längst fertig.“

„Weißt du was, ich rede ein Wörtchen mit ihnen, und ich werde Nick bitten, dir eine Kanne Tee zu bringen, okay? Du musst dich ein wenig ausruhen vor dem großen Auftritt.“

Dieser Vorschlag schien Jeannette zu gefallen, und sie folgte ihr gnädigerweise an die Bar und setzte sich hin, während Elsie bei Nick Getränke orderte.

„Wie hast du das angestellt?“, fragte Nick im Flüsterton.

Elsie grinste. „Ich habe mich für ein vorsichtig-taktvolles Vorgehen entschieden. Kleiner Trick, den ich im Umgang mit britischen Touristen gelernt habe.“

„Das muss ich mir merken.“

„Okay. Also einen Tee für unsere Freundin, die Drachenlady. Und könntest du den Soundtechnikern auch welchen bringen? Wenn ich sie mir so anschaue, brauchen sie vermutlich dringend eine Pause. Wie viel macht das?“

„Vergiss es. Das geht aufs Haus. Jeder, der *das Ding da* zähmen kann, hat kostenlosen Tee verdient, soweit es mich angeht.“

Jetzt, wo Jeannette besänftigt und die Soundtechniker ohne ihre Einmischung sichtlich glücklicher waren, nahm die Bühne rasch Formen an. Als Woody und Cher eine Stunde später aufkreuzten, war bereits alles erledigt.

„Das sieht großartig aus“, meinte Cher und schloss Elsie in die Arme. „Ich kann kaum glauben, dass du es geschafft hast, alles zu organisieren.“

„Das“, verkündete Woody und breitete die Arme aus wie ein Zirkusdirektor, „ist der Ort, an dem sich Magie entfalten wird. Dies ist beinah heiliger Boden ...“

Elsie lachte. „Dies ist ein Pub, Woody. Ich bezweifle, dass das Feathers jemals zuvor als heilig bezeichnet worden ist.“

Die Sundaes und das DreamTeam begannen kurz nach sechs einzutrudeln, und im Nu war der Pub voller aufgeregter, sich unterhaltender Leute. Um halb sieben baten Elsie und Jeannette die Sänger um Aufmerksamkeit, und es wurde still im Raum.

„Zunächst einmal möchte ich euch allen danken, dass ihr heute Abend teilnehmt“, sagte Elsie. „In wenigen Minuten werden beide Singgruppen jeweils ein Stück vortragen, damit wir die Lautstärke checken können. Aber vorher möchte ich euch daran erinnern, warum wir alle hier sind. Vor ein paar Wochen haben wir ein sehr liebes Mitglied unseres Chores verloren. Sie hat gelitten, ohne uns je damit zu belasten. Wir hatten keine Ahnung, dass sie schwer krank war. Derweil hat sie ihren Mitsängern Mut gemacht, indem sie Zeit mit ihnen verbrachte, und

Irene Quinn war so viel mehr als eine gute Zuhörerin. Sie war ein echter Sonnenstrahl für die Sundaes. Heute Abend wollen wir sie ehren und diesen Raum mit der Musik erfüllen, die Irene so sehr geliebt hat. Ich wünsche mir für den heutigen Abend nur eines: Dass wir mit Freude bei der Sache sind und den besten Auftritt hinlegen, den wir können. Einverstanden?"

Die beiden Singgruppen gaben ehrlichen Applaus, und sogar Jeannette Burton rang sich ein leichtes Lächeln ab.

„Gut. Dann an die Arbeit!"

Das DreamTeam trat um acht auf. Inzwischen war das Feathers rappelvoll. Elsie und Cher standen ein wenig abseits der Bühnenfläche und sahen zu, während der Chor eine energiegeladene Interpretation von „Don't Stop Believing" ablieferte.

„Es ist ein bisschen gekünstelt, findest du nicht?", fragte Cher.

„Den Leuten gefällt es aber", stellte Elsie fest, die das Publikum beobachtete. Die Leute lächelten und nickten im Takt. „Und sie haben fantastisch die Werbetrommel gerührt."

„Stimmt auch wieder. Trotzdem halte ich das Burton-Weib für ein Luder. Kommt Olly nicht?"

„Er hat heute Abend noch eine Besprechung, kommt aber vielleicht später vorbei. Er hat schon so viel für uns getan."

„Hallo und guten Abend, die Damen!"

Cher und Elsie drehten sich um und sahen Jake auf sich zukommen. Cher quietschte vor Freude, rannte zu ihm und zeigte sehr offensichtlich, wie sehr sie ihn mochte. Während die beiden sich küssten, trat Torin hinter seinem Boss hervor, und der flauschige Teppich unter Elsies Füßen schien plötzlich zu schwanken.

„Tolle Vorstellung", rief er, um die wachsende Lautstärke des DreamTeam zu übertönen.

„Danke." Unsicher, was sie jetzt tun sollte, wandte Elsie ihre Aufmerksamkeit wieder der Bühne zu.

Cher hatte sich bei Jake eingehängt, als die beiden sich nach ihrer Begrüßung zu Elsie und Torin gesellten. „Ich wusste nicht, dass du kommen würdest, Baby."

„Ich kann mir das doch nicht entgehen lassen, oder? Schließlich wusste ich doch, wie sehr du diese Frau gemocht hast“, meinte Jake grinsend.

„Aber hättest du nicht heute Abend nach Edinburgh fahren müssen? Zu dieser Besprechung?“

Jake wechselte einen kurzen Blick mit Torin, der seinen Blick auf sein Bierglas senkte. „Mach dir darüber keine Gedanken, Darling. Heute Abend bist du mir wichtiger.“

Cher kicherte. „Das höre ich doch gern.“

Elsie spürte, dass Torin sie beobachtete. Also hielt sie ihren Blick fest auf das DreamTeam gerichtet. Nach einer Weile wurde es ihr zu viel. Sie entschuldigte sich und floh auf die andere Seite des Pubs, wo die Sundaes nervös auf ihren Auftritt warteten.

„Es sind so viele Leute da“, jammerte Sheila und spielte mit dem Saum ihres Cardigans.

„Wenn du erst da oben stehst, wird alles okay sein“, versicherte Elsie ihr. „Außerdem ist dieses Publikum beileibe nicht so groß wie das, vor dem wir beim Stadtfest aufgetreten sind.“

„Nur Mut, Mädchen. Viele, viele Leute sind gekommen, um heute Abend deine Stimme zu hören. Das ist für dich die Stunde der Wahrheit“, sagte Woody. Besonders klug hatte er seine Worte nicht gewählt, wie der Ausdruck nackter Panik auf Sheilas Gesicht bewies.

Elsie funkelte ihn zornig an. „Es wird ein toller Abend werden. Entspannt euch einfach alle und genießt es.“

Das DreamTeam beendete seinen letzten Song, und Elsie trat ans Mikrofon. „Noch einmal Applaus für das DreamTeam und Jeannette Burton!“ Das Publikum applaudierte. „Vielen Dank. Wir machen jetzt etwa zwanzig Minuten Pause, und dann werden die Sundaes auftreten, um euch zu unterhalten.“ Sie verließ die Bühne, während das Publikum sich der Bar zuwandte, und ging hinüber zu Jeannette, die von den Mitgliedern ihrer Gesangsgruppe beglückwünscht wurde.

„Jeannette, das war großartig. Vielen, vielen Dank, dass Sie heute hier sind.“

„Es war mir ein Vergnügen. Ich muss schon sagen, ich bin neugierig auf Ihr Programm heute Abend."

Elsie ignorierte den leichten Sarkasmus in Jeannettes Worten und lächelte. „Ich denke, es wird Ihnen gefallen. Es wird ganz anders sein als Ihr Repertoire."

Cher erschien mit Jake im Schlepptau. „Elsie, wir bestellen die Getränke. Was möchtest du haben?"

„Nur einen Orangensaft, danke. Cher, Jake, darf ich euch Jeannette vorstellen?"

Jeannette ignorierte Cher und streckte Jake die Hand entgegen. „Sieh an, sieh an, Jake Long. Dich habe ich heute Abend nicht hier erwartet."

Jake wurde ein wenig rot, als er ihr die Hand schüttelte. „Wieder einmal ein großartiger Auftritt, Jeannette."

Chers Miene verfinsterte sich. „Ihr beiden kennt euch?"

„Oh, Jake und ich, wir kennen uns schon seeehr lange, nicht wahr?"

Jake murmelte etwas in sich hinein und ging. Cher verschränkte die Arme vor der Brust. „Die Welt ist klein."

„Wohl wahr."

Elsie, die spürte, dass plötzlich dicke Luft herrschte, nahm Cher beim Arm. „Wir sollten uns jetzt wirklich um die Getränke kümmern."

„Dieses Weibsstück …", knurrte Cher. „Ich schwöre dir, wenn sie Jake anbaggert, dann werde ich …"

„Das wird sie nicht, keine Sorge. Geh einfach und hilf Jake an der Bar. Ich muss mit jemandem reden."

Als sie Cher wieder sicher an Jakes Seite verfrachtet hatte, ging Elsie hinüber zu dem Tisch, an dem Irenes Familie saß. Lyn lächelte ihr entgegen.

„Es ist wunderbar", sagte sie. „Mum wäre begeistert gewesen."

„Ich bin so froh, dass es Ihnen gefällt. Ich glaube, Sie werden die Stücke mögen, die wir zusammengestellt haben."

„Ich hoffe, es gibt heute Abend auch eine Luftgitarre", meinte Lyn strahlend. „Sie wissen, wie sehr meine Mutter das geliebt hat."

„Wir haben extra für sie eine eingebaut. Wie geht es Ihnen?"

„Ach, Sie wissen schon. Ein Tag nach dem anderen. Es gibt immer noch ein paar Rechtsangelegenheiten, die geklärt werden müssen, aber es geht langsam voran. Dass wir uns auf diesen Abend freuen konnten, hat uns sehr geholfen."

„Das freut mich. Ich weiß, dass das alles nicht leicht ist. Sie können sich nur an den kleinen Lichtblicken positiven Denkens festhalten, wenn sie aufleuchten. Aber im Laufe der Zeit wird es immer leichter."

Für einen Moment herrschte tiefes Verständnis zwischen den beiden Frauen. „Danke, Elsie. Das bedeutet mir viel."

Woody gesellte sich zu ihnen, lüftete seinen Stetson für Lyn und ihre Familie. „N'Abend. Wir sollten die Truppen sammeln, Babe."

„Ja, es wird Zeit. Genießen Sie den Rest des Abends, Lyn."

Stan, Lewis, Danny und Graeme übten noch einmal ihr Luftgitarrenspiel, während Elsie und Woody sich neben der Bühne zu den Sängern gesellten. Einer der Tontechniker hob den Daumen, und Elsie wandte sich an die Gruppe.

„Okay, Leute. Es ist so weit. Alles in Ordnung?"

Aoife erbleichte. „Ich glaube, mir wird übel."

„Ihr werdet euch alle großartig schlagen", sagte Elsie. „Ich stelle uns vor, und dann kommt ihr auf die Bühne." Sie spürte, wie ihre eigenen Nerven zu flattern begannen, und trat ans Mikrofon. „Ladies und Gentlemen, darf ich vorstellen: Die Sundaes!"

Jubel erklang, als sie ihre Plätze auf der Bühne einnahmen. Woody betrat sie als Letzter, zog seinen Hut vor dem Publikum und zwinkerte Elsie zu, als er an ihr vorbeiging. Elsie hob die Hände, und die Gruppe begann zu singen.

Diesmal hatten Elsie und Woody sich als erstes Stück für ein Lied entschieden, bei dem alle gemeinsam sangen. Sasha wurde immer noch mit ihren „fields of blue" vom Stadtfest geneckt. Als Elsie zu spielen begann, sangen die Sundaes den Refrain von Coldplays „Paradise", wurden dabei allmählich lauter und bei der dritten Wiederholung dreistimmig. Gemeinsam zu singen schien ihre Nervosität zu bekämpfen, denn sie trafen ihre Töne entschieden besser als beim letzten Auftritt. Anschließend trat Sasha nach vorn und begann mit den Eröffnungszeilen von „You Got the Love“. Elsie nickte ihr zu, und sie wurde noch lauter, als der Rest der Gruppe mit einstimmte.

Woody grinste Elsie an, und hinter ihm entdeckte sie plötzlich Olly. Er lächelte sie an, und sofort wurde ihr leichter zumute. Es war so schön zu wissen, dass er da war. Die Gruppe beendete ihr Medley, und das Publikum klatschte Beifall. Elsie nickte Woody zu, der ihren Platz vor der Gruppe einnahm, um sein Carpenters/Aerosmith-Medley selbst anzuleiten. Bei den nächsten beiden Stücken brauchte sie nicht zu dirigieren, und so ließ Elsie den Blick über das Publikum schweifen, während sie spielte. Jeder lächelte, und ihr wurde klar, was für ein ungeheurer Ansporn das für den Chor sein würde, zumal dieses Konzert ihnen allen so viel bedeutete. Als die Jungs vortraten, um das Gitarren-Riff von „Walk this Way“ zu singen, lösten sich all ihre Vorbehalte gegen Woodys verrückten Song in Luft auf, denn sie sah die Reaktion des Publikums und die Begeisterung auf den Gesichtern ihrer Sänger.

Und dann, inmitten der vielen lächelnden Gesichter, entdeckte sie Torin. Er stand neben Jake und Cher und starrte sie an. Ohne zu lächeln. Warum war er überhaupt hier? Er wirkte so fehl am Platz und hatte kaum drei Worte mit ihr gewechselt. Warum blieb er hier, wo er so offensichtlich nicht sein wollte? Verärgert wandte sie ihre Aufmerksamkeit wieder den Sundaes zu und beschloss, nicht länger darüber nachzudenken.

Ihr Programm endete mit Irenes Lieblingslied, und Elsie spürte, wie ihr Tränen in die Augen schossen, als die Worte von „I'll Walk Beside You“ ihr Herz anrührten. Nicht wenige der Sänger waren ebenfalls zutiefst berührt, und die Atmosphäre im Pub änderte sich merklich, weil das Publikum spürte, dass dieser Auftritt aus tiefstem Herzen kam.

Elsies Gedanken schweiften ab, weit zurück in die Vergangenheit, zu einer Zeit lange vor der Diagnose, als ein junges Paar vorm Altar von Grandma Flos Methodistenkirche in Hove stand und einander die Treue schwor. Lucas hatte darauf bestanden, einen dunkelgrauen viktorianischen Frack, eine rot-graue Nadelstreifen-Hose und einen hohen kohlschwarzen samtenen Zylinder zu tragen – wild entschlossen, sich auch an diesem Tag keinerlei Diktat zu unterwerfen –, aber in dem Blick, mit dem er seine Braut ansah, leuchteten Gefühle, die so alt waren wie die Zeit selbst. Elsie, strahlend vor Glück in einem weißen Spitzenkleid aus den Zwanzigerjahren, das einst Jims Großtante gehört hatte, schaute so voller Liebe zu ihrem gut aussehenden Lucas auf, dass es ihr den Atem verschlug. Als der Pastor sie zu Mann und Frau erklärte, beugte Lucas sich dicht an sie heran und flüsterte, unmittelbar bevor er sie küsste: „Für immer, Elsinore." An diesem Tag herrschte so viel Hoffnung und Erwartung, wurden so viele Träume geboren, so viele Zukunftsmöglichkeiten vorhergesehen …

Während sie ihren Sängern zulächelte, dachte Elsie an die neueste Botschaft aus der satinbespannten Schachtel:

Ich liebe dich, weil du immer sehen kannst, was möglich ist, schon bevor es das ist.
Kuss.

Jetzt, wo sie dem Gesang zuhörte, wurde Elsie plötzlich klar, dass trotz aller Rückschläge und Pannen die Sänger, die neben ihr standen, genau die Singgruppe geworden waren, die sie sich von Anfang an vorgestellt hatte. Das Stück endete, einen Augenblick herrschte Stille, und dann explodierte der Pub in enthusiastischem Applaus. Die Sundaes verneigten sich etliche Male, überrascht und überglücklich durch den Adrenalinstoß, den die Publikumsreaktion bei ihnen auslöste.

Woody und Elsie verneigten sich noch einmal, und dann griff Woody zum Mikrofon.

„Danke, Leute, dass ihr gekommen seid, um uns heute zu unterstützen. Irene war eine wundervolle Lady, und ich hoffe, wir sind ihr gerecht geworden."

Damit übergab er das Mikrofon an Elsie, der gerade von einem grinsenden Nick ein Stück Papier zugesteckt worden war.

„Ich bin begeistert, verkünden zu dürfen, dass dieses Konzert heute Abend sechshundertundfünfzig Pfund für die britische Krebsforschung eingebracht hat. Ich denke, dafür haben Sie alle Beifall verdient. Applaus für Sie!"

Das Publikum klatschte, und Elsie führte die Sundaes von der Bühne. Sie wischte sich die Tränen aus dem Gesicht, und Woody breitete die Arme aus: „Komm her, Engel."

Als sie sich umarmten, zerriss ein lauter Schrei die Luft.

„LUDER!"

Elsie löste sich gerade rechtzeitig aus der Umarmung, um zu sehen, wie Cher sich auf Jeannette stürzte und die Leute hastig Platz machten, um zuzusehen. Zutiefst schockiert rannte Elsie hinüber, packte Cher an den Schultern und zerrte die um sich Tretende und Obszönitäten Kreischende von der wütenden Dirigentin weg. Jeannette stürzte Cher nach, wurde aber von einem Paar kräftiger Arme aufgehalten, die sich um ihre Taille schlangen und sie forttrugen.

„Cher, hör auf damit!", rief Elsie.

„Es ist ihre Schuld", fauchte Cher. „Sie hat sich an Jake herangemacht!"

„Ich glaube, du wirst noch merken, dass er sich an mich herangemacht hat!", gab Jeannette zurück. „Genau wie in den guten alten Zeiten, nicht wahr, Jake?"

Jake stand genau dazwischen, die Handflächen nach oben gedreht, hilflos und hoffnungslos überfordert.

„Lass mich los, Elsie, damit ich dieser Frau den Kopf abreißen kann!" Während Cher sich in Elsies Griff wand, sah Elsie plötzlich das Gesicht des Mannes, der Jeannette zurückhielt.

„Schaff sie nach Hause, Jake", knurrte Torin. „Das ist weder der richtige Ort noch der richtige Zeitpunkt für so etwas."

„Was hab ich damit zu schaffen?", gab Jake zurück. „Sie ist durchgedreht."

„So viel zum liebevollen Freund, he, Cher?", rief Jeannette und versuchte, sich aus Torins Griff zu befreien. „Jake Long wird sich niemals ändern. Glaubst du wirklich, er trifft sich nur mit dir? Träum weiter!"

Cher riss sich los und sprang auf Jeannette zu, aber Woody packte sie gerade noch rechtzeitig. „Mädel, das ist sie nicht wert. Ich bringe dich nach Hause.“ Er schaute Elsie an. „Ich rufe dich morgen an, ja?“

Elsie richtete ihr Kleid. „Ja, danke. Cher, geh bitte nach Hause und beruhige dich.“

Cher brach in Tränen aus und streckte ihr die Hand entgegen. „Oh, Els, es tut mir so leid …“

Elsie war so wütend, dass sie sich nicht dazu überwinden konnte, Cher anzusehen. „Geh nach Hause.“ Dann wandte sie sich kopfschüttelnd an Jeannette. „Ich weiß nicht, warum Sie das provozieren mussten, wo Sie doch ganz genau wussten, worum es heute Abend ging. Sie bezeichnen sich als Profi, Sie erzählen andauernd jedem, wie überlegen Ihr Chor ist. Ich mag nur eine Amateurin sein, aber ich würde mich niemals vor meiner Singgruppe so aufführen, wie Sie das gerade getan haben.“ Sie seufzte, als Torin Jeannette losließ. „Ich glaube, Sie sollten jetzt gehen.“

In der Erkenntnis, in Elsie einen ebenbürtigen Gegner gefunden zu haben, raffte Jeannette ihren Paschmina-Schal auf, der in dem Gerangel zu Boden gefallen war, und verließ den Pub, gefolgt von ihrer schockierten Gesangsgruppe. Heftig atmend sahen Elsie und Torin einander an, während die unbeteiligten Zuschauer sich zerstreuten.

„Danke.“

„Gern geschehen. Alles in Ordnung mit Ihnen? Sie waren unglaublich eben …“ Er trat näher, und einen Augenblick glaubte Elsie, er wolle sie in den Arm nehmen.

„Elsie, was ist passiert? Komm her.“ Olly tauchte neben ihr auf und zog sie in seine Arme. Sie ließ es geschehen und sah, wie Torin zurücktrat. Er lächelte ihr zu und wandte sich dann an Jake, der sich an der Bar einen großen Whisky genehmigte und aussah, als hätte ihn gerade eine Büffelherde überrannt.

Elsie befreite sich aus der Umarmung und löste sich von Olly. In Gedanken war sie ganz woanders. „Ich muss sehen, ob es Irenes Familie gut geht“, sagte sie. Noch immer stand ihr die

Szene zwischen Cher und Jeannette schmerzlich vor Augen. Olly trat zur Seite, aber auf seinem Gesicht lag ein merkwürdiger Ausdruck.

Lyn sammelte eben ihre Sachen ein, als Elsie an ihren Tisch trat.

„Lyn, es tut mir so unendlich leid. Ich habe keine Ahnung, was da los war."

Zu ihrer Erleichterung grinste Lyn nur. „Keine Sorge, Mum hätte das gefallen. Sie liebte Aufregung – wenn es Weihnachten zu Familienkrach kam, dann war sie immer mitten drin und fühlte sich pudelwohl."

„Aber dass das nach einem so tollen Abend passieren musste …"

„Vertrau mir, Elsie, das ist der beste Ausklang für einen wundervollen Abend." Sie legte ihre Hand auf Elsies Arm. „Heute hast du ihr Ehre erwiesen. Danke dafür."

Mit einem Lächeln auf den Lippen, das Olly gelten sollte, ging Elsie zurück, aber er stand nicht mehr dort, wo sie ihn hatte stehen lassen. Ein paar Minuten lief sie durch den Pub, schaute sogar draußen nach, ob er dort auf sie wartete. Aber er war nirgends zu finden. Sie redete sich ein, dass er vermutlich hatte gehen müssen, ihr Gespräch mit Lyn aber nicht hatte unterbrechen wollen. Kein Problem, sagte sie sich, ich schicke ihm nachher eine SMS.

Erschöpft von den Ereignissen des Abends, ging sie langsam zurück an den Rand der Bühne, um ihr Keyboard einzupacken. Sie spürte eine Hand auf ihrer Schulter, und als sie sich umdrehte, stand Daisy hinter ihr.

„Hey, Schwesterchen, das war ein beeindruckendes Krisenmanagement vorhin."

„Ich bin schrecklich wütend auf alle beide. Was haben sie sich nur dabei gedacht?"

„Nichts. Sie sind Idioten. Aber nach dem, was du ihnen gesagt hast, werden sie sich hüten, dich noch einmal wütend zu machen." Sie drückte Elsie an sich. „Ich bin so stolz auf dich. Habe ich dir das schon gesagt?"

Elsie lächelte erschöpft. „Ich bin stolz auf uns. Wir haben heute Abend fantastisch geklungen."

„Oh ja, das haben wir. Was hältst du davon, wenn ich dir jetzt helfe zusammenzupacken, und dann kommst du mit zu mir nach Hause? André hat uns eine Flasche Champagner geschickt, und ich kann uns was zu essen liefern lassen. Ein paar schöne Stunden für zwei Schwestern. Was meinst du?"

Dankbar für die Aussicht darauf, Zeit in neutraler Umgebung zu verbringen, stimmte Elsie zu. „Ich halte sehr viel davon. Das klingt perfekt."

Später am Abend, als sie sich in Daisys atemberaubender Wohnung endlich entspannen konnte, hob Elsie ihr Glas: „Auf Irene. Weil sie voller Überraschungen steckt."

Daisy grinste. „Auf Irene!"

Aber Irene Quinn hatte noch mehr Überraschungen in petto – wie Elsie bald herausfinden sollte.

15. KAPITEL

Eine große Bitte …

Am nächsten Morgen erwachte Elsie früh. Sie wickelte sich in den flauschigen weißen Frottee-Bademantel, den Daisy ihr zurechtgelegt hatte, und ging vom Gästezimmer in die große offene Küche, die ins Wohnzimmer überging und einen herrlichen Blick aufs Meer bot. Daisy hatte bereits Kaffee aufgebrüht, und Elsie konnte die Dusche im hinteren Teil der Wohnung laufen hören. Sie goss sich einen Becher Kaffee ein, nahm ihn, schob die Balkontür auf und trat hinaus auf den Balkon aus Birkenholz. Tief sog sie die frische salzige Meeresluft ein. Draußen kreuzten schon Jachten durchs tiefblaue Wasser, und das wespenartige Summen der ersten Jetski-Fahrer hing über dem Meer.

Ihr Leben lang hatte Elsie das Meer direkt vor der Haustür gehabt, aber erst als Lucas krank wurde, hatte sie begonnen seine Schönheit zu schätzen. Die nie endende Bewegung des Ozeans trug einen Hauch von Ewigkeit in sich, und sein stetiger Rhythmus war eine absolut verlässliche Konstante. Obwohl so viel anderes in ihrem Leben in seinen Grundfesten erschüttert worden war, blieb das Meer doch immer gleich – es wurde zu einem Zufluchtsort für Elsie. Hier konnte sie nachdenken, konnte ihren Geist entspannen und sich der Schönheit des Ozeans hingeben, konnte für wenige kostbare Augenblicke allein mit ihren Gedanken sein, bevor sie zu dem Mann zurückeilte, den sie liebte, und sich erneut den Herausforderungen des Alltags stellte.

Lucas hatte das Meer immer geliebt, und lange bevor der Krebs in ihr Leben einbrach, bereits fast jeden Tag auf einem Spaziergang am Strand bestanden. Schon als Jugendlicher hatte er Segeln gelernt. Sein Vater, der regelmäßig an Segelregatten teilnahm, hatte es ihm beigebracht. Ganz zu Anfang ihrer Beziehung lud er sie oft am Wochenende auf die Jacht der Familie ein und gab mit seinen seemännischen Fertigkeiten an, wenn er seinem Vater half, die Segel zu setzen und das Boot zu steuern. Als seine Krankheit begann ihn zu schwächen, gingen sie jeden Tag zur selben Bank auf der Promenade, ganz egal, ob es regnete oder die Sonne schien, damit er aufs Meer schauen konnte, das er so sehr liebte.

Elsie ließ den Blick übers Wasser schweifen, und für einen Moment war es, als stünde Lucas an ihrer Seite. Sie schloss die Augen, lehnte sich an das Erinnerungsbild, und tiefer Friede erfasste sie. Instinktiv strich sie mit dem linken Daumen über den Ringfinger ihrer linken Hand, und es durchzuckte sie schmerzlich, als sie nur nackte Haut berührte. Den Ehering abzulegen war ihr bei Weitem am schwersten gefallen, aber so hatte er es gewollt. Er hatte gesagt, dass sie das tun sollte. Jetzt lag der Ring in einer Samtbox in der obersten Schublade ihrer Küchenanrichte. Sie hatte ihn seitdem nicht mehr angeschaut. Zu wissen, dass er da war, genügte ihr. Und während die Monate vergingen, spürte sie, wie sie sich immer weiter von der Frau entfernte, die sie gewesen war, als sie den Ring noch trug.

„Guten Morgen, Schönste."

Elsie drehte sich um. Hinter ihr trat Daisy auf den Balkon hinaus, während sie ihre langen blonden Haare mit einem Handtuch trockenrubbelte. „Hey, Schwester."

„Gut geschlafen?"

„Hier schlafe ich immer gut. Es ist, als würde man in einer für ein Einrichtungsmagazin hergerichteten Kulisse wohnen. Ich kenne niemanden, der so viele Kissen auf ein Bett packt."

Daisy lachte. „Ach, hör auf. Ich mag es eben so."

„Du bist eine so tolle Innenarchitektin."

„Stimmt. Also, wenn ich dich dazu überreden kann, mit in meine superluxuriöse, trendige, maßangefertigte Küche zu kommen, dann mache ich uns ein Bacon-Sandwich, das jeder Rezeptzeitschrift zur Ehre gereichte. Ist das ein Angebot?"

Elsie grinste. „Einverstanden."

Als Elsie am Montagmorgen bei der Arbeit erschien, wartete Cher bereits auf sie. Sie sah furchtbar aus, dunkle Ringe unter den Augen, ihr strähniges, stumpfes schwarzes Haar zu einem schlaffen Pferdeschwanz zusammengebunden. Ihre ganze Erscheinung stand in völligem Gegensatz zu ihrem sonst so gepflegten Auftreten.

„Hi, Elsie."

„Morgen." Damit ging Elsie an ihr vorbei in die Küche, um ihre Tasche dort abzulegen.

Cher folgte ihr und rang die Hände. „Es tut mir so leid, Els. Ich habe mich am Samstagabend wie eine Idiotin benommen."

Elsie band sich die Schürze um und schwieg. Sie war sich noch nicht sicher, was sie zu Cher sagen sollte. Die Erinnerung an die Beinah-Prügelei war einfach noch zu frisch.

„Ich fühle mich grässlich und habe überhaupt nicht geschlafen. Ich weiß nicht, was über mich gekommen ist. Alles, was ich gesehen habe, war dieses Weib. Sie hing wie eine Klette an Jake, und da bin ich einfach durchgedreht. Ich weiß, dass ich einen Fehler gemacht habe. Glaub mir, das weiß ich."

Red nur weiter, Pettinger. Elsie zog einen der Drahtkörbe aus der Spülmaschine und begann ihn auszuräumen.

„Oh, um Gottes willen, sag etwas, Elsie! Was soll ich denn noch sagen?"

„Du hast gewusst, wie wichtig dieser Abend war."

„Natürlich …"

„Nicht nur für mich und den Chor, sondern für Irenes Familie. Das war *Irenes* Abend."

Cher ließ den Kopf hängen. „Ich fühle mich entsetzlich deswegen."

Elsie starrte ihre Freundin an. „Ich behaupte gar nicht, dass es nur deine Schuld war, verstehst du? Aber du solltest Jake genug vertrauen, um dich nicht von einer alten Flamme bedroht zu fühlen – mit Betonung auf alt – …"

Cher hob nervös lächelnd den Kopf.

„… die plötzlich wieder auftaucht und versucht, die Gelegenheit auszunutzen. Jake ist für dich gekommen, weißt du noch? Obwohl er am nächsten Tag nach Schottland fliegen musste. Trotzdem ist er gekommen, um die Singgruppe zu unterstützen, die sich regelmäßig in *deinem* Café trifft. Was sagt dir das, hmmm?"

„Es tut mir wirklich leid, Els. Verzeihst du mir?"

Kopfschüttelnd nahm Elsie sie in die Arme. „Natürlich. Aber mach so was noch mal, und du bist tot. Verstanden?"

„Danke. Vielleicht kann ich jetzt ja wieder schlafen."

„Und was ist mit Jake? Er wirkte ziemlich verstört, als Woody dich nach Hause gebracht hat."

Cher stöhnte und nahm eine Handvoll Besteck aus dem Spülmaschinengestell. „Er hat erst gestern Nachmittag angerufen. Zu dem Zeitpunkt war ich schon überzeugt davon, dass ich jetzt alles kaputt gemacht habe. Jedenfalls haben wir uns ausgesprochen, und jetzt ist alles wieder gut. Er war böse, weil ich ihm nicht genug vertraue. Das verstehe ich natürlich. Ich kann nur hoffen, dass mir dieses Burton-Weib in nächster Zeit nicht wieder über den Weg läuft."

„Und Woody hat dich sicher nach Hause gebracht?"

„Oh, er war wirklich furchtbar lieb. Ich meine, als ich zu Hause war, war ich völlig am Boden zerstört. Aber er hat mir einen Tee gekocht und sich zu mir gesetzt und über eine Stunde gewartet, bis ich mich endlich wieder etwas beruhigt hatte. Ganz und gar nicht wie ein harter Rocker. Und sehr überraschend, finde ich."

„Er hat ein gutes Herz." Elsie schaltete die Kaffeemaschine ein und schüttete frische Kaffeebohnen in den Mühlentrichter. „Du weißt, dass er auf dich steht?"

„Oh, ich bitte dich", gab Cher zurück, aber die Röte auf ihren Wangen verriet, was wirklich in ihr vorging. „Ein bisschen wie dein fantastisch aussehender Designerfreund. Vernarrt in dich, das ist alles."

Elsie schüttelte den Kopf. „Ich bin mir da nicht so sicher ..."

„Sicher inwiefern? Was gibt es da zu überlegen? Der Typ ist ein wandelndes Ölgemälde, sieht umwerfend aus, ist cool, amüsant ..."

„Und ruft mich im Moment nicht zurück", ergänzte Elsie.

„Was? Seit wann?"

Elsie seufzte und ließ sich auf den Stuhl am Tresen fallen. „Seit dem Konzert. Ich bin mir nicht sicher, was passiert ist: In der einen Minute hat er mich in den Arm genommen, in der nächsten war er verschwunden. Er hat auf meine SMS nicht geantwortet, und wenn ich ihn anrufe, geht nur die Mailbox dran."

Cher runzelte die Stirn. „Vielleicht hatte er viel zu tun? Oder war gestern mit seinen Freunden unterwegs, Kitesurfen?"

„Vielleicht."

Cher nickte zum Telefon des Cafés hinüber. „Ruf ihn an. Jetzt. Von hier. Wenn er nicht mit dir reden möchte – was ich sehr bezweifle –, erkennt er diese Nummer nicht, und du hast wenigstens eine Chance, ihn zu überrumpeln."

Cher hatte recht. Sie überreagierte. Aber die Erinnerung an das, was Daisy vor ein paar Wochen gesagt hatte, und daran, wie er am Samstagabend verschwunden war, reichte aus, um ihr Bauchschmerzen zu bereiten. Sie griff nach ihrem Smartphone, suchte seine Nummer heraus und wählte sie auf dem Retro-Telefon, das an der Wand hinter dem Tresen hing.

Tatsächlich, Olly meldete sich.

„Ich bin's, Elsie. Leg nicht auf."

Ein langer Seufzer erklang am anderen Ende der Leitung. „Warum sollte ich auflegen?" Seine Worte hätten sie beruhigen sollen, aber der Tonfall machte sie nervös.

„Kann ich dich sehen? In der Mittagspause?"

„In Ordnung. Wo?"

„Am Strand. Beim Pub Fortune of War. Gegen halb eins?"

„Gut. Aber ich kann nicht lange bleiben."

Olly saß auf dem Kiesdamm knapp fünfzig Meter vom Pub entfernt, als Elsie am Strand ankam. Um ihn herum – in seltsam gleichmäßigen Abständen – saßen etliche andere Paare, die den Ausblick auf die auf den Strand brandenden Wellen genossen. Als Elsie seinen Gesichtsausdruck sah, war ihr klar, dass definitiv etwas nicht stimmte.

„Olly?"

Er schaute weg.

Panik begann ihr die Luft abzuschnüren. „Olly, rede mit mir, bitte."

Langsam hob er den Blick, und sie wünschte sich sofort, sie hätte nicht gesehen, was in seinen Augen lag. Verschwunden war das Lächeln, verschwunden die lässige Gemütlichkeit. Stattdessen las sie Schmerz, Enttäuschung und kalte Resignation aus seinen Augen. „Ich verstehe dich nicht", sagte er, seine Stimme kaum mehr als ein Flüstern. „Im einen Moment glaube ich, du magst mich und wir hätten was miteinander, und im nächsten … So kannst du nicht weiter mit mir umgehen, Elsie. Du kannst mich nicht warten lassen, während du noch überlegst, ob du nun bereit bist oder nicht."

„Ich bin … ich dachte nicht, dass …"

„Am Samstagabend – nach dem Zoff zwischen Cher und Jeannette – hast du mich von dir geschoben, als ginge ich dir auf die Nerven."

Elsie starrte ihn an. Das Herz klopfte ihr bis zum Hals. „Nein, so war es nicht. Ich musste doch nachschauen, wie es Lyn geht. Ich kann nicht glauben, dass du gedacht hast …"

„Es spielt keine Rolle, was ich gedacht habe, Elsie. Tatsache ist, das war nicht das erste Mal. Wir treffen uns, haben Spaß miteinander, kommen uns nahe, und dann – dann ziehst du dich zurück, und ich weiß wieder nicht, woran ich mit dir bin. Ich weiß, dass ich gesagt habe, wir könnten gern Freunde sein. Aber siehst du denn nicht: Je mehr Zeit wir miteinander verbringen, desto mehr verliebe ich mich in dich!"

„Olly …"

Er wandte den Blick wieder ab, und Elsie war ausnahmsweise froh darüber. „Ich weiß, das hier ist eine Herausforderung für dich; das habe ich begriffen. Und ich habe wirklich gegen meine Gefühle für dich angekämpft, weil ich dir Raum geben wollte. Weil ich dir die Möglichkeit geben wollte, in deinem eigenen Tempo zu einer Entscheidung zu gelangen. Aber wenn du nicht dahinterstehst – hinter uns beiden –, dann muss ich das wissen. Ich muss wissen, dass ich nicht meine Zeit damit verschwende, auf etwas zu hoffen, das nie eintreten wird."

Völlig überrumpelt von seinen Worten, suchte Elsie nach einer passenden Antwort. Was wollte er von ihr hören? In vieler Hinsicht verstand sie selbst nicht, warum sie so zurückhaltend war. Lag nicht der Sinn von Verabredungen zwischen Mann und Frau darin, ins kalte Wasser zu springen und zu sehen, was geschah? Aber wenn Olly sie verstand – und wenn ihm wirklich etwas an ihr lag –, dann konnte er doch sicherlich begreifen, dass dies ihr erster Versuch war, ihr Leben weiterzuleben, einen neuen Anfang zu wagen. Da war es doch völlig normal, dass Zweifel und Ängste aufkamen?

Das Donnern der Wellen, die gegen den Kiesstrand unter ihnen brandeten, mischte sich mit ihrem Herzschlag, der in ihren Ohren dröhnte. Sie stand auf, und der Wind zerrte an ihrem Schal. Ein großer Schwarm Seemöwen sauste kreischend über sie hinweg und segelte auf das geschwärzte gestrandete Stahlskelett zu, das einmal der West Pier gewesen war. Elsie spürte, wie tief in ihr Zorn hochkochte.

„Es tut mir leid, dich so zu enttäuschen. Und es tut mir leid, dass du auf mich warten musstest. Aber ich habe dich nie darum gebeten. Ich erwarte nicht, dass du mich verstehst, Olly. Ich verstehe mich ja selbst kaum. Ich habe nichts, wonach ich mich richten könnte – keinen Zeitrahmen, dem ich folgen könnte."

Überrascht von der Heftigkeit ihrer Reaktion, wurde Ollys Miene sofort weicher. „Hey, ich weiß. Ich weiß, dass …"

„Vielleicht sollte ich wissen, was ich jetzt will, aber ich weiß es nicht. Ich glaube, es ist vielleicht am besten für uns beide, wenn ich mich aus deinem Leben zurückziehe." Sie schluckte die Tränen hinunter, drehte sich um, und machte sich auf den Weg über den Strand zurück zur Treppe, die auf die Promenade hinaufführte. Sie war verletzt und wütend, auch wenn das eher an ihrer eigenen Unfähigkeit lag, den Schritt zu tun, von dem sie wusste, dass sie ihn tun sollte, als an dem, was Olly gesagt hatte. Er hatte das Recht, so zu empfinden, wie er es tat. Die meisten Männer in seiner Situation hätten sich viel eher beklagt. Während sie davoneilte, schlossen sich ihre Finger in ihrer Jackentasche um die letzte Botschaft aus Lucas' Schachtel:

Ich liebe dich, weil du nie einem Kampf ausweichst.
Kuss.

Tja, tut mir leid, Lucas, aber diesmal hast du dich geirrt. Früher mal hätte ich mich mit fliegenden Fahnen in die Schlacht gestürzt, aber seitdem du fort bist, ist das vorbei. Heute bin ich eine andere Frau.

Diesmal wich sie nicht einfach nur aus – sie rannte davon, so schnell es ging. Würde das jetzt künftig immer so sein, fragte sie sich. Würde sie weglaufen, wenn sich eine Gelegenheit bot, nach vorn zu sehen und Neues zu wagen? Als sie die Entscheidung getroffen hatte, neu anzufangen, hatte sie sich so stark gefühlt, so voller Selbstvertrauen und Zuversicht in Bezug auf das unbekannte Leben, das vor ihr lag. Hatte sie sich geirrt?

So bin ich nicht, widersprach sie. *Ich bin stärker. Oder etwa nicht?*

Olly folgte ihr nicht, als sie fortging. Erst oben auf der Promenade, wo sie sich in Sicherheit wähnte, wagte sie es, zurück zum Strand zu schauen. Da hockte er in sich zusammengesunken auf dem Kiesdamm und starrte hinaus aufs Meer, genauso wie sie ihn zurückgelassen hatte. Er versuchte in der folgenden Woche auch nicht, sie anzurufen, und schickte ihr keine SMS. Der dumpfe Schmerz, den ihr Streit in Elsie ausgelöst hatte, lag ihr jeden Tag bleischwer auf dem Herzen, und die Worte von Lucas' Botschaft hallten wie der stetige Ruf einer Spottdrossel in ihrem Kopf wieder. Cher fiel auf, dass Elsie sich verändert hatte – genauso wie Daisy, Guin und Jim –, aber irgendetwas an ihrer Stimmung hielt sie offenbar davon ab, nachzufragen.

Schließlich kam ihr jemand zu Hilfe, von dem sie es am wenigsten erwartet hatte.

Es war ein warmer Mittwochnachmittag, gut eine Woche nach ihrer Auseinandersetzung mit Olly, und Elsie nutzte den Umstand, dass im Sundae & Cher nichts los war, um Überstunden abzufeiern und sich in die tröstliche Anonymität der Straßen von Brighton zu flüchten. Während sie langsam durch die belebten Lanes schlenderte, ließ Elsie sich vom Verkehrslärm und

Gedränge einlullen. Die Alltäglichkeit des Ganzen schaffte es schließlich, das Fragengewirr in ihrem Inneren zu entknoten. Sie überquerte die Hauptstraße, ohne wirklich zu wissen, wo sie war, und erkannte das imposante geschlossene Eingangstor zu den Royal Pavilion Gardens erst, als sie praktisch schon davorstand. Sie wanderte am Zaun entlang, um die Gärten herum und dann hinein, wo sich inmitten sehr britischer Blumenbeete die exotischen Kuppeln und Türme des historischen Gebäudes erhoben.

Als Kind hatte sie oft mit Daisy und Guin hier gespielt. Sie hatten so getan, als wohnte Aladin im Pavilion, und sie seien Prinzessinnen, die mitten zwischen Rittersporn-, Rosen- und Lavendelbeeten spielten. Später ging sie hier mit Lucas spazieren, besuchte mit ihm an Sommersonntagen nachmittags das Pavilion Gardens Café, um Tee zu trinken und Kuchen zu essen. In letzter Zeit war sie nicht mehr hier gewesen – vor allem, weil es sich seltsam anfühlte, sich ohne Lucas an diesem Ort aufzuhalten. Heute war es still. Nur eine Gruppe Studenten lag im Gras herum, und ein einsamer Mandolinenspieler zupfte sich durch ein Medley aus REM-Stücken, den Mantel vor sich auf dem Weg ausgebreitet, damit Vorübergehende ihm Geld zuwerfen konnten. Elsie griff in ihre Tasche und ließ ein Pfund auf den kleinen Münzhaufen zu seinen Füßen fallen. Er nickte ihr mit geschlossenen Augen ein Dankeschön zu, vertieft in die Melodien seines Instruments.

Elsie wandte ihre Schritte dem Café zu und wollte gerade hinübergehen, als eine vertraute Stimme ihren Namen rief. Sie schaute sich um, bis sie schließlich entdeckte, zu wem sie gehörte: er lag im Gras ausgestreckt, die Lederjacke unter dem Kopf zusammengefaltet und ein halb geöffnetes Sechserpack Bier neben sich.

Lächelnd hob Elsie ihre Hand, um ihn zu grüßen. „Hey, Woody. Noch ein bisschen früh für Bier, oder?"

Er grinste, die Wangen bereits leicht gerötet von der warmen Sonne. „Es ist schon nach eins, Babe." Mit der Hand klopfte er auf das Gras neben sich. „Magst du dem alten Woodster bei einem Mittwochsbierchen Gesellschaft leisten?"

Da ihr kein guter Grund einfiel, die Einladung auszuschlagen, stieg sie über den niedrigen Drahtzaun und ließ sich im Schneidersitz neben ihm im Gras nieder. Woody zog eine Flasche aus der Pappe, hebelte den Kronkorken mit einem Schlüssel aus seiner Tasche ab und hielt ihr die Flasche hin.

„Prost!“ Damit stieß er mit seiner Flasche gegen ihre an, und sie tranken. Das Bier war warm und billig, diente aber als willkommene Ablenkung von dem Kuddelmuddel in Elsies Kopf. Als sie einen kräftigen Zug davon nahm, spürte sie Woodys Blick auf sich ruhen. „Sieht so aus, als hättest du das gebraucht“, sagte er, als sie die Flasche sinken ließ.

„Weißt du was? Du hast absolut recht.“

„Manchmal ist Bier alles, was man braucht“, meinte er in sich hineinlachend. „Obwohl – wenn ich mir dein Gesicht so ansehe, vielleicht auch wieder nicht.“

Sein Verständnis überraschte sie, und sie versuchte, seine Bemerkung mit einem Achselzucken abzutun. „Es geht mir gut.“

„In Wahrheit aber nicht, richtig? Du trägst schon seit einiger Zeit die Last der ganzen Welt mit dir herum. Schau mich nicht so erschrocken an, Babe. Glaubst du wirklich, Onkel Woody sieht nicht, was los ist?“

„Ehrlich, Woody …“

„Du kannst mir vertrauen, Mädchen. Wem sollte ich schon davon erzählen?“

Elsie betrachtete den alternden Musiker neben sich, als sähe sie ihn zum ersten Mal. Es war schrecklich, das zuzugeben, aber bis zu diesem Augenblick war sie davon ausgegangen, dass seine Jahre des Rock’n’Roll ihn mehr oder weniger um den Verstand gebracht hatten. Sie hatte ihn spaßig und unterhaltsam gefunden mit seinem quasi-spirituellen Gerede und seiner Überzeugung, eine Art musikalischer Guru zu sein. Der Gedanke jedoch, er könne Veränderungen in anderen Menschen wahrnehmen, war ihr nie gekommen.

„Es liegt an Olly – nein, es liegt an mir … Nun, eigentlich stimmt beides – irgendwie.“ Sie zögerte, unsicher, ob Woody wirklich wollte, dass sie sich mit Einzelheiten über ihr Leben in seinen Biergenuss am Mittwochnachmittag drängte. „Willst du es wirklich wissen? Ich meine, ich will dir nicht den Nachmittag versauen …“

Er lachte ein tiefes gutturales Lachen, das durch den Park hallte und ein paar verärgerte Tauben von der Spitze eines der Pavilion-Minarette aufscheuchte. „Ich habe alle Zeit der Welt, Engel. Leg einfach los.“

Also erzählte sie. Von Lucas und der Liste. Von der Schachtel mit Botschaften, die plötzlich von einer Frau redeten, die sie nicht wiedererkannte. Von Ollys Schmerz und ihrem eigenen Frust darüber, dass sie nicht einfach springen konnte, wo sie das früher ohne Zögern getan hätte. Etliche Male drohten ihr die Tränen zu kommen, und sie unterbrach sich, um das aufwallende Gefühl mit großen Schlucken warmen Biers wieder hinunterzuspülen. Während die Mandoline spielte, Grüppchen von Leuten sich langsam durch den Park bewegten und ihre Schatten in der Nachmittagssonne länger wurden, erzählte sie Woody alles. Selbst die Dinge, die sie ihrem Vater oder ihren Schwestern nicht sagen konnte, die Dinge, die sie einfach nicht verstehen würden. Woody hörte sich alles an, nickte gelegentlich, leerte eine Flasche, griff nach der nächsten, leerte auch die.

Als sie zum Schluss kam, schaute er hoch zu den Wolken, die über ihnen am Himmel trieben, als suchte er nach göttlicher Eingebung für die richtige Antwort. „Du hast dir nichts vorzuwerfen“, sagte er schließlich. „Alles, was mit Irenes Tod zusammenhängt, hat den Schlamm wieder aufgewirbelt. Die Reise, auf der du dich befindest, wird eine steinige. Du kannst diesen Weg nur in deinem eigenen Tempo zurücklegen. Wenn du dazu bereit bist, nicht wenn ein anderer das von dir erwartet. Aber du wirst an deinem Ziel ankommen. Wo auch immer das sein mag.“

Elsie zog die Knie an, schlang die Arme darum und legte das Kinn darauf. „Glaubst du das wirklich? Ganz ehrlich? Denn ich bin mir noch nie in irgendetwas so unsicher gewesen.“

Woody schnaubte leicht. „Ich habe keinen Zweifel daran. Habe das selbst durchgemacht, weißt du: Ich verstehe das. Als Sid starb – unser Drummer – Mann, ich war wie eine alte verlorene Seele, die allein auf hoher See trieb. Lange Zeit habe ich nicht einmal mich selbst im Spiegel erkannt. Das Leben war nutzlos, sinn- und ziellos. Ich ließ Freunde fallen und hätte mich fast ins ewige Vergessen gesoffen. Das Schlimmste aber war: Ich hatte nie verstanden, wie viel er mir bedeutete, bis er einfach nicht mehr da war. Und ich gab mir selbst die Schuld, weil ich die Vorzeichen nicht bemerkt hatte, weißt du? Von allen Leuten, die mir je begegnet sind, war er am besten beieinander. Hatte auf alles eine Antwort. So war Sid. Und dann betraten wir diesen Umkleideraum in Japan, und er baumelte von einem Deckenbalken ..." Er verfiel in Schweigen, und Elsie legte ihm instinktiv eine Hand aufs Knie. Er nickte ihr zu, leerte in einem gewaltigen Zug seine Bierflasche zur Hälfte, bevor er weitersprach. „Das hat mich gebrochen, Babe. Hat mir das Herz aus dem Leib gerissen. Hab Jahre gebraucht, um es wiederzufinden. Der Unterschied bei dir ist: Dein Mann wusste, wohin er ging, und er hat an dich geglaubt."

„Und wenn er sich in mir geirrt hat?"

Woody schüttelte den Kopf, und ein Lächeln breitete sich langsam auf seinen Zügen aus. „Das hat er nicht. Du musst ihm vertrauen, Mädchen. Die starke Kriegerin in dir erkennen, die wir alle längst in dir sehen. Klingt, als wäre er ganz mein Typ, dein Lucas. Schau, du und ich, wir sind gar nicht so verschieden, Engel. Wir wissen, wie das ist, wenn uns das Leben in die Eier tritt. Sozusagen. Seelenverwandte, das sind wir. Graben uns durch den Dreck, um Diamanten zu finden." Er hob seine fast leere Flasche. „Ein Toast: Auf die Straße, die vor uns liegt. Wie scheiße sie auch sein mag."

Elsie verstand nicht genau, was das bedeuten sollte, aber die willkommene innere Leichtigkeit, die sie empfand, nachdem sie ihr Herz ausgeschüttet hatte, reichte ihr, um einzustimmen:

„Auf die Straße, die vor uns liegt."

Als Elsie an diesem Abend vor Ollys Haus stand, hatte sie vorher nicht versucht anzurufen. Natürlich riskierte sie auf diese Weise, vor verschlossener Tür zu stehen, weil er nicht da war, aber so hatte sie wenigstens keine Zeit, es sich noch einmal anders zu überlegen.

Der Schock, sie auf seiner Türschwelle stehen zu sehen, war offensichtlich: Olly verschlug es für etliche Sekunden die Sprache, als er die Tür öffnete. Diese kurze Pause reichte Elsie, um die Initiative zu ergreifen.

„Es tut mir leid", sprudelte sie hervor. „Es tut mir leid, dass ich dich verletzt habe. Und es tut mir leid, dass ich einfach weggegangen bin. Ich weiß, dass ich jetzt vermutlich gerade bestätigt habe, was du über mich gesagt hast: dass ich unbeständig bin. Aber ich habe nicht gewusst, wie tief du in dieser Sache empfindest. Fakt ist, ich habe dich gern in meinem Leben, aber darüber hinaus ... ich habe einfach nicht die Antworten, die du brauchst. Ich verstehe, wenn du entscheidest, dass es die Sache nicht wert ist. Wenn das der Fall sein sollte, drehe ich mich um, gehe, und du siehst mich nie wieder. Aber ich musste dir unbedingt sagen, wie sehr ich es geschätzt habe, dich zum Freund zu haben."

Er schüttelte den Kopf und breitete seine Arme aus. „Komm her."

Mit rasendem Puls folgte Elsie der Einladung und genoss die Wärme seiner Arme, die sich um sie schlossen.

„Ich habe überreagiert", flüsterte er. Sein Atem streifte ihr Haar wie eine leichte Sommerbrise. „Ich bin noch da."

Elsie löste sich von ihm und schaute ihm in die dunklen Augen. „Und wenn ich dir nicht versprechen kann, was du möchtest?"

„Im Augenblick reicht es mir, dass du hier bist. Was immer geschehen mag, lass es uns angehen, wenn es geschieht."

„Und das hat gereicht, ihn zu überzeugen?", fragte Cher am nächsten Tag, als Elsie den riesigen Zitronen-Ingwer-Kuchen in Stücke schnitt, um die hungrige Schar derer versorgen zu können, die jeden Augenblick zum Nachmittagstee einfallen würden.

„Scheint so", gab Elsie zurück. „Obwohl ich nicht sagen könnte, ob er sich gefreut hat oder sich einfach in die Tatsache ergeben hat, noch länger zu warten."

Cher tätschelte ihr die Schulter, als sie an ihr vorbeiging, um ein Blech Kirsch-, Stachelbeer- und Walnuss-Scones aus dem Backofen in der Küche zu holen. „Du wirst an deinem Ziel ankommen."

„Du klingst wie Woody."

„Wie bitte?" Dann hörte Elsie ein metallisches Poltern und einen kaum unterdrückten Fluch.

Elsie schaute über ihre Schulter nach hinten und sah, dass Cher wild in der Küche herumhüpfte und heftig mit ihrer Hand wedelte. „Alles in Ordnung bei dir?"

„Alles bestens, Mädchen. Dieser verdammte Ofen hat mich wieder erwischt. Ich glaube, wir sollten das Türscharnier endlich reparieren lassen." Mit einem Fußtritt schloss sie die Backofentür und ließ kaltes Wasser über ihre verbrannten Finger laufen. „Ich hoffe, unsere Kunden wissen es zu schätzen, dass wir für sie Leib und Leben riskieren."

„Ganz bestimmt."

Mit einem Korb voller Scones kam Cher ins Café zurück und stellte ihn auf den Tresen. „Das weiß ich. Ich habe heute Morgen schon wieder einen Heiratsantrag bekommen."

„Etwa wieder Mr Orfanos?"

„Genau der."

„Mit welcher Begründung diesmal? Deine umwerfende Intelligenz, deine Persönlichkeit und dein üppiger Busen?"

„Sollte man meinen. Ich vermute aber, dass es eher was mit seinem Pfannkuchenturm mit Ahornsirup und Zuckerwatteeis zu tun hatte. Mit extra Banane und Schokoladenstreuseln."

Vor fünf Monaten hatten Mr Dmitri Orfanos und sein Bruder eine kleine Weinbar in der nahe gelegenen Sydney Street gekauft. Und seitdem machte er sich mehrmals pro Woche auf den kurzen Weg zu Sundae & Cher, um die dort angebotenen Köstlichkeiten zu genießen. Als geschiedener Mann mit einer ausgeprägten Vorliebe für gutes Essen hatte er sich zunächst von Chers berüchtigten Blusen bezirzen lassen. Endgültig für sie eingenommen hatten ihn aber ihre kulinarischen Künste. Die Folge war, dass er ihr regelmäßig immer leidenschaftlichere Heiratsanträge unterbreitete, die, so süß sie auch waren, sich zwischen ihr und Elsie zu einem Dauerscherz entwickelt hatten.

„Bei einer so großen Versuchung, wie sollte der arme Mann auch widerstehen?", meinte Elsie lachend.

Cher hob lauschend den Kopf. „Ist das dein Handy?"

„Oh ja, tatsächlich." Elsie zog ihr Handy aus der Schürzentasche. „Hallo?"

„Ms Maynard?"

„Am Apparat."

„Guten Morgen. Mein Name ist Andrew Delaney und ich bin auf Familienrecht spezialisierter Anwalt bei Denbigh Associates. Ich habe hier ein Testament vorliegen, das Sie betrifft. Könnten Sie vielleicht unsere Kanzlei aufsuchen, damit wir die Angelegenheit besprechen können?"

Seine formelle Bitte brachte Elsie einen Moment aus der Fassung. „Darf ich fragen, um wessen Testament es geht?"

„Natürlich. Ich vertrete die Familie von Mrs Irene Quinn."

Elsie konnte kaum glauben, was sie hörte. Irene hatte sie in ihrem Testament bedacht? Warum hätte sie das tun sollen? Faszinierende Frage. „Ich habe morgen meinen freien Tag. Würde Ihnen das passen?"

„Perfekt. Sagen wir: neun Uhr?"

„Ja, das passt mir gut."

„Schön. Dann also bis morgen."

Elsie beendete das Gespräch und wandte sich Cher zu. „Irene hat mich in ihrem Testament bedacht."

„Ehrlich? Wow, das ist ja mal eine Überraschung. Was sie dir wohl hinterlassen haben mag?"

Elsie schwirrte der Kopf. Sie nickte. „Das werde ich wohl morgen erfahren."

Ich liebe dich, weil du immer deinen Instinkten folgst.
Kuss.

Am nächsten Morgen hatte Elsie den Nachhall von Lucas' neuester Botschaft noch im Kopf, als sie in der Kanzlei von Denbigh Associates ankam. Sie lag in einer Reihe eleganter schwarzweißer Backsteinbauten. Wohin ihre Instinkte sie heute auch führen wollten, im Moment schienen sie noch zu schlafen und ließen Elsie völlig orientierungslos allein. Nachdem sie sich an der Rezeption gemeldet hatte, saß sie allein im kleinen Warteraum.

Da Mr Delaney so gut wie keine Einzelheiten über das Testament preisgegeben hatte, außer dass Elsie darin erwähnt war, hatte sie den Sundaes nichts erzählt. Auch nicht Daisy und Woody, denn sie wollte gegenüber den anderen Gruppenmitgliedern nicht in eine unangenehme Lage geraten. Dass Irene sie in ihr Testament eingeschlossen hatte, war ihr unangenehm, schließlich hatte sie die ältere Dame ja nur recht kurz gekannt. Nur Olly gegenüber hatte sie doch ihr Schweigen gebrochen und ihm nach dem Abendessen bei ihm zu Hause von der Geschichte erzählt.

„Je länger ich darüber nachdenke, desto mehr kommt es mir falsch vor. Ich glaube, sie hätte mir besser nichts hinterlassen sollen. Schließlich habe ich sie nur ein paar Monate gekannt."

Olly saß neben ihr auf der Bank in seinem Garten, während um sie herum das Abendlicht langsam einer petrolblauen Dunkelheit wich und der Duft nach Salz und sonnenverbranntem Gras die Nachtluft erfüllte. „Angesichts dessen, was ich über Irene weiß, bezweifle ich, dass Zeit irgendeinen Einfluss auf ihre Entscheidung hatte."

„Trotzdem – ich bin mir nicht sicher, dass ich ihr Geld annehmen kann."

„Schau mal, es hat doch keinen Sinn, sich darüber den Kopf zu zerbrechen, solange du nicht weißt, um welche Summe es geht. Vielleicht wollte sie dir nur danken, dass du die Singgruppe ins Leben gerufen hast. Warum wartest du nicht mit deinem Urteil, bis du gehört hast, was tatsächlich im Testament steht?"

Sie wandte sich ihm zu, bestärkt von seinem Lächeln, das so warm war wie der Herbstabend. „Vielleicht hast du recht."

„Ganz bestimmt. Vertrau mir, Els, morgen sieht die Welt schon wieder ganz anders aus. Geh einfach hin und warte ab, was geschieht. Und dann entscheide, was du entscheiden musst."

Die Büros waren geschickt angelegt und machten einen etwas sterilen Eindruck professioneller Effizienz. Untadelig gekleidete Angestellte eilten mit dicken Aktenordnern unterm Arm von Büro zu Büro. Wann immer einer der Juristen einem Kollegen begegnete, wurden formelle Floskeln ausgetauscht, sodass es schien, als wäre man in der Szene eines Romans von Jane Austen gelandet:

„Mr Clark."

„Miss Westwood."

„Mr Jevons."

„Mr Powell."

„Hatten Sie einen angenehmen Tag, Mr Guest?"

„In der Tat, Mr Nicholls."

Elsie konnte nicht anders, als sich über diese veraltete Art der Kommunikation zu amüsieren, nicht zuletzt deshalb, weil es sie an Nummer 27 auf der Liste erinnerte. Damals hatten sie und Lucas sich einen ganzen Tag lang nur in der Sprache Shakespeares unterhalten – und sich köstlich über die Verwirrung anderer amüsiert, als sie Kaffee bestellten, im Waterstones nach Büchern fragten und ihre Wäsche im örtlichen Waschsalon wuschen …

„Ms Maynard?"

Aus ihren Erinnerungen geholt, sah Elsie, wie ein untadelig gekleideter Mann sich ihr näherte.

„Ja. Hallo."

„Andrew Delaney. Schön, dass Sie kommen konnten. Wollen wir?" Er deutete auf den Gang zur Linken, in dem etliche Türen in Büros führten, die hinter Milchglasscheiben lagen.

Elsie folgte ihm bis ans Ende des Ganges und in ein helles Büro, in dem es nach Möbelpolitur und frischer Farbe roch.

„Zunächst einmal möchte ich Sie um Entschuldigung bitten für meine geheimnisvolle Vorgehensweise. Wenn Sie die Bestimmungen des Testamentes erfahren, werden Sie sicher verstehen, dass ich nicht anders konnte. Darf ich Ihnen einen Kaffee anbieten, bevor wir anfangen?"

„Nein, vielen Dank. Ich muss zugeben, diese Sache hat mich sehr überrascht. Ich kannte Irene erst seit einigen Monaten."

Der Anwalt zog leicht die Brauen hoch. „Das passiert in solchen Angelegenheiten nicht selten. Ich hatte einmal das Testament eines Mannes zu eröffnen, der seinem Fensterputzer eine beachtliche Summe hinterlassen hatte, obwohl er ihn erst vierzehn Tage vor seinem Tod kennengelernt hatte. Nach allem, was ich so gehört habe, scheint mir Mrs Quinn eine bemerkenswerte Frau gewesen zu sein. Ich habe schon lange nicht mehr eine so spezifische Willensbekundung in einem Testament gesehen."

Elsie rutschte unbehaglich auf ihrem Stuhl herum. Wenn ihr, wie er anzudeuten schien, eine größere Geldsumme hinterlassen worden war, würde es ihr schwerfallen, das Erbe anzunehmen; und wenn die Sundaes davon erfuhren, konnte das großen Schaden anrichten. „Spezifisch inwiefern?"

Mr Delaneys Lächeln wirkte freundlich und geduldig. „Auf gute Weise, glaube ich. Ich denke, ich lese Ihnen am besten den Teil von Mrs Quinns Testament vor, der Sie betrifft." Damit holte er ein dünnes, zusammengefaltetes Dokument hervor und begann: „Ich möchte, dass das Folgende vollständig gelesen wird: Ich möchte eine wunderbare junge Dame erwähnen, die kennengelernt zu haben mir erst kürzlich vergönnt war. Elsie Maynard, die Leiterin der gemeinnützigen Gesangsgruppe The Sundaes, hat mir ein größeres Geschenk gemacht, als ich mir hätte vorstellen können: Sie hat mir Gelegenheit gegeben, an etwas teilzuhaben, mich noch einmal nützlich zu fühlen. Es ist viele Jahre her, dass ich den Gesang aufgegeben habe, nachdem mein geliebter George starb. Und ich war mehr oder weniger entschlossen, es dabei zu belassen, bis ich selbst sterben würde. Aber dann wurde ich zufällig eingeladen, das Gründungstreffen einer neuen Singgruppe zu besuchen, in der ich bedingungslos von allen willkommen geheißen wurde. In der kurzen Zeit, in der ich Mitglied der Sundaes war, habe ich meine Liebe zum Singen wiederentdeckt und dabei eine Art Ersatzfamilie gefunden. Jeder der anderen hat mir wichtige Details seines Lebens erzählt, und ich fühle mich privilegiert, dass sie mir solche Dinge anvertraut haben. Was mich dazu veranlasst, Elsie Maynard und ihre wunderbare Singgruppe belohnen zu wollen …“ Er schaute vom Testament auf und lächelte Elsie an. „Kommen Sie mit? Ergibt das Ganze für Sie einen Sinn?“

Elsie schwirrte der Kopf. „Ein wenig. Fahren Sie bitte fort.“

„Gut. Wo waren wir? Ah ja, hier: Ich habe erfahren, dass ein junges Mitglied der Gruppe, Danny Alden, davon träumt, seiner schönen Freundin, Aoife McVey, auf dem Eiffelturm in Paris einen Heiratsantrag zu machen. Ich hatte die Ehre, in seinen ehrgeizigen Plan involviert zu werden, da wir ausführlich darüber gesprochen haben. Und so habe ich beschlossen, meinem ganz besonderen jungen Freund diesen Traum zu ermöglichen. Damit das geschehen kann, vertraue ich darauf, dass Elsie Maynard meine Wünsche buchstabengetreu erfüllt. Ich hinterlasse ihr dafür eine Summe von viertausend Pfund. Sie soll dafür genutzt werden, alle Mitglieder der Sundaes über ein verlängertes Wochenende (drei Nächte) nach Paris reisen zu lassen, und zwar unter dem Vorwand, ein Konzert in der Stadt zu geben. Aoife McVey darf unter keinen Umständen erfahren, wozu diese Reise wirklich dienen soll. Am zweiten Nachmittag soll die Singgruppe einen Ausflug auf den Eiffelturm machen und auf Elsies Signal hin Aoifes Lieblingslied (Danny weiß, welches das ist) singen, während Danny ihr seinen Antrag macht. Das ist sein ganz eigener Wunsch. Ich sorge also nur dafür, dass er Wirklichkeit wird. Elsie, ich vertraue dir, dass du das Ganze durchziehst, weil wir beide wissen, wie wichtig wahre Liebe ist …“ Der Anwalt hielt inne und betrachtete Elsie eingehend. „Dann folgt eine persönliche Mitteilung an Danny, die ich ihm heute Nachmittag vorlesen werde. Ich würde es sehr begrüßen, wenn sie die Einzelheiten dieser Bitte für sich behalten, bis er sich mit Ihnen in Verbindung gesetzt hat, um mit Ihnen über die Planung zu reden. Haben Sie die Bedingungen der testamentarischen Verfügung verstanden?“

Wie betäubt nickte Elsie, aber in ihr tobten bereits widerstreitende Gefühle. Sie dankte Mr Delaney, verließ langsam sein

Büro und setzte sich noch einen Moment in den Warteraum an der Rezeption, um das Gehörte zu verarbeiten. Paris. Warum um alles in der Welt musste Danny ausgerechnet in Paris um Aoifes Hand bitten wollen? Es gab so viele andere passende Orte auf der Welt. Dennoch konnte sie sich nicht um diese Verantwortung drücken. Immerhin handelte es sich um den letzten Wunsch einer lieben Freundin. Wie konnte sie da Nein sagen? Und doch, der Gedanke daran, Paris allein zu besuchen – ohne den einen Menschen in ihrem Leben, der sich so sehr gewünscht hatte, die Stadt mit ihr zu erkunden – war schier unerträglich.

Lucas hatte Paris als Nummer 51 auf die Liste gesetzt. Es war der einzige Punkt gewesen, den sie nie hatten abhaken können. Denn an dem Tag, an dem sie abreisen wollten – die Reisetaschen waren schon gepackt, Fähre, Zug und Hotelzimmer gebucht –, war das Fahrzeug, das sie von ihrem Haus in der Islingword Street abholte, kein Taxi, sondern ein Krankenwagen, der Lucas mit Blaulicht und Sirene zum Krankenhaus fuhr. Elsie hatte seinen leblosen Körper zusammengesunken vor dem Waschbecken im Bad gefunden und in panischer Angst den Notruf gewählt. Die Sanitäter konnten ihn vor Ort wiederbeleben, aber ihrer finsteren Entschlossenheit konnte Elsie entnehmen, dass dieser Zusammenbruch nicht nur ein kleiner Rückschlag für ihre Reisepläne war …

„Elsie? Was tun Sie denn hier?“

Mit klopfendem Herzen blickte sie auf. *Bitte nicht. Nicht heute.*

Torin musterte sie. Seine leichte Belustigung wandelte sich in Sorge, als ihre Blicke sich trafen. Er setzte sich rasch neben sie. „Alles in Ordnung? Sie sehen furchtbar aus.“

„Es geht gleich wieder. Ich muss nur … nachdenken.“

Er warf einen Blick auf seine Armbanduhr. „Hier ist nicht der richtige Ort dafür, glauben Sie mir. Hören Sie, nicht weit von hier ist ein Café. Wollen wir dorthin gehen?“

„Nein – nein wirklich, mir geht es gut.“

„Sie sehen nicht so aus.“

Warum begriff er nicht mal einen Wink mit dem Zaunpfahl? Elsie starrte ihn lange an, und dann – so plötzlich, dass sie über sich selbst erschrak – stimmte sie zu. Plötzlich war der überwältigende Drang, aus der Kanzlei herauszukommen, viel stärker als ihr Wunsch, ihm zu widersprechen. „Ich könnte einen Mord begehen für eine Tasse Tee."

Ein schiefes Lächeln huschte über sein Gesicht. „Braves Mädchen. Aber an Ihrer Stelle wäre ich mit einem so schwerwiegenden Eingeständnis hier in diesen Räumen sehr vorsichtig."

Er führte Elsie aus den Räumen der Kanzlei, durch mehrere Seitenstraßen, bis sie auf einem kleinen Platz landeten, an dessen Ende sich ein altmodischer Teeladen befand. Obwohl sie immer noch fassungslos war, seinen Vorschlag angenommen zu haben, fand sie dieses durch und durch britische Café mit den geblümten Tischdecken, den handgearbeiteten Girlanden an den Wänden und den großen bauchigen Teekannen aus glasiertem Ton wunderschön. Sie suchten sich einen Tisch, und Torin bestellte eine Kanne Tee sowie zwei Stück Bakewell-Mandeltörtchen. Elsie schaute aus dem Fenster, ohne etwas wahrzunehmen, in Gedanken ganz woanders als in dem gemütlichen Café.

Als ihre Bestellung gebracht wurde, goss Torin Tee in zwei Porzellantassen und schob eine über den Tisch in Elsies Richtung. Der Tee war heiß und stark, er kribbelte in ihrer Kehle, als sie davon trank.

Eine Weile beobachtete er sie nur, bevor er etwas sagte. „Besser so?"

„Viel besser. Danke. Müssen Sie nicht arbeiten?"

„Nur Papierkram. Und der kann warten. Darf ich fragen, warum Sie an meinem Arbeitsplatz waren?"

Na toll, dachte Elsie, ausnahmsweise belustigt über den Zufall. *Natürlich musste es Torins Kanzlei sein, die ich heute aufgesucht habe.* „Ich hatte einen Termin bei Andrew Delaney."

Er runzelte die Brauen. „Familienrecht?"

„Ein Testament. Eines, bei dem ich nicht einmal gewusst habe, dass ich darin bedacht werden würde. Das war ein ziemlich großer Schock."

„Von jemandem, den Sie gut gekannt haben? Ein Familienmitglied?“

Sie warf ihm einen kleinlauten Blick zu. „Sie stellen viele Fragen.“

„Tut mir leid. Das ist eine Berufskrankheit, fürchte ich.“

„Ein Mitglied meiner Gesangsgruppe, wenn Sie es unbedingt wissen wollen. Irene – die alte Dame, die die Luftgitarre spielte, als wir beim Brighton Carnival aufgetreten sind.“

Torins Miene umwölkte sich leicht. „Ich war dieses Jahr nicht auf dem Stadtfest.“

Was sollte das jetzt? Elsie hatte ihn doch gleich nach dem Auftritt der Sundaes gesehen, und das wusste er auch. Warum leugnete er es, obwohl ihm doch klar war, dass sie genauso gut wie er selbst wusste, dass er log? „Doch, Sie waren da. Ich habe Sie gesehen. Ich war mit Olly zusammen ...“

Offenbar hatte er nicht die Absicht, es zuzugeben, aus welchem seltsamen Grund auch immer. „Dann habe ich wohl einen Doppelgänger in Brighton.“

Seine merkwürdige Leugnung der Tatsachen ärgerte sie, aber heute hatte sie andere Dinge im Kopf, als zu versuchen, Torin Stewart zu begreifen. „Mag sein.“

Torin wandte den Blick ab. „Standen Sie ihr nahe? Der alten Dame, meine ich?“ Wurde er etwa rot?

„Das dachte ich eigentlich nicht, aber Irene muss das anders gesehen haben. Sie hat mir in ihrem Testament eine ganze Reihe verrückter Anweisungen hinterlassen, und ich habe keine Ahnung, wie ich die erfüllen soll.“

„Sie können immer ablehnen. Das ist ganz einfach: Entweder Sie beauftragen jemand anders damit, das für Sie zu erledigen, oder Sie schlagen die Verantwortung ganz aus.“

„Das kommt nicht infrage. Ich bin darum gebeten worden, etwas für jemand anderen zu organisieren. Wenn ich es nicht tue, ist er der Leidtragende. Ich habe keine Wahl.“

„Elsie, man hat immer eine Wahl.“

Sie wollte gerade etwas darauf entgegen, als sie bemerkte, was auf dem Tisch lag. „Warten Sie – ist das ein Filofax?“

Torin schaute hinab auf das schwarze Zeitplan-Ringbuch. „Ja."

Für einen Moment ließ Elsie alle Vorsicht fahren und lachte laut auf. „Wow. Ich hätte nie gedacht, dass Sie der Typ für ein Filofax sind."

Torin legte schützend seine Hand auf das Ringbuch. „Ich liebe es. Meine Mum hat es für mich gekauft, als ich in die Kanzlei eingetreten bin."

„Oh, du liebe Güte. Es trägt sogar Ihre Initialen. In Gold!"

„Okay, jetzt fangen Sie an, mich zu beleidigen."

„T. H. S. Wofür steht das H? Harry? Herbert?"

Torin stöhnte auf. „Hamish."

„Netter Name."

„Danke." Er lächelte. „Hören Sie, wenn Sie wollen, können Sie mir erzählen, was für Bedingungen in dem Testament stehen. Es wäre mir ein Vergnügen, Sie zu beraten."

„Nein. Aber danke für das Angebot. Ich glaube, ich muss abwarten, bis der andere sich bei mir meldet. Und dann kann ich anfangen, die Sache zu arrangieren." Wenn sie nur seinen Augen nicht angesehen hätte, wie sehr ihre Ablehnung ihn verletzte. Sie hob ihre Teetasse und lächelte ihm zu. „Erstklassiger Tee, übrigens."

„Ich nehme das als Kompliment. Obwohl Sie meinen Zeitplaner beleidigt haben." Er schwieg einen Moment, sein Blick war so ausdruckslos wie vor ein paar Wochen auf der Entbindungsstation. Dann klatschte er kurz in die Hände und stand auf. „Nun muss ich aber wirklich wieder an die Arbeit gehen. Der Tee geht auf meine Rechnung. Bleiben Sie sitzen, solange Sie mögen." Damit wandte er sich ab, zögerte kurz und drehte sich noch einmal zu ihr um. „Grüßen Sie Ihre Schwester von mir – und Ottie Rose."

Überraschung machte sich in Elsie breit, als Torin ging. Sie verstand ihn einfach nicht. Im einen Moment streitsüchtig und wichtigtuerisch, im nächsten schon beinahe menschlich. Aber wie er auch immer im Grunde sein mochte, heute war nicht der richtige Tag, um dem Rätsel auf den Grund zu gehen. Sie hatte dringlichere Dinge zu erledigen – und sie alle waren jetzt unauflöslich mit der einen Stadt verknüpft, von der sie sich nach Lucas' Tod geschworen hatte, sie niemals zu besuchen: Paris.

Sie hatten elfeinhalb Monate lang endlose Gespräche darüber geführt. Elsie wusste also auswendig, was Lucas sich in der französischen Hauptstadt mit ihr anschauen wollte: den Louvre, Montmartre, Notre Dame. Und zum Abschluss wollte er mit ihr auf die zweite Aussichtsplattform des Eiffelturms, und zwar bei Sonnenuntergang. Nicht auf die erste, nicht auf die dritte, nein, auf die zweite. Im zarten Alter von zehn Jahren war Lucas mit seiner Großmutter in Paris gewesen. Sie hatten nicht den Fahrstuhl genommen, sondern waren über die Metalltreppen nach oben gestiegen. Es herrschte ziemlicher Wind an dem Tag, und deshalb war die oberste Aussichtsplattform des berühmten Turms geschlossen gewesen. Und er hatte von der zweiten Plattform seinen ersten Blick auf Paris von oben werfen können – höher ging es an dem Tag nicht.

„Von dort hat man den besten Ausblick“, beharrte er, obwohl Elsie immer den Verdacht gehabt hatte, diese Überzeugung hatte er seiner Großmutter zu verdanken, die sich größte Mühe gegeben hatte, seine Enttäuschung an jenem Tag zu lindern. „Wir müssen uns ans Geländer stellen, uns küssen und ‚C'est magnifique!' über Paris rufen. Auch dann, wenn eine ganze Busladung Touristen oben ist. Nein, besonders, wenn eine ganze Busladung Touristen oben ist. Dann sind wir nämlich die exzentrischen Briten und brauchen uns keinen Deut darum zu scheren, was alle anderen von uns denken. Wenn wir das getan haben, ist alles geschafft, und wir können Nummer 51 abhaken.“

In den Monaten nach seinem Tod hatte Elsie sich oft gefragt, ob Lucas gewusst hatte, dass seine Chancen, den letzten Punkt auf der Liste abzuhaken, sehr schlecht standen. Dadurch, dass er darauf beharrt hatte, die Liste in chronologischer Reihenfolge abzuarbeiten, hatte er sichergestellt, dass Paris erst in seinen letzten Wochen – oder gar Tagen – an der Reihe war. Etliche Male während seines letzten Monats hatte Elsie ihn angefleht,

Nummer 51 zu streichen, aber er blieb hartnäckig dabei: Der Punkt blieb auf der Liste. Selbst jetzt hätte sie nicht sagen können, warum ihm das so wichtig gewesen war, aber natürlich hatte sie angesichts seiner unbeugsamen Entschlossenheit nicht mit ihm gestritten.

Nummer 51 hatte dafür gesorgt, dass Elsie beschlossen hatte, die Stadt Paris für immer von der Liste der Städte zu streichen, die sie besuchen wollte. Der Gedanke daran, diese Straßen entlangzugehen, diese Sehenswürdigkeiten zu betrachten und den Puls dieser Stadt zu spüren, ohne die Liebe ihres Lebens an ihrer Seite zu haben, war einfach zu schmerzlich. Aber nun stand nur eine Sache zwischen der Erfüllung von Irenes letztem Wunsch – und Dannys Traum-Heiratsantrag –, nämlich Elsies Beschluss …

Vielleicht war Torins Vorschlag ja doch die Lösung: die Verantwortung abzulehnen und jemanden zu finden, der der Aufgabe besser gewachsen war. Aber konnte sie wirklich mit dieser Entscheidung leben, wohl wissend, dass Irene so viel Vertrauen in sie gesetzt hatte, obwohl sie sich nur so kurze Zeit kannten?

Oder sollte sie vielleicht alles von zu Hause aus organisieren? Es wäre leicht, von Brighton aus den Transport, die Fahrt über den Ärmelkanal, die Unterkunft und die Verpflegung zu buchen. Woody und Daisy waren mehr als fähig, die Reise zu leiten, wenn alle Einzelheiten geklärt waren. Aber nachdem sie so viel Arbeit investiert hatte, um die Sundaes zu einer engen Gemeinschaft zusammenzuschweißen, konnte sie sie dann wirklich ausgerechnet bei ihrem bisher wichtigsten Auftritt im Stich lassen?

Nachdem sie den Teeladen verlassen hatte, wanderte Elsie ziellos durch die Stadt. Sie achtete dabei kaum auf Zeit und Ort, sie kämpfte immer noch zu sehr mit sich selbst. Als es schließlich zu dämmern begann, war ein Sturm herangezogen, und die Touristen zogen sich eiligst in die Sicherheit der Hotels, Pubs und Frühstückspensionen zurück. Nur ein paar hartgesottene Einheimische kämpften sich trotzig an der sturmgepeitschten Küste entlang. Die berühmte britische Sturheit gegenüber rauem Wetter war hier in Brighton eben immer noch lebendig und weit verbreitet. Elsie tat es ihnen gleich, und die wachsende Gewalt des Windes konnte es nicht mit dem Taifun aufnehmen, der in ihrem Inneren tobte.

Müde und von Erinnerungen heimgesucht, verließ sie die Promenade und kämpfte sich gegen den Sturm auf den Strand hinunter. Die blonden Haare peitschten ihr ins Gesicht, und der starke Wind nahm ihr fast den Atem. Aber all das spielte für sie im Moment keine Rolle. Sie musste sich über ihre Gefühle klar werden, ohne jemandem irgendetwas erklären zu müssen. Jim würde sich nur Sorgen machen. Daisy würde alle Einzelheiten erfahren wollen. Und Olly würde nicht verstehen, wenn sie ihm nicht alles von Anfang an erklärte, und das konnte sie im Augenblick nicht ertragen.

Schlimmer noch, Elsie vermutete sogar, dass selbst Lucas ihre instinktive Reaktion auf die Situation nicht verstanden hätte. Sie konnte ihn beinah sehen, wie er neben ihr über den Kieselstrand stapfte und sich über das Tosen von Wind und Wellen hinweg Gehör verschaffte.

„Wo liegt dein Problem, Elsie? Du hast dich in der Vergangenheit nie von Furcht zurückhalten lassen. Warum jetzt auf einmal?"

„Ich habe keine Angst, Lucas."

„Doch, das hast du. Aber ich verstehe nicht, warum. Ich habe doch nie gesagt, du könntest nicht ohne mich nach Paris fahren, oder?"

„Ich behaupte ja nicht, dass du das gesagt hast. Ich will die Stadt jetzt einfach nicht sehen."

„Das ist hoffentlich nicht nur derselbe lahme Versuch, Paris an meiner Stelle unsterblich zu machen."

„Mach dich nicht lächerlich."

„Nicht ich mache mich lächerlich. Paris ist eine wunderbare Stadt, Els! Du solltest sie sehen. Und du wirst dort nicht allein sein. Obendrein sorgst du dafür, dass für diesen Jungen ein Traum wahr wird. Denk einfach mal über all diese Fakten nach. Und jetzt sage mir, ganz ehrlich, hast du immer noch einen guten Grund, nicht hinzufahren?"

Elsie stand am Ufer und sah zu, wie die Gischt über die Kiesel zu ihren Füßen peitschte. Das alles war wahr und unausweichlich, aber tief in ihrem Inneren kannte sie den wahren Grund für ihr Zögern: Der Besuch von Paris würde die Liste vollenden. Obwohl sie mit Lucas darüber gestritten hatte, ob Nummer 51 überhaupt galt oder nicht, hatte der Umstand, dass dieser Punkt noch nicht abgehakt war, etwas Tröstliches. Wenn sie nach Paris fuhr – und auf den Eiffelturm stieg –, dann war das der endgültige Schritt, mit dem sie Lucas losließ. Sie hatte schon so viel erreicht, und doch war ihr auch jetzt klar, dass sie noch nicht endgültig Abschied von ihm genommen hatte.

„Das ist zu schwer, Lucas!", rief sie über das tobende, windgepeitschte Meer, und von Neuem brach ihr das Herz. „Das ist zu viel verlangt!"

Sie bekam keine Antwort, nur der Wind wühlte das Meer auf, und grafitgraue Wolkenfetzen flogen über den Himmel. Salzige Gischt traf ihr Gesicht und mischte sich mit ihren Tränen. Noch einmal schrie sie auf, als ein überwältigendes Gefühl von Einsamkeit über sie hereinbrach. Sie wusste, was sie zu tun hatte – ihre Entscheidung war längst gefallen. Es ließ sich unmöglich umgehen, lag trotzig und unbeweglich vor ihr – geradeso, als hätte Lucas selbst alles eingefädelt. Aber konnte sie das wirklich durchziehen? Konnte sie Paris ertragen – ohne ihn?

16. KAPITEL

Eine Art Plan

Danny rief am nächsten Tag an, und sie vereinbarten, dass Elsie nach Feierabend bei ihm zu Hause vorbeikommen würde. Als sie ankam, wurde sie an der Tür von seiner Mutter begrüßt.

„Ist das nicht ganz reizend? Ich konnte es kaum glauben, als Mr Delaney vorlas, was Irene geplant hat. Kommen Sie rein, kommen Sie!"

Danny sprang von seinem Stuhl auf, als seine Mutter Elsie ins Wohnzimmer führte. „Hallo, Elsie."

„Hallo, Danny."

Dannys Mum lächelte nervös. „Gut. Nun. Ihr beide habt eine Menge zu bereden, deshalb werde ich einfach …" Sie zog sich zurück und schloss die Tür hinter sich.

Danny verzog das Gesicht. „Entschuldige Mum. Sie ist ungeheuer aufgeregt, weißt du."

„Ist doch in Ordnung."

Danny fielen seine Manieren wieder ein und er deutete aufs Sofa. „Bitte, setz dich doch. Kann ich dir irgendwas anbieten? Eine Tasse Tee?"

Einen dreifachen Wodka? „Nein, danke. Also …"

„Ja. Zum Wesentlichen."

„Ich muss zugeben, das war ein kleiner Schock. Ich habe nie erwartet, eine Parisreise für die Singgruppe arrangieren zu müssen."

Sorge trat in Dannys Blick. „Aber du tust es doch, oder? Du wirst mir helfen?"

Obwohl sie heftig schlucken musste, hoffte Elsie, dass ihr Lächeln überzeugend zuversichtlich ausfiel. „Natürlich werde ich das. Aber wir brauchen einen Plan. Du hast gehört, wie Irene sich das vorstellt: Aoife darf keinen Verdacht schöpfen. Also habe ich mir etwas einfallen lassen. Und ich brauche deine Hilfe. Du musst dich hundertprozentig mit einbringen."

„Du weißt, dass ich das tun werde."
„Es wird sich für dich so anfühlen, als ob du sie in den nächsten Wochen ständig belügst. Das könnte schwer werden."
Danny holte tief Luft. „Ich weiß. Aber das, was ich damit tun kann, ist es wert. Ich bin bereit."

Der erste Teil des Planes war leicht in die Tat umzusetzen. Elsie und Danny heckten unter vier Augen eine Tarngeschichte aus, die sie bei der nächsten Probe den anderen auftischten.
„Ich habe aufregende Neuigkeiten", verkündete Elsie den Sundaes, als sie im Sundae & Cher beisammen saßen. „Wir sind zu einem Auftritt eingeladen."
Die Sundaes schauten einander verdutzt an.
„Wie das?", fragte Daisy.
„Auf dem Konzert für Irene letzte Woche sind wir jemandem aufgefallen. Die Leute haben mich gestern angerufen und mir das Angebot unterbreitet."
„Ich hätte nicht gedacht, dass wir so gut waren", meinte Sasha.
„Nun, offensichtlich waren wir das, wenn uns jemand buchen möchte", gab Lewis zurück.
Sheila hob die Hand. „Wo soll der Auftritt stattfinden?"
Elsie warf Danny einen Blick zu. „In Paris."
Schockiertes Gemurmel war die Antwort. Woody beugte sich vor. „Stopp mal, Engel. Du machst doch Witze, oder?"
„Nein. Wir haben, wenn wir wollen, Gelegenheit, auf einem Open-Air-Konzert in Paris zu singen."
„Wann?", fragte Daisy.
„Tja, das ist ein bisschen problematisch: In drei Wochen."
Plötzlich redeten alle durcheinander. Elsie setzte mehrmals an, etwas zu sagen, bevor Woody schließlich mit einem gellenden Pfiff wieder für Ordnung sorgte.
„Lasst die Lady sprechen! Du hast das Wort, Engel."
„Danke. Ich glaube, wir können das schaffen, aber das erfordert vollen Einsatz von jedem."
Stan hüstelte leicht. „Ich kann vermutlich nicht mitkommen." Aller Augen richteten sich auf ihnen. „Es ist das Geld, wisst ihr.

Wir kommen so gerade eben zurecht, die Missus und ich. Aber Paris? Das ist eine teure Stadt. So viel Geld habe ich nicht. Es tut mir leid.“

„Stan, das geht in Ordnung. Die Organisatoren haben angeboten, unsere Ausgaben zu übernehmen. Das heißt, Reisekosten, Unterkunft und Essen. Ihr braucht also nur ein freies Wochenende in drei Wochen.“

Überraschung echote durch den Raum. Danny schaute Elsie an und nickte. „Das klingt großartig. Ähm, die Sache ist die, Els, ich fürchte, Aoife und ich müssen jetzt gehen.“

Aoife sah ihn verdutzt an. „Tatsächlich?“

„Ja, tut mir leid, Süße. Mums Auto macht wieder mal Probleme, und ich habe ihr versprochen, sie zum Einkaufen zu fahren. Sie gibt uns dafür das Abendessen aus.“

„Aber ihr kommt doch beide mit nach Paris?“, fragte Elsie getreu ihrer Rolle. „Ohne euch wäre es nicht dasselbe.“

Aoifes Lächeln brachte den ganzen Raum zum Erstrahlen. „Nie im Leben würde ich das sausen lassen, Elsie. Ich wollte schon immer mal dorthin!“

„Ausgezeichnet. Wir sehen uns auf dem nächsten Probenabend. Was wir im Einzelnen heute Abend beschließen, erfahrt ihr per SMS. Einverstanden?“

Danny und Aoife verabschiedeten sich und gingen. Als die Tür hinter ihnen ins Schloss gefallen war, wandte Elsie sich grinsend an die Gruppe. „Okay. Und jetzt sollt ihr erfahren, warum wir wirklich nach Paris reisen …“

Nachdem alle in die geplante Überraschung eingeweiht waren, begannen sofort die Proben. Elsie hatte einen Terminplan ausgearbeitet, der getürkte Proben enthielt, zu denen Danny und Aoife erscheinen würden, und echte Proben, bei denen die Sundaes das Stück für Dannys Heiratsantrag ohne die beiden einüben konnten. Das verlangte allen sehr viel ab, aber sie waren alle so verwundert über Irenes Großzügigkeit und so aufgeregt angesichts der Aussicht, Dannys Wunsch wahr werden lassen zu können, dass sie sich mit vollem Elan in die Proben stürzten.

Inzwischen machte Elsie sich daran, die Logistik für die Parisreise zu klären. Nicht alle konnten mitkommen: Dee war noch zu jung, Kathy arbeitete an dem Wochenende, und Juliet hatte ihrer Schwester bereits versprochen, sie in Vancouver zu besuchen. Das hieß, Elsie musste eine Reise für zehn Personen organisieren. Dass sie sich auf die praktische Seite des Unternehmens konzentrierte, half ihr, das ständige Ziehen in ihrem Herzen, das bei jeder Erwähnung der französischen Hauptstadt auftrat, zu ignorieren. Sie erstellte unzählige Listen, sammelte Angebote und durchsuchte das Internet nach günstigen Hotels. Wenn sie nicht gerade am Planen war, leitete sie Proben oder arbeitete. Aber diese Geschäftigkeit war wichtig, um sie vom Grübeln über die Reise abzuhalten.

Etwa eine Woche später stand die Planung, bis auf den Transport. Flugtickets für zehn Leute erwiesen sich als viel zu teuer, also blieb nur eine Kombination aus Straße und Fähre. Es bot sich an, einen Minibus zu mieten, aber Elsie wusste nicht recht, wer den fahren sollte. Die Vorstellung, das selbst zu tun, behagte ihr nicht. Schließlich war sie noch nie auf dem Festland mit seinem ungewohnten Rechtsverkehr gefahren. Trotzdem mochte sie niemanden fragen, ob er diese große Verantwortung übernehmen wollte. Das konnte sie nun wirklich von niemandem erwarten.

Das Problem ging ihr noch durch den Kopf, als sie zum Abendessen bei ihrem Vater ankam. Während sie sich alle auf das selbst gekochte Linsen-Kichererbsen-Dal stürzten, warf Jim einen besorgten Blick auf seine Tochter.

„Ich mache mir Sorgen um dich."

„Das brauchst du nicht, Dad. Ich wünschte nur, ich könnte die Detailplanung für diese Reise endlich abhaken. Alle anderen stecken so viel Arbeit in die Proben, dass ich das Gefühl habe, sie im Stich zu lassen."

Jim legte seine Gabel weg und seine Hand auf ihre. „Hör auf damit, junge Dame! Du tust schon mehr als genug, um diese Sache zu ermöglichen. Obendrein, ohne dabei auf deine eigenen Gefühle Rücksicht zu nehmen. Und jetzt schau mich nicht so an. Ich weiß genau, was Paris für dich heißt. Glaub ja nicht, dass mir nicht bewusst ist, welche Bedeutung es hat, dass du dorthin fährst. Ich halte das für eine der selbstlosesten Handlungen, die mir je bei einem Menschen untergekommen ist."

„Ich versuche nur, nicht daran zu denken, dass ich wirklich fahre", gab sie zu und spürte das Brennen der Tränen, die ihr in die Augen stiegen. „Im Augenblick ist nur eines wichtig: alle dorthin zu schaffen, dafür zu sorgen, dass sie ein Bett zum Schlafen haben, und den wahren Grund für die Reise vor Aoife geheim zu halten."

„Wie läuft die Planung?"

„Nicht schlecht. Ich habe ein gutes Hotel in der Nähe von Montparnasse gefunden. Das ist ein idealer Ausgangsort für einen Ausflug zum Eiffelturm. Und ich habe ein tolles Angebot für ein Gruppenticket für die Fähre bekommen. Das Einzige, was noch entschieden werden muss, ist, wer den Minibus fährt."

„Ihr habt einen Minibus?"

Elsie lächelte. „Technisch gesehen noch nicht. Aber ich habe ein paar Angebote eingeholt. Eigentlich hatte ich gehofft, den Fahrer gleich mitbuchen zu können, aber es hat sich herausgestellt, dass das zu teuer wird. Das bereitet mir, ehrlich gesagt, ein wenig Kopfschmerzen."

Jim lehnte sich auf seinem Stuhl zurück. „Ich kenne da vielleicht jemanden."

Elsies Herz tat einen Sprung. „Wen?"

Er breitete seine Hände weit aus wie ein Zauberer nach einem gelungenen Zaubertrick. „Mich."

Sie brauchte ein paar Sekunden, um das zu verarbeiten. „Wirklich?"

„Ja, wirklich. Ich habe einen Freund, der eine Autovermietung betreibt. Ich bin mir ziemlich sicher, dass er auch einen Minibus im Angebot hat. Als du, Daisy und Guin noch klein wart, bin ich mehrmals im Jahr nach Frankreich gefahren, um Möbel auf den dortigen Flohmärkten zu kaufen, weißt du noch? Dann kam Grandma Flo, um auf euch aufzupassen, und Onkel Frank und ich gingen auf Tour."

Elsie blinzelte überrascht. „Mir war nie klar, was du in der

Zeit getan hast. Ich dachte immer, Grandma kam, um ein Paar schöne Tage mit uns zu haben."

„So war es auch", gluckste Jim. „Meine Mum hat Frank und mir immer gut zugeredet, wir sollten doch öfter fahren, weil sie gern die Mutter für euch gespielt hat. Sie wäre so stolz, wenn sie sehen könnte, was du jetzt planst." Ein kurzes Schniefen unterbrach seinen Redefluss. „Also, was meinst du? Möchtest du, dass dein alter Dad euch nach Pariiie fährt?"

„Wow, Dad, ich weiß gar nicht, was ich sagen soll. Ja! Ich fände es toll, wenn du unser Fahrer wärst."

„Aber nur unter einer Bedingung."

„Spuck's aus."

Ein breites Grinsen zog über Jims Gesicht. „Dass ich Teil der Sundaes sein darf. Nur für die Dauer der Reise. Um ehrlich zu sein, hätte ich dich schon lange gern mal bei der Arbeit gesehen, aber ich wollte dir nicht das Gefühl geben, dein dummer alter Dad wolle deinen Stil einengen."

Sie sprang vom Stuhl auf, warf ihre Arme um Jim und drückte ihn, so fest sie konnte. „Ja, Dad. Die Antwort lautet ja!"

„Dieser Song ist einfach nur lahm", stöhnte Sasha, als Elsie das Stück für den großen Heiratsantrag vorspielte, das Danny ausgewählt hatte. „Ich kann mir nicht vorstellen, dass das Aoifes Lieblingslied ist."

„Es ist das Lied, das Danny ausgesucht hat", gab Elsie zurück. Müdigkeit machte sie ein wenig gereizt. „Wir haben keine Zeit, darüber zu diskutieren, ob es uns gefällt oder nicht."

„Ich finde es schön", meldete Sheila sich zu Wort und erntete dafür postwendend einen scheelen Blick von Sasha. „Außerdem tun wir das für Danny, nicht für dich. Du wirst dich also damit abfinden müssen."

Die übrigen Sundaes reagierten überrascht auf Sheilas Ausbruch. In all der Zeit, in der die Gruppe nun schon bestand, war Sheila stets eines der stillsten Mitglieder gewesen. Ihre Nervosität gewann immer die Oberhand, wenn sie versuchte zu sprechen. „Was ist los? Warum schaut ihr mich alle so an?"

Woody ging zu ihr hinüber und legte ihr seinen Arm um die Schultern. „Gut gesprochen, Mädchen."

Sasha tat so, als müsste sie sich übergeben, und schlich sich zurück auf ihren Platz.

„Danke. Hat noch jemand Probleme, von denen ich erfahren sollte? Niemand? Gut, dann zurück an die Arbeit." Elsie sah, wie Jim sie angrinste, als sie zu spielen begann. Seine Einführung in die Gruppe war sehr glatt verlaufen, wobei Elsie beschlossen hatte, den Sundaes zu sagen, er sei als dauerhaftes Mitglied beigetreten. Das war das Einfachste, denn je weniger Details die Sundaes sich merken mussten, desto leichter fiel es ihnen, Aoife davon abzuhalten, zu viele Fragen zu stellen. Was ihren Vater betraf, so war er voll in seinem Element, sang mit Begeisterung neben Stan und Graeme und nutzte jede Gelegenheit, mit Woody herumzuhängen.

Nach der heimlichen Probe rief Elsie von zu Hause aus bei Danny an, um ihm zu berichten, welche Fortschritte die Gruppe machte.

„Wie läuft es mit Aoife?", fragte sie.

„So weit ganz gut, obwohl ich mich grässlich fühle, weil ich sie anlüge. Ich habe Angst, dass sie meine Geschichte durchschaut und womöglich glaubt, dass ich sie betrüge oder so."

„Versuch ruhig zu bleiben und denk daran, warum du das tust, in Ordnung? In etwas mehr als einer Woche wirst du Aoife bitten, deine Frau zu werden. Das ist es doch sicher wert, dass du noch ein paar Tage an deiner Tarngeschichte festhältst, oder?"

„Du hast recht. Es tut mir leid. Ich möchte nur, dass alles perfekt wird, Els."

„Ich weiß. Und ich tue, was ich kann, um genau das sicherzustellen. Versprochen!"

Sie beendete das Gespräch, warf ihr Smartphone auf das Fußende ihres Bettes und ließ endlich zu, dass die Emotionen, die sich seit zwei Wochen in ihr aufgestaut hatten, über ihr zusammenschlugen. Die Angst davor, auf dem Eiffelturm zu stehen, türmte sich höher vor ihr auf als das berühmte Gebäude selbst. All ihren Bemühungen zum Trotz, sie im Zaum zu halten, war sie ihr ständiger Begleiter gewesen, lag in den Schatten ihres Unterbewusstseins auf der Lauer wie ein heimtückischer Angreifer, der auf sein Opfer wartet. Die Aussicht, bald in Paris auf dem Eiffelturm zu stehen, weckte erneut das Gefühl der Hilflosigkeit in ihr, mit dem sie sich in Lucas' letzten Wochen konfrontiert gesehen hatte. Beim letzten Mal hatte sie Lucas verloren. Diesmal stand sie davor, die Erinnerung an ihn loszulassen.

Sie rollte sich auf ihrem Bett herum und nahm das gerahmte Foto von ihm in die Hand, das vor Jahren während ihrer Flitterwochen entstanden war. Es war ihr Lieblingsbild von Lucas. Darauf lehnte er an der Brüstung des Balkons ihres Hotelzimmers auf Malta und schaute hinaus aufs Mittelmeer. Die leichte Sommerbrise wehte ihm die Haare aus dem Gesicht, und seine Augen glitzerten im Sonnenlicht. So erinnerte sie sich am liebsten an ihn, nicht so, wie er zum Schluss gewesen war.

Etliche der Chormitglieder hatten nicht begriffen, warum Irene ihnen ihre Krankheit vorenthalten hatte, aber Elsie verstand sie nur zu gut. Da sie mit jemandem zusammengelebt hatte, der an Krebs erkrankt war, wusste sie, wie wichtig es für den Kranken war, sein Leben so normal wie nur irgend möglich führen zu können. Lucas hatte das sehr viel bedeutet. Zwar hatte er mit jedem, der fragte, offen über seinen Zustand geredet, dennoch hatte er alles nur denkbar Mögliche getan, um auch in den letzten Monaten weitestgehend normal leben zu können.

Lucas hatte nie wirklich viel über seinen Tod gesprochen, höchstens im Scherz, aber Elsie wusste, dass er sich damit nur davor zu schützen versuchte, bemitleidet zu werden. Nur ein einziges Mal sprach er darüber, etwa vier Monate, nachdem er die Diagnose erhalten hatte.

Sie saßen nebeneinander auf einer Bank am Ufer, trugen Kleidung aus dem sozialen Kaufhaus und fütterten Möwen – Nummer 19 auf der Liste:

19. Ankleiden wie alte Leute und auf der Promenade Möwen füttern (dabei unbedingt die Vögel anschreien).

Die Begründung für diesen Punkt: Solange Elsie ihn schon kannte, hatte Lucas auf die Frage nach seinem Lebenstraum geantwortet:

„Ich möchte Möwen anschreien, wenn ich neunzig bin."

Der Witz hatte zwischen ihm und Elsie schon so etwas wie Tradition gehabt – und verwandelte sich nach der Diagnose in bittere Ironie. Bei Nummer 19 ging es also darum, ihm dabei zu helfen, seinen selbst verkündeten Lebenstraum zu verwirklichen. Also hatten sie diverse soziale Kaufhäuser besucht, um sich ein perfektes Alte-Leute-Outfit zuzulegen. Lucas trug eine flache Kappe, ein weiß-grün kariertes Hemd, eine Sportjacke (selbstverständlich mit Wildlederimitat-Aufnähern an den Ellenbogen), braune Schuhe und eine schlotterige graue Hose, die ihm drei Nummern zu groß war. Elsie bot ein ganz besonderes Bild: blassblauer Seidenturban, Polyesterkleid mit abstraktem Muster, Strickjacke und dicksohlige beige Sandalen, die Grandma Flo immer als Slipper mit Riemen bezeichnet hatte. All das sorgte dafür, dass das Gesprächsthema sie erst recht wie ein Blitz aus heiterem Himmel traf.

„Ich glaube nicht, dass das alles ist", sagte er plötzlich.

Elsie wandte sich ihm zu. „Hätten wir uns noch Falten schminken sollen? Ich weiß, wir hätten eigentlich das volle Programm …"

„Nein." Der Blick seiner dunklen Augen hing am Horizont, und sie wirkten, als wäre er in Gedanken sehr, sehr weit fort. „Ich meine dies – das Leben. Ich glaube nicht, dass es hier endet. Glaubst du das?"

Völlig überrumpelt geriet Elsie ins Stammeln. „Nun, ich habe nicht … ich meine, ich … Lass uns nicht jetzt darüber reden."

„Irgendwann müssen wir es aber, meinst du nicht?" Er schloss die Augen. „Nein, antworte bitte nicht. Tut mir leid."

Elsies Herz zog sich schmerzhaft zusammen, und sie griff nach seiner Hand. „Sag mir, was du empfindest, Lucas."

„Ich denke daran, weißt du? Ich versuche, nicht daran zu denken, aber es lässt sich irgendwie nicht umgehen." Er öffnete die Augen und machte ihr ein überraschendes Geständnis. „Ich habe gestern mit einem Priester gesprochen."

Wenn Lucas ihr eingestanden hätte, ein Außerirdischer zu sein, hätte Elsie in diesem Augenblick kaum überraschter sein können. „Wirklich?"

„Ja. Ich wollte Mum besuchen und bin auf dem Weg nach Hause im Dorfpub eingekehrt. Pater Andrew war dort, und überraschenderweise sind wir ins Gespräch gekommen. Er ist ein sehr vernünftiger Mann. Hat mich nicht verurteilt, hat nicht versucht, mich zu bekehren. Er hat einfach nur zugehört. Dabei stellte sich heraus, dass er letztes Jahr seine Tochter an ein Non-Hodgkin-Lymphom verloren hat. Wir hatten also mehr gemeinsam, als ich gedacht hätte. Du hättest gelacht, Els. Ich und ein Priester hocken im Queen's Arms beim Bier zusammen und sprechen über das Leben nach dem Tod."

„Es fällt mir schwer, mir das bildlich vorzustellen."

„Ein kleines Geschenk von mir an dich, Baby. Es war gut, teilweise hart, und es hat mich sehr nachdenklich gemacht. Die Sache ist die: Ich kann mir nicht vorstellen, dass alles einfach aufhört. Am Ende, meine ich. Ich bin mir nicht sicher, was danach kommt, aber ich glaube, es muss etwas geben. Schon seltsam, dass ich das bald herausfinden werde …"

„Lucas, *bitte …*"

„Lass mich bitte ausreden, und dann erwähne ich das Thema nie wieder. Versprochen. Also: Ich habe keine Angst davor. Ich will dich nicht verlieren, und es ist viel zu früh, um sich schon zu verabschieden, aber ich kann nichts dagegen tun. Ich will nur, dass du weißt: Ich glaube, ich habe mich damit ausgesöhnt. Und ich habe keine Angst." Er holte eine Handvoll Sonnenblumenkörner aus der zerknitterten Papiertüte auf seinem Schoß und warf sie den streitenden Möwen zu, die die Bank umflatterten. „Habt ihr von dem Zeug nicht schon halb so viel gefressen, wie ihr wiegt?" Er grinste Elsie an, und sie spürte, dass das Thema abgehakt war. „Undankbare kleine

Nichtsnutze. Was meinst du: Sollten wir anfangen, sie anzuschreien?"

Hatte Irene genauso empfunden? Das fragte Elsie sich jetzt. Der Gedanke daran, wie die liebe alte Dame sorgfältig für die Zukunft anderer Leute geplant hatte, obwohl sie wusste, dass sie nie erleben würde, was dabei herauskam, brach ihr schier das Herz. Sie schaute Lucas' von der Sonne geküsstes Gesicht auf dem Foto an, das sie in Händen hielt, und gab ein schweigendes Versprechen. Lucas hatte keine Angst gehabt. Jetzt war die Reihe an ihr.

Am nächsten Tag stand Elsie überraschend allein im Sundae & Cher. Cher war von Jake unerwartet zum Abendessen in einem der angesagtesten Restaurants von Brighton eingeladen worden. Deshalb hatte sie sich in aller Eile einen Friseurtermin besorgt und den Nachmittag freigenommen, um sich auf ihren ganz besonderen Abend vorbereiten zu können. Im Café war nicht besonders viel los – hauptsächlich Stammkunden kreuzten auf –, und so war es für Elsie kein Problem, dass Cher nicht da war. Sie nutzte die Gelegenheit, um ein Blech Lebkuchen und Vanillekekse zu backen, die sie später mit Frischkäsecreme überziehen und für die Kinder, die nach der Schule und am Wochenende mit ihren Eltern kamen, mit Gelee verzieren wollte. Dieser Teil ihrer Arbeit gehörte zu den Aufgaben, die sie ganz besonders liebte: Bleche voller Kekse und Kuchen zu backen, die im Eiscafé verkauft wurden. Das erinnerte sie immer an die Samstagnachmittage bei Jim: Sie, bis zu den kleinen Ellenbogen voller Mehl, mehr Teig auf den Arbeitsflächen als in der Teigschüssel, und er in stolzer Freude, weil seine jüngste Tochter ihre ersten Backversuche unternahm.

Sie mixte gerade die Frischkäsecreme, als die Messingglocke über der Tür erklang, und zu ihrer Überraschung Torin an den Tresen trat.

„Bevor Sie mich jetzt darauf hinweisen, dass ich hier Hausverbot habe, lassen Sie mich schnell ein paar Worte zu meiner Verteidigung sagen."

„Legen Sie los.“

„Ich bin zufällig vorbeigekommen und dachte mir, es sei völlig falsch von mir, nicht hereinzukommen und Hallo zu sagen, wenn Sie mich am Fenster vorbeigehen sehen.“

Elsie wischte sich die Hände an der Schürze ab. „Das wäre es wohl gewesen. Wenn ich Sie hätte vorbeigehen sehen.“

„Sie haben mich nicht gesehen?“

„Tut mir leid.“ Elsie deutete auf die Rührschüssel, an der sie gearbeitet hatte. „Meine Aufmerksamkeit war davon gefangen genommen.“

„Ah. Dann ist es ein bisschen unangenehm, dass ich hier bin?“

„Das ist es.“

Er ließ ein Lächeln aufblitzen. „Okay, dann will ich die Karten auf den Tisch legen. Ich wollte sehen, wie es Ihnen nach Ihrer Besprechung in meiner Kanzlei geht. Ich habe hin und her überlegt, ob ich nun vorbeikommen soll oder nicht, und heute sind mir die Gründe dagegen ausgegangen. Also, wie geht es Ihnen?“

Immer noch ein bisschen verdattert über sein plötzliches Auftauchen, zuckte Elsie die Achseln. „Gut. Danke der Nachfrage. Möchten Sie etwas trinken, wenn Sie schon hier sind?“

Seine Miene hellte sich deutlich auf. „Gern. Eine Kanne Tee wäre hochwillkommen. Und eins von diesen Schokoladen-Haselnuss-Törtchen, wenn es nicht zu viel Mühe macht.“ Er sah ihr zu, wie sie eine kleine Teekanne mit heißem Wasser aus der Kaffeemaschine füllte. „Ich gehe davon aus, dass Cher sich von ihrem Zusammenstoß mit der Chordirigentin erholt hat?“

„Das hat sie.“ Elsie stellte eine Teetasse und das Kännchen vor ihm auf den Tresen und füllte einen kleinen Krug mit Milch. „Aber sie war wirklich sehr aufgebracht. Ich schätze, Jeannette ist Jake ein bisschen zu sehr auf die Pelle gerückt.“ Sie legte ein Törtchen auf einen Teller und reichte ihm den.

„Ein bisschen. Nichts ist tragischer, als mitanzusehen, wie eine verzweifelte Frau sich einem Mann an den Hals wirft, der eindeutig kein Interesse hat.“

„Glauben Sie, dass Jake kein Interesse hatte? Ich meine, diese Behauptungen, die Jeannette über ihn aufgestellt hat, die entsprachen nicht der Wahrheit, oder?“

Torin rührte seinen Tee um. „Natürlich nicht. Das war nur Gefasel einer alleinstehenden Frau in Torschlusspanik.“ Angesichts von Elsies Sorge um ihre Freundin wurde der Blick seiner grünen Augen weicher. „Jake ist ein anständiger Kerl. Ich verbringe viel Zeit mit ihm. Er mag in der Vergangenheit den Ruf eines Weiberhelden gehabt haben, aber ihm scheint wirklich viel an Cher zu liegen.“

„Ehrlich? Sie kennen ihn besser als ich, Torin. Wenn Sie auch nur einen Augenblick geglaubt haben, dass ein Körnchen Wahrheit in dem steckt, was Jeannette gegenüber Cher behauptet hat, würden Sie mir das sagen?“

„Natürlich.“ Er goss sich seinen Tee ein. „Und wie läuft es mit der anderen Sache?“

„Oh. Gut.“

„Sie haben also entschieden, was Sie in dieser Angelegenheit tun wollen?“

„Ja. Ich werde tun, worum ich gebeten wurde. Danke übrigens für Ihre Hilfe an jenem Tag. Das hat mir viel bedeutet.“

Er lächelte. „Freut mich, dass ich helfen konnte. Wie schon gesagt, wenn ich Ihnen in irgendeiner Sache Rat geben kann …“

„Danke. Ich behalte das im Hinterkopf.“

„Gut.“

„Er ist also einfach aufgetaucht? Ohne jede Vorwarnung?“, fragte Daisy. Dabei drohten ihr fast die Augen aus dem Kopf zu fallen.

„Ja. Er kam rein, fragte nach mir und Cher, trank eine Tasse Tee und ging wieder.“

Guin steckte den Kopf durch den Vorhang aus Perlenschnüren in Jims Küche. „Was habt ihr beiden da zu flüstern?“

„Nichts“, wollte Elsie schon abwiegeln, aber Daisy war viel zu neugierig, um ihre mittlere Schwester kurzerhand aus der Unterhaltung auszuschließen.

„Torin Stewart ist heute an Elsies Arbeitsplatz aufgetaucht“, sagte sie.

Guin juchzte begeistert und drängte sich in die Küche. „Ha! Klatsch und Tratsch! Erzähl schon!“

Elsie seufzte. „Da gibt es nicht viel zu erzählen. Er kam rein, um sich nach meinem Befinden zu erkundigen. Es hat mich völlig geschockt, aber das war sehr nett von ihm.“

„Nett? Du benutzt die Begriffe Torin und nett im selben Satz? Darf ich dich daran erinnern, dass du von dem Mann redest, den du so sehr verabscheust, dass ich beinahe am Rand der A27 mein Kind zur Welt bringen musste, nur weil du nicht in seinen Wagen einsteigen wolltest?“

„Ich behaupte ja nicht, dass ich den Typen mag, aber er hat mir im letzten Monat zwei Mal geholfen.“

„Was er dir in den nächsten Monaten zweifelsfrei immer wieder triumphierend unter die Nase reiben wird“, fügte Daisy hinzu.

Die unerwartet harsche Kritik ihrer Schwester an Torin hatte zur Folge, dass Elsie und Guin sie verwundert anstarrten.

„Hast du nicht gesagt, dass du ihn nett findest, als du ihn kennengelernt hast?“, fragte Guin.

Daisy zog die Brauen hoch. „Ja, das habe ich. Aber inzwischen hatte ich Zeit, darüber nachzudenken, und bin zu dem Schluss gekommen, dass er für meinen Geschmack ein wenig zu selbstgefällig ist.“

„Diesmal war er nicht so unausstehlich“, warf Elsie ein und überraschte sich selbst damit, dass sie den Mann in Schutz nahm.

„Vorsicht, Els“, warnte Guin mit verschwörerischem Glitzern in den Augen. „Wenn du so weitermachst, magst du ihn am Ende noch.“

„Ich kann dir garantieren, dass das nie geschehen wird“, gab Elsie zurück. „Ich sage ja nur, dass er geholfen hat, die tätliche Auseinandersetzung zwischen Cher und Jeannette zu beenden. Außerdem hat er angeboten, mich zu beraten, als er von Irenes Testament erfahren hat. Und wenigstens hat er sich die Mühe gemacht, sich zu vergewissern, dass es mir gut geht.“

Olly schob die Perlenschnüre des Vorhangs auseinander und spähte in die Küche. „Tut mir leid, wenn ich unterbreche, aber euer Dad sagt: Wenn ihr so weit seid, können wir los."

Elsie hakte sich bei ihm unter, als sie zur Haustür gingen, wo Jim bereits wartete, ein Handtuch in der Hand und mit einem Trainingsanzug bekleidet, der aussah, als hätte er ihn in den frühen Achtzigerjahren des vorigen Jahrhunderts gekauft. Bei seinem Anblick brachen seine drei Töchter in Gelächter aus, und er hob die Hände, um sie zu bremsen.

„Okay, Mädels, das reicht. Wir müssen uns beeilen, wenn wir noch rechtzeitig da sein wollen."

Sein Beitritt zum Chor, auch wenn es nur eine Tarngeschichte für Paris war, hatte ein neues Selbstvertrauen in Jim geweckt. Das zeigte sich darin, dass er in letzter Zeit eine ungewohnte Aktivität entwickelte. Er hatte sich im Gemeindezentrum für einen Kunstkurs eingeschrieben, sich einem Club von Geschäftsleuten, die sich regelmäßig zum Essen trafen, angeschlossen und sogar einen Fernlehrgang für Hindi belegt. Aber trotzdem hatte es seine Familie sehr überrascht, als er die Einladung eines Geschäftsfreundes zu einem Fußballspiel zwischen zwei Fünfer-Mannschaften annahm.

„Ich kann noch gar nicht glauben, dass wir gleich unserem Vater dabei zusehen werden, wie er versucht, Fußball zu spielen", flüsterte Guin ihren beiden Schwestern zu, als sie auf der Rückbank von Jims Minivan saßen. „Ich dachte immer, Dad wäre allergisch gegen Sport."

„Sei nicht so gemein", flüsterte Daisy zurück. „Ollys Onkel hat ihn zu diesem Spiel eingeladen. Ich finde das süß. Auch wenn ich an ihm noch nie etwas gesehen habe, das ihm so wenig steht wie dieser Trainingsanzug."

„Angeblich war so etwas mal modern", meinte Elsie. „Vielleicht hofft er, dass er wieder in Mode kommt?"

Daisy verzog das Gesicht. „Glaub mir, diese Chance besteht keinesfalls. Wer weiß, ob das überhaupt jemals der Fall war."

Im Freizeitzentrum angekommen, ließ Olly sich neben Elsie auf der Tribüne oberhalb des Kunstrasens nieder.

„Wie lange ist es her, dass Jim zum letzten Mal Fußball gespielt hat?"

„Länger, als ich ihn kenne. Ich hoffe, dein Onkel geht gnädig mit ihm um."

Olly lachte. „Onkel Marty ist nicht viel fitter. Hier geht es nur um eine Gruppe von Männern, die sich kennen und gemeinsam ihren Spaß haben. Sie treffen sich einmal im Monat, um ein bisschen nach dem Ball zu treten, damit sie anschließend ihren Frauen erzählen können, sie hätten trainiert. Mit einem Wettkampf hat das wohl nichts zu tun."

Mitten auf dem Spielfeld schüttelte Jim Marty die Hand, während die anderen Männer herbeiliefen, um ihn zu begrüßen. Die Gruppe teilte sich in zwei Mannschaften auf, und Jim nahm eine orange Starternummer entgegen, streifte sie über und hob seiner Familie den Daumen entgegen, als der Schiedsrichter das Spiel anpfiff.

Olly stupste Elsie an. „Ich freue mich, dich zu sehen, selbst wenn es im Kreis der Familie ist."

Elsie kuschelte sich in seinen Arm. „Ich auch. Tut mir leid, dass ich so viel um die Ohren hatte. Wir hatten wahnsinnig viel zu tun, um alles rechtzeitig für unsere Parisreise am nächsten Wochenende fertigzukriegen."

„Und? Habt ihr's geschafft?"

„Ich denke schon. Alles ist reserviert, das Lied für die große Frage ist vorbereitet, und Aoife hat keinen blassen Schimmer. Oh, und Dad ist vom Rest der Gruppe begeistert aufgenommen worden. Ich glaube, er darf nach der Parisreise gern Mitglied bleiben, wenn er möchte."

Olly lächelte. „Ich glaube, das würde ihn freuen." Er sprang auf, als sein Onkel aufs Tor schoss, und stöhnte, als der Ball weit daneben ging. „Nein! Hast du das gesehen? So nahe dran …" Damit setzte er sich wieder. „Paris also, hmm? Ich kann mir nicht helfen – Danny scheint mir noch ein bisschen zu jung zu sein, um jemandem einen Heiratsantrag zu machen."

„Er ist neunzehn. Viel älter war ich auch nicht, als Lucas mir seinen Antrag gemacht hat." Elsie sah Ollys Reaktion und lächelte. „Ist schon okay, wir waren wirklich sehr jung. Aber damals hatten wir das Gefühl, schon ewig auf diesen Augenblick gewartet zu haben."

Auf dem Spielfeld ließ sich einer der Männer zu Boden fallen – ein offensichtlicher dramatischer Versuch, einen Freistoß herauszuschinden. Elsie und Olly schrien gleichzeitig Protest, wandten sich einander zu und lachten.

„Ich bin mir nicht sicher, ob dies ein besonders entspannender Sport für Zuschauer ist", meinte Olly lächelnd. „Ich bin jetzt schon erledigt."

„Ich auch. Ach, schau dir nur Dad an. Er rennt jetzt schon wer weiß wie lange rum und ist dabei dem Ball noch nicht ein einziges Mal auch nur nahe gekommen."

„Das wird schon noch klappen. Weiter so, Jim!"

Jim schaute hoch zur Tribüne und grinste, puterrot im Gesicht vor Anstrengung.

„Er sieht glücklich aus", sagte Elsie.

Olly winkte Jim zu. „Ich mag ihn sehr. Er ist mir in letzter Zeit ein guter Freund geworden." Ein Seitenblick auf Elsie. „Ich mag auch seine Tochter. Sehr."

Elsie schaute zu ihm hoch, als seine Hand die ihre umschloss. Plötzlich gab es auf dem Spielfeld einen Schrei, und sie drehten sich um. Jim lag auf dem Boden, mit beiden Händen das Fußgelenk umklammernd. Sofort löste sich Elsie von Olly, ließ ihn sitzen und rannte nach unten aufs Spielfeld. Guin und Daisy folgten ihr auf dem Fuße. Die anderen Spieler standen um Jim herum, der sich auf dem Boden wand.

„Was ist passiert?", wollte Daisy wissen.

„Er ist bei einem hässlichen Zweikampf zu Boden gegangen", sagte Marty und kniete neben Jim nieder. „Glaubst du, du kannst gehen, Kumpel?"

Jim schüttelte den Kopf und ließ sein Fußgelenk los. Die Zuschauer schnappten erschrocken nach Luft, als ein offener Bruch mit herausragendem Knochen sichtbar wurde. Entsetzt scheuchte Guin die Spieler weg, während Elsie nach ihrem Handy griff und einen Krankenwagen rief.

Zwei Stunden später saßen Elsie, Guin, Daisy und Olly immer noch geschockt im Wartezimmer der Notambulanz und warteten auf Neuigkeiten.

„Ich hoffe, es geht ihm gut“, meinte Elsie. „Dieser Bruch sah schrecklich aus.“

„Allerdings“, nickte Olly. „Sie müssen bestimmt röntgen und dann den Knochen richten. Deshalb dauert es so lange.“

„Wenigstens haben sie ihn nicht lange warten lassen“, sagte Guin mit einem Blick auf ihre Armbanduhr. „Hört mal, ich weiß, es klingt furchtbar, aber würde es euch etwas ausmachen, wenn ich Joe anrufe, damit er mich abholt? Ottie muss bald gestillt werden, und ich habe kein Fläschchen vorbereitet.“

Daisy zog sie in die Arme. „Das macht uns gar nichts. Geh nur.“

Guin bedankte sich, suchte ihre Sachen zusammen und eilte davon.

„Wie lange ist er jetzt schon da drin?“, fragte Elsie.

Olly warf einen Blick auf seine Uhr. „Ein paar Stunden. Mach dir keine Sorgen, Els.“

Aber sie machte sich Sorgen. Nicht nur, weil sie gerade ihren Dad unter Schmerzen erlebt – und die schreckliche Verletzung gesehen hatte. Obendrein stand sie jetzt vor der Herausforderung, die Sundaes wohl selbst nach Paris kutschieren zu müssen. Dass sie in diesem Moment überhaupt daran dachte, machte ihr ein grässlich schlechtes Gewissen, aber die Reise sollte schon in wenigen Tagen stattfinden. Diese neue Entwicklung war alles andere als willkommen. Abgesehen davon, dass sie erneut im Wartebereich eines Krankenhauses gelandet war und mit all den unwillkommenen Erinnerungen konfrontiert wurde, die damit verbunden waren.

Ein Krankenpfleger schob die Doppeltüren auf und warf einen Blick auf die Akte in seiner Hand. „Mr Maynard?“

Daisy, Elsie und Olly standen auf, und der Pfleger trat zu ihnen. „Hallo. Wir haben gerade die Röntgenbilder bekommen. Für Sie das Wichtigste: Es ist ein glatter Bruch, und das ist sehr gut. Die Verletzung sieht viel schlimmer aus, als sie tatsächlich ist. Wir werden jetzt Mr Maynards Knöchel richten, und dann können Sie ihn mit nach Hause nehmen."

„Geht es ihm gut?", fragte Daisy.

Der Krankenpfleger lächelte. „Es geht ihm gut. Schon seit seinem Eintreffen reißt er da drinnen Witze. Ich wünschte, mehr unserer Patienten wären so gut drauf. Das dauert jetzt noch ungefähr vierzig Minuten."

Fast eine Stunde später kam Jim heraus. Den rechten Fuß weiß eingegipst, stützte er sich noch etwas unsicher auf seine Krücken. „Nennt mich einfach Hopalong!"

Daisy hastete zu ihm, um ihn zu stützen. „Dad, sei vorsichtig!"

„Mir geht's gut. Mach nicht so einen Wirbel. Nun, das ist ganz schön dumm gelaufen, nicht wahr? Ich wusste ja schon immer, dass Sport nicht gut für meine Gesundheit ist!"

Olly lachte. „War ja klar, dass du Witze reißen würdest, wenn du dir den Knöchel brichst. Wie lange wirst du den Gips tragen müssen?"

„Der Doktor meint, acht Wochen mit diesem Gips. Dann bekomme ich einen Gehgips, was immer das sein soll. Es könnte mehrere Monate dauern, bis ich wieder normal laufen kann." Er wandte sich an Elsie. „Es tut mir so leid, Liebling."

„Du brauchst dich nicht zu entschuldigen, Dad. Das war doch nicht deine Schuld."

„Aber die Reise ..."

„Mir wird schon was einfallen, keine Sorge."

Als sie zum Parkplatz gingen, fasste Olly nach Elsies Hand. „Ich werde fahren."

„Oh, wunderbar." Lächelnd reichte Elsie ihm die Schlüssel zu Jims Wagen. Olly schüttelte den Kopf und gab sie ihr zurück.

„Nicht jetzt. Ich meine nach Paris. Ich kann nicht singen – das ist offensichtlich –, aber ich fahre den Minibus. Falls du möchtest?"

Elsie traute ihren Ohren kaum. „Das würdest du tun? Wirklich? Bist du sicher?"

„Sehr gern sogar. Ich bin schon oft im Ausland gefahren. Letzten Sommer habe ich mir einen Minibus geliehen und bin mit ein paar Kumpels für einen Junggesellenabschied nach Südfrankreich. Aber in Paris war ich noch nie. Es wäre wunderschön, die Stadt mit dir zu sehen. Und der Singgruppe. Was meinst du?"

Elsie stellte sich auf die Zehen und drückte ihm einen Kuss auf die Wange. „Ich meine, ich habe den perfekten Fahrer gefunden!"

Erschöpft von der emotionalen Achterbahnfahrt des Tages beschloss Elsie, ein ausgiebiges Bad zu nehmen und früh ins Bett zu gehen. Und so kuschelte sie sich schon kurz nach zehn in ihre Kissen. In dem Bewusstsein, dass alles für die Parisreise vorbereitet und geregelt war, war sie sicher, dass sie gut schlafen würde. Und natürlich tat sie das, bis sie vom unnachgiebigen Schrillen ihres Handys unsanft aus dem Schlaf gerissen wurde. Sie setzte sich mühsam auf und nahm das Gespräch an.

„Hallo?"

„Elsie, ich bin es. Kannst du … Es tut mir so leid. Ich wusste nicht, wen ich …"

„Cher? Was ist los?"

„Ich habe gerade … Es tut mir so unendlich leid, dich zu stören …"

„Nun mach dir darüber keine Gedanken. Was ist passiert?" Keine Antwort, nur ersticktes Schluchzen. Elsie stieg aus dem Bett, schnappte sich ihre Jeans und kämpfte sich hinein, während sie ihr Handy mit der Schulter ans Ohr presste. „Na schön, sag mir, wo du bist."

„Zu Hause … aber …"

„Okay, bleib da. Ich komme zu dir."

Als Elsie ihren Wagen vor Chers Haus abstellte, war sie noch gar nicht ganz ausgestiegen, als eine schluchzende Cher die Haustür aufriss. Ihr sonst so perfekt frisiertes Haar hing ihr in verknoteten Strähnen ums Gesicht. Die Mascara war zerlaufen und bildete schwarze Spuren auf ihren Wangen. Elsie war erschrocken über das Bild, das ihre Freundin bot. Sie führte sie zurück ins Haus und kochte als Erstes einen starken süßen Tee auf, während Cher sich weinend auf dem Sofa zusammenrollte.

„Hier", sagte sie und reichte Cher den Becher.

„Danke. Oh Els, ich fühle mich entsetzlich, dich mitten in der Nacht herausgeklingelt zu haben."

„Hör auf, dich zu entschuldigen. Herzukommen war meine Idee, klar? Jetzt sag mir, was passiert ist."

Cher nahm einen großen Schluck Tee und wischte sich mit dem Handrücken über die Augen. „Ich habe heute Nachmittag mit Jake gesprochen. Er sagte, er würde heute Abend unterwegs sein, aber gern mit mir plaudern, wenn er nach Hause kommt. Ich weiß nicht, warum, Els, aber ich habe das als Einladung genommen. Also bin ich zu ihm gefahren und habe mich mit dem Reserveschlüssel unter dem Blumentopf an der Haustür selbst reingelassen. Ich wollte ihn überraschen, weißt du?"

Elsie nickte, aber in ihr machte sich eine unangenehme Vorahnung breit. „Und weiter?"

„Ich war voll und ganz darauf eingestellt, ihm eine große Überraschung zu bereiten, wenn du verstehst, was ich meine … Ich spreche vom vollen Programm: rote Spitzenunterwäsche, High Heels …" Sie brach ab und begann erneut zu schluchzen. „Ich habe fast eine Stunde auf ihn gewartet. Habe ihm eine SMS geschickt, und er antwortete, er sei auf dem Weg nach Hause von einer Geschäftsbesprechung und könne es kaum erwarten, mit mir zu reden. Und deshalb war ich total aufgeregt, dass er mich zu Hause vorfinden würde, in seinem Lieblingssessel, genauso wie in der einen Szene von Pretty Woman, wo sie nur eine Krawatte trägt …"

Elsie schauderte es beim Gedanken an diese Szene, die schon zu gelegenster Zeit entsetzlich peinlich gewesen wäre, aber um fünf nach halb drei Uhr morgens? Kaum auszumalen. „Was ist passiert?"

„Ich hörte seinen Wagen vorfahren, den Schlüssel im Schloss … und ich machte mich bereit … strahlendes Lächeln … die Wohnzimmertür ging auf und …" Sie schluchzte erneut.

„… und er kam rein, knutschend mit einem Flittchen Mitte zwanzig."

„Oh, Cher …"

„Und da war ich, auf den Stuhl drapiert in meiner Unterwäsche. In diesem Moment habe ich mich wirklich voll und ganz wie einundvierzig gefühlt. Und mit Sicherheit sah ich auch genau so aus. Am liebsten wäre ich gestorben." Sie wandte Elsie ihr tränenüberströmtes Gesicht zu. „Und er hat nichts gesagt. Stand einfach nur da, mit lippenstiftverschmiertem Gesicht, und sah mich an, als wäre ich ein zufälliger Eindringling …" Sie schluchzte erneut. „… in Unterwäsche aus dem Schlussverkauf!"

Elsie schlang ihre Arme um ihre Freundin. „Ach Süße, es tut mir so leid. Ich dachte, er wäre anders. Torin hat gesagt …" Als ihr bewusst wurde, was ihr gerade rausgerutscht war, verstummte sie.

„Torin hat was gesagt?"

Zorn kochte in ihr hoch, und sie spürte, wie ihre Nervenenden zu kribbeln begannen vor Wut. „Ich bin Torin vor ein paar Tagen begegnet und habe ihn rundheraus gefragt, ob man Jake trauen kann. Nach dem, was Jeannette behauptet hatte, wollte ich auf Nummer sicher gehen. Und er hat mit versichert, dass Jake sich geändert habe. Ich habe ihm geglaubt. Es tut mir so leid."

Torin muss die Wahrheit über Jake gekannt haben, ging es Elsie durch den Kopf. Ganz bestimmt wurde in der Kanzlei ausgiebig über so etwas getratscht. Aber wenn er Bescheid wusste, warum hatte er dann beharrlich behauptet, sein Boss sei vertrauenswürdig? Wenn er wirklich wollte, dass Elsie ihn mochte, und das schien er bei seinem Besuch bei ihr anzudeuten, warum belog er sie dann? Wieder einmal hatte er die Persönlichkeiten gewechselt – vom scheinheiligen Rechtsanwalt über den potenziellen Freund zu einem unverschämten Lügner. Während sie innerlich kochte, wurde Elsie klar, dass sie immer noch nicht mehr über Torin wusste als bei ihrem allerersten unverhofften und peinlichen Zusammentreffen.

Cher löste sich aus ihren Armen und schniefte. „Dann ist Torin genauso übel wie sein rückgratloser, betrügerischer Penner von einem Boss. Du hattest von Anfang an recht, was ihn angeht, Els. Ich hätte dich nie zu dieser Verabredung mitschleifen sollen."

Sie lächelten einander schief an.

„Von jetzt an, Mädchen, schließen wir einen Pakt: Egal welcher Mann aus Brighton, aber niemals ein Rechtsanwalt!"

Elsie schwamm immer noch der Kopf, als sie den Pakt mit Cher durch ein Händeschütteln besiegelte. „Abgemacht!"

17. KAPITEL

Eine sentimentale Reise …

Am Morgen der Abreise hatte Elsie bereits wieder begonnen, sich über Ollys Teilnahme den Kopf zu zerbrechen. Olly war so glücklich gewesen, als sie vom Krankenhaus zu Jim nach Hause fuhren, dass Elsie das Arrangement für perfekt gehalten hatte. Aber später, als sie allein war, fielen ihr die Risse in dem Plan auf. Jim an ihrer Seite zu haben, wäre für sie eine hilfreiche Unterstützung gewesen. Mit Olly sah die Sache ganz anders aus. Jim wusste sehr viel darüber, was sie mit Lucas durchgemacht hatte, und er kannte die Bedeutung des letzten Punktes auf der Liste. Der Gedanke daran, das in allen Einzelheiten Olly erklären zu müssen, machte ihr Angst.

Daisy erkannte sofort, welcher Kampf in ihrer Schwester tobte, als sie sie sah. Sie nahm sie auf dem Parkplatz beiseite, auf dem sich die Sundaes mit gepackten Reisetaschen aufgeregt versammelten. „Elsie, hör sofort auf damit."

„Womit?"

„Hör auf, darüber nachzudenken, wie du Olly wieder ausladen kannst. Er hat dir seine Hilfe angeboten, schon vergessen?"

Elsie war nach einer schlaflosen Nacht den Tränen nahe. „Aber Paris …"

„Ich weiß, meine Liebe, aber das Ganze wäre so oder so schwer für dich geworden. Olly ist ein guter Mann – ein guter Freund –, und er tut das *für dich*. Glaub mir, das ist eine positive Sache. Ich bin auch noch da, vergiss das nicht. Und du musst niemandem irgendetwas erklären."

Immer noch von Furcht geschüttelt, nickte Elsie und ließ sich in die Arme ihrer Schwester sinken. „Danke."

„Gern geschehen, Liebste. Und jetzt …" Damit löste sie sich aus der Umarmung und hielt Elsie auf Armeslänge von sich. „… lass mich dich anschauen. Du bist erstaunlich, Elsie Maynard, und du bist dieses Jahr so weit gekommen. Vor dir liegen

Verheißungen und Möglichkeiten. Du musst nur den Mut aufbringen, zuzugreifen. Bereit für die Reise?"

Elsie holte tief Luft und rang sich ein Lächeln ab. „So bereit, wie ich nur sein kann."

„So, das Gepäck ist verstaut", rief Olly. „Also, Leute, auf geht's!"

Juchzend und jubelnd kletterten die Sundaes in den Minibus. Elsie drehte sich auf dem Beifahrersitz um und betrachtete die freudestrahlenden Gesichter hinter sich.

„Wohin, Leute?"

„Nach Paris!", scholl es einstimmig zurück.

Fünfundzwanzig Minuten später kam der Hafen von Newhaven in Sicht. Elsie und Woody kümmerten sich um die Tickets, während der Rest der Gruppe im Minibus blieb und Liedfetzen aus ihrem vorgetäuschten neuen Programm sang. Vor ihnen ragten hoch die weißen Kanalfähren auf, und Elsies Magen schlug einen Purzelbaum, als sie sie sah.

„Nervös wegen der Überfahrt, Engel?", fragte Woody.

„Nein, aber es ist schon eine Weile her, dass ich auf einer Fähre gereist bin", log Elsie. Sie wusste zwar, dass Woody sie verstanden hätte, wenn sie ihm erzählt hätte, was ihr auf der Seele lag, aber sie hatte an diesem Morgen entschieden, ihre Gefühle für sich zu behalten. So war es leichter. Sie wollte nicht, dass sich jemand Sorgen um sie machte, wo sich doch alle so über die Reise freuten.

Mit gültigen Tickets ging die Gruppe schließlich an Bord der Fähre und sammelte sich im Aufenthaltsbereich am Bug des Schiffes.

Elsie wandte sich an die grinsenden Sänger. „Ich schätze, ihr habt alle verschiedene Vorstellungen von dem, was ihr jetzt tun möchtet, also schlage ich vor: Wir treffen uns etwa eine halbe Stunde, bevor wir in Dieppe anlegen, hier wieder."

Die Gruppe zerstreute sich, Woody in Richtung Duty-free-Shop, die jüngeren Mitglieder wollten sich das Unterhaltungsangebot anschauen, und Stan, Graeme und Sheila machten sich auf die Suche nach etwas Essbarem. Olly bot an, Tee zu holen.

Daisy und Elsie erklärten sich einverstanden und besetzten einen Tisch mit drei bequemen Sesseln.

„Fühlst du dich gut, Els?"

„Ich glaube schon. Es ist besser – jetzt, wo wir endlich unterwegs sind."

„Gut. Halt mich auf dem Laufenden, falls sich das ändert." Sie warf einen Blick auf ihre Armbanduhr. „Ich glaube, ich werfe mal einen Blick in den Bord-Shop. Dauert nicht lange."

Allein gelassen holte Elsie ein Buch aus ihrer Tasche und machte es sich damit gemütlich. Sich in der Welt eines anderen zu verlieren war auf jeden Fall ihrer eigenen Grübelei vorzuziehen, zumindest in den nächsten paar Stunden. Das Stück Papier, das ihr als Lesezeichen diente, war die neueste Botschaft aus der satinbespannten Schachtel. Elsie spürte, wie viel Trost ihr Lucas' Handschrift auf dieser Reise zu dem Ort spendete, von dem er stets geträumt hatte:

Ich liebe dich, weil du jeden Tag als großes Abenteuer erscheinen lässt.
Kuss.

„Hier."

Elsie zuckte zusammen, als ein in blassrosa Seidenpapier eingewickeltes Päckchen auf ihrem Schoß landete. Daisy setzte sich lächelnd neben sie.

„Was ist das?"

„Mach's auf, dann siehst du's."

Mit einem misstrauischen Blick auf ihre Schwester löste Elsie vorsichtig das teuer wirkende Schleifenband um das Päckchen und entfaltete das Seidenpapier. Zum Vorschein kam ein langer, hauchzarter Seidenschal, blau wie der Sommerhimmel und getupft mit winzigen blassrosa Kirschblüten.

„Oh, wow, ist der schön! Den hättest du mir nicht kaufen müssen."

„Doch, musste ich." Daisys Lächeln sagte alles. „Ich dachte, du brauchst etwas Brandneues als Erinnerung an Paris." Ihre

Augen schimmerten im hellen Licht der Schiffslounge. „So, wenn es dich nicht stört, verzichte ich lieber auf den Tee und seh mich stattdessen ein wenig um. Ich habe meine Seebeine noch nicht gefunden, und es geht mir besser, wenn ich mich bewege. Kommst du allein klar?“

Elsie nahm sie in die Arme. „Aber natürlich. Ich danke dir.“

„Gern geschehen, Schwesterchen. Bis später.“

Zutiefst berührt von dem wohlüberlegten Geschenk ihrer Schwester, strich Elsie mit den Fingern über den Blumendruck auf dem Schal und faltete ihn sorgfältig zusammen, bevor sie ihn in ihre Tasche steckte und ihr Buch wieder aufschlug.

Als Olly zurückkam, bedeutete er ihr, einfach weiterzulesen. Sie war erleichtert. Elsie genoss es, in Ruhe gelassen zu werden, zumal sie wusste: Sobald sie wieder an Land waren, würde sich ihr für den Rest der Reise kaum noch eine Möglichkeit bieten, allein zu sein. Olly zog eine Zeitung hervor und setzte sich neben sie, dicht genug, um ihr Geborgenheit zu vermitteln, und doch weit genug weg, um ihr Freiraum zu lassen. Alle Sorgen, die Elsie sich an diesem Morgen gemacht hatte, waren durch diese schlichte Geste sofort wie weggeblasen. Sie stellte sogar fest, dass sie Freude an der wortlosen Zweisamkeit hatte.

Lucas hatte immer seine Sonntagszeitungen geliebt – schon ganz zu Anfang ihrer Beziehung –, und am liebsten hatte er sich damit in ein Café gesetzt, vorzugsweise mit Blick aufs Meer, ein komplettes Englisches Frühstück bestellt und sich entspannt, während er und Elsie gemütlich schweigend in den unterschiedlichen Rubriken der Zeitung lasen, die sie untereinander aufgeteilt hatten. In den letzten drei Jahren seines Lebens hatte er sich für das Café auf dem Bohlenweg entschieden, in dem Elsie sich quasi versehentlich in ihre neue Rolle als Chorleiterin gestürzt hatte. Dieser Umstand war ein weiterer Grund für ihre Bereitschaft gewesen, Woodys Angebot anzunehmen. Lucas fand in Augenblicken wie diesen Frieden, warf dabei gelegentlich einen Blick über den Rand der Zeitung hinweg auf Elsie – und sie tat so, als sähe sie das nicht, aber in Wirklichkeit klopfte ihr das Herz bis zum Hals, weil ihr diese Momente so wahnsinnig intim vorkamen.

„Ich liebe Sonntage. Ich, du, zehn Tonnen Wochenendzeitungen und literweise Tee am Meer. Viel näher kann man der Vollkommenheit kaum kommen!"

In ihrem letzten gemeinsamen Jahr hatten Elsie und Lucas ihr sonntägliches Ritual schon mit beinah religiöser Inbrunst gefeiert. Ihr Verlangen nach Normalität war im Laufe der Monate immer ausgeprägter geworden. Gegen Ende, als Lucas nicht mehr die Kraft hatte, das Haus zu verlassen, stand Elsie früh auf, rannte zum nächsten Zeitschriftenhändler und bereitete anschließend ein Frühstück vor, das in ihrem kleinen Schlafzimmer zu Hause die Atmosphäre im Café ersetzte. Der Ausdruck tiefen Friedens auf seinem Gesicht, wenn sie lesend beisammen saßen, war ihr die Mühe allemal wert. Als er starb, gehörte das zu den Dingen, die Elsie am schmerzlichsten vermisste: dieses simple Nebeneinandersitzen, ohne sich zu unterhalten, entspannt in dem Wissen, dass ihr Zusammensein keiner Worte bedurfte.

Nach etwa einer Stunde stupste Olly sie an. „Ist das Buch gut?"

Wenn sie ganz ehrlich gewesen wäre, hätte sie zugeben müssen, dass sie geistig abwesend gewesen war und die Worte auf den Seiten gar nicht wahrgenommen hatte. Aber dann hätte sie das erklären müssen, und das war gerade das Letzte, was sie wollte. „Ja, danke. Und die Zeitung?"

Langsam breitete sich ein ungezwungenes Lächeln auf seinem Gesicht aus. „So, wie Zeitungen halt sind. Aber es tut gut, einfach mal nichts zu tun. Schließlich habe ich noch eine lange Fahrt vor mir."

„Vielen Dank, Olly, dass du das tust. Ich bin so froh, dass du hier bist."

„Ich bin auch froh, hier zu sein." Seine Hand war warm und willkommen, als er nach ihrer griff und sie an seine Lippen führte.

Kurz nach vier am Nachmittag lief die Fähre in den grauen, verregneten Hafen von Dieppe ein, und Olly lenkte den Minibus durch den Regen aus dem Fährterminal hinaus. Die Sundaes waren in bester Stimmung, vor allem Woody, der mit zwei prall gefüllten Einkaufstüten aus dem Duty-free-Shop gekommen war und schon beachtliche Fortschritte mit einer großen Flasche Bourbon gemacht hatte. Sie unterhielten sich lautstark und stimmten gelegentlich Lieder an, während der Minibus durch eindeutig erkennbar gallische Dörfer und Landschaften schaukelte.

„Dieser Auftritt wird ein episches Ereignis werden“, verkündete Woody und wedelte mit seiner sich rasch leerenden Flasche herum, „ein Einblick in die musikalische Vorsehung, Mann!“

„Du bist so ein Freak.“

„Mag sein, dass ich ein Freak bin, Sasha, aber wenigstens bin ich frei.“

„Oh, um Himmels willen, ihr beiden“, stöhnte Sheila und funkelte Woody und Sasha böse an. „Ich dachte, ihr hättet inzwischen euer Kriegsbeil begraben?“

„Ich habe keinen Streit mit ihr“, gab Woody unbekümmert zurück.

Sasha erwiderte den bösen Blick. „Ich habe kein Problem mit ihm, Sheila. Ich spreche nur das Offensichtliche aus. Der Mann ist einfach ein Freak.“

„Noch ein Lied!“, rief Graeme, dessen flüssige Mahlzeit an Bord der Fähre sich allmählich bemerkbar machte. „Gaga, auf Eins …“

Daisy verdrehte genervt die Augen, als die Gruppe eine chaotische Version ihres mittlerweile berühmt-berüchtigten Lady-Gaga-Medleys anstimmte, während die weiten Felder von Nordfrankreich an den Fenstern des Minibusses vorbeiflogen. Im Laufe der Zeit verdrängten Wälder die Felder, und dahinter erhoben sich sanfte Hügel, während die Straße sich durch Städtchen aus weiß verputzten und roten Ziegelsteinhäusern wand. Im weiteren Verlauf der Fahrt tauchten hohe Bäume links und rechts der Straßen auf. Diese Alleen zogen sich meilenweit durchs Land, als sie sich allmählich Paris näherten.

Gegen halb sieben war es im Bus still geworden. Woody, Aoife und Stan schliefen auf ihren Sitzen, die anderen lasen, hörten Musik von ihren MP3-Playern oder schauten aus den Fenstern. Olly zeigte nach vorn auf ein Straßenschild, als sie aus einem langen, orange beleuchteten Tunnel kamen.

„Wir sind da, Leute. Willkommen in Paris."

Elsie schlug das Herz bis zum Hals, als sie in die Stadt einfuhren, von der sie sich geschworen hatte, sie niemals zu besuchen. Aber trotz ihrer inneren Unruhe schlugen die elegante Schönheit der Architektur und die eindeutig gallische Atmosphäre sie in ihren Bann. Die tief hängenden Wolken, die sie in Dieppe begrüßt hatten, waren einem klaren hellen Himmel gewichen, der langsam in ein tiefes Blau überging, das den nahenden Sonnenuntergang verkündete. Das Sonnenlicht vergoldete die hohen weißen Gebäude links und rechts der baumgesäumten Avenuen mit ihren Eckcafés, in denen sich die Leute drängten, in der Zeitung lasen, Zigaretten rauchten und sich zu kleinen Tässchen Kaffee und niedrigen Gläsern Wein unterhielten. Elsie schaute sich nach ihrer Singgruppe um. Inzwischen waren alle wieder hellwach und drückten sich die Nasen an den Fensterscheiben platt, um ja nichts von dem zu verpassen, was draußen vorbeizog.

Obwohl sie noch nie hier gewesen war, begann Elsie die Architektur, die Straßen, die Fahrzeuge und die Fußgänger wiederzuerkennen. Sie hatte sie auf unzähligen Fotos in den Reiseführern über Paris gesehen, in die Lucas sich gegen Ende seines Lebens beinahe täglich vertieft hatte. Die Bäume, die stolz die Straßen säumten, das verrückte Chaos des Pariser Autoverkehrs, ja, selbst das Tempo, in dem die Bewohner der Stadt sich durch die Straßen bewegten, war irgendwie einzigartig französisch. Rings um sie entfaltete sich die Schönheit der Stadt, als würde sie Zeuge, wie ein impressionistisches Gemälde zum Leben erwachte: von den elegant gestalteten Dachlinien der hohen Gebäude über die gedämpften Farben in den Schaufenstern bis hin zum nonchalanten Stil der Leute, die die Straßen belebten. An einer Kreuzung hielt der Minibus, und Olly ließ das Fahrerfenster hinunter. Sofort drang ein Schwall von Lärm herein, und der Bus wurde von Essensgerüchen aus einem Bistro an der Straßenecke erfüllt.

Ich frage mich, wie Lucas wohl reagiert hätte. Natürlich hätte er sich wie ein aufgedrehtes Kind verhalten, auf alles gezeigt, was er sah, und Elsie immer wieder umarmt. Wann immer er im letzten Jahr über Paris gesprochen hatte, war er sehr lebhaft gewesen. „Auf dem Friedhof von Montparnasse – da solltest du mich begraben. Zwischen all den Künstlern, Komponisten und Schriftstellern", scherzte er und zeigte ihr eine Karte des berühmten französischen Friedhofs. „Direkt auf der Rue Anglais, irgendwo zwischen Alain Lorraine und unserem Freund Jacques Offenbach."

Wenn Lucas darüber sprach, wie sie Punkt 51 auf der Liste abhaken wollten, legte er immer Offenbachs berühmte Barkarole auf. Sie gehörte zu den klassischen Stücken, die er am meisten liebte, obwohl er in der Schule „gezwungen worden war, die Geige damit zu ermorden", wie er zu sagen pflegte. Wenn die trällernde Musik auf dem kleinen CD-Player neben ihrem Bett lief, beschrieb Lucas bis in alle Einzelheiten, wie sie die Aussichtsplattform auf der zweiten Etage des Eiffelturms erklimmen, sich dort oben küssen und „C'est magnifique!" über die Stadt hinausrufen würden.

„Wir müssen über das Marsfeld hinweg zum Montparnasse-Turm schauen, wenn wir das tun – und auf die schönste Stadt der Welt hinunterblicken. Ich weiß, du hältst mich für einen Trottel, weil ich das tun möchte, aber stell es dir doch einmal vor, Els! Ich und du und ganz Paris: Für diesen einen Moment wird die Stadt uns gehören. Und dann spielt es keine Rolle mehr, was uns erwartet, wenn wir sie wieder verlassen. Denn dieser eine Moment wird für alle Zeit unser sein."

Die Vorstellung von ihnen beiden, wie sie zusammen dort oben standen, war immer unwiderstehlich gewesen, wenn Lucas diesen Moment beschrieb. Aber wirklich dort zu stehen – morgen – ohne ihn? Elsie schloss die Augen und ließ das aufgeregte Geschnatter der Sundaes hinter ihr über sich zusammenschlagen.

„Das war's", meinte Olly, als er den Minibus auf einen Parkplatz lenkte. „Willkommen im Hotel Saint-Louis!"

Die Sundaes stolperten aus dem Bus, steif und zerschlagen nach der langen Fahrt. Jeder nahm sein Gepäck an sich, und gemeinsam gingen sie zum Hoteleingang, wo sie wie angewurzelt stehen blieben. Vor ihnen erhob sich ein siebenstöckiges Gebäude, das sich in prächtigem Bogen um die Straßenecke zog. Die cremeweiße steinerne Front war durchbrochen von eleganten, prunkvoll gemeißelten Steinbalkons mit schmiedeeisernen Brüstungen. Efeu und akkurat geschnittene Buchsbäume umrahmten die Balkonreihen im zweiten und vierten Stock, und Bogenfenster erhoben sich im obersten Stockwerk unter den grauen Schindeln des Daches. Alles an diesem Gebäude stand für Paris. Das war genau die Art großartiger Pariser Baukunst, die Lucas so sehr geliebt hatte und bei deren Anblick Elsie zwischen Bewunderung und dem Gefühl unermesslichen Verlustes hin- und hergerissen war.

Als sie die Rezeption des Hotel Saint-Louis betraten, spürte Elsie eine Hand, die sich sanft auf ihren Po legte, und drehte sich um. Es war Daisy.

„Da wären wir also."

„Ja, da wären wir."

„Und wie fühlst du dich?"

„Ein bisschen nervös. Aber ich bin froh, dass du hier bist."

Daisy nahm sie in den Arm. „Natürlich bin ich hier. Dies wird ein ganz besonderes Wochenende. Du wirst schon sehen."

Danny kam grinsend zu ihnen hinüber. „Ich bin so aufgeregt. Aoife hat keinen blassen Schimmer."

„Großartig", meinte Elsie. Der Gedanke an die Überraschung, die Aoife am nächsten Tag erleben würde, stärkte ihre Entschlossenheit.

Die elegant gekleidete Dame am Empfang lächelte höflich, als Elsie an den Tresen trat.

„Bonjour, j'ai une réservation pour six chambres, s'il vous plait? Je m'appelle Elsie Maynard."

„*Ah, oui. Bonjour*, Miss Maynard. Willkommen in Paris. Ich hoffe, Sie hatten eine angenehme Reise?"

„Wunderbar, danke."

„*Bon.* Ich werde Sie eintragen und Ihnen dann Ihre Schlüsselkarten übergeben. Dann wird Franc Sie auf Ihre Zimmer führen."

„*Merci.*"

Woody stand neben Elsie, als die Empfangsdame die Schlüsselkarten auf dem Tresen auslegte. „Nicht schlecht, dein Französisch, hmm?"

„Na ja, geht so. Ich habe mir nur die wichtigsten Sätze angeeignet, bevor wir auf die Reise gegangen sind. Mein Schulfranzösisch ist total eingerostet."

„Ist schon ein paar Jahre her, dass ich selbst einen Fuß in die Stadt des Lichts gesetzt habe. Es gibt da ein paar alte Lieblingsplätze, zu denen ich unbedingt mal wieder gehen muss – um der alten Zeiten willen, verstehst du."

„Nun, wir sind bis Sonntagnachmittag hier. Also sollte Zeit genug bleiben, dass jeder tun kann, was er möchte."

Woody klatschte in die Hände. „Wie schön!"

Ein schlaksiger junger Mann in eleganter Hoteluniform tauchte am Tresen auf.

„*Bonjour.* Ich bin Franc. Wenn Sie mir bitte folgen wollen."

Daisy und Elsie teilten sich ein Zimmer, und als die anderen auf ihre Zimmer begleitet worden waren, konnten sie auch ihres betreten. Beim Anblick der arg übertrieben ausgefallenen Einrichtung – dazu gehörten auch ein von Toulouse-Lautrec inspiriertes Wandbild an der Wand hinter den Kopfteilen der Betten, üppige Vorhänge an den hohen Fenstern und zwei kleine Kristalllüster über den Betten – juchzte Daisy laut.

„Das ist so geschmacklos, dass es schon wieder Stil hat!", rief sie und machte etliche Fotos mit ihrem iPhone, während sie durch das Zimmer wanderte. „André wäre entsetzt! Ich wünschte, er wäre hier. Es fühlt sich so falsch an, ohne ihn in dieser Stadt zu sein."

Elsie schleuderte ihre Schuhe von den Füßen und ließ sich auf eins der Betten sinken. „Ich weiß, Liebes." Sie schloss die Augen, überließ sich der Müdigkeit ihres Körpers, und während Daisy noch auspackte, schlummerte sie allmählich ein.

Ein Klopfen an der Tür ließ sie auffahren, und sie stellte überrascht fest, dass sie über eine Stunde geschlafen hatte. Daisy öffnete die Tür, und Olly trat ein.

„Euer Zimmer ist cool“, meinte er grinsend und ließ sich neben Elsie auf das Bett plumpsen.

„Und deins?“

„Nett. Ich glaube allerdings nicht, dass ich heute Nacht Probleme haben werde einzuschlafen. Obwohl … da ich mein Zimmer mit Woody teile, ist wohl alles denkbar.“

Elsie lachte und zog ihre Knie bis ans Kinn hoch. „Keine Sorge, ich glaube, die Zeiten, in denen er Hotelzimmer verwüstet hat, sind vorbei und vergessen.“

„Gut.“ Er lachte, als er Daisys zuverlässigen Reise-Wasserkocher auf der Mahagonianrichte entdeckte. „Du liebe Güte, ihr zwei seid aber gut organisiert. Ich habe nicht daran gedacht, mir einen Wasserkocher mitzunehmen.“

„Ah, nun, das kommt automatisch, wenn man so oft durch die Gegend reist wie ich“, meinte Daisy. „In Pariser Hotels findet man selten einen. Lust auf eine Tasse?“

„Aber klar doch! Ich war schon drauf und dran, den Zimmerservice anzurufen, um mir einen Kaffee zu bestellen.“ Er wandte sich an Elsie. „Also, was ist für heute Abend geplant?“

„Ich denke, wir sollten uns ein Restaurant suchen, wo wir etwas essen können, und ein bisschen die Gegend erkunden. Es wird allen guttun, heute Abend zu entspannen. Morgen werden wir ein ziemlich volles Programm haben.“

Daisys Smartphone piepte, und sie lachte. „Ich habe André vorhin Fotos von unserem Zimmer geschickt, und er hat gerade geantwortet: Hau ab, solange du kannst!“

„Tja, das kommt davon, dass er immer nur in Fünf-Sterne-Luxushotels absteigt“, meinte Elsie. „Er verpasst so was Extravagantes wie dieses Zimmer.“

„In der Tat“, erwiderte Daisy. „Es wäre allerdings zu komisch gewesen, seine Reaktion zu sehen. Vielleicht sollte ich für unsere nächste gemeinsame Parisreise dieses Hotel buchen!“

Eine Stunde später versammelten die Sundaes sich in der

Hotellobby und wanderten in den warmen Abend hinaus. Sie wollten in einem Bistro essen, das die Empfangsdame des Saint-Louis ihnen empfohlen hatte.

„Wie weit müssen wir noch laufen?", fragte Danny, während sie über den gepflasterten Bürgersteig der Rue des Écoles dahinwanderten, an antiken Buchläden, Straßenrestaurants und Blumengeschäften vorbei.

„Nicht mehr weit", sagte Elsie. „Es soll wirklich gut sein."

„Aber wir sind schon an drei Bistros vorbeigekommen", klagte Sasha. „Warum können wir nicht einfach irgendwo einkehren?"

Daisy stöhnte. „Sasha, du bist in Paris, einer der schönsten Städte der Welt. Kannst du dich nicht wenigstens einmal einfach entspannen und alles auf dich wirken lassen? Wir sind unterwegs zu einem fantastischen kleinen Bistro in einem historischen Viertel der Stadt. Vertrau mir, der Fußmarsch lohnt sich."

Es war schon fast dunkel, und aus jedem Fenster der hohen Gebäude mit den gemeißelten Steinfassaden entlang der Boulevards des Quartier Latin fiel Licht nach draußen. Über ihnen war der klare Abendhimmel mit winzigen Sternen übersät, sodass die Avenue einer Cafészene von Van Gogh entsprungen schien.

Von der Rue des Écoles wandten sie sich dem Boulevard Saint-Michel zu, kamen an weiteren Buchläden, an Galerien und Restaurants vorbei, und der appetitanregende Duft nach Essen erfüllte die Luft. Der Boulevard wimmelte von Studenten, Parisern und Touristen, die den schönen Freitagabend nutzten. In den Straßencafés saßen die Gäste auf Rattanstühlen unter leuchtend bunten Markisen, lachten und unterhielten sich laut. Elsie spürte, wie der Glanz von Paris bei Nacht sich in ihr Herz schlich und sie sich zu entspannen begann. All die Zeit, die sie damit verbracht hatte, über diese Reise zu grübeln, hatte sie nie auch nur einen Augenblick innegehalten und sich vorgestellt, wie schön die Stadt sein mochte. Jetzt wusste sie es: Sie war absolut atemberaubend. Lucas hätte das geliebt. Er hätte darauf bestanden, Arm in Arm mit ihr zu gehen, wäre immer wieder stehen geblieben, um durch die Fenster der Restaurants, Patisserien, Buchläden und Bars ins Innere zu spähen, und hätte die einzigartige Atmosphäre der Gegend mit allen Sinnen in sich aufgenommen. Jetzt, wo sie durch die Straßen streifte, die er so detailliert beschrieben hatte, war ihr beinahe, als wäre sie schon sehr oft hier gewesen.

Aber das Schönste lag noch vor ihnen. Als sie an einem wenig in das Pariser Flair passenden Gap Store vorbeikamen, öffnete sich der Weg plötzlich zu einem kleinen, atemberaubend schönen, gepflasterten Platz, gesäumt von Bäumen, in denen winzige weiße Lichter brannten. An seiner Stirnseite erhob sich ein prächtiges Barock-Gebäude im klassischen Stil, das von allen Seiten von warmen Flutlichtern angestrahlt wurde. Die dunkle Kuppel trug ein Türmchen mit einem weißen Steinkreuz an der Spitze, das in den Nachthimmel ragte. Zwei lang gestreckte viereckige Wasserbecken aus Stein mit jeweils in einer Reihe angeordneten Wasserfontänen führten auf einen achteckigen Springbrunnen zu, in dem die höchste Fontäne sprudelte. Das Ganze lag im weißen Licht der Straßenlaternen, die zwischen den Bäumen stehend den Platz säumten und die feuchten Pflastersteine zum Glitzern brachten. Überall waren Restaurants und Bars verteilt, die Tische und Stühle auf dem Platz aufgestellt hatten. Elsie stockte der Atem. Gegen den indigofarbenen Nachthimmel leuchtete der Place de la Sorbonne so strahlend hell wie ein sonniger Tag.

„Was meinst du?“ Ollys Arm legte sich so warm wie eine Decke um Elsies Schultern. „Ist dieser Platz beeindruckend oder was?“

„Er ist umwerfend“, hauchte Elsie, die kaum glauben mochte, welche Schönheit sich ihren Augen bot.

„Und dort“, sagte Daisy, mit dem Finger auf die hellgelbe Markise des größten Bistros am Rand des Platzes zeigend, „werden wir heute zu Abend essen.“

Die Brasserie Monique war warm, von Stimmengewirr, Musik und Bewegung erfüllt. Messinglampen leuchteten von jeder Wand, und bunte, schön gestaltete Glastrennwände unterteilten den Raum in drei verschiedene Essbereiche. Entspannte Jazzmusik von einem Quartett in der Nähe der Bar driftete durch das voll besetzte Restaurant. Ein Saxofonsolo entlockte Woody einen Applaus, während ein professionell ungezwungener Kellner sie zu einer Reihe von Tischen führte, die im hinteren Teil der Brasserie zusammengeschoben worden waren. Mit geübter Distanziertheit verteilte er die Speisekarten an die Gruppe. Elsie saß zwischen Woody und Olly. Sie musste lachen angesichts von Woodys zum Scheitern verurteilten Versuchen, dem Kellner ein Lächeln zu entlocken. Es war so schön zu sehen, wie entspannt und fröhlich die Sundaes waren. Zuerst kam der Wein, eine halbe Stunde später folgten die bestellten Speisen. Das Essen war großartig: cremige Artischockensuppe mit knusprigen Scheiben von im Steinofen gebackenem Baguette. Steak, das auf der Zunge zerging, buttrige Austern und Krebse, zu denen gedünstete Zwiebeln, gerösteter Knoblauch und Schüsseln voller heißer, gesalzener Pommes frites serviert wurden.

Als sie alle mit Essen fertig waren, klopfte Elsie mit einem Löffel an ihr Glas und lenkte so aller Aufmerksamkeit auf sich.

„Da wären wir also“, sagte sie lächelnd. „Ich möchte euch allen nur ganz herzlich danke sagen für die harte Arbeit, die ihr in dieses Konzert investiert habt. Ich bin so stolz, zu den Sundaes zu gehören, und ich freue mich, was für ein tolles Team wir geworden sind, ganz besonders nach Irenes Tod. Ich weiß, wir alle hätten sie lieber hier bei uns, aber ich glaube, irgendwie ist sie das vermutlich sogar.“ Die Mitglieder der Gruppe nickten, und Sheila schniefte laut.

„Außerdem bin ich der Meinung, dass Olly eine Runde Applaus verdient hat, weil er uns heil hierher kutschiert hat.“

Die Gruppe juchzte und klatschte begeistert, worauf die Speisenden um sie herum der lauten englischen Runde konsternierte Blicke zuwarfen. Olly verneigte sich und grinste Elsie an.

„Gern geschehen. Ich freue mich schon auf euren Auftritt.“

„Er soll singen!“, rief Sasha, und die Übrigen pfiffen und johlten begeistert.

Ollys Miene dazu war ein Anblick für die Götter. „Keine Chance! Wenn ich den Mund aufmache, werden wir auf der Stelle aus Paris verjagt, weil wir ein Verbrechen gegen die Musik begangen haben."

„Er ist nur zum Fahren hier, zu nichts sonst", erklärte Daisy und duckte sich, um der Serviette auszuweichen, die Olly nach ihr warf.

„Müssen wir noch einmal proben?", fragte Lewis und zuckte zusammen, als Stan ihm den Ellenbogen in die Rippen stieß.

Elsie hoffte, so gelassen auszusehen, wie sie wollte. „Eigentlich glaube ich, dass wir genug geprobt haben. Wir sollten heute Abend die Stadt genießen nach all der harten Arbeit. Außerdem haben wir für morgen vor dem Konzert eine Stadtbesichtigung gebucht. Wir hätten also sowieso keine Zeit mehr zum Proben. Aber keine Sorge. Ich glaube, wir sind gut vorbereitet."

Aoife hob die Hand. „Was schauen wir uns bei der Stadtbesichtigung an?"

Elsie grinste. „So ziemlich alle klassischen Sehenswürdigkeiten: Champs Élysées, Triumphbogen, Notre Dame, Jardin du Luxembourg, Eiffelturm …" Sie hielt inne, als sie sah, wie Aoifes Augen aufleuchteten. „Ich dachte, es wäre ganz schön für uns alle, uns die Stadt anzusehen, ohne dass Olly sich durch den Verkehr wühlen muss."

Olly lachte. „Ein Gedanke, den ich sehr begrüße. Ich freue mich schon darauf, selbst chauffiert zu werden."

„Wo wir schon dabei sind, Reden zu schwingen", melde Woody sich zu Wort und hob sein Glas. „Ich schlage vor, wir erheben unser Glas auf unsere geschätzte Chorleiterin. Dieser wunderbare Engel hat all dies erst möglich gemacht. Ohne sie wären wir nicht hier. Elsie, Baby, du bist eine klasse Frau. Auf Elsie!"

Rund um den Gruppentisch wurden die Gläser erhoben, und Elsie spürte, wie sie flammendrot anlief, als die Sundaes ihr zujubelten.

Nach dem Essen wanderten sie in gehobener Stimmung – der Wein war in Strömen geflossen – alle gemeinsam langsam durchs

Quartier Latin. Alles, wovon Lucas im Zusammenhang mit dieser Stadt geträumt hatte, schien wahr zu werden. Paris entfaltete bei Nacht einen ganz besonderen Zauber. Die Boulevards und die kleinen Gassen waren gesäumt von Straßenlaternen, Musik klang durch die Nachtluft und verlieh der Stadt eine zeitlose jenseitige Atmosphäre. Nach einer Weile nahm Elsie nicht einmal mehr den ständigen Verkehrslärm wahr. Sie war so vollkommen erfüllt von dem, was die Stadt des Lichts all ihren Sinnen zu bieten hatte.

Als sie entdeckte, dass Olly allein hinter der Gruppe her schlenderte, ließ sie sich zurückfallen und gesellte sich an seine Seite.

„Hey, du."

„Hi."

„Du bist doch nicht zu müde hierfür, oder? Ich war mir nicht sicher, ob du nach der langen Fahrt vielleicht früh zu Bett gehen wolltest."

Er lächelte. Seine hübschen Züge lagen im sanften Schein des Lichts, das aus den Bars und Bistros fiel, an denen sie vorbeikamen. Zum ersten Mal seit ihrer Ankunft hier wurde Elsie sehr eindringlich bewusst, wie attraktiv er war – und diese Erkenntnis war wie ein Schock. Vielleicht übte ja der Zauber der Stadt seine Wirkung auf sie aus. Vielleicht begriff sie aber auch erst jetzt, was Oliver Hogarth ihr bedeutete – und ihr in Zukunft bedeuten konnte …

„Mir geht es gut. Ich verbringe gern Zeit mit euch allen. Es macht Spaß – und diese Stadt sollte Spaß machen. Schlafen kann ich später immer noch." Er hielt ihr seine Hand hin, und nach kurzer Überlegung griff sie zu. Die Wärme seiner Haut fühlte sich einfach vollkommen an, während sie durch die Straßen von Paris schlenderten. Zumindest an diesem Abend konnten die Gedanken an Lucas warten: Sie hatte am nächsten Tag noch mehr als genug Zeit zum Grübeln.

Sie folgten dem Boulevard Saint-Michel, bis sie an den Quai des Grands Augustins gelangten. Aoife stieß einen spitzen Schrei aus und packte Dannys Hand.

„Da ist die Seine, Danny!“

Über das junge Paar lächelnd, wandte Daisy sich an die anderen. „Was haltet ihr von einem Spaziergang am Fluss entlang?“

Olly drückte Elsies Hand. „Großartig! Ich wollte schon immer die Seine sehen. Gehen wir?“

Klopfenden Herzens nickte Elsie, folgte den Sundaes über die dicht befahrene Straße und eine steile Rampe hinunter auf den gepflasterten Pfad am Flussufer entlang.

„Oooh, ganz wie bei Ein Amerikaner in Paris!“, rief Sheila und hakte sich bei Graeme unter. „Jetzt darfst du Gene Kelly sein, und ich bin Leslie Caron.“

Graeme lachte in sich hinein und begann einen tollpatschigen Walzer mit ihr. Dabei sang er „Our Love Is Here to Stay“, während Sheila kicherte wie ein Teenager und Daisy, Aoife, Danny und Lewis ihnen zujubelten.

Woody schniefte. „Wisst ihr, das war der Lieblingsfilm meiner alten Mum. Klassische Kelly-Magie.“

Schimmernd von den Straßenlichtern, die sich im Wasser spiegelten, floss die Seine neben ihnen dahin, während sie an den am Ufer vertäuten Barken und Hausbooten vorbeiwanderten. Hier, direkt am Ufer, kam der Verkehrslärm nur als gedämpftes Summen an, und das ständige Plätschern des Wassers an den vertäuten Booten vermischte sich mit Musik und Lachen aus zu Bars umgebauten Schleppkähnen. Elsie beobachtete die Gruppe. Es bereitete ihr Freude zu sehen, wie aufgeregt sie auf alles reagierten.

„Wie heißt diese Brücke?“, fragte Lewis, als sie sich einer weißen Steinbrücke mit etlichen Bögen näherten.

„Das ist Pont Neuf“, erklärte Daisy.

„Ich hätte nie gedacht, dass ich so etwas einmal sage“, meinte Sasha, „aber diese Brücke ist wirklich schön.“

Woody lachte rau auf. „Sie wird tatsächlich weich!“

„Nein, werde ich nicht. Ich finde nur diese Brücke cool.“

Olly bückte sich, hob einen Stein vom Boden auf und reichte ihn Elsie. „Hier. Wünsch dir was.“

„Was?“

„Nimm den Stein fest in die Hand, wünsch dir was, und wirf ihn dann in die Seine."

Elsie blieb stehen und starrte ihn an. „Meinst du das ernst?"

„Absolut."

„Ist das irgendeine merkwürdige französische Tradition, die du kennst?"

Olly zuckte die Achseln. „Nicht, dass ich wüsste. Tu's einfach, weil dies Paris ist, der Abend wunderschön und das eine Sache ist, die man tut, um sich an denkwürdige Abende zu erinnern." Er seufzte. „Ich sehe es dir an: Du hältst mich für verrückt."

Obwohl sein Vorschlag sie verwirrte, war Elsie gerührt von seiner Begründung. Sie nahm den Stein, hielt ihn in ihrer Hand, spürte die Kühle auf ihrer Haut. Sie schloss die Augen, und im Geiste sah sie den Eiffelturm vor sich. Schweigend formulierte sie ihren Wunsch. Dann schlug sie die Augen wieder auf, trat ans Ufer und schleuderte den Stein hinaus über das dunkle Wasser. Als er über den Fluss aufstieg, wurde er kurz vom Licht des Pont Neuf beschienen, bevor er in den Tiefen der Seine versank.

Zwei Stunden später erreichten sie alle müde und geschafft die schwach beleuchtete Lobby des Hotels Saint-Louis. Daisy, die trotz der späten Stunde immer noch wie aus dem Ei gepellt aussah, reckte die Arme über ihren Kopf. „Leute, es ist spät. Morgen müssen wir uns ein Plätzchen fürs Frühstück suchen und zusehen, dass wir Punkt elf vor Ort sind, um die Stadtrundfahrt machen zu können. Darf ich deshalb vorschlagen, dass wir es für heute genug sein lassen?"

Die anderen waren einverstanden. Man wünschte sich gegenseitig eine gute Nacht, und alle zogen sich über die Marmortreppe auf ihre Zimmer zurück. Woody stand gähnend vor der Tür zu dem Zimmer, das er sich mit Olly teilte, nur wenige Schritte von Elsies und Daisys Zimmer entfernt.

„Noch jemand Lust auf einen Schlummertrunk?"

Elsie lachte. „Du bist ein Wunder, Mr Jensen. Sag, wie machst du das nur?"

„Manche Dinge verlernt man nie", gab er zurück und tippte sich an die Krempe seines Stetson. „Rock'n'Roll, Baby – ich habe das im Blut."

Olly wünschte Daisy eine gute Nacht, als sie den Gang hinuntereilte zu ihrem Zimmer. Dann wandte er sich an Elsie.

„Großer Tag morgen."

„Allerdings. Um ehrlich zu sein, bin ich froh, wenn wir das hinter uns haben. Es musste so viel geplant werden, um ans Ziel zu gelangen, dass es guttun wird, das Ergebnis zu genießen. Ich hoffe so sehr, dass Aoife Ja sagt."

„Das wird sie. Paris ist kein Ort, der dich mit einem Vielleicht davonkommen lässt." Sein Blick hielt sie fest, während er sie in die Arme schloss. „Vielleicht wird hier ja aus einem anderen Vielleicht ein Ja." Er wandte den Blick ab, peinlich berührt von dem, was er gerade gesagt hatte. „Mann, war das lahm. Ich meinte ..."

„Schon gut, ich weiß." Elsie holte tief Luft und schob alle Fragen beiseite, die sich ihr aufdrängten. „Vielleicht wird es das."

Daisy blickte auf, als Elsie das gemeinsame Zimmer betrat. „Schöner Abend?"

„Daisy Heartsease Maynard, wenn das keine Fangfrage war!"

Ihre Schwester gab sich ungerührt und legte ihren Pyjama auf dem Bett aus. „Das ist doch nicht verboten, oder?"

Elsie streckte ihr die Zunge raus und zog die Schuhe aus. „Hör auf, mich zu piesacken, und tu was Sinnvolles. Tee, ohne Zucker, danke."

„Oh, wie bezaubernd! Für dich bin ich also nur ein Getränkeautomat ..." Sie griff nach ihrem Reise-Wasserkocher und ging in das winzige Bad, um ihn zu füllen. „Hast du schon mit Dad gesprochen?"

„Ja, ich habe ihn angerufen, als wir ankamen. Er vermisst uns. Allerdings hat er auch erwähnt, dass Louise ihm hilft?"

„Welche Louise?"

„Genau das habe ich ihn auch gefragt. Offenbar hat er sich die Telefonnummer einer der Krankenschwestern geben lassen, während man ihm im Krankenhaus einen Gips angelegt hat. Sie wohnt anscheinend nur wenige Häuser entfernt. Und es hat sich herausgestellt, dass sie letzte Woche fast jeden Abend vorbeigekommen ist, um ihm Gesellschaft zu leisten."

Daisy kam zurück, sichtlich gespannt angesichts dieser Neuigkeiten. „Machst du Witze?"

„Nein. Er hatte erst genug Mut, es uns zu sagen, als wir schon den Kanal überquert hatten."

Sie schüttelte den Kopf. „Nein, so etwas! Dieses alte Schlitzohr. Gut für ihn. Es wurde auch Zeit, dass er sich mal um sich selbst kümmert, statt sich ständig um uns Sorgen zu machen. Ich frage mich, ob dieses Wochenende noch mehr Überraschungen bereithält."

„Was soll das heißen?"

„Das soll genau das heißen, was du denkst, dass es heißen soll." Sie setzte sich auf Elsies Bett, als der Wasserkocher anfing zu kochen. „Was geschieht zwischen Olly und dir? Worauf wartest du noch?"

In die Enge getrieben, wandte Elsie sich ab und schaute aus dem Fenster auf die Straße hinunter. „Ich bin nicht ... Ich habe nur ..."

„Angst. Ich weiß. Aber er hat sich doch mehr als nur bewährt, meinst du nicht? Und du magst ihn. Das ist unübersehbar. Ich habe euch zwei beobachtet, als ihr heute Abend an der Seine entlanggegangen seid. Zwischen euch knistert es gewaltig, und ich glaube wirklich, dass er dich glücklich machen könnte, Els. Ich glaube, er hat es verdient, dass du es mit ihm versuchst. Und ich weiß, dass dir im Moment unendlich viel im Kopf herumgeht, aber genau das hast du doch gewollt. Hast du jedenfalls gesagt, weißt du noch? Und Lucas hat es ebenfalls für dich gewollt ..."

Das war zu viel. „Würdest du bitte aufhören, mich zu bedrängen? Ich kann jetzt nicht darüber nachdenken. Nicht hier. Also bitte, ich flehe dich an, frag nicht. Es war ein herrlicher Abend, und wir sind hier, für zwei unserer Freunde etwas wirklich Großartiges zu tun. Kann das für heute nicht genug sein?"

Betroffen wich Daisy einen Schritt zurück. „Hey, tut mir leid. Ich werde das Thema auch nicht wieder ansprechen."

Ohne ein weiteres Wort machten sie sich beide bettfertig. Die Nachwirkungen dessen, was Elsie gesagt hatte, hingen wie Pulverdampf über ihren Köpfen. Elsie tat es schon wieder leid, aber Müdigkeit nach dem langen anstrengenden Tag sowie das Gefühlschaos in ihr ließen sie nicht die richtigen Worte finden, um es wiedergutzumachen. Nach dreißig Minuten erzwungenen Schweigens, in denen sie beide in ihren Betten lagen und lasen, ließ Daisy ihr Buch sinken und streckte Elsie die Hand hin.

„Süße, es tut mir leid. Ich möchte doch nur, dass du glücklich wirst."

Erleichtert, dass die feindselige Stimmung gebrochen war, griff Elsie nach der angebotenen Hand. „Ich weiß. Ich wollte dich nicht angiften … Wenn der morgige Tag erst mal überstanden ist, wird alles besser."

„Das wird es. Schlaf gut." Daisy legte ihr Buch auf den Nachttisch, schaltete ihr Leselicht aus und kuschelte sich in ihre Decke.

„Du auch." Elsie beobachtete ihre Schwester noch eine ganze Weile, immer noch von schrecklicher Nervosität gepeinigt. Dann, als ihr die Augen zuzufallen drohten, schaltete sie ihre Nachttischlampe aus und fiel in tiefen Schlaf.

18. KAPITEL

Ein Anfang und ein Ende

„Hiermit ist es amtlich: Ich ziehe nach Paris – nur wegen des Frühstücks!“, rief Danny am nächsten Morgen, während er sich durch das Angebot frischer Backwaren futterte. Sie waren früh aufgewacht. Auf dem Weg zum Ausgangspunkt ihrer Stadtrundfahrt hatten die Sundaes nur wenige Blocks vom Hotel entfernt ein kleines Straßencafé entdeckt. Jetzt saßen sie rings um ein paar zusammengeschobene Tische unter der blassgrünen Markise und gönnten sich üppige Portionen Gebäck sowie starken schwarzen Kaffee.

Elsie, tief in Gedanken über den Tag, der vor ihnen lag, ließ ihre Aufmerksamkeit von der Gruppe zu den anderen Gästen abschweifen. Das Café bot an diesem Morgen ein Miniaturabbild von ganz Paris. Eine Gruppe älterer Männer hockte rauchend beisammen, eine einzelne zwischen ihnen auf dem Tisch ausgebreitete ungelesene Zeitung fing Croissantkrümel und Asche gleichermaßen auf. Am nächsten Tisch saßen zwei Frauen undefinierbaren Alters – sie konnten irgendwo zwischen Anfang zwanzig und Mitte vierzig sein. In Paris konnte man das kaum erkennen. Sie sprachen über ein sehr emotionales Thema und schützten ihre Augen mit teuren Sonnenbrillen vor der blassen Morgensonne. Ein junger Mann, vielleicht ein Student, war so in ein antiquarisches Buch von Proust vertieft, dass sein Kaffee praktisch unberührt kalt wurde, während er gierig eine Seite nach der anderen verschlang. Das Innere des Cafés war in dunklem Holz gehalten: schmucklose gebohnerte Holzdielen, schlichte Tische und Stühle um einen Glastresen, der dem im Sundae & Cher nicht unähnlich war. Goldgerahmte Sepia-Fotos von Alt-Paris hingen dicht an dicht an den Wänden, und kleine Messinglampen beschienen die Gäste, die hier frühstückten.

Im typisch französischen Stil gab es nur eine unwillkommene Seite an diesem Café, nämlich die absolut unhöfliche Bedienung.

Selbst Daisy, die schon weit herumgekommen und in den letzten Jahren mit André auch oft in der französischen Hauptstadt gewesen war, schien erschüttert angesichts der abschätzigen Blicke und des völligen Mangels an Achtung vor den Gästen, die sie eigentlich bedienen sollte.

„Ich muss schon sagen, diese *pains au raisin* sind ausgezeichnet“, meinte Stan und vernichtete bereits seine dritte Portion. „Davon könnte ich noch mehr essen.“

Daisy machte einen Kellner auf sich aufmerksam, und er kam heran. Seine düstere Mine war so offensichtlich wie die lange Schürze, die er sich um die Hüften gebunden hatte.

„Ja?“, knurrte er.

Sie lächelte und bestellte in fehlerfreiem Französisch einen weiteren Korb Gebäck. Er bedachte sie mit einem Blick, als betrachtete er einen Käfer in seiner Suppe, gab ein missbilligendes Schnalzen von sich und stolzierte in die Küche.

Olly sah ihm nach. „Seit wir angekommen sind, nichts als mürrische Blicke und gemurmelte Beleidigungen. Die benehmen sich, als glaubten sie, sie täten uns einen Gefallen, wenn sie uns hier essen lassen.“

„Nee, Mann, das ist immer so“, meinte Woody. „Genau so bin ich schon behandelt worden, als ich das letzte Mal mit Hellfinger hier war …“

Ein anderer Kellner, der Teller vom Nachbartisch abräumte, drehte sich schlagartig um, riss die Augen auf und stürzte auf Woody zu, um ihm die Hand zu schütteln. Damit überraschte er sie alle. „*C’est Hellfinger, non?* ‚Hard Rockin’ Summer‘!“

„Oh, bitte nicht“, stöhnte Sasha, als der Kellner versuchte, Woodys bahnbrechenden Hit zu singen, während der ehemalige Leadsänger amüsiert zusah.

Der Kellner hörte auf zu singen und betrachtete Woody, als hätte er soeben einen ganzen Jahreslohn als Trinkgeld bekommen. „Es ist uns eine Ehre, Sie in diesem Café zu begrüßen!“ Er schüttelte Woodys Hand mit solchem Elan, dass Woody mit der anderen Hand seinen Hut festhalten musste. „Ich bin Henri Renard, und ich lieeebe Ihre Musik!“

Jetzt wirkte selbst Woody ein bisschen verdattert über das Eingeständnis des Kellners. „Ich freue mich immer, einen Fan kennenzulernen."

„Sie sind hier für ein Rockkonzert, ja? Eine Comeback-Tournee?"

„Schön wär's, Henri", erwiderte Woody. „Aber dieses Konzert ist ein bisschen … unauffälliger … falls Sie verstehen, was ich meine."

„*Ah, oui.*" Der Kellner beugte sich vor und tippte sich leicht gegen die Nase. „Hush-hush. *D'accord.*"

„Wir sind ein Chor", warf Sasha ein, die darauf aus war, Woodys Seifenblase zum Platzen zu bringen. „Woody ist einer unserer Leiter."

Woody zuckte die Achseln. „Neue Richtung, wissen Sie."

„Verstehe. Aber wenn Sie eine Gesangsgruppe sind, müssen Sie etwas singen!"

Sheila wirkte besorgt, und Graeme ließ sein halbes Croissant fallen.

„Es ist noch ein bisschen früh …", meinte Stan zögernd.

„Es ist nicht früh für Paris." Henri musterte ihre Gesichter. Dann warf er seine Hände hoch. „Okay. Wenn Sie singen, geht Ihre Rechnung aufs Haus. Einverstanden?"

Das genügte, um alle zu einer improvisierten Aufführung zu überreden. Erwartungsvoll schauten sie Elsie an, damit sie die Leitung übernahm.

„In Ordnung, ABBA/Deep Purple?"

Alle waren einverstanden mit ihrem Vorschlag, Henri rief die anderen Angestellten aus der Küche ins Café, und eine junge Kellnerin, die am Tresen bedient hatte, gesellte sich ebenfalls zu ihnen, um zuzuhören. Die Sundaes stimmten ihr Lieblings-Medley an und erregten damit einiges Aufsehen bei den anwesenden Gästen, deren ruhiges *petit déjeuner* so unhöflich unterbrochen wurde. Stan und Lewis gaben sich alle Mühe, Luftgitarre zu spielen, während sie noch halb verzehrte Croissants in den Händen hielten, und Graeme musste zwischendurch rasch einen Schluck Kaffee nehmen, weil er heftigen Schluckauf bekam. Aber der Enthusiasmus der beschwingten Gruppe ließ sie alle durchhalten. Der Auftritt wurde von der plötzlich viel weniger griesgrämigen Cafébedienung mit Beifall belohnt.

„Bravo! Das ist *magie*!“, rief Henri. „Und zur Belohnung bekommen Sie jetzt *crêpes*!“

Fast eine Stunde später verabschiedeten sich die Sundaes von dem immer noch lächelnden und ganz und gar unerwarteten Hellfinger-Fan und kämpften sich aus dem Café.

„Ich werde nie wieder etwas essen“, stöhnte Daisy. „Ich kann mich nicht erinnern, jemals so viel zum Frühstück gegessen zu haben.“

Olly tätschelte seinen Bauch. „Aber die Crêpes waren fantastisch. Ich sollte vielleicht öfter mit dieser Singgruppe unterwegs sein, wenn es dafür so tolles Essen umsonst gibt!“

Elsie lächelte in sich hinein, während die anderen um sie herum lachten und Witze rissen. Bisher hatten die Ereignisse dieses Morgens sich als angenehme Ablenkung erwiesen. Bevor sie das Hotelzimmer verlassen hatte, hatte Elsie sich einen Moment Zeit genommen, um sich auf das Bevorstehende vorzubereiten – und ein paar wichtige Dinge in ihre Jackentasche gesteckt. Jetzt schloss sie die Finger darum, und das beruhigte sie, während um sie herum das gutmütige Geplänkel ihrer Freunde die Luft erfüllte.

Der Morgen hatte sonnig begonnen, doch das änderte sich jetzt rasch. Der Himmel zog sich zu, kräftiger Wind kam auf und ließ die Blätter von den herbstlich verfärbten Bäumen flattern. Elsie konnte sehen, dass Danny sich Sorgen machte, als er zum bleigrauen Himmel aufschaute. Sofort wanderte sie im Geist zurück zu dem Tag, an dem Lucas ihr seinen Antrag gemacht hatte …

Man sagt, eine Frau könne erkennen, wenn ein Mann um ihre Hand anhalten wolle, weil er anfange, sich sehr seltsam zu benehmen. In Lucas’ Fall hatte das voll und ganz gestimmt. Er und Elsie assistierten hinter der Bühne einem Freund, der eine Amateurproduktion von Romeo und Julia in einem Gemeindetheater nahe des Stadtzentrums aufführte. Auf der Bühne lief die Kostümprobe, und aller Nerven waren zum Zerreißen gespannt, als überdrehte Schauspieler sich mit Beleuchtungs- und Bühnentechnikern in dem alten ehemaligen Getreidespeicher in die Haare kriegten. Elsie erinnerte sich noch, wie ihr plötzlich aufgefallen war, dass Lucas nervös herumhampelte, während sie darauf warteten, das Bühnenbild auszutauschen. Er musste innerhalb von fünf Minuten mindestens zwanzig Mal auf seine Uhr geschaut und dabei jedes Mal wütend geschnaubt haben. Das war die erste Merkwürdigkeit, die ihr auffiel. Lucas trug nur selten eine Uhr, und seine entspannte Einstellung zur Pünktlichkeit war unter Freunden und Familienangehörigen schon beinahe legendär. Es war längst zu einem Witz geworden, dass Leute, die ihn zu irgendetwas einluden, den realen Zeitpunkt des betreffenden Ereignisses mit der Lucas-Zeit abgleichen mussten. Sie sorgte dafür, dass er immer mindestens eine halbe Stunde, bevor seine Anwesenheit nötig wurde, auftauchte. Elsie hatte ihm zu ihrem ersten Jahrestag ihrer ersten Verabredung eine Armbanduhr geschenkt, aber er trug sie nur zu sehr besonderen Anlässen und zu Vorstellungsgesprächen. Deshalb war es ihr aufgefallen, dass er sie zu einem Anlass trug, der weder das Eine noch das Andere war.

Als sie ihn danach fragte, funkelte er sie nur verärgert an und verschwand im Dämmerlicht der Kulissen. Erst als das Bühnenbild ausgetauscht werden musste, tauchte er wieder auf. Wie immer, wenn er launisch wurde, ignorierte Elsie das. Sie hatte aus Erfahrung gelernt, dass es besser war, nicht auf sein Verhalten einzugehen, statt ihn darauf anzusprechen. Als Schauspieler und Techniker eine Pause machten, um eine Kleinigkeit zu trinken, hatte Lucas mit seinem ständigen Auf-und-ab-Tigern schon förmlich einen Trampelpfad im Betonboden hinter der hölzernen Bühne hinterlassen.

Verärgert über das Verhalten ihres Freundes gesellte Elsie sich zur Theatergruppe vor der Bühne und gönnte sich einen Kaffee. Sie hatte schon fast beschlossen, die Probe – und Lucas – vorzeitig zu verlassen und nach Hause zu gehen. Gerade als sie sein seltsames Benehmen einer Freundin beschrieb, flammte ein grelles Spotlight auf und lenkte den Blick der Versammelten auf den Balkon, der im zweiten Akt in der zweiten Szene zum Einsatz kommen sollte. Dort oben stand Lucas, einen Strauß Rosen zwischen die Zähne geklemmt. Elsie starrte ihn verständnislos an, die anderen jubelten und pfiffen.

Er hatte seine Beine über den Rand des Holzbalkons geschwungen – jetzt konnte man sehen, dass er sich umgezogen hatte und leuchtend rote Strumpfhosen unter grünen Kniehosen trug, obwohl seine schwarzen Doc Martens immer noch sehr typisch für ihn waren. Dann packte er die Strickleiter, die als Efeuranke getarnt war, kletterte ausgesprochen unsicher an der gemalten Fassade hinunter und wirkte gleich wieder viel selbstbewusster, als er mit beiden Beinen auf der Bühne stand. Elsie, die immer noch an dem lächerlichen Auftritt ihres Freundes in einem elisabethanisch angehauchten Kostüm zu knabbern hatte, konnte ihm nur ungläubig zusehen, als er auf sie zutänzelte. In einer fließenden Bewegung ließ er den Rosenstrauß in seine Hand gleiten und stellte sich mitten auf der Bühne vor sie hin.

„Ich habe eine Kleinigkeit für dich“, erklärte er grinsend und drehte sich in seiner Samtkniehose einmal um sich selbst, begleitet von anfeuernden Pfiffen.

„Was tust du da?“, zischte sie ihm leise zu. Röte stieg ihr brennend ins Gesicht, weil ihr die neugierige Aufmerksamkeit der gesamten Theatergruppe nur zu bewusst war.

„Holde Maid, werdet Ihr meinen innigsten Bitten lauschen?“

„Lucas …“

Und dann ließ er sich auf ein Knie sinken – jeder Einzelne auf der Bühne schnappte in diesem Moment nach Luft –, zog ein kleines Samtkästchen aus seiner Hosentasche, öffnete es und präsentierte den Ring, den Elsie inzwischen in ihrer Küchenschublade aufbewahrte – zusammen mit dem Goldring, der ihm später folgen sollte. Sie waren beide in Tränen aufgelöst, bevor Elsie auch nur Ja gesagt hatte. Als er ihr den Ring an den Finger steckte, taten es die meisten ihrer Freunde im Raum ihnen bereits gleich, was zur Folge hatte, dass Lucas in späteren Jahren die

Szene als einem Denver-Clan-Staffelfinale würdig erklärte, weil dabei so viele Taschentücher gebraucht wurden.

Jener Augenblick schien ein ganzes Leben zurückzuliegen, als Elsie und die Sundaes sich jetzt dem Ausgangspunkt ihrer Stadtbesichtigung näherten, an deren Ende ein anderer Heiratsantrag stehen sollte.

„Elsie, hast du die Karten?", rief Daisy von der Spitze der Gruppe.

„Natürlich habe ich sie." Noch während sie das sagte, hielt ein großer weißer Bus neben ihnen, und eine leicht gehetzt wirkende Frau mit Klemmbrett und einem so straffen Haarknoten, dass sie ihr Gesicht kaum noch bewegen konnte, kam aus dem Büro des Touristikunternehmens.

„*Bonjour.* Sie sind hier, um an der Stadtrundfahrt teilzunehmen, ja? *Bon.* Folgen Sie mir bitte."

„Ihr würde ich mit Vergnügen überallhin folgen", flüsterte Woody Elsie zwinkernd zu, als sie den Luxusbus bestiegen. „Herrische Frauen machen diesen Rocker zu einem glücklichen Mann!"

„Pssst! Elsie!", zischte Lewis, der bereits die Hälfte des Ganges zwischen den Sitzreihen durchschritten hatte.

Elsie blieb stehen, damit Sheila ihren Mantel ausziehen und im Fach über sich verstauen konnte. Dann ging sie weiter. „Was gibt's?"

„Wollte nur, dass du Bescheid weißt: Wir haben alle daran gedacht ..." Damit zog er das Halsbündchen seines Kapuzenpullovers ein Stück herunter, um sein Singgruppen-T-Shirt zu zeigen. „Wenn du uns das Zeichen gibst, ziehen wir uns alle aus."

„Immer mit der Ruhe, Tiger", kicherte Sasha auf dem Sitz neben ihm. „Ich möchte wetten, du hast nie geahnt, welche Macht du hast, was, Els?"

Die lockere Atmosphäre in vollen Zügen genießend, spielte Elsie mit. „Ich wusste doch, dass es einen Grund gab, nach Paris zu kommen."

Mit Kameras bewaffnet saßen die Mitglieder der Gruppe sprungbereit auf ihren Sitzen, als die Stadtrundfahrt begann.

Yvette, ihre verspannte Reiseleiterin, zog ein Mikrofon an sich heran und lieferte angemessen gelangweilte Kommentare zur Geschichte der Stadt ab. Sie schaute dabei kaum auf die Sehenswürdigkeiten, die ihren Gästen begeisterte Fotoorgien entlockten. Elsie war insgeheim belustigt, als sie daran dachte, dass die arme Frau tagein, tagaus dieselben „interessanten informativen Fakten“ (wie die Broschüre des Unternehmens das nannte) vermitteln musste.

„Was meinst du: Nimmt sie an solchen Bustouren teil, wenn sie Urlaub macht?“, wandte Elsie sich flüsternd an Olly, der eine Reihe hinter ihr und Daisy saß.

„Vermutlich. Aber stell dir vor, sie zeigt dir ihre Urlaubsfotos! Das personifizierte Grauen!“

In der Nacht zuvor war Elsie noch davon ausgegangen, dass die ganze Bustour ihr ständig nostalgische Gefühle vermitteln würde. Dass jedes neue Wahrzeichen ihr bittersüße Erinnerungen an Lucas aufdrängen würde, während sie im Geist einen Punkt nach dem anderen von der Liste der Plätze abhakte, über die sie gesprochen hatten. Aber heute, als die Juwelen von Paris langsam an ihr vorüberzogen, erlebte sie das Ganze als beruhigend. Geradeso, als wäre jede neue Sehenswürdigkeit ein weiterer Schritt auf der Reise, die sie in den letzten sechseinhalb Monaten zurückgelegt hatte.

„Glaubst du, dass wir ihn bald sehen werden?“, wandte sich Aoife an Danny, während der Bus den Triumphbogen umrundete.

„Warte! Gerade habe ich ihn gesehen! Ich habe den Eiffelturm gesehen!“, rief Danny, und alle wandten die Köpfe, um Ausschau zu halten – alle, außer Elsie.

Während der Bus weiter um das Wahrzeichen herumfuhr, ließ der Jubel schnell nach, weil Gebäude und Bäume am Rand des Kreisverkehrs den Blick auf den Turm versperrten. Elsie stieß einen leisen Seufzer aus. Sie wusste, der Augenblick würde schon bald gekommen sein, aber sie war entschlossen, ihn erst im letzten Moment zu ergreifen. Endlich, als sie alle anderen in der Rundfahrt enthaltenen Wahrzeichen der Stadt besucht hatten, stand Yvette auf und wandte sich an die Reisegruppe. „Und jetzt haben wir unser letztes Ziel erreicht: den Eiffelturm!“

Applaus hallte durch den klimatisierten Bus. Elsie dröhnte das Blut in den Ohren, als sie den Kopf hob.

Und da stand er – erhob sich majestätisch auf vier eisernen Füßen und strebte stolz dem grafitgrauen Himmel entgegen. Seine Ausmaße waren umwerfend. Er war so viel größer, als sie erwartet hatte. Es ging offenbar allen so, denn im Bus herrschte plötzlich ehrfürchtige Stille. Yvette rasselte weiter ausdruckslos ihren Text herunter, während der Busfahrer sich langsam einen Parkplatz zwischen unzähligen völlig gleich aussehenden Fahrzeugen suchte. Aber jetzt hörte niemand mehr zu. Stattdessen waren aller Augen auf das prächtige Gebäude gerichtet und folgten dem Gitterwerk aus Schmiedeeisen bis zu seiner Spitze.

„Beeindruckend, nicht wahr?“

Elsie riss sich vom Anblick des Turmes los und drehte sich zu Olly um. „Ja, das ist er.“

„Er ist eines der Wahrzeichen von Paris, die jeder kennt, aber irgendwie ist man trotzdem nicht darauf vorbereitet, wenn man ihn wirklich sieht. Ich hätte nie gedacht, dass ein Turm aus Eisen etwas Schönes sein könnte – aber der hier ist es.“

„Also, *Mesdames et Messieurs*, ich begleite Sie jetzt zum Eingang, wo Sie in den Turm eingelassen werden. Beachten Sie bitte, dass Sie eventuell ein wenig auf die Fahrstühle warten müssen. Uns stehen hier etwa neunzig Minuten zur Verfügung. Kehren Sie bitte nicht nach drei Uhr zum Bus zurück. Und jetzt folgen Sie mir.“

Gruppen von Touristen umschwärmten wie Ameisen den Fuß des berühmten Wahrzeichens, und lange Schlangen harrten vor den Eingängen aus. Yvette führte Elsie und die Sundaes an den erbosten Wartenden vorbei und meldete sie an einem separaten Eingang an. Sie blieb hinter dem Tor zurück, und die Gruppe sammelte sich um Elsie und Woody.

„Stellen wir uns für den Fahrstuhl an, oder nehmen wir die Treppen?“, fragte Aoife.

Da er nicht im letzten Moment alles auffliegen lassen wollte, warf Danny Elsie einen eindringlichen Blick zu. „Mir ist das egal."

„Allerdings", warf Elsie genau im richtigen Moment ein, „könnte es sich lohnen, auf den Fahrstuhl zu warten. Dann haben wir oben mehr Zeit, den Ausblick zu genießen."

„Elsie hat recht, das ist meiner Meinung nach ein gutes Argument", stimmte Danny zu.

„Sehe ich auch so", sagte Woody. „Außerdem habe ich etwas gegen Treppen. Erst recht gegen Treppen, durch die man hindurchsehen kann."

Die Entscheidung war also gefallen, und sie reihten sich in die Warteschlange am Fahrstuhl ein. Olly stupste Elsies Arm an.

„Jetzt ist es also so weit?"

Elsie brachte allen Mut auf, den sie aufbringen konnte, und erwiderte sein Lächeln. „Endlich am Ziel."

Zehn Minuten später waren sie an der Reihe, den Lift zu betreten, und Elsie spürte, wie ihre Nervosität immer stärker wurde, als der Aufstieg zur zweiten Aussichtsplattform begann. Durch die Fenster sah sie den Boden unter ihnen entschwinden und das beinah hypnotisierende Vorbeistreichen des Eisenfachwerks, während Paris sich unter ihnen ausbreitete. Als die Fahrstuhltüren sich öffneten, wehte ihnen ein eiskalter Wind entgegen. Langsam stieg jeder aus, sichtlich beeindruckt von der überraschenden Höhe, in der sie sich plötzlich befanden, und instinktiv strebten sie alle den Geländern am Rand der Plattform zu. Es wimmelte hier nur so von lächelnden Menschen, die für Erinnerungsfotos posierten oder sich um die besten Aussichtsplätze drängten. Danny wechselte einen Blick mit Elsie und führte Aoife ein wenig abseits vom Rest der Gruppe.

„Wie lange wird es dauern, bis er es tut?", fragte Sasha.

„Ich schätze, sie werden erst ein bisschen die Aussicht genießen", gab Elsie zurück. „Bleibt am besten alle in Sichtweite von Woody und mir. Wir geben euch ein Zeichen."

Sheila fröstelte leicht. „Sollte ich meinen Pullover jetzt schon ausziehen? Ich finde es leider ein bisschen windig hier oben."

„Dein Striptease ist jetzt noch nicht vonnöten, Mädchen", meinte Woody anzüglich grinsend. „Warte mit diesem besonderen Leckerbissen erst auf, wenn ich dir einen Blick zuwerfe, verstehst du?"

Sheila lief rot an und lachte nervös. Sorgfältig darauf bedacht, Elsie und Woody im Auge zu behalten, trennten sich die Sundaes. Daisy und Olly taten so, als würden sie sich gegenseitig fotografieren. Graeme und Stan traten an die Brüstung, um den Ausblick zu genießen. Und Lewis, Sasha sowie die übrigen jüngeren Mitglieder der Gruppe drängten sich ein Stück vom Plattformrand entfernt zusammen. Woody zog einen Tabakbeutel und Zigarettenpapier aus seiner Jackentasche und begann sich eine dünne Zigarette zu rollen, während er und Elsie respektvollen Abstand zu Danny und Aoife hielten, die Hand in Hand an dem Aussichtspunkt standen, an dem sie die Seine überblicken konnten.

Wenigstens nicht das Marsfeld, dachte Elsie. Eine ihrer Sorgen bezüglich dieses Augenblicks hatte sich damit in Luft aufgelöst. *Und wenigstens nicht bei Sonnenuntergang.* Sie bemerkte die nervösen Blicke der Sänger und spürte, wie sie selbst immer unruhiger wurde, je näher der entscheidende Moment kam.

Zehn Minuten vergingen. Sasha und Lewis wurden schreckhaft und fehlinterpretierten zwei Mal Woodys aufmunterndes Lächeln als Signal, ihre Singgruppen-T-Shirts zu zeigen, sodass sie sich hastig wieder etwas überwerfen mussten, als sie ihren Fehler erkannten. Fest entschlossen, ruhig zu bleiben, behielt Elsie das junge Paar wachsam im Auge, das jetzt in inniger Umarmung an der hölzernen Brüstung stand.

Nun mach schon, Danny. Worauf wartest du noch?

Und dann war es so weit. Danny warf Elsie einen Blick über die Schulter zu und nickte einmal ganz langsam. Elsie lächelte Woody an, und sie beide suchten den Blickkontakt mit den Sängern. Plötzlich kämpften sich alle aus ihren Mänteln, streiften Pullover und Kapuzenshirts ab und vertrauten die abgelegte Kleidung Olly an, der auf diese Weise einmütig zum Wächter über die im Augenblick nicht benötigten Klamotten ernannt wurde. Stolz ihre Gruppen-T-Shirts präsentierend, eilten die Sundaes zu Woody und Elsie. Kaum hatten sie sich aufgestellt, summte Elsie die Eröffnungsnote und gab den Takt vor.

Sie begannen zu singen, ohne auf die verdutzten Blicke der internationalen Besucherschar zu achten, an der sie vorbeigingen. Während sie sich Danny und Aoife näherten, wurden sie lauter, und Aoife drehte sich überrascht um.

„Freunde, was macht ihr?", fragte sie lachend und wandte sich antwortheischend an ihren Freund, nur um zu entdecken, dass auch er inzwischen seine Jacke abgelegt hatte, unter der er sein Sundaes-T-Shirt trug, und mit in das Lied einstimmte.

Beim ersten Refrain von „Umbrella" angelangt, begannen die Sundaes im Takt zu klatschen und sich hin und her zu wiegen – sehr zur Belustigung der Menge, die sich allmählich um sie sammelte. Einige der Zuschauer stimmten mit ein, andere filmten die Szene mit Handys und Camcordern. Erfreut über diese Reaktionen und erregt wegen der Verwegenheit des Augenblicks, stürzte sich die Gruppe mit vollem Elan in das Lied. Elsie spürte, wie ihr Tränen in die Augen stiegen, und ein Blick auf die anderen zeigte ihr, dass es nicht ihr allein so ging. Das Wissen, dass sie dies für Danny taten – und für Irene –, ließ sie diesen erstaunlichen Moment noch intensiver erleben.

Im richtigen Augenblick – die Gruppe senkte ihre Stimmen zu einem leisen Summen – ließ Danny sich langsam auf sein rechtes Knie sinken. Lauter Jubel brach in der Menge um sie herum aus, und Aoife schlug die Hände vors Gesicht, als er eine kleine blaue Schachtel öffnete und ihr hinhielt.

„Aoife Mary McVey, ich liebe dich. Ich kann mir mein Leben ohne dich nicht vorstellen. Nur deshalb sind wir diesen weiten Weg gekommen – weil ich dir zeigen wollte, wie sehr ich dich liebe. Ich liebe dich mit jeder Faser meines Seins. Willst du mich heiraten?"

Am Ende des Liedes angelangt, verstummten die Sundaes, während die Menge um sie herum gespannt auf Aoifes Antwort wartete.

„Ja!"

Danny brach in Tränen aus, küsste seine Aoife und steckte ihr den Ring an die ausgestreckte Hand. Kaum hatte er das geschafft, da stürzten sich schon alle Mitglieder der Singgruppe auf das glückliche Paar und begruben es förmlich unter sich, um zu gratulieren, während die Zuschauer Beifall klatschten und eifrig Bilder schossen.

Unkontrollierbar lachend zogen sich die Sundaes ein paar Schritte zurück, und zwei ziemlich zerzauste, aber glücklich strahlende junge Menschen kamen wieder zum Vorschein.

„Glückwunsch, Danny-Boy!“, rief Stan, nahm Danny in den Schwitzkasten und verstrubbelte ihm das Haar noch mehr, als es ohnehin schon war.

„Ich fasse es einfach nicht, dass ihr alle das für mich getan habt“, sagte Aoife, wischte sich die Tränen vom Gesicht und umarmte jedes einzelne Mitglied der Gruppe. „Ich gehe davon aus, dass es gar kein anderes Konzert gibt?“

„Hey, Engelchen, es sollte von Anfang an nur eine Show auf unserer Paris-Tournee geben“, meinte Woody, „und zwar nur für dich.“

Danny umarmte nacheinander Elsie, Daisy und Woody. „Ich danke euch. Ihr wart großartig.“

„Und? War alles so, wie du es dir vorgestellt hattest, Danny?“, fragte Daisy.

„Nein. Viel besser.“

Aoife küsste ihn und strahlte ihre Freunde an. „Und ihr wusstet sogar, was mein Lieblingslied ist! Das war so eine Überraschung. Wann habt ihr das bloß eingeübt?“

„Immer, nachdem D-Boy mit dir vorzeitig weg ist“, gab Sasha grinsend zurück.

Aoife boxte ihn spielerisch. „Ich habe mich schon gewundert, warum wir andauernd deine Mutter irgendwohin fahren mussten! Ist denn überhaupt irgendwas mit ihrem Auto nicht in Ordnung?“

Danny schüttelte den Kopf und jaulte auf, als Aoife ihn erneut boxte. „Sie war eingeweiht, tut mir leid! Wir brauchten eine glaubwürdige Ausrede, um dich von den Proben fernzuhalten.“

„Oh nein!“ Entsetzen trat in Aoifes elfengleiche Züge. „In den letzten paar Wochen habe ich ganz üble Dinge über deine Mum gesagt! Ich muss sie sofort um Entschuldigung bitten, wenn wir nach Hause kommen.“

„Ich denke, sie wird dir verzeihen. Zumal du ihrem Sohn inzwischen das Jawort gegeben hast“, meinte Elsie lächelnd.

„Ihr seid alle so fantastisch. Und jetzt hasse ich euch, weil ihr so hinterhältig seid!“

Während die Sundaes immer noch Danny und Aoife umringten, um ihre Glückwünsche loszuwerden, zog Elsie sich ein Stück zurück, ließ sich von Olly ihren Mantel geben und zog ihn über, um sich vor dem eisigen Wind zu schützen.

„Ich denke, wir sollten uns eine Bar suchen, wenn der Bus uns abgesetzt hat, und anfangen zu feiern“, schlug Stan vor und wurde rot vor Stolz, weil alle das für eine tolle Idee hielten.

Olly fiel auf, dass Elsie zögerte. „Kommst du, Els?“

Ihre Freude war einer tiefen inneren Lähmung gewichen, während sie über das grübelte, was vor ihr lag, und sie lehnte ab. „Geh ruhig schon vor. Ich komme bald nach.“

„Bist du sicher? Ich bleibe gern bei dir, wenn du noch ein wenig die Aussicht genießen möchtest?“

„Ich bin sicher.“ Einen schrecklichen Moment fürchtete Elsie, Olly würde darauf bestehen, bei ihr zu bleiben. Das hätte bedeutet, dass sie ihm alles erklären musste, damit er sie alleinließ. Aber Olly zuckte nur die Achseln, gesellte sich wieder zu den anderen und ließ Elsie allein in der Touristenmenge zurück.

Der kräftige Wind hatte böig aufgefrischt und pfiff durch die schmiedeeisernen Gitter, als Elsie sich den Stufen zur erhöhten Aussichtsplattform näherte. Sie spürte, wie sie am ganzen Körper zitterte, als sie in ihre Manteltasche griff und ihren iPod herausnahm – den ersten Gegenstand, den sie vor den anderen verborgen hatte. Sie steckte sich die Kopfhörer in die Ohren, wählte das Musikstück, das sie in Brighton am Abend vor der Abreise nach Paris hochgeladen hatte. Zu dem Zeitpunkt hatte sie sich nicht überwinden können, es anzuhören, und als sie jetzt auf Play drückte und nach dem Treppengeländer griff, um zur

Aussichtsplattform hinaufzusteigen, zerriss ihr die Eröffnungsmelodie der Barkarole das Herz.

Es war, als würde die Zeit selbst sich verlangsamen, als sie sich der Seite des Turms näherte, von der aus man das Marsfeld überblicken konnte und Paris bis Montparnasse und darüber hinaus unter ihr lag. Weil der Himmel zunehmend düsterer wurde, waren weit unter ihr ein paar Lichter angegangen, und als Elsie die Brüstung erreichte, machten ihre Tränen die stecknadelkopfgroßen Lichter zu winzigen strahlenden Sonnen. Plötzlich nahm sie niemanden mehr um sich herum war. Sie spürte nur ihre zitternden Finger auf dem kalten glatten Holz der Brüstung und sah die Schönheit von Paris unter ihren Füßen. Die Barkarole trillerte und wurde in ihren Ohren immer lauter, als sie den zweiten Gegenstand aus ihrer Tasche holte.

Das Passfoto war sechs Monate nach ihrer Hochzeit aufgenommen worden, weil Lucas behauptete, er brauche eines für ein Bewerbungsschreiben. Gerade als der Automat das erste Foto schoss, hatte Lucas sie in die Kabine gezogen. Sie lachten beide, Liebe leuchtete aus ihren Augen – ein eingefrorener Moment, der das Wesentliche eines jungen Paares zeigt, das ein ganzes gemeinsames Leben vor sich hatte, lange bevor die grausame Diagnose Krebs es überschattete. Genau so wollte Elsie sich für immer an sie erinnern, so verliebt, dass alles andere keine Bedeutung hatte. Als sie jetzt dieses lächelnde Paar betrachtete, während heftige Böen ihren Körper gegen das Geländer drückten, überwältigte sie wieder einmal die gewaltige Macht der Liebe, die sein schönes Gesicht in ihrem Herzen weckte. Er war die Liebe ihres Lebens gewesen, der eine Mann, mit dem sie hatte alt werden wollen, die vollkommene Ergänzung ihrer eigenen Persönlichkeit: ihr Lucas.

Ihr Gesicht brannte, wo der kalte Wind auf die salzigen Tränen traf, die ihr über die Wangen rannen, als der Augenblick kam, vor dem sie sich so gefürchtet hatte. Die Barkarole näherte sich ihrem Crescendo, und Lucas wartete darauf, dass sie ihr Versprechen einlöste …

Bei den letzten Worten, die er über die Lippen gebracht hatte, ging es um diesen Moment. Schwer atmend hatte er seine Lippen mehrere Minuten lang bewegt, ohne einen Ton herauszubringen, und mit dem Blick seiner müden Augen hatte er sie unerbittlich festgehalten. Da sie spürte, wie wichtig es ihm war, hatte Elsie sich ganz dicht über ihn gebeugt und ihr Gesicht an seines gedrückt, um hören zu können, was er zu sagen versuchte.

„Ich liebe dich", flüsterte er. Jedes Wort ein harter Kampf um die Kontrolle über seinen Körper, der ihn im Stich zu lassen drohte.

„Ich liebe dich auch. Verlass mich nicht."

„Ich liebe dich", wiederholte er mit feucht glänzenden Augen. „C'est magnifique, Elsie ... Sag es ..."

Schmerz und heftige Rührung erstickten ihre Stimme, aber sie nahm sein Gesicht in beide Hände und schaute ihm ein letztes Mal tief in die Augen. „C'est magnifique, Lucas."

Da schloss er die Augen, hob ganz wenig sein Kinn, und seine Finger fanden ihre Wange, als ihre Lippen sich trafen. Elsie spürte den seufzenden Atemhauch, der seinem Körper entwich. Seine Hand an ihrer Wange wurde schwer. Ihr gedämpfter Schrei ließ ihren Vater und ihre Schwestern an ihre Seite eilen, und dann brachen sie gemeinsam in dem kleinen Krankenhauszimmer zusammen ...

Es war so weit. Zeit, die Liste endgültig abzuhaken, die sie so lange an Lucas gebunden hatte. Sie hatte alles vollbracht, worum er sie gebeten hatte. Und jetzt drängte er sie, weiterzugehen – hinein in das, was das Leben auch immer für sie bereithalten mochte. Das hatte er gewollt. Und in diesem Moment spürte sie seine Nähe stärker, greifbarer, als jemals zuvor in der Zeit nach seinem Tod.

Den Blick auf das Foto in ihren Händen gerichtet, schluchzte Elsie, als der drohende Abschied auf ihr lastete wie damals in dem Krankenhauszimmer vor fast zwei Jahren. Mit langsam taub werdenden Fingern streichelte sie die Konturen seines Gesichts und hob das Foto an die Lippen. Dann – die Stadt, die sich unter ihr erstreckte, war ihr Zeuge – warf sie den Kopf in den Nacken und rief:

„C'est magnifique, Lucas! C'est magnifique!"

Sie öffnete ihre hoch erhobene Hand und ließ das Foto los, als die Musik sich ihrem Ende näherte. Sah zu, wie der Wind das kleine Stück Papier erfasste, hoch in den dunkelgrauen Himmel trug und dann hinaus über die Stadt wirbelte, die Lucas endlich mit Elsies Augen hatte sehen können. Als es ihren Blicken entschwand, davonwirbelte im chaotischen Wind rund um den Eiffelturm, spürte Elsie, wie eine plötzliche Leichtigkeit in ihr aufstieg, als wäre die Last der Verantwortung für die Erfüllung seiner Wünsche von ihrer Seele genommen worden.

„Ich vertraue dir, Elsie Maynard, dass du dein Leben leben wirst, und zwar jede Sekunde, die du hast. Ich werde nichts außer dem Besten für dich akzeptieren. Versprich mir, dass du nicht zögern wirst."

Ich werde nicht zögern, versprach Elsie sich selbst, wischte sich die Tränen aus den Augen und ließ ihren Blick ein letztes Mal über die Stadt schweifen, bevor sie langsam zum Fahrstuhl hinüberging. Müde, aber merkwürdig getröstet, betrat sie die Fahrstuhlkabine und lehnte sich darin an die Wand, während sie ihren wartenden Freunden entgegensank.

19. KAPITEL

Du hast noch nichts gesehen …

Nach mehr als nur einem Drink, um auf das glückliche Paar anzustoßen, zerstreuten sich die Sundaes in die Stadt, um den Rest des Nachmittags ihre eigenen Pläne zu verwirklichen. Woody machte sich daran, seine alten Lieblingsplätze zu suchen, Sasha, Sheila und Lewis wollten shoppen gehen. Stan und Graeme machten sich auf die Suche nach Souvenirs für ihre Familien, Danny und Aoife entschieden sich für einen romantischen Bummel durch die schmalen Gassen des Quartier Latin, und Daisy und Olly fuhren mit der Metro zum Louvre. An der Metrostation trennte Elsie sich von ihnen und nahm die Bahn in die entgegengesetzte Richtung, um ins Hotel zurückzukehren. Obwohl die Metro voll war, fühlte sie sich durch ihre Gedanken abgeschirmt vom Lärm, von den drängelnden und schubsenden Körpern und dem heftigen Geruch nach kaltem Zigarettenrauch. Sie war mehr als dankbar für diese Einsamkeit. Sie hatte plötzlich ein überwältigendes Verlangen nach Ruhe und Stille.

Nachdem sie die Metrostation verlassen hatte, reservierte sie für das Abendessen einen Tisch für die Gruppe in einem Restaurant an der nahe gelegenen Rue de Médicis, ging zu Fuß die drei Blocks zurück zum Hotel und genoss, was sie in den Straßen von Montparnasse zu sehen bekam. Elegante, honiggelbe Steingebäude umgaben sie, jedes davon geschmückt mit schön gemeißelter Front und stolz geflaggter Trikolore. Am Ende beinah jedes Gebäudeblocks lagen jeweils kleine Parks mit eisernen Zäunen und gesäumt von Bäumen. In Form geschnittene Lorbeerbäume in dunkelblauen Keramikkübeln standen vor den Eingängen der Restaurants, und endlose Reihen von Fahrrädern waren beiderseits der Straßen aufgereiht. Über ihrem Kopf hingen vor jedem Fenster Blumenkästen, die mit Efeu und roten Geranien bepflanzt waren. Irgendwie schien die ganze Stadt die Bedeutsamkeit dieses Tages zu unterstreichen.

Am Hotel angekommen, stieg Elsie die gewundene, mit fein verziertem Eisengeländer versehene Treppe hinauf in den zweiten Stock, wo ihr Zimmer lag. Um sie herum war es ruhig und friedlich – eine willkommene Erleichterung nach dem Lärm und der hektischen Aktivität dieses Tages. Jetzt war auch ihr Geist zur Ruhe gekommen und mehr als bereit, sich zu entspannen. Sie streifte die Schuhe ab, grub ihre Zehen in den dicken Schlafzimmerteppich und ging ins Bad, um sich Wasser in die Wanne einzulassen. Während sie sich füllte, schaltete Elsie den Fernseher ein, suchte sich einen alten französischen Schwarz-Weiß-Film heraus, den sie als Hintergrundgeräusch laufen lassen konnte, und bereitete sich eine Tasse Tee.

Sie hatte nicht recht gewusst, wie sie sich nach dem Besuch auf dem Eiffelturm fühlen würde, aber der innere Friede, der sie erfüllte, war eine unerwartete Entdeckung. Die Vollendung der Liste schien Mauern niedergerissen zu haben, auch wenn sie noch nicht wusste, wie sich das in dem Leben, das vor ihr lag, bemerkbar machen würde. Für den Augenblick jedenfalls fühlte ihr Herz sich an wie von einer Schorfschicht befreit. Wie die weiche neue Haut über einer verheilten Wunde: empfindlich und doch irgendwie unendlich viel besser als zuvor.

Nach einem ausgiebigen Wannenbad trocknete sie sich ab, zog eine Jeans an, dazu ein langärmeliges Oberteil und den neuen Schal, den Daisy ihr geschenkt hatte. Dann legte sie sich aufs Bett, um sich den französischen Film mit den elegant in der Mode von 1940 gekleideten Schauspielern zu Ende anzusehen, und fiel dabei in einen friedlichen Schlaf.

Etliche Stunden später erwachte sie davon, dass Daisy zur Tür hereinkam. Sie setzte sich auf, um ihre Schwester zu begrüßen.

„Wie war's im Louvre?“

„Beeindruckend. Ich bin über die Jahre schon so oft da gewesen, aber er hört nie auf, mich in Staunen zu versetzen. Die strengen Linien, die Verbindung von Glas und Stein – schön und schlicht zugleich, und dabei einfach unwiderstehlich. Der ultimative Schaukasten für Kunst.“ Lachend über ihre eigene überschwängliche Beschreibung, ließ Daisy sich auf ihr Bett fallen, schleuderte ihre Schuhe von sich und beugte sich vor, um ihre Zehen zu massieren. „Aber so schön die Stadt auch ist, für die Füße ist sie mörderisch. Ich weiß, ich hätte heute Turnschuhe anziehen sollen."

„Ah, der Preis dafür, weiterhin als Modeikone gelten zu dürfen", meinte Elsie grinsend und stand auf, um den Wasserkocher neu zu füllen und anzuschalten.

„Du sagst es. Ich habe bestimmt tausend Fotos gemacht, um sie dir zu zeigen. Es hätte dir gefallen. Ich werde sie auch André zeigen." Sie seufzte und schaute hoch zur Decke. „Ich liebe Paris, aber es ist so seltsam, ohne André in seiner Heimatstadt zu sein. Ich habe den ganzen Nachmittag immer wieder versucht, ihn anzurufen, aber sein Telefon war ständig besetzt. Zum Glück schien es Olly nichts auszumachen, dass ich wie eine Irre alle fünf Minuten auf mein Smartphone gestarrt habe. Er ist so ein lieber Kerl, Els. Wir hatten heute Nachmittag eine Menge zu lachen." Sie lächelte ihrer Schwester zu. „Du siehst übrigens toll aus. Ich wusste, dass dieser Schal dir stehen würde. Konntest du ein bisschen Schlaf nachholen?"

„Ja. Und ich habe ein Bad genommen. Ich fühle mich jetzt viel besser."

„Hier zu sein?"

„In jeder Hinsicht. Es war so wichtig für mich, heute auf den Turm zu gehen."

Daisys Augen wurden feucht. „Ich weiß, Süße. Und hast du – du weißt schon – hast du getan, was du tun musstest, als wir dich da oben allein gelassen hatten?"

Elsie nickte, und Daisy stand auf, um sie in die Arme zu schließen. „Es ist vollbracht."

„Und jetzt kannst du weitergehen?"

„Jetzt kann ich *fortfahren*, weiterzugehen." Elsie lächelte. „Du liebe Güte. Hör dir das an. Ich klinge ja wie ein Selbsthilfebuch."

Daisy legte ihr die Hände auf die Schultern. „Weißt du, was wir jetzt brauchen, meine Liebe?"

„Was denn?"

„Wein. Und zwar eine Menge davon. Wir haben noch einen ganzen Tag und eine Nacht in dieser großartigen Stadt und nichts weiter zu tun. Also schlage ich vor, wir genießen heute Abend ein raffiniertes Essen, wunderbare Gesellschaft und jede Menge köstlichen Wein."

Elsie spürte, wie ihre Stimmung sich bei dem Gedanken hob. „Also, das ist der beste Vorschlag, den ich an diesem Wochenende bisher gehört habe."

Die Stimmung war ausgelassen, als die Sundaes sich um acht Uhr abends in der leicht düsteren Bar des Bistro L'Artiste auf der Rue de Médicis einfanden. Winzige Lichter umrahmten die Bäume im Park gegenüber dem Restaurant, und auf dem Bürgersteig schlenderte ein lächelnder Akkordeonspieler langsam auf und ab. Aoife zeigte jedem, der schauen wollte, stolz ihren Ring mit dem kleinen Diamanten, und Danny lief ernstlich Gefahr, sich eine Zerrung der Gesichtsmuskeln zuzuziehen, weil er permanent lächelte. Sasha hatte bereits Gefallen an dem Barkeeper gefunden, der geschickt die Drinks servierte, und versuchte ihn mit einer Mischung aus Englisch und Französisch in ein Gespräch zu verwickeln. Woody fehlte noch, und es wurde wild spekuliert, wo er sich wohl gerade herumtreiben mochte.

„Ich schätze, er besucht ein ehemaliges Groupie aus Hellfinger-Tagen", grinste Lewis.

Olly lächelte. „Oder seine französischen Kinder, für die er schon seit Jahren heimlich Alimente zahlt." Angesichts von Elsies verzweifelter Miene hob er entschuldigend die Hände. „Was denn? Du weißt doch, was man über diese alternden Rockstars sagt. Ich würde glatt darauf wetten, dass es etliche Kinder der Liebe in aller Welt gibt, in deren Adern Jensen-Blut fließt."

„Vermutlich hängt er in einer zwielichtigen Bar rum", meinte Daisy. Sie genoss die Gelegenheit, sich an dem fröhlichen Angriff auf Woody in seiner Abwesenheit zu beteiligen. „Und schwärmt mit einem Barkeeper, der früher Roadie war, von den guten alten Zeiten."

„Das klingt exakt so tragisch, dass es zu ihm passen würde“, warf Sasha lachend ein. „Aber egal, vergessen wir den alternden Rockfreak. Genießen wir lieber den Wein!“

Um neun saßen alle an ihrem Tisch im voll besetzten Restaurant. Wer immer noch fehlte, war Woody, und alle klagten, sie hätten Hunger. Also beschloss Elsie kurzerhand, dass sie einfach schon einmal anfangen würden ihre Bestellungen aufzugeben. Sie schickte Woody eine SMS, damit er Bescheid wusste.

Das Essen war ein wenig extravagant, aber ein wunderbares Festmahl zum Abschluss dieses ereignisreichen Tages. Huhn provenzalisch, Ente gebacken, butterzarte Regenbogenforelle und Schüsseln voller in Weißweinsud gedünsteter Muscheln entlockten den Sundaes spitze Schreie des Entzückens, während der Wein in Strömen floss. Elsie gefiel das Ambiente von L'Artiste und die Wirkung, die es auf die Mitglieder der Singgruppe ausübte: dunkles Holz, gedämpftes Licht von brennenden Kerzen und Wandleuchten, angeregtes Geplauder überall, dazu leise Hintergrundmusik, die die rot-weiß kariert gedeckten Tische umfloss. Als schließlich das Dessert serviert wurde – wunderschön angerichtete Crème brûlée, Tarte Tatin und Îles flottantes –, beugte sie sich zu Daisy hinüber.

„Du hattest absolut recht, Daisy. Heute ist ein wundervoller Abend.“

„Womit wieder einmal erwiesen wäre, dass du deiner ältesten Schwester immer vertrauen kannst.“

„Habe ich eigentlich erwähnt, dass deine älteste Schwester meine armen Füße endlos gemartert hat?“, warf Olly ein.

„Habe ich nicht!“

„Ehrlich, Els, sie ist die schnellste Frau zu Fuß, der ich je begegnet bin. Wir sind regelrechte Rennen im Louvre gelaufen, als absolvierten wir ein kunstorientiertes Fitnesstraining.“

Daisy kicherte, und zum ersten Mal fiel Elsie auf, wie angetan ihre Schwester von Olly schien. Der gemeinsam verbrachte Nachmittag hatte sie beide offensichtlich einander näher gebracht, und genau wie Jim war auch Daisy in seiner Gesellschaft entspannt. „Tatsache ist, Els, ich schätze, dass Olly einfach nicht so fit ist, wie er gerne glauben möchte. Ich habe seit Monaten keinen Sport mehr getrieben. Trotzdem habe ich ihn weit hinter mir gelassen."

Olly gab sich beleidigt, verschränkte die Arme vor der Brust und schob trotzig das Kinn vor. „Siehst du, wie sie ist?"

„Ich denke, ab sofort sollte ich sichergehen, dass ich dich immer begleite", meinte Elsie lächelnd. Sie genoss die Erregung ihrer eigenen Koketterie und der Wirkung, die sie auf Ollys Gesichtsausdruck hatte.

„Ich schätze, das solltest du vielleicht", gab er zurück und erwiderte ihr Lächeln. „Natürlich nur zu meinem Schutz."

„Betrachte mich als deinen persönlichen Leibwächter."

„Das werde ich. Und was für ein Leib, der mich bewachen wird, wenn ich das so bemerken darf."

„Oliver Hogarth, du unverbesserlicher Aufreißer!"

In Ollys Lächeln blitzte der Schalk. „Gib's zu, du würdest es nicht anders wollen."

Erregung durchschoss Elsie vom Kopf bis zu den Zehen, und sie grinste zurück. „Völlig richtig."

Gegen zehn war Elsie gerade dabei, die Rechnung für das gemeinsame Essen zu begleichen, als ihr Handy zu klingeln begann. Sie überließ es Daisy, die Rechnung zu zahlen, und eilte hinaus in die Lobby.

„Hallo?"

„Eeeengel."

„Woody? Wo steckst du? Du hast das Abendessen verpasst."

„Ja, ich weiß, Babe. Ich sterbe vor Hunger."

Elsie seufzte. „Schön, wir sind in der Rue de Médicis. Die Adresse findest du in einer der zehn SMS, die ich dir geschickt habe. Sieh zu, dass du hierherkommst, und wir können versuchen, dir hier in der Nähe etwas Essbares zu organisieren. Wenn das nicht klappt, bleibt immer noch der Zimmerservice im Hotel – nur für heute Abend."

„Lieb von dir. Es gibt da nur ein klitzekleines Problem."

„Und das wäre? Du bist schon wer weiß wie lange unterwegs, Woody. Wie schwer kann es sein, herzukommen?" Dann kam ihr ein Gedanke, und sie senkte instinktiv die Stimme, obwohl vermutlich keiner der Gäste an den Tischen auf dem Bürgersteig auch nur daran dachte, ihr Gespräch zu belauschen. „Hast du kein Geld mehr?"

„Das ist es nicht, Engel."

„In Ordnung, wo also liegt das Problem? Warum kannst du nicht kommen?"

Sie hörte einen lang gezogenen, kratzigen Seufzer am anderen Ende der Leitung.

„Weil ich im Gefängnis sitze, Baby."

Die nächsten dreißig Minuten verliefen in hektischer Aktivität. Elsie, Daisy und Olly fuhren im Minibus durch die Straßen von Paris, die sich plötzlich ähnelten wie ein Ei dem anderen, und suchten die Polizeistation, in der Woody in Gewahrsam genommen worden war. Stan und Graeme waren mit der Aufgabe betraut worden, mit den anderen gemeinsam auf ihr Hotelzimmer zu gehen und dort auf Neuigkeiten zu warten. Die Neuigkeit hatte ihnen allen einen Schock versetzt.

„Was glaubst du, hat er angestellt?", fragte Daisy, während Olly versuchte, der von der hilfsbereiten Dame an der Rezeption eilig auf ein Blatt Papier mit dem Logo des Hotel Saint-Louis gekritzelten Wegbeschreibung zu folgen.

Elsie starrte auf die Straße, in ihrem Kopf schwirrte es. „Ich weiß nicht. Ich hoffe nur, dass es ein Missverständnis ist – wegen der Sprachbarriere, oder so –, das wir schnell klären können. Obwohl mein Realschulfranzösisch mich nicht darauf vorbereitet hat, mich mit der Pariser Polizei auseinanderzusetzen."

„Warum überlässt du das Reden nicht einfach mir?", fragte Daisy. „Mir fehlen zwar auch mal ein paar Vokabeln, aber ich bin mir recht sicher, dass ich mich verständlich ausdrücken kann."

„Da!" Olly deutete auf ein großes Gebäude vor ihnen. „Ich glaube, das ist es. Ich setze euch vor der Tür ab und suche mir irgendwo einen Parkplatz."

Elsie und Daisy eilten vom Minibus in die Polizeistation. Daisy wartete am Hauptschalter, aber es dauerte etliche Minuten, bis jemand kam. Schließlich näherte sich ein ernst dreinblickender Schrank von einem Mann. Elsie stand hilflos daneben, als Daisy ruhig in schnellem Französisch erklärte, was sie wollte. Der diensthabende Polizist machte sich nebenher Notizen. Nach ein paar Minuten nickte er und verschwand.

„Und?"

Daisys Miene sprach Bände. „Sieht nicht gut aus. Woody wurde bei einer Drogenrazzia in einer Bar links der Seine festgenommen."

„Was? Aber wie …?"

„Der Polizist weiß nichts Genaues. Er erkundigt sich jetzt nach den Einzelheiten."

Elsie konnte nicht glauben, was sie hörte. „Ist Woody angezeigt worden?"

„Anscheinend nicht."

„In Ordnung." Millionen verschiedener Gedanken rasten Elsie durch den Kopf. „Was tun wir jetzt? Sollten wir versuchen, einen Anwalt aufzutreiben, oder das britische Konsulat anrufen oder was?"

Daisy legte ihrer Schwester die Hand auf den Arm. „Beruhig dich. Er ist erst vor einer Stunde festgenommen worden, also sind sie wahrscheinlich noch mit den Formalitäten beschäftigt. Lass uns einfach abwarten, was man uns sagt. Dann können wir immer noch in Panik geraten."

Zehn Minuten später kam der diensthabende Polizist zurück und redete mit Daisy. Sie wandte sich achselzuckend an Elsie. „Er sagt, die zehn Leute, die festgenommen wurden, müssen alle verhört werden. Wir sollen uns also darauf einstellen, warten zu müssen. Ich habe ihn wegen dem britischen Konsulat gefragt, und er meinte, das würde zu gegebener Zeit benachrichtigt werden."

„Sonst noch was?"

„Er meinte, der Kaffee aus dem Automaten sei zwar nichts Besonderes, aber wenigstens billig. Und er hat gesagt, mein Französisch sei sehr gut."

Über Letzteres musste Elsie lächeln. „Oh, na ja, Woody wird vielleicht vor Gericht gestellt, aber du weißt jetzt wenigstens, dass dein Französisch ganz passabel ist."

Daisy grinste. „Ich habe ihm erzählt, dass ich mit einem Franzosen zusammen bin. Ich glaube, das fand er gut."

Kurz danach tauchte auch Olly auf, ein bisschen durcheinander, weil er endlos herumgekurvt war, um einen Parkplatz zu finden. „Es ist bestimmt nur ein Irrtum", versicherte er ihnen. „Woody mag ja ein wenig exzentrisch sein, aber ein Idiot ist er nicht."

Im Moment war Elsie ganz anderer Meinung. Sie war wütend auf Woody – ob er nun nur zur falschen Zeit am falschen Ort gewesen war oder Schlimmeres, er hätte zusammen mit der Gesangsgruppe, für die er zumindest teilweise verantwortlich war, in dem Bistro sein sollen, statt sich verhaften und auf eine Polizeiwache mitten in Paris verfrachten zu lassen.

Stunden vergingen. Der diensthabende Polizist beendete seine Schicht. An seiner Stelle übernahm ein genauso vierschrötiger Kollege, der sich durch nichts beeindrucken ließ und es vorzog, die drei englischen Besucher zu ignorieren, die schlechten Kaffee tranken und unter der übereifrigen französischen Klimaanlage litten, während sie bis in die frühen Morgenstunden im Wartebereich saßen. Elsie rief mehrmals die im Hotel wartende Gesangsgruppe an, um sie auf dem Laufenden zu halten. Schließlich riet sie ihnen, sie sollten lieber zu Bett gehen, als ihr klar wurde, dass sie ihr eigenes Bett in dieser Nacht nicht mehr sehen würde. Leute kamen und gingen: Tramps, blutüberströmte Jugendliche, tüchtig wirkende Rechtsanwälte und eine Reihe dubioser Gestalten, die von gleichgültigen Polizisten durch die Sicherheitstüren geleitet wurden.

Kurz vor vier Uhr morgens kam ein Mann Mitte vierzig in einem Anzug herein und sprach in fließendem Französisch mit dem diensthabenden Polizisten. Dieser nickte verärgert zu Elsie, Daisy und Olly hinüber. Der Mann wandte sich daraufhin ihnen zu und lächelte kurz.

„Sie warten hier auf Walter Jensen?"

Elsie und Daisy wechselten einen kurzen Blick. Woodys Vorname war ihnen nicht bekannt gewesen. „Ja – wir kennen ihn als Woody", antwortete Elsie.

„In Ordnung. Ich bin Charles Ross. Vom britischen Konsulat. Die Polizei hat mich von Mr Jensens Verhaftung informiert."

„Vielen Dank, dass Sie gekommen sind", gab Elsie zurück und schüttelte ihm die Hand. „Wir wissen nicht, was hier vor sich geht."

„Ich verstehe. Was ich jetzt tun kann, ist Folgendes: Ich spreche mit Mr Jensen und versuche herauszufinden, was sich aus seiner Verhaftung ergeben wird. Wenn es wahrscheinlich ist, dass er unter Anklage gestellt wird, kann ich Ihnen eine Reihe empfehlenswerter Anwälte und Übersetzer nennen. Aber darüber sollten wir uns jetzt noch keine Sorgen machen. Lassen Sie mich mit der Polizei und mit Mr Jensen reden, und dann lasse ich Sie wissen, was ich in Erfahrung gebracht habe."

Sie sahen zu, wie Charles ins Innere der Polizeistation eingelassen wurde. Olly reckte sich und gähnte, Daisy wagte sich an einen weiteren grässlichen Kaffee aus dem Kaffeeautomaten.

„Warum fährst du nicht zurück ins Hotel?", fragte Elsie Olly. „Wir müssen nicht alle hier sein."

Er starrte sie an. „Willst du, dass ich verschwinde?"

„Nein, das habe ich damit nicht gemeint. Du siehst fix und fertig aus, und ich weiß nicht, wie lange wir noch warten müssen."

„Ich bleibe hier, bis uns der Typ vom Konsulat gesagt hat, was los ist. Es kann sein, dass wir ihn sowieso hier zurücklassen müssen, und in dem Fall möchte ich sicherstellen, dass ihr beide, du und Daisy, sicher zum Hotel zurückkommt."

Elsie rieb sich die Augen. Bleierne Müdigkeit machte ihr zu schaffen. „In Ordnung. Ich wollte nicht andeuten, dass wir dich nicht brauchen, Ol."

„Ich weiß. Möchtest du, dass ich dich in den Arm nehme?"

Dankbar nahm Elsie das Angebot an, lehnte ihren Kopf an die tröstliche Wärme seiner Brust und ließ sich in seine Arme schließen. So blieb sie und verlor dabei jegliches Zeitgefühl. Als Charles fast eine Stunde später zu ihnen zurückkam, musste

Olly sie sanft an den Schultern rütteln. Sie war in seiner Umarmung eingeschlafen. Blinzelnd im grellen Licht des Wartebereichs setzte sie sich aufrecht hin und gab sich Mühe, sich auf das zu konzentrieren, was Charles sagte.

„Mr Jensen wurde eine Stunde verhört, und ich fürchte, er war alles andere als kooperativ, was seinem Fall nicht gerade förderlich war. Trotzdem habe ich inzwischen mit ihm gesprochen. Er hat mir den Namen einer Anwaltskanzlei in England genannt, die ihn vertreten wird. Ich habe dafür gesorgt, dass er einen Telefonanruf tätigen konnte, und soweit ich weiß, reist noch heute Morgen ein Anwalt nach Paris ab. Mr Jensen wurde bis jetzt nicht formell unter Anklage gestellt, aber in Fällen wie diesen ist das normal. Sie behalten ihn heute Nacht in der Zelle und setzen um neun das Verhör fort, wenn sein Rechtsvertreter ankommt."

„Haben Sie herausfinden können, was vermutlich mit ihm geschehen wird?", fragte Daisy.

„Nicht wirklich. Uns sind in dem, was wir tun können, enge Grenzen gesetzt, fürchte ich. Aber die Polizei hat mir versichert, dass er fair behandelt wird und dass man ihm jede Gelegenheit geben wird, sein Handeln zu erklären – vorausgesetzt, er zügelt sein Temperament und seine Wortwahl, was beides nicht der Fall war, als ich ankam, wie ich zu meinem Bedauern sagen muss. Natürlich habe ich ihm geraten, in jeder Hinsicht zu kooperieren. Darüber hinaus kann ich nicht viel tun. Er bittet Sie alle übrigens aufrichtig um Verzeihung. Ich glaube, der Gedanke daran, dass Sie auf ihn warten, hat viel dazu beigetragen, seine Wut im Zaum zu halten."

„Nun, das ist immerhin etwas", meinte Elsie. „Danke für Ihre Hilfe, Charles."

„Gern geschehen. Ich würde Ihnen allen raten, erst einmal in Ihr Hotel zurückzukehren. Die Polizei erwartet nicht, dass vor Mittag irgendeine Entscheidung fällt. Es macht also überhaupt keinen Sinn, stundenlang zu warten. Ich wünsche Ihnen alles Gute."

Daisy wandte sich an Elsie und Olly, nachdem Charles gegangen war. „In Ordnung, ihr habt den Mann gehört: Lasst uns zum Hotel zurückfahren."

Elsie ließ Woody nur ungern allein auf der Polizeistation zurück, aber ein Teil von ihr sagte ihr, dass eine Nacht in der Zelle ihn vielleicht dazu bringen konnte, am Morgen mit der Polizei zusammenzuarbeiten. Auf der Rückfahrt nach Montparnasse sprach keiner von ihnen ein Wort, so bleiern müde waren sie alle. Es war schon halb sechs, als sie die Hotellobby betraten, direkt auf ihre Zimmer gingen und in ihre Betten fielen.

Später am Morgen versammelten sich die Sundaes in einem Café gegenüber vom Hotel Saint-Louis und wollten Einzelheiten wissen. Mehr als starken Kaffee bekam an diesem Morgen niemand herunter – der Korb mit Gebäck, den sie bestellt hatten, stand unberührt mitten auf dem Tisch.

„Mann, ich weiß ja, dass er ein Freak ist, aber ich hätte nie gedacht, dass er sich auf so krumme Sachen einlässt", sagte Sasha kopfschüttelnd.

„Er hat sich auf keine krummen Sachen eingelassen", gab Elsie zurück. Die vier Stunden Schlaf, die sie nach ihrer Rückkehr ins Hotel hatte ergattern können, reichten kaum aus, um sie funktionieren zu lassen. „Ich bin überzeugt, es kann sich nur um einen Irrtum handeln."

„Trotzdem – was wissen wir denn schon wirklich von ihm?", fragte Stan, und etliche der anderen murmelten zustimmend. „Wir wissen, dass er schon früher ein Rockstar-Leben geführt hat. Wie können wir also sicher sein, dass er nicht immer noch zu illegalen Drogen greift? Ihr habt doch alle schon gehört, was er so von sich gibt. Wenn man das mit berücksichtigt, ergibt sich ein klares Bild."

Danny nickte. „Und wir müssen morgen die Fähre erreichen. Was passiert, wenn sie ihn hierbehalten wollen und wir alle unsere Pässe abgeben müssen?"

„Dazu wird es nicht kommen, Danny."

„Bei allem Respekt, Ol, woher willst du das wissen?"

Sasha hob die Hand und wandte sich an die Gruppe. „Ich plädiere dafür, ihn hier zurückzulassen."

Elsie traute ihren Ohren kaum. „Sasha! Wie kannst du nur so etwas Schreckliches sagen."

„Schrecklich? Wirklich? Nun, es tut mir ja leid, aber er hat gestern keinen Gedanken an uns verschwendet, richtig? Das war Dannys und Aoifes Tag, und gestern Abend hätte es nur um sie gehen sollen. Wenn er uns so wenig Achtung entgegenbringt, warum sollten wir dann für ihn hier herumhängen?"

Jetzt begannen alle durcheinanderzureden. Einige schlugen sich auf Elsies Seite, aber die meisten stimmten Sasha zu. Schließlich brachte Elsie alle mit einem lauten Ruf zum Schweigen.

„In Ordnung, alle mal herhören. Woody ist einer von uns – ob er nun gestern Abend daran gedacht hat oder nicht. Er ist zumindest zum Teil der Grund dafür, dass es uns als Gesangsgruppe überhaupt gibt, und er hat hart dafür gearbeitet, uns auf unseren gestrigen Auftritt optimal vorzubereiten. Er hat sich nicht absichtlich verhaften lassen, und auch wenn ich genau wie ihr der Meinung bin, dass er ein Idiot ist, in eine Drogenrazzia zu geraten, bleibt doch die Tatsache, dass wir ein Team sind. Und Teams fallen nicht einfach auseinander, wenn es mal ein paar Schwierigkeiten gibt." Sie seufzte. „Mir gefällt das Ganze nicht besser als euch, aber wenigstens haben wir heute noch den ganzen Tag und den Abend in Paris. Unser Fährticket für die Rückfahrt ist nicht datiert, sodass wir morgen nicht in aller Frühe nach Dieppe fahren müssen. Woodys Rechtsanwalt kommt heute. Und im schlimmsten Fall, wenn Woody in Frankreich bleiben muss, fahren wir nach Hause und helfen, soweit wir können, von England aus. Daisy, Olly und ich fahren später noch einmal zur Polizeistation zurück. Deshalb schlage ich vor, dass ihr anderen das Beste aus eurem letzten Tag in der Stadt macht. Ich informiere euch, wenn es etwas Neues gibt. Es ist sinnlos, wenn wir alle hier herumhängen."

Von ihren Worten berührt, stimmten die Sundaes zu, und sie verließen das Café, um jeder seiner Wege zu gehen. Diesmal nahmen Elsie, Daisy und Olly Wasser und etwas zu essen mit, bevor sie in den Minibus stiegen und erneut den Weg zur Polizeistation antraten. Bei Tageslicht waren die Straßen leichter zu finden. Außerdem waren sie voller Leben, weil die Geschäfte alle bereits geöffnet hatten. Olly setzte die Schwestern wieder vorm Polizeigebäude ab.

„Sieh's mal von der positiven Seite“, meinte Elsie zu Daisy, als sie das Gebäude betraten, „wenigstens müssen wir nicht wieder diesen grässlichen Kaffee trinken.“

„Gedankt sei dem Himmel für seine kleinen Segnungen“, entgegnete Daisy grinsend, trat an den Schalter und sprach den diesmal diensthabenden Polizisten in ihrem ausgezeichneten Französisch (von Franzosen bestätigt!) an.

„Was hat er gesagt?“, fragte Elsie, als Daisy sich in dem kleinen Wartebereich zu ihr setzte.

„Im Moment ist sein Anwalt bei ihm. Er wird uns später beraten können.“

Elsie zog ihr Buch aus ihrer Handtasche. „Dann können wir es uns wohl für ein paar Stunden Wartezeit gemütlich machen?“

Lächelnd holte Daisy ein Heft der französischen Vogue aus ihrer eigenen Tasche. „Es ist nie von Schaden, gut vorbereitet zu sein.“

Drei Kapitel von Elsies Buch, die halbe französische Vogue und zwei Flaschen Wasser später holte ein Pfiff sie an den Schalter des diensthabenden Polizisten. Die Tür, durch die Stunden zuvor Charles verschwunden war, wurde geöffnet, und Woodys Anwalt kam heraus, um sie zu begrüßen.

„Wenn das kein interessanter Ort für ein Wiedersehen ist, Ladys!“

Ungläubig sah Elsie zu, wie Torin einen Kuss auf Daisys Wange hauchte. Wie um alles in der Welt …? „Sie sind Woodys Anwalt?“, fragte sie, als könnte allein schon die laut gestellte Frage diese Tatsache aus der Welt schaffen. Sie tat es nicht. Da stand Torin Stewart, in einer Polizeistation im Zentrum von Paris und war vermutlich die einzige Hoffnung, dass Woody bald freigelassen würde.

„Technisch gesehen, nein. Aber mein Vater ist ein guter Freund von Woodys früherem Manager. Als ich also von seiner Verhaftung hörte, war ich gern bereit, ihn zu vertreten.“ Er beugte sich zu Elsie hinüber, um auch sie auf die Wange zu küssen, aber sie wich aus. Verwirrt trat auch er einen Schritt zurück, und unzählige Fragen zeigten sich in seinen grünen Augen. „Ich gehe davon aus, dass Sie letzte Nacht lange warten mussten?"

„Allerdings. Wie geht es ihm?"

„Den Umständen entsprechend gut. Sie haben ihm eine Menge Fragen gestellt, viele davon – ich muss schon sagen – völlig bedeutungslos für den Fall. Ich bin froh, dass ich hier bin, um ihn zu beraten. Sonst hätte sein Frust womöglich noch für beträchtliche Probleme gesorgt." Er lächelte Elsie an, obwohl sie dieses Lächeln nicht erwiderte. „Versuchen Sie sich keine Sorgen zu machen."

„Leichter gesagt als getan."

„Und was geschieht jetzt?", fragte Daisy im selben Moment, in dem Olly den Wartebereich betrat und sich zu ihnen auf einen der unbequemen roten Plastikstühle setzte.

„Tut mir leid, hat gedauert, bis ich einen Parkplatz gefunden habe", sagte er und gab Elsie einen vertrauten Kuss auf die Stirn.

Ein undefinierbarer Ausdruck huschte über Torins Gesicht. „Sie verhören immer noch die anderen Verdächtigen. Es dauert also mindestens noch eine Stunde, bis Woody wieder dran ist. Oliver." Damit streckte er ihm die Hand entgegen. Olly schüttelte sie höflich.

„Torin. Ich hätte nie erwartet, Sie hier zu treffen."

„Um ehrlich zu sein, hat es mich auch unerwartet hierher verschlagen. Was halten Sie davon, wenn wir uns eine Bar oder ein Restaurant in der Nähe suchen und ich Ihnen dort die Einzelheiten erläutere? Seit ich heute Morgen hier angekommen bin, habe ich noch keinen einzigen anständigen Kaffee bekommen."

Also gingen sie hinaus in die helle Oktobersonne, suchten sich ein kleines, in fröhlichen Farben gestrichenes Café, das nur einen Straßenblock entfernt mitten zwischen zahlreichen Antiquariaten für Kunstbände lag. Sie bestellten Kaffee und Tartiflette – einen Kartoffel-Käse-Auflauf –, und Elsie stellte zu ihrer Überraschung fest, dass sie inzwischen richtigen Hunger hatte. Während sie aßen und tranken, erläuterte Torin ihnen die

Lage in allen Einzelheiten, sowohl aus Sicht der Polizei als auch Woodys Version der Ereignisse. Es stellte sich heraus, dass Woody eine Bar linksseits der Seine aufgesucht hatte, die er von seiner Hellfinger-Tournee 1988 noch kannte. Er und seine Bandkollegen hatten dort in ihrem letzten gemeinsamen Sommer eine wilde Nacht durchgezecht. In ihrer Blütezeit in den Achtzigern war die Bar die Topadresse für die High Society in Paris gewesen, aber inzwischen war sie zu einer Spelunke heruntergekommen, in der zwielichtige Gestalten ihre krummen Geschäfte abwickelten. Woody hatte davon keine Ahnung gehabt.

„Soweit ich das inzwischen überblicke, hatte Woody einfach Pech mit seinem Timing. Die französische Drogenfahndung überwacht den Laden schon seit zwei Jahren, und gestern Nacht fand dann die große Razzia statt. Es wurde praktisch jeder festgenommen, der sich im Club aufhielt. Deshalb dauern auch die Verhöre so lange. Woody sagt, er sei gerade angekommen, als die Polizei den Laden stürmte und die Hölle losbrach."

„Meinen Sie, die Polizei glaubt ihm?", fragte Elsie.

„Ich meine, so allmählich fangen sie an, ihm zu glauben. Aber er ist noch nicht außer Gefahr. Als sie ihn festnahmen, war er ziemlich aufgebracht, und dann hat er drei Stunden fast nichts anderes getan, als so ziemlich alles in Frankreich zu beschimpfen. Das hat ihn natürlich nicht für sie eingenommen, wie Sie sich vermutlich vorstellen können."

Daisy stöhne auf. „Volltrottel. Nicht mal ich ziehe die antifranzösische Karte, wenn ich mich mit André streite. Manche Dinge sind den Franzosen heilig. Ihr Nationalstolz gehört dazu."

„Und wie gehen Sie jetzt weiter vor?", fragte Olly.

„Ich werde dahingehend argumentieren, dass hier einfach eine Verwechslung vorliegt", erwiderte Torin. „Es gibt so gut wie keine Indizien, die auf etwas anderes hindeuten, also hängt es jetzt ganz davon ab, wie nachtragend die Polizisten sind."

Olly schaute Elsie und Daisy an. „Sollen wir warten? Ich meine, ich bin sicher, dass wir alle dazu bereit sind, aber wenn wir hier im Moment sowieso nichts Nützliches tun können, dann sollten wir vielleicht lieber ins Hotel zurückfahren und ein bisschen Schlaf nachholen, bevor wir morgen die Heimreise antreten. Ich weiß auch nicht, wie lange ich den Minibus dort stehen lassen kann, wo ich ihn abgestellt habe. Die Parkbeschränkungen sind hier in der Gegend ein bisschen widersprüchlich. Und wir können jetzt nicht auch noch einen Strafzettel für falsches Parken gebrauchen."

Torin zuckte die Achseln. „Ich wüsste keinen Grund, warum Sie alle bleiben sollten. Es kann durchaus noch ein paar Stunden dauern, bevor ich wieder reingelassen werde, um zu verhandeln."

Daisy nickte zustimmend. „Das sehe ich genauso. Ich bin so müde, dass ich kaum geradeaus denken kann. Ich wünsche mir nur eine Dusche und dann falle ich ins Bett. Du siehst auch müde aus, Els."

Trotz ihrer Müdigkeit zögerte Elsie, wegzugehen, bevor sie sicher wusste, ob Woody am nächsten Tag mit ihnen zurückreisen konnte oder nicht. Sie hatte gemeint, was sie den Sundaes beim Frühstück gesagt hatte: Woody gehörte zum Team, und sie war nicht bereit, ihn im Stich zu lassen, wenn er ihre Unterstützung brauchte.

„Ich denke, ich sollte bleiben", sagte sie.

Olly schüttelte den Kopf. „Du hast gehört, was Torin gesagt hat: Das ist nicht nötig."

Elsie legte ihm eine Hand auf den Arm. „Ehrlich gesagt, ich glaube nicht, dass ich groß Ruhe finden würde, wenn ich jetzt ins Hotel zurückginge. Ich habe diese Reise geplant. Und jetzt ist es an mir, dafür zu sorgen, dass alle auch wieder sicher nach Hause kommen."

„Dann bleibe ich auch hier", erklärte Olly resolut. Elsie konnte sehen, wie sich unter seinen Augen dunkle Schatten ausbildeten, während er gegen seine Erschöpfung ankämpfte.

„Ol, dir steht morgen eine lange Fahrt bevor. Du musst dafür sorgen, dass du richtig ausgeruht bist." Sie küsste ihn auf die Wange. „Ich bleibe nur so lange, bis ich weiß, was Sache ist. Und dann nehme ich die Metro zurück."

Immer noch unsicher, runzelte er die Stirn. „Versprochen?"

„Versprochen."

Ein flüchtiger Blick hinüber zu Torin, dann schaute er Elsie wieder an. „Schick mir eine SMS, wenn du was Neues erfährst, okay?"

Sie lächelte angesichts seiner Besorgtheit. „Natürlich."

In der Tür des Cafés griff Olly nach ihrer Hand und führte sie ein paar Schritte fort von Daisy und Torin. „Ich lasse dich nur ungern mit ihm allein. Er ist ein Unruhestifter, und du kannst nicht noch mehr Stress gebrauchen."

„Glaub mir, ich werde mit Torin Stewart fertig. Ich möchte nur sicherstellen, dass es Woody gut geht."

„In Ordnung."

„Danke, dass du so besorgt um mich bist. Das ist schön."

Seine Augen leuchteten auf. „Wirklich?"

Sie nickte. „Ja."

„Ich möchte, dass du dich immer umsorgt fühlst", flüsterte er und zog sie sanft an sich. „Ich weiß, dass wir es langsam angehen lassen und du erst einmal mit ein paar Dingen fertigwerden wolltest. Aber ich möchte, dass du weißt: Du brauchst nur ein Wort zu sagen und … ich werde da sein."

Seine Worte jagten ihr heftiges Kribbeln über die Haut. „Das wirst du?"

Er senkte den Kopf und gab ihr einen langen langsamen Kuss auf die Wange, seine Lippen so dicht an ihren, dass sie beinah vergessen hätte zu atmen. „Wie der Blitz."

Als er und Daisy sich verabschiedet hatten und davongingen, holte Elsie tief Luft und wandte sich wieder Torin zu.

„Noch einen Kaffee, während wir warten?", fragte er mit ärgerlich frohlockendem Lächeln. „Nicht, dass ich meinte, dass der Kaffee hier dem im Sundae & Cher das Wasser reichen könnte."

Zorn kochte in Sekundenschnelle in ihr auf, und Elsie schaute ihm direkt ins Gesicht. „Lassen Sie uns eines von vornherein klarstellen: Ich bin hier, weil Woody mir wichtig ist, und aus keinem anderen Grund."

Verdutzt zog er eine Braue in die Höhe. „Ist das jetzt ein Ja zum Kaffee oder ein Nein?"

„Ja, ich denke, wir sollten noch einen Kaffee trinken, um nicht auf das grässliche Zeug auf der Polizeiwache angewiesen zu sein, aber nur weil mir das Wohlergehen meines Magens wichtig ist."

Die grünen Augen verengten sich. „Fein." Er ging zur Bar, um neuen Kaffee zu bestellen, und Elsie kehrte an ihren Tisch zurück, innerlich kochend. Nachdem sie nach Jakes unverfrorener Untreue Cher Trost gespendet hatte, hatte sie noch nicht darüber nachgedacht, was sie Torin bei ihrer nächsten Begegnung sagen würde, aber allein schon sein Anblick an diesem Morgen hatte ihr klargemacht, wie ungeheuer wütend sie immer noch auf ihn war.

Er kam an den Tisch zurück, öffnete seine Aktentasche und knallte den überquellenden Zeitplaner, den Elsie so amüsant fand, vor sich auf den Tisch. „Ich wünschte, ich wüsste, was für ein Problem Sie mit mir haben", stieß er hervor.

„Mein Problem mit Ihnen? Mein Problem ist, dass ich nie weiß, woran ich mit Ihnen bin. Im einen Moment sind Sie anmaßend wie nur irgendwas, im nächsten Moment auf der Suche nach Freundschaft."

„Wie bitte?"

Da ihr bewusst war, dass sie schon zu viel gesagt hatte, verschränkte Elsie die Arme vor der Brust. „Vergessen Sie's. Wir sind hier, um Woody zu helfen – es spielt keine Rolle, was wir voneinander halten."

„Nein, Elsie. Ich bin hier, um Woody zu helfen, denn das ist mein Job. Und auch nur anzudeuten, dass der Umstand, wie sehr oder wie wenig wir einander mögen, darauf einen Einfluss haben könnte, stellt meine professionelle Integrität infrage. Das lasse ich mir nicht bieten, nicht von Ihnen und auch von niemandem sonst."

Elsie schnaubte verächtlich. Das, ausgerechnet von ihm, war lächerlich, wenn man bedachte, mit welcher Lässigkeit er ihr die Wahrheit über Jakes Liebeleien vorenthalten hatte. „Nun, dazu kann ich nur sagen: Wie gut, dass Woody Ihr Klient ist und nicht Ihr Freund."

„*Deux cafés.*" Ein Kellner servierte ihnen ihren Kaffee und zog sich hastig wieder zurück.

„Na schön, ich gebe auf! Was habe ich getan?"

Elsie gab einen Zuckerwürfel in ihren Kaffee und rührte um. Sie wünschte, ihr Zorn würde sich genauso schnell auflösen wie der Zucker. „Ich will mich nicht streiten, Torin. Ich will nur Woody da rausholen und dann nach Hause."

„Raus mit der Sprache."

Elsie hob den Kopf und fixierte ihn. „Jake Long."

„Was ist mit ihm?"

„Er hat Cher betrogen. Sie hat ihn letzte Woche in flagranti ertappt. Sie war am Boden zerstört, Torin! Ich musste mitten in der Nacht zu ihr fahren und sie in den Armen halten, während sie sich die Augen ausweinte seinetwegen."

„Das ist furchtbar, aber inwiefern bin ich daran schuld?"

„Ich habe Sie nach ihm gefragt! Ich habe Sie gebeten, mir zu sagen, ob er sie betrügt, und Sie haben mir versichert, er sei nicht untreu. Ich habe darauf vertraut, dass Sie mir die Wahrheit sagen, in einem Augenblick, in dem ich sie dringend erfahren musste. Und Sie haben gelogen, um Ihren Boss zu decken!"

Er öffnete seine Hände. „Ich hatte keine Ahnung …"

„Oh, natürlich hatten Sie! Solch ein Verhalten ist in jedem Büro Gesprächsthema Nummer eins. Sie müssen gewusst haben, dass er immer noch ein Weiberheld war."

„Ich kann einfach nicht glauben, dass Sie mich für imstande halten, Sie anzulügen." Ihr fiel auf, dass er mit dem Löffel auf seiner Untertasse spielte.

„Warum denn nicht? Sie haben mich auch früher schon angelogen." Log er jetzt?

Sie konnte sehen, dass er sich ungerecht beschuldigt fühlte, aber jetzt hatte sie es ausgesprochen, und sie wusste, sie würde es untermauern müssen.

„Wann? Wann habe ich Sie angelogen?"

Sie schloss die Augen, um ihn nicht länger ansehen zu müssen, und senkte die Stimme. „Als Sie sagten, Sie seien dieses Jahr nicht auf dem Stadtfest gewesen. Sie waren da. Ich habe Sie gesehen. Und Sie haben mich auch gesehen."

Eine ganze Weile schwieg er. Elsie schlug die Augen wieder auf und starrte in die satte Schwärze ihres Kaffees, der in so krassem Gegensatz zur blendendweißen Tasse, den leuchtendgelben Wänden des Cafés und der makellos weißen Tischdecke auf ihrem Tisch stand.

„Na schön, ich habe gelogen. Ich habe Sie mit Olly gesehen. Und ich wollte nicht stören", sagte er schließlich. „Als Sie mich darauf ansprachen, bin ich in Panik geraten. Was hätte ich denn sagen sollen?"

„Die Wahrheit?"

„Ja, klar, nicht jeder kann so vollkommen sein wie Sie. Ich dachte irrtümlicherweise, es wäre besser, es zu leugnen. Das war offensichtlich ein Fehler."

„Das ergibt keinen Sinn", sagte sie langsam.

„Nichts ergibt für mich allzu viel Sinn, wenn es etwas mit Ihnen zu tun hat." Ihre Blicke trafen sich. „Aber ich habe ehrlich nicht gewusst, dass Jake Ihre Freundin betrügt."

„Vielleicht sind Sie da auch in Panik geraten? Sie müssen doch Gerüchte gehört haben."

„Ich dachte, ich hätte nicht das Recht zu spekulieren. Ja, er hat schon immer einen entsprechenden Ruf gehabt, aber ich respektiere den Mann, und ich wollte nicht andeuten, er könne eventuell fremdgehen, da es dafür keinen Beweis gab. Außerdem ist er mein Boss. Er schien aufrichtiges Interesse an Cher zu haben. Deshalb habe ich nicht geglaubt, dass er seine Augen auch noch woanders hat. Aber ich merke schon, dass Sie mir nicht glauben. Von daher ist es wohl sinnlos zu versuchen, Sie zu überzeugen?"

Das Gespräch fühlte sich an, als bewegten sie sich auf einem schmalen Pfad am Rand einer gefährlichen Klippe, und Elsie fürchtete, ein falsches Wort könne sie in den Abgrund stürzen lassen. Also wechselte sie das Thema. „Realistisch gesehen: Was können Sie für Woody tun?"

„Ich werde alles tun, um dafür zu sorgen, dass er morgen gemeinsam mit Ihnen allen die Fähre besteigt."

Jetzt, wo sie ihre Wut wieder unter Kontrolle hatte, nickte Elsie und trank ihren Kaffee aus. „Wir sollten zurückgehen."

„Das sollten wir."

Sowie sie die Polizeiwache betraten, schaltete Torin in den Rechtsanwaltsmodus, stolzierte selbstbewusst durch die Türen und wurde sofort in die Verhörzimmer eingelassen. Elsie nahm ihren Wachtposten im unbequemen Wartebereich wieder ein und vertiefte sich in ihr Buch. Aber sie war abgelenkt, sodass sie sich nicht auf die aufgeschlagenen Seiten auf ihrem Schoß konzentrieren konnte. Stattdessen wanderten ihre Gedanken zurück zu der Unterhaltung mit Torin und zu ihrer wachsenden Unruhe, in die seine Anwesenheit sie versetzte. Hatte er wirklich eine Antwort auf ihre Anschuldigungen wegen Jake und Cher gegeben? Oder zugegeben, dass er mehr wusste, als er ihr offenbart hatte? Und was hatte es mit seinem Eingeständnis auf sich, bezüglich des Stadtfestes gelogen zu haben?

Während sich die Minuten zu Viertelstunden und dann zu halben dehnten, begann Elsie ganz allmählich zu begreifen: Der Grund für ihr Unbehagen, wenn Torin in der Nähe war, lag darin, dass sie ihm im tiefsten Grunde ihres Herzens vertrauen und nicht jedes seiner Motive mit zynischem Blick hinterfragen wollte.

Elsie missfiel der ständige Wechsel zwischen Wut und Überraschung, wann immer sie Torin begegnete. Nicht zu wissen, was sie jemandem gegenüber empfand, war eine ihr völlig neue Erfahrung, die sie in ihren Grundfesten erschütterte.

„Elsie."

Sie zuckte zusammen und blickte auf. Torin stand neben ihr. Er lächelte, aber seine Augen verrieten, wie sehr er unter Stress stand.

„Was ist los? Was geschieht jetzt?"

„Sie lassen alle Anschuldigungen fallen. In etwa einer halben Stunde wird er gehen können."

„Oh, das ist ja großartig!" Pure Erleichterung verdrängte alle anderen Empfindungen, und Elsie stand auf und umarmte Torin mit aller Kraft. Das überraschte ihn offenbar, denn er brauchte ein wenig, um zu reagieren und schließlich seine Arme um sie zu legen. Eine Weile blieben sie so stehen. Elsie spürte das heftige Heben und Senken seiner Brust an ihrer Wange und hörte das eindringliche Klopfen ihres eigenen Herzens, als sie die Augen schloss und sich ihrer Erleichterung überließ.

Und dann war es vorbei. Unsicher lächelnd löste Elsie sich von ihm.

„Danke."

„Gern geschehen. In Wahrheit wussten sie genau, dass es keine Beweise gegen ihn gab. Es war also nur eine Frage der Zeit, wann sie ihn entlassen würden."

Elsie schüttelte den Kopf. „Ich glaube nicht, dass das so eindeutig war. Sie sind der Grund, warum er mit uns nach Hause fahren kann. Ich weiß wirklich sehr zu schätzen, was Sie bewirkt haben."

Er schaute weg, murmelte eine Entschuldigung, er habe einen wichtigen Anruf zu tätigen, und eilte nach draußen. Elsie ließ sich auf den Stuhl zurücksinken. Tränen schossen ihr in die Augen, als sie Daisy anrief.

„Wir bringen ihn mit!", sagte sie und lachte über den gewaltigen Jubel, den die Sundaes ausstießen, die sich am anderen Ende der Leitung um ihre Schwester drängten.

Dreißig Minuten später kam Woody zum Vorschein, offensichtlich erschöpft, aber erleichtert, seine persönlichen Besitztümer in einer durchsichtigen Plastiktüte bei sich tragend. Er streckte seine Hände Elsie entgegen, während er und Torin auf sie zugingen.

„Baby, was soll ich sagen? Kannst du jemals dem alten Narren verzeihen, der einfach nicht seine ruhmreiche Vergangenheit vergessen kann?"

Elsie umarmte ihn. „Kann ich – wenn du mir versprichst, niemals wieder eine solche Dummheit zu begehen."

„Ich bin ein Sklave der Launen des Rock, Baby. Ich kann nicht sagen, zu was er mich anstiften wird", gab er zurück. Sein Grinsen erlosch, als er Elsies Gesichtsausdruck sah. „Aber ich gebe mein Bestes, ihn zu überzeugen."

„Vergiss das nicht."

„Ich glaube, meine Arbeit hier ist getan", mischte Torin sich ein. „Wissen Sie, wie Sie sicher ins Hotel zurückkommen?"

Elsie lächelte. „Ja. Nicht weit von hier gibt es eine Metrostation."

„Ausgezeichnet. Also, Woody, passen Sie auf sich auf." Er streckte ihm die Hand entgegen, aber Woody ergriff sie nicht.

„Sie wollen doch nicht etwa gehen?"

„Doch. Ich habe erledigt, weshalb ich gekommen bin."

„Sie können doch nicht die Feds besiegen und ohne Belohnung verschwinden", gab Woody zurück. „Zumindest müssen Sie mir erlauben, Ihnen einen Drink auszugeben? Oder noch besser: Wir laden Sie zum Essen ein."

„Nun, ich …" Überrascht sah Torin zu Elsie hinüber, als bitte er sie um Erlaubnis.

„Sie sollten zum Essen mitkommen. Sofern Sie nicht schnell zurückmüssen."

„Ich habe meine Rückfahrt noch nicht gebucht, da ich nicht wusste, wie lange die Verhandlungen sich hinziehen würden. Sind Sie sicher?"

„Absolut, Mann", beharrte Woody. „Sie sind unser Ehrengast."

Die Sundaes warteten in der Lobby des Hotels Saint-Louis, als Elsie, Torin und Woody ankamen, und begrüßten ihren Singgruppenleiter wie eine Berühmtheit. Nach vielen Umarmungen und Glückwünschen begaben sie sich in die Gemütlichkeit einer nahe gelegenen Bar. Olly setzte sich neben Elsie, während die Singgruppe eine ganze Reihe von Tischen in Beschlag nahm.

„Geht's dir gut?", fragte er.

„Jetzt, wo Woody draußen ist, ja."

„Schön." Er warf einen kurzen Seitenblick auf Torin. „Offenbar versteht er sein Handwerk."

„Ja. Er hat versucht, seine Leistung herunterzuspielen, aber ich glaube, es war schwerer, die Polizei davon zu überzeugen, die Anschuldigungen fallen zu lassen, als er zugeben wollte."

Olly griff nach ihrer Hand. „Ich fühlte mich so nutzlos, Els. Am liebsten hätte ich alles für dich geregelt."

„Oh, ich bin schon zurechtgekommen. Ich wollte nur nicht fortgehen, ehe Woody wieder in Freiheit war."

„Verständlich." Seine Augen sagten etwas anderes.

Um ihn zu beruhigen, lächelte Elsie. „Du warst großartig, wie du uns mitten in der Nacht durch weniger bekannte Teile von Paris gefahren und mich in deinen Armen hast einschlafen lassen."

Sein Lächeln kehrte zurück. „Tja, das war nicht schlecht, schätze ich. Ach was, ich war doch richtig gut, oder?"

„Werd ja nicht so selbstzufrieden!", mahnte sie lachend.

„Und da saß ich nun. Alle redeten auf Französisch auf mich ein, und ich dachte schon, meine Tage wären gezählt ..." Mitten in der Gruppe sitzend fabulierte Woody seine eigene, wohl kaum akkurate Version der Ereignisse zusammen wie ein geübter Geschichtenerzähler. „Und die Cops schrien mich an, schlimmer als die Menge in Wien '86, als alles in einem Aufruhr endete. Ich schäme mich nicht zuzugeben, dass ich dachte, Lady Luck hätte endgültig ihre Koffer gepackt und mich verlassen."

„Du musst doch Angst gehabt haben!", rief Sheila schrill.

„Angst? Nein, Mädchen. Wenn du so viel durchgemacht hast wie ich, wird alles nur zu einem weiteren Schritt auf der Straße des Lebens."

„Wetten, dass er sich vor Angst in die Hose gemacht hat?", erwiderte sie.

„Besorgt mag ich gewesen sein, aber ein echter Rocker lässt sich nicht von Angst beherrschen", gab Woody zurück. „Außerdem ist genau in dem Moment mein junger Held erschienen."

Torin schien diese Beschreibung mehr als nur ein wenig unangenehm zu sein. „Wohl kaum, Woody ..."

Der Kellner brachte Wein an den Tisch, und sie erhoben ihre Gläser, um auf Woodys Freilassung zu trinken. Jetzt, wo die

Anspannung ihres letzten Tages in Paris sich verflüchtigt hatte, lief die Unterhaltung wie am Schnürchen.

Olly setzte sich zu Woody, um mit ihm zu reden, und Elsie unterhielt sich mit Aoife.

„So ein wunderschöner Ring. Das hat er gut gemacht, nicht wahr?"

Aoife lächelte. „Auf jeden Fall. Ich glaube, ich stehe immer noch unter Schock. Andauernd gucke ich nach, ob er noch da ist, als müsste ich gleich aufwachen und erkennen, dass ich nur geträumt habe oder so. Was mir einfach nicht in den Kopf will, ist wie Irene das alles geplant haben kann, wo sie doch so krank war."

„Es war erstaunlich. Du hättest hören sollen, wie genaue Anweisungen sie mir hinterlassen hat. Über diese Reise hat sie offensichtlich viel und oft nachgedacht."

„Ich wünschte, sie hätte uns sehen können."

Elsie lächelte. „Ich glaube, sie war da und hat alles mit Argusaugen überwacht."

Danny winkte Aoife zu sich auf die andere Seite der Bar, wo er mit Lewis plauderte. „Oh, mein Verlobter verlangt nach mir", grinste sie. „Ich lasse ihn besser nicht warten."

Es war schön zu sehen, wie glücklich Aoife und Danny verliebt waren, und Elsie war froh, dass die Ereignisse der letzten zwölf Stunden ihre Begeisterung über ihre Verlobung nicht hatten trüben können.

„Ich habe läuten hören, die beiden seien der Grund für eure Reise gewesen?"

Elsie wandte sich um und entdeckte Torin auf dem frei gewordenen Platz neben sich. „Das stimmt. Dannys Heiratsantrag war traumhaft schön."

„Darf ich fragen, ob das hier etwas mit der Bitte in dem Testament zu tun hatte?"

„Sie dürfen, und ja, es hatte."

„Und warum haben Sie dann darüber nachgedacht, die Bitte auszuschlagen?"

Elsie wandte den Blick ab. „Lange Geschichte. Entscheidend

ist, ich bin froh, es nicht getan zu haben. Gestern war ein ganz besonderer Tag."

„Und Sie hatten Olly dabei. Es war also vermutlich sehr romantisch."

Was sollte das jetzt wieder heißen? „Wir waren alle dabei, und es war uns eine Ehre, an Dannys und Aoifes besonderem Moment teilzuhaben", erwiderte sie vorsichtig.

„Tut mir leid, ich frage mich nur …"

„Was fragen Sie sich?"

„Wie ernst Sie es mit ihm meinen."

„Torin, ich bin mir nicht sicher, ob ich verstehe, was Sie mir sagen wollen."

„Geht mir genauso." Er rieb sich die Stirn, und Elsie fand es faszinierend, einen winzigen Einblick in ihn selbst zu erhalten – ohne die strikte Selbstkontrolle, hinter der er sich üblicherweise versteckte. „Es tut mir leid. Es ist einfach nur so, dass ich jedes Mal, wenn ich Sie und ihn zusammensehe, einfach nicht dahinterkomme, was zwischen Ihnen beiden läuft. Ich meine, Sie wirken auf mich wie eine Frau, die genau weiß, was sie will, aber wenn Sie mit ihm zusammen sind, scheinen Sie nicht zu wissen, was Sie wollen."

Elsie starrte ihn an. „Das geht Sie überhaupt nichts an. Und so gut kennen Sie mich nun wirklich nicht. Deshalb ist mir nicht klar, warum Sie glauben, mein Leben beurteilen zu können."

„Ich sehe, dass Sie niemand sind, der sich mit etwas anderem zufrieden gibt als dem Besten", fuhr er fort, ohne ihre Reaktion zu beachten. „Sie haben mir erzählt, Ihr Mann sei die Liebe Ihres Lebens gewesen. Daran müssen sich doch ganz gewiss Ihre künftigen Beziehungen messen?"

Elsie traute ihren Ohren nicht. „Nicht, dass es Sie etwas anginge, aber ich werde nie wieder einen Mann wie Lucas finden. Und ich suche auch nicht danach. Wenn ich mich entscheide, eine Beziehung mit Olly einzugehen, dann entscheide ich mich für ihn – für den Mann, der er ist – und gehe nicht danach, was ich verloren habe."

„Das ist ja alles ganz gut und schön, aber kann er Sie wirklich so herausfordern, wie Lucas das getan hat, wenn ich ihn richtig einschätze?" Seine lässige Erwähnung von Lucas' Namen brachte Elsie in Wut, aber Torin war noch lange nicht fertig. „Sicher, er ist ein klasse Kerl, aber ist er Ihnen auch gewachsen? Oder ist er nur eine nette Zugabe in Ihrem Leben? Er ist in Sie vernarrt – das sieht ein Blinder –, aber ich sehe nicht, dass Sie dieses Gefühl erwidern."

Damit war er eindeutig zu weit gegangen. „Wie können Sie es wagen, auch nur anzunehmen, dass Sie mich verstehen? Ich kann einfach nicht glauben, dass Sie versuchen, jetzt dieses Gespräch mit mir zu führen ..."

„Ob jetzt oder ein andermal ist doch völlig egal. Ich verstehe den Jungen einfach nicht. Er scheint nicht gut genug zu sein, um Sie dazu zu bringen, sich mit ihm zu irgendetwas zu verpflichten."

Da sie auf keinen Fall Aufsehen erregen wollte, senkte Elsie ihre Stimme zu einem scharfen Flüstern. „Was Olly und ich tun, geht Sie nichts an."

Er hob abwehrend die Hände. „Das war nur eine Beobachtung – reagieren Sie nicht beleidigt. Es tut mir leid. Es ist bestimmt nicht leicht, neu zu beginnen, nachdem Sie jemanden verloren haben, der eine so wichtige Rolle in Ihrem Leben gespielt hat. Schauen Sie, zum Ausgleich dürfen Sie mich etwas fragen. Was auch immer. Wie wäre das? Das könnte sogar Spaß machen."

Elsie schaute sich in der Bar um. Alle Mitglieder der Gruppe waren in Gespräche vertieft, die Atmosphäre war entspannt, während sie plauderten und miteinander lachten. Die Chance, sich an Torin zu rächen, war zu verlockend, um sie auszuschlagen. „Na schön. Ich möchte wissen, wie sie heißt."

„Entschuldigung. Wie wer heißt?"

„Die Frau, wer immer sie auch gewesen sein mag, die dafür gesorgt hat, dass Sie so zynisch über Beziehungen denken. Ich schätze, da muss es eine Frau gegeben haben, die Ihr Vertrauen missbraucht hat."

Torin rutschte ein Stück auf seinem Stuhl zurück. Auf seiner Miene zeichnete sich verletzte Bewunderung ab. „Wow. Und ich dachte schon, ich sei direkt."

„Sie haben gesagt, ich dürfe Sie etwas fragen, was auch immer. Das ist meine Frage."

Er gab sich geschlagen. „Cass. Ihr Name war Cass." Als er sprach, beobachtete Elsie fasziniert, wie er den dritten Finger seiner linken Hand berührte – ein Reflex, der mit Sicherheit mehr verriet, als er wollte.

„Und wie lange waren Sie verheiratet?"

„Haben Sie schon mal daran gedacht, den Beruf zu wechseln? Sie passen unglaublich gut in die Rechtsanwaltsgemeinschaft." Er schüttelte den Kopf. „Nur wenig mehr als ein Jahr. Sie verschwand zwei Tage nach unserem Hochzeitstag mit einem Typen, den sie in dem Hotel aufgegabelt hatte, in dem sie als stellvertretende Geschäftsleiterin arbeitete. Aber viele Männer meines Alters sind geschieden, richtig?"

„So sagt man, ja."

„Die Ehe war ein weiterer Punkt auf der Liste der Dinge, die meine Frau abhaken wollte, bevor sie dreißig wurde. Sie fühlte sich an wie ein ständiger Kompromiss. Darum werde ich mich beim nächsten Mal nicht binden. In einer Beziehung zu leben, die weniger als vollkommen ist, ist schlimmer, als allein zu sein."

Elsie starrte Torin an, und die Wut in ihr begann ein wenig zu verrauchen. Es war seltsam, jetzt dieses Gespräch mit dem Mann zu führen, der einmal damit geprahlt hatte, andere auf den ersten Blick einschätzen zu können. „Und Ihre Scheidung liegt wie lange zurück?"

Er nippte an seinem Wein. „Ein Jahr. Wir haben keinen Kontakt. Kaum überraschend. Nach allem, was geschehen ist, haben wir einander einfach nichts mehr zu sagen. Seitdem hatte ich hier und da mal eine Verabredung, aber es war nie etwas Ernstes. Und wie ist es bei Ihnen?"

„Ich fange gerade erst wieder an."

„Und Olly?"

Plötzlich wieder abwehrend, schaute Elsie zur Seite. „Olly ist ein großartiger Freund, und ich verbringe gern Zeit mit ihm."

„Nicht unbedingt vielversprechend für den Beginn einer Beziehung, oder?"

„Es ist ein Anfang. Und es geht Sie nichts an."

Torin stand auf. „Das sagten Sie bereits. Ich muss einen Anruf erledigen. Wenn Sie mich also entschuldigen ..."

Frustriert von seiner Reaktion trank Elsie ihren Wein aus, setzte sich zu den jüngeren Mitgliedern der Singgruppe, und ihr fröhliches Geplauder verdrängte im Nu Torins Worte aus ihren Gedanken.

Um sechs zog sich die Gruppe wieder ins Hotel zurück, um sich fürs Abendessen frisch zu machen. Als sie die Hotellobby betraten, winkte die Dame an der Rezeption Elsie heran.

„Ich habe eine Nachricht für jemanden aus Ihrer Gruppe, Madame." Sie reichte Elsie einen weißen Umschlag.

Daisy, die Elsies Gesichtsausdruck gesehen hatte, eilte an ihre Seite. „Was gibt's? Noch mehr Probleme?"

„Das musst du mir sagen", gab Elsie zurück und reichte ihr den Umschlag. „Dein Name steht drauf."

Daisy starrte einen Moment auf die Handschrift, bevor sie vorsichtig den Umschlag öffnete und ein einzelnes Blatt Papier herausnahm. Ihre Augen weiteten sich, sie drängte sich wortlos an Elsie vorbei und eilte zum Salon des Hotels.

„Daisy! Was ist denn los?" Voller Sorge um ihre Schwester, folgte sie ihr und blieb wie angewurzelt stehen, als sie den Eingang zu dem üppig dekorierten Raum erreichte. Daisy stand stocksteif da, Umschlag und Brief noch in der Hand, und das Einzige, was sich an ihr bewegte, waren ihre Schultern, die sich rasch hoben und senkten. Elsie spähte an ihrer Schwester vorbei, und ihr stockte der Atem, als sie den Mann erkannte, der am anderen Ende des Raumes stand, vorsichtig eine einzelne rote Rose haltend. In all den Jahren, die sie ihn nun schon kannte, hatte Elsie nie erlebt, dass André Durand so offensichtlich überfordert war. Doch hier war er: Sein teurer Anzug, das weiße Hemd mit dem offenen Kragen und die maßgeschneiderten

Schuhe wollten so gar nicht zu dem verletzlichen Lächeln und dem schnellen Atem des Mannes passen, der Daisy gegenüberstand.

„Was tust du hier?", fragte Daisy flüsternd, ein unverkennbares Zittern der Rührung in ihrer Stimme. „Ich dachte, du wärst in Dubai ..."

„Wie du siehst, bin ich es nicht", erwiderte er. Belustigung über seine eigene uncharakteristische Spontaneität leuchtete aus seinen Augen.

„Ich – ich verstehe nicht ..."

André trat einen Schritt auf sie zu. „Verstehst du nicht? Du bist in meiner Heimatstadt – in meinem schönen Paris – und dennoch war ich nicht an deiner Seite. Ich saß in meinem Büro, und plötzlich wurde mir klar, wie falsch das ist."

„Aber ich wäre doch morgen nach Hause gekommen", sagte Daisy. „Warum ist es diesmal so falsch, ohne dich hier zu sein?"

„*Mon amour*, ich spreche nicht nur von diesem Besuch. Ich meine, es ist falsch für mich, irgendwo ohne dich zu sein. Wir haben schon viel zu viel Zeit getrennt voneinander verbracht, meinst du nicht auch?"

„Nun, ich ..."

Er durchquerte den Raum und streckte ihr die Rose entgegen. „Ich war der allergrößte Narr. Wir haben über die Jahre so viel Zeit verloren, und wofür das alles? Du bist die Liebe meines Lebens. Du bist es immer gewesen."

Langsam ließ er sich auf ein Knie sinken, und Daisy und Elsie schnappten simultan nach Luft.

„Lass uns heiraten, eine Familie gründen, so bald wie möglich."

„Aber – dein Geschäft. All die Zeit, die du fort sein musst", protestierte Daisy. „Ich kann nicht monatelang ohne dich leben. Das tue ich einfach nicht, André. Ich habe lange genug auf dich gewartet."

„Ich verkaufe meine Firmenanteile in Dubai. Ich habe einen Käufer gefunden, der einen guten Preis zahlen wird. Wir können uns gemeinsam ein Haus kaufen, und ich fange in England noch mal neu an. Es ist schon alles geregelt." Er lächelte zu der Frau hoch, die er liebte, und Tränen glitzerten in seinen blassblauen Augen. „Heirate mich, Daisy Maynard."

Sasha, Sheila, Aoife, Danny und Woody hatten sich mittlerweile neben Elsie an der Tür eingefunden und brachen spontan in Beifall aus, als Daisy ihre Arme um Andrés Hals schlang und er aufstand, seine frisch Verlobte auf die Arme nahm und im Kreis um sich herum schwenkte. Und dann war der Salon plötzlich voller lachender, gratulierender, lauter Briten und einem ekstatischen Franzosen, während das elegante Pariser Personal und die Gäste die Szene verwirrt beobachteten. Elsies Tränen flossen so reichlich wie Daisys, so glücklich war sie, die Überraschung ihrer Schwester zu sehen.

Um diese neue Entwicklung zusammen mit Woodys Freilassung und Dannys und Aoifes Glück zu feiern, ließ André seine Beziehungen spielen und arrangierte ein Abendessen für alle in einem seiner Lieblingsrestaurants auf dem Dach eines Fünf-Sterne-Hotels an der Avenue Montaignes – auf seine Rechnung.

„Ich glaube, das könnte dein Mann fürs Leben sein!", rief Sasha, als André den aufgeregten Sundaes die Neuigkeit verkündete.

La Fantasmagorie war durch und durch das schicke Pariser Restaurant schlechthin. Von dort hatte man eine umwerfende Aussicht über die Dächer von Paris bis zum Invalidendom und dem Eiffelturm, die sich in der Ferne golden leuchtend gegen den langsam dunkler werdenden Himmel abzeichneten. Türen aus grün getöntem Glas, die vom Boden bis zur Decke reichten, boten den Restaurantgästen den besten Blick und führten auf eine riesige Dachterrasse, die in Buchenholz gehalten und ringsum von weißen Lichtern gesäumt war. Große weiße mit Lavendel bepflanzte Kübel hüllten den eleganten Raum in himmlischen Duft, und weiße Segeltuchmarkisen über dem Außenbereich ließen die Illusion von Segeln entstehen, die das Restaurant hoch über den schönen Dächern von La Ville Lumière in der Luft hielten.

„Da kommt man sich ja vor wie ein Promi!“, quietschte Sheila, als der Kellner sie alle an ihren Tisch auf der offenen Terrasse geleitete. „Das ist so umwerfend schön, dass mir die Worte fehlen.“

„Wie hat André das geschafft?“, fragte Elsie ihre Schwester.

Daisy kicherte. „Ich werde nie aus dem Staunen herauskommen, wie viele Leute er kennt. Wenn er geschäftlich hierherkommt, steigt er in einem Hotel ganz in der Nähe ab. Dadurch hat er, glaube ich, den Eigentümer des Fantasmagorie kennengelernt. Ob du es glaubst oder nicht: Sie sind beide Fans vom FC Arsenal.“

„Trotzdem wird ihn dieser Abend ein Vermögen kosten.“

„Er hat gesagt: Geld spielt keine Rolle. Ich weiß noch nicht, wie ich mit diesem neuen André umgehen soll“, meinte Daisy und betrachtete zum wohl millionsten Mal den großen Diamantring, den sie seit Neuestem an der linken Hand trug.

Elsie umarmte sie. „Glücklich?“

„Oh ja.“ Ein Ausdruck echten inneren Friedens lag dabei auf Daisys Gesicht.

Elsie lächelte, als Daisy sich wieder André zuwandte. Ihre im Flüsterton geführte Unterhaltung und ihre Körpersprache entsprachen der von Danny und Aoife, die ihnen gegenübersaßen. Am Ende des Tisches lachten Sasha und Woody miteinander, während Lewis, Stan und Graeme einander mit teurem Rotwein zuprosteten. Vielleicht ist Paris ja doch eine magische Stadt, dachte Elsie, und wandte sich unbewusst Olly zu, der neben ihr saß. Er lächelte über die anderen, und Elsie fiel sofort auf, wie sehr er inzwischen Teil der Gruppe war. Es fühlte sich gut an, an seiner Seite zu sitzen, und sein unerschütterliches Vertrauen zu ihr gab ihr Sicherheit und Kraft. Das ganze Wochenende hindurch mit seiner seelischen Achterbahnfahrt hatte Olly ihr beigestanden – bis auf das eine Mal, wo sie allein sein wollte und musste. Es kam ihr Ewigkeiten her vor, dass sie sich bei irgendwem so geborgen und sicher gefühlt hatte. Torin irrte sich: Elsie brauchte keine Herausforderung; sie musste sich in der Liebe eines Menschen geborgen fühlen. So, wie ihre Schwester es von

André verlangt hatte, bevor sie seinen Antrag angenommen hatte: Was sie in ihrem Leben jetzt brauchte, waren Beständigkeit und Verlässlichkeit … oder etwa nicht?

Als ihr klar wurde, welchen gefährlichen Weg ihre Gedanken eingeschlagen hatten, verdrängte Elsie rasch die Fragen, die ihr im Kopf herumschwirrten, holte tief Luft und wandte sich ihrem Essen zu, während ein Streichquartett zu spielen begann. Heute Abend war sie hier, mit guten Freunden in einem umwerfenden Restaurant in einer wunderschönen Stadt. Fragen dieser Art konnten warten, bis sie wieder in England war.

Sie wurden mit Speisen verwöhnt, die man normalerweise nur in Fernsehshows wie MasterChef zu sehen bekam: klassische französische Küche, serviert in vier köstlichen Gängen, bei denen jeder Geschmack feinstens ausbalanciert war und jede Portion perfekt bemessen: frischer Spargel mit Anchovis-Butter, dazu Krustentiere als Vorspeise; Red Snapper, pfannengerührte Muscheln und Kaisergranat als Fischgang; Kalb, Ente und Ribeye-Steak als Hauptgang; und zum Schluss das Dessert mit Brandy, Cassis und Champagner. Jeder einzelne Gang war perfekt.

Die Gespräche flossen so leicht dahin wie der Wein reichlich, während die Sundaes ihre luxuriöse Umgebung genossen. Elsie spürte, dass Torin sie beobachtete, und ihre Blicke trafen sich immer wieder. Er wirkte entschuldigend, als wäre ihm sein impertinentes Nachhaken und Bohren früher am Tag jetzt unendlich peinlich. Sie lächelte, entschlossen, den bemerkenswerten Abend zu genießen, ohne dass es erneut zu Meinungsverschiedenheiten kam.

Beim Dessert stupste Olly sie mit dem Ellenbogen an: „Weißt du was? Ich könnte mich glatt an so etwas gewöhnen."

„Auf jeden Fall ist es ein großartiger Abschluss unserer Reise", stimmte Elsie zu und ließ ihren Blick über die Skyline von Paris hinüber zum leuchtenden Eiffelturm schweifen. „Ich glaube, ich werde sie nie vergessen."

„Ah, die Stadt des Lichts eben." Olly lächelte. „Ihrem Zauber kann man einfach nicht widerstehen. In Paris ist alles möglich."

„Wie Woody erfahren musste“, lachte Daisy.

Während sie darauf warteten, dass der Kaffee serviert wurde, nahm Elsie ihr Weinglas und ging damit an den Rand der Dachterrasse, lehnte sich an die gläserne Brüstung und genoss die Aussicht. Gelassenheit und Ruhe hatten Einzug in ihr Herz gehalten, und der Anblick des Eiffelturms erinnerte sie erneut an den bedeutenden Schritt, den sie an diesem Wochenende getan hatte. Jetzt würde Lucas lächeln, dachte sie. Er würde auf die glücklichen Mitglieder ihrer Singgruppe zeigen, auf Woody, der sicher in den Schoß derselben zurückgekehrt war, und sagen: „Schau sie dir an, Els – jetzt finden alle Puzzleteile ihren Platz. Und dies konnte nur geschehen, weil du den Mut aufgebracht hast, hierherzukommen. Was hält die Zukunft für dich bereit, mein Liebling? Nichts als Möglichkeiten und Verheißungen. Ich werde zusehen …“

Im selben Moment begann der Eiffelturm am Horizont zu schimmern und zu funkeln. Winzige blaue Lichter liefen blitzend daran hinauf und hinunter. Elsies Herz stockte einen Moment, und Tränen der Überraschung schossen ihr in die Augen. Auch die Sundaes sahen, was vor sich ging, griffen juchzend nach ihren Smartphones und Kameras und begannen, das Spektakel im Bild festzuhalten. Zehn Minuten lang sahen sie alle zu, wie gebannt von der Schönheit dieses Schauspiels, bis die Lichtshow endete und die Restaurantgäste begeistert Beifall zu klatschen begannen.

„War das nicht fantastisch!“, rief Daisy, als Elsie an ihren Platz zurückkehrte. „Der Kellner sagt, das geschehe abends zu jeder vollen Stunde. Oh, Els, du weinst ja …“

Elsies klopfte das Herz wie wild, während sie sich die Tränen aus den Augen wischte. „Mir geht es gut. Das ist nur gerade zur richtigen Zeit passiert. Alles auf dieser Reise ist genau zur richtigen Zeit passiert.“ Sie nickte zu André hinüber. „Besonders für dich.“

Daisy zog ihre Schwester an sich und küsste sie auf die Stirn. „Und du hast dein ganzes Leben vor dir und kannst damit tun, was du willst. Ich glaube, Lucas gefällt das alles sehr. Und ich bin so stolz, dass wir gemeinsam hier sein konnten. Ich liebe dich, Schwesterchen."

Als die Mahlzeit beendet war, machte sich die Gruppe auf den Weg nach unten und sammelte sich auf dem Bürgersteig, während Torin sich bereitmachte, Abschied zu nehmen.

„Woody, das war ein schöner Abend", meinte er lächelnd, streckte dem alternden Rocker seine Hand entgegen und lachte überrascht, als dieser ihn schwungvoll in seine Arme riss.

„Du bist ein Gentleman, Bruder", rief er. „Ich werde dir nie vergessen, was du an diesem Ort für mich getan hast." Nachdem er den ein wenig zerzausten Rechtsanwalt wieder auf dem Gehweg abgestellt hatte, schlug er ihm freundschaftlich auf den Rücken. „Wenn du jemals Onkel Woodys Hilfe brauchen solltest, ruf einfach an."

„Ähm, danke – ich behalte das im Hinterkopf." Damit wandte Torin sich an Olly. „War nett, Sie wiederzusehen. Passen Sie morgen gut auf alle auf, ja?"

Olly schüttelte ihm die Hand. „Mach ich. Vielen Dank noch mal für Ihre Hilfe mit der Polizei."

„Das ist mein Job, gern geschehen." Er lächelte den Sundaes zu. „War nett, Sie alle kennenzulernen. Passen Sie auf, dass Woody nicht wieder in Schwierigkeiten gerät, ja?" Er warf einen Blick auf seine Armbanduhr. Dann schaute er Elsie an. „Ich muss los. Auf ein Wort?"

Sie nickte und folgte ihm ein Stück die Straße hinunter. Als sie weit genug von den anderen entfernt waren, blieb er stehen, und in seine Augen trat wieder die seltsame Distanz, die sie nun schon ein paar Mal gesehen hatte.

„Ich weiß, es ist vermutlich nicht der richtige Augenblick, aber gestatten Sie mir, Folgendes zu sagen. Ich würde mich freuen, wenn es die Chance gäbe, dass wir eines Tages Freunde werden könnten – richtige Freunde – nach allem, was heute gesagt worden ist. Ich fände es schrecklich, wenn mein stressiger Job und meine vorschnellen Schlüsse mir jede Chance vermasselt haben sollten, Sie kennenzulernen."

Völlig unerwartet stellte Elsie fest, dass seine neue Offenheit sie für ihn einnahm. „Das haben sie nicht. Ich denke, wenn wir eine komplette Unterhaltung überstehen können, ohne dass einer von uns beleidigt ist, wäre das vielleicht ein Anfang."

„So wie diese zum Beispiel?"

Verunsichert, weil sie sich auf unbekanntem Gebiet befand, lächelte sie. „Möglicherweise."

Er holte Luft. „Was haben Sie Dienstagabend nach der Arbeit vor?"

Elsie dachte einen Moment nach. „Nichts, soweit ich weiß."

„Können wir uns dann auf einen Drink treffen? Ich würde gern unserem nichtkonfrontativem Experiment eine Chance geben. Wenn es spektakulär scheitern sollte, können wir uns immer noch die Niederlage eingestehen und auf der Stelle aufgeben."

Elsie fiel kein guter Grund ein, die Einladung auszuschlagen. Außerdem war sie neugierig, ob sie ihren inneren Zynismus abschütteln konnte, der ihr sogar jetzt angriffslustige Fragen zuschrie. Nach allem, was Torin an diesem Wochenende für Woody getan hatte, konnte sie wenigstens versuchen, freundschaftlich mit ihm umzugehen.

„Na schön, versuchen wir's. Aber ich zahle."

Torin lächelte und winkte ein Taxi herbei. „Das würde ich im Traum nicht ausschlagen."

Ein wenig verwirrt von der unerwarteten Wendung, gesellte Elsie sich wieder zu den anderen, und sie machten sich gemeinsam auf den Weg zur Metrostation.

„Ich glaube, heute Nacht werde ich schlafen wie ein Baby", meinte Stan und reckte die Arme über den Kopf.

„Ist mir egal, wie du schläfst, solange du nicht schnarchst", meinte Graeme scherzhaft. „Mit dir in einem Zimmer – das ist, als hätte man einen Pressluftbohrer im Nebenbett."

„Attendez, s'il vous plaît!"

Sie drehten sich um und stellten fest, dass ein Kellner aus dem Fantasmagorie ihnen nachgelaufen kam und dabei etwas in der Hand schwenkte. Als er die Gruppe erreichte, übergab er Elsie ein kleines ledergebundenes Etwas, das sie sofort erkannte.

„Ein Gentleman aus Ihrer Gruppe hat das auf dem Tisch liegen lassen“, erläuterte der Kellner.

„Oh, merci, Monsieur.“

„Je vous en prie, Mademoiselle. Au revoir.“

„Was ist das?“, fragte André, während sich die Gruppe um Elsie drängte.

„Torins Filofax.“

Danny und Lewis kicherten spöttisch. Olly schüttelte den Kopf. „Ich hätte nicht gedacht, dass erfolgreiche Rechtsanwälte so etwas noch benutzen.“

„Ich weiß. Das soll einer verstehen“, meinte Elsie. „Ich sorge dafür, dass er es zurückbekommt.“

„Leute, ich möchte darauf hinweisen, dass in meinem Zimmer eine noch ungeöffnete Flasche Bourbon steht, die ich gern als Schlummertrunk mit euch teile, wenn wir ins Hotel kommen!“, verkündete Woody. „Ich schätze, an unserem letzten Abend in Paris können wir uns alle ein bisschen Rock’n’Roll gönnen, hmmm?“

„Woody Jensen, ich glaube, in eine groß angelegte Drogenrazzia zu geraten und die Nacht auf einer französischen Polizeiwache verbringen zu müssen ist mehr als genug Rock’n’Roll für alle“, rief Elsie lachend.

„Gleiches Recht für alle, Baby. Aber du beteiligst dich doch trotzdem, oder?“

Glücklicher als seit Langem, hakte Elsie sich bei ihm unter. „Kannst ja versuchen, mich daran zu hindern!“

20. KAPITEL

Zurück in die Zukunft

Am nächsten Morgen nahmen die Sundaes ein wenig wehmütig Abschied von Paris. Daisy blieb zurück. Sie würde mit André zusammen nach Hause reisen.

„Seid ihr sicher, dass ihr ohne mich zurechtkommt?“, fragte Daisy mit besorgter Miene. „Ich kann André bitten, er solle allein nach Hause fliegen, wenn ihr wollt.“

„Kommt überhaupt nicht infrage, Dais. Wir kommen zurecht. Und müssen uns jetzt beeilen – die Fähre wartet nicht. Außerdem hast du eine Verabredung mit deinen künftigen Schwiegereltern, wenn ich nicht irre!“

André legte Daisy von hinten seine Arme um die Taille und grinste Elsie über die Schulter seiner Verlobten hinweg an. „Meine Mutter wartet schon sehr lange auf diesen Moment. Sie wird uns in ihrem Haus festhalten, bis sie alles bis ins kleinste Detail erfahren hat.“

Es tat so gut, ihre älteste Schwester strahlend und glücklich zu sehen. Wenn Daisy Maynard tatsächlich noch schöner werden konnte, dann jetzt, wo sie sicher in den Armen ihres gut aussehenden Verlobten lehnte. Elsie umarmte sie beide und nahm auf dem Beifahrersitz des Minibusses neben Olly Platz.

„So, und jetzt tut, was ich euch vorgeschlagen habe. Nehmt den malerischsten Weg aus der Stadt hinaus“, sagte Daisy an Olly gewandt. „Es wäre ein Fehler, aus eurer Abreise nicht noch das Beste zu machen.“

Olly salutierte scherzhaft. „Jawoll, Ma’am!“

„Gute Reise!“, rief Daisy ihnen nach, als sie davonfuhren.

Und so fuhren sie am Louvre, am Palais Luxembourg, an der Sorbonne und der Seine vorbei und erhaschten zwischendurch immer wieder einen Blick auf den Eiffelturm. Elsie stellte überrascht fest, wie schnell sie sich an die Schönheit dieser Stadt gewöhnt hatte, an ihre eleganten Steingebäude, die belebten Straßen und die atemberaubenden Ausblicke, die ihr jetzt so majestätisch wie vertraut zugleich vorkamen. So viel war hier in so kurzer Zeit geschehen, und während sie sich an den Sehenswürdigkeiten entlanghangelten, wusste Elsie bereits, dass sie oft wiederkommen würde. Paris hatte sich für sie als Platz der Erinnerung und der Wiedergeburt erwiesen. Von jetzt an würde die Stadt immer einen Platz in ihrem Herzen haben.

Zögernd die Stadt hinter sich lassend, begannen sie die lange Reise Richtung Rouen und weiter nach Dieppe. Sie kamen rechtzeitig an, um an Bord der Nachmittagsfähre zu gehen, und Elsie durchstöberte mit den anderen den Duty-free-Shop, kaufte eine Flasche von Jims Lieblings-Aftershave, Chers heißgeliebtes Chanel No. 5 sowie etwas aus der Serie Touche Éclat von Yves Saint Laurent als Mitbringsel für Guin. Olly war ziemlich still, aber Elsie nahm an, dass er einfach nur müde von der Fahrt war.

Kurz vor sechs Uhr abends kamen sie in Brighton an und verabschiedeten sich voneinander. Als Woody sie zum Abschied umarmte, erdrückte er sie fast.

„Gib mir ein paar Tage, um mich von meinem Abenteuer zu erholen, und dann sind wir wieder voll da, Baby. Ich habe von unserem nächsten Projekt geträumt und schätze, eine Flashmob-Ninja-Attacke ist längst überfällig. Wir fangen klein an – am Brighton Pavilion vielleicht – und arbeiten uns auf etwas Größeres hin als den Eiffelturm. Ich denke dabei an die Musik von Marley, The Rasmus und Pink, die in einer Weltklasse-Location aufeinanderprallen. Was hältst du von einer Sundaes-Aktion in London?"

„Nach diesem Wochenende kann ich ehrlich sagen, dass ich alles für möglich halte", gab Elsie zurück.

Woody schaute sich unauffällig um, um sicherzugehen, dass keiner der anderen Gruppenmitglieder in Hörweite war, und rückte etwas näher an Elsie heran. „Übrigens, der alte Woodster wollte dich eigentlich etwas fragen."

„Schieß los."

„Die holde Dame Cher. Ist sie – hängt dieser Volltrottel noch mit ihr rum?"

Elsie schüttelte den Kopf. „Oh nein, dieser Volltrottel ist längst Geschichte."

Woodys Augen blitzten vergnügt. „Demnach – rein hypothetisch, Engel – wenn ein bestimmter Typ aus Brighton sich zu einer bestimmten Handlungsweise entschließen würde, du weißt schon, die der Lady möglicherweise gefallen könnte …"

„Ich glaube, sie würde Ja sagen", erwiderte Elsie. „Rein hypothetisch."

„Reizend." Er nickte, während sich langsam ein Lächeln über seine Züge schob, lupfte kurz seinen Stetson und schlenderte davon. Elsie grinste in sich hinein. Insgeheim gefiel ihr die Aussicht eines Schulterschlusses zwischen Woody und Cher. Cher hatte keine Ahnung, was auf sie zukam …

Danny kam herüber und umarmte Elsie. „Danke noch mal für alles, was du getan hast. Dass es geklappt hat, haben wir nur dir zu verdanken."

„Gern geschehen. Dafür müsst ihr beiden nur glücklich werden, verstanden?"

„Werden wir!", versicherte Aoife strahlend und legte ihren Arm um Dannys Hüfte. „Sehen wir uns bei der Probe am Mittwoch?"

Elsie lächelte. „Das würde ich mir um nichts in der Welt entgehen lassen." Als die beiden gingen, wandte sie sich an Olly. „Du warst großartig an diesem Wochenende. Danke für alles."

„Das habe ich für dich getan", sagte er plötzlich. „Weil ich zu deinem Leben gehören möchte."

„Oh, Olly, du bist …"

„Hör mal, sei deiner Schwester nicht böse, aber sie hat mir erzählt … von der Liste."

„Was?" Natürlich hatte Elsie geplant, sich Olly anzuvertrauen – aber das Wissen, dass Daisy ihn bereits in alle Einzelheiten eingeweiht hatte, empfand sie als unerklärlich verstörend.

„Ich habe mir Sorgen um dich gemacht, als wir dich auf dem Eiffelturm allein zurückließen. Du wirktest so verloren, und ich wollte dich nicht alleinlassen. Ich war schon drauf und dran, wieder nach oben zu fahren, aber dann hat Daisy mir erklärt, was es mit Nummer 51 auf sich hat. Ich weiß, was du dort oben getan hast, und ich finde es erstaunlich. Nein – lass mich ausreden, okay? Ich will nicht an Lucas' Stelle treten. Ich weiß, dass ich nie auch nur näherungsweise so sein werde, wie er war. Aber ich glaube, dass wir miteinander glücklich werden könnten, Elsie. Ich glaube, wir haben eine Chance. Und Paris hat mir gezeigt, dass ich nicht länger warten möchte. Du hast darum gebeten, dass wir Freunde sein können, und wir waren Freunde, und das war sehr schön. Aber alles in mir schreit danach, endlich entdecken zu dürfen, wie es wirklich mit uns beiden sein könnte – und zwar jetzt, ohne weitere Verzögerungen. Also: Ich bin dein, von ganzem Herzen, ganz und gar, wenn du mich willst." Er hielt inne, im Gesicht gerötet und schnell atmend. „Ich sollte den Minibus zurückbringen. Versprichst du mir, dass du über das nachdenkst, was ich gesagt habe?"

Benommen von seiner leidenschaftlichen Erklärung, stimmte Elsie zu: „Ich verspreche es."

Er nickte, stieg in den Minibus und fuhr davon. Elsie blieb allein mitten auf dem Parkplatz stehen, sog tief die vertraute Seeluft ein und fühlte sich dabei doch, als stände sie auf einem fremden Planeten. Ihre Glieder waren schwer von der langen Fahrt, und sie konnte spüren, wie Müdigkeit bleiern auf ihr lastete. Erst einmal musste sie die Puzzleteile dieses Wochenendes richtig ordnen und schauen, was für ein Bild sich daraus ergab. Erst dann konnte sie entscheiden, wie es weiter vorwärts ging, ein für alle Mal …

Jims zart knospende Beziehung zu seiner neuen Freundin erwies sich als viel ernsthafter, als er am Telefon angedeutet hatte. Als Elsie an diesem Abend bei ihm zu Hause ankam, gingen ihr Vater und Louise, die Krankenschwester aus der Notaufnahme, ausgesprochen vertraut miteinander um. Elsie bemerkte mit großem Interesse die plötzliche Vermehrung weiblicher Toilettenartikel im Bad und die kleine Sammlung von Orchideen, die auf der Küchenfensterbank stand.

„Die Frau ist ein Engel", erzählte er ihr freudestrahlend, während Louise ihn auf seinem Sessel umsorgte. „Sie kümmert sich so großartig um mich, Els."

„Ihr Dad ist ein Schatz", meinte Louise lächelnd. „Er macht so gar keine Mühe. Obwohl ich nicht versprechen kann, dass ich jemals so auf vegetarisches Essen stehen werde, wie er das anscheinend tut."

„Ich glaube, niemand steht so darauf wie Dad", erwiderte Elsie das Lächeln und nahm den Becher Tee entgegen, den die blond gefärbte Mittvierzigerin ihr reichte.

„Erzähl schon, wie war's in Paris?", fragte Jim und beugte sich eifrig vor, so weit sein hochgelegtes Gipsbein ihn ließ.

„Fantastisch", erwiderte Elsie aufrichtig. „Ich hatte nicht damit gerechnet, dass die Stadt mir so gut gefallen würde, aber ich glaube, ich werde sie noch öfter besuchen. Daisy hat erwähnt, nächstes Jahr im Frühjahr könnte ich mit ihr und André hinfahren."

„Ob Lucas wohl weiß, was er da angerichtet hat?"

„Das frage ich mich auch. Aber jetzt zu dir. Mal ehrlich: Was läuft zwischen euch beiden?"

Jim wurde rot und griff nach Louises Hand, als sie sich neben seinen Stuhl stellte. „Ich glaube, ich bin vielleicht über eine ganz besondere Lady gestolpert – entschuldigt den Witz." Sie kicherten miteinander, und Elsie war froh, Jim so glücklich zu sehen. Was Daisy und Guin – die sehr viel schärfere Kritiker ihres Vaters waren als sie – zu seiner neuen Freundin sagen würden, blieb abzuwarten, aber Elsie gefiel die neue Entwicklung in Jims Leben. Nach allem, was er für seine Töchter getan hatte, hatte er ein kleines bisschen Glück für sich selbst mehr als verdient. Als Louise das Zimmer verließ, klopfte Jim einladend auf den leeren Stuhl neben seinem, und Elsie setzte sich zu ihm.

„Und jetzt erzähl, meine Kleine. Wie fühlst du dich?"

„Merkwürdig, um ehrlich zu sein. Ich habe die Liste vollständig abgearbeitet."

Verständnis trat in die Augen ihres Vaters. „Und nun?"

Elsie holte tief Luft und stieß sie wieder aus. „Nun? Ich weiß es nicht. So viel hat sich im Laufe des letzten Jahres verändert, und ich habe das Gefühl, jeden Tag etwas mehr darüber zu lernen, wie mein Leben aussehen könnte. Das macht mir fürchterliche Angst, aber zugleich bin ich auch unwillkürlich fasziniert. Lucas hatte recht, als er mir sagte, ich müsse meinen eigenen Weg finden; trotzdem arbeite ich immer noch am Wie."

„Du schaffst es, Elsinore. Ich weiß, dass du es schaffst." Er lächelte zur Küche hinüber, in der Louise sich beschäftigt gab, um ihm Zeit allein mit seiner Tochter zu lassen. „Das Leben stellt einem selten Herausforderungen, die man nicht irgendwie bewältigen kann. Du musst nur deinen Geist offenhalten, um die Kurven und Wendungen vor dir prüfen zu können." Er strich ihr übers Haar, so wie er das immer getan hatte, als sie noch klein war, und Elsie fühlte sich sofort dadurch getröstet. „Du bist meine Kämpferin, Darling. Das warst du schon immer. Ich wünsche mir nichts sehnlicher, als dass du nicht hättest erleben müssen, was du mit Lucas durchmachen musstest, aber ich sehe, dass es dich sehr viel stärker gemacht hat. Schon als du noch ein Kleinkind warst, hast du immer einen Weg gefunden zu tun, was du tun wolltest. Ich habe mit deiner Mutter immer wieder gescherzt, dass du auf jeden Fall Erfinderin werden würdest, Problemlöserin. Man konnte beinahe sehen, wie sich die Rädchen in deinem Kopf drehten. Was ich eigentlich damit sagen will – auf sehr väterliche Art und Weise – ist: Du wirst das Problem lösen. Und wenn der nächste Schritt fällig wird, wirst du ihn gehen."

Elsie schlang ihre Arme um ihren Vater. „Danke, Dad. Ich liebe dich."

„Ich liebe dich auch, mein kleiner Schatz. Große Dinge warten auf dich, nur einen Atemzug entfernt."

Als Elsie am nächsten Tag im Sundae & Cher ankam, begrüßte Cher sie in der Tür wie eine lang vermisste Schwester.

„Ich kann es kaum erwarten. Erzähl mir alles von Paris!"

Elsie lachte. „Tue ich, versprochen. Darf ich trotzdem erst mal reinkommen, bitte?"

Verlegen trat Cher einen Schritt zurück, und Elsie ging in die Küche, um ihre Tasche aufzuhängen. Sie band sich gerade die Schürze um, als hinter ihr eine vertraute Stimme erklang.

„E-eengel."

„Woody! Mann, du hast mich fast zu Tode erschreckt. Lass dich bloß nicht von Cher hier hinten erwischen. Du weißt, was sie davon hält, wenn Gäste hinter den Tresen treten."

„Ich glaube, für diesen Kunden mache ich womöglich eine Ausnahme", meinte Cher, als sie die Küche betrat und Woody ihr lässig einen Arm um die Schulter legte. Ein bisschen Mehlstaub hing an seiner Wange, und wenn Elsie es nicht besser gewusst hätte, hätte sie schwören können, auf seinen selbstzufrieden lächelnden Lippen Spuren von etwas entdecken zu können, das verdächtig nach Chers Lieblingslippenstiftfarbe aussah …

Trotz ihrer „hypothetischen" Unterhaltung mit Woody am Vortag hatte sie doch nicht erwartet, so schnell Zeugin einer solchen Szene zu werden. „Du liebes bisschen, du hast aber keine überflüssige Zeit verstreichen lassen, oder?"

„Elsie, Zeit ist nur eine lästige Fliege im Balsam des Glücks, wenn es um Herzensangelegenheiten geht", meinte Woody. „Ich hatte in der Gefängniszelle eine Menge Zeit, mir über meine Zukunft Gedanken zu machen, und ich konnte immer nur an diese himmlische Kreatur denken." Liebevoll betrachtete er Chers größte Aktivposten, und sie ließ sie verführerisch wippen.

Elsie konnte einen Schauder nicht unterdrücken, aber sie lächelte. „Nun, ich freue mich sehr für euch beide. Ich habe aber einen Rat für dich, Cher: Wenn er mit dir ausgehen will, sieh zu, dass du entscheidest, wohin es geht. Sein Urteilsvermögen in Sachen geeignete Etablissements für Abendunterhaltung lässt zu wünschen übrig."

Woody drückte mit schmerzerfüllter Miene eine Hand auf sein Herz. „Das trifft mich tief, Engel!"

Cher schob ihn von sich und lachte in sich hinein, als sie die Speisetafel von der Wand am Tresen nahm und die Eissorten des Tages mit Kreide darauf schrieb. „Ich möchte wetten, dass er euch ganz schön Angst eingejagt hat."

„Das hat er. Ich hatte mir schon ausgemalt, wie wir alle der Mittäterschaft beschuldigt würden. Eins ist jedenfalls sicher: Ich würde niemals eine französische Polizeiwache zu den unbedingt zu besuchenden Sehenswürdigkeiten von Paris zählen!"

„Das wundert mich nicht." Ihr Lächeln erlosch. „Und was ist mit Olly?"

„Olly war einfach großartig. Er hat uns kreuz und quer durch Paris gefahren, hat mich beruhigt und war da, als wir ihn brauchten. Nicht zu vergessen, dass er die Gruppe nach Paris und wieder zurück chauffiert hat."

Chers Augen wurden schmal. „Wirklich schön, aber danach habe ich nicht gefragt."

Elsie holte einen großen Schokoladen-Vanille-Karamellkuchen aus der Kühltheke und stellte ihn sorgfältig auf eine Fünfzigerjahre-Kuchenplatte aus geschliffenem Glas auf dem Tresen. „Er hat mir gesagt, dass er mir gehört, wenn ich ihn will."

„Oh, Els, das ist wundervoll! Oder?"

Elsie hatte die ganze Nacht an nichts anderes gedacht. Ihr ging so viel durch den Kopf, dass sie kein Auge zugetan hatte. Schließlich hatte sie ihre Bettdecke mit nach unten genommen, sich aufs Sofa gekuschelt, den BBC-Nachrichtenkanal eingeschaltet – ohne Ton – und versucht, sich über ihre Gefühle klar zu werden.

Olly war ein wunderbarer Mann. Es gab unzählige Gründe, alle Vorsicht in den Wind zu schlagen und sich in seine Arme zu werfen. Er mochte sie. Er war da, wenn sie ihn brauchte. Und bis zu seinem Gefühlsausbruch auf dem Parkplatz hatte er nie auch nur ein einziges Mal irgendetwas dafür verlangt. In seinen Armen auf der Polizeiwache hatte sie sich so sicher gefühlt wie nirgendwo sonst auf der Welt. Seine Küsse zu Beginn ihrer Freundschaft waren toll gewesen. Dass es zwischen ihnen knisterte, ließ sich nicht leugnen. Ihre Familie betete ihn an – vor allem Daisy, die ihn in Paris besonders ins Herz geschlossen zu haben schien –, und inzwischen hatte ihn auch die Singgruppe lieb gewonnen. Es gab also alle Gründe der Welt für Elsie, sich in ihn zu verlieben.

Und doch … so sehr sie sich auch bemühte, sie konnte das Gefühl nicht abschütteln, dass etwas fehlte. In den letzten Monaten hatte sie das darauf zurückgeführt, dass sie ihn unweigerlich mit Lucas verglich. Aus diesem Wettkampf konnte Olly niemals als Sieger hervorgehen. Vielleicht, so dachte sie, lag ihr Zögern auch in einer gewissen Angst begründet, wieder jemanden zu lieben. Nach Krieg und Frieden ein neues Buch aufzuschlagen. Aber trotz aller Überlegungen und Ausflüchte blieb eine unausweichliche Tatsache: Wenn sie für Olly auch nur ein Bruchteil von dem empfand, was er bekannte, für sie zu empfinden, dann gäbe es nicht auch nur das leiseste Zögern. Lucas hatte das gewusst. Bei seinen vielen Versuchen, über die Beziehungen zu reden, die Elsie nach ihm eingehen würde, hatte er immer darauf beharrt, sie würde absolut zweifelsfrei wissen, wann sie eine neue Liebe entwickelte.

„Dein Instinkt ist stärker ausgeprägt als bei jedem anderen Menschen, den ich kenne. Ich kann mir dich in dieser Sache nicht als unentschlossen vorstellen, selbst wenn der Gedanke dir Angst macht. Eines der Dinge, die ich an dir am meisten bewundere, Els, ist deine Entschlossenheit. Sie ist ein Leuchtfeuer in dir, das dir absolute Gewissheit gibt und uns in all der Zeit, die wir zusammen waren, immer gut geleitet hat. Wenn du dich wieder verliebst, wird es dir sicher den Weg weisen."

Wenn ich mich verliebe …

„Kann ich heute Mittag eine Stunde länger Pause machen?", fragte sie Cher, die sofort den Grund für diese Bitte durchschaute.

„Natürlich, Liebste. Nimm dir alle Zeit, die du brauchst."

Sie trafen sich im BiblioCaff. Die vertraute Umgebung gab dem Gespräch, vor dem es Elsie inzwischen graute, einen angemessen neutralen Hintergrund. Olly hatte Kaffee und Sandwiches bestellt, aber beides stand unberührt vor ihnen auf dem Tisch. Und so wie er sie ansah, hatte er vermutlich schon einen Verdacht, was bei diesem Treffen herauskommen würde.

„Viel zu tun?“, fragte Elsie, bemüht, ihre Stimme fest klingen zu lassen.

„Geht so. Wir haben ein paar Ausschreibungen gewonnen und damit neue Kunden akquiriert, sodass wir bis weit ins nächste Jahr ausgelastet sein werden. Und bei dir?“

„Das Geschäft lässt inzwischen ein bisschen nach. Aber Cher hat Pläne für die Guy-Fawkes-Nacht und für die Weihnachtszeit. Das könnte mehr Gäste anlocken.“ Sie atmete tief durch. „Olly …“

„Warte. Bevor du irgendetwas sagst, möchte ich mich für das entschuldigen, was ich gestern Abend gesagt habe. Ich war vollkommen neben der Spur, und ich wollte dich auf gar keinen Fall unter Druck setzen.“

„Olly, das ist schon in Ordnung. Ich weiß nicht recht, womit ich anfangen soll … Ich möchte, dass du weißt, dass ich dich großartig finde …“

Olly ließ den Kopf sinken. „Nein, sag's nicht …“

„Ich muss, es tut mir leid. Ich verbringe gern Zeit mit dir, und es stimmt, dass ich mich sehr zu dir hingezogen fühle. Alles, was du für mich getan hast, all die Zeit, die du gewartet hast, obwohl ich dich nicht hätte warten lassen sollen … das war alles einfach wunderbar, und ich habe dich gern in meinem Leben. Aber ich kann nicht die Frau sein, die du dir wünschst. Und glaube mir, ich wünschte wirklich von ganzem Herzen, ich könnte es. Du verdienst nur die Beste, Olly. Die Beste, die es gibt. Du verdienst eine Frau, die keine Gründe braucht, um sich in dich zu verlieben …“

„Vielleicht brauchst du nur Zeit“, widersprach er. Immer noch leuchtete trotzige Hoffnung aus seinen Augen, als ihre Blicke sich trafen. „Ich habe dich bedrängt – ich habe dich gezwungen, zu früh zu entscheiden …“

„Nein, ich hätte in dem Moment entscheiden sollen, als wir uns geküsst haben. Ich hätte dich nie so lange warten lassen dürfen, während du doch immer vollkommen aufrichtig zu mir warst, was deine Gefühle angeht.“

„Elsie, überlass das Urteil darüber bitte mir.“ Der Schmerz in seinen Augen brach ihr das Herz, und sie hasste sich selbst dafür, dass sie die Ursache für diesen Schmerz war.

„Ich muss meinem Herzen folgen“, sagte sie. „Ich kann nicht anders.“

Er starrte sie lange an, unendliche Trauer im Blick. Dann langte er über den Tisch und griff nach ihrer Hand. „Dann solltest du auch nichts anderes müssen. Aber verschwinde bitte nicht vollständig aus meinem Leben, ja?“

„Nicht, wenn du das nicht willst.“

„Es kann sein, dass ich eine gewisse Auszeit brauche – nur um das Ganze zu verarbeiten. Aber ich komme darüber hinweg. Du siehst mich heute nicht zum letzten Mal, Elsie.“

„Ich weiß. Es tut mir wirklich leid, Olly.“

„Ich schätze, eines Tagen werden wir darüber lachen.“ Er wirkte selbst nicht überzeugt von seinen Worten. „Also, Freundschaft?“

Elsie lächelte und drückte seine Hand. „Freundschaft.“

Auf dem Weg zurück zu Sundae & Cher fühlte Elsie sich, als hätte sie zehn Runden im Ring mit einem Schwergewichtsboxer hinter sich, aber sie wusste: Sie hatte die richtige Entscheidung getroffen. Ollys Reaktion bestätigte sie darin. Obwohl seine hochanständige Reaktion angesichts ihrer Zurückweisung nur noch mehr bewies, was für einen tollen Mann sie da verschmäht hatte. An diesem späten Oktobernachmittag überließ sie sich den vertrauten Anblicken und Geräuschen ihrer Heimatstadt. Das war Balsam für ihre gebeutelte Seele. Brighton kannte sie besser als jeder andere, besser sogar noch als Lucas. Trotz allem, was sich in ihrem Leben ereignet hatte, war ihr diese Stadt ein ständiger Begleiter gewesen. Ihre schönsten und ihre schrecklichsten Tage hatte sie hier erlebt, vor dem Hintergrund der Seebrücke, des Meeres, der Promenade, des Royal Pavilion, der Parks und der Lanes. Heute, als die wenigen noch ausharrenden Touristen sich den herbstlichen Temperaturen an der Küste stellten und die Einheimischen rings um sie herum ihrem Alltag nachgingen, war sie sicher: Brighton würde auch Zeuge ihrer Zukunft werden, wie immer sie auch aussehen mochte.

Cher stellte nur wenige Fragen zu Elsies Treffen mit Olly. Offensichtlich hatte ihr Gesichtsausdruck bei ihrer Rückkehr schon alle Fragen beantwortet, die ihre Chefin gehabt haben mochte. Nach einem ereignislosen Nachmittag mit nur wenigen Gästen schloss Cher das Café, und Elsie zog sich um für ihr Treffen mit Torin. Sie entschied sich für Jeans, schwarze Stiefel und eine lange, weiß-silberne indisch bedruckte Tunika. Als kleines Highlight schlang sie sich den sommerblauen Seidenschal mit dem Kirschblütendruck um den Hals, den Daisy ihr geschenkt hatte und der noch den Orangenblütenduft aus den Schubladen im Hotelzimmer in Montparnasse an sich trug. Ihn zu tragen erinnerte sie daran, wie neu sich alles nach ihrem Besuch des Eiffelturms angefühlt und welchen Frieden sie auf der Dachterrasse von La Fantasmagorie gewonnen hatte.

„Wow, du siehst völlig anders aus", meinte Cher, als Elsie aus der Angestelltentoilette kam „Ist das dein neuer Pariser Look?"

Elsie lächelte. „So könnte man sagen."

Cher küsste sie auf die Wange. „Viel Spaß heute Abend. Morgen erwarte ich einen detaillierten Bericht, Madame Maynard. Lass ihm ja keine Frechheiten durchgehen, verstanden?"

„*Mais naturellement, ma chérie. À bientôt!*"

Vielleicht war Torin zu dem weisen Schluss gekommen, nach dem Debakel mit Jake und Cher sei das Feathers nicht ganz der richtige Ort für ihren Drink am frühen Abend, und Elsie war froh darüber. Alles um sie herum fühlte sich neu an, seit sie aus Paris zurück war. Deshalb schien ihr eine neue Umgebung ausgesprochen passend für ihr erstes Treffen, bei dem sie sich vorgenommen hatten, nicht zu streiten.

Hinzu kam, dass Torins Wahl auf einen Ort gefallen war, wie es kaum typischer für Brighton sein konnte: Der Pub Fortune of War an der Küste spiegelte wider, was die Stadt ausmachte. Die schöne holzgetäfelte Bar, geformt wie ein umgedrehtes Boot, und die große Sitzfläche am Strand waren Lieblingsplätze von Jim gewesen, als er noch ein Teenager war, und zugleich der

Ort, an dem Elsie an ihrem achtzehnten Geburtstag ihr erstes Bier bestellt hatte. Exzentrisch, britisch, extravagant – alles Attribute, die für Brighton typisch waren –, war der Club die perfekte Kulisse für ihr Treffen.

Als Elsie eintraf, waren die Plätze am Strand und an der Fassade des Pubs bereits besetzt, trotz des kühlen Oktoberabends. Torin, gekleidet in ein schwarzes Hemd, figurnah geschnittene Indigo-Jeans und blaue Converse Sneakers, wartete an einem Tisch unter dem Vordach und stand auf, als sie sich näherte.

„Ich hätte schon mal was zu trinken bestellt“, sagte er, als sie sich beide setzten, „aber mir ist, als hätten Sie darauf bestanden zu bezahlen.

„Richtig. Also, was darf ich Ihnen bestellen?“

„Eine Flasche Lager. Danke.“

„Kommt gleich.“ Elsie betrat die Bar und kam ein paar Minuten später mit Torins Bier und einem Glas Rotwein für sich wieder heraus.

„Ist der Tisch hier okay? Ich dachte, so hätten wir einen schönen Blick auf den Strand. Aber wenn es zu kalt wird, können wir jederzeit nach drinnen gehen.“

„Hier ist es gut. Wissen Sie, ich bin seit Jahren nicht mehr hier gewesen. Viel scheint sich allerdings nicht geändert zu haben.“

Torin lächelte, und Elsie fiel auf, wie entspannt er an diesem Abend wirkte. „Ich komme gelegentlich mit meinen Kumpels aus dem Rugby-Club hierher. Was hat es denn mit dem Rotwein auf sich? Hat Paris auf Sie abgefärbt?“

„Ich hatte einfach Lust darauf. Und das hier ist ein bulgarischer Wein, also ein bisschen anders als der, an den wir uns am letzten Wochenende so sehr gewöhnt haben. Außerdem hebt das Plastikglas sich deutlich davon ab, finden Sie nicht?“

„Wohl wahr. Der Wein im La Fantasmagorie war allerdings schon was ganz Besonderes.“

„Oh ja, das war er.“ Bei der Erwähnung des Dachrestaurants griff Elsie nach ihrer Tasche. „Dabei fällt mir etwas ein. Sie haben dort etwas liegen lassen.“ Damit reichte sie ihm sein Filofax. Er nahm es ziemlich perplex entgegen.

„Oh, Gott sei Dank! Ich habe gestern Abend bei der Suche danach mein ganzes Haus auf den Kopf gestellt. In diesem Organizer steckt mein Leben."

„Dachte ich mir doch, dass Sie so etwas sagen würden."

„Wo habe ich es liegen lassen?"

„Auf unserem Tisch am Sonntagabend. Einer der Kellner hat es entdeckt und ist uns nachgelaufen."

„Fantastisch, einfach fantastisch", hauchte er und betrachtete den leicht lädierten ledergebundenen Kalender, als wäre er ein unschätzbares Ausstellungsstück im Britischen Museum. „Ich danke Ihnen."

„Gern geschehen."

Das Gespräch zwischen ihnen kam ins Stocken, als eine Gruppe ausgelassener Studenten am Strand begann, einen aus der Gruppe mit irgendetwas aufzuziehen. Über ihren Köpfen färbte sich der Himmel allmählich rot, und goldgeränderte Wolken glitten an der in der Ferne verschwimmenden Grenze zwischen Wasser und Luft entlang.

„Ich bin beeindruckt. Von uns, meine ich", merkte Torin an und zog so Elsies Blick wieder auf sich. „Jetzt sitzen wir schon fünfzehn Minuten zusammen, und es gibt noch keine Vorzeichen für einen drohenden Konflikt."

„Es ist allerdings auch noch früh. Das kann sich jederzeit ändern."

„Stimmt auch wieder. Verzeihen Sie meine Neugier: Warum haben Sie sich hierauf eingelassen?"

Elsie zuckte die Achseln und nahm einen Schluck von ihrem Wein. „Ohne besonderen Grund."

Er runzelte die Stirn. „Nein, das kaufe ich Ihnen nicht ab. Irgendetwas muss Ihre Meinung geändert haben."

„Vorsicht, Mr Stewart, oder wir bringen es nicht mehr auf zwanzig konfliktfreie Minuten."

„Das ist ein Argument. Also, sind alle gut wieder nach Hause gekommen?"

„Ja, Gott sei Dank. Olly hat uns alle zusammen gestern heil nach Hause gebracht."

Ein Schatten huschte über Torins Gesicht. „Olly. Hören Sie, was ich am Sonntag gesagt habe, tut mir leid. Sie hatten recht: Es stand mir nicht zu, ein Urteil zu fällen."

„Nein, das tat es nicht." Bei der Erwähnung von Ollys Namen verkrampfte Elsie sich innerlich. „Aber Sie hatten recht." Damit war sie aufrichtiger, als sie vorgehabt hatte, aber es fühlte sich richtig an, darüber zu sprechen.

Er blinzelte überrascht. „Wie bitte?"

„Sie hatten recht mit dem, was sie über ihn und mich gesagt haben. Er hat mich gestern Abend, als wir zu Hause ankamen, gefragt, wo wir beide eigentlich stehen, und heute habe ich ihm gesagt, dass ich ihm nicht mehr als eine Freundin sein kann."

„Wow."

„Tja, so sieht's aus."

„Wie hat er das aufgenommen?"

Ihr Unbehagen kehrte zurück. „Was glauben Sie denn? Egal, getan ist getan, und mehr gibt es dazu nicht zu sagen."

Das war ein Wink mit dem Zaunpfahl, den Torin offenbar verstand, denn er griff nach der Speisekarte. „Ich sterbe fast vor Hunger. Wie steht es mit Ihnen?"

Nettes Ausweichmanöver, Mr Stewart. „Kein großer Appetit. Aber bestellen Sie sich ruhig was."

Er grinste. „Ich schätze mal, wenn ich eine Schüssel Pommes ordere, werden Sie mir dabei helfen, sie zu essen."

„Das lässt sich leicht herausfinden."

„Ausgezeichnet. Bin gleich wieder da."

Elsie sah ihm nach und atmete tief durch. So viel Zeit mit ihm zu verbringen, ohne dass es automatisch zu einem Zusammenstoß kam, fühlte sich merkwürdig an. Ein bisschen ähnlich wie das Gefühl, nachdem man ein Steinchen aus dem Schuh geholt hat und die ersten Schritte ohne den Störenfried macht. Bei ihren Auseinandersetzungen hatte sie zumindest schnell erkennen können, welche Richtung sie einschlagen musste. Jetzt hingegen schüchterte sie die Aussicht auf einen ganzen Abend lockerer Unterhaltung ohne Streit ein wenig ein. Torin Stewart ohne seine bevorzugte Rüstung aus Selbstgefälligkeit und Überlegenheitsgefühl war in der Tat ein ihr unbekanntes Wesen.

Natürlich war das nur ihr erster Versuch, rief sie sich ins Gedächtnis, und bisher hatte sich ihr Gespräch sorgfältig innerhalb der Grenzen des Small Talks bewegt. Wie sie klarkommen würden, wenn sie tiefere Gewässer ansteuerten, blieb abzuwarten. Aber bisher fühlte sich das Ganze gut an. Elsie konnte nicht leugnen, dass diese neue Erfahrung ihr gefiel. Torin kam mit einer hölzernen Tischnummer zurück, und sie unterhielten sich weiter. Sie sprachen über die Arbeit, das Erlebnis auf der Polizeiwache, die Sundaes, ihre Familien und sogar über ihre Pläne für Weihnachten. Die Schüssel Pommes wurde serviert, und genau wie Torin vorhergesagt hatte, begann Elsie davon zu naschen, als ihr Gespräch sich allmählich etwas persönlicheren Themen zuwandte: Torins Scheidung und Lucas' Krankheit.

„Wie haben Sie herausgefunden, dass er krank war?"

„Etwa fünf Monate vor der Diagnose begann er über Schmerzen im Unterbauch zu klagen und verlor gleichzeitig sehr schnell viel Gewicht. Unser Arzt untersuchte ihn auf alles Mögliche, aber es kam nichts dabei heraus. Der Krebs, den er hatte, tritt bei Menschen seiner Altersgruppe nur sehr selten auf. Deshalb haben die Ärzte das lange Zeit wohl überhaupt nicht in Betracht gezogen. Schließlich hat ein neuer Spezialist, den wir aufgesucht hatten, sich entschieden, darauf zu testen. Nur um diese Krankheit auszuschließen."

„Es tut mir so leid, Elsie."

„Was?"

„Ihr Verlust. Er klingt, als wäre er ein großartiger Mann gewesen."

Sie lächelte. „Das war er."

„Ich schätze, nachdem man einen solchen Menschen verloren hat, kann man sich nicht mehr vorstellen, jemand anderen zu lieben."

Elsie biss in ein heißes Stück Pommes, und der Dampf strich ihr warm über die Lippen. „Nicht sofort, nein. Aber Lucas hat mir immer wieder gesagt, ich würde einen anderen finden. Selbst, als ich nichts davon hören wollte. Er war nun mal so stur, schon immer. Und so bin ich an dem Punkt angekommen, an dem ich heute bin: Ich denke darüber nach, mich zu verabreden, und schaue nach vorn. Ich werde mich wieder verlieben."

Seine Augen wurden dunkel. „Tatsächlich? Und woran werden Sie das erkennen?"

Eine Gänsehaut überlief Elsie. Genau dieser Gedanke hatte sie beschäftigt, seit sie vom Eiffelturm heruntergekommen war. „Ich werde es erkennen. Und ich freue mich schon darauf. Als Lucas und ich geheiratet haben, hätte ich nie geglaubt, diesen ersten Nervenkitzel mit jemand anderem zu erleben. Aber jetzt weiß ich, dass ich diese Erfahrung noch einmal machen werde."

„Ich kann mich nicht einmal daran erinnern, wie das ist. Bei Cass … alle schönen Erinnerungen wurden durch die bitteren Folgen ausgelöscht."

„Es ist wunderbar", hauchte Elsie. „Da gibt es diesen Moment, unmittelbar bevor es geschieht, in dem alles um dich herum zum Stillstand kommt. Ganz ähnlich dem Moment, bevor es anfängt zu schneien. So, als hielte die Natur den Atem an … Und in diesem Moment ist alles möglich, und alles, was du weißt, wird plötzlich infrage gestellt. Glauben Sie mir, ich werde wissen, wenn es so weit ist."

Inzwischen starrte er sie nur noch an. „Und wenn es so weit ist?"

„Dann schließe ich die Augen und springe."

Er verfiel in Schweigen, und sein Blick schweifte zum Strand hinüber.

In dem Versuch, die Unterhaltung wieder auf unverfänglicheres Gebiet zu leiten, fügte Elsie hinzu: „Aber das gilt natürlich nur für mich, wissen Sie. Ich schätze, jeder erlebt das anders." Ihr Blick fiel auf den beinahe leeren Korb auf dem Tisch zwischen ihnen. „Es tut mir leid. Ich glaube, ich habe Ihnen eine Menge Pommes weggegessen, nachdem ich gesagt hatte, ich hätte keinen Appetit."

„Macht nichts." Er stand auf und schob sich die letzten beiden Pommes in den Mund. „Noch was zu trinken?"

„Warum nicht? Noch mal das Gleiche, bitte."

Die Sonne begann ihren Abstieg. Ihr perfekt gerundeter Kreis wurde größer, während sie langsam dem Horizont entgegensank. Während Elsie zusah, wurden die Farben kräftiger: Gold, rot, rosa, violett, dazwischen eisblaue Wolken, die über den endlos weiten Himmel zogen. Nach der Aufregung und der unleugbaren Schönheit von Paris, war es dennoch wunderbar, wieder zu Hause zu sein.

Ein kleiner Trupp Möwen schoss vom Dach des Pubs in den Himmel und segelte, getragen von den Luftströmungen, über ihr dahin. Die Studenten am Strand sangen einen Bon-Jovi-Klassiker, inklusive einer Luftgitarre, auf die selbst Woody stolz gewesen wäre. Und Elsie spürte, wie sich über alles eine Atmosphäre heiteren Gleichmuts legte.

„Entschuldigen Sie, darf ich das abräumen?", fragte ein Kellner und holte Elsie damit zurück in die Gegenwart und in den Pub.

Sie schaute auf den leeren Pommeskorb und die Plastikgläser auf dem Tisch. „Ja, danke."

Er stellte sein großes rundes Tablett ab, um die Gläser daraufzustellen, aber als er es wieder aufnahm, blieb er damit an der Schließe von Torins Organizer hängen und fegte ihn vom Tisch, sodass er auf den Betonboden fiel und dabei aufging.

„Oh Mann, das tut mir so leid", stotterte der Kellner, schob hastig das Tablett zurück auf den Tisch und bückte sich, um aufzusammeln, was aus dem Zeitplaner herausgefallen war. Mit vielen Entschuldigungen reichte er alles Elsie, bevor er hastig davoneilte.

Lächelnd über die Menge an Zetteln, die sich in Torins Filofax angesammelt hatten, legte Elsie den Stapel Papierblätter und -schnipsel auf den Tisch und begann, sie sorgfältig wieder in den schwarzen Zeitplaner einzusortieren. Sie wäre nie auf die Idee gekommen, er könne sammelwütig sein, aber was jetzt auf dem Tisch lag, bewies, dass er es doch war. Da war ein Streichholzbrief aus dem La Fantasmagorie, eine kleine Tassenunterlage aus Papier aus dem Café mit den hellgelben Wänden nahe der Polizeiwache in Montparnasse, ein volles Zuckertütchen aus dem BiblioCaff, eine Visitenkarte von Sundae & Cher … Elsie erstarrte, als ihr ein Gedanke kam.

Nein. Das kann nicht sein. Oder?

Rasch schaute sie den Rest durch und entdeckte eine Rechnung aus dem Café, in das Torin sie an dem Tag geführt hatte, an dem ihr Irenes Testament vorgelesen worden war. Einen Handzettel für das Konzert der Sundaes im Feathers. Einen Parkzettel vom Royal Sussex County Hospital und ein Stück Notizpapier von einem Bestellblock aus dem skandinavischen Möbelhaus in Croydon. Die Krönung bildete, zusammengefaltet in einer handschriftlich verfassten Quittung der Apotheke an der Hauptstraße in Brighton, die Zwanzig-Pfund-Note, die Elsie ihm an jenem Tag in die Hand gedrückt hatte, als sie sich das erste Mal begegneten.

Ein Stuhl schrammte über den Beton, und Elsie hob den Kopf. Vor ihr stand Torin, die Getränke in den Händen und ein Ausdruck reinsten Entsetzens im Gesicht.

„Was ist das alles?“, fragte sie langsam.

Er rührte sich nicht, während sein Blick in Panik über die belastenden Beweise auf dem Metalltisch huschte. „Es ist nicht so, wie Sie denken“, sagte er rasch.

„Ich weiß nicht, was ich denken soll“, gab sie zurück, schaute ihn an, dann wieder auf den Tisch.

„Wie haben Sie – *warum* haben Sie ihn geöffnet?“

„Habe ich nicht. Ein Kellner hat ihn vom Tisch gerissen, und dabei ist alles rausgefallen.“

„Aha.“

„Okay. Ich glaube, Sie sollten jetzt die Getränke abstellen und mit mir reden.“

Er tat wie geheißen, und setzte sich langsam, den Blick auf die Tischplatte gesenkt. So hatte Elsie ihn noch nie gesehen, plötzlich so unsicher, seiner üblichen Retourkutschen beraubt, weil seine wahren Motive jetzt unverschleiert vor ihr lagen.

„Das alles hat etwas mit mir zu tun“, sagte sie langsam.

„Ja.“

„Sie haben also jedes Mal, wenn wir uns begegnet sind, ein Souvenir behalten?“

„Es ist nicht so, wie Sie denken.“

„Antworten Sie.“

Er schloss die Augen. „Ja.“

„Warum?“

„Es spielt keine Rolle.“

„Ich glaube doch. Warum bewahren Sie dieses Zeug auf? Sie machten immer den Eindruck, als wären Sie wer weiß wie wild darauf, die Oberhand zu behalten, derjenige zu sein, der die Kontrolle hat. Ich dachte, Sie hätten sich über mich lustig gemacht. Ich dachte, Sie hätten Spaß daran, mir meine Fehler unter die Nase zu reiben.“

„So war es nie. Und schon gar nicht in letzter Zeit.“

In Elsies Kopf schwirrten die Gedanken, als sie versuchte, all das zu verarbeiten. Und dann, völlig ohne Vorwarnung, begann sie zu lachen. Torin starrte sie ungläubig an, als sie den Kopf zurückwarf und in schallendes Gelächter ausbrach, das die Studenten am Strand dazu brachte, ihren Gesang und ihre Luftgitarrenvorführung zu unterbrechen und sie ebenfalls anzustarren. Tränen strömten ihr aus den Augen, als ihr bewusst wurde, wie absurd die Situation war. All die Zeit, in der sie vermutet hatte, Torin habe es darauf angelegt, ihr das Leben schwer zu machen, hatte er in Wahrheit die Erinnerung an jede ihrer Begegnungen sorgfältig gehütet.

Zutiefst verlegen und über ihre Reaktion verärgert, zog Torin sich in die Defensive zurück. „Ich hätte wissen müssen, dass Sie so reagieren. Das gefällt Ihnen, nicht wahr? Ich sehe es. Sich über den Mann lustig zu machen, über den die Oberhand zu gewinnen Sie seit fast einem Jahr warten. Nun, danke, dass Sie mir Ihr wahres Gesicht zeigen, Elsie Maynard. Ich bin froh, dass meine Gefühle Sie so köstlich amüsieren.“ Damit stieß er seinen Stuhl zurück und stürmte über den Strand davon.

Elsie hörte auf zu lachen und starrte auf die Gegenstände aus seinem verwaisten Zeitplaner auf dem Tisch. Einen Moment lang rührte sie sich nicht, als ihr allmählich die ganze Wahrheit aufging.

Nein – das kann doch nicht sein …

Hastig schob sie den Stapel zurück in den Zeitplaner, ließ die Schließe zuschnappen, warf das Ding in ihre Tasche und rannte hinaus auf den Strand. Die rotgoldene Sonne war schon halb im Meer versunken und vergoldete einen Streifen kleiner Wellenkämme bis hin zum Ufer, während der Himmel um sie herum in Flammen stand. Zu ihrer Linken spiegelten sich die bunten Lichterketten des Brighton Pier im dunklen Wasser unter der alten Konstruktion aus Stahl und Holz.

Torin eilte mit großen Schritten den Kiesstrand entlang davon. Seine Gestalt war nur als Silhouette vor dem Sonnenuntergang zu sehen. Elsie rannte ihm nach, und der Kies spritzte unter ihren Schuhen nach allen Seiten weg. Torin schlitterte den steilen Kieshang hinunter und blieb direkt am Wasser abrupt stehen. Er strich sich mit der Hand durch sein dunkles Haar und ließ den Kopf hängen. Elsie wurde langsamer, als sie sich ihm näherte, und blieb ein kleines Stück von ihm entfernt stehen.

„Sie haben das hier vergessen“, rief sie, zog den Zeitplaner aus ihrer Tasche und hielt ihn ihm hin.

„Behalten Sie ihn“, erwiderte er, ohne sich umzudrehen. „Ich brauche ihn jetzt nicht mehr.“

Elsie holte tief Luft und trat neben ihn. „Ich fürchte, das reicht mir nicht“, sagte sie und hob dabei die Stimme, um das Rauschen der Brandung zu ihren Füßen zu übertönen. „Sie schulden mir noch eine Erklärung.“

Er stöhnte lang gezogen auf und drehte sich zu ihr um. „Es bedarf keiner Wissenschaft, um das zu begreifen, oder? Ich bin sicher, Sie kommen dahinter.“ „Sie mögen mich.“ Elsie versuchte gar nicht erst zu verbergen, dass sie lächelte.

„Würden Sie mich bitte einfach allein lassen?“

„Aber Sie mögen mich nicht nur. Sie mögen mich sehr …“

„Großartig. Jetzt, wo das bewiesen ist, können Sie glücklich nach Hause gehen und mich auslachen, so viel Sie wollen.“

„Genauer gesagt: Sie mögen mich so sehr, dass Sie lauter Erinnerungsstücke an mich mit sich herumtragen. In Ihrem Retro-Zeitplaner …"

Er rammte die Hände in seine Hosentaschen und funkelte sie zornig an. „Fein. Machen Sie sich nur lustig über mich."

Ihr Lächeln erlosch. „Und die ganze Zeit, wo ich dachte, dass Sie mich auslachen, wo ich Angst davor hatte, Ihnen zu begegnen, weil ich wusste, dass wir uns nur wieder streiten würden, die ganze Zeit *wollten* Sie mich sehen …"

„Okay, es reicht jetzt. Hören Sie auf, um Himmels willen. Natürlich mag ich Sie! Ich bin Ihnen in dem Moment verfallen, als ich Sie mit diesem Wachmann im Regen stehen sah, diese lächerlichen Gegenstände in der Hand. Und ich konnte nicht aufhören, an Sie zu denken, nachdem Sie fortgegangen waren. Ich habe nicht jedes Treffen eingefädelt, aber ich habe schon auf Gelegenheiten gehofft, Sie wiederzusehen. Und es ist passiert, immer wieder. Aber jedes Mal, wenn wir uns begegnet sind, gab es Zoff, und ich wusste nicht, wie ich damit umgehen sollte …"

„Torin …"

„Wie ist es nur möglich, dass Sie mit jedem problemlos zurechtkommen, aber mit mir … wir wechseln keine drei Sätze, und schon springen Sie mir mit ausgefahrenen Krallen ins Gesicht. Von daher ist ziemlich klar, was Sie von mir halten, und jetzt, wo ich meine Antwort habe, kann ich für immer aus Ihrem Leben verschwinden …"

„Torin."

„Was?"

Elsie schüttelte den Kopf. „Pssscht."

„Was soll das nun wieder hei…" Er brach mitten im Wort ab, als Elsie zu ihm trat und ihn küsste.

Das war ein Augenblick, in dem die Vernunft über Bord geworfen wurde und ihr Herz die Kontrolle übernahm. In dem das letzte Puzzlesteinchen an seinen Platz glitt. Als die Welt um sie herum zum Stillstand kam. Dann schlang er seine Arme um sie, zog sie fest an sich heran und erwiderte ihren Kuss. Und Elsie spürte, wie ihr Herz sich erweichen ließ, als die Erkenntnis von Torins Liebe zu ihr Türen zu öffnen begann, die sie noch nie wahrgenommen hatte …

Die letzte Botschaft in der satinbespannten Schachtel lautete:

Ich liebe dich, weil du nach all den verrückten Dingen, die ich dich gebeten habe, für mich zu tun, nach dem Schmerz und Herzeleid, das du erdulden musstest, und nach deinem mutigen Schritt hinaus in ein neues Leben ohne mich immer noch die wunderbare, mutige, vollkommene Frau bist, mit der zu verabreden ich mich meine ganzen Sommerferien lang bemüht habe. Ich werde dich immer lieben. Werde glücklich, meine Schönste.
Lucas.
Kuss.

Nicht das Ende, sondern ein Anfang …

Lesen Sie weiter. Es folgen alle 51 Punkte auf der Liste

Die Liste

Drei Regeln für die Liste:

1. Nichts Sentimentales
2. Nichts Teures
3. Nichts Vorhersehbares

1. *Uns in die Bücherei von Brighton einschleichen und Haftnotizen mit Smileys in trostlosen Büchern verstecken.*
2. *Eine Nacht in einem Baumhaus verbringen.*
3. *In Küstenorten peinliche Kühlschrankmagnete kaufen und sie zu Hause an den Kühlschrank hängen.*
4. *In Gummistiefeln im Victoria-Brunnen herumwaten.*
5. *Uns als unsere Lieblingsfiguren aus Pixar-Filmen verkleiden.*
6. *Einen Stepptanz über den Brighton Pier machen.*
7. *Im Garten liegen und Sternschnuppen zählen.*

8. *Die Abfallbehälter an der Promenade im Juli mit Lametta schmücken.*
9. *Im Regen tanzen, mit Sonnenhüten auf dem Kopf.*
10. *Ein Picknick am Strand von Brighton, du im Ballkleid und ich im feinen Anzug.*
11. *Den Ententanz in der vegetarischen Abteilung von Sainsbury's singen.*
12. *Für eine Nacht einen Gartenzwerg entführen.*
13. *Hüpfbälle kaufen und darauf ein Rennen auf der Islingword Street veranstalten (ich werde dir dabei übrigens auf den Hintern hauen, aber wehe, du lässt mich gewinnen, nur weil ich sterbe).*
14. *Einen Nachmittag lang die Jetskis auf dem Wasser zählen und bei jedem vollen Zehner einen Robotertanz aufführen.*
15. *Uns bei Nacht in den Brighton Home Store einschleichen und die Kissen auf sämtlichen Sofas neu arrangieren (um Jim damit in den Wahnsinn zu treiben).*
16. *Einander den ganzen Tag Bert (das bist du) und Ernie (das bin ich) nennen.*
17. *Fünf Mal nacheinander den Musicalfilm Eine Braut für sieben Brüder anschauen (als Cowboys verkleidet) und jedes Lied mitsingen.*
18. *Einen Tag lang Vokuhila-Perücken tragen, ohne sie ein einziges Mal zu erwähnen.*
19. *Ankleiden wie alte Leute und auf der Promenade Möwen füttern (dabei unbedingt die Vögel anschreien).*
20. *Eis essen und dabei Lieder von Bob Dylan hören.*
21. *Ein Waffeleisen kaufen (weil ich schon immer eines haben wollte) und eine Jeder-backt-seine-eigene-Waffel-Party veranstalten.*
22. *Einen Tag lang rückwärts über jeden Zebrastreifen gehen.*
23. *Die größte Pfütze suchen und hineinspringen.*
24. *Jedes Mal, wenn wir einen fahrenden Eisverkäufer sehen, ein Eis kaufen (notfalls ihn die Straße hinunter verfolgen).*
25. *Eine Weide voller Schafe suchen und mäh, mäh rufen.*
26. *Einen ganzen Tag gemeinsam im Bett verbringen.*

27. *Einen ganzen Tag lang so sprechen, wie Shakespeare geschrieben hat.*
28. *Mit Gladiolensträußen in den Gesäßtaschen durch Brighton spazieren (damit Morrissey stolz auf uns sein kann).*
29. *Eine Kissenschlacht im Haus veranstalten (und auf der Straße fortsetzen, wenn ich nicht gewinne!).*
30. *In den Ein-Pfund-Laden gehen und die Verkäufer fragen, wie viel jeder einzelne Artikel kostet.*
31. *Von dem Ballonverkäufer nahe der Seebrücke, der nie lächelt, ein ganzes Bündel Heliumballons kaufen und sie einen nach dem anderen fliegen lassen, während wir am Strand entlang gehen.*
32. *Vom Bahnhof in Brighton über die Queen's Road bis zum Strand im Stil der Monkees tanzen.*
33. *Ein Tandem ausleihen und die Titelmelodie von „Gesprengte Ketten" pfeifen, wenn wir darauf fahren.*
34. *Uns auf jede Bank setzen, die wir finden können, und uns darauf küssen.*
35. *Strip-Jenga spielen.*
36. *Im Partnerlook einen Abend im Pub verbringen.*
37. *Ins Kino gehen, sobald es öffnet, und den ganzen Tag einen Film nach dem anderen ansehen.*
38. *Uns für den Nachmittagstee als Clowns verkleiden.*
39. *Matrix anschauen, und uns jedes Mal abklatschen, wenn jemand Mister oder Neo sagt.*
40. *Uns nach Einbruch der Dunkelheit auf einen Kinderspielplatz schleichen und die Schaukeln benutzen.*
41. *In den Royal Pavilion Gardens Walzer tanzen.*
42. *Einen Tag lang für jedes Ja (von dir) oder Nein (von mir) ein Pfand geben.*
43. *Inliner ausleihen und damit auf der Gardner Street auf und ab fahren (da wir beide nicht Inliner fahren können, wird das überaus komisch werden).*
44. *Einen Ausdruckstanz an einer Bushaltestelle aufführen (und nicht lachen …).*
45. *Einen Tag lang vom Aufwachen am Morgen bis zum Schla-*

fengehen am Abend Händchen halten.

46. *Die ganze Nacht aufbleiben und uns Filme mit Katharine Hepburn und Spencer Tracy ansehen.*
47. *Einen Tag lang so viele Songtexte zitieren, wie wir können.*
48. *Irgendwelchen Fremden Lollis schenken.*
49. *Das Haus mit Lichterketten und Kerzen füllen – normale Beleuchtung ist nicht erlaubt.*
50. *Die Botschaften in der Schachtel lesen – und zwar alle.*
51. *Nach Paris fahren, auf der zweiten Aussichtsplattform des Eiffelturms stehen, uns küssen und „C'est magnifique!" über die Stadt rufen.*

Lesen Sie auch:

Anouska Knight

Weil wir zusammengehören

Aus dem Englischen von Ivonne Senn

Im Buchhandel erhältlich

Band-Nr. 25902
9,99 € (D)
ISBN: 978-3-95649-271-6

PROLOG

Es hatte von Natur aus etwas Unheil verkündendes, zu unbekannter Stunde in einem fremden Raum aufzuwachen. Eine kindliche Angst, die von den drückenden Schatten und den Geheimnissen, die sie verbargen, noch verstärkt wurde. Enthüllungen, die besser in der Dunkelheit blieben.

Gegen die unerklärliche Enge, die mir die Kehle zuschnürte, atmete ich das zarte Parfüm meiner Mutter ein, die regungslos neben mir saß. Ihre Anwesenheit war ein kleiner Trost in der schwer auf mir lastenden Stille.

Als Kinder hatte sie uns einmal weinend durch die Nacht gefahren, um die verbleibenden dunklen Stunden in der kleinen Kammer des Bungalows meiner Großmutter zu verbringen. Jetzt hier in einem Bett zu liegen, das nicht nach zu Hause roch, ließ mich an diese lange Nacht im Finsteren zurückdenken, während ich dem unruhigen Schlaf meines Bruders lauschte, der auf dem Klappbett neben mir lag. Ich erinnerte mich, dass ich mich nicht getraut hatte, auch nur die Luft um mich herum zu zerteilen, um nach meiner Mutter zu rufen.

Jetzt war sie hier, aber es fühlte sich dennoch sehr nach damals an. Im Zimmer hing beinahe greifbar die Schwere der Veränderung. Der Verlust von etwas, das schmerzhaft unersetzlich war.

Nach einem weiteren tiefen Atemzug öffnete ich die Augen. Das Kratzen in meiner Kehle unterbrach meine Anstrengung. Mum rührte sich neben mir.

Es war zu ruhig.

Intuitiv versuchte eine kühle, weiche Hand, mich durch sanftes Streicheln meiner Fingerknöchel zu beruhigen. Die wachsende Anspannung in meiner Brust verstärkte sich daraufhin noch mehr. Eine Welle der Übelkeit rauschte durch meinen rauen Hals und mein Mund füllte sich mit Speichel. Es tat weh, wenn ich würgte. Das Geräusch hallte durch den trostlosen grauen Raum und erregte die Aufmerksamkeit der Person, die still dort stand.

Ich spürte, wie sich die warme Hand meiner Mutter fest um meine eigene schloss.

„Süße? Versuch, dich nicht zu abrupt zu bewegen." Im gedämpften Schein der Nachtlampe konnte ich nicht sehen, dass sie geweint hatte, doch ich hörte es an ihrer zittrigen Stimme. Ich würgte erneut, und meine Mum zog ihre Finger weg, um schnell nach einer Spuckschüssel zu greifen. Der Übelkeit folgte sofort ein hämmerndes Stechen in der rechten Seite meines Kopfes, das mich zwang, die Lider zu senken, während sie mir Erbrochenes von den Lippen wischte. Die auch wehtaten. Genau wie meine Zähne, die ich fest aufeinandergebissen hatte – sie waren gereizt infolge der medizinischen Notfallmaßnahmen. Ich schluckte, versuchte, mich daran zu erinnern. Der Schmerz ebbte ab, je weiter er sich nach unten ausbreitete. Unter der gestärkten weißen Krankenhausbettwäsche schien er sogar ganz zu verschwinden.

Ich brachte es nicht über mich, dorthin zu schauen.

Das leise Quietschen von Gummisohlen auf Linoleum erklang von der anderen Seite des Zimmers. Es wurde lauter, die Schritte kamen zögernd auf mein Bett zu. James' Hand, schwerer als die meiner Mutter, strich sanft über meinen Kopf. Für einen Moment dämpfte sie das wütende Pochen des Schmerzes dort.

„Es ist in Ordnung, Baby", flüsterte er. „Alles wird wieder gut."

Auch James' Stimme hatte etwas Zerbrechliches, etwas, das dort nicht hineingehörte. Er beugte sich vor und gab mir einen Kuss auf die zerzausten braunen Haare. Seine Bartstoppeln waren lang und kratzig, und ich vermisste den Duft seines üblichen Aftershaves, während er näher schritt. Er roch, wie er manchmal nach dem Joggen roch – nach Anstrengung und Erschöpfung. Etwas an der Art, wie er mich küsste, weckte die Erinnerung an den vorhergegangenen Morgen.

Der Tag hatte angefangen wie jeder andere auch. Der immer gleiche dumpfe Schmerz, von dem ich wusste, dass er aus meiner Hüftgegend verschwinden würde, sobald ich aufgestanden war und geduscht hatte; schelmische kleine Tritte, um mich lange, bevor der Wecker klingelte, munter zu machen. Und dann das

Unerwartete, als ich die Bettdecke zurückschlug und erkannte, dass dieser Tag alle Erwartungen der letzten einunddreißig Wochen vernichten würde.

Anfangs war da gar nicht so viel Blut gewesen. In den hektischen Stunden, die folgten, war ich – waren wir – ruhig geblieben, hatten den Vorgehensmaßnahmen zugehört, unterdessen die Ärzte mich piksten, alles Mögliche aufschrieben und sich miteinander berieten. James hatte sich auf ihre Versicherungen verlassen, während ich alle meine Hoffnungen auf die kleinen Tritte in mir gesetzt hatte. Das war das Sinnvollste. Keine Panik, bis die Tritte aufhörten. Die ganze Zeit über blieb ich ruhig, dachte praktisch, als wenn diese Gedanken allein uns im Auge des Sturms, der sich um uns herum zusammenbraute, retten könnten. Jetzt war da nur noch Stille.

James drückte seinen Kopf an meinen, sein Atem strich flach über mein Ohr. Ich lauschte ihm hinterher. Aber er bot keine Erleichterung. Und da wusste ich es. Das hier waren die Nachwirkungen des Sturms. Die Stille nach dem Chaos. Die veränderte Landschaft, die darauf wartete, betrachtetet zu werden. Hier, in diesem zu stillen Raum, würden wir der Zerstörung begegnen.

Mum nahm erneut meine freie Hand; in der anderen steckten Kanülen und Schläuche. Sie drückte sanft zu, hielt sich daran fest, als hätte sie Angst, dass einer von uns in die Vergessenheit weggleiten könnte. Ganz starr lag ich da und fürchtete mich auf einmal davor, die Luft um mich herum zu zerteilen.

„Amy? Weißt du, wo du bist?“, fragte James leise und bemüht, gelassen zu klingen. Er stand immer noch etwas unbeholfen neben mir, das Gesicht abgewandt. Ich nickte und zwang ihn, es auszusprechen. Er zitterte. „Amy … Wir haben ihn verloren, Baby.“

Der Griff meiner Mutter löste sich, während sie unter einem quälenden Schluchzer zusammenbrach. „Alles wird gut, Baby“, versicherte er mir. „Alles wird wieder gut.“

1. KAPITEL

Fünf Jahre später

Was unangenehme Erlebnisse angeht, bin ich ganz gut gerüstet, dachte ich. Ruhig. Kontrolliert. Selbst in schwierigen Situationen bewahrte ich einen kühlen Kopf. Diese Eigenschaften waren in den letzten turbulenten Jahren in einem schnell wachsenden Architekturbüro ganz praktisch gewesen. Aber das jetzt? Das verlieh dem Wort „Druck" eine ganz neue Bedeutung. Alles war darauf ausgerichtet, einen Menschen zerbrechen zu lassen. Ein unaufhörliches Klopfen an die Mauern unserer Entschlossenheit, nur dürftig verborgene Versuche, unsere Schwächen zu enthüllen, damit sie uns endlich sagen konnten, worauf ich mich schon seit Jahren vorbereitete: dass wir nicht gut genug waren, dass wir schreckliche Eltern wären und dass das alles eine grauenhafte Zeitverschwendung gewesen sei.

Irgendwo unten auf dem Flur, auf dem wir saßen, schlug eine schwere hölzerne Tür zu. Auf unseren Stühlen zappelten wir wie Schulkinder, die zum Rektor gerufen worden waren. Wir lauschten dem Geklapper von Absätzen, das sich entfernte und in den Tiefen des Gebäudes verschwand. Mir war klar, dass es nicht Anna war, sie hatte bei unserem Gespräch heute Morgen flache Schuhe getragen. Und ich hatte beobachtet, wie sie nervös damit auf den Boden getippt hatte, bevor das Komitee uns hereingerufen hatte. Dann hatte ich mich auf die strassverzierten Schuhspitzen konzentriert, während James die Fragen beantwortete, die die Mitglieder an ihn stellten.

Ich stieß langsam und leise den Atem aus. Die Luft war kühl in diesem modrigen alten Gebäude. James' Knie wippte wieder ungeduldig. Dass James, der Inbegriff der Unerschütterlichkeit, selbst so nervös war, machte mich noch nervöser.

Jedes Meeting, jede Befragung und jede Sitzung war in einem extra für diesen Zweck gebauten Zimmer abgehalten worden. In einem Konferenzraum, einem Büro, sogar in unserem Zuhause – in dem es Teppiche und Kaffee und eine Heizung gab. Doch das

Rathaus, die letzte Etappe auf der Zielgeraden, war ungefähr so einladend wie eine Einrichtung aus einem Buch von Dickens.

Ich sah auf die Uhr. Es war beinahe eine Viertelstunde her, dass das Komitee uns gebeten hatte, draußen auf die Verkündung unseres Schicksals zu warten. Man konnte eine erstaunliche Menge Selbstzerfleischung in diesen Zeitraum quetschen, wie ich herausgefunden hatte. Ich wusste, dass James es nicht hören wollte, dennoch musste ich irgendetwas sagen, und Worte schienen mir sinnvoller als ängstliches Geschniefe.

„Ich hätte nicht erwähnen sollen, dass wir nach einem größeren Haus suchen“, meinte ich leise stöhnend.

Verärgert strich sich James eine dicke blonde Strähne aus dem Gesicht und gönnte seinem auf und ab wippenden Knie eine Pause. Ich hatte ihn überzeugt, sich die Haare ein wenig wachsen zu lassen, nachdem eine der Frauen aus dem Vorbereitungskurs gemeint hatte, wir sähen so geschäftsmäßig aus. Bei ihr hatte es wie ein Schimpfwort geklungen. James verstand nicht, warum ich den Rat von einer Frau annahm, die sich freiwillig dafür entschieden hatte, alleinerziehende Mutter zu werden. Als sie uns erzählt hatte, dass sie hoffte, mehr als nur ein Kind adoptieren zu können, hatte James mir zugeflüstert, dass man bei ihr, sobald die medizinischen Untersuchungen dran wären, vermutlich eine Geisteskrankheit diagnostizieren würde.

Erst jetzt fiel mir auf, wie wenig James das längere Haar stand.

Er drehte sich so, dass er mich anschauen konnte. „Sie haben uns nichts gefragt, das nicht auch schon in unserem Bericht stand, okay? Und es gibt keine Regel, die besagt, dass wir nicht irgendwann umziehen dürfen.“ James' Knie fing wieder an zu wippen.

Ich steckte mir eine streng glatt geföhnte Strähne hinters Ohr und fing an, mit den kleinen Diamantsteckern zu spielen, die er mir letzten Monat zu meinem neunundzwanzigsten Geburtstag geschenkt hatte. Das war einer der wenigen Abende gewesen, an denen wir gemeinsam ausgegangen waren und uns nicht gestritten hatten.

„Stabilität, James. Das wollen sie hören, nicht, dass wir Veränderungen planen und unser Haus aufgeben …“

James hob eine Hand, um mich zu unterbrechen. „Amy, vergiss es! Wir machen das nicht noch mal. Wir sind im letzten Jahr durch jeden verdammten Reifen gesprungen, den man uns hingehalten hat. Wir haben da drinnen gerade zehn Menschen getroffen, die wir absolut nicht kennen, und doch wissen sie alles, was es über uns zu wissen gibt." Er zeigte vorwurfsvoll mit dem Finger den Korridor hinunter in Richtung des Raumes, in dem das Komitee immer noch diskutierte und unser Leben auseinandernahm. „Sie haben sich unsere Einkünfte angeschaut, unsere Kindheit ... verdammt noch mal, sogar unseren verfluchten Body-Mass-Index! Wenn das jetzt alles nicht zählt, weil du gemeint hast, du hättest gerne irgendwann einen größeren Garten, dann kann jeder Einzelne von ihnen sich das Ganze in seinen pedantischen Arsch schieben."

„Pst, wenn dich jemand hört", stotterte ich und schaute nervös nach rechts und links. James stand auf. Ich sah zu, wie er von mir weg und zu dem fast blinden bleigefassten Fenster auf der anderen Flurseite ging. Diese Reise war nicht leicht gewesen, doch irgendwie war mir bewusst, dass sie für James schwerer gewesen war als für mich, und so würde es ihm auch leichter fallen, darüber hinwegzukommen, wenn es nicht klappen sollte.

Wir haben es beinahe geschafft, wollte ich zu ihm sagen, aber er wirkte so angespannt. Er würde den Pullover nie wieder anziehen. Ich hatte ihn bei Marks and Spencer gekauft, weil sein Lieblingspulli von Ralph Lauren ihn als „Teilzeit-Segelenthusiasten" hätte wirken lassen können, wenn wir doch den Eindruck erwecken wollten, „Vollzeit-Wachsmalkreidenenthusiasten" zu sein. Ich stieß hörbar den Atem aus. Unterbewusste Botschaften durch das Tragen des richtigen Pullovers versenden – wie weit war das noch vom puren Wahnsinn entfernt?

James starrte in den trüben Märzmorgen hinaus und schüttelte den Kopf. Wir hatten um den frühestmöglichen Termin gebeten. Ansonsten wäre ich ein Wrack gewesen. James klimperte mit den Schlüsseln in seiner Hosentasche herum, bevor er mich aus seinen blauen Augen anschaute.

„Anna hätte uns nicht vor das Komitee geschickt, wenn sie nicht glauben würde, dass wir bereit sind, das weißt du. Versuch einfach, dich zu entspannen ... okay?“ Ich nickte und ließ widerstrebend meinen Ohrring in Ruhe, ehe er auf dem Fußboden landete. Stattdessen kaute ich auf meiner Unterlippe herum. Die Chance, dass die auf der Erde landete, war gering, und anders als Diamantohrringe wuchs Haut von selber nach. Von dort, wo der Flur einen Knick machte, erklangen leise, aber entschlossene Schritte. James' Brust hob sich, sowie er tief einatmete und sich wieder dem Fenster zuwandte.

Der Vorsitzende des Komitees, ein Mann um die vierzig mit schütterem Haar und einem Namen, den ich in der Aufregung vergessen hatte, kam um die Ecke auf uns zu. Ungelenk erhob ich mich und strich über meine Kleidung. Ich hatte mich für eine blassblaue Bluse und eine hübsche, lavendelfarbene Strickjacke entschieden. Je nachdem, wie die nächsten Minuten verlaufen würden, würde auch ich beides vermutlich nie wieder anziehen.

„Miss Alwood, Mr Coffrey, würden Sie bitte wieder hereinkommen?“

Ich schenkte ihm ein kleines, unaufdringliches Lächeln und redete mir ein, dass er es erwidert hatte. Dann sah ich James nach Bestätigung heischend an, allerdings verrieten mir seine Augen nichts.

Auf dem ganzen Weg in das stickige Zimmer, in dem Anna auf einem der drei Stühle vor dem Komitee saß, hielt ich den Blick fest auf die Lederflicken an den Ellbogen des Komiteevorsitzenden gerichtet. Wir hatten Glück, dass Anna uns zugeteilt worden war. Nicht alle mochten ihre Sozialarbeiter, doch wir Gott sei Dank schon. Ich wartete darauf, dass sie uns anschaute, aber nur ihr kurzer, blonder Pferdeschwanz zeigte in unsere Richtung. Mein Magen zog sich zusammen. Hinter Anna sah das Komitee aus vier Männern und sechs Frauen aus, als säßen sie am Kopf einer Hochzeitstafel mit einer sehr kleinen Gruppe von nur drei Gästen, um ihre Freude zu teilen.

Ich drückte unbewusst die Daumen. *Bitte, lass es wirklich Freude sein, die sie mit uns teilen wollen.*

„Hey, setzt euch“, flüsterte Anna und deutete auf die Stühle, auf denen wir uns vor erst einer halben Stunde durch die Befragung geschwitzt hatten. Ich war sicher, dass eines der Komiteemitglieder, das Adoptivkind, auch lächelte, doch hier drin war es so warm, dass mir von der Temperaturschwankung ganz schwindlig wurde.

Der Vorsitzende nahm wieder Platz und blätterte in seinen Papieren herum, so wie Offizielle es bei offiziellen Angelegenheiten gerne taten. „Mr Coffrey, Miss Alwood." Ein Pochen setzte sich in meiner Brust fest. „Wir wissen, dass das ein sehr nervenaufreibender Prozess sein kann, also wollen wir Sie nicht unnötig weiter auf die Folter spannen." James nahm meine Hand fest in seine. *Alles wird gut. Was auch immer passiert, wir stehen das durch.*

„Deshalb möchten wir Ihnen beiden unsere Glückwünsche übermitteln. Dieses Komitee spricht die Empfehlung aus, Sie als Adoptiveltern eines Kindes im Alter von unter vier Jahren zuzulassen."

Klopf, klopf, klopf …

Das Pochen in meiner Brust war das Einzige, das mir verriet, dass ich nicht zusammengeklappt und hier auf der Stelle gestorben war, aber selbst das verebbte langsam. Das Zittern in meinem Inneren wurde von etwas anderem überdeckt, ich war erschrocken und wie betäubt – etwas rauschte durch meinen Körper und wurde dann von einem warmen, angenehmen Gefühl abgelöst …

Freude.

Passierte das gerade wirklich? Waren wir endlich angekommen? Ich schaute fassungslos von einem freundlichen Gesicht zum anderen. Hatte ich wirklich richtig verstanden, was sie eben gesagt hatten?

Ich sah Anna an. Sie wirkte beherrscht, aber ihre Wangen waren vor Freude gerötet, was etwas in mir löste, ein unsichtbares Stahlseil, das mich in den vergangenen Monaten gehalten hatte und das sich jetzt so plötzlich aufdröselte, dass ich fürchtete, vom Stuhl zu fallen. James drückte mir einen Kuss auf die Wange, dann strich er mit dem Daumen über die Tränenspur, die sich über mein Gesicht zog. Er sprach mit Anna, während die Nachricht endlich meinen Kopf erreichte.

Wir werden ein Kind kriegen. Irgendwo da draußen wartet unser kleiner Junge oder unser kleines Mädchen darauf, von uns nach Hause geholt zu werden.

Band-Nr. 25902
9,99 € (D)
ISBN: 978-3-95649-271-6
eBook: 978-3-95649-521-2
384 Seiten

Anouska Knight
Weil wir zusammengehören

„Wir kriegen ein Baby!" Amy ist überglücklich, als sie die Nachricht erhält. Nach Jahren des sehnsüchtigen Wartens dürfen sie und James endlich ein Kind adoptieren. Doch nur Tage später platzt ihr großer Traum von einer gemeinsamen Familie: In flagranti erwischt Amy ihren Mann mit einer anderen! Tief verletzt verlässt sie ihn und stürzt sich in ihre Arbeit, um den Schmerz zu vergessen. Dort lernt sie den abenteuerlustigen Rohan kennen, der es schafft, ein Fünkchen Hoffnung in ihr zu entfachen. Da gesteht James ihr, dass er sie immer noch liebt. Soll sie ihm eine zweite Chance geben – und damit auch ihrem Wunsch nach einer Familie?

"Ich war überrascht, wie sehr ich dieses Buch geliebt habe."
HELLO! Daily News

"Bewegend!"
The Sun

Deutsche Erstveröffentlichung

Susan Mallery
Spiel, Kuss und Sieg

Band-Nr. 25894
9,99 € (D)
ISBN: 978-3-95649-261-7
eBook: 978-3-95649-509-0
320 Seiten

„Wir wissen doch beide, worauf das hinausläuft.“
Als sie den Mann anschaut, der im Café vor ihr steht, muss Taryn zugeben: Ja, sie weiß es - und das nicht nur, weil sie sich als PR-Beraterin für Ausnahmesportler mit Männern auskennt, die vor Testosteron nur so strotzen. Schon viel zu lange umkreisen Angel, der breitschultrige Bodyguardtrainer mit der faszinierenden Narbe am Hals, und sie einander. Es ist definitiv an der Zeit, der Anziehungskraft nachzugeben … Denn nur weil sie in erster Linie an ihre Arbeit denkt, spricht ja nichts gegen ein kleines Abenteuer.

Doch in Fool's Gold ist es nicht leicht, einfach nur eine Affäre zu haben. Hier glaubt jeder an die große Liebe. Die große Liebe? Ein absurder Gedanke. Oder nicht?

"Eine gelungene Mischung aus Gefühlen, Humor und perfekter Liebesgeschichte."
Booklist

Band-Nr. 25834
9,99 € (D)
ISBN: 978-3-95649-177-1
eBook: 978-3-95649-475-8
368 Seiten

Sarah Morgan
Sommerzauber
wider Willen

Stippvisite in Snow Crystal? Lieber würde Sean O'Neil sich freiwillig selbst den Blinddarm rausnehmen! Keine zehn Pferde bringen den ehrgeizigen Chirurgen normalerweise in die Einöde in den Bergen. Doch wegen eines Notfalls hat er zugestimmt, im Hotel seiner Familie mit anzupacken. Dort erwarten ihn jede Menge Erinnerungen … und die französische Küchenchefin Élise Philippe. Ihre Lippen sind noch immer so weich und süß wie Mousse au Chocolat. Aber das heißt nicht, dass sich wiederholen wird, was letzten Sommer zwischen ihnen war. Denn eines will Sean auf keinen Fall: sich einfangen lassen und in der Wildnis versauern. Auch wenn Élises Küsse noch so verführerisch nach Crème Brulée schmecken …

"Lebensbejahend, sexy und warmherzig: Sarah Morgans Serie um die O'Neil-Brüder ist einfach perfekt."
Jill Shalvis, *New York Times*-Bestsellerautorin